ポケットマスターピース09

E・A・ポー
Edgar Allan Poe

鴻巣友季子　桜庭一樹＝編
編集協力＝池末陽子

集英社文庫ヘリテージシリーズ

❶

❷-1

❷-2

❸

❶生誕地ボストン（ボイルストン駅近く）にある記念板（2012年） ❷-1 旧エドガーズカフェ（84thストリート、ブロードウェイとウェストエンドアベニューの間／2002年） ❷-2 エドガーズカフェ（アムステルダムアヴェニュー、91stと92ndストリートの間／2013年） ❸ボルティモアのポーの住居（2013年） 以上、池末陽子撮影

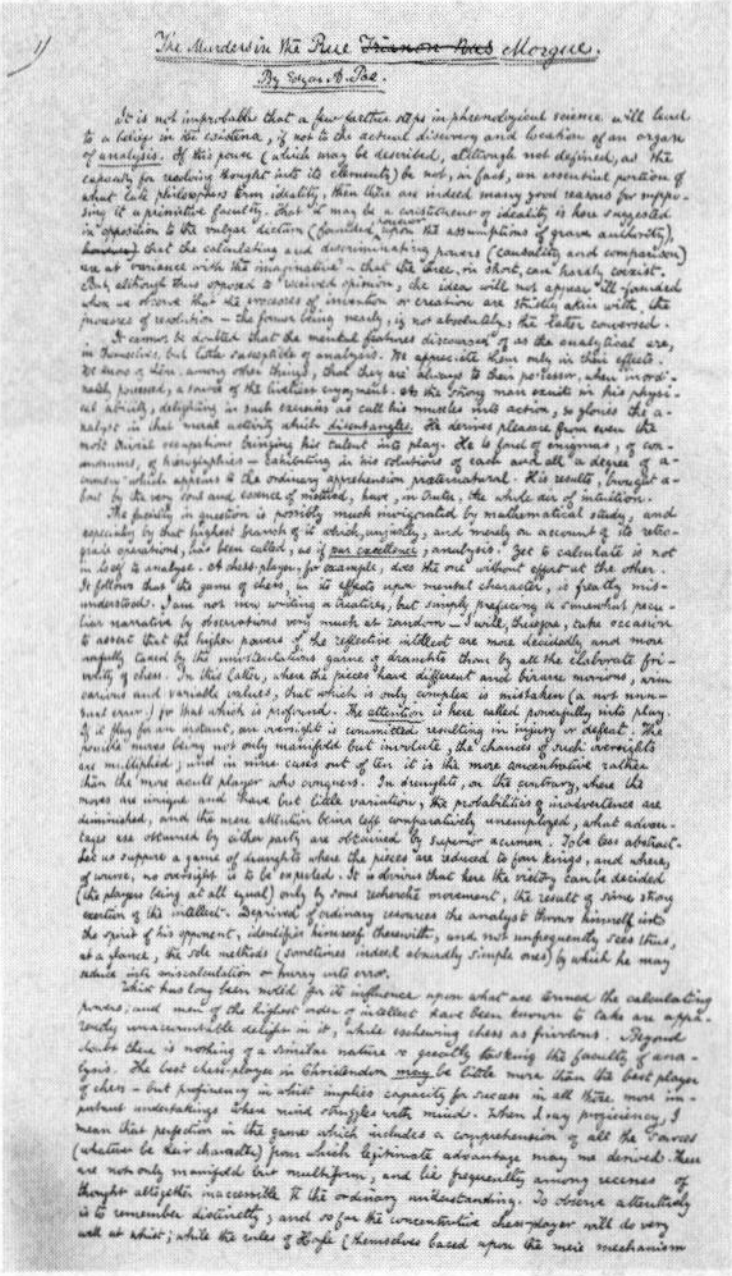

The Murders in the Rue ~~Trianon-Bas~~ Morgue.

By Edgar A. Poe.

It is not improbable that a few farther steps in phrenological science will lead to a belief in the existence, if not to the actual discovery and location of an organ of analysis. If this power (which may be described, although not defined, as the capacity for resolving thought into its elements) be not, in fact, an essential portion of what late philosophers term ideality, then there are indeed many good reasons for supposing it a primitive faculty. That it may be a constituent of ideality is here suggested in opposition to the vulgar dictum (founded, however, upon the assumptions of grave authority), ~~however,~~ that the calculating and discriminating powers (causality and comparison) are at variance with the imaginative – that the three, in short, can hardly coexist. But, although thus opposed to received opinion, the idea will not appear ill-founded when we observe that the processes of invention or creation are strictly akin with the processes of resolution – the former being nearly, if not absolutely, the latter conversed.

It cannot be doubted that the mental features discoursed of as the analytical are, in themselves, but little susceptible of analysis. We appreciate them only in their effects. We know of them, among other things, that they are always to their possessor, when inordinately possessed, a source of the liveliest enjoyment. As the strong man exults in his physical ability, delighting in such exercises as call his muscles into action, so glories the analyst in that moral activity which disentangles. He derives pleasure from even the most trivial occupations bringing his talent into play. He is fond of enigmas, of conundrums, of hieroglyphics – exhibiting in his solutions of each and all a degree of acumen which appears to the ordinary apprehension preternatural. His results, brought about by the very soul and essence of method, have, in truth, the whole air of intuition.

The faculty in question is possibly much invigorated by mathematical study, and especially by that highest branch of it which, unjustly, and merely on account of its retrograde operations, has been called, as if par excellence, analysis. Yet to calculate is not in itself to analyse. A chess-player, for example, does the one without effort at the other. It follows that the game of chess, in its effects upon mental character, is greatly misunderstood. I am not now writing a treatise, but simply prefacing a somewhat peculiar narrative by observations very much at random – I will, therefore, take occasion to assert that the higher powers of the reflective intellect are more decidedly and more usefully tasked by the unostentatious game of draughts than by all the elaborate frivolity of chess. In this latter, where the pieces have different and bizarre motions, with various and variable values, that which is only complex is mistaken (a not unusual error) for that which is profound. The attention is here called powerfully into play. If it flag for an instant, an oversight is committed, resulting in injury or defeat. The possible moves being not only manifold but involute, the chances of such oversights are multiplied; and in nine cases out of ten it is the more concentrative rather than the more acute player who conquers. In draughts, on the contrary, where the moves are unique and have but little variation, the probabilities of inadvertence are diminished, and the mere attention being left comparatively unemployed, what advantages are obtained by either party are obtained by superior acumen. To be less abstract. Let us suppose a game of draughts where the pieces are reduced to four kings, and where, of course, no oversight is to be expected. It is obvious that here the victory can be decided (the players being at all equal) only by some recherché movement, the result of some strong exertion of the intellect. Deprived of ordinary resources the analyst throws himself into the spirit of his opponent, identifies himself therewith, and not unfrequently sees thus, at a glance, the sole methods (sometimes indeed absurdly simple ones) by which he may seduce into miscalculation or hurry into error.

Whist has long been noted for its influence upon what are termed the calculating powers; and men of the highest order of intellect have been known to take an apparently unaccountable delight in it, while eschewing chess as frivolous. Beyond doubt there is nothing of a similar nature so greatly tasking the faculty of analysis. The best chess-player in Christendom may be little more than the best player of chess – but proficiency in whist implies capacity for success in all those more important undertakings where mind struggles with mind. When I say proficiency, I mean that perfection in the game which includes a comprehension of all the sources (whatever be their character) from which legitimate advantage may be derived. These are not only manifold but multiform, and lie frequently among recesses of thought altogether inaccessible to the ordinary understanding. To observe attentively is to remember distinctly; and so far the concentrative chess-player will do very well at whist; while the rules of Hoyle (themselves based upon the mere mechanism

❹マネが描いた『大鴉』の挿絵 ❺ポーの手稿『モルグ街の殺人』 ❻ポーが創刊を試みた幻の《スタイラス》誌の表紙

❼

❽

❾

❼ポーが晩年(1846-49)を過ごしたフォーダムのポー・コテージ(2013年) ❽ポーが亡くなった病院(ボルティモア/2013年) ❾ポーの墓。観光客が「ペニーレス・ポー」にペニー硬貨を供えていく(2013年)以上、池末陽子撮影

09 | E・A・ポー | 目次

詩選集

大鴉

とある鬱悒《いぶせ》し夜更け、悄然《しょうぜん》と打ちひしがれ、物思いに耽《ふけ》りて、
古惚《ふるぼ》けた伝承の、あまたの意味深な怪異譚を漁《あさ》りつつ——
うつらうつらと舟を漕《こ》いでいた、まどろみかけていたところ、
ふと、雫《しずく》のしたたり落つる音とも聞きまがう、
さも物優しきノックのように、寝室の扉を叩く音がした——
「誰か来た」僕は虚《うつ》ろに口走った、「何者かが、寝室の扉をか弱く打つ——
ただそれだけ、気にするにはあたらない」

ああ、ありありと覚えているとも、あれはうら寂しい十二月だった、
没しかけの燃えさしはいずれも牀《ゆか》に幽暗とした影絵を織りなした。

僕は明くる日を切望し、——実際のところ哀しみを堰《せ》き止めるのに、
いたずらに書に逃れんとしていた。哀しみ——レノアを失いし哀しみを。
天使が授けた名こそはレノア、たぐい稀《まれ》なるきらめく乙女——
この地上では、もはや永遠に名もなき人よ。

赤紫色の緞帳《カーテン》の襞《ひだ》の、すべらかにくすんだ不明瞭な衣擦《きぬず》れに、
僕は顫《ふる》いついた——これまで体験した覚えのない奇《く》しき恐怖が漲《みなぎ》って、
そこで我が心臓の高鳴りをなだめ殺そうと、腰を上げた。こう繰りかえしつつ
「寝室の扉一枚隔てた戸口で、ある来訪者が入室をせがんでいる——
寝室の扉一枚隔てた戸口で、深夜の来訪者が入室をせがんでいる——
これはそういう——気にするにはあたらない」

やがて僕は心を逞《たくま》しくして、もはや躊躇《ためら》わずに、
「殿方、あるいは御婦人か、願わくばお許しを」と述べた。
「私がまどろみつつおりましたところ、貴方《あなた》は穏やかな物音をたててこられた、
雫のしたたり落つるがごとく、私の寝室の扉を打った、今にも消え入らんばかりで、
確かに耳にしたかも覚束《おぼつか》ないが」——ここで扉を大きく開け広げた。
ただ暗闇があるばかり。

暗闇深くを穿《うが》ち見て、長らく僕はその場に立ちつくし、慄《おのの》きつつ、思いあぐねた、
解《げ》しがたく、亡者の夢見を心ならずも夢に見た夢現《ゆめうつつ》にあって、
しかし静謐《せいひつ》は破られず、水を打ったよう、波風の兆しも見えぬ。
「レノア？」
語られた言葉はこの囁《ささや》き声、僕が囁き、その洞声《うろごえ》がこだまする、
「レノア！」
　ただそればかり。

寝室へと引き返しながらも、内なる心は燃えさかるばかりで、
すぐに再び、雫のしたたり落つるがごとき物音が、前よりも大きく耳についた。
「たしかに」僕は言った、「たしかに格子窓のところにいる何かだ。
見てみよう、さすれば何が脅威か、正体を探りだして──
しばし我が心臓をなだめ殺して、この謎の正体を探りだして、
　──ただの風にすぎないんだと、気にするにはあたらない！」

いざ開かんと鎧戸《よろいど》を一気に押しやるや、大いにあたりが掻《か》き乱れ、波立ちながら、
神代《かみよ》の夙昔《しゅくせき》の、ものものしい大鴉《おおがらす》が足を踏み入れてきたのだ、

ただの一揖《いちゆう》もよこさず、一抹も強張《こわば》らず、足踏みもなしで、
むしろ、貴人か貴婦人のたたずまいで、寝室の扉の上に止まりおりた——
寝室の扉の真上にある女神パラスの胸像に止まりおりると——
　羽を休めた。何事もなく。

この漆黒の鳥が、しめやかで冷厳なる鹿爪《しかつめ》らしい面構えに、風格を備えていて、
僕の哀慕《あいぼ》を微笑にと巧妙に、あやかした。
「そなたの冠羽は擦り切れて摩耗しきっている」僕は話しかけた、
「確《かく》たる気骨はしかし残しておられる、
むくつけき凄味のある古来の大鴉よ、夜の食国《おすくに》の岸辺より彷徨《さまよ》いきたる——
夜の冥府の岸辺にて、そなたの栄《は》えある名はなんであったか、うかがおう」
　大鴉は、いらえたのだ「金輪際《こんりんざい》」

僕は、この見映えの劣る鳥類がかくも明確に語るを耳にして、たいそう恐れ入った、
鳥の答えは、ほとんどなんの意味をも孕《はら》んではいなかったにせよ、
なにしろ生きとし生ける者は何人《なんぴと》たりも、
寝室の扉の上に、鳥を認めるだけの幸運にまずもってあやかれはすまい。
鳥にせよ獣にせよ、寝室の扉の上の彫刻の胸像に舞いおりた、

　その名も「金輪際」などという。

とはいえこの大鴉は、凪《な》いだ胸像の上につくねんと座していて、
ただ一言を発するのみ、この一言のみに全霊を注ぎこんだかのようである。
それ以上は何も語らず――羽一枚、波立たせず、
僕はかろうじて洞《うつ》ろに口走った、「かつてもろもろの友人は身をひるがえし去った――
明くる日には、此奴《こやつ》も必ずや僕を見捨てるのだ、
僕のもろもろの希望がかつて身をひるがえし去っていったように」
　すると鳥は述べた「金輪際」

的確な口上で合いの手が入り、静寂が破られたことに驚愕《きょうがく》し、
「まぎれもなく」と僕は言った、「この鳥の台詞《せりふ》は、どこぞの不幸な飼い主の産物で、
そのあるじに無慈悲な悲劇が矢継ぎ早に次から次へとなだれうって襲いかかった、
いつしかあるじが口ずさむのは絶望を孕む歌ばかり、
陰鬱な重荷を孕んだ、彼の希望の葬送曲と成りはてた、
　その曲名も《否――金輪際》」

されども尚《なお》、その大鴉は僕を巧妙にあやかしては哀慕を微笑にすり替える。

僕はクッション張りの椅子の向きを変え、鳥の正面、胸像と扉の正面に据えると、
椅子の天鵞絨《ビロード》に沈みこみながら、夢幻の淵へと糸を垂らして爪繰《つまぐ》った、
この夙昔の不吉な鳥が──
凄味ある、見映えの劣る、むくつけき、痩せさらばえた、夙昔の不吉な鳥が、
「金輪際」と低く啼《な》く意味に思いを巡らした。

座りこんだまま専念に推測しつつも、僕はただの一語も発さずに、
鳥の獰猛《どうもう》な眼光はいまや僕の胸底に焼きついた。
僕はいっそうの思索に耽りながら、腰を下ろしていた、
ランプの燈明が酔いしれるように注がれている、天鵞絨《ビロード》の裏打ちに頭を楽にもたせつつ、
しかし、ランプが酔いしれるように燈明を注いでいる、菫色《すみれいろ》の天鵞絨の裏打ちに、
ああ、彼女は金輪際、身を押しつけもすまい!

次第に空気が濃密に、香で満ちてくるように思われた、
房つきの敷物に硬貨が転げ落ちたような足音をたてる熾天使達《してんし》が、
見えざる釣香炉で振りまいたのかと。
「おのれ禍津日《まがつひ》よ!」僕は呼ばわった、
「神がおのれを遣《つか》わした──熾天使たちによって、神はおのれを送りこんだ。

しばし一服——おのれのレノアの記憶からしばしの一服、苦痛を溶かす恵みの魔薬《まやく》を！
呑み干さん、この安楽の恵みの魔薬の盃をいざ空《あ》けよ、
レノアの喪失を忘却の彼方へ押しやるのだ」
　大鴉は、いらえたのだ「否——金輪際」

「預言者よ！」僕は言った、「邪悪なる者——鳥か魔物か、まさに預言者よ！——
魔王が遣わしたか、或いは雷《いかずち》がおのれを此岸《しがん》に寄越《よこ》したか、
荒寥《こうりょう》となるも天壌無窮《てんじょうむきゅう》、この打ち捨てられた魅惑の土地まで——
恐怖に憑《つ》かれたこの獄舎まで。
願わくば教えてくれたまえ——彼《か》の地には、万能薬と名高きギリアドの膏薬《こうやく》がありや？
きっとあると告げてくれ——願わくば、聞かせてくれたまえ」
　大鴉は、いらえたのだ「否——金輪際」

「預言者よ！」僕は言った、「邪悪なる者——鳥か魔物か、まさに預言者よ！
我々の頭上に垂れこめる天国の手の者か、我々が共に崇拝している神の手の者か、
哀しみを負うたこの魂に告げてくれ、遥か彼方エデンの園では、
天使が授けた名こそはレノア、聖なる乙女を必ずやこの手にしかと繋《つな》ぎとめられうるや
——

天使が授けた名こそはレノア、たぐい稀なるきらめく乙女を、この手にしかと繋ぎとめ
られるか否かを」
　大鴉はいらえたのだ「否――金輪際」

「その言葉を我々の別離の証《しるし》とせよ、鳥か魔か！」
僕は金切り声で叫んだ、やにわに立ちあがりながら――
「戻るがいい、雷《いかずち》の渦中へと、夜の冥府の岸辺へと。
おのれの魂が口を利きしその置土産に、黒き大羽を一枚たりとて、残してゆくな。
僕の孤独にもうさわるな！――扉の上の胸像から立ち退け。
僕の心臓からおのれの嘴《くちばし》を取りのけ、その形《なり》を扉から消し去れ」
　大鴉はいらえたのだ「否――金輪際」

かくして大鴉は羽ばたこうともせず、いまだじっとしている、じっとしたまま
寝室の扉の真上にある、蒼然とした女神パラスの胸像の上、
其奴《そやつ》の眼は夢うつつたる悪魔の現身《うつしみ》を厳然と映している。
ランプの燈明が注がれて、其奴の影を一筋、牀《ゆか》に投げ打ち、
牀に横たわり、たゆたうその影絵から、
　よもや僕の魂は浮かばれるはずもあるまい――金輪際！

（中里友香＝訳）

アナベル・リイ

在りし昔のことなれども
わたの水阿《みさき》の里住みの
あさ瀬をとめよそのよび名を
アナベル・リイときこえしか。
をとめひたすらこのわれと
なまめきあひてよねんもなし。

わたの水阿《みさき》のうらかげや
二なくめでしれいつくしぶ
アナベル・リイとわが身こそ

もとよりともにうなゐなれど
帝郷《ていきやう》羽《う》衣《い》の天人だも
ものうらやみのたねなりかし。

かかればありしそのかみは
わたの水阿《みさき》のうらうらに
一夜油雲《いううん》風を孕み
アナベル・リイそうけ立《だ》ちつ
わたのみさきのうらかげの
あだし野の露となさむずと
かの太上《たいじやう》のうからやから
手のうちよりぞ奪《ば》ひてんげり。

帝郷の天人ばら天祉およばず
めであざみて且さりけむ、
さなり、さればとよ（わたつみの
　みさきのさとにひとぞしる）
油雲風を孕みアナベル・リイ

そうけ立《だ》ちつ身まかりつ。

ねびまさりけむひとびと
世にさかしきかどにこそと
こよなくふかきなさけあれば
はた帝郷のてんにんばら
わだのそこひのみづぬしとて
﨟たしアナベル・リイがみたまをば
やはかとほざくべうもあらず。

月照るなべ
﨟たしアナベル・リイ夢路に入り、
星ひかるなべ
﨟たしアナベル・リイが明眸《めいぼう》俤《もかげ》にたつ
夜のほどろわたつみの水阿《みさき》の土封《つむれ》
うみのみぎはのみはかべや
こひびと我妹《わぎも》いきの緒の
そぎへに居臥す身のすゑかも。

（日夏耿之介＝訳）

黄金郷《くがねのさと》

貴《あて》によろふも
武邊《ぶへん》の伊達《だて》、
くがねのさとを尋《と》めてむとや
うたくちすさみ
日かげまた
日向《ひなた》ひさしき旅寝なる。
さはあれど老い積みわたり
遉《さすが》にたけきもののふも
こころの上に暗翳《かげ》きざすめり。
地の指《さ》す方や

いづ方に黄金《くがね》の里と
おぼほしきもの露だもなき。

はてはちからも
なえ果てけむ、たちもとほる
黒翳《かげ》なるものに邂逅《いであ》ひて
くがねの郷《さと》と世に傳ふるは
かげのきみ、
いづくならまし。

黒翳《かげ》いらへしは、
月界の
山さか越えて
死影《しに》の谿《たに》へといさましく
駒騎《の》り入るるすべもぞ佳《よ》き、
げにげに黄金郷《くがねのさと》を尋《と》めてましかば。

（日夏耿之介＝訳）

モルグ街の殺人

海の魔女《セイレーン》たちがどんな唄を歌ったか、また、アキレウスが女たちのなかに姿を隠したときどんな偽名を使ったかは、たしかに難問だが、まったく推測できぬというわけでもない。

サー・トマス・ブラウン

人びとが分析的知性と呼んでいるものがあるが、これを分析することは、ほとんど不可能である。ぼくたちはそれを、ただ結果から判断して高く評価するだけなのだ。が、それについて判《わか》っていることの一つは、分析的知性はその持主にとって、つねに、このうえなく溌剌《はつらつ》とした楽しみの源泉であるということだ。ちょうど身体強健な人間が肉体的な有能さを誇らしく思い、筋肉を動かす運動をおこなって満足を味わうのと同じように、分析家は錯綜した物事を解明する知的活動を喜ぶのである。彼は、自分の才能を発揮することができるものなら、どんなつまらないことにでも快楽を見出す。彼は謎《なぞ》を好み、判じ物を好み、秘密文字を好む。そして、それらの解明において、凡庸《ぼんよう》な人間の眼には超自然的とさえ映ずるような鋭利さを示す。実際、彼の結論は、方法それ自体によってもたらされるのだけれども、直観としか思えないような雰囲気を漂わせているのだ。

分析《アナリシス》の能力は、おそらく数学の研究によって、ことに数学最高の分野の研究（それが単に逆行的操作の故をもってとくに解析学《アナリシス》と呼ばれているのは不当である）によって、おおいに増進されるものであろう。しかし計算はかならずしも分析ではない。たとえばチェスのプレイヤーは、分析のため努力することはない。計算するだけだ。したがって、チェスが知的能力の養成に役立つなどというのは大変な考えちがいなのである。ぼくはいま、論文を書いているのではない。いくらか風変わりな物語の前置きとして、ゆきあたりばったりに所見を述べているだけだ。だから、ここでついでに言っておくけれども、思索的知性の高度な能力は、複雑で軽薄なチェスよりも、地味なチェッカーによって、遥かに多く養われるのである。チェスにおいては、駒の価値がさまざまに異なっていて、しかもそれが場合によって変化し、動きは多様で奇妙《ビザール》なため、単なる複雑さにすぎないものが（よくある誤解だ）深遠さと取られるのだ。ここでは注意力が大きくものを言う。それが一瞬でもゆるむと、見落としをして、被害をこうむったり敗北したりすることになる。駒の動きとして可能なものが、単に数多くあるだけではなく、複雑を極めてもいるため、こういう見落としをする機会はますます多くなる。つまり十中八九までは、より明敏なプレイヤーがではなく、より注意力の強いプレイヤーが勝者となるのである。これに反してチェッカーでは、動きかたは単一だし、変化もほとんどないため、見落としをする可能性は減少し、単なる注意力は比較的不要なものになる。より優《すぐ》れた鋭敏さによってしか、優勢を得ることができないのである。話をもうすこし具体的にするため、チェッカーのゲームを一つ想定してみよう。盤の上に成駒《キング》が四つだけになってしまったとする。こうなれば、もちろん見落としなどあるはずがないから、勝負は（二人のプレイヤーがまったく互角だとすれば）ただ読《ルシェルシェ》みの作用によって、つまり知性の強さの結果によってのみ決定される。普通の手を打つ余地などまったくないのだから、分析的なプレイヤーは相手の心に没入して、彼と一体になる。このようにして、相手を落手に陥れたり誤算に導いたりする唯一絶対の手（ときとしてそれは、まったく馬鹿ばかしいくらい単純な手なのだ）を一目で見抜く、などということもしょっちゅう生じるのである。

　ホイストはいわゆる計算力を養うと、昔からよく言われている。卓越した知性の持主で、軽薄だと言ってチェスは嫌うくせに、ホイストにはひどく熱中する人びとがいるのである。たしかに遊び事のなかで、分析能力の訓練にこれほど役立つものはあるまい。キリスト教世界随一のチェスのプレイヤーと言っても、結局最優秀のチェス・プレイヤーにすぎぬ。ところがホイストにおける熟達とは、頭脳と頭脳が闘いあうような、ホイストよりも重要なあらゆる仕事で成功できる能力を意味するのである。ぼくはいま、熟達という言葉を使ったが、これは完璧《かんぺき》の力量を意味するのであって、これさえあれば、正当な優位を獲得し得るあらゆる筋が知覚できるのだ。こういう筋は単に数多くあるだけではなく、多様でもある。だから、尋常の理解力では到達できないような深い瞑想《めいそう》によってはじめてそれを知り得ることが多いのである。さて、注意深く観察することは、はっきりと記憶することである。だから、その限りでは、注意力の集中に優れているチェスのプレイヤーは、ホイストにも極めて巧みだろう。そしてホイルの法則などというものは（ゲームのメカニズムに基づいているだけなのだから）、誰にもじゅうぶん理解できるものである。つまり、はっきりと記憶を持ち、「法則本」どおりにやるのが、世間で普通に考えられている名人というもののすべてなのだ。ところが分析家の力量が発揮されるのは、単なる法則の限界を超えたところにおいてである。彼は黙々として、数多くの観察、数多くの推論をおこなう。もちろん、相手もおそらく観察し推理するだろう。それゆえ、結局のところ問題になるのは推論の妥当性ではなく、観察の質のほうなのだ。だから、必要なのは、何を観察すべきかという知識である。分析的なプレイヤーは、自分の思考をいささかも限定しない。また、ゲームが目的だからと言って、ゲーム以外のことに基づく演繹《えんえき》を避けることもしない。彼はパートナーの顔色を検討し、それを二人の敵の顔色と入念に比較する。彼はめいめいが手のなかのカードをどう分類するかに気をつける。そして、持っているカードに投げる持主の目つきから判断して切札や絵札の数を数えることくらい、しょっちゅうなのだ。彼はゲームの進行につれて、表情のあらゆる変化に注意し、確信、驚き、得意、無念というような表情の差から、思考のための手がかりを集めるのである。彼は、一回に出した札を集めるときのやりかたから推して、その者がその組でもう一度やれるかどうかを判断する。彼はまた、卓の上にカードを投げるようすから、相手がじつは何をたくらんでいるか見抜いてしまう。偶然に、あるいは不注意に、口にする言葉。ついうっかりと、落としたり裏返したりしたカード。それを隠そうとするときの不安や無頓《むとん》着《ちゃく》。カードの数えかた。それを配列する順序。当惑、躊躇《ちゅうちょ》、熱心、狼狽《ろうばい》。これらすべては、一見しただけでは直観としか思われない彼の知覚にたいし、事態の真相を告げることができるのだ。最初の一回ないし二回がすむと、彼はめいめいの手のうちのカードを知りつくしてしまい、それから以後は、正確にしかも絶対の自信をもってカードを出してゆく。まるで、ほかの三人がカードの表側を見せているみたいにして。

分析力を単なる発明力と混同してはならない。なぜなら、分析的な人間はかならず発明に巧みだけれども、発明に巧みでいながら非分析的な人間がかなり多いからである。普通、発明力は構成力ないし結合力という形をとって外にあらわれる。そして骨相学者たちは（彼らは誤っているとぼくは信ずるのだが）、これを原始的な能力と見なし、独立した一器官の作用であると考えているけれども、こういう力は（これは道徳について論ずる人びとの注意を広く惹《ひ》いたことだが）ほかの点では白痴に等しい人間においてしばしば見出されるのである。実際、発明力と分析力とのあいだには、空想と想像力のあいだの相違に酷似した、しかもそれよりももっと大きな相違があるのだ。それゆえ、発明的な人間はつねに空想的であり、真に想像力に富んだ人間はかならず分析的である、ということが理解できるはずである。

以下に記す物語は、これまで述べた命題の注釈のような役割を、読者にたいして果たすことになろう。

一八＊＊年の春、それから夏の一時期、ぼくはパリに滞在していて、C・オーギュスト・デュパンなる人物と親しくなった。この若い紳士はかなりの家柄——むしろ名門の出であったが、さまざまの不幸な事件がつづいたため、貧苦に悩み、生来の気力も衰えた結果、世間で活躍しようとか、資産を取り戻そうとかいう志を捨ててしまっていた。債権者たちの好意によって、親ゆずりの財産がわずかばかり残っていたので、ここから生ずる収入でなんとか生活の必需品を手に入れていたが、もちろんひどくつましい生活で、余計な贅沢《ぜいたく》はできなかったけれども、彼の贅沢はただ本だけだったのである。そしてパリでは、本は容易に入手できるのだ。

ぼくたちが知りあったのは、モンマルトル街の仄暗《ほのぐら》い図書館においてである。二人がたまたま同じ稀覯書《きこうしょ》を探していたため、たちまち親密になったのだ。ぼくたちはたびたび会った。彼が、フランス人が自己について語るときのあの率直さで詳しく聞かせてくれる小さな家族の歴史は、ぼくにとってたいへん興味ぶかかった。また、彼の読書範囲の広さは、ぼくを驚かした。それになかんずく、彼の想像力の奔放な熱烈さと生気にあふれた新鮮さは、まるでぼくの魂を燃えたたすように感じられた。当時ぼくはある目的があってパリにいたのだが、こういう人物との交際こそじつに貴重な宝だと考え、その気持ちを彼に率直に打ち明けた。そして、とうとう、ぼくのパリ滞在中、二人はいっしょに住むことになった。ぼくの経済状態は彼のそれよりいくらかよかったので、ぼくが彼の許しを得て金を出し、フォーブール・サン・ジェルマンの奥まった寂しいあたりにある、迷信のせいで長いあいだ打ち捨てられていた（ぼくたちは、どういう迷信なのかと訊《たず》ねはしなかった）、いまにも倒れそうな、古びたグロテスクな邸《やしき》を借り、そして、ぼくたち二人の共通の気質であるかなり幻想的な沈鬱さに似つかわしいスタイルで、家具をととのえた。

もしこの邸におけるぼくたちの日常が世間の人に知られたならば、彼らはぼくたちを狂人――ただしたぶん無害な狂人――と思ったにちがいない。ぼくたちの、世間からの隔絶ぶりは完璧であった。客の来訪は許さなかったし、この隠れ家のある場所は、ぼくの以前の知りあいにも秘密にしておいた。それに、デュパンを知る者がパリの街に一人もいなくなってから、かなりの歳月が流れていた。すなわち、ぼくたちはまったく二人きりで生きていたのである。

夜そのもののゆえに夜に魅惑されること、それがぼくの友人の趣味（ほかにどんな呼びかたがあろう？）であった。そしてぼくはこの奇癖《ビザルリー》にも（他のものの場合と同様）いつとはなしにかぶれてしまい、彼の奔放な気まぐれに徹底的に身をゆだねた。もちろん漆黒《しっこく》の女神はぼくたちとつねにいっしょにいるわけにはゆかぬ。しかし彼女を贋造《がんぞう》することは可能であった。夜明けの最初の兆《きざ》しが訪れると、ぼくたちは邸じゅうの重く大きな鎧戸《よろいど》を閉ざし、一対《いっつい》の蠟燭《ろうそく》をともす。すると蠟燭は、きつい香りをはなちながら、このうえなく蒼《あお》ざめた、このうえなく仄かな光を投げるのだ。こうしてぼくたちは、真の《闇》の到来を時計が告げるまで夢想に耽《ふけ》り――読書、執筆、会話に没頭するのだった。ぼくたちはそれから、腕を組み合って通りへ散歩に出かけ、その日の話題について語りつづけたり、遅くまで遠歩きしたりして、ただあの静かな観察のみがあたえてくれる無限の精神的興奮を、人口稠密《ちゅうみつ》な都会の、凶暴な光と影のなかに求めたのである。

このようなときに、ぼくは（彼の豊かな想像力から推してかねて予期していたこととは言いながら）デュパンの特異な分析力を認知し、それに驚嘆しないわけにはゆかなかった。彼もまた、その分析力を働かせることに――見せびらかすことに、とは言わないまでも――激しいよろこびを感じていたし、このようにして得られる快楽を包み隠しはしなかった。彼は低い声でくすくす笑いながら、自分にとってはたいていの人間は胸に窓をあけているようなものだと語るのだったし、さらにつづけて、彼がぼく自身の心のなかについてどんなに多くのことを知っているか、明白な、驚くべきほどの証拠をあげて、この主張を裏書きするのがつねであった。こういう際の彼の態度は、冷淡で放心しているようであった。眼は無表情で、声は、いつもは豊かな次中音なのに、最高音に変わり、もし述べる言葉の内容が慎重で発音がまったく明瞭《めいりよう》でなかったならば、苛立《いらだ》っているとしか思えなかったろう。こういう状態の彼を観察しながら、ぼくはよく二重霊魂という古い哲学について考えに耽り、二人のデュパン――創造的な彼と分析的な彼――という空想に興がったのである。

いま述べたことから、ぼくが何か神秘なことを語ったり、あるいは何か荒唐無稽《こうとうむけい》な物語を書きつけたりしていると判断してはならない。このフランス人についてぼくが述べたことは、興奮した、あるいは病的な、知性のもたらすものにすぎないのだ。しかし、こういう際の彼の言説がどのようなものかは、一つの例がもっともよく説明してくれるだろう。

ぼくたちはある晩、パレー・ロワイヤールの近くの長い穢《きたな》い道をぶらついていた。二人とも考えごとでもあるらしく、すくなくとも十五分間ほど、どちらもぜんぜん口をきかなかった。と、とつぜんデュパンがこう言いだした。

「たしかに、あいつはひどく丈《たけ》が低い。寄席《テアトル・デ・ヴァリエテ》のほうが向くだろう」

「もちろん、そうさ」とぼくはうっかり返事をした。彼がぼくの考えていることに合槌《あいづち》を打った、不思議なやり口に、最初は気がつかなかったのだが、ぼくはすぐに我に返った。ぼくの驚きは大きかった。

「デュパン」とぼくはまじめな口調で言った。「どうもぼくには判らないね。ぶちまけて言うけれど、すっかり驚いた。自分の感覚が信じられないくらいだ。一体どうして判るんだい？　ぼくが考えていたのが……」ここでぼくは言葉を切った。ぼくがだれのことを考えていたのかを、彼はほんとうに知っているかどうか、はっきりたしかめたかったからである。

「……シャンティリーのことだってことを」と彼はつづけて言った。「どうして、あとを言わないの？　あの男は小柄だから悲劇には向かないと、君は心のなかでつぶやいてたじゃないか」

これはぼくの考えていたことの主題を、まさしく言い当てていた。シャンティリーはもとサン・ドニ街の靴直しだったのだが、演劇狂になり、クレビヨンの悲劇（？）『クセルクセス』の主役をやって、力演にもかかわらずさんざんの悪評を蒙《こうむ》ったのである。

「たのむから教えてくれ」とぼくは大きな声を出した。「ぼくがこのことを考えているのを、君がどんな方法で——もし方法があるのなら——推測できたかを」事実ぼくは、口で言うよりもずっとびっくりしていたのだ。

「果物屋だよ」と彼は言った。「君はあいつのせいで、あの靴直しは、クセルクセスはもちろんその種のもの《エト・イド・ゲヌス・オムネ》はすべて不向きな身長の持主だという結論に達したのさ」

「果物屋だって！　びっくりさせるなよ。果物屋なんて、ぜんぜんおぼえがない」

「ぼくたちがこの通りにはいったとき、君に突き当たった男さ。十五分ばかり前のことだ」

今度はぼくも思い出した。たしかに、林檎《りんご》のはいった大きな籠《かご》を頭の上にのせた果物屋が、偶然に、ぼくにぶつかりそうになったのだ。ぼくたちがC＊＊街から今いる通りへさしかかったときのことである。しかしこれがシャンティリーとどう関係があるのか、ぼくにはどうも判らなかった。

デュパンには法螺《シャルラタヌリ》の気配はちっともなかった。「説明しよう」と彼は言った。「万事はっきりと納得がゆくはずだ。まず君の瞑想《めいそう》の道筋を、ぼくが話しかけたときから問題の果物屋とぶつかったときまで、溯《さかのぼ》ってみようじゃないか。思考の鎖は、ごく大まかに言えばこんなぐあいになる。——シャンティリー、オリオン星座、ニコラス博士、エピクロス、截石法《ステレオトミー》、通りの敷石、果物屋」

一生のある時期において、自分の心がどういう段階を経てある結論に達したかを溯ることに、興味をおぼえない人間は数少ないだろう。この作業は、しばしば興趣にみちている。そして、初めてこのことを企てた者は、出発点と到達点のあいだの、一見したところ無限大の距離と無連絡に仰天するのだ。それゆえ、このフランス人の語るのを聞いて、彼の言葉が真実を衝《つ》いていると認めざるを得なかったときの、ぼくの驚愕《きょうがく》はいかばかりであったろう。彼はつづけた。

「ぼくの記憶が正しければ、ぼくたちはC＊＊街を立ち去りかけたとき馬の話をしていた。これが最後の話題だった。道を横切ってこの通りにはいったとき、頭の上に大きな籠をのせた果物屋がぼくたちの横をあわてて通りすぎ、修理中の歩道の、敷石が積んであるところに君を突きとばした。君はそのがたがた揺れる石を踏みつけ、足をすべらせ、ちょっぴり足首を挫《くじ》いた。いらいらしたような、不機嫌な顔つきで、二言三言、何かつぶやき、積んである石を見て、それから無言のまま歩きだした。ぼくは君のしたことに、そうとくに気をくばっていたわけじゃなかった。でも、近ごろのぼくにとって、観察は一種の習慣になっているんだよ。

「君は地面をみつめつづけていた。ラマルティーヌ小路へ来るまで、不機嫌な顔つきで、舗《ほ》道《どう》の穴ぼこや車輪の跡を見ていた。（それで、あいかわらず石のことを考えてるな、ということが判ったんだ）。あの小路は、実験的に、石板を重ね合わせて鋲《びょう》でとめるやりかたで舗装してある。ここへ来ると、やっと君の顔色は晴れやかになった。ぼくは君の唇が動くのを見て、ははあ、この舗装のしかたにつけたひどく気取った用語——『截石法《ステレオトミー》』をつぶやいたんだな、と確信した。『截石法《ステレオトミー》』と独言《ひとりごと》を言えば、きっと原子《アトミー》のこと、それからエピクロスの学説のことを考えるだろう、とぼくには判っていた。それに、こないだ君とエピクロスのことを論じたとき、あの高貴なギリシア人の漠然とした臆測が最近の宇宙星雲起原説によって確認されたのは、だれも注目しないけれどじつに不思議なことだ、という話をぼくがした。だから、君はきっと眼を上にあげてオリオン星座の星雲に向けるだろうという気がした。そう期待していると、君はやはり上を見た。それで、ぼくの考えの辿《たど》りかたは正しいと保証されたわけさ。ところで、昨日の『ミュゼー』に出ていた、シャンティリーについての辛辣《しんらつ》な弾劾《だんがい》のなかで、あの悪口屋は、靴直しが悲劇を演ずるに当たって改名したことに皮肉を言って、ラテン語を一行引用していた。ほら、ぼくたちが何度も話題にのせた一行だよ。

始めの文字は昔の音を失った《ペルディディト・アンティクム・リテラ・プリマ・ソヌム》というのさ。これは、オリオン Orion という言葉が昔はウリオン Urion と書いた、ということを言っているのだと、いつか君に話したね。この説明のことは、ああいう悪口と結びついている以上、君が忘れるはずはないと思った。だから、オリオンとシャンティリーという二つの観念を結びつけないはずがないことも明らかだった。そして、君がその二つを結びつけたことは、唇に浮かんだ微笑で判った。君は、あの哀れな靴直しがやっつけられているところを考えていたわけさ。それまでは、君はいつものように前こごみの歩きかたをしていた。ところが今度は、胸を張ってそり身になった。それで、きっとシャンティリーが丈が低いことを考えているんだな、と思ったんだ。このときだよ、ぼくが君の瞑想の邪魔をして、あいつ——シャンティリーは、小男だから寄席《テアトル・デ・ヴァリエテ》のほうが向く、と言ったのは」

このことがあって間もないころである。「ガゼット・デ・トリビュノー」の夕刊を読んでいると、つぎのような記事がぼくたちの注意を惹いた。

「**異常な殺人事件**——今朝、三時ごろ、サン・ロック区の住民たちは一連の恐ろしい悲鳴によって眠りから覚《さ》まされた。悲鳴はモルグ街にある、レスパネー夫人とその娘、レスパネー嬢が二人きりで住んでいる家屋の四階から起こったものらしかった。普通の方法で入ろうとしたが、だめだったので、しばらく手間どってから、戸を鉄梃《かなてこ》でこわし、近所の者八名ないし十名が二人の警官《ジャンダルム》とともに入った。叫びはこのときまでにやんでしまっていた。しかし彼らが一階の階段をかけのぼるとき、猛烈に争いながらの激しい叫び声が二、三回、はっきりと聞こえたし、それは上のほうの階から聞こえたように思われた。二つ目の踊場《おどりば》に達したとき、これらの音もやみ、すべてはまったく静まりかえった。彼らは手分けして、一部屋一部屋を大急ぎで調べた。四階の、裏側に面した大きな部屋（この部屋の扉も内側から鍵がかかっていたため、無理にこじあけた）に達したとき、居合わせた人びとに恐怖と驚愕を味わわせる光景がくりひろげられた。

「部屋のなかは乱雑の限りをつくしていた。家具は破壊され、八方に飛び散っていた。寝台は一つだけで、その寝具はとりのけられ、床《ゆか》のまんなかへ投げ出されていた。椅子の上には血まみれの剃刀《かみそり》が一つ。炉には、長いふさふさした、人間の灰色の髪が二握りほど。これも血まみれで、どうやら根元から引き抜かれたもののようである。床の上にはナポレオン銀貨が四枚、黄玉《トパーズ》の耳輪が一つ、大きな銀のスプーンが三つ、洋銀《メタル・ダルジェ》の小さなスプーンが三つ、それに、金貨で四千フラン近くがはいっている二つの袋があった。隅《すみ》にあった大机《ビュロー》の抽斗《ひきだし》は開いていて、たくさんのものがなかに残っていたが、くまなく捜索されたらしい。小さな鉄の金庫が寝具の下（寝台の下ではない）に発見された。それは開けられていて、鍵はさしたままであった。中身はすっかりなくなっていて、残っているのは、二、三通の古手紙とつまらぬ書類だけであった。

「レスパネー夫人の姿はまったく見かけなかった。しかし異常な量の煤《すす》が暖炉に見られたので、煙突を調べると、語るだに無残なことだが令嬢の死体が逆さまになって引き出されたのである。このような姿勢で、狭い煙突のなかを、かなり奥まで無理やり押し込まれていたのだ。からだにはまだじゅうぶん暖か味があった。死体を調べてみると、たくさんの擦過傷《さつかしよう》があった。もちろん無理に押しあげられ、手を離されたときにできたものである。顔にはひどい掻《か》き傷がいっぱいあり、咽喉《のど》にも黒ずんだ打撲傷と、故人が絞殺されたことを示すような指の爪の深い痕《あと》があった。

「邸じゅうをくまなく探索したがこれ以上なにも発見することができなかったので、裏にある、舗装されている小さな中庭へゆくと、老婦人の死体があった。咽喉のところをすっかり切られていて、死体を抱きあげようとすると、首がころがり落ちた。首も胴体も無残に切りきざまれ、胴体は人間のそれとは見えないほどであった。

「この恐ろしい怪奇事件の手がかりは、まだまったくない模様である」

翌日の新聞にはつぎのような詳報がのっていた。

「**モルグ街の悲劇**――この驚くべき異常な事件に関し、多くの人びとが取調べられた」〔「事件《アフェール》」という言葉は、フランスではまだ、わが国でのような軽薄な意味になっていなかった〕。「しかし謎を解決するようなことはまだ何一つ知られていない。以下に記すのはこれまで得られた証言のすべてである。

「洗濯女、ポーリーヌ・デュブールの証言によれば、彼女は故人二人を三年間にわたって知っていた。その期間、彼女らのために洗濯していたからである。老婦人とその娘との仲はよく、たがいに深く愛しあっていた。払いはきちんきちんとしていた。彼女らの生活や収入については知らない。レスパネー夫人は占いで暮しをたてていたのだと思う。貯金があるという噂《うわさ》があった。洗濯物を取りに行ったり、届けに行ったりしても、彼女ら以外の人に会うことはなかった。使用人をやとってはいなかったと思う。四階以外のどこにも家具はなかった様子である。

「煙草《タバコ》屋、ピエール・モローの証言によれば、彼は四年近くのあいだ、煙草と嗅《か》ぎ煙草を少量ずつレスパネー夫人に売っていた。彼はこの近くの生まれで、ずっとこのあたりに居住している。故人とその娘は六年以上ものあいだ、死体が発見された邸に暮していた。この邸には以前、宝石商が住んでいて、上の階をさまざまの人びとに又貸ししていた。この邸はレスパネー夫人の持家であった。彼女は借家人の又貸しを不満に思い、自分が引っ越してきて、部屋貸しはすべて断わっていた。老婦人は子供っぽい人であった。証人は六年間に五、六回、令嬢を見かけたことがあった。二人はたいそう引き籠もった暮しかたをしており――金があるという評判だった。近所の噂では、レスパネー夫人は占いをするということだったが――信じがたい。老婦人と令嬢のほかには、運送屋が一、二回と医者が八回か十回ぐらいしか、出入りする人を見かけたことがない。

「ほかに近所の人びと大勢から、似たような趣旨の証言があった。この邸をしょっちゅう訪れた者があったという話は、だれもしなかった。レスパネー夫人とその令嬢の係累《けいるい》で存命中の人がいるかどうかは、知られていない。正面の窓の鎧戸はめったに開いていたことがなかった。裏の鎧戸は、四階の大きな奥の間のほかはいつも降りていた。邸はよい建物で、そう古くなっていない。

「警官《ジャンダルム》、イジドール・ミュゼーの証言によれば、彼は午前三時ごろ該家屋へと呼ばれ、二、三十名の者が玄関にいて家屋内に入ろうとしているのを見た。結局、銃剣で――鉄梃ではない――こじあけた。扉は二枚戸ないし両開き戸と呼ばれるものであったし、上にも下にもボルトがかけてないゆえ、簡単に開いた。悲鳴は扉があくまでつづき――やがて突然やんだ。それはたいへん興奮している、一人ないし数人の者の苦悶《くもん》の声らしく、大声で長かった。短い、早口のものではなかった。証人は先頭にたって階段を昇った。最初の踊場に着いたとき、大声の、怒ったような声を二つ聞いた。第一の声は荒々しく、第二の声はそれよりもっと鋭い異様な声であった。第一の声のほうは二言三言、聞きとることができた。声の主はフランス人だった。女の声でないことは明らかだった。『糞《サクレ》っ』という言葉と『やいっ《ディアーブル》』という言葉は聞きとることができた。鋭い声のほうは外国人の声であった。男の声か女の声かも判らない。何を言っていたのか判らないが、言葉はスペイン語のような気がする。室内および死体の状況についての説明は、昨日の本紙の報道どおりである。

「銀細工業である隣人、アンリ・デュヴァルの証言によれば、彼は家屋内に最初にはいった一団のなかの一人であるが、大体においてミュゼーの証言と一致する。彼らは家屋内にはいるとすぐ、群衆を入れないよう扉を閉ざした。この証人は、鋭い声の主はイタリア人であろうと考え、ちはやく集まってきていたのである。群衆はこういう遅い時刻にもかかわらず、いる。フランス人でないことはたしかだと信じている。それが男の声であったとは確言できず、女の声だったかもしれぬと思う。ただし証人はイタリア語ができるわけではない。言葉をはっきり聞きとれたわけではないが、抑揚から推して、しゃべっていたのがイタリア人であることはたしかである。証人はレスパネー夫人と令嬢を知っていた。双方ともしょっちゅう会話をかわしていた。鋭い声は二人の故人のいずれの声でもなかった。

「料理店主、オーデンハイメル。この証人は自発的に証言を行なった。フランス語を話せないため、通訳つきで取調べを受けた。アムステルダムの生まれなのである。証人は悲鳴の聞こえたとき、ちょうど当該家屋の前を通りすぎるところだった。その声は数分間——たぶん十分間くらい——つづいた。長くつづく大きな声で——恐ろしく苦しそうであった。証人は家屋内にはいった者の一人である。つぎの一点を除いては、あらゆる点で前述の証言と一致している。鋭い声は男の——しかもフランス人の声だと確信しているのである。どういう言葉なのかは判らなかった。大きな声で、早口で、高低の変化がはなはだしく、憤慨し怯《おび》えながら言っているようであった。耳ざわりな——鋭いというよりも耳ざわりな声であった。鋭い声と言うことはできない。荒々しい声のほうは、何度もくりかえして、『糞っ《サクレ》』と『やいっ《ディアーブル》』とを言い、そして一度、『うぬっ《モン・ディユー》』と言った。

「ドロレーヌ街ミニョー父子銀行の頭取、ジュール・ミニョー。父親のミニョーのほうである。レスパネー夫人には多少の財産があった。＊＊年（八年前）の春から、彼の銀行と取引していた。少額ずつ頻繁《ひんぱん》に預金していた。死亡の三日前までは、ぜんぜん払出したことがなかったが、その日彼女は自分で来て四千フランを引き出した。この金は金貨で支払われ、役員の一人が家まで届けた。

「ミニョー父子銀行の役員、アドルフ・ル・ボンの証言によれば、彼はその日、正午ごろ、四千フランを二つの袋に入れ、レスパネー夫人と同道で彼女の家へおもむいた。扉が開くとレスパネー嬢があらわれ、彼の手から袋を一つ受け取り、もう一つを老婦人が受け取った。それから彼はお辞儀をして立ち去った。そのとき通りには人影はなかった。横町だし、ひどく寂しいところなのである。

「洋服屋、ウィリアム・バードの証言によれば、彼は家屋内に入った一人であった。証人はイギリス人で、二年間パリに住んでいる。彼は最初に階段を昇った一人で、言い争う声を聞いた。荒々しい声はフランス人の声であった。数語ばかり聞きとれたが、全部は思い出せない。『糞っ《サクレ》』と『うぬっ《モン・ディユー》』とははっきり聞こえた。そのとき、数人が格闘しているような音——引っ掻いたり取っ組みあったりする音がした。鋭い声はたいへん大きくて、荒々しい声よりも大きかった。イギリス人の声でないことは確実である。ドイツ人の声のように感じられた。女の声だったかもしれない。なお、証人はドイツ語はできない。

「以上に名前をあげた証人のうち、四名はもういちど喚問されたが、彼らの証言によれば、レスパネー嬢の死体が発見された部屋の扉は、人びとが入っていったとき内側から鍵がかけてあった。まったく静寂で、どんな種類の呻《うめ》きも物音も聞こえなかった。扉をこじあけたとき、どのような人間をも見かけなかった。窓は表の部屋も裏の部屋もしまっていて、内側からしっかり締りがしてあった。二つの部屋をつなぐ扉は、しまっていたけれども錠をおろしてはなく、鍵は鍵穴にさしたままになっていた。四階の廊下の突きあたりにある、表の小さな部屋は開かれていて、扉は開けはなしてあった。この部屋は、古ベッド、箱、その他がごちゃごちゃ置いてあった。これらのものは注意ぶかく移され、調査された。家屋のなかは隅から隅まで、入念な捜査を受けた。煙突のなかも調べた。該家屋は四階建てで、屋根裏部屋《マンサルド》がついていた。屋根の引窓はしっかりと釘《くぎ》づけされ、この数年間あけられたようすがなかった。言い争いの声を聞いたときから部屋の扉を押しやぶったときまでの時間は、証人たちによってさまざまに異なっている。ある者は三分ぐらいの短い時間であったと言い、ある者は五分ぐらいの長い時間であったと言う。扉を開けるのに手間どったのである。

「葬儀屋、アルフォンゾ・ガルシオの証言によれば、彼はモルグ街に住んでいる者で、スペイン生まれであるが、家屋内に入った者の一人であった。ただし、ひどく神経質なので、興奮することの結果を心配したため、階上へは昇らなかった。彼は言い争う声を聞いた。荒々しい声はフランス人の声であった。しかし何を言っていたのかは判らなかった。鋭い声はイギリス人の声であった。このことは確実である。証人は英語を解さないのだが、これは抑揚でよく判った。

「菓子屋、アルベルト・モンターニの証言によれば、彼は階段を最初に昇った者のなかの一人である。荒々しい声はフランス人の声であり、数語聞きとれたが、これは説諭しているような口調であった。彼は問題の声を聞いた。鋭い声のほうは判らなかった。早口で、高くなったり低くなったりした。ロシア人の声だと思う。大体については他の人びとの証言と一致した。証人はイタリア人で、ロシア人とは話をしたことがない。

「数名の証人はもういちど喚問されて、それぞれ証言したが、それによれば、四階にあるどの部屋の煙突も、狭くて人間が通れるはずはない。掃除すると言っても、煙突掃除屋が使う円筒形のブラシで、家中の煙突を上下に通すだけなのである。人びとが階段を昇るあいだに、だれかが降りてゆけるような裏階段はない。レスパネー嬢の死体は、煙突のなかにぴったりと詰まっていたので、四、五人が力をあわせてようやく引きずりおろすことができた。

「医師、ポール・デュマの証言によれば、彼は夜明けごろ、二つの死体を検死するために呼ばれた。死体はそのとき、いずれも、レスパネー嬢が発見された部屋の、寝台のズックの上に置かれていた。令嬢の死体は、打撲傷と擦過傷がひどかった。煙突のなかに詰めこまれたのだから、こういう外見を呈しているのは無理からぬことである。咽喉のところはひどくこすれていた。頤《あご》のすぐ下に、深い掻き傷がいくつかあったし、明らかに指の痕と思われる土色の斑点が並んでいた。顔は恐ろしいくらい血の気が失せ、眼球は飛びだしていた。舌は一部分、嚙《か》み切られていた。鳩尾《みぞおち》のところには、たぶん膝《ひざ》で圧迫したために生じたと思われる、大きな打撲傷があった。デュマ氏の意見によれば、レスパネー嬢はだれか不明の人、ないし人びとによって絞殺されたものである。母親の死体は、無残にも手足を切られていた。右の腕と脚の骨は一つ残らず、多少なりとも砕けていたし、右の脛骨《けいこつ》、および左側の肋骨《ろっこつ》全部は、裂け折れていた。からだじゅう、恐ろしいくらいに打撲傷を受け、変色していた。どのようにしてこの傷を受けたかは不明である。重い棍棒《こんぼう》、太い鉄棒、椅子、あるいは何か他の大きな重い鈍器を、非常に力の強い男が振りまわせば、こういうことになるかもしれない。女では、どんな武器を使っても、こういう打撃を加えることはできないはずである。故人の頭部は、証人が見た際には胴部からまったく離れており、またはなはだしく打ち砕かれていた。咽喉は明らかに、何か非常に鋭いもの――たぶん剃刀で切られていた。

「外科医、アレクサンドル・エチエンヌは、デュマ氏とともに死体検問のため呼ばれたが、デュマ氏の証言と意見に一致している。

「ほかに数名の者が訊問《じんもん》されたが、重要なことはこれ以上なにも引き出されなかった。あらゆる点から見て、これほど神秘的でこれほど人を困惑させる殺人事件は、これまでパリで起こったことはなかった。もちろん、殺人が犯されたとしての話だけれども。警察はまったく途方に暮れている。この種の事件としては稀有《けう》のことである。しかも、手がかりらしいものはまったくない」

「夕刊は、サン・ロック区では今なお非常な興奮がつづいていること、現場は丹念に再調査され、証人の訊問もふたたび開始されたが何の得るところもないことを告げ、しかし最後に、既報の事実のほか彼が有罪であるとみなす材料は何一つないのに、アドルフ・ル・ボンが逮捕・投獄されたと言い添えていた。

デュパンはこの事件の成行きに異様なほど関心をいだいているらしかった――少なくともぼくは彼の態度からそう判断した。というのは、彼は何もしゃべらなかったのだから。彼がこの殺人事件についてぼくの意見をたずねたのは、ル・ボンが投獄されてからである。

ぼくはただ、不可解な謎だという点で、パリじゅうの人びとと意見を同じゅうするにすぎなかった。どういう手段で犯人をつきとめたらいいのか、ぼくにはぜんぜん判らなかった。

「こういう形ばかりの捜査で」とデュパンは言った。「手段を論ずるのは無理だよ。パリの警察は、俊敏だという評判が高いけれども、なあに、小利口なだけなのさ。奴《やつ》らの捜査には、方法なんてものはありやしない。あるのはただ、ゆきあたりばったりの、その場その場の捜査だけ。いろいろさまざまの手段を用いはするけれど、その適用のしかたがしょっちゅう間違っているんで、あの『町人貴族』に出てくるジュールダン氏のことを思い出させる。ほら、音楽がもっとよく聴けるように《プール・ブリュ・ザンタンドル・ミュジーク》と部屋着《ローブ・ド・シャンブル》を持ってこさせた男ですよ。その成果は、ときには素晴らしいかもしれないけれど、でもたいていは、ただ勤勉に歩きまわったおかげなんだ。こういう素朴なやりかたが有効じゃないときは、奴らの目論見は失敗に終わってしまう。例えばヴィドックは、たしかに勘も鋭いし、忍耐強い男だ。でも、無学だから、捜査に熱心になるあまり、いつも失敗ばかりしていた。あいつは、対象をあんまり近くからみつめるせいで、よく見えなくなるんですよ。まあ、部分的には一つ二つ、たいへんはっきり見える点もあるだろうけれど、そうなれば必然的に、全体を見失うことになる。つまり、深く考えすぎるというわけですよ。真理はかならずしも、井戸の底にあるわけじゃない。それに、真理よりももっと大切な知識ということになると、こいつはつねに表面的なものだとぼくは信じるな。深さがあるのは、ぼくたちが真理とか知識とかを探す谷間のほうなんで、それをみつけることができる山頂には、深さなんてない。こういう種類の失敗は、天体をじっとみつめるときのことでよく判りますよ。星はちらっと見るほうが……つまり網膜《もうまく》の外側を向けるほうが、はっきり見ることになる。（網膜は外側のほうが、内側よりも、光のかすかな印象を感じやすいから）星の輝きが一番よく判るんですよ。眼を星に真正面に向けると、星の光はぼんやりしてしまう。実際は、こういうふうにしたほうが沢山の光が眼にはいるわけだけれど、でも、ちらっと見るほうが、光を捕える能力という点では上なのだ。こういうわけで、過度の深さというものは、思考を惑わし、弱めることになる。金星《ヴィーナス》だって、あんまり長い時間（あるいは、あんまり熱心にとか、あんまりまともにとか）みつめられると、天から消えてしまう。

「今度の殺人事件に話をもどせば、ぼくたちの意見をたてる前に、一つぼくたち自身で捜査してみようじゃないか。調べるのは楽しいことだろうよ」［楽しいという言葉は、こんな場合に使うのは変だと思ったが、ぼくは黙っていた］。「それにル・ボンという男は、一度ぼくに親切にしてくれたことがある。その恩はいまだに忘れてない。出かけて行って、この眼で現場を見ることにしようよ。警視総監のG＊＊とは懇意だから、簡単に許可してもらえるだろう」

許可を手に入れると、ぼくたちはただちにモルグ街へ行った。それは、リシュリュー街とサン・ロック街のあいだにあって、例のよくあるみすぼらしい通りの一つだ。ぼくたちの住家からずいぶん遠かったので、到着したのは午後も遅い時刻であった。その家はすぐに判った。今でもやはり、道の反対側には人だかりがしていて、鎧戸のおりた窓を、漠然とした好奇心にかられてみつめていたからである。それはパリでごく普通に見かける家屋にすぎなかった。門があり、その片方の側にはガラス窓のついた門番小屋があった。窓は引き戸になっていて、それに門番小屋《ロジュ・ド・コンシェルジュ》と書いてある。家のなかへはいる前に、ぼくたちは通り越して横町へはいり、もういちど曲って、家の裏手へ出た。デュパンはその間、家屋とその周囲を細心の注意で調べていたけれども、どういう目的なのか、ぼくには判らなかった。

ぼくたちは逆もどりして、その家の正面に出た。ベルを鳴らし、証明書を出すと、監視の者はぼくたちが入るのを許可してくれた。ぼくたちは階段を昇り、レスパネー嬢の死体が発見された部屋にはいった。そこには二つの死体がまだ置いてある。部屋のなかの無秩序ぶりは、こういう場合のつねとして、そのままにしてあった。しかしぼくの眼には、「ガゼット・デ・トリビュノー」紙の報道以外のことは何も見えなかった。デュパンはあらゆるものを点検した。もちろん、犠牲者の死体二つも例外ではなかった。ぼくたちはそれから他の部屋にゆき、中庭へ行った。警官《ジャンダルム》が一人、その間もずっとぼくたちに付き添っていた。暗くなるまでかかって調べ、それからぼくたちは立ち去った。帰る途中、デュパンはある新聞社の前でちょっと立ちどまった。

前にも言ったことがあるが、ぼくの友人の気まぐれは種類がいろいろあって、ぼくはそれ《ジュ・》をほうっておくことにしていた《レ・メナジュエイ》――どうも英語にはぴったりした言いまわしがない。そのときも、翌日の正午ごろまで、彼はこの殺人事件を話題にのせようとしなかった。そして正午ごろになると、とつぜん、あの凶行の現場で何か変なことに気がつかなかったかと訊ねるのである。

「変な」という言葉に力を入れる、彼の口のききかたには、なぜなのか判らないけれどもぼくを戦慄《せんりつ》させるようなものがあった。

「いや、変なことなんて何も」とぼくは言った。「それに第一、新聞に出ていたとおりのことしか気がつかなかったぜ」

「あの『ガゼット』紙の報道ぶりには」と彼は答えた。「この事件の異常な恐ろしさがよく判ってないようなふしがある。まあ、新聞の当てにならない記事なんて、どうでもいいけれど。ぼくには、この怪事件は、それが解決容易であると見なされるまさにその理由によって――つまり外観上の異様な《ウトレ》性格のことをぼくはその理由と言ってるんだぜ――かえって逆に解決不可能だと考えられているように思われるのだ。警察は動機が判らなくて困りきっている。もっとも、殺人それ自体の動機じゃない。こういう凶暴な殺人をなぜやらなくちゃならなかったか、という動機が判らないのだ。それに、警察を困らせていることがもう一つある。言い争う声が聞こえたという事実と、昇っていった連中がレスパネー嬢の惨殺死体しか発見せず、しかも彼らに見られないような出口はないという事実とを、どう結びつけるか、というのがその難問なんだ。部屋のなかのたいへんな乱雑さ。頭を下にして煙突のなかに突っこまれていた死体。老婦人のからだが二目と見られぬほど切り刻まれていること。こういうさまざまの事実が、前にぼくの言ったことや、それからとくにあげる必要もない事柄といっしょになって、警察当局の力を麻痺《まひ》させ、御自慢の明敏さをすっかり途惑わせている。彼らは、稀有なことと難解なこととを混同するという、よくありがちな大失敗をやらかしてしまったわけだ。しかし、人間の理性が真実を求めて進むとすれば、こういう正常な次元から逸脱しているものこそ、手がかりになるはずだ。ぼくたちが今やっているような捜査では、『どういうことが起こったか』じゃなくて、『いままで起こったことのない、どういうことが起こったか』が問題にならなくちゃならない。ぼくはこの謎を解いてみせる。いや、じつを言うともう解いてしまってあるんですけどね。その場合、警察の眼に一見不可能と見えれば見えるほど、ぼくにとっては容易なのだよ」

ぼくはびっくりして黙りこみ、相手の顔をみつめた。

「ぼくは今、待ってるところなんだ」と彼は、部屋の扉のほうを見やりながらつづけた。「この凶行にある程度、関係があるにちがいない、ある男を待っている。もっとも、たぶん下手人じゃないと思うけれどね。この犯罪事件の最悪の部分については、彼はおそらく潔白だろう。この推定が当たっていてほしいな。なぜって、ぼくはこの謎全体を、この推定のもとに解こうとしているんだから。その男はここに――この部屋に、もう、今にもやって来るだろう。もちろん、来ないかもしれないよ。でも、来る見込みが大きいな。もしやって来たら、引きとめておかなくちゃならない。ほら、ピストルだ。もし必要な事態になったら、君には、使いかたはよく判っているはずだ」

ぼくはなんの気なしに、あるいは、べつに彼の言ったことを真に受けたわけでもないのに、ピストルを受け取った。そしてその間もデュパンは、まるで独言のようにしゃべりつづけている。こういう際の彼の、放心したようなようすについては、前にも言ったことがある。彼の話の相手はたしかにぼく自身なのだが、しかし彼の声は、決して大きくないのに、ひどく遠いところにいるだれかに語りかけるときのような抑揚なのである。彼の眼はぼんやりと、壁をみつめていた。

「階段を昇っていった人びとが聞いた言い争っている声が、二人の女の声じゃないってことは」と彼は言った。「証言によって完全に明らかになっている。このことのおかげで、老婦人が娘を殺しそれから自殺したんじゃないかという疑惑は持たなくてすむわけだ。もっともぼくがこんなことを言うのは、思考の手続きとしてなんですよ。だって、レスパネー夫人には、娘の死体をあんなふうに煙突に突っこむほどの力はないものね。それに母親のほうのからだの傷から見ても、自殺という考えかたはおかしいよ。そこで、殺人はだれか第三者たちによって犯された、ということになる。そしてこの第三者たちの声が、言い争っているように聞かれた声だったんだ。そこで、この二つの声に関する証言全体にじゃなく——この証言のなかのある特異な一点に、注意を向けようじゃないか。何か特異なことがあるのに、君は気づいたかい?」

ぼくは、荒々しいほうの声がフランス人の声であることには、証人たちが全員、一致しているのに、鋭い声(だれかの形容によればいやな声)については意見がまちまちである、ということを言った。

「それは証言自体の話ですよ」とデュパンは言った。「証言の特異性というわけじゃない。

君は特徴的な点に気がつかなかったんだな。でも、注意すべきことが、たしかにあったんだぜ。君の言うように、証人たちは荒々しい声については意見が一致している。この点では全員一致だ。ところが鋭い声についての特異な点は……彼らの意見が一致しなかったという点じゃなく……イタリア人、イギリス人、スペイン人、オランダ人、フランス人がその声を説明するに当たって、めいめいがそれを外国人の声だと言っていることなんだ。自分の同国人の声じゃない、ということには、めいめいが確信を持っている。しかも、めいめいが、自分がその国語を話せる国の国民だとは言わない……その反対なんだな。フランス人はスペイン人だと言い、『スペイン語ができたら、いくらか聞きとれたろうけれど』と語る。ドイツ人はフランス人の声だと言い張る。ところがぼくたちは、『この証人はフランス語を話せないため、通訳つきで取調べを受けた』と書いてあるのに気がつくわけだ。イギリス人はドイツ人の声だと考えている。しかし『ドイツ語は解さない』のだ。スペイン人は『たしかに』イギリス人の声だったと言っている。でも、『英語は知らないので』、まあ『抑揚から判断して』なんだ。イタリア人はロシア人の声だと信じきっている。しかし彼は、『ロシア人としゃべったことは一度もない』というわけだ。それに二人目のフランス人は、最初のフランス人と意見がちがって、イタリア人の声だと断定している。ところがこれも、『この国語を知らないため』、スペイン人と同じように『抑揚によってそう判断している』のだ。こんな証言がされる声というのは、なんて奇怪な声なんだろう！　その口調には、ヨーロッパの五大国の国民に馴染《なじ》みの深いものが全然なかったんだよ！　アジア人の声かもしれぬ、と君は言うだろうね。さもなくば、アフリカ人の声だろうと。ところがパリには、アジア人もアフリカ人もそう大勢住んでいないんだけどな。まあ、しかし、それはともかく、三つのことに注意してもらいたいんだよ。つまり、第一に、一人の証人によれば、その声は『鋭いというよりも厭《いや》な声』である。第二に、ほかの二人は『早口で高くなったり低くなったりする』と言っている。それから第三に、どの証人にも一語も……言葉らしい音さえ聞きとれなかった。

「いままで話したことが、君の理解力にどんな印象をあたえたか、判らないけれど」とデュパンは言った。「ぼくとして、これだけははっきり言えるな。証言のこの部分――荒々しい声と鋭い声についての部分――からだって、正しい推論を行ないさえすれば、そこから生じる疑念は、この事件の捜査のこれからの展開を方向づけることになるだろう、とね。いま、『正しい推論』と言ったけれど、ぼくの気持ちはこれじゃあまだ充分に言い表わしていない。その推論は唯一の正確な推論であり、その疑念はそこから唯一の結果として必然的に出てくる――というわけなんだけどね。でも、その疑念がどういうものかは、しばらく伏せておきますよ。ただ、その疑念はあの部屋でのぼくの捜査に、あるきちんとした形――ある傾向――をあたえるに足るものであった、ということだけはおぼえておいてください。

「さて、空想のなかで、これからあの部屋へと席を移してみようじゃないか。まず最初に、何を探すかしら？　殺人犯の逃走手段だよね。ぼくたち二人とも、超自然的な出来事なんて信じやしないもの。レスパネー夫人母娘は幽霊に殺されたはずがない。この殺人行為者は物質的な存在であり、そして物質的に逃走した。じゃあ、どういうふうに？　仕合わせなことに、この点についての推理法はただ一つしかないし、その推理法はぼくたちを、明確な結論へと導いてくれるのさ。可能な逃走手段を、一つ一つ検討してみよう。人びとが階段を昇っていったとき、レスパネー嬢の発見された部屋に（少なくともその隣の部屋に）犯人たちがいたということは明らかだ。とすれば、ぼくたちが出口を探さなくちゃならないのは、この二つの部屋からということになる。警察では、床も天井も壁石も、ぜんぶ剝《は》がしてみた。もし秘密の出口があったら、ばれたにきまっている。もっとも彼らの眼は信用しないことにして、ぼくは自分で調べたけれど、やはり秘密の出口はなかった。部屋から廊下へ出る扉には、二つとも内側から鍵がかかっていた。つぎは煙突なんだが、炉の上、八フィートないし十フィートのところまでは普通の幅だけれど、煙突全体としては大きな猫でも通れない。というわけで、出口を求めることが絶対に不可能となると、結局、窓しかないことになってしまう。しかし表の部屋の窓から逃げだすならば、通りにいる群衆にきっと見られているだろう。だから、裏の部屋の窓から殺人犯たちは逃げたにちがいない。ところが、こういう明白な論理でこの結論に達した以上、ぼくたちは推理家として、それに反対してはいけないんだな。一見したところ不可能に見えるからといっても、この論理に従わなくちゃいけない。むしろ、こういう見せかけの『不可能性』が、実際は存在しないのだということを証明するのが、ぼくたちの仕事として残されているわけですよ。

「あの部屋には窓が二つある。一つは家具で邪魔されていなくて、窓全体が見えるようになっている。もう一つは、すごく大きな寝台の頭のほうがぴったり寄せてあるので、窓の下のほうが見えなくなっている。第一の窓のほうは、内側からしっかりと閉まっているのが判った。何人もかかって力をふるい、押しあげようとしたけれど、だめだった。窓枠の左に大きな錐穴《きりあな》が開けてあって、頑丈な釘がほとんど頭のところまで差しこんであった。もう一つの窓を調べてみると、同じような釘が同じようなぐあいに差しこんであるし、窓枠を押しあげようとしても無駄だった。そこで警察は、出口は窓じゃないと考えて、すっかり安心してしまうわけですよ。釘をぬいて窓をあける必要なんかない、と考える。

「ぼくの捜査はもっと精密だったし、なぜそうしたかと言えば、さっき説明したような理由があった。つまり、ぼくは知っていたんですよ。あらゆる見せかけの不可能性がじつは存在しないのだということを証明するための急所は、ここなのだ、とね。

「ぼくはこういうふうに考えを進めた――帰納的《ア・ポステリオリ》にね。殺人者たちはこの二つの窓の一つから逃げた。しかしそうなると、窓は閉まっていたけれども、彼らが内側から閉めるなんてことができるはずはない。このことはあまり明白なものだから、警察でも窓を調べるのはやめてしまったわけだ。でも、窓は閉まっている。とすれば、自動的に閉まる仕掛けになっているに相違ない。ぼくにとって、この結論は依然として不動でしたよ。そこでぼくは、寝台でふさがれてないほうの窓に近よって、かなり骨を折ったあげく釘を抜き、窓枠をもちあげようとした。でも、やはり考えていたように、いくら力を入れてもだめだった。秘密のバネがあるにちがいないと、そこで気がついた。これでぼくの考えかたは、いよいよ補強された形で、少なくとも前提だけはたしかだと確信したわけです。まあ、釘についての事情はまだまだ謎に包まれていてもですよ。丁寧に探して見ると、秘密のバネは発見できたので、押して見た。でも、発見したことに満足して、窓枠はあげなかったけれど。

「そこでぼくは、釘をまた差して、丹念に観察した。この窓から出てゆく者が、窓を閉めることはできるだろう。そしてバネがかかることもあるだろう。だけど、釘をもとどおりに差すことは不可能だろう。この結論は明白だったから、ぼくの探索の範囲をさらに狭めてくれたことになる。つまり、殺人者たちはもう一つの窓から逃げたに相違ない、というわけです。もし両方の窓枠のバネが同じだとすれば（たぶんそうだと思うけれど）、二つの釘がちがうのか、さもなければ釘の差しかたがちがうのかの、どっちかだということになる。ぼくは寝台のズックの上に立って、寝台の頭板《ヘッド・ボード》ごしに、二つ目の窓枠を丁寧に調べてみました。頭板《ヘッド・ボード》のかげになっているところに手を入れてみると、バネは簡単にみつかったので、押してみた。やはり考えていたとおり、前の窓のバネと同じものでした。そこでぼくは、今度は釘のほうにかかった。これも前の釘と同じように頑丈なもので、一見したところ同じようなぐあいに差しこんである。頭のところまでね。

困ってしまったろう、と言いたいんだろう？　でも、君がもしそう考えるとすれば、それは君が帰納推理ってものをぜんぜん誤解してる証拠だぜ。狩猟用語で言えば、ぼくはいっぺんだって『途方に暮れ《アット・フォールト》』たことがない。臭跡を失ったことなんぞ、ちっともないんだ。この場合にしても、鎖の環《わ》にはまだ罅《ひび》ははいっていないやね。ぼくは謎を究極まで追いつめていった。そして――その究極というのが釘だったのさ。その釘はどう見たって、もう一つの窓の釘とまったく同じ外観でしたよ。でも、こんな事実なんて（決定的に見えるかもしれないけれど）、手がかりの糸はこの地点まで伸び、そしてここで終わっているのだという考えにくらべれば、物の数じゃなかった。『この釘が何か変なのにちがいない』とぼくはつぶやいて、釘に触ってみた。すると、頭のところがぽろりと、四分の一インチほどの胴の部分といっしょに、取れたじゃないか。胴の残りの部分は、釘穴のなかに残ったままだ。折れ口がすっかり錆《さ》びていたから、釘が折れたのはずいぶん前のことらしいね。金槌で、釘を窓枠の下部に叩《たた》きこむときに、たぶん折れたんだろう。頭の部分を、元のぎざぎざした箇所へそっとのせてみた。すると、どう見ても、ちゃんとした釘にしか見えない……折目は見えないんだ。ぼくはバネを押して、窓枠を数インチ、そっとあげてみた。釘の頭はつきささったまま、窓枠といっしょにあがってゆく。そして窓を閉めると、もとどおりの、一本の釘ができあがるんだ。

「この謎は、これで解けたわけさ。犯人は寝台のそばの窓から逃げた。彼が出ると、窓は自然に閉まって（それとも、わざわざ閉めたのかしら）、バネでしっかりと止まったんだよ。警察じゃ、バネで止まってるのを釘で止まってると勘ちがいして――もうそれ以上、調べる必要はないと思ったのだ。

「つぎの問題は、どういうぐあいに降りたかということだ。でも、この点については、君といっしょに家のまわりを歩いたとき、満足すべき答えを得ていたんだよ。問題の窓から五フィート半くらい離れて、避雷針が一本立っている。もちろんこの避雷針からでは、窓にはいることはおろか、窓まで手をのばすことだって不可能でしょう。しかしぼくは、四階の鎧戸が独特のものだということに気づいたんですよ。それはパリの大工がフェラードと言っているもので……近ごろではあまり使われない。もっとも、リヨンやボルドーの古風な邸ではしょっちゅう見かけるけれど。形は普通の扉（と言っても、両開き扉じゃない、一枚扉）の形をしていて、ちがう点は、上半分が格子細工になっていることだ。つまり、手をかけるにはとても都合がよくなっている。そして、あの窓の鎧戸の幅は、約三フィート半は充分あった。ぼくたちが家の裏にまわって見たとき、鎧戸は両方とも半開きになって――つまり壁と直角になっていた。警察だってたぶんぼくたちと同様、邸の裏手を調べてはみたろうね。しかし、その場合でも、二つのフェラードをただ漫然と眺めただけじゃ（きっとそうだったろうと思うよ）、幅がこんなに広いんだってことが判らないし、どうしても幅のことを考慮に入れないことになってしまう。それに窓からでは逃げられっこないと思いこんでいるから、ざっと一通り調べただけでやめたのは、無理もないやね。しかしぼくには、寝台のそばにある窓の鎧戸を壁まですっかり押し開けば、避雷針へ二フィート以内の距離になるということがはっきりしていた。また、途方もない勇気をふるい、ものすごい力を出せば、避雷針から窓へ、こういう手段で達することができる、ということも明らかだった。二フィート半も手をのばせば（いいかい、鎧戸はすっかり開いていると仮定するんだぜ）、その泥棒は格子細工をつかまえることができるわけなんだ。そこで、避雷針をつかんだほうの片手を離し、足をぐっと壁にかけて、思いきって蹴れば、扉はあおりを食って閉まるだろう。もしそのとき窓が開いていれば、泥棒は部屋のなかへ飛びこめるわけじゃないか。

「さっきぼくが、こういう危険でむずかしいことをやってのけるには、極めて異常な行動力がいる、と言ったことを、とくに忘れないでほしいな。ぼくの気持ちとしては、もちろん第一には、たぶんこういうことは可能だったかもしれぬ、ということを示したいわけだ。でも、第二には（こっちのほうが主なんだけれど）、こういうことができる敏捷《びんしょう》さというものはじつに大変な……ほとんど超自然的なものだ、ということを印象づけたいんですよ。

「もちろん、君は法律用語を使って言うだろう。『自己の主張を弁護するため』には、このことに必要な能力を充分に評価するよりもむしろ過小評価してかからなくちゃならぬ、とね。法律ではそうなっているだろうけれど、理性の習慣ではそうじゃない。ぼくの究極の目的は真実だけさ。そして、当座の目標は、今ぼくの言った極めて異常な行動力と、どこの国の言葉なのか、一人ひとりの意見が全部ちがっていて、だれにも一音節だって聞きとれなかった、極めて特異な鋭い（不快な）高くなったり低くなったりする声とを、君に考えあわさせることなんだ」

こう語るのを聞いたとき、デュパンの真意が、半ば形をなしかけているぼんやりした状態で、ぼくの心をかすめた。ちょうど、人びとが何かを思い出しかけていて、しかも結局は思い出せずにいるときのように、ぼくは理解にひどく近づいていながら、しかも理解することができないでいたのである。ぼくの友人はつづけた。

「判っているだろうけど」と彼は言った。「ぼくは逃げかたのことから入りかたのことへと話題を転じた。ぼくとしては、どっちの場合も、同じところから同じようにしてやったんだということを言いたかったわけですよ。今度は部屋にもどって、なかのようすを調べてみるとしよう。箪笥《たんす》の抽斗はひどく荒されていて、でもそのなかにはいろんなものが沢山、残っていたということだ。この理屈はおかしいぜ。単なる推測……ばかげた推測だし、しかも推測にすぎない。抽斗のなかにもともとあった品が、そっくりそのまま残っていたわけではない、とどうして判るのかしら？　レスパネー夫人母娘は、ひどく引き籠もって暮していた。訪問客もなかったし、めったに外出しなかったし、着替えの衣類もそういらなかった。それなのに箪笥のなかにあったものは、少なくともああいう女の人たちが持っていそうなもののなかでは、いちばん上等なものだったぜ。泥棒が取っていったのなら、なぜ一番いいものを取らなかったんだろう？　なぜ、全部もってゆかなかったんだろう？　簡単に言っちまえば、足手まといになる衣類には手を出したくせに、なぜ、四千フランの金貨は置いていったのかしら？　いいかい、金貨には手をつけていないんですよ。銀行家のミニョー氏が言った金額は、ほぼ全額、袋にはいったまま床の上に投げだしてあった。だから、動機についての、あのばかげた考えかたは捨てちまったほうがいい、と忠告するね。あんなもの、家の戸口まで金を届けたという証言があったせいで、警察の連中の頭にひょいと浮かんだだけのものじゃないか。こういう、金が配達され、そしてそれを受け取ってから三日以内に殺人が起こるなんてことよりも十倍も不思議な暗合が、ぼくたちみんなの人生に毎日おこっている。ただ、だれもそんなことに気がつかないだけさ。一般的に言って、暗合というものは、蓋然論《プロバビリティ》の理論をちっとも知らないように教育されてきた思索家たちにとって、大きな躓《つまず》きの石なんです。人間が行なう探求の、もっとも輝かしい対象が、もっとも輝かしい例証を得ているのは、この蓋然論《プロバビリティ》のおかげなんですけどね。この場合だって、もし金がなくなっていれば、三日前に金を届けたという事実は、何か暗合以上のものを形成することになる。そうなれば、あの動機についての考えを裏づけることになったろうさ。でも、この場合の実情を見れば、この残虐行為の動機が金だと考えることができるためには、犯人は金と動機をいっしょに捨ててしまうくらいの、だらしのないばかなのだろう、と想像しなくちゃならない。

「ぼくが今まで指摘してきたこと——異様な声、なみなみならぬ敏捷さ、それにこれほど異常で凶暴な殺人事件なのに動機がないということ——を、しっかりと頭に入れて、さて今度は凶行そのものについて考えてみよう。一人の女が手で締め殺され、頭を下にして煙突のなかへ詰っこまれた。普通の殺人犯なら、こういう殺しかたはしないね。少なくとも、こういうぐあいに死体を隠しやしない。こんなふうに死体を煙突に詰っこむやりかたには、何かひどく変《ウトレ》なものがあるよね。たとえそういうことをした奴らが、考え得る限りもっとも堕落した人間だとしても、人間の行為というものについての常識とはほとんど相いれないものがある。それからまた、あの煙突のなかへ死体を詰っこむときの力がどんなに強いものか、考えてみたまえ。何人も力を合わせて、やっと引きおろすことができたんだぜ！

「今度は、たいへんな力がふるわれたことを示す、もう一つの証拠に移ろう。炉のところに、人間の灰色の頭髪が一房——それもずいぶん沢山の分量——捨ててあった。根元からむしりとられたものだ。二、三十本まとめてだって、頭からあんなふうに抜きとるにはたいへんな力がいるってことは、よく判るでしょう。ぼくといっしょに君も見たわけだけれど、あの髪の根元には（ひどいもんだったね！）頭皮が血まみれになって、くっついていた。あれを見れば、たぶん何十万本もの頭髪が一気に引き抜かれたとき、どれだけものすごい力がふるわれたか判るよ。それに、老婦人の咽喉は、ただ切ってあるだけじゃなく、頭が胴体からすっかり離れていたっけ。いいかい、凶器はただの剃刀一本なんですよ。ここでまた、こういう行為の獣的な残虐さに気をつけてほしいな。レスパネー夫人のからだの打撲傷については、ぼくは何も言わない。デュマ氏と彼の立派な補佐役のエティエンヌ氏は、これは何か鈍器で傷つけられたものだと言っていた。その限りでは、この二人の紳士の意見は正しいでしょう。鈍器というのは、明らかに、中庭の敷石なんですよ。レスパネー夫人は窓のそばの寝台から、その上に落っことされたのさ。判ってみればじつに単純な、こういう考えかたが、警察の連中にできなかったのは、鎧戸の幅のことを見逃したのと同じ理由です。つまり、釘のことがあったもんだから、窓が開く可能性があるってことなんぞ、思いもつかなかった。

「こういう事柄全部のほかに、部屋のなかの奇怪な乱雑さという要素がある。しかしこれは君がちゃんと考えてあることだろう。そこで、とうとう、びっくりするくらいの敏捷さ、超人間的な力、獣的な残虐さ、動機のない残忍さ、人間性から徹底的に縁遠い恐ろしい奇怪な行為《グロテスクリ》、いろんな国の人間の耳に外国語として響いた、ぜんぜん言葉が聞きとれない声という、いくつものことを総合するところまできたわけだ。どういう結果が出てくるだろう？　ぼくのしゃべったことは、君の空想に、どういう印象をあたえたかしら？」

ぼくはデュパンがこう訊ねたとき、戦慄を感じた。「気違いの仕業だ」とぼくは言った。「近所の精神病院《メゾン・ド・サンテ》から逃げだした気違いなんだね」

「ある点では、君の意見は当たってないこともない」と彼は答えた。「でも気違いの声は、発作がいちばん激しいときでも、階段に聞こえてきた特異の声のようなものじゃないんだよ。気違いはどこかの国の国民だから、どんな無茶苦茶なことを口走ろうと、音節というものはやはりちゃんとしている。それに、気違いの毛は、ぼくがいま手に持っているような、こんなものじゃない。ぼくはこの一房の毛を、レスパネー夫人のかたく握りしめた手から取ってきたんだよ。君はこれを、どう思う？」

「デュパン！」とぼくは、茫然《ぼうぜん》として言った。「この毛は変だ……人間の、人間の毛じゃない」

「人間の毛だなんて、言ってやしないよ」と彼は言った。「でも、この点について意見を決める前に、この紙に写してきたスケッチを見てみたまえ。これは、証言のある部分に、レスパネー嬢の咽喉にある『指の爪による黒ずんだ打身と深い凹み』、それからべつの箇所に、デュマ氏とエティエンヌ氏が、『明らかに指の圧迫による、一連の土色の斑点』と言っているものの模写《ファクシミル》なんだ。

「君も気がつくだろうが」と、ぼくの友人はわれわれの前のテーブルに紙をひろげながらつづけた。

「この絵は、しっかりと固く握りしめたことを示しているね。指がすべったようすはないいんだから。指の一本一本が、はじめに摑《つか》んだとおりに――たぶん相手が死ぬまで――ぎゅっと摑んでいたのだ。さあ、一つ一つの斑点に、君の指を全部、同時に当ててみろよ」

ぼくはやって見たが、うまくゆかなかった。

「これでは、フェアな実験のしかたと言えないかもしれないね」と彼は言った。「この紙は平らなところに伸ばしてあるけど、人間の咽喉は円筒形なんだから。ほら、ここに薪《まき》が一本ある。太さが大体、咽喉くらいのものだろう。スケッチをこれに巻きつけて、もう一ぺん実験してみろよ」

ぼくはやってみた。が、困難なことは前よりももっとはっきりしていた。「これは人間の手の痕じゃない」とぼくは言った。

「じゃ、これを読めよ」とデュパンは言った。「このキュヴィエの本の、ここんところを」

それは東インド諸島に棲《す》む、大きな、黄褐色のオラン・ウータンについての、解剖学的で叙述的な、詳細を極めた記述であった。この哺乳動物の、巨大な体軀《たいく》、異常な力と行動力、野蛮きわまる残忍さ、そして模倣的傾向は、すべての人によく知られているのである。ぼくはただちに、この殺人事件の恐ろしさを完全に理解した。

「指についての叙述は、この図とぴったり合うね」と、ぼくは読み終えるとすぐに言った。「ここに書いてある種類のオラン・ウータンでなくちゃ、君が写してきたような凹みをつけることはできないだろう。それにこの茶色い毛は、キュヴィエが書いている動物の毛とそっくりだ。でも、ぼくにはまだ、この怪奇事件の詳しいところが判らないな。第一、二つの声が言い争っていて、そのうち一つは、はっきりフランス人だったじゃないか」

「そのとおり。でも君は思い出すだろう。この声についての証言で、異口同音といってもいいくらいに言われた文句――『うぬっ《モン・ディユー》』を。あの場合、この言葉は、一人の証人（菓子屋のモンターニ）がまさしく言ったように、たしなめるための、ないし、叱るための文句だったんだよ。だから、ぼくはこの二つの語を手がかりに、謎をすっかり解決できると考えたのだ。フランス人は殺人を知っていた。彼は、たぶんと言うよりも、ほとんど確実なくらいなんだが、この血みどろな凶行には手を下していない。オラン・ウータンは彼から逃げたんだろうよ。その男はオラン・ウータンを、この部屋まで追いかけてきた。ところがああいう騒ぎが持ちあがってしまい、つかまえることができなかったのだろう。そいつは、まだつかまってないね。まあ、推測はこのあたりでよそう。（たしかに推測と呼ぶ権利しかないもんね）。なぜって、この推測の基礎になっている、陰影に富んだ考察は、ぼくの知性で判る程度のものじゃないし、それを他人に理解させることなんて、到底できないだろうからさ。だから、それは推測だということにしておこう。もし問題のフランス人が、ぼくが考えているように、この凶行に関して本当に潔白だったら、この広告が彼をぼくたちの家へ招きよせるだろうからね。昨夜、帰りに、『ル・モンド』の社にたのんできたんだ。これは海運業専門の新聞で、船員がよく読むんですよ」

彼は新聞を手渡した。それにはつぎのようにあった。――

「**捕獲**――於ブーローニュ森　本月＊＊日早朝［つまり殺人のあった朝である］ボルネオ産

非常大黄褐色オラン・ウータン。飼主(たぶんマルタ島船舶乗組員)に返却致度。但要所有証明、捕獲保管費用支払。乞来訪フォーブル・サン・ジェルマン＊＊街＊＊番地四階」

「君はどうして知ってるの?」とぼくは訊ねた。「その男が水夫だとか、マルタ島の船に乗り組んでいる、とかいうことが」

「知ってるわけじゃない」とデュパンは言った。「確実じゃないんだ。でも、このリボンのきれっぱしを見たまえ。形から言っても、油じみた感じから言っても、船員たちが好んでする長い辮髪《キュー》を結ぶのに使った、ということがはっきりしている。それにこの結びかたは、船員以外にはやれない結びかただし、ことにマルタ島人独特のものなんだ。ぼくはこれを避雷針の下のところで拾った。二人の犠牲者がこういうものをしているはずはないやね。でも、もし万一、あのフランス人がマルタ島の船に乗り組んでいるというぼくの帰納推理が間違っていても、それでもああいう広告を出して一向さしつかえない、と思うな。だって、もし合っていれば、たいへんなプラスだものね。あのフランス人は、殺人について無関係ではあるけれど、知ってはいるから、広告に応じてオラン・ウータンを受け取りにくることを当然ためらうだろう。その男はこういうふうに考えるだろう。——『おれには罪はない。おれは貧乏だ。オラン・ウータンはたいへんな値打ちがある……おれの身分では一財産だ。下らない危険をこわがって、みすみす手放していいものだろうか? あれは今、手をのばせば届くところにいる。つかまえたのはブーローニュの森だと言うから——殺人の現場からずいぶん離れたところだ。あの獣があの凶行を犯したと、だれが思うものか。警察は途方に暮れている。

ぜんぜん手がかりがない。もし万一、あの獣までたどってゆけたとしても、おれがあの殺人事件を知ってると立証することはできないだろう。また、おれが知っているからと言って、おれを有罪にすることはできないはずだ。しかし、何よりも、おれのことはもう知られているのだ。広告の文句は、おれのことを獣の飼主だと言っている。彼がどの程度まで知っているのか判らないけれど。とすれば、おれのものだと判っているあの高価な財産を、もし取りにゆかなければ、おれは少なくともあのオラン・ウータンに嫌疑をかけさせることになるわけだ。おれにだって、オラン・ウータンにだって、人の注意を惹かせるのはまずい。広告の言うように、オラン・ウータンを受け取り、ほとぼりがさめるまで隠しておこう』

このとき、ぼくたちは階段に足音を聞いた。

「ピストルを持ちたまえ」とデュパンが言った。「だが、撃っちゃいけないぜ。ぼくが合図するまでは。見せたっていいけれども」

玄関の戸は開けてあったので、来訪者はベルを鳴らさずにはいり、階段をすこし昇った。が、彼はそこで躊躇しているらしかった。やがてぼくたちは、彼が降りてゆく足音を聞いた。デュパンはすばやく戸口へ行った。そのときぼくたちは、彼がもういちど昇って来る音を聞いた。今度は引返さない。覚悟をきめたように、部屋の扉をノックした。

「どうぞ」とデュパンが、陽気で快活な口調で言った。

男が一人、入ってきた。明らかに船員である。丈《せい》の高い、がっちりしたからだつきの、力の強そうな男。悪魔とでも取組みかねまじき顔つきだが、べつに無愛想な感じでもない。ひどく日やけした顔は、頰ひげと口ひげになかばおおわれている。大きな樫《かし》の棒を持っている以外、凶器を身につけているようすはなかった。無器用にお辞儀をして、「今晩は」と言った。そのフランス語は、ちょっぴりヌーフシャフテルなまりがあったが、パリっ子であることは充分わかった。

「ねえ、腰をおろしなさいよ」とデュパンは言った。「オランン・ウータンの件でお見えになったのでしょう。素晴らしいものをお持ちで、羨《うらや》ましいですね。たいへんな値打物ですよ。あれは何歳ぐらいでしょうか？」

船員はほっと長い息をついた。まるで大きな重荷をおろしたというようすである。そして彼は、しっかりした口調で言った。

「判りませんね、それは。でも、四、五歳というところでしょう。ここに置いてあるんで？」

「いや、ちがいます。ここで飼うわけにはゆきませんからね。すぐ近くの、デュブール街の貸厩《かしうまや》に置いてあります。明日の朝にはお渡しできる。もちろん、自分のものだという証明はできるでしょうね」

「できますとも」

「手放すのが残念なような気がしますけどね」とデュパンが言った。

「これだけ面倒かけときながら、ただで受け取ろうとは思ってませんです」と男は言った。

「まさか、いくらなんでもね。あれをつかまえてくださった謝礼を上げたいと思ってますよ――もちろん、法外なことを言われては困るけれど」

「なるほど」とぼくの友人は言った。「たしかにもっともな話だ。それじゃあ……どうしたらいいかな？　そうだ！　これがいい。謝礼はこうしてもらおう。あなたの知ってる限りのことを、すっかり話していただくことにしましょう――あのモルグ街の殺人事件について」

デュパンは最後のところを、たいそう低く、そしてたいそう静かな口調で言った。それから彼は、これも同じように静かに、戸口へ歩みより、鍵をかけ、その鍵をポケットにおさめた。そしてピストルを取り出すと、じつに落ちついた態度で、それをテーブルの上に置いた。

船員の顔は、息がつまってもがいているときのように赤くなった。彼は立ちあがり、樫の棒をつかんだ。しかしつぎの瞬間、激しくふるえながら、死そのもののような表情でまた腰をおろした。彼は一言も口をきかなかった。ぼくは心の底から彼に同情していた。

「ねえ君」とデュパンは優しく言った。「あわてることはないんだよ、本当に。そうですよ。ぼくたちは、君に危害を加えるつもりはない。紳士としての名誉、フランス人としての名誉にかけて、君に何もしないってことを誓うよ。君がモルグ街のあの凶行に関して無罪だということは、よく判っている。でも、だからと言って、君があの事件に関係があるってことまで否定するのはよくないな。今までお話ししたことから、ぼくにはこの事件についての情報を得る手段があるってことは、きっと納得がゆくと思いますよ。手段と言っても、あなたには思いも及ばないような手段だけれど。そこで、話はつまりこういうことになります。君は、避けることのできたことは、みんな避けている――罪になることは、たしかにみんな避けている。それに君は、有罪だと言われる恐れなしに、物を盗むことだってできたのに、それもやっていない。だから、何も隠すことはないんですよ。隠す理由なんて、ありゃしない。むしろあなたは、名誉にかけても、知っていることをぜんぶ言わなければならない。だって、無罪の男が一人、いま、牢《ろう》に入れられているんですからね。その男が犯したと言われている罪の下手人はだれなのか、あなたは示すことができるのだ」

デュパンがこう語っているうちに、船員はだいぶ落ちつきを取りもどしたけれども、彼の態度に最初みられた大胆さは、もはや跡形もなかった。

「ああ！」と彼は、ちょっと経ってから言った。「知っていることを、全部お話ししましょう。……でも、わたしの言うことの半分だって、信用してもらえないでしょうね。信用してもらえるなんて当てにしたら、わたしはばかだってことになる。でも、わたしは潔白なんです。殺されたっていい。すっかり打ち明けましょう」

彼が述べたことは、おおよそつぎのようなことである。彼は最近、インド諸島へ航海した。そして、ある一行に加わってボルネオに上陸し、奥地のほうへ遊びに出かけた。そこで彼ともう一人の者がオラン・ウータンを生捕りにしたのである。この仲間は死んだので、オラン・ウータンは彼一人のものになった。帰りの航海では、この獣の御しにくい凶暴さのせいでさんざん骨を折ったが、結局、うまいぐあいに、パリの自分の家に閉じこめることができた。そして彼は、近所の人からじろじろ見られるのが厭だったので、オラン・ウータンが船中で木片のため受けた傷がなおるまで、この獣を注意ぶかく隠しておいた。彼は、そのうちちにこれを売ろうと思っていた。

あの殺人の夜、というよりももう朝になっていたが、彼は船員たちの宴会から帰宅して、自分の寝室にオラン・ウータンがいるのを発見した。隣の小部屋にちゃんと閉じこめておいたはずなのに、寝室へ侵入していたのだ。野獣は、手に剃刀を持ち、顔にシャボンの泡を塗りたくって、鏡の前に立ち、顔を剃《そ》る真似をしていた。きっと、これまで鍵穴からのぞきこんで、主人のすることを見ていたにちがいないのである。こういう危険な武器が、こういう凶暴な動物——しかもそれを巧みに使うことができる動物——に握られているのを見たとき、男はすっかり怯えてしまって、しばらくのあいだどうしたらいいか判らなかった。しかし彼は、この獣がどんなに凶暴になっているときでも、鞭《むち》をふるえば静かになるということを知っていた。彼はこのときも鞭のことを思いついた。が、オラン・ウータンは鞭を見ると、すぐに部屋から出、階段を降り、運悪く開いていた窓から通りへ出ていったのだ。

フランス人は絶望しながらもあとを追った。猿は、剃刀を手にしたまま、ときどき立ちどまって振り返り、彼が追いつきそうになるまで彼の身振りを真似ていて、それからまた逃げだす。追跡はこんなふうにして長いあいだつづいた。朝の三時だったので、通りはしんと静まりかえっている。モルグ街の裏手にある横町を通っているとき、オラン・ウータンの視線は、レスパネー夫人の家の四階にある居室の、開いている窓から洩《も》れる光をとらえた。猿はその家へ駆けよると、避雷針に眼をとめ、信じられないほどの敏捷さでよじのぼった。そして壁際にすっかり開いてあった鎧戸をつかむと、その鎧戸によって、直接、寝台の頭板《ヘッド・ボード》へ飛び移った。いっさいが、一分間とたたないうちの出来事であった。オラン・ウータンが部屋にはいるとき、鎧戸はその反動でまたもとのように開いた。

船員はその間、喜びと当惑を二つながら感じていた。まず、野獣をつかまえることができそうだという大きな希望があった。オラン・ウータンが、自ら進んでとびこんだ罠《わな》から逃げだす出口があるとすれば、それは避雷針だけである。降りて来るところをつかまえればいい。が、一方、家のなかで何をしでかすかという不安もあった。このことがあまり心配だったので、彼はさらにオラン・ウータンを追いかけることにした。避雷針を登るのはそう難しくなかったし、船員にとってはとくにそうであった。しかし、窓の高さまで登ると、もうどうすることもできず、せいぜい、窓を左に遠く眺めて、部屋のなかを垣間見《かいまみ》るだけであった。が、彼はちらと垣間見ただけで、恐怖のあまり避雷針から手を放しそうになった。ちょうどこのとき、モルグ街の住人たちの夢を破ったあのすさまじい悲鳴が起こったのである。寝衣を着たレスパネー夫人母娘は、前に述べた鉄の箱を部屋のまんなかに引っ張り出し、そのなかの書類を調査していたものらしい。箱は開けてあった。そしてその中みは床の上に置いてあった。被害者たちは窓に背を向けていたにちがいない。野獣の侵入から悲鳴までのあいだの時間を考えてみると、たぶんすぐには気がつかなかったのだろう。鎧戸のぱたぱたいう音は、当然、風のせいだと思ったろうから。

船員がのぞきこんだとき、巨大な野獣はレスパネー夫人の髪（それは梳《す》いたあとなので、解けていた）をつかまえ、床屋の真似をして、彼女の顔のあたりに剃刀を振りまわした。娘のほうは倒れていて、身動きもしない。卒倒したのだ。老夫人の悲鳴と身悶《みもだ》え（この間に頭髪がむしりとられた）は、最初はたぶん穏やかな気持ちだったオラン・ウータンを憤怒させた。逞《たくま》しい腕を猛然と一振りすると、彼女の頭はほとんど胴体から離れた。獣の怒りは、血を見ると狂乱に変わった。歯をくいしばり、眼を爛々《らんらん》と光らせて、娘のからだにとびかかった。そして、恐るべき爪を彼女の咽喉に突きたて、息絶えてしまうまで離さなかった。このとき、猿の猛《たけ》り狂ったきょろきょろした眼が、寝台の枕もとのほうを見た。すると頭板《ヘッド・ボード》の上に、主人の、恐怖にこわばった顔がちょっと見えたのである。恐ろしい鞭の記憶はたしかに残っていたのだろう、オラン・ウータンの憤怒はたちまち恐怖に変わった。罰を受けるだけのことをしたという自覚はあるので、犯行を隠そうとしたらしい。ひどく神経質に興奮して、部屋のなかを駆けまわり、そうしながら、家具を倒したり、こわしたり、寝具を寝台から引きずりおろしたりした。結局、まず娘の死体をつかまえて、あんなふうに煙突のなかへ突っこんだ。それからすぐ、老婦人の死体を、窓からまっさかさまに落としたのだ。

猿が、切りきざんだ重荷を抱いて窓際へ来たとき、船員はびっくり仰天して小さくなり、避雷針にしがみついた。そして、降りるというよりはむしろすべり降りて、急いで家へ帰った。——この凶行の結果を恐れるあまり、オラン・ウータンの運命についてのあらゆる憂慮も忘れてしまって。人びとが階段で聞いた言葉というのは、オラン・ウータンの悪魔のような声とまじった、フランス人の恐怖と驚きの叫びであったのだ。

つけ加えるべきことはもうない。オラン・ウータンは部屋の扉がこわされる直前、部屋から出、避雷針をつたって逃げたのに相違ない。そして、窓から出ながら、窓を閉めたのだろう。この猿は、そののち飼主の手でつかまえられ、たいそう高い値で植物園《ジャルダン・デ・プラント》に売られた。ル・ボンはぼくたちが警視庁へ行って（デュパンがいくらか講義口調で）事情を述べると、すぐに釈放された。警視総監はぼくの友人に好意的だったが、事件の転回ぶりにたいする口惜しさを隠すことができず、人はだれでも自分の仕事に気をくばっていればいいのだというような厭味を、一つ二つ言わずにはいられなかった。

「勝手に言わせておくさ」とデュパンは言った。警視総監に答える必要はないと考えていたのである。「しゃべらせておけば、気がすむんだから。ぼくはあの男を、あいつの城のなかで打ち負かしてやったんだから、満足しているよ。でも、あの男がこの謎を解決するのにしくじったのは、彼が考えてるような不思議なことじゃない。だって、本当のことを言うと、ぼくたちの友人である警視総監は、深い思索者であるためには、いささか利口すぎるからね。あいつの知恵には、雄蕊がない。頭があって、胴体がない……ラヴェルナ女神の像みたいなもんさ。せいぜい、頭と肩だけ……鱈《たら》だよね。でもあいつは、結局いい奴さ。世間では利口者と言われているらしいが、ぼくはことに、あいつの利口さを巧く批評した名文句があるせいで、あの男が好きなんだよ。彼の手口は、『あるものを否定し《ド・ニュ・ス・キ・エ》、ないものを説明する《エ・デクスプリケ・ス・キ・ネ・パ》』［ルソー『新エロイーズ』］というのさ」

（丸谷才一＝訳）

マリー・ロジェの謎[*1]

――『モルグ街の殺人』の続編

現実の出来事と並列をなす、一連の観念的な出来事があるものだ。両者が一致することは滅多にない。人間と環境のせいで、一連の観念的な出来事が緩和されてしまうのが通例なのである。従って、それは不完全なものに見えるし、その結果もまた同じように不完全なものとなる。宗教改革の場合もこれと同様である。プロテスタンティズムの代わりにルーテル主義が来たのだ。

ノヴァーリス[*2]『道徳論』

一見したところ極めて驚嘆すべき性格のものであって、もはや単なる偶然の一致としては理知が承認できないほどの偶然の一致に際会した場合、漠然とではあるにせよ、とにかく興奮を感じながら、超自然的なものの存在をなかば信じる気持ちになる——という経験を持たない人は、もっとも冷静な思索家たちのなかにさえ珍しいであろう。こういう感情——ぼくがいま述べたような半ば信じる状態には思想と名づけるほどの力強さがないからあえて感情と呼ぶのだが——を完全に克服するには、チャンスの法則、すなわち専門語で言うところの、確率の計算によらねばなるまい。が、しかしその計算は、本質においては純粋に数学的なものなのである。それゆえぼくたちは、科学におけるもっとも厳密に正確なものを、思考におけるもっとも不可解なもの——影のごとく霊のごときものへと援用するという、無法なことを行なうわけなのである。

今ぼくがここに公けにしようとしている異常な事件の詳細が、ほとんど理解を絶した一連の偶然の一致の、時間的順序から言えば第一の部分をなすものであり、その第二の部分、ないし最後の部分が、最近の、ニューヨークにおけるメアリ・シシリア・ロジャーズ殺しであることは、あらゆる読者が認めるところであろう。

一年ほど前、『モルグ街の殺人』と題する文章において、ぼくの友人である勲爵士《シュヴァリエ》、C・オーギュスト・デュパンの精神的性格における顕著な特徴を描こうとしたとき、この主題をもういちど取り扱おうなどとは、ぼくは夢想だにしなかったのである。そもそも、性格を描写することがぼくの意図であったのだ。そしてこの意図は、デュパンの特異性を証明することとなった、あの気違いじみた事件において、間然するところなく達成されていたのである。もちろん、他の例を付加することは可能であろう。しかしそのことは新しい証明とはいささかもなるまい。だが、最近おこったあの事件の驚くべき展開ぶりは、ぼくに、ふたたび筆を執《と》ることを使嗾《しそう》したのである。したがってそこに、強制された自白という趣が漂うのはやはりやむを得ないだろう。ぼくが、最近のニュースを耳にしていながら、久しい以前に見聞した事柄について沈黙を守っているとすれば、むしろそれこそかえって異常なことであると言わねばなるまい。

レスパネー夫人とその娘の死にからまる惨劇が解決すると、勲爵士《シュヴァリエ》はただちにこの事件を念頭から去って、ひたすら瞑想《めいそう》に耽《ふけ》るという元の習慣に復した。思索に熱中して放心する癖はぼくにもあるので、彼の気分と同化することは極めて容易であった。ぼくたちは依然としてフォーブール・サン・ジェルマンの部屋にあって、《未来》のことは風まかせ、《現在》において静かにまどろみながら、周囲の退屈な世界を夢のなかに織りこんでしまっていたのである。

しかしそうした夢も、ときおり破られることがあった。当然のことではあるが、ぼくの友人があのモルグ街の事件において演じた役割は、パリの警察に多大の感銘をあたえたらしいのである。警官たちにとって、デュパンの名は、いわば日用語の一つとなった。彼がこの事件の謎を解くに当たって用いた、単純明快な帰納推理は、警視総監にたいしてさえ説明されていず、事情を知っているのはただぼく一人であってみれば、あの謎ときがいわば奇跡と見なされ、本来は分析能力の勝利であるものがかえってこの勲爵士《シュヴァリエ》に直感力の面での名声をもたらしたのも、驚くに当たらないことであった。率直な彼のことである。質問する者すべての蒙《もう》を啓《ひら》くことを辞するはずはなかったけれども、しかし彼の懶惰《らんだ》な気性は、すでに興味を失ってしまった話題をとりあげることを固く禁じたのである。このようにして彼は警察官たちの賞讃の的となったのだし、警視庁が彼の協力を求めようとした事件も、一、二にとどまらなかったのだ。そのもっとも顕著な例の一つはマリー・ロジェという若い娘が殺害された事件である。

それはモルグ街の惨劇の約二年後に起こった。マリー（彼女の姓名があの不幸な「煙草《タバコ》売り娘」のそれと酷似していることは、ただちに読者の関心を惹《ひ》くであろう）は、エステル・ロジェという寡婦の一人娘であった。父は、彼女がまだ幼いうちになくなり、そしてマリーは、父の死のころから、この物語の主題となるはずの殺人にさきだつこと一年半までのあいだ、パヴェ・サン・タンドレ街［原注：ナソー・ストリート］に母とともに住んでいたのである。母はそこで下宿屋《パンション》を経営し、マリーはそれを手伝っていた。このようにして彼女が二十二歳となったとき、ある香水商がその美貌に目をつけた。彼はパレ・ロワイヤルの地階に店を持っていて、店の顧客は主として、近隣を横行する命しらずの山師どもであった。もちろんル・ブラン氏［原注：アンダースン］は、彼の香水店にマリーのような美女を置くことから生じる利益を勘定に入れていた。そして母はすこし躊躇《ちゆうちよ》したけれども、娘のほうは、彼のたいそう条件のよい申し出を喜んで受け入れた。

店主の予想は当たった。店は陽気な女売子《グリゼツト》の魅力によってたちまち有名になったのである。しかし彼女が勤めてから一年ほど経ったころ、突然マリーは店から姿を消し、彼女を狙《ねら》う客たちは茫然《ぼうぜん》とした。なぜ失踪《しつそう》したのか、ル・ブラン氏は説明することができなかったし、ロジェ夫人は不安と怯《おび》えで気違いのようになった。新聞はすぐさまこのことを取り上げた。警察もまた本腰を入れて捜索にとりかかろうとした矢さき、失踪してから一週間後のある晴れた朝、マリーは元気に、ただしいくぶん沈んだ感じで、香水店のいつもの売場にふたたび姿をあらわしたのである。あらゆる取調べは、個人が行なうものを除けば、もちろんすぐに打ち切られた。ル・ブラン氏は従来と同様、事情は何も知らないと述べた。そしてマリーはだれに訊《き》かれても、母と口を合わせて、先週は田舎の親類の家で過ごしたと答えた。事件はこうしておさまり、大抵の人に忘れられた。なぜなら、世間の人の好奇心がうるさくてたまらないというのを表面の理由にして、彼女は香水店から暇をとり、パヴェ・サン・タンドレ街の母の家に身を隠したからである。

家にもどってから五カ月ばかりのち、彼女が突然ふたたび失踪したという知らせが知人を驚かした。三日たったが、行方は杳《よう》として知れない。四日目に、セーヌ河［原注：ハドソン河］に浮かんでいる彼女の死体が発見された。サン・タンドレ街の街区《カルチエ》の対岸である河岸に近い、ルールの関門《バリエール》［原注：ウィーホークン］のあたりのもの寂しい一帯から、さほど遠からぬ地点であった。

殺しかたの残虐さ（他殺であることは一目瞭然《りょうぜん》だった）、被害者の若さと美貌、そして何よりもまず以前からとかくの評判のある女性だったこと、などは、敏感なパリジャンの心に激しい興奮をもたらした。この種の事件で、これほどまでに広く、これほどまでに激しい感銘をあたえたものを、ぼくは他に知らない。数週間というもの、この熱狂的な話題ひとつに明け暮れ、当時の政治問題さえ完全に無視されたのであった。警視総監もなみならぬ努力ぶりだったし、もちろん、パリ全市の警察力が傾注された。

最初、死体が発見されたとき、捜査がいちはやくはじめられたせいもあって、殺人犯はやがて逮捕されると考えられた。それゆえ懸賞金の必要に気がついたのは、一週間たってからのことである。しかしこのときでさえ、懸賞金の額はわずか一千フランに過ぎなかった。この間、捜査は、つねに賢明にとは言い得ないにしても、たしかに熱心に進められ、多数の者が取調べを受けたのだが、その結果は虚《むな》しかった。いっぽう、事件の手がかりが依然として見出されないため、市民の興奮はますます高まった。十日目の夕暮には、懸賞金の額を倍にしたほうがいいということになったし、あいかわらず事態に変化がないままついに二週目が終わると、パリにはつねに巣食っている警察への偏見が、いくつかの暴動《エムート》となってあらわれる始末であった。警視総監は意を決して、「殺人犯を告発したならば」二万フラン、もし一人以上の関係者がある場合には「殺人犯のうちの一人を告発しても」同額を提供すると述べた。懸賞金についてのこの言明には、従犯人の一人が犯人密告の証拠を手にして自首するならば無罪とされるとのことも言い添えてあった。しかも、公告が出ているところにはすべて、その横に、警視庁提供の懸賞金のほかに一万フランをあたえるという、市民委員会の掲示が貼《は》ってあったのである。すなわち、懸賞金の総額は三万フランに達した。これは、被害者が無名の娘にすぎず、かような凶行がこの大都市においてはじつにしばしば起こるものであることを考慮に入れるとき、まことに巨額であると言わねばなるまい。

今や人びとは、この殺人事件の謎がただちに解かれるであろうことをだれひとり疑わなかった。しかし、一、二度はたしかに解決を期待させるような逮捕がなされたけれども、彼らを犯人であるとするような証拠は何ひとつ引き出せぬため、ただちに釈放されたのである。そして、じつに異様なことだと思われるかもしれないけれども、事件に光を投ずるものが何ひとつあらわれぬまま、死体が発見されていらい三週間の日子が経過するまで、この、公衆の心を興奮させた事件は、デュパンの耳にもぼくの耳にも、噂《うわさ》という形でさえはいることがなかった。二人の全精神を集中せねばならぬほどの、ある研究に従事していたため、ぼくたちが外にも出ず、訪問客をも迎え入れず、新聞の政治論説にさえ眼を通さなくなってしまってから、一月《ひとつき》ちかく経過していたのである。それゆえ、この殺人の第一報は、自ら親しく訪れて来たG**によってもたらされた。彼は一八**年七月十三日の午後、まだ早いうちに訪ねてきて、夜おそくまでおり、殺人犯を検挙しようとする彼の努力がすべて水泡に帰したことを憤慨しつづけた。自分の名声は――と彼はいかにもパリジャンらしい態度で語った――危殆《きたい》に瀕している。このままでは不名誉な事態にさえなりかねない。公衆の眼は自分に注がれている。それゆえ、この迷宮事件を解決するためならばどのような犠牲を払うことさえ厭《いと》わない、というのであった。彼のこの、いささか滑稽《こっけい》な話は、彼のいわゆるデュパンの手腕なるものについてのお世辞によって結ばれた。そして彼はデュパンに、率直でかつ気前のよいある申し出を行なったのだが、その申し出がどのような性格のものかを精細に書き記す権利はぼくにはないし、それはまたぼくの物語の本来の主題とは何の関係もないことである。

ぼくの友人は、お世辞のほうは極力しりぞけ、申し出のほうは、それによって得られる利益はほとんど仮定にもとづくものだったけれどもただちに受け入れた。この点について話がまとまると、警視総監はすぐさま自分自身の見解について説明しはじめた。説明の合い間には証拠物件についての長い注釈がはいるのだが、その証拠物件なるものをぼくたちはまだ手に入れていないのである。彼は滔々《とうとう》と、そしてたしかに博識にしゃべりつづけた。夜が更《ふ》けてだんだん眠くなってきたことを、ぼくはときどき匂わせてみた。デュパンは、いつもの安楽椅子にきちんと腰かけ、恭々《うやうや》しく傾聴しているみたいに装っている。彼はこの会見のあいだじゅう眼鏡《めがね》をかけていた。そしてぼくには、緑色のレンズの底をちらりと見るだけでも、彼が寝息ひとつたてずにしかしぐっすりと眠っているのだということが察知できた。

そう、彼は眠りつづけた——退屈きわまる七、八時間のあいだ、警視総監が帰途につく直前まで。

翌朝ぼくは警視庁で、判っているかぎりの証拠物件に関する完全な報告書を手に入れ、それからほうぼうの新聞社に回って、この悲惨な事件についての曖昧《あいまい》でない情報が載っている号は何でも一部ずつ、全部もらってきた。はっきりと反証のあがったものを除外すると、この情報の堆積《たいせき》はほぼつぎのように要約される。——

マリー・ロジェは、一八**年六月二十二日、日曜日の朝、十時ごろ、パヴェ・サン・タンドレ街にある母の家から出た。彼女は出かけるとき、ジャック・サン・テュスターシュ氏［原注：ペイン］なる人物、しかもこの人物だけに、これからデ・ドゥローム街に住む叔母の家へゆくのだと述べた。デ・ドゥローム街は、短くて狭い、人口の稠密《ちゅうみつ》な通りであって、セーヌの河岸《かし》から遠くなく、ロジェ夫人の下宿屋《パンション》からは最短距離で約二マイルへだたっている。サン・テュスターシュはマリーの許嫁者《いいなずけ》で、この下宿屋に住まい、食事もここでとっていた。彼が夕方、許嫁者を迎えにゆき、いっしょに帰ることになっていたのである。しかし午後に、大雨になったため、今夜は叔母の家に泊まるだろうと考え（前にもこういう場合にはそうしていた）、約束を守る必要はないと、彼は判断した。日が暮れかかったころ、ロジェ夫人が（彼女は七十歳になる病弱な老婆である）「もう二度とマリーには会えまい」と愚痴をこぼすのを耳にしたが、そのときはこの言葉にちっとも注意を払わなかった。そして、月曜日になると、マリーがデ・ドゥローム街へゆかなかったということが判った。

彼女の消息がいささかもなしにその日が暮れてしまってから、遅ればせの探索が、市内や郊外の数カ所へとなされたのである。しかし、彼女が失踪してから四日目まで、マリーについての確実な情報は何一つ手にはいらなかった。この日（六月二十五日、水曜日である）、ボーヴェー氏［原注：クラムリン］なる人物が、友人といっしょに、パヴェ・サン・タンドレ街の対岸であるセーヌの河岸の、ルールの関門《バリエール》付近でマリーを捜していると、たったいま、漂っている死体をみつけて漁師たちが岸へ引き上げたという話を耳にした。死体を見て、ボーヴェーはちょっとためらったあげく、それを香水商の女店員であると認めた。連れの男は、彼よりもあっさりとそう認めた。

顔は一面に、どす黒い血で汚れていたが、血のうちの一部は口から吐いたものであった。単なる水死人の場合と異なり、泡は噴いていなかった。細胞組織の変色は認められない。咽喉部には打撲傷と指の痕がある。両腕は胸の上に曲げられ、硬直している。右手は握りしめてあり、左手はいくらか開き加減である。左の手首は、二本の綱のせい、ないしは一本の綱を二巻きしたもののせいであろう、皮膚が二筋まるく擦りむけている。また、右の手首も、それから背中いちめん、ことに肩胛骨《けんこうこつ》のあたりも、ひどく擦りむけている。漁師たちは死体を岸へ引き上げる際、それに綱をつけたのだが、こういう擦傷はそのせいで生じたものでは決してない。首の肉はひどく腫《は》れあがっている。しかし、切り傷らしいものも、殴打されたための打撲傷らしいものもない。首のまわりには細いレースが一つ、隠れて見えないくらい深く肉に食いこんで、結びつけられている。結び目は左の耳の真下にあった。これ一つでも、死の原因としては充分であろう。検死医の証言は、被害者の道徳的性格については確信をもって述べていた。獣的な暴行を受けたにすぎないというのである。発見された際の死体の状態が以上のようであったため、知人は容易にこれを確認できたはずである。

衣類はひどく破けていたし、さもなくば乱れていた。服は裾《すそ》から腰のあたりまで幅一フィートばかり引き裂かれていたが、それはちぎれてはいず、腰のまわりにぐるぐると三度まきつけ、背中のところで一種の索結び《ヒッチ》にしてとめてあった。服のすぐ下の着物は薄いモスリン地で、これからは幅十八インチの布きれが完全に――じつにきちんと入念に破いてあった。この布きれは、死体の首のまわりにゆるく巻きつけて、固結びに結んであった。このモスリンの細片とレースの細片の上に、ボンネットの紐《ひも》がゆわえてあり、そしてボンネットがそれにくっついていた。ボンネットの紐の結び目は、女結び《レイディズ・ノット》ではなく、引き結び《スリップ》すなわち水夫結び《セイラーズ・ノット》になっていた。

死体の鑑別が終わった以上、それを普通の場合のように死体公示所《モールグ》へ運びはせず（この形式は不必要となったのである）、引き上げられた地点からさほど遠からぬところへ急いで埋葬された。ボーヴェーの尽力で、ことはできるだけ内密に運ばれたため、世間が騒ぎだしたのは数日たってからであった。しかしある週刊新聞［原注：「ニュー・ヨーク・マーキュリ」］が、とうとうこのことを書きたてた。死体は掘り出され、もういちど検死を受けた。だが、すでに述べたこと以外には、何ひとつ判明しなかった。ただしこんどは、故人の母と友人に衣類が示され、それは、娘が家を出る際に着ていたものであると完全に認められた。

そうこうしているうちに、興奮は時々刻々とたかまった。数人の者が、逮捕され、そして釈放された。サン・テュスターシュは、とくに嫌疑濃厚であった。それに彼は最初、マリーが家を出た日曜日に、自分がどこへ行っていたか、はっきりと説明することができなかったのである。しかし彼は、後にG＊＊氏へ宣誓書をさしだし、問題の日について一時間ごとに、納得のゆく説明を行なった。こうして日が経ったが、新しい発見は何もないので、無数の相矛盾する噂が飛び、新聞記者は無責任な思いつき記事を書くのに忙しかった。これらのなかでもっとも注目を惹いたものは、マリー・ロジェはまだ生きている——セーヌ河で見つかったのは他の不幸な女の死体であるという考えであった。ここで、いま述べた思いつき記事の主要な部分を、読者に紹介しておくのが至当であろう。以下に示すものは、概して言えば有能な新聞である「エトワール」〔原注：「ニュー・ヨーク・ブラザー・ジョナサン」、編集長はH・ヘイスティングズ・ウェルド氏〕の記事の逐語訳である。

「ロジェ嬢は一八＊＊年六月二十二日、日曜日の朝に、母の家を出た。表向きの目的は、デ・ドゥローム街に住む叔母、ないし知人の一人を訪ねるというのであった。それ以後、彼女の姿を見かけた者は一人もないことが立証されている。彼女の足取りも消息も、ぜんぜん不明である。（中略）その日、母の家を出てからあとの彼女を見かけたと言って出頭した者は、今までのところ一人もいない。（中略）さて、マリー・ロジェが六月二十二日、日曜日の九時以後に生きていたという証拠は何ひとつないけれども、その時刻まで彼女が生きていたという証拠はたしかにある。水曜日の昼、十二時、ルールの関門《バリエール》の岸のあたりに漂っている女性の死体が発見された。つまり、もしマリー・ロジェが彼女の母の家を出てから三時間後に河に投げこまれたとしても、家を出てからわずか三日——かっきり三日にすぎない。しかし、もし殺害されたのが彼女であるとしても、殺人犯たちが真夜中にならないうちに死体を河に投げこむことができるほど、そんなに早い時刻に殺人が完了したと考えるのは、愚かしいことである。こういう恐ろしい罪を犯す者は、光よりはむしろ闇を選ぶからだ。(中略)それゆえ、河中に発見された死体がもしマリー・ロジェの死体であるとしても、それは水中に、二日半、あるいはせいぜい三日、あったにすぎないことが判る。ところで、あらゆる経験に徴してみても、水死体ないし凶行による死の直後に水中に投ぜられた死体が、充分に腐敗して水上に浮かびあがるまでは、六日ないし十日を要する。かりに、死体に向けて大砲を射《う》った結果、五日間ないし六日間もぐっている以前にそれを浮かびあがらせたとしても、放置すればそれはまた沈んでしまう。さて、ここでわれわれは、この場合、自然の歩む普通の道のりを改変せしめたものは果たして何であるかと訊《たず》ねねばなるまい。(中略)もし死体が、切りきざまれたまま陸上に、火曜日の夜まで置かれたとする。このときは、殺人犯の足跡が岸辺に見つかるはずである。また、死後二日経過してから、死体が河中に投ぜられたとしても、それがこれほど早く浮上するものかどうか、疑問である。さらにまた、このような殺人を犯した凶悪犯が、死体を沈めるための錘《おもり》をつけずにこれを河に投ずることなど、あり得べきことだろうか。この配慮は極めて容易に思いつくものであるだけに、奇怪なことと言わねばなるまい」

記者はここで、死体は「三日どころか、その五倍の日数」水中にあったに相違ないと論ずる。なぜなら、ボーヴェーがこれを確認するのに多大の困難を感じるくらいの、はなはだしい腐敗ぶりだったからである。しかし、この点については、完全に反証があがってしまった。翻訳をつづけることにしよう。

「つぎに、ボーヴェー氏は、問題の死体がマリー・ロジェの死体であると言うが、これはいかなる根拠にもとづいているのか？ 彼は、服の袖を引き裂いて、そこに充分確認するに足るだけの特徴を見つけたと言う。人びとはみな、この特徴というのが、傷の痕のようなものだと考えたのである。しかし彼は、腕をこすって、そこに毛を見つけただけなのだ。これでは曖昧しごくであって、袖のなかに腕を見たというにすぎまい。その晩、ボーヴェー氏は帰宅せず、水曜日の七時にロジェ夫人へ、彼女の娘の検死は進行中であるとの伝言を依頼しただけである。もしロジェ夫人が、老齢と悲嘆のため、自身出向くことができなかったとしても（これはたいへんな譲歩である）、出向いて検死に立会うべきだと考える人が一人もいなかったはずはない――もし人びとが、その死体をマリーの死体だと考えているならば、である。それなのにだれもゆかなかった。パヴェ・サン・タンドレ街においては、このことについて何も述べられず、何も聞かれなかったのである。同じ建物の居住人たちさえ、何ひとつ耳にしていないのだ。マリーの恋人であり許嫁者であるサン・テュスターシュ氏は、彼女の母の下宿屋《パンション》の止宿人なのだが、翌朝ボーヴェー氏が彼の部屋へ来て告げるまで、死体の発見について聞かなかったと陳述している。これは、このようなニュースにたいする態度としては、すこぶる冷淡だと言わねばなるまい」

この新聞はこんなぐあいにして、縁者たちが問題の死体はマリーの死体だと言っていながら、その言明と矛盾する無関心さを示しているという印象をあたえようと苦心していた。つまり、結局、つぎのようなことをほのめかしたいのだろう。――マリーは、彼女の純潔にたいする世人の非難にからむ理由から、友人たちの黙認のもとにパリを離れた。そして友人たちは、マリーにすこしく似ている死体がセーヌ河において発見された機会に、彼女が死んだという印象を世人にあたえようとしたのだ。……しかしこの点でも、「エトワール」は軽率だったのである。想像されたような無関心さはなかったことが、はっきりと立証されたのだから。老婆は極度にからだが弱っており、それに気が顚倒《てんとう》してしまって、母親の義務は果たせそうもなかった。サン・テュスターシュも、冷淡な態度でニュースを耳にしたどころか、悲しみに打ちひしがれ、狂乱状態になったので、ボーヴェー氏は身内でもあり友人でもある人に彼の世話を依頼して、発掘しての再検死のときにはぜったいに会わせないでほしいと言ったほどなのだ。さらに、「エトワール」は、死体は市の出費によって再埋葬された、とか、家の墓地へ埋葬したほうがいいじゃないかという好都合な申し出があったにもかかわらず、それは家族によってきびしく拒絶された、とか、葬式のときに家族の者はだれひとり参列しなかった、とか、前に同紙が読者にあたえようとした印象をいっそう強めるようなことを述べたのだが――すべてはみごとに反証があがってしまったのである。しかも同紙は、その後の号において、ボーヴェーその人に嫌疑をかけようとした。記者はこう記したのである。――

「ところで、今や事態は一変した。さる機会に耳にしたところによると、B＊＊夫人なる女性がロジェ夫人の家にいたとき、ちょうど外出しようとしていたボーヴェー氏はロジェ夫人に、憲兵《ジャンダルム》が来るはずだが、自分が帰るまで何も言ってはならぬ、万事わたしに任せてほしいと言いおいてから出かけた由《よし》。（中略）現在の状態では、いっさいはボーヴェー氏の頭脳のなかに秘められているらしい。ボーヴェー氏なしには一歩も踏みだすことが不可能なのである。つまり、どの方向へと向かうにしろ、たちまち彼に突き当たるのだ。（中略）彼はなんらかの理由から、事件の処置に自分以外の者を関与させまいと決心した模様だし、ことに男の親類を極力排除したやりかたには、彼らの言い分によれば奇怪な感じがあったと言う。彼は死体が親類の眼に触れることを嫌っているように見受けられる」

このようにしてボーヴェーにかけられた疑惑は、つぎの事実によって多少もっともらしいものになった。すなわち、マリーの失踪の数日前、彼のオフィスに訪ねた人は、ドアの鍵穴に薔薇《ばら》が一輪さしてあり、手近かなところにかけてある黒板に「マリー」と書いてあるのを見たというのである。

数多くの新聞から集めることができた限りでは、一般の印象は、マリーは一群のあらくれ者の犠牲になった――彼らは彼女を河の向こうへ運び、暴行を犯し、殺害した、というのである。しかし、広い影響力を持つ新聞「コメルシエル」［原注：「ニュー・ヨーク・ジャーナル・オヴ・コマース」］は、この世間受けのよい考えかたに反対している。同紙の説を一、二カ所引用してみよう。

「ルールの関門《バリエール》を中心におこなわれている限り、捜査はこれまで誤った手がかりにもとづいてなされていると考えざるを得ない。この若い女性のような、数多くの人に知られている者が、だれの眼にも触れないで街区を三つ通りぬけるなどということは不可能である。彼女は人びとの関心の的なのだから、マリーを見かけた人は忘れないはずだ。彼女が出かけた時刻には、街路には人通りが多かったのである。(中略)彼女がルールの関門やデ・ドゥローム街へ行ったのならば、十人くらいの者が気がついているにちがいない。しかも、彼女を母の家の外で見かけたという者は、一人も出頭しない。彼女が外出したという証拠になるものは、外出するつもりだという彼女自身の言葉を除けば、何ひとつないのである。彼女の服は裂け、ぐるぐる巻いて縛ってある。死体はこういうふうにして、荷物のように運ばれたのだろう。ルールの関門において殺人が行なわれたのであれば、こういう配慮は不必要であった。死体が関門の近くで発見された事実は、それがそこで水中に投げこまれたという証拠にはならない。(中略)不幸な娘のペティコートからは、長さ二フィート幅一フィートの布がむしり取られ、後頭部からゆるく巻いて頤《あご》の下でしっかりと結んであった。これはたぶん猿ぐつわであったろう。凶行はハンカチを持たない連中によって犯されたのである」

しかし、警視総監がぼくたちを訪問する一日か二日前に、警察はある重要な情報を手に入れた。それは、少なくとも「コメルシエル」紙の議論を覆すもののようであった。ドゥリュック夫人の息子である二人の少年が、ルールの関門の近くの森で遊んでいるとき、たまたま、生い茂っている灌木《かんぼく》のなかをのぞき見した。そのなかに、背もあり足置き台もある一種の椅子状の大きな石が、三つか四つあった。上手の石の上には、白いペティコートがのっていたし、第二の石には、絹のスカーフがのっていた。パラソル、手袋、ハンカチなども発見された。ハンカチには「マリー・ロジェ」と名前が書いてあった。周囲の茨《いばら》には、衣類の切れ端《きはし》が発見された。地面は踏み荒され、灌木の枝は折れ、格闘が行なわれたことは歴然としている。茂みと河のあいだにある柵は、横木が倒されているし、地面には重い荷物が引きずられた形跡がある。

週刊新聞「ル・ソレイユ」［原注：「フィラデルフィア・サタディ・イヴニング・ポスト」、編集長はC・I・ピータースン氏］は、この発見についてつぎのような言明を行なった。これはパリじゅうのあらゆる新聞の論調を反映していると言ってよかろう。

「これらの品は、明らかに、少なくとも三、四週間そこにあったものである。雨のせいで一面に黴《かび》が生え、そのためぴったりと密着している。周囲には草が生えており、なかには草に覆《おお》われている品もある。パラソルの絹は丈夫な生地だが、その内側の糸はくっつきあっている。たたまれて二重になった、上のほうの部分は、すっかり黴が生えて朽ちているため、開けたら破けてしまった。（中略）灌木のせいで裂けた彼女の上衣は、幅三インチ、長さ六インチである。一つは上衣のへりで、これはつくろってある。もう一つはスカートの一部分だが、へりではない。両方ともちぎれたものらしく、地上一フィートくらいの灌木に引っかかっている。（中略）それゆえ、恐ろしい凶行の行なわれた地点が発見されたことは、疑いをさしはさむ余地のないことである」

この発見の後に、新しい証拠があがった。ドゥリュック夫人は、ルールの関門の対岸であるセーヌ河の河岸で小さな宿屋を経営しているのだが、つぎのような証言を行なったのである。あたりはとりわけ人目につかない場所なのだが、ならず者がボートに乗って河を横切り、日曜の午後にパリからよくやって来るところである。問題の日曜日の三時ごろ、顔色の黒い若者といっしょに、若い娘がこの宿屋へやって来た。二人はしばらく休んでから立ち去った。近くの茂みへと向かったのである。ドゥリュック夫人は、なくなった親類の者の服に似かよっていたので、娘の着ていた服に注意した。二人が去ってから間もなく、一団のならず者がやって来て、騒々しく飲んだり食ったりしたあげく、金も払わずに出ていった。若い娘の行った方角へ向かったのである。彼らは夕暮ごろもどって来たが、大急ぎで河を渡って帰っていった。

この夜、暗くなってから間もないころ、ドゥリュック夫人と長男は、宿屋の近くで女の悲鳴を聞いた。悲鳴は激しかったけれども短かかった。茂みのなかで見つかったスカーフだけではなく、死体のまとっていた衣類をも、ドゥリュック夫人は見おぼえがあると確認したのである。また、ヴァランス［原注：アダム］という乗合馬車の駅者《ぎょしゃ》は、マリー・ロジェが問題の日曜日、黒い顔の若者といっしょにセーヌ河の渡し場を渡るのを見かけたと証言した。ヴァランスは、マリーを知っていたから、間違えるはずはない。茂みのなかで発見された品々は、マリーの親類によって、たしかに彼女のものであると確認された。

ぼくがデュパンに言われて、こうして集めた証拠および情報のなかには、もう一つのことがあったが――これは非常に重要なものであるらしい。上記の衣類が発見されてからすぐ後に、マリーの許嫁者であるサン・テュスターシュの死体、とは言わないまでもほとんど瀕死《ひんし》の状態の彼が、凶行の現場と想定される場所の近くで発見されたのである。「阿片丁機《アヘンチンキ》」というレッテルの貼ってあるガラス瓶《びん》が、空になって、そばにころがっていた。彼の呼吸の状態は、毒物を飲んだことを立証していた。一言も口をきかずに死んだのだが、身につけていた遺書には、マリーへの愛を簡単に述べ、自殺するということを記してあった。

「言うまでもないことだと思うけど、これはモルグ街の殺人事件よりずっと複雑だね」とデュパンは、ぼくの覚え書を読み終えてから言った。「ある重要な一点で、あの事件とはちがっているんですよ。これは、残虐ではあるけれども、普通の犯罪だ。とくに変わった《ウトレ》ふしはありません。みんなはこの理由から、やさしい事件だと考えるけれども、じつはこの理由からこそ、解決困難だと考えるべきなんだな。最初、懸賞金を出す必要がないと判断されたのも、このためなんです。G**の手下には、こういう凶行が、どんなふうに、そしてなぜ、行なわれたろうか、ということがすぐ判る。彼らの想像力は、ある手口――ないし多くの手口、ある動機――ないし多くの動機を思い描くことができるのです。そして、こういう無数の手口や動機が実際の手口や動機であるということも、決して不可能じゃないわけだから、そこで彼らは、当然このなかの一つがそうだったに相違ないと思いこむ。しかし、こういういろいろな空想が成り立つ容易さ、およびそれらの空想のもっともらしさこそ、じつは解明することの容易さよりもむしろ、困難さを、示すものなのだ。だから、ぼくは前に言ったことがある。理性が真実を求めて進むならば、それは尋常の次元を越えて顕著なことを手がかりにすべきだ、とね。それからまた、こういうことも言った。こういう場合にまず問わねばならぬことは、『何が起こったか』じゃあなくて、『今まで起こらなかったような何が起こったか？』である、とね。レスパネー夫人の家を捜査〔原注：『モルグ街の殺人』を参照〕したとき、G＊＊の部下である探偵たちは、たいへんな異常さを目のあたりに見て、元気を失い、困惑してしまった。じつはその異常さこそ、本当にしっかりした知性の持主にとっては、成功うたがいなしという前兆を告げてくれるものだったろうに。ところがこの香水売子の場合なんか、眼に触れるものが普通のものばかりだから、同じような知性の持主なら絶望するのが当然なのに、警視庁の連中ときたら逆なんだな、もう解決したも同然だ、なんて思ってる。

「レスパネー夫人母娘の場合には、捜査のはじめから、殺人が行なわれたということには疑問がなかった。自殺という可能性は最初から排除された。こんどの場合も、自殺という仮定はまっさきに除外していいでしょう。ルールの関門で死体が見つかったときの状況から推しても、この重要な一点では疑う余地がない。しかし、発見されたあの死体はマリー・ロジェじゃないという説が出てきた。ところが、懸賞金が出るのは、彼女を殺した犯人、ないし犯人たちを摘発すればという条件だし、ぼくたちと警視総監との契約も、彼女に関してのみなんだ。あの紳士がどういう御仁かは、ぼくたち二人ともよく心得ているよね。あんまり信用しちゃあいけない人だ。もしあの死体から出発して、殺人犯へとたどり、これはマリー以外のだれかの死体だということを発見したら……それからまた、マリーが生きているという仮定から出発して、ぼくたちが殺されていない彼女を見つけたら……どっちの場合も骨折損になる。何しろ相手がG＊＊先生なんですからね。だから、正義のためにはともかく、ぼくたちの目的のためには、あの死体は失踪したマリー・ロジェだということをたしかめることが最初の仕事になる。

「世間じゃ、『エトワール』の論調がたいへん重きをなしている。そしてこの新聞が自社の論調に自信を持っていることは、この問題を扱ったある記事の書き出しを見ても判るよね。『本日の朝刊のうち数紙は、月曜付け本紙の結論的《コンクルーシヴ》な記事について言及している』と書いてあるんだもの。でも、ぼくにとっては、この記事で明確な《コンクルーシヴ》のは新聞記者の熱心さだけなんだけどな。普通、新聞の目的が真実の追求じゃなくて、センセイションをまき起こすこと、何かを主張すること、だってことは、忘れちゃいけない。真実の追求なんてものは、センセイショナリズムと偶然一致している場合だけ、新聞の目的になるのさ。平凡な、ありきたりの意見を述べるだけの新聞は（その意見がどんなに根拠のあるものでも）、弥次馬《やじうま》どもの信用を博することはできない。大衆というものは、一般通念にたいして辛辣な反対を投げつける奴《やつ》を、深みのある人間のように考えるものなのさ。だから、文学の場合でも推理の場合でも、もっとも直接に、そしてもっとも広く理解されるのは警句《エピグラム》なんです。どっちの場合だって、じつはいちばん値打ちのないものなのに。

「つまり、ぼくの言いたいのは、マリー・ロジェがまだ生きてるという説を『エトワール』

が思いついたり、それが大衆の人気を博したりしたのは、この考えかたが本当らしいせいじゃなくて、それがエピグラムとメロドラマのごちゃまぜだからなのだ、ということさ。この新聞の論調を形づくっている考えかたを、検討してみようじゃないか。もともとふくまれている支離滅裂さを、できるだけ排除するようにしながら。

「この新聞記者にとっての第一の目的は、マリーの失踪から漂っている死体の発見までのあいだが時間的に短すぎるという理由から、あれはマリーの死体じゃあない、と述べることだ。だから、その時間をできるだけ短くすることが、この推理者にとっての目的となる。しかし、この目的に向かってあまり熱心に進んだため、最初から単なる仮定論に陥ってしまった。『もし殺害されたのが彼女であるとしても、殺人犯たちが真夜中にならないうちに死体を河に投げこむことができるほど、そんなに早い時刻に殺人が完了したと考えるのは、愚かしいことである』と新聞には書いてある。こう言われれば、読者としてはすぐに、なぜそうなのかと訊きたい気になる。娘が母親の家を出てから五分以内に殺されたと想定しては、なぜ愚かしいのか？　その日の日中、ある時間に殺されたと想定しては、なぜ愚かしいのか？　殺人なんてものは、どんな時刻にだって起こり得るものなんですからね。でも、日曜の午前十時から夜の十二時十五分前までのあいだ、どんな時刻に殺人が起こったとしても、『真夜中にならないうちに死体を河に投げこむ』時間は充分あるはずです。つまりこの記事の筆者は、犯行は日曜日には行なわれなかった、ということを言いたいらしい。でも、もし『エトワール』にこういう仮説を許すなら、もう、どんな自由でも許さなくちゃならなくなるよね。『もし殺害されたのが彼女であるとしても』云々《うんぬん》の文章は、『エトワール』にはあんなふうに印刷されてあったけれど、記者の頭のなかでは、実際はこんな形だったんじゃないかしら。――『もし殺害されたのが彼女であるとしても、殺人犯たちが真夜中にならないうちに死体を河に投げこむことができるほど、そんなに早い時刻に殺人を行なったと考えるのは、愚かしいことである。そして、こういうふうに想像するのも愚かしいけれども、それからまた同時に(ぼくたちみたいに)死体が真夜中すぎまで投げこまれなかったと想像するのも愚かしいのだ』――どうも辻《つじ》つまの合わない文章だけど、印刷してある文章に比べれば、まだしもちゃんとしているはずです。

「ぼくの目的が『エトワール』のこの一節を反駁《はんばく》することだけなら」とデュパンはつづけた。「ほうっておいて一向さしつかえないんだ。でも、ぼくたちの本当の相手は『エトワール』じゃなくって、真実なんですからね。問題の文章には、意味はたった一つしかない。それをぼくは今、はっきりと述べてみた。しかし言葉というものは、その背後にまで迫ることが大切なんだ。つまり、その言葉が明らかに言おうとしていながら、述べることに失敗している考えを手に入れること、ですよ。新聞記者の言おうとしているのは、殺人が日曜日の昼なかし夜の、どんな時刻に行なわれたにせよ、殺人犯が死体を、真夜中にならないうちに河へ運ぶなんて危険な真似をするはずはない、ということだ。ぼくがこの仮定に反対なのは、じつはこの点なんですよ。なるほど、殺人がそういう地点で、そういう状況のもとに行なわれたのなら、死体を河まで運ぶことは必要でしょう。でも、殺人は河岸で行なわれたのかもしれぬ。ひょっとしたら、河の上かもしれない。そうなれば、死体を水のなかに投げこむのは、いちばん簡単で、いちばん手っとりばやい処置なんだから、昼でも夜でも、いつでもいいわけだ。君は判ってるだろうけど、何も、たぶんこんなぐあいだったろうと言ってるんじゃないぜ。それからまた、ぼくの意見もたまたまそれに一致してる、なんて言ってるわけでもない。今までのところ、ぼくの意見は、この事件の真実とは何も関係がない。ぼくはただ、『エトワール』のほのめかし記事が、そもそも偏した《エクス・パルト》性格のものであることを明らかにして、君の注意を呼び起こしておけばいいのさ。

「この新聞は、こういうふうに、自分の先入主に合うよう範囲を限定しておいて、もし死体がマリーなら水中にあった時間が短すぎるという仮説をたて、それからこう論じつづけるんだ。『あらゆる経験に徴してみても、水死体ないし凶行による死の直後に水中に投ぜられた死体が、充分に腐敗して水上に浮かびあがるまでは、六日ないし十日を要するのである。かりに、死体に向けて大砲を射った結果、五日ないし六日間もぐっている以前にそれを浮かびあがらせたとしても、放置すればそれはまた沈んでしまうのである』

「この主張は、パリじゅうの新聞全部が暗黙のうちに認めているものだ。もっとも、『モニトゥール』［原注：「ニュー・ヨーク・コマーシャル・アドヴァタイザー」、編集長はストーン大佐］だけは別だけれど。この『モニトゥール』は、水死体と判断されるものが『エトワール』の主張する期間より短い時間で浮かびあがった例を五つか六つあげて、この『水死体』云々の個所にたいして反駁しようとしてるんだ。でも、これは『モニトゥール』のほうがどうもひどく理屈に合わないな。『エトワール』の一般的な主張に反駁するのに、それに反する特殊な例だけあげるなんて。二日か三日たってから死体があがった例を、五つか六つだけじゃなく、もう五十つけくわえることができたって、それはただ『エトワール』の法則への例外としてのみ考えられるのが本筋ですよ。まあ、法則それ自体が論破されるまではね。この法則を認める限り（しかも『モニトゥール』はこれを決して否定してやしない。ただ例外があると主張するだけなんだ）、『エトワール』の論調はかすり傷ひとつ負わないわけです。なぜかと言えば三日以内に死体が浮かびあがることの蓋然性以上の問題を、この論調はふくんでいないから。そしてこの蓋然性は、むしろ『エトワール』の位置を有利にする。少なくとも、こういう子供っぽい実例を列挙して、反対の法則を確立するまではね。

「そこで、すぐ判るだろうけれど、この点についてのあらゆる議論は――もし議論を行なうのなら――法則それ自体についての議論でなくちゃならない。だからぼくたちは、この目的のために、法則の理論的根拠《ラシオナーリ》を検討してみなくちゃならないことになる。一般に人間のからだは、セーヌ河の水と比べて、そう重くもないし、そう軽くもない。つまり人体の比重は、自然の状態では、それが排除する淡水の量とほぼ等しい。肥《ふと》っていて肉づきのいい人間のからだは、女の場合にはとくにそうだけれども、痩せていて骨太な人間、ことに男のからだより軽いのが普通です。もちろん河の水の比重は、海からの潮のぐあいで多少影響を受けるけれど、この潮のことを問題から排除すれば、淡水のなかでだってひとりでに沈む人体は滅多にないと言ってよい。だから大抵の人は、河へ落ちたとき、水の比重を自分の比重にうまく引きつけるようにすれば――つまり、からだを水の外へできるだけわずかしか出さないようにすれば、浮かんでいることができる。泳げない者にとって一番いいのは、ちょうど陸地を歩くようにまっすぐに立ち、頭をぐっと後ろにそらせて、水にひたっていることですよ。口と鼻だけは水の上に出すようにしてね。こうすれば、困難もなく、努力もせずに、浮かんでいられるはずだ。でも、からだの重さと排除された水の重さとが、じつにうまいぐあいに平《へい》衡《こう》を保っているのだから、ほんのちょっとしたことで平衡が破れるのは判りきっている。たとえば、片腕を水の外へ出しただけでも、支えがなくなって重くなり、頭がすっかり沈んでしまう。ところがまた、たまたま小さな柱一つでも助けがあれば、頭をあげてあたりを見まわせるというわけです。しかし泳ぎのできない者は、ばたばたもがいて腕を振りあげ、頭を普段のようにまっすぐにしようとする。その結果、口も鼻も水のなかへ浸ってしまうし、水中で息をしようとするものだから、肺のなかへ水がはいる。胃のなかへは、もちろんたくさんはいってしまう。当然、全身は、最初に体腔をひろげていた空気の重さと、今そこにはいっている液体の重さの差だけ重くなることになる。その差は、普通、からだを沈めるのに充分なだけの差です。でも、骨が細くて、脂肪体質だとか、肥っているとかいう人の場合なら、沈まないでいるわけです。こういう人は、溺《でき》死《し》しても浮かんでいる。

「でも、いったん河底に達すると、その比重が、それが排除した水の重さより軽くなるまでは、そのまま河底にいる。浮かびあがらせる原因になるのは、死体の腐敗作用とか、その他ですよね。腐敗の結果、ガスが生じて、これが細胞組織だとか、あらゆる体腔だとかを押しひろげ、それであの恐ろしい膨れあがった外観を呈することになる。この膨張が非常に進行して、質量すなわち重さの増大は全然ともなわずにからだの容積が増大すると、その比重は排除した水より小さくなる。そこで、水面に浮かんでくるというわけです。しかし、腐敗というのは無数の条件によって変化を受ける。つまり無数の要因によって、速くなったり遅くなったりする。たとえば、暑い季節か寒い季節か、水が鉱物質をたくさんふくんでいるか、いないか、その他、深浅、流れのあるなし、体質、死亡前の病気のあるなし、など。だから、死体が腐敗の結果いつ浮かびあがるかなどということは、はっきり言えないんですよ。ある条件の下では、一時間以内にこういう結果が生じるかもしれないし、他の条件の下では絶対にそうならないかもしれぬ。それに、動物のからだを永久に腐敗から防ぐような注入剤さえあります。塩化第二水銀なんてのがその一つですよ。しかし、腐敗はともかくとしても、胃のなかにある植物性物質の醋酸発酵《さくさんはっこう》にもとづく（および他の体腔内における他の原因にもとづく）ガスの発生ということがざらにある。これがまた、体腔を広げて、死体を水面に浮かべることになるんですよ。大砲を射った結果というのは、単なる振動のせいで、こうすれば、死体がはまりこんでいる泥から、死体を離すことになって、もし他の条件がそれ以前に揃《そろ》っていれば浮かびあがらせるわけだし、あるいは、その結果、細胞組織の腐れかかった大部分がやぶけ、ガスのせいで体腔が広がることになるかもしれない。

「こんなふうに、この問題に関する理論を全部ならべてみると、『エトワール』の主張を検討することなんかじつに楽な仕事になってしまいます。『あらゆる経験に徴してみても、水死体ないし凶行による死の直後に水中に投ぜられた死体が、充分に腐敗して水上に浮かびあがるまでは、六日ないし十日を要するのである。かりに、死体に向けて大砲を射った結果、五日ないし六日間もぐっている以前にそれを浮かびあがらせたとしても、放置すればそれはまた沈んでしまうのである』とこの新聞は言っている。

「この記事全体が矛盾と撞着《どうちゃく》のかたまりだってことは、これでもうはっきりしているよね。『水死体』が水面に浮かびあがるのに充分なだけ腐敗するには、六日ないし十日を要するなんてことは、あらゆる経験が示してくれることじゃあない。科学だって、経験だって、浮かびあがる時期は一定じゃないし、一定であるはずがない、ということを示しているだけさ。もし、大砲を射ったせいで浮かびあがったとしても、『放置すればそれはまた沈んでしまう』ことはない。もちろん、腐敗がひどく進行して発生ガスが漏《も》れてしまった場合はべつだけど。でも、『水死体』と『凶行による死の直後に水中に投ぜられた死体』とが、はっきり区別されていることには注意したほうがいいな。もっともこの記者は、いちおう区別を認めながら、結局、両者を同範疇《どうはんちゅう》に入れているんですけどね。溺れかかった者のからだの比重が、同じ容積の水よりも比重が重くなることや、水面上に腕をあげてもがいたり、水のなかで息をつこうとして喘《あえ》いだりさえしなければ決して沈まないことは、前にも言いました。息をつこうとして喘げば、水がはいって、肺のなかの空気がそれだけ減ってしまうわけです。でも、『凶行による死の直後に水中に投ぜられた死体』が、こんなふうにもがいたり喘いだりすることは絶対ない。だから、こういう場合には、死体は一般に決して沈まない――これは明らかに、『エトワール』紙が知らない事実です。腐敗作用が非常に進行して……多量の肉が骨から離れたような場合にはもちろん沈むだろうけど、でもそれまでは沈むはずがない。

「そうなると、浮かんでいる死体が三日後に発見されたのだから、あれはマリー・ロジェの死体じゃないという説は、一体どうなるかしら？　もし溺死だとしても、女だから沈まなかったかもしれないし、沈んだとしても二十四時間かそこらで浮かぶかもしれない。でも、彼女が溺死したなんて考えてる者はだれもいないんだ。とすれば、河に投げこまれる前に死んで、その後でいつか、浮かんでいるのが見つかったということになる。

「しかし『エトワール』はこういうことも言っている。『もし死体が、切りきざまれたまま陸上に、火曜日の夜まで置かれたとする。このときは、殺人犯の足跡が岸辺に見つかるはずである』ちょっと読んだだけでは、こういう推理を行なっている人間の真意が那辺《なへん》にあるのか、理解できないよね。自分の理論に反対のことを自分で想像して先まわりして断わっているみたいじゃないか。――だって、二日も陸の上に置かれたら、死体はそれだけ早く――水のなかよりもずっと早く腐敗するわけだもの。彼は考えてるんですよ。二日間そんなぐあいにほうっておいたのなら、水曜日に浮かびあがったかもしれない……いや、そういう状況の下においてのみ死体は浮かびあがることが可能だった、とね。そこでこんどはあわてて、死体は陸上に放置されてなかったと述べる。なぜかと言えば、もしそうなら『殺人犯の足跡が岸辺に見つかるはず』というわけさ。この推論《セクイトゥール》には、君もにやにやしちまうだろうと思うよ。死体を単に岸辺に置いたからといって、どうして殺人犯の足跡を増すことになるのか、判らないでしょう? ぼくにだって判るもんか。

「ところが、この新聞はまだつづけている。『さらにまた、このような殺人を犯した凶悪犯が、死体を沈めるための錘をつけずにこれを河に投ずることなど、あり得べきことだろうか。この配慮は極めて容易に思いつくものであるだけに、奇怪なことと言わねばなるまい』ねえ、なんて滑稽な、思考の混乱だろう! 発見された死体が他殺体であることには、だれひとり――『エトワール』さえも――反対してないんだ。凶行の跡は、あまりにも歴然としているからね。この記者の目的は、これがマリーの死体じゃないということを示すことだけなので、彼がしようとしているのは、マリーが殺害されていないということだ。この死体が殺害されていない、ということじゃあなくってね。ところが彼の考察は、ただ後者のほうだけを立証している。ここに錘のついていない死体が一つある。それゆえ、これは殺人犯によって投げこまれたものじゃない。ただそれだけの話じゃないか――もし何かが証明されたとしてもね。死体確認の問題には触れてさえいない。それに『エトワール』は、自分がつい今しがた言ったことを一生懸命になって否定してるんだ。だって、『この死体が殺害された女性の死体であることはまったく疑いがない』と言ってるんだからね。

「もっともこの記者が思わず知らず自家撞着を犯しているのは、問題のこの部分に関してだけじゃない。前にも言ったように、彼の目的は明らかに、マリーの失踪と死体の発見の間の時間をできるだけ短くすることなのだが、そのくせ一方では、娘が母の家を出てから以後、だれひとり彼女を見かけなかった点をしきりに強調している。『マリー・ロジェが六月二十二日、日曜日の九時以後に生きていたという証拠は何ひとつない』と言っているようにね。もともとこの人の議論はひどく偏《エクス・パルト》った議論なんだから、少なくともこんなことは触れないでおけばよかったのさ。だって、もしだれかが、月曜日にだろうと、火曜日にだろうと、マリーを見かけていることが判れば、問題の時間はぐっと短くなるわけだし、そうなれば彼の推理によって、死体があの女売子《グリゼット》のものだという可能性はうんと小さくなるじゃないか。それなのに——面白いねえ——『エトワール』は自分の議論を押し進めるつもりで、この点にひどく力瘤《ちからこぶ》を入れてるんですよ。

「こんどは、ボーヴェーによる死体確認について言及している個所をもういちど読んでみたまえ。『エトワール』は腕の毛について、明らかにずるい書きかたをしてるぜ。ボーヴェー氏はばかじゃないから、ただ単に腕の毛だけを手がかりにマリーの死体だと断定したはずがない。『エトワール』の書きかたの一般論的な口調は、証人の言葉を歪《ゆが》めたものにすぎないんだ。証人はこの毛の、ある特徴について述べたに相違ない。毛の色とか、量とか、長さとか、生えている場所とかの特徴を言ったにちがいないと思うんですよ。

「それにこの新聞は、こんなことも言っている。『彼女の足は小さかったというが、小さい足はいくらでもある。ガーターや靴も、何の証拠にもならない——なぜなら、靴やガーターは大量に売られるものだからである。同じことは、彼女の帽子の花飾りについても言い得るであろう。ボーヴェー氏が強く主張したことは、発見されたガーターの止め金は小さくするために逆に動かしてあったという点だが、これも証拠にはならない。なぜなら、大抵の婦人は、買物をする店頭でぴったりしたサイズのガーターを買うよりも、家に帰ってからガーターを腿《もも》の太さに合わせて調節するものだからである』ここまでくると、一体この記者は真面目なのかどうか、疑わしくなってしまうよ。ボーヴェー氏がマリーの死体を探していて、からだつきといい大きさといい失踪した娘にぴったりの死体を見つければ（服装のことは論外にするとしても）、ようやく探し当てたと思うのは当然だろう。それに、からだつきだけでなく、生前のマリーの腕に見たことがある特徴的な毛を死体の腕に発見すれば、彼の意見はいよいよ強まるだろう。さらに、その毛の特徴なり異常さなりに気がつけば、ますます自信がついてくるはずじゃないか。マリーの足が小さくて、死体の足も小さければ、これがマリーの死体だという蓋然性《がいぜん》は、算術級数的にではなく幾何級数的に増大してゆくにちがいない。こういうことすべてに加うるに、失踪する朝にはいていた靴と同じ靴だという事情がある。こうなれば、いくら靴が『大量に売られている』ものだったにせよ、蓋然性はもう確実の域に迫っている。それ自体では確認する証拠にならないものでも、然《しか》るべき位置に置かれれば、もっともたしかな証拠になるんですよ。さあ、そこへ、帽子についている花飾りが失踪した娘の花飾りと同じだという条件が加わる。こうなれば、もうそれ以上調べようとしないのは、当然じゃないかしら。たった一輪の花だって、もう詮索《せんさく》する必要がなくなる。まして、二つ、三つ、それ以上が、一致しているとなればどうだろう？　連続する一つ一つの証拠は、いわば倍率的な証拠――足し算のじゃなくて掛け算のものになり、百倍も千倍も証拠を強化する。しかもそこへ、故人が生前に使っていたガーターが見つかる。こうなったら、もうそれ以上調べるのはばかげているようなものだ。さらにそのガーターは、マリーが家を出るすこし前にしたように、止め金を動かして小さくしてあることが判った。もうこうなったら、疑念を持つのは、気が変なのかそれとも偽善者であるか、どっちかですよ。それなのに『エトワール』が疑って、ガーターを縮めるのはありがちなことだと主張しているのは、頑固きわまる謬見《びゅうけん》だと言うしかないな。止め金つきのガーターというのは、そのままでも伸び縮みする弾力を持っているんだから、小さくしてあることが第一、異常なんですよ。それ自体で調節できるようになっているものを、わざわざ別の仕掛けで調節する必要があるというのは、そうざらにあることじゃない。マリーのガーターが同じようなぐあいに小さくしてあるとすれば、それこそ、もっとも厳密な意味での、偶然の一致にちがいない。だからこの事実だけでも、マリーの死体だと確認する決め手になるでしょう。しかし、問題なのは、失踪した娘のガーターをつけてる死体が発見されたということじゃない。彼女の靴、彼女のボンネット、彼女のボンネットの花飾り、彼女の足、彼女の腕の特徴、彼女のからだつき、を持った死体が発見されたということでもない。問題なのは、こういうこと一つ一つが、全部いっしょになって、死体とともに発見されたということだ。こういう状況の下にあっても、依然として『エトワール』の編集長が本当に疑いをさしはさんでいるのなら、精神鑑定《デ・ルナティコ・インクイレンド》など行なう必要はない。そいつは、法律屋の下らないおしゃべりの口真似をするのを聡明なことだと思っている奴なのさ。法律屋なんてものは、大抵は、四角四面な法定用語を無責任に繰り返してれば、それでご満悦な人種なんだ。だから、法廷から却下される証拠の大部分が、じつは、知性のある人間にとっては最上の証拠なのだとぼくは思いますよ。なぜかと言えば、法廷というのは証拠についての一般的な原則――公認された、書物に書いてある原則――に従うものだから、とくべつの場合だって、その原則からはずれたくない。もちろん、こういうふうに頑固に原則にこだわって、それと相いれない例外を強く排斥するやりかたは、長い眼で見れば、入手し得る最大の真実を手に入れるための確実な方法かもしれない。[*3]だから、たしかにこのやりかたは、全体としては理屈に合っているだろうけれど、しかし個々の場合には、厖大《ぼうだい》な間違いを犯すこともたしかなのです。

「ボーヴェーにたいしての当てこすりなんかは、あんなもの、君ならあっさり退《しりぞ》けるだろうと思うよ。この善良な紳士の本当の性格がどういうものか、君はとうに知っているはずだ。お節介屋でね、ロマンチックなところがかなりあるし、頭はあまりよくない。こういう気質の人間は、本当に興奮すると、詮索ずきな人間や悪意のある者の眼から見ると、わざわざ疑いを招くような行動をしたがるものだ。ボーヴェー氏は(君の覚え書から判断すると)、『エトワール』の編集長とこっそり会ったらしい。そして、編集長の理屈にもかかわらず、死体は絶対にマリーだと頑張って、相手をひどく怒らせたようだ。新聞は、『彼は、この死体がマリーのそれだと主張しているが、われわれが以上論評したもののほかには、他人を納得させるような事実をつけ加えることができないのである』と言っている。でも、もうこれ以上、『他人を納得させる』ような強力な証拠がつけ加えられるはずがない、ということは別にしても、こういう場合、相手を信じさせる理由は何ひとつ出せなくても、自分がそう信じているってことはあり得るだろう。一体、一人ひとりの人間を確認するときの印象ほど漠然としているものが、他にないくらいなんだ。だれだって、隣人を見れば、ああ、あの人だってことが判る。だが、なぜ判るのかという理由を用意している人はだれもいやしない。『エトワール』の記者には、ボーヴェー氏が理由も言えずにそう信じこんでいるからといって、べつに怒る権利はないんだよ。

「この男をめぐっていろいろ不審な事情はあるけれども、しかしそれは、この記者がほのめかすような、犯人は彼だという方向より、むしろロマンチックなお節介屋というぼくの仮説に、ずっとぴったりしてると思いますよ。一度でいいから、もっと寛容な解釈をしてみたまえ。あの鍵穴にさした薔薇の花だって、石板に書いてあった『マリー』という字だって、『男の親類を避けた』ことだって、自分がもどるまで憲兵《ジャンダルム》と口をきくなとB＊＊夫人に注意したことだって、それから『事件の処置については自分以外のだれにも関与させない』つもりだったらしい態度だって、全部納得がゆくことだ。ボーヴェーがマリーに言い寄っていたこと、マリーのほうでも媚態《びたい》を示していたこと、および彼としては自分がマリーとたいへん親しくて信頼されているみたいに見せかけたがっていたことなどは、もう問題がないと思う。だから、もうこの点については触れないことにしましょう。それから、『エトワール』がしきりに言う、母親や親類の者が無関心だったという点だが——たしかにこのことは、彼らがこれはマリーの死体だと信じていることと矛盾するけれど——この点についてはちゃんと反証があがっている。だからぼくたちは、さきに進むことにしよう。死体確認の問題はすっかり解決したことにして」

「それじゃあ」とぼくはここで訊ねた。「『コメルシエル』の説については、君はどう思ってるの？」

「あれは、この問題について発表されたどんな記事よりも注目に価するよ——精神においてはね。前提から演繹《えんえき》してゆくやりかたも、論理的で鋭いな。でもその前提が、少なくとも二つの点で、不完全な考えかたにもとづいている。『コメルシエル』としては、マリーが母の家から出て、そう遠くへゆかないうちに、一群のごろつきにつかまえられた、と言いたいらしい。『この若い女性のような、数多くの人に知られている者が、だれの眼にも触れないで街区を三つ通りぬけるなどということは不可能である』と書いているんだからね。これは、パリに長く住んでいる人——公人——で、しかも歩きまわる範囲がまあ大体、役所の近所にかに出会って挨拶されるにきまってる。だから、自分が知っている他人の範囲も、自分を知限られている人の頭に浮かぶ考えだ。彼は、自分の勤め先《ビユロー》から六街区も歩けば、きっとだれってる他人の範囲も、よく判っているので、自分の有名さとこの香水屋の売子の有名さとを比較して、そうたいして差はないと考えるのさ。そこから論理は一足とびに、彼女が街を歩けば、自分が街を歩いた場合とちょうど同じように、知った顔に出くわすだろうという結論に到達しちゃう。しかしこういうことは、彼女の外出が彼の外出と同じような、きちんとした性格のものであって、歩いた範囲も彼の場合と同じくらい限られているときだけ妥当する話なのだ。彼は一定の地域内を、一定時間の間隔を置いて往復する。しかもその地域というのは、彼らの職業が彼の職業に似かよっているという点から言っても、彼に注意しそうな人間が多いわけですよ。ところがマリーの外出のほうは、大体まあ、漫然たるものなんだな。とくにこんどの外出などは、いつも通いつけている道とはひどくちがった道を歩いたにちがいない。もし。この二人の人物がパリじゅうを歩きまわるというんだったら、『コメルシエル』の記者の頭のなかにあったと思われる対比は、たしかに成立するかもしれない。その場合なら、二人の知合いの数がもし等しければ、知合いと出会う数も等しくなる可能性が出てくるわけですからね。ぼくとしては、マリーがある任意の時刻に、自分の住居から叔母の家へゆく道のどれか一つを、彼女が知っている人、および彼女を知っている人にだれ一人にも会わないで通るということは、単に可能であるだけじゃなくて、非常にあり得ることだと思う。この問題を本当によく考えるためには、パリでいちばん有名な人の知合いだってパリの全人口と比すればじつに微々たるものだってことを、頭のなかにしっかりおいとかなくちゃだめさ。

「それに、『コメルシエル』の思いつきは、マリーが外出した時刻を考慮に入れるとき、ひどく無力なものになってしまう。『彼女が出かけた時刻には、街路には人通りが多かったのである』と『コメルシエル』は書いているけれども、これはちがう。出かけたのは午前九時だった。そして午前九時には、日曜以外なら、たしかに街路には人通りが多い。これは本当ですよ。しかし日曜の九時には、みんなは大体うちのなかで、教会へ出かける支度をしてるとこだ。注意ぶかい人なら、日曜日の八時から十時までのあいだ、街のなかがとくにひっそりしてることにきっと気がつくはずです。十時から十一時までは、たしかに人通りが多い。しかし、この問題の時刻のような早朝には、そういうことはないんですよ。

『コメルシエル』の記事には、もう一つ、観察の不充分なところがある。『不幸な娘のペティコートから、長さ二フィート幅一フィートの布が、むしり取られ、後頭部から巻いて頤の下で結んであった。これはたぶん猿ぐつわであったろう。凶行はハンカチを持たない連中によって犯されたのである』これはたぶん猿ぐつわであったろう……

後で検討するとして、『ハンカチを持たない連中』というのは、新聞記者としては最下級のごろつきということだろう。しかし、じつはそういう連中こそ、たとえワイシャツは着てなくとも、ハンカチはしょっちゅう持っているものなんだ。君も気がついているにちがいないが、最近ハンカチは、悪党にとって必要不可欠なものになってるんだよ」

「じゃあ」とぼくは訊ねた。「『ソレイユ』の記事については、どう考えるべきなのかしら?」

「あの文章の筆者が鸚鵡《おうむ》に生まれてこなかったのは残念千万だね。せっかく最高級の有名な鸚鵡になれたところなのに。あれじゃあ、今まで発表された意見をあっちの新聞、こっちの新聞から、敬服すべき勤勉さでよせ集め、それをただ繰り返してるだけじゃないか。『これらの品は、明らかに、少なくとも三、四週間そこにあったものである。恐ろしい凶行の行なわれた地点が発見されたことは、疑いをさしはさむ余地のないことである』と言っているけれど、この『ソレイユ』が繰り返してる事実は、どうもこの問題についてのぼくの疑念をさっぱり排除してくれない。しかしこういう点については、あとで他のことといっしょにもっと詳しく検討してみよう。

「今のところ、ぼくは他のことを調べてみなくちゃならないんだ。まず、君も気がついたにちがいないと思うけれども、検死はひどく粗雑なものだった。たしかに、死体の確認はすぐにできたし、また当然そうあるべきだったろう。しかし、それ以外にも、たしかめるべきいろんな点があったと思う。持ち物で略奪されているものは、何かないだろうか？　家を出るとき、宝石類は身につけていなかったろうか？　もし身につけていたとすれば、それは死体といっしょに発見されているか？　こういう重大な問題が、証拠しらべではぜんぜん触れられていないんですよ。この他にも、同じくらい重要なのに注意されていないことが、いくつもある。こういう点は、納得がゆくまで、自分で調べてみなくちゃならない。サン・テュスターシュのことなんかも、再検討しなくちゃね。もちろん、ぼくはこの男を疑ってはいませんよ。でも、方法的に仕事を進めたいからな。日曜日に出まわったさきについての口供書が正当なものかどうかも、疑問がちっとも残らないくらいたしかめてみましょう。この種の口供書は、とかく言いのがれになりがちなものですから。でも、この点についてさえ変なことがなければ、サン・テュスターシュのことはもう調べなくていいだろう。疑惑を深める材料になるのは、彼が自殺したということだが、まあこれだって、口供書に虚偽の申立てがあればの話で、もしそうでなければ、説明のつかないことだとは言いにくい。何もそのせいで、普通の分析の線から逸脱しなくちゃならぬことはないでしょう。

「これからやろうとしていることでは、この悲惨な事件の内的な問題は無視して、もっぱら周縁のほうに注目することにしよう。こういう捜査でよくやる間違いは、直接的なことの調査にだけ範囲を限ってしまって、間接的・付随的な出来事はすっかり無視するというやりかたです。証拠や論議を、一見したところ関連のありそうな事柄にだけ限定してしまう——これが法廷のよくやるあやまちだ。でも、経験に徴しても判ることだし、哲学的にも説明のつくことだけれども、真理の大部分は、ちょっと見ただけじゃあ無関係みたいに見えるところから出てくるものだ。近代科学が予見されないものを予測するのは、字義どおりにはともかく、精神においては、この原則によるものです。しかし君には、ぼくの言ってることがよく呑《の》みこめないでしょうね。人間の知識の歴史を検討すれば、非常に価値の高い無数の発見が、じつは付随的・偶然的な出来事のせいで生まれたということが判る。こういう事情は、今までずうっとつづいているので、今では、何か将来の改善を期待するためには、普通の予想の範囲からは完全に逸脱した、偶然によって生ずる発見を狙うために、ものすごく大きな余地を考慮しておくことが必要だ、というところまできてしまっている。過去の事実の上に未来の幻を構築するのは、もう論理じゃないのです。偶然というものが、基礎工事の一部分として認められている。チャンスというやつを絶対的な推定の問題にしている、と言ってもいい。予見されないもの、想像されないものを、学校の数学公式に従属させるというわけですよ。

「繰り返して言うけれども、あらゆる真理の大部分が付随的なものから生まれるというのは、単なる事実以上の何かなんだ。だからこの場合でも、これまでさんざん調査して、しかも収

穫のなかった方面から眼を転じて、事件をとりまく当時の状況をぼくが考えて見ようという
のは、つまりこの原則の精神にもとづいているのさ。だから、君にあの口供書の信憑性《しんぴようせい》を
たしかめてもらう一方、ぼくは新聞を、君がやってくれたよりももっと広い範囲で検討しよ
うと思う。今までのところ、ぼくたちの捜査は、すでに捜査ずみの領域をもう一ぺん調べて
いるだけだ。でも、まったくの話、ぼくが言ったように徹底的に調べてみて、それでもなお
捜査の方向を確立してくれるような微細なことが出てこなかったら、出てこないほうが不思
議だと思うんだ」

デュパンの提案にもとづいて、ぼくは口供書を丁寧に検討してみた。その結果、口供書は
まったく信用し得るものであること、サン・テュスターシュは無罪であること、が判った。
その間、ぼくの友人は、ぼくの眼にはあまり入念すぎて無方針だとさえ思われるほどの態度
で、さまざまの新聞のファイルを調べていた。一週間たつと、彼はぼくにつぎのような抜き
書を見せてくれた。

「約三年半前、パレ・ロワイヤルのル・ブラン氏の経営している香水店《パルフュムリー》から、同じマリ
ー・ロジェが失踪して、今回と同じような事件が起こったことがある。しかしその場合は、
一週間後、多少いつもよりは顔色が蒼《あお》ざめていたほか、普段と変わることなしに、自分の担
当である勘定台《コントワール》にふたたび姿をあらわした。ル・ブラン氏と彼女の母は、田舎の友人のとこ
ろへ遊びにいっていただけだと述べ、事件はあっさりと忘れられた。今回の事件も、同じよ
うな気まぐれの結果であろう。一週間ないし一カ月経過すれば、彼女は帰ってくるであろ

う」――『夕刊新聞』〔原注：「ニュー・ヨーク・エクスプレス」〕六月二十三日、月曜日。

「昨日のある夕刊新聞は、ロジェ嬢にかつて謎めいた失踪事件があったことを報じている。ル・ブラン氏の香水店《パルフュムリー》を欠勤していた一週間のあいだ、彼女が、放蕩《ほうとう》をもって聞こえた、ある若い海軍士官といっしょであったことは、よく知られている。たまたま二人が仲たがいしたため、彼女はもどることになったものらしい。この、現在パリ在勤中の女たらしの名は判明しているが、それは公けにしないでおく。その理由は、今さら申すまでもなかろう」――『メルキュール』〔原注：「ニュー・ヨーク・ヘラルド」〕六月二十四日、火曜日、朝刊。

「一昨日、もっとも凶悪な種類の暴行が、この市の近くで行なわれた。夕方ごろ、妻と娘を連れた一紳士が、セーヌ河の岸の近くでのんびりボートを漕《こ》いでいた六人の若者たちに金をあたえて、河を渡してもらった。三人の乗客は対岸に着くとボートから下りたが、ボートが見えなくなるまで行ってしまってから、娘が、パラソルを置き忘れてきたことに気がついた。彼女はそれを取りにもどったが、若者たちにつかまって、河の上に連れだされ、猿ぐつわをはめられて暴行された後、最初両親とボートに乗った地点からさほど遠くないところに置き去りにされた。悪漢どもは目下逃走中であるが、警官は彼らを追跡している。彼らのうちの若干名は間もなく逮捕される見込み」――『日曜新聞』〔原注：「ニュー・ヨーク・カリアー・アンド・インクワイアラー」〕六月二十五日。

「本社は、最近の凶行に関し、ムネー〔原注：ムネーは、最初嫌疑をかけられ、逮捕された者の一人。証拠がまったくないため、放免された。〕に罪を着せる目的の投書を、一、二通、受け取ったが、この紳士は当局の調査の結果、無罪であることが完全に判明しているし、これら投書者たちの論議は、熱心ではあるが深い根拠はないもののように見受けられるので、これは公表しないほうがよろしいと考える」——『日曜新聞』六月二十八日。

「本社は、おそらく別人の筆になると目される、強硬な投書数通を受け取った。不幸なマリー・ロジェが、日曜日にパリ市の近郊を荒しまわる悪党どもの集団の一つによって犠牲となったことは疑う余地がない、という趣旨のものである。本社の見解もまた、この仮説を全面的に支持するものである。今後、この種の論議は紙上に掲載される予定」——『夕刊新聞』［原注：「ニュー・ヨーク・イヴニング・ポスト」］六月三十一日、火曜日。

「月曜日に、一隻の空ボートがセーヌ河を浮流しているのを、税務署関係の艀《はしけ》の船頭が見かけた。帆は横にされて船底にあった。船頭はそれを艀事務所まで曳《ひ》いていった。翌朝、事務所の者がだれひとり知らぬうちにそれはなくなってしまっていた。現在、舵《かじ》だけは艀事務所に置いてある」——『ディリジャンス』［原注：「ニュー・ヨーク・スタンダード」］六月二十六日。

こういうさまざまの抜き書きを読んでみたが、ぼくにはそれらが相互に矛盾しあっていると思われるだけではなく、それらが現在の問題とどうかかわりがあるのかさえ理解できなかった。ぼくはデュパンが説明してくれるのを待った。

「第一のものと第二のものについては」とデュパンは言った。「あまりこだわるつもりはないんだ。主として、警察当局の極端な怠慢ぶりをお目にかけるため、写しとっただけですよ。何しろ、警視総監から聞いた話から判断する限り、ここで話に出てくる海軍士官を調べることさえやってないんだからね。でも、マリーの二度の失踪事件が、その間にまったく関係が考えられないというのは、ひどくばかげた言い草ですよ。かりに、最初の駈落《かけおち》が恋人たちの仲たがいをもたらし、裏切られた女がそのため帰ることになったのだとして見よう。すると、二度目の駈落は（もちろん、これが駈落だと判ったうえでの話だけれども）、別の男があらわれて新しく言い寄った結果というよりは、むしろ、かつて裏切った男がよりをもどそうと言いだしたせいなのじゃないかしら。新しい恋愛《アムール》のはじまりとして見るよりも、焼け棒杭《ぼっくい》に火がついたのだと考えるほうがいいと思う。前に一人の男と駈落したことのあるマリーにこんどは別の男が駈落をもちかけるということより、彼女とかつて駈落したことのある男がもういちど同じことを提案するほうが、圧倒的に可能性が多いやね。ところで、つぎの事実に注目してくれたまえ。いいかい。最初の駈落と、二度目の駈落かもしれない事件とのあいだに経過した時間は、わが国海軍の軍艦が普通一航海に要する期間より、せいぜい数カ月多いだけなんです。マリーの恋人は、最初のときは、出航時間を控えていたため凶行を行なえなかった。それでこんどは帰ってくるとすぐ、前には実行できなかった悪だくみを行なったのじゃないだろうか？　だけど、こういうことすべてについては、ぼくたちには何も判ってないんだ。

「しかし君は言うかもしれない。この二度目のときには、想像されるような駈落なんて何もなかったのだ、とね。たしかになかった——でも、駈落の計画はしたけど失敗したのだ、とは言えないかしらん？　サン・テュスターシュと、それからたぶんボーヴェーの他には、公然と認められているマリーの求婚者は判っていない。他の人間については何も言われていない。じゃあ、親類の者が（少なくとも彼らの大部分が）何も気づいていない秘密の恋人というのは、だれだったろう？　マリーはその男と、日曜の朝に会ったわけだ。その男は彼女をよほど安心させていたらしい。だって、日が沈んでもまだ彼といっしょに、ルールの関門の寂しい森のなかにいたわけだからね。少なくとも親類の大抵の者が知らなかった秘密の恋人はだれなんだろう、とぼくは訊ねるよね。そして、マリーが出かけた朝ロジェ夫人が口にした、『もうマリーとは会えないだろう』という異様な予言は、何を意味するだろうか？

「まさか、ロジェ夫人が駈落の計画を知っていたとは想像できないけれども、少なくともマリーが駈落のことを考えていたとは、考えられるんじゃないかな。彼女は家を出るとき、デ・ドゥローム街の叔母の家へゆくと言ったのだし、暗くなったら迎えにきてくれと、サン・テュスターシュにたのんだのだ。そうね、ちょっと見ると、このことはぼくがさっき言ったことと、矛盾するかもしれない――でも、考えてみようよ。彼女がたしかにだれかと会い、その男といっしょに河を渡り、午後三時という遅い時刻にルールの関門に着いた、ということは判っているんだ。でも、この男の言葉に従って同行するとき（その目的が何だろうと――それを母親が知ろうが知るまいが）彼女は考えていたにちがいないと思うんだ。家を出るとき、どう言って出てきたかということを。それからまた、許婚者のサン・テュスターシュが約束の時間にデ・ドゥロームへ行って、彼女がいないのを知ったとき、そしてさらに、この驚くべき知らせをもって下宿屋《パンション》へ帰り、彼女が家にももどっていないことを知ったとき、彼の心にどんな驚きと疑惑が訪れるだろうか、ということを。マリーはこういうことを考えてたに相違ないと思うな。サン・テュスターシュの失望や、みんなの疑惑を、予想していたにちがいない。この疑惑を打ち消すために帰宅するというところまでは、考えることができなかったかもしれないけれど。しかし、彼女には帰る気がなかったんだと思えば、こういう疑惑なんかじつに、取るに足りないものになってしまうでしょうね。

「だから、彼女はこんなぐあいに考えた、と想像してもいいんじゃないか――『これからあたしは、駈落のため、ないし他人には知らせてないある目的のため、ある人に会う。なんとか邪魔がはいらないようにしておかねばならぬ――追手を逃れるだけの時間をとっておかねばならぬ――デ・ドゥローム街の叔母さんの家に行って、一日じゅうそこにいると言おう――暗くなるまでに迎えにきてくれとサン・テュスターシュにたのもう――こうすれば、あたしが長いあいだ家を留守にしていても、疑われたり心配されたりしないだけの、説明がつくわけだし、他のやりかたよりもずっと時間にゆとりができる。暗くなってから迎えにきてくれとサン・テュスターシュにたのめば、それより早くは決してやってこないだろう。でも、そうたのまなければ、もっと早く帰るはずだと彼は期待するから、不安に思うことになり、結局、あたしが逃げるための時間は少なくなってしまう。もし帰るつもりなら――問題の男と散歩することを計画しているだけなら――サン・テュスターシュに迎えにきてなんかもらいやしない。だって、迎えにくれば彼はきっと、あたしが彼を偽《いつわ》ったことに気がつくだろう――しかもそれは、彼にはなんにも言わずに家を出、夕方までにもどり、デ・ドゥローム街の叔母の家に行っていたと述べれば、永久に気づかれなくてすむことなのだ。でも、決して帰らないつもりなのだから――少なくとも数週間は――あるいは隠れ家がみつかるまでは帰らないつもりなのだから――あたしが考えるべきことはただ一つ、時を稼ぐことだけなのだ』

「君の覚え書にも書いてあるとおり、この悲惨な事件についての世間一般の通念は最初からずうっと、この娘は一群の悪党どもの犠牲になった、ということでしたね。民衆の意見というものは、ある条件の下では、無視されるべきじゃない。それが自然に発生した場合――つまり厳密な意味で自発的にあらわれた場合には、天才の特徴である直観と酷似したものとして考えるべきだ。百のうち九十九までは、ぼくもその断定に従いますね。でも、そのためには、だれかが暗示したという痕跡が見当たらない、という条件が大切です。つまり、その意見はあくまで民衆自身の意見でなくちゃならぬ。でも、それを区別して、その区別を見失わないようにするのは、ひどく難しい場合がしょっちゅうなんだな。こんどの事件では、一団の悪党についての『民衆の意見』は、第三の抜き書に書いてある付随的な出来事の影響を受けていると思う。若くて美人でとかくの評判のある娘、マリー・ロジェの死体が発見されたというので、パリじゅうが沸きかえっている。死体には暴行の跡があるし、河に浮かんでいた。ところが、彼女が殺されたちょうど同じころ、というよりもほぼ同じころ、程度はそれよりすこし劣るけれども、まあ大体マリーが受けたような凶行を、もう一人の若い女性が一団の若いならず者によって受けている、ということが判明した。とすれば、ある既知の残虐行為が、もう一つの残虐行為についての大衆の判断に影響するのは、当然のことじゃないか？　大衆の判断は方向づけられるのを待っていた。そこへ、この既知の暴行事件が、じつに適切に方向をあたえてくれた！　マリーが発見されたのもセーヌ河だった。この同じ河で、既知の事件のほうも起こっている。この二つの事件のあいだの関係は、極めて明瞭なので、世間がこのことに気がつき、それにこだわらなかったら、かえって不思議なくらいなのですよ。ところが実際は、こういうふうに行なわれたということが判るある凶行は、それがもし何かだとするならば、ほとんど同じ時刻に発生したもう一つの凶行がそんなふうに行なわれたのじゃないということの証拠なんだ。もしも、一団のならず者たちが、ある任意の地域で、前代未聞の悪事を働いているときに、もう一団の同じような悪党どもが、同じ街の同じ地域で、同じような状況の下に、同じような手口で、まったく同じ時間に、まったく同じ種類の悪事を働いているとすれば、これは奇跡と呼ぶしかないじゃないか！　ねえ、偶然によって暗示を受けた大衆の意思が、ぼくたちに信じさせようとしているものは、こういう奇跡めいた暗合の連続以外の何なのかしら？

「話をさきに進める前に、凶行の現場と目されている、ルールの関門の茂みについて考えてみよう。あれはたしかに深い茂みだけれども、とても往来に近接している。茂みのなかには石が三つか四つあって、それが、背中のよりかかりと足台のついた、一種の椅子みたいな形をしているんです。上のほうにある石の上には、白いペティコートが発見された。二番目の石の上には、絹のスカーフ。それから、パラソル、手袋、ハンカチもみつかった。ハンカチには『マリー・ロジェ』という名前がついていた。あたりの小枝には、服の切れはしがひっかかっていたし、地面は踏み荒され、灌木は滅茶滅茶になっている。凄《すさ》まじい格闘を証拠づけるものばかり、というわけさ。

「この茂みが発見されたことは、新聞から大歓迎を受けたし、これが凶行の現場だということに意見は一致してしまったけれど、疑う理由が充分あることは、やはり、認めなくちゃならないよね。これが現場であったことを、ぼくが信じようと信じまいと――とにかく疑念をさしはさむ余地はたっぷりある。もし真の現場が、『コメルシエル』が言うようにパヴェ・サン・タンドレ街の近くなら、犯人たちは、彼らがまだパリにとどまっていれば、世間の注意がこんなぐあいに問題の地点のほうへ集まっていっていることは、当然、激しい不安を味わわせることになるだろう。そうなれば、ある種の人間なら、この世間の注目をよそへ向けるのが必要だと考えることもあり得るわけだ。とすれば、ルールの関門の茂みにはすでに疑いがかかっているのだから、ここに遺品を置こうという考えも当然わこうというものさ。発見された品は数日以上あの茂みのなかにあったみたいに『ソレイユ』は言ってるけれど、そんな証拠は一つもありやしない。一方、あのいろんな品が、運命の日曜日から、子供たちがそれを見つけた午後までの二十日間、だれの注意も惹かずにあそこに放置されているはずがない、という情況証拠のほうならいっぱいある。『ソレイユ』は、他の新聞の意見をすっかり採用して、『雨のせいで一面に黴が生え、そのためぴったりと密着している。周囲には草が生えており、なかには草に覆われている品もある。パラソルの絹は丈夫な生地だが、その内側の糸はくっつきあっている。たたまれて二重になった、上のほうの部分は、すっかり黴が生えて朽ちているため、開けたら破けてしまった』と書いているけれど、『周囲に草が生えており、なかには覆われている品もある』ということに関しては、二人の子供の言葉、および記憶によってたしかめられたものにすぎない。だって子供たちは、第三者が見る前に、こういう品を動かして家へ持ち帰ったんだろうからね。それに草なんてものは、ことに暑くて湿気の多い時候には（殺人があったころの気候がそうだよね）、一日のうちに二インチも三インチも伸びるものだ。芝を植えたばかりの地面の上に、パラソルを置けば、一週間のうちに、草に覆われてすっかり見えなくなってしまうだろうよ。それから、『ソレイユ』の記者があんなに執拗《しつよう》に――いま引用したばかりの短い文章のなかにさえ三回もその言葉を使うくらい執拗にこだわっている黴について言えば、黴の性質を本当に知って書いているんだろうか？　普通、二十四時間のうちに生えて、また枯れてしまう、いろんな種類の菌類の一つなんだということさえ、知らないんじゃないかしら？

「こういうわけで、あの遺品が『少なくとも三、四週間』茂みのなかにあったという考えを支えるためさも得意そうに引合いに出されたものが、じつはそのことの証拠としてこのうえなくばかばかしいものである、ということがほんの一瞥《いちべつ》で判るんだよ。一方、ああいう品物が、あの茂みのなかに一週間以上も――ある日曜からつぎの日曜までよりもっと長い期間――置いてあるなんてことは、どうにも信じにくい話だ。パリの近郊のことをすこしでも知っている人なら、郊外からよほど遠く離れたところならばともかく、人目につかぬ場所を見つけるのが極度に困難なことを知っているはずだ。そういう森のなかにある、だれも行ったことのない場所なんて、いや、人目につかぬ程度の場所でさえも、想像することがまったく不可能なのですよ。だれか、心の底では自然の愛好者でありながら、仕事の関係でこの大都会の熱気と埃《ほこり》に縛りつけられている人に――ウィーク・デイでいいから、やらせて見たまえ。ぼくたちを取り巻いている美しい自然のなかで、孤独への渇望を果たして癒《いや》せるものかどうか、ということをね。増大してゆく自然の魅力が、二歩あゆむごとに、ごろつきや、どんちゃん騒ぎをしている悪党どもの、声や姿によって、きっと消し取られてしまうに決まっている。深い森のなかで孤独を楽しもうとしたって、むだな話さ。こっちの隅には薄ぎたない奴がいる――あっちには俗用に瀆《けが》された神殿がある、といった寸法なんだ。結局は吐き気を感じながら、堕落の都パリへもどってくる。まだしもこっちのほうが、同じ汚水溜《おすいだめ》にせよ、不調和でないだけ厭《いや》らしさが少ないというわけさ。ところで、ウィーク・デイでさえこんなぐあいだとすれば、日曜のパリ近郊はどんなにひどいだろう！　労働の義務から解放されて、つまり、普段のように悪事を働く機会はないので、町のごろつきどもは郊外へとやって来る。田園の眺めを愛しているから、なんてものじゃあない。そんなものを心のなかでは軽蔑していて、ただ、社会の束縛と慣習から免れるためなのさ。連中の欲しているのは新鮮な空気や緑の樹木じゃなく、田舎の放縦さなんだ。道端の宿屋で、森の葉蔭で、飲み仲間の眼しか気にかけることなしに、ラム酒と放埒《ほうらつ》との混合――気違いじみた、まがい物の浮かれ騒ぎに耽るわけさ。だからぼくは、問題の品物が、パリ近郊のどこかの茂みのなかで、ある日曜日からつぎの日曜日まで見つからぬままほうってあるなんてことは奇跡としてしか考えられないと、もういちど繰り返したいな。これは、冷静に観察すれば、だれにだって明白なことだと思う。

「それに、茂みのなかの品が、凶行の現場から注意をそらさせるため置かれたんじゃないかという疑念には、まだ他に論拠があるんですよ。まず、遺品が発見された日付に注目してくれたまえ。それからこんどはそれを、五番目の抜き書きの日付と比較してほしいんだ。夕刊新聞へ息せききった投書があったほとんどすぐ後に、遺品が発見されたということが判るでしょう。投書はさまざまだし、出所もさまざまらしいけれど、全部、一点に帰着する——つまり、凶行の加害者としては一団のならず者に、凶行の場所としてはルールの関門の付近に、注意を向けさせようという趣旨のものだ。もちろん、こういう投書の結果、あるいはそのせいで世間の注意が向けられた結果、子供たちが例の品を見つけたなんていう気はありません。それまでは茂みのなかに遺品はなかったから、そのとき以前に子供たちが発見しなかったというわけなんですよ。凶行よりもずっと遅く、投書の日付と同じころ、ないしそれよりすこし前に、こういう投書を書いた犯人たち自身の手で置かれたのだという疑惑はじゅうぶん成り立つと思う。

「この茂みは変な——じつに変な茂みでしたよ。異様なくらい深く茂っているし、その自然の壁ともいうべきものに囲まれたなかには、三つの風変わりな、背中の寄りかかりと足台のついている椅子みたいな形の、石がある。それに、このひどく人工的な茂みは、ドゥリュック夫人の家のすぐ近く、数ロッド〔一ロッドは五・五ヤード〕も離れていないところにあるんだが、彼女の子供たちはくすのきの樹皮《ササフラス》を探して、このあたりの茂みを丹念に歩きまわる習慣だったと言う。とすれば、この子供たちが木蔭の広間にはいりこんだり、自然が作った王座に腰かけたりすることなしには、一日だって過ぎ去りやしなかったろうと思う。これに賭けては無分別というものかしら？　千対一ぐらいの確率だと思うけどな。こういう賭けにためらうのは、子供だったことがない人か、子供の心を忘れてしまった人でしょう。繰り返して言うけど——一体ああいう品が、一日ないし二日よりもっと長い期間、どうして発見されずに茂みのなかに置いてあることができたか、どうにも納得のゆかない話だ。とすれば、『ソレイユ』の独断と無知とを無視して、あの遺品はかなり遅くなってからあの場所に置かれたんじゃないかと疑う理由は充分あるだろう。

「それに、そんなふうに置かれたものだと信ずる理由としては、今まで述べたもの以外の、もっと強力な理由もある。ねえ、あのいくつかの品がひどく人工的に配列されていることに注意してくれたまえ。上のほうの石には白いペティコート。第二の石には絹のスカーフ。そしてまわりには、パラソル、手袋、『マリー・ロジェ』と名前のはいっているハンカチがちらばっている。これは、頭がすごく切れるというほどじゃあない人間が、自然《ナチュラリ》に置かれたように見せかけたいとき、当然《ナチュラリ》やりそうな配列ですよ。でもこれは、本当に自然な置きかたでは決してない。もしぼくだったら、全部の品が地面に落ちていて、足で踏みつけられている、というふうにしたろう。あの木蔭みたいな狭いところで、ペティコートとスカーフが、格闘している大勢の人間によって、あっちへこっちへ、と振り回されながら、しかも石の上に乗っかっているなんて、まあ不可能なことでしょうよ。『格闘が行なわれた証拠があるし、地面は踏み荒され、灌木の枝は折れている』と言っているけど——でもペティコートとスカーフは、まるで棚の上に置くみたいに、きちんと置いてあった。それに、『灌木のせいで裂けた彼女の上衣は、幅三インチ、長さ六インチである。一つは上衣のへりで、これはつくろってあった。もう一つはスカートの一部分だが、へりではない。両方ともちぎれたものらしい』と書いてあるが、ここで『ソレイユ』は、怠慢な話だけど、極端に曖昧な言葉を使っている。布きれはたしかに、書いてあるとおり、『ちぎれたものらしい』外観を呈しているだろう。しかしこれは、わざと手で裂いたものだ。布きれが茨のせいで、こんなぐあいに『ちぎれる』なんてことは、絶対にないと言っていいくらいだ。ああいう布地は、茨や釘《くぎ》に引っかかると、かならず直角に裂けるたちのものなんだ——二つの裂け目が、引っかかったところを頂点にしてたがいに垂直にまじわるのさ。だから、布きれが『ちぎれる』なんてことは考えられない。ぼくはそう判断しますね。君だって異論はないでしょう。ああいう布地から一部分を破き取るためには、大抵の場合、ちがう方向に働く二つの力が必要だからね。布地に縁《へり》が二つあれば——つまり、たとえばハンカチのような場合なら——こういうときだけは一つの力で目的を達することができるけれど。でも、いま問題になっているのはドレスで、縁が一つしかないんだ。縁のところじゃない、まんなかのところから茨で布きれを破き取ることは、奇跡でもなければ無理だし、たった一つの茨じゃ絶対不可能だ。それに、縁になっているところだって茨は二つ必要だ。つまり、二つの別の方向に働く茨が一つ、一つの方向に働くものがもう一つ。でも、これにしたって、縁がかがってなければの話で、かがってあったらもう問題にならない。だから、『茨』のせいで布きれが『ちぎれる』ことには、無数の、そして多大の障害があることが判る。しかも今ぼくたちは、たった一枚の布きれだけじゃなくて、何枚も、こんなぐあいにしてちぎれたと信じてほしい、と要求されているんだぜ。おまけに、『一つは上衣の縁の個所である』のだし、もう一つは『スカートの一部分で、縁の個所ではない』と言う。つまりドレスの、端《はし》のところじゃない、まんなかのところから、茨のせいでそっくりちぎり取られたというわけさ。これじゃあ、信用しなくったっていっこう差しつかえないような話じゃないか。しかも、こういう事柄全体よりも、もっとおかしいのは、死体を運び去ったほどの注意ぶかい殺人犯たちが、茂みのなかに遺品を残しているというたいへんな状況ですよ。でも、この茂みは凶行の現場じゃないとぼくは言ってるんじゃありません。あそこが現場なのかもしれないし、ドゥリュック夫人の家がそうなのかもしれない。しかし、じつを言うと、こういうことはそう重要じゃない。ぼくたちの仕事は、現場をみつけることじゃなくて、殺人犯をあげることなんだから。いろいろの細かな引用を別にすれば、今までぼくが引用したものは、まず、『ソレイユ』の独断的で軽率な主張がどんなにばかげているかを示すためのものだった。しかし第二には、そしてこっちのほうが主要な目的なんだけれど、この凶行は悪党の一味の仕業であるか、ないか、という疑惑へと、極めてなだらかに君を誘ってくることが狙いだったのさ。

「そこでまたこの問題に帰ることにしよう。検死をしたとき外科医が書いた、胸が悪くなるような報告を手がかりにしてね。でも、彼が発表した、犯人の人数に関する推論は、根拠も何もない出鱈目《でたらめ》な意見だと言って、パリじゅうの名のある解剖学者からばかにされている、とだけ言えばもういいんじゃないかな。推論が間違っているというわけじゃあないんだ。推論に論拠がないというのさ。一体、別の推論を行なうための材料はないんだろうか？

「そこで『格闘の跡』について考えてみよう。あの跡は、今まで、何を示すものだと考えられていたんだろう？　答えは、一団の悪党だよね。でも、あれはむしろ、一団の悪党がいないということを示してるんじゃないかい？　無防備の状態にあるか弱い女の子と、想像されているような一団のごろつきとのあいだで、一体どんな格闘が起こり得るだろう――あらゆる方向に『跡』が残るような、長時間にわたる、激しい争いだぜ。頑丈な男が一人か二人、黙って彼女をつかまえれば、万事はそれで終わりじゃないか。もう、奴らの意のままになるしかないんだ。ここで、頭によく入れておいてほしいんだが、茂みが殺人の現場じゃないという意見は、主として、一人以上の者によって凶行が犯されたとすれば、の話なんだ。もし、たった一人の犯人という場合を想像するなら、はっきり『跡』を残すような、激しくて執拗な格闘も考えられることになる。そして、じつはそうとしか考えられないのさ。

「話をまたもとへもどしますよ。遺品が例の茂みにそっくりそのまま残っていたことが、かえって疑念をかきたてるという事情については、前に述べましたね。こういう犯罪の証拠が、偶然に、ああいう場所に残されているなんてことは、ほとんどあり得ない。ともかく、死体を運び去るだけの心の落ちつきはあった（のだろうと思う）。ところが死体よりもっとはっきりした証拠は、凶行の現場に、よく目立つように置いてある（だって、顔なんか、すぐに腐って判らなくなるからな）――ねえ、君、ぼくは名入りのハンカチのことを言ってるのさ。もしこれが偶然なら、一団のならず者がやった偶然じゃあないな。一人の人間がやった偶然としか、想像できません。ねえ、君。一人の男が人殺しをしたとする。そして死んだ者の亡霊と、たった二人きりになる。彼は、眼の前に身じろぎもせず横たわっている者を見て、ぎょっとするのだ。感情の激しいたかまりはもう終わっている。自分のやったことについての自然な恐怖が忍びこむ余地は、心のなかにいっぱいあるというわけさ。大勢いっしょにいれば勇気も湧くだろうが、今はとてもそんな度胸はない。何しろ、死人と二人きりなのだから。からだはふるえるし、心は滅入《めい》ってくる。でも、とにかく死体の始末はつけなきゃならない。そこで、犯罪の証拠になる他のものは残して、死体を河へ運んでゆく。というのは、全部いっしょに運ぶのは、不可能じゃないにしても難しいことだし、それに、残してあるものを取りにもどるのはやさしいことだと考えてなんだ。しかし、水際までさんざん苦労して運ぶうちに、ますます恐怖はつのってくる。こんどは、生きている者の気配が彼を取り囲むんですよ。自分を見まもっている人の足音が、十数回も、聞こえたり、聞こえたように思ったりする。街の燈《ひ》さえも、彼の心を暗くする。しかし、やがて深い苦悶《くもん》のせいで何度も長いあいだ立ち止まったあげく、ようやく河岸に着いて無気味な荷物を処理する――たぶんボートか何かに乗せてね。が、こうなった今、この世のどんな宝物をもらえるからと言ったって、あるいは、どんな恐ろしい刑罰を負わされるからと言って、あの辛《つら》い危険な道を通って、あの茂みへ、あの血も凍るような思い出へ、もどってゆく気になれるものかしら？　彼はもどってゆかない——後はどうなろうとかまわないという気持ちで。もどってゆきたくたって、ゆけないんだ。彼が考えているのは、たった一つ、今すぐ逃げだすこと。あの恐ろしい茂みに永遠に背を向け、まるで神の怒りから逃れるように逃れてゆく——というわけさ。

「これがならず者の一団だったら、どうだろう？　まあ、途方もない悪党なくせに度胸がないという奴もいるわけだが、それだって人数が多くなれば度胸がつく。それに、ならず者の一味なんて、大抵、途方もない悪党の集まりですよ。奴らだったら人数が多いから、さっきぼくが想像したような、一人の犯人の場合に襲いかかる、理由のない、恐ろしい恐怖は味わわなくてすむ。たとえ一人が、あるいは二人が、あるいは三人が、ついうっかり見のがしたとしても、四人目の男がその見のがしに気がつく。あとに何か残してゆくなんてことも、しなくてすんだろうと思いますよ。だって、それだけ人数がいれば、全部いちどに運んでゆけるわけだもの。もどってくる必要なんかないんです。

「つぎに、死体がみつかったときの衣類の状態だけど、『裾から腰のあたりまで引き裂かれた、幅一フィートの布きれが、腰のまわりにぐるぐると三度まきつけられ、背中のところで一種の索結び《ヒッチ》にしてとめてあった』ことに注意したまえ。これは明らかに、死体を持ち運ぶとき把手として使うためのものだ。しかし、犯人が何人もいるのだったら、こんな処置を思いつく必要があるだろうか？　三人か四人いれば、死体の手足を持てばじゅうぶん運べるし、またそうするのが一番いいやりかただ。こういう工夫は、犯人がたった一人の場合の工夫ですよ。そこでこのことから、当然ぼくたちは思い出すことになる——『茂みと河のあいだにある柵は、横木が倒れているし、地面には重い荷物が引きずられた形跡がある』という記事のことをね。もし何人かの人間がいたならば、死体を引きずってゆくために柵をこわすなんて、そんな余計なことをなぜしなきゃならないかしら？　力を合わせて持ち上げれば簡単にすんでしまうことなのに。何人もいるのに、なぜ、引きずった跡がはっきり残るように引きずらなくちゃならないんだろう？

「ここで、『コメルシエル』の記事について一言しなくちゃならないでしょうね。ほら、前にもちょっと触れたことがある記事ですよ。それには、『不幸な娘のペティコートから、長さ二フィート幅一フィートの布がむしり取られ、後頭部から巻いて頤の下で結んであった。これはたぶん猿ぐつわであったろう。凶行はハンカチを持たない連中によって犯されたのである』と書いてあった。

「前にも言ったけれど、本当の悪党はハンカチを持ってないなんてことは決してないものです。でも、今ぼくが言いたいのは、そのことじゃあない。この布きれは、『コメルシエル』が想像しているような目的のために使うハンカチがないから、という理由で使われたものじゃありませんね。だって、茂みのなかにはハンカチがあるんだもの。それにあれは『猿ぐつわ』でもないな。そのためなら、もっと適当なものがあったはずですからね。しかし、問題の布きれについて、証言はこう言っている。『首のまわりにゆるく巻きつけて、固結びに結んであった』とね。ずいぶん曖昧な表現だけれど、『コメルシエル』の言っていることとは全然ちがう。この布きれは幅が十八インチあるのだから、生地はモスリンだけれど、縦に使って、畳むかくしゃくしゃにするかすれば、丈夫な紐になるでしょう。それに第一、みつかったとき、こんなぐあいにくしゃくしゃになっていたんだよ。そこで、ぼくの推定はこうなる。犯人は一人で、彼は死体をある程度の距離、運んで行った。茂みのなかからか、あるいは他のところからかは、ともかくとしてですよ。死体のまんなかのところにぐるりと巻きつけた布をつかまえて運ぶという方法だった。ところが運んでいる途中で、これでは重すぎてたいへんだということが判ったので、引きずってゆくことにした——ほら、引きずられたという証拠がちゃんとあるでしょう。こうなると、何か紐のようなものを死体の端にゆわえつけることが必要になった。首のまわりがいちばんいいだろう、ここなら頭にひっかかるからずり抜けない、と考えた。そこで犯人は当然、腰のまわりの紐のことを考えたでしょう。実際、あんなふうにぐるぐる巻きつけてなく、結び目もあんな厄介な索結びでなく、それが上衣から『裂けて取れて』しまったものなら、きっとあれを使ったろうよ。しかし、ペティコートから新しい片を裂きとるほうが、ずっと簡単だった。そこで犯人はそういうぐあいに裂きとり、首のまわりにきつく巻きつけ、河のへりまで死体を引きずっていったというわけさ。ところで、この、裂きとるのに時間がかかるしいろいろと手数もかかる布きれ、しかも肝心の目的にはあまりぴったりしない紐が、とにかく使われたという事実は、ハンカチがもう手にはいらなくなってから、ある事情のせいで急にその必要が生じたのだ、ということを示していると思う。つまり、さっき想像したように、犯人があの茂み（茂みが現場だとしての話だよ）を立ち去ってから、茂みと河の途中で、その必要が生じたというわけだ。

「君は言うだろうね。マダム・ドゥリュックの証言（！）は、殺人のあったおよその時刻、茂みの付近にギャングがいたということをとくに指摘しているじゃないか、と。そりゃあ、ぼくだって認めますよ。でも、あの惨劇のあった時刻、ないし大体そのころに、ルールの関門の付近には、マダム・ドゥリュックの言うような連中は、十二組もいただろうな。ところで、マダム・ドゥリュックの辛辣《しんらつ》な批評（もっとも、証言としてはいささか遅ればせの、しかも極めて疑わしい証言だけれどね）を浴びているギャングは、そのなかのたった一組——潔白にして良心的な老婦人の言うところによれば、彼女の店で菓子をただ食いし、ブランデーをただ飲みしたという一組だけなんだ。こいつはまさしく、この故に怒りがある《エト・ヒンク・イルロエ・イロエ》、というところじゃないか。

「しかしマダム・ドゥリュックの証言というのは、精細に調べてみたらどうなのだろう？『一群のならず者がやって来て、騒がしく飲んだり食ったりしたあげく、金も払わずに出ていった。若い男と娘が行った方角へ向かったのである。夕暮ごろまたもどってきたが、大急ぎで河を渡って帰っていった』というのだったね。

「この『大急ぎで』というのは、マダム・ドゥリュックの眼には、実際以上に急いでいるように見えたろうよ。だって、彼女はいつまでもくどくどと、食い逃げ飲み逃げされたお菓子とビールのことを思っていたわけだからな。ひょっとしたら金を払ってもらえるんじゃないかと、一縷《いちる》の望みをいだいていたにちがいない。もしそうでなければ、日暮時なのにわざわざ彼女が、急いでいたということを強調する理由が判らない。これから小さなボートで大河を渡ろうというのに、嵐がきそうで、夜は迫るとすれば、いくらごろつきどもだって家路を急ぐのは当り前じゃないか。

「ぼくは今、夜は迫ると言ったけれど、これは言い換えれば、まだ夜になっていないということさ。『ならず者』の見苦しいあわてかたを謹直なマダム・ドゥリュックが見たのは、黄昏《たそがれ》どきにすぎない。でも、マダム・ドゥリュックと彼女の長男が『宿屋の近くで女性の叫び』を聞いたのは、夜になってからのことだったという。しかも、この晩に聞いた叫び声のことを、マダム・ドゥリュックはどんな言葉で言いあらわしている？『暗くなってからじき』と言ってるんだ。しかし『暗くなってからじき』というのは、少なくとも暗いだろう。『夕暮ごろ』というのは、はっきりと昼のうちだ。とすれば、その連中がルール関門をあとにしたのは、マダム・ドゥリュックが悲鳴を耳にした（？）時刻よりさきだということは、明々白々になる。この前後関係は、たくさんあるどの証言を読んでみても、ちょうど今ぼくが君としゃべったときのようにきちんと区別して述べられているんだが、今までのところ、どの新聞も、どの警察官も、このことに注目していないんですよ。

「この無頼漢どもじゃないという証拠を、もう一つだけ付加しようか。でも、この一つが、少なくともぼくの考えるところじゃ、ほとんど決定的な重さを持っているんだな。巨額の懸賞金がかかってるうえに、無罪放免が約束されているとなれば、まあこれはどんな仲間の場合だってそうだけれども、まして下等などろつきの一団となれば、とうの昔に共犯者を密告する者が出ているはずだ。こういう条件になると、悪漢は、賞金がほしいとか逃げだしたいとかいう気持ちよりも、まず裏切られるのがこわいものなのさ。だから、自分が裏切られたくない一心で、いわば相手に先んじて密告することになる。とすれば、秘密がまだ洩《も》れていないということは、それが秘密であるということの最上の証拠というわけだ。つまり、この恐ろしい犯罪行為を知っているのは、ただ一人、せいぜい二人の生きている人間と、あとは神様だけということになる。

「さて、このへんで、長いことかかって分析したことの、貧弱かもしれぬがともかく確実な結果を集計してみようか。凶行が行なわれたのは、マダム・ドゥリュックの家のなかか、ルール関門の茂みのなかかだし、犯人は恋人か、少なくとも非常に親しい仲の秘密の知人ということになる。この知人というのは、顔の色がとても黒い男だ。この顔色といい、『索結び』といい、帽子のリボンを結ぶ際の『水夫結び』といい、すべて、まっすぐに船乗りを指している。ところで被害者は、陽気な娘だったけれど、下品な娘じゃ決してなかったから、彼女がつきあう以上、平《ひら》の水兵以上の身分だったに相違ない。ここであの、新聞社に投書された筆跡のあざやかな火急の手紙が、じゅうぶん確証になるだろうね。とすれば、『ル・メルキュール』紙が伝えた最初の駈落のときの事情を考えあわせると、この船乗りと、それからこの不幸な娘を初めて罪に導いたと思われる『海軍士官』とは、どうも同一人物らしい気がしてくる。

「するとここで、ちょうどぐあいのいいことに、あの顔の黒い男があれ以来ずっと姿を見せていないということに気がつく。ねえ、この男の顔の黒さといったら、並大抵じゃないんだぜ。ヴァランスにしろ、マダム・ドゥリュックにしろ、そのことしかおぼえていないくらいなんだから。なぜ姿を見せないのかしら？　例の悪漢どもに殺されたんだろうか？　もしそうなら、殺された娘のほうの証跡しか残ってないのはなぜだろう？　二つの凶行は当然、同じ場所で行なわれたはずじゃないか。男のほうの死体はどこにあるのだろう？　犯人たちはたぶん、同じやりかたで始末しただろうに。もっとも、この男は生きていて、殺人の罪を着せられるのがこわくて身を隠しているんだ、ということは言えるかもしれない。今となっては——つまりこれだけ遅くなってしまえば——こういう考慮が作用してるということも考えられる。だって、彼がマリーといっしょだったという証言があるんですからね。でも犯行直後にこういう考慮をしたとすれば、やはりおかしいな。無実な身だったら、最初にしようとするのは、まず凶行を通報しようとすること、それから犯人がだれなのかを明らかにするのに協力すること、この二つじゃないか。これが正しい方針だってことぐらい、すぐに思いつきそうなものだ。なにしろ娘といっしょのところを見られているんだし、屋根のついてない渡し船でいっしょに河を渡ったのだ。自分で嫌疑を免れるためには、犯人を摘発するしかないってことぐらい、白痴にだって判りそうなものじゃあないか。あの問題の日曜日の夜に、その男が無実であって、しかも同時に、彼が凶行が行なわれたことも知らなかったなんて、まさか考えられませんよ。彼が生きていて、犯人を摘発しようとしないということは、こういう状況の下でしか想像できないことなのにね。

「一体どういうふうにしたら真相を突きとめることができるだろうか？　話を進めるにつれて、その手段はぐんぐん明白になってくるだろうけど、今はまず、最初の駈落のときのことを徹底的に調べあげてみようじゃないか。あの『士官』の経歴全部、現在どうしているか、それに、ちょうど殺人が行なわれた時刻にはどこにいたか、なんてことを。夕刊新聞に投書のあった、例のごろつきどもに罪をきせようとするいろんな手紙、あれを丹念につきあわせてみよう。それがすんだらこんどは、前に朝刊新聞に投書のあった、ムネーの有罪を猛烈に述べたてている手紙と（文体と筆跡の両方に注意して）比べてみよう。それが終わったら、こういういろんな投書を、士官の筆跡だと判っているものともう一ぺん比べてみよう。それから、マダム・ドゥリュックと子供たち、および乗合馬車の馭者のヴァランスに、もう一度、『顔色の黒い男』の風采や態度のことを問いただして、たしかめてみよう。この連中に上手に質問すれば、この点について（それから他の点についても）情報を引き出すことができるだろう――当人さえ気がついていないような情報をね。それからこんどは、六月二十三日の月曜日の朝に、艀の船頭が拾いあげたというボートをたどってみよう。ほら、死体が発見される少し前に、舵のないままで、番人の知らないうちに艀事務所から盗まれたという、あのボートだよ。注意ぶかく、しかも根気づよくやりさえすれば、このボートはかならずみつけることができる。拾いあげた船頭にみせれば確認できるわけだし、それに何しろ舵がこっちにあるんだからな。心にやましいところのない人間だったら、帆走ボートの舵を、調べもしないで打っちゃってゆくなんてことを、するかしら？ それに、ここで一つ疑問を提出しておきたいんだが、ボートを拾いあげたという広告は出なかったんだぜ。艀事務所に黙って納められ、断わりなしにそこから持ってゆかれたわけだ。でも、その持主、あるいは借主が、火曜日の朝なんてこんなに早く、月曜日に引き上げられたボートがどこにあるのか判ったのだろう？ 広告も出なかったのに。海軍との関係——海軍についての些細《ささい》な事柄（つまり下らない局部的なニュース）まで知っている恒久的な関係を想定しなければ、理解がつきませんよね。

「ぼくはさっき、たった一人の犯人が死体を岸辺まで引きずっていったのだと言ったとき、たぶんボートを使ったんじゃないかとほのめかしておいた。話がこうなれば、マリー・ロジェの死体はボートから投げこまれたのだということが判る。まあ、当然、これが真相だったろうな。岸辺の浅いところに投げこむわけにはゆかないから。被害者の背と肩にある奇妙な痕は、ボートの底の肋材《ろくざい》にぶつかってできたものだろう。死体に錘がついてなかったということも、この考えかたと一致する。岸辺から投げこんだのなら、たぶんつけてあったろうからね。投げこむ前に用意しておくことを忘れたと考えるのでなくちゃ、錘がなぜないのか、とても説明がつかない。そりゃあ、死体を河に投げこむそのときには、この手落ちに気がついたろう。しかし、今さらどうしようもない。恐ろしい岸へもどるくらいなら、どんな危険でもまだしもましだという気持ちだったに相違ない。犯人は、気味のわるい荷物の処分が終わると、あわててパリへ帰ったのさ。そして、どこか人気《ひとけ》のない波止場《はとば》で陸へ跳び降りたのだが、ボートは——さあ、どうだろう？ 繋《つな》いでおいたかしら？ 何しろあわてているんだ。そんなことをする余裕はとてもなかったろうな。それにボートを波止場に繋げば、自分に不利な証拠をわざわざ残しておくような気がしたかもしれない。彼が考えたことは、当然、犯行に関係のあるものはできるだけ自分のそばからなくしてしまおうということだったろう。波止場から逃げだしただけじゃなく、ボートがそこに残っているのさえ我慢できなかったろうな。きっと、ボートを押し流したんだろう。もうすこし空想をつづけてみましょうか。——朝になると、ボートが拾いあげられて、どこか彼が毎日通るところ——たぶん仕事のせいでしょっちゅう通るところだろう——に繋いであるのを見、この男が言いようのない恐怖にとらえられたというわけだ。その夜、彼は、舵のことなんか訊ねる勇気はないまま、ボートを盗んだのだ。そこで、この舵のないボートは一体どこへ行ったか？ これを探すのが、ぼくたちの最初の目標の一つですよ。それの最初の閃《ひらめ》きさえ手にはいれば、ぼくたちの成功の曙《あけぼの》が始まることになる。このボートはぼくたちを導いてくれるでしょうよ——ぼくたち自身びっくりするくらいの速さで——あの宿命的な日曜日の深夜にそれを利用した男のところへと。こうして確証は確証を生み、犯人はつきとめられるでしょう。

〔とくに記すまでもなく、多くの読者に明白であろうと思われる理由により、デュパン氏が一見些細な手がかりから推論を重ねていった細部などは、本社に託された原稿から省略させていただくことにした。ただ簡単に述べておいたほうがよかろうと思われることは、結果は所期どおり達成され、警視総監は勲爵士デュパン氏との契約を、不承不承にではあったがきちんと履行したという事実である。さて、ポー氏の記事はつぎのように終わっている。——編集者［原注：この記事が最初に発表された雑誌の編集者］〕。

ぼくが暗合について語っているので、それ以上の何かについてではないことは、了解してもらえると思う。この問題については、ぼくが以上述べてきたことでじゅうぶんなはずである。ぼくの心のなかには、超自然への信仰などというものはない。自然とその神とが二つの異なるものであるということは、いやしくも思考力を持つ者ならば、なんびとたりともこれを肯《うべな》うであろう。自然を創造した神が、意のままに自然を支配し変改し得るということ、これもまた疑う余地がない。ぼくは今、「意のままに」と言った。なぜならば、ことは意志の問題であって、在来、論理が誤って仮定してきたような、力の問題ではないからである。神がみずからの法を変改することができぬのではない。変改の必要があるかのごとくぼくたちが想像すること、それが、神を侮辱することなのである。これらの法は、最初において、未来にあり得べき一切の偶発事を包含し得るように作られたのであった。神にあっては、一切は今なのである。

そこで、繰り返して言うけれども、ぼくがこれらのことについて語ったのは、ただ暗合としてなのである。さらにまた、これまで述べてきたことによって、読者諸君にはつぎのことがお判りになるであろう。すなわち、あの不幸なメアリ・シシリア・ロジャーズの運命（今日まで知られている限りの運命）と、マリー・ロジェなる女性のある時点までの運命とのあいだには、平行がたしかに存在するということである。そしてまた、その平行の驚くべき正確さについて考察するとき、理性は当惑せざるを得ない、ということである。ぼくは今、読者諸君にはお判りになるであろう、と言った。しかし、マリーの悲しい物語を上に記した時点からさらに押し進め、そしてまた彼女をめぐる謎をその大団円へとまでたどろうと言ったとき、さきほどの並列をさらに遠く延長しようとか、あるいは女売子殺しの犯人摘発のためにパリで採用された手段、ないしは同様な推理過程にもとづくどのような手段でも、同様の結果を生むだろうとか、そんなことを言っているのだと誤解してはならない。

なぜならば、この仮定の後半においては、二つの事件におけるじつに微細な事実の相違が、二つの事件の全コースを変えてしまい、このうえなく重大な誤算をもたらすことも考えられるからである。それはちょうど、算術において、単独ではほとんど判らないくらいの誤りも、計算過程の全段階で倍加されてゆくと、最後には真の答えから極端に遠い結果を生むのと同様であろう。それに前半の段階についても、ぼくがさきほど言った確率論そのものが、平行を延長するというあらゆる考えを禁じているのである。しかも、一見したところ数学的思考に極めて遠い思考に訴える問題のように思われるが、しかしただ数学者のみが完全に理解し得る変則命題に比例して、強硬に、そして断定的に禁じているのである。たとえば、骰子《さいころ》を投げている者が、二へんつづけてオール六を出したということは、三回目にはまず出ないというほうに大きく賭けていいじゅうぶんな理由なのだけれども、これを一般読者に納得させることほど難しいことはない。こういうことをちょっとでも言うと、知識人はとたんに反対するものだ。もうすでに振ってしまった、今となっては過去に属する二回の六が、これから振る骰子の目にどうして影響するのか、理解できないのである。二回オール六の出るチャンスは他のときと変わらない、つまり、骰子を振りなおすことによって生ずる影響を受けるだけじゃないかというわけである。この考えかたはものすごく明白なように見えるものだから、これと論争しようとすると、傾聴どころか、まず大抵は嘲笑をもって酬《むく》いられるのが落ちだ。こういう考えかたにふくまれている誤謬《ごびゅう》――悪影響をもたらす大きな誤謬――これを今、限られた紙面のなかであばくことは、ぼくにはできない。それに第一、哲学的な人びとにとっては、あばくまでもないことだろう。ここではただ、それこそは人間の理性が部分的真理を求める傾向のゆえにかえって理性を妨害する、無数に多い過誤のなかの一つだとのみ言っておくことにしよう。

（丸谷才一＝訳）

「マリー・ロジェの謎」原注

1―マリー・ロジェの謎　『マリー・ロジェの謎』を最初発表した際には、今回付す注は不必要であると考えられた。しかし、この物語のもとをなす悲劇が起こってからかなりの歳月が流れたため、注を付し、全体の構想について一言することが妥当となったのである。メアリ・シシリア・ロジャーズなる若い娘が殺害されたのはニューヨークの付近においてであった。彼女の死は、強烈にしてかつ長くつづく興奮をまき起こしたのだが、それに伴う謎は、この作品が書かれ発表されたとき（一八四二年十月）においても依然として未解決だったのである。ここにおいて筆者は、パリの若い女売子《グリゼット》の運命を物語るという形で、メアリ・ロジャーズ殺しの実話を書いた。その際、重要ならざる要素においては、単に類似させるにとどめ、本質的な要素においては細部にいたるまで事実に従ったのである。それゆえ、この虚構の物語にもとづくあらゆる議論は、事実にたいしてもまた妥当するであろう。すなわち、真相の究明こそ、この作品の目的にほかならぬ。

『マリー・ロジェの謎』は、凶行の場所から遠く離れて、しかも新聞以外の資料はまったくなしに書かれた。それゆえ、筆者がもし現場にあって付近を探索したならば、可能であったことも数多く見のがされているのである。しかしそれにもかかわらず、この作品が発表されてからずいぶん後になされた二人の人物（そのうち一人はこの物語におけるドゥリュック夫人である）の告白が、単に結論だけにとどまらず、また、その結論へと到達するための、あらゆる重要な細部の仮説をも充分に裏書きしていたということは、ここに記録しておいてさしつかえないであろう。

2―ノヴァーリス　一七七二―一八〇一。フォン・ハルデンブルグの筆名。

3―だから、たしかにこのやりかたは……　「対象の性質にもとづく理論は、それが対象に応じて展開することを妨げるものである。そして、問題をその原因に応じて処置する者は、問題をその結果によって評価することをやめてしまう。それゆえ各国民の法学を検討すれば、法が科学となり体系となるとき、それがもはや正義（ジャスティス）＝司法でなくなるということが判るだろう、分類という原則に盲目的に身を献げることは、制定法を誤謬へと導くのだが、このことは、立法府がどんなにしばしば、立法府の機構がすでに失ってしまった衡平を復興しようとしなければならなかったかを見れば判るだろう」——ランダー。

盗まれた手紙

知恵にとって、あまりに明敏すぎることほど憎むべきことはない。

——セネカ

一八＊＊年、秋、風の吹きすさぶ夜、暗くなって間もないころであった。ぼくは、パリのフォブール・サン・ジェルマン、デュノ街三十三、四階《オウ・トロワジェーム》にある、ぼくの友人オーギュスト・デュパンの小さな書庫兼書斎で、デュパンといっしょに、瞑想《めいそう》と海泡石《ミアシャム》のパイプという二重の豪奢《ごうしゃ》を楽しんでいた。ぼくたちは少なくとも一時間、深い沈黙をつづけていた。もしだれかが偶然ぼくたちのようすを見たならば、部屋の空気を重く圧している煙草《タバコ》の煙の渦にひたすら心奪われていると思ったかもしれぬ。しかし少なくともぼくは、さきほど二人で語りあった事柄について、あれこれと考えていたのである。その話題というのは、あのモルグ街の事件、およびマリー・ロジェ殺しの謎《なぞ》であった。それゆえ、アパルトマンの扉があいて旧知の警視総監G＊＊氏がはいってきたとき、まるで一種の暗合のような気がしたくらいだったのである。

ぼくたちは心から彼を歓迎した。というのは、彼はひどく下らない人物なくせに、なかなか面白味のある男だからである。それに、ぼくたちが彼に会うのは数年ぶりのことだったのだ。ランプをともすためにデュパンは立ちあがった。それまでぼくたちは闇のなかに腰かけていたのである。しかしG**が、ひどく困ったことになっているある事件についてぼくたちに相談しようとして、と言うよりもむしろぼくの友人の意見を聞こうとして、やってきたのだと述べたとき、デュパンはランプをつけずに腰をおろした。

「考えごとをするんだったら」と彼は、ランプの芯《しん》に火をつけるのをやめながら言った。「闇のなかのほうがいい」

「また、変なことを言うね」と警視総監は言った。彼には、自分の頭で理解できないことはなんでも「変な」で片づける癖があって、すなわち彼は「変な」ことの大軍にとりかこまれて生きていたのである。

「そのとおり」とデュパンは言って、警視総監にパイプを渡し、安楽椅子《いす》を一つ彼のために押しやった。

「ところで、こんどはどういう難事件です?」とぼくは訊《たず》ねた。「殺人事件はもうまっぴらだな」

「ちがいますすよ。そういうものじゃない。じつを言いますとね、事件はひ、ひどく単純なものです。われわれの手でじゅうぶん処理できる。でも、デュパンが詳しい話を聞きたがるだろうな、と思ったものだから。何しろじつに変な話だから」

「単純にして変、というわけか」とデュパンは言った。

「まあそうだ。でも、そうとも言えないな。極めて単純な事件のくせに、全然わけが判らない。みんなすっかり途方に暮れているんだから」

「君たちを困らせているものの正体は、たぶん、その極端な単純さなんだろうよ」とデュパンは言った。

「ばかなことを言う！」と警視総監は、大声で笑いながらそれに答えた。

「たぶん簡単すぎる謎なんだろうな」とデュパンが言った。

「おやおや！　これは新説だ」

「自明すぎるのさ」

「ははは」と訪問者はひどく楽しそうに笑って、「ああ、デュパン、ぼくを笑い死させる気かい？」

「ところで、事件というのは結局どういうことなの？」とぼくが訊ねた。

「うん、いま話すよ」と警視総監は、煙草の煙を、ゆっくりと途切れさせずに、まるで瞑想に耽《ふけ》っているみたいにして吐きだしてから、ようやく椅子に腰かけた。「要点だけ言いますよ。でも、その前に断わっておかなくちゃならない。これは極秘の事件なんだ。だれかに話したなんてことが知れたら、たぶん、ぼくは免職になると思う」

「話をつづけろよ」とぼくが言った。

「さもなきゃ、よすんだな」とデュパンが言った。

「じゃあ、打ち明けよう。さる身分の高い方から、こっそり知らせがあったんだが、極めて重要な書類が王宮から盗まれた。だれが盗んだかは判っている。この点は疑問がない。何しろ盗むところを見られているんですからね。それに、まだ彼の手もとにあるってことも判っている」

「どうして判るんだい？」とデュパンが訊ねた。

「その点ははっきり推論できる」と警視総監は言った。「一つにはその書類の性質から、それからもう一つは、その書類が犯人の手を離れたらただちに生ずるはずのある結果がまだ生じていないことから。……つまり、彼が最後にはその書類をこういうふうに使おうと思っているにちがいない、ある使いかたがあるんだ」

「もっと、はっきり言えよ」とぼくが言った。

「じゃあ、言おう。その書類はだね、その書類の所有者にある権力を……その権力が極めて貴重な方面においてあたえるのさ」警視総監は外交官ふうの用語が好きだった。

「やっぱり、どうもよく判らないね」とデュパンは言った。

「判らないかい？　ふむ。もしその書類が、名前は言えないけれどある第三者に暴露されると、さる高貴な方の名誉が問題になるんだ。そのことがあるから、書類の所有者は、名誉と平安が危険にさらされているさる有名な方にたいして、有利な位置に立っているというわけだ」

「でも、有利な位置と言ったって」と、ぼくは口をはさんだ。「だれが盗んだか被害者は知ってるということを、犯人のほうでも知ってるわけだからな。いくら犯人がずうずうしくても……」

「盗んだのは大臣のD＊＊でね」とG＊＊は言った。「あいつなら、どんなことだって平気だ。人間にふさわしいことだろうと、ふさわしくないことだろうと。そのやり口がまた、大胆にしてかつ巧妙な盗みかたでしてね。問題の書類——はっきり言ってしまえば手紙なんだが——を、被害者は王宮の婦人居間《ブドワール》に一人きりでいるとき受け取った。ところがその貴婦人が、手紙を読んでいらっしゃるとき、とつぜんもう一人の高貴な方がはいってきた。その方にはとりわけ隠したいような手紙だったんですよ。あわてて抽斗《ひきだし》にしまおうとしたがだめだった。しかたがないから、開けたまま、テーブルの上に置いた。でも、宛名が上に出て、中身は隠れていたから、その手紙は気がつかれないですんだのです。ちょうどこのときD＊＊大臣がはいってきて、山猫のような鋭い眼ですぐに手紙をみつけてしまった。宛名の筆跡には見おぼえがあったし、それに貴婦人のあわてかたを見ると、ははあと秘密に勘づいたわけです。いつものやりかたで要談を急いですませると、彼は問題の手紙にすこし似ている手紙を取り出し、それを開け、読むふりをしました。それからこんどは、例の手紙とぴったりくっつけて、テーブルの上に置いた。そしてまた、十五分ばかり、公務についてしゃべったんです。最後に退出するときになると、自分のものじゃない手紙をテーブルから取り上げた。本当の持主のほうはそれを見ていた。でも、大臣の行為を咎《とが》めるわけにはもちろんゆかない。何にしろ、第三者がすぐそばにいるんですからね。大臣は出ていった。テーブルの上に自分の手紙を残して——なあに、なんでもない普通の手紙さ」

「つまりこれで」とデュパンはぼくに言った。「有利な立場を完璧にするものが、きちんとできあがったわけだね。犯人がだれなのか被害者には判っている、ということを犯人は知っている……」

「そうなんだ」と警視総監は答えた。「それに、こうして手に入れられた権力が、この数カ月、政治的な目的のために、じつに大々的に用いられているんだ。被害者のほうとしては、手紙を取りもどす必要を日ごとに痛感することになる。しかし、もちろん、大っぴらにやるわけにはゆかない。とうとう、悩みに悩んだあげく、その貴婦人はぼくにことを託されたというわけです」

「あなた以上の賢い探偵なんて望めないし、想像もできないだろうからな」とデュパンは、たちこめている煙の渦のなかから言った。

「お世辞がうまいね」と警視総監は答えて、「まあ、そういう意見もあり得るかもしれないけれど」

「君の言うように、手紙がまだ大臣のところにあるというのは確かだよ」とぼくは言った。「彼に力をあたえてくれるのは、手紙を持ってるということだからな。手紙を使ってしまえば、その力はなくなるわけだ」

「その通り」とG**は言った。「ぼくはそう確信して捜査を進めたんです。まず最初の仕事は大臣官邸を徹底的に捜索することだった。この場合いちばん問題なのは気づかれないように探さなくちゃならないということだ。こっちの計画を勘づかせたらどんな危険なことになるかもしれないって、ぼくは何よりもそのことを注意されていた」

「しかし、そういう捜索ならお手のもの《オ・フェ》じゃないか」とぼくは言った。「パリ警察は今まで、しょっちゅうやって来たはずだぜ」

「うん、そうなんだ。だからこそ、ぼくは絶望しなかった。それにあの大臣の習慣がこっちにとってひどくありがたいものでしてね。一晩じゅう家にいないことがしょっちゅうなんだから。召使も大勢じゃないし、召使たちが眠るのは主人の居間からずいぶん離れたところだ。それに奴《やつ》らはたいていナポリ者だから、酔っぱらわせるには都合がいい。ご承知のように、ぼくの持っている鍵を使えば、パリじゅうのどんな部屋だろうと、戸棚だろうと——開けることができる。三カ月間というもの、ぼくが自分自身出かけていってD＊＊の官邸を捜索しなかった晩は一晩もないんです。夜のあいだじゅう、ずうっとと言っていいくらいですよ。警察官としてのぼくの名誉に関することだし、それに打ち明けて言うと、報酬が莫大《ばくだい》なんでね。だけど結局、捜索を断念したわけじゃないんだが、泥棒のほうがおれより頭がいいということを認める結果になってしまった。書類を隠せるようなところは、家じゅう徹底的に探したんだがな」

「しかしどうだろう？」とぼくは言った。「手紙はたしかに大臣が持っていると、ぼくも思うけど、自分の邸《やしき》以外のどこかに隠してるんじゃないかしら？」

「それは、ありそうもないな」とデュパンが言った。「二つの特殊な条件、つまり宮廷の事情と、それからことにD＊＊が巻きこまれているという評判の陰謀事件から推して考えると、書類が手もとにあることが必要だろう。いざというときにはすぐ取り出せるということが、所有していることと同じくらい重要なはずだ」

「取り出してどうするわけ？」とぼくは訊ねた。

「破棄してしまうのさ」とデュパンは言った。

「なるほど。書類が邸にあるのは確実だな。大臣が身につけている可能性は、まあ考える必要が全然ないだろうから」

「そうだよ」と警視総監は言った。「その点に関してなら、二回も待ち伏せをかけたんだ。追剝《おいはぎ》みたいに見せかけてね。ぼくが立会って、厳密に調べてやった」

「そんなこと、しなくてもよかったのに」とデュパンは言った。「D＊＊だってばかじゃないと思うよ。ばかでない限り、待ち伏せされることぐらい、当然予測がつくさ」

「ばかじゃあない」とG＊＊は言った。「そしたら、詩人ってことになるぜ。詩人とばかとはほんのわずかの差だと思うな」

「まったくだ」とデュパンは、海泡石《ミアシャム》のパイプからゆっくりと、考えごとに耽りながら煙を吐いてから言った。「下手糞《へたくそ》な詩を作ったおぼえは、ぼくにだってある」

「捜査のやりかたをもっと詳しく説明したまえ」とぼくは言った。

「うん。たっぷり時間をかけましてね、あらゆる所を探した。ぼくはこういうことには多年の経験があるからな。建物全体を一部屋ずつ調べていった。一部屋にまるまる一週間はかけて。まず、各室の家具を調べた。抽斗という抽斗はぜんぶ開けてみたんですよ。ご承知とは思うけれど、きちんと訓練を受けた警察官にとっては、秘密の抽斗なんてものはあり得ない。こういう捜査をやってて、いわゆる秘密の抽斗を見のがす奴がいたらばかですよ。明々白々なんだもの。あらゆる箪笥《キャビネット》は、容積がきちんと決まっている。そしてわれわれの手には、正確な物差しがあるんだよ。一ライン［約二ミリ］の五十分の一だって見のがしやしない。箪笥《キャビネット》のつぎには椅子を調べました。クッションは、いつか使ってるところを君に見られたことがある細い長い針で、いちいち検査した。テーブルは上板をはずしたんです」

「どうして、そんなことまで？」

「物を隠そうとして、テーブルとか、まあそういったものの上板を、はずす奴がいるんですよ。その上で脚に穴をあけ、穴のなかに隠してから、元通りに上板をのせる。寝台の柱にも、てっぺんや底に、おんなし手を使う」

「穴は、叩《たた》いてみれば音で判るんじゃない？」とぼくは訊ねた。

「とても、とても。隠した物のまわりにたっぷり綿を詰められたら、もうだめですよ。それにこの事件では、音をたてちゃいけないと言われている」

「でも、はずせやしないだろう？　つまり、家具を一つ一つ——君の言うような隠しかたができるものを全部、壊してみるなんてことは。手紙の一通ぐらい、細いこよりにすれば、形も容積も大きな編棒とおんなしくらいのものになる。そうなってしまえば、たとえば椅子の脚の桟《さん》のなかにだってはいる。君は、椅子を全部、壊したわけじゃないでしょう？」

「もちろん、そんなことはしない。もうすこし気のきいたことをしましたよ。官邸の椅子の桟は一つ残らず調べたし、家具と名のつくものの継目《つぎめ》はすべて、たいへん大きくなる拡大鏡で検査した。近頃なにかした跡があれば、すぐに気がつくだろうよ。何しろ錐屑《きりくず》たった一つでも、林檎《りんご》のようにはっきり見えるんだから。膠《にかわ》づけのところがきちんとしていなかったり、継目が普通より開いていたりすれば、確実にみつけてしまう」

「鏡の、裏板とガラスのあいだも調べたろうね。それから、ベッドやベッド・クロース、カーテンや絨毯《じゅうたん》も」

「もちろんさ。こういうふうにして、家具類を全部、徹底的に調べ終わると、こんどは家屋のほうに取り掛った。総面積を区分けして、調べ落とす個所《かしょ》がないように、一つ一つ番号をつけた。それから、前と同じように拡大鏡を使って、邸じゅう一平方インチごとに調べた。隣の二軒の家もね」

「隣の二軒もだって！」とぼくは叫んだ。「たいへんだろう」

「うん。でも、報酬が莫大なものだから」

「邸内の地面も調べたわけかい？」

「三軒とも、地面は煉瓦《れんが》で舗装してあるから、そうたいして手間どらなかった。煉瓦のあいだの苔《こけ》を調べたが、動かした形跡は見当たらない」

「もちろん、D＊＊の書類や書庫の本のなかは見たろうね」

「当り前ですよ。包みも束も、一つ残らず開けた。本も全部、開けましたよ。刑事がときどきやるような、振ってみるだけのやりかたじゃ駄目だというんで、一ページずつページを繰って。それから、あらゆる本の表紙の厚さも測った。精巧このうえない物差しでね。そして、拡大鏡を使って、ひどく疑り深い眼つきで検査したんです。もし最近、装幀《そうてい》をいじくりまわしているような気配があったら、見逃すはずはないと思いますね。製本屋から届いたばかりの五、六冊は、とくに入念に、針で検査したんだし」

「絨毯の下の床板は？」

「もちろん調べたさ。絨毯をぜんぶ剝ぎ取って、床板を拡大鏡で見た」

「壁紙も？」

「うん」

「地下室は見たかい？」

「見た」

「じゃあ」とぼくは言った。「君は考え違いをしていたんだ。手紙は君が思っていたように、邸のなかにあるんじゃないのさ」

「どうも、そうじゃないかと思う」と警視総監は言って、「どうだい、デュパン、君はどうしたらいいと思う？」

「邸を徹底的に、もういちど捜索することだね」

「それだったら、ぜんぜん不必要だよ」とG**は答えた。「手紙が官邸にないことは、ぼくが空気を吸っていることと同じくらい確実だ」

「じゃあ、ぼくにはもう忠告することはないよ」とデュパンは言った。「手紙の特徴は、もちろん、きちんと判ってるだろうね」

「判ってるとも！」と警視総監は言って、手帳を取り出し、なくなった書類の内容とそれからとくに外観を詳しく述べたものを朗読した。彼はこうして特徴を読み終わると、すぐに出ていったのだけれども、この善良な紳士がこんなにまで意気銷沈《しょうちん》しているのを、ぼくはそれまで見たことがなかったのである。

約一カ月後、警視総監はまたやって来た。ぼくたちはそのときも、前のときとほとんど同じようなことをしていた。彼はパイプを受け取り、椅子に腰かけ、ごくありきたりな会話に加わった。とうとう、ぼくが言いだした。

「ところでねえ、G**、あの盗まれた手紙はどうした？ 結局、大臣を出し抜くなんてことはできないと諦めたんだろう？」

「あの野郎、癪《しゃく》にさわる男だ——そうですよ。でも、デュパンの言うとおり、もう一ぺん調べては見たんだがね。骨折り損でしたよ。まあ、たぶんそうだろうと思っていたんだけど」

「報酬はどのくらいもらえると、君は言ってたかしら？」

とデュパンが訊ねた。

「うん、とても多額でね——気前のいい話なのさ——どのくらいかは、詳しく言いたくはないけれど。でも、こう申し上げることならできますよ、あの手紙を手に入れてくれた人にぼく個人から五千フランの小切手を進呈するのも辞さない、ということならね。じつを言いますと、あの書類は日ごとに重要性を増しているのです。したがって、報酬は最近、倍に引き上げられた。もっとも、三倍の手当てがもらえるからと言っても、もうぼくにはこれ以上、打つ手がないんだけれど」

「なるほど」とデュパンは、海泡石《ミアシャム》のパイプを吹かしながらのろのろした口調で言って、「じつは……ねえG**……君はまだ全力を……尽してないと思うんだ。もう少し……何とかできるのにな」

「どういうふうに？」

「ねえ」とパイプをぷかぷかやりながら、「君は」（ぷかぷか）「この件で相談してるわけだね？」（ぷかぷかぷか）「アバニシーの話は知ってるかい？」

「知らないね。アバニシーなんぞ、くたばってしまえ！」

「ごもっとも！　アバニシーがくたばったって、知ったこっちゃないやね。でもね、昔むかし、一人のけちな金持ちがいましてね、このアバニシーから医学上の意見をただで聞き出そうとしたんです。彼はこう考えて、どこかで出会ったとき、なにげない会話のふりをして自分の病状をこの医者に相談した。架空の病人の病状みたいな話にしてね。『これこれしかじかの症状だとしますと、さて先生、あなたならどうしろとおっしゃいますか』

『この病人が仮りに』とその吝嗇漢《りんしょくかん》は言ったんだな。『医者に相談しろとすすめますね』

『どうしろ、ですって！』とアバニシーは言った。『もちろん、医者に相談しろとすすめますね』」

「いや」と警視総監は、いささか狼狽《ろうばい》しながら言った。

「わたしは相談するつもりでいるんですよ。お金も払う。この件で助けてくれる人には、本当に五千フランお礼する気でいるんです」

「それなら」とデュパンは答えて抽斗を開け、小切手帳を取り出し、「さっき言った金額の小切手を、ぼくに書いてくれてもいいでしょう。署名してくれたら、手紙を渡すぜ」

ぼくはびっくり仰天した。警視総監はまったく雷に打たれたみたいだった。しばらくのあいだ彼は口もきかず、身動きもせずに、口をあけたまま、信じられぬといったようすでぼくの友人を見ていた。まるで、眼球が眼窩《がんか》からとび出したような目つき。それから、いくぶん気をとりなおしてペンをとりあげ、ちょっとの間ぼんやりして、虚《うつ》ろな視線を投げてから、とうとう小切手に五千フランと書きこんで署名し、それをテーブル越しにデュパンに渡した。デュパンは小切手を入念に調べてから、財布にしまった。そして、鍵で書物机《エクリトワール》を開け、一通の手紙を出し、警視総監に渡した。警視総監はすっかり有頂天になってそれを鷲《わし》づかみにし、ふるえる手で開け、中身をすばやく一瞥《いちべつ》してから、よろめくように戸口へ向かい、結局、挨拶もしないで部屋から、建物から飛び出していった。デュパンが小切手に書きこむことを彼に請求してから以後、彼は一言も口をきかなかったのである。

彼が行ってしまうと、ぼくの友人は説明をはじめた。「パリの警察は」と彼は言った。「その道ではたいへん有能なんだよ。あいつらは辛抱づよいし、器用だし、ずるいし、それに、職掌がら必要なように見える知識はたっぷり持っている。だから、D＊＊の官邸をどういうぐあいに探索したかをG＊＊が聞かせてくれたとき、ぼくはあの男がじゅうぶん調べあげたということは信用しましたよ。でも、彼の労力のおよぶ限りではね」

「彼の労力のおよぶ限りで？」

「そうだよ」とデュパンは言った。「適用された方法は、その種のもののなかで最上のものだったし、それにまったく完全に遂行されたんだ。もし手紙があの連中の捜査範囲内にあったら、きっと発見されていたにちがいないね」

ぼくは笑いだした。が、大まじめで語っているようであった。

「つまり」と彼はつづけた。「方法はその種のもののなかじゃあましなものだったし、実施のしかたも上手《じょうず》だった。欠陥は、それが事件と犯人にぴったり当てはまっていないということだったのさ。たしかに極めて巧妙な方法だったけれど、それは警視総監のばあい、一種のプロクルステスの寝台[*1]にほかならなかった。つまり、寝台に無理やり当てはめていたわけさ。そして彼は、扱っている事件を、あまり深く考えるかあまり浅く考えるかして、いつも失敗してしまう。この点では、あの男よりも利口な小学生が大勢いますよ。ぼくは八つになる小学生をひとり知っているけど、この子は『丁半《ちょうはん》あそび』のときいつも勝つので評判だった。これは簡単な遊びでしてね、おはじきでするんだ。一人がたくさんのおはじきを手に握って、数が偶数《ちょう》か奇数《はん》か、相手に訊ねる。答えがあっていれば、相手が一つ取る。間違っていればこっちが一つ取るわけさ。ぼくが言ったその子は、これでクラスじゅうのおはじきを手に入れてしまった。もちろんこの子には、当てる原理というようなものがあった。原理と言ったって、相手の賢さを観察し推し量ることなんだけどね。たとえば相手である大ばかが、握った手を突き出し、『丁か半か？』と訊ねるとするね。ぼくの言う小学生は『半』と答えて負けるかもしれない。でも、二度目には勝つんだな。なぜかといえば、そのとき彼は心のなかでこうつぶやくからだ。『このばかは最初のとき偶数《ちょう》のおはじきを持っていた。ところでこいつの利口さの程度は、二度目には奇数《はん》に変えるくらいのところだろう。そこでおれは半と言おう』そして彼は半と言い、勝つわけなんだ。これよりもうすこし上のばかが相手のときは、こういうふうに考えるんだな。『こいつは、最初のときおれが半と言ったことを知っているから、二度目にはまずあのさっきのばかと同じように丁から半へという単純な変化をやりたくなるだろう。でも、これではあまり単純すぎると思いなおして、結局、前のとおりに丁にしようと決心するだろう。だからおれは丁と言おう』そして彼は丁と言い、勝つわけなんだ。ところで、この小学生のこういう考えかたは……仲間はただ『ついている』と言うだけだったけれど……分析してみればいったいなんだろう？」

「それはつまり」とぼくは言った。「推理者の側の知性と相手の知性を一致させる、ただそれだけの話さ」

「そうだ」とデュパンは言った。「ぼくはその子に訊《き》いてみたんだよ。どういうふうにして、その、彼の成功の基盤である完全な一致を手に入れることができるのか、とね。そしたら、返事はこうだった。『だれかが、どのくらい賢いか、どのくらいばかか、どのくらい善人か、どのくらい悪人か、とか、今、こいつは何を考えているか、とかいったことを知りたいときには、自分の顔の表情をできるだけぴったりと相手の表情に似せるんです。そういうふうにして待ちながら、自分の心のなかに、表情にふさわしいどんな考え、どんな気持ちが湧いてくるかを見るのです』この小学生の返事はラ・ロシュフーコー、ラ・ブリュイエール、マキヤヴェルリ、カンパネーラなどにあると言われている、あの贋《にせ》の深刻さの底に流れるものと、まったくおんなしだね」

「君の話をぼくが理解しているとすれば」とぼくは言った。「推理者の知性を相手の知性と一致させるかどうかは、相手の知性を推し量るときの正確さにかかっているわけだね」

「実用的な価値という点では、たしかにそうさ」とデュパンは言った。「警視総監とその一党があんなにしょっちゅう失敗するのは、まず知性の一致が欠如しているせいだし、さらに言えば、自分が相手どっている知性にたいする測定の間違い、と言うよりもむしろ測定の欠如のせいなんだ。あの連中は、自分自身の頭のよさしか考えない。だから、隠してあるものを探すときだって、自分たちが隠すんだったらこういうぐあいにやるというような隠しかたにしか注意しないことになる。彼らのこういうやりかたは、多くのばあい正しいんですよ。あいつらの頭のよさは、そっくりそのまま大衆の頭のよさの代表なわけだからね。しかし、悪漢の利口さが連中の頭の働きとは性質がちがうときには——もちろん裏をかかれるわけさ。こういうことは、相手の知力がこっちより上のばあいにはかならず起こるし、下の場合だってしょっちゅうなわけだ。あの連中が捜査に当たって原理を変えるなんてことはないんだよ。せいぜい……ごく緊急のばあいとか、謝礼金がうんと高いときとかに……原理はもとのままで、昔ながらの手口を大々的にやるだけさ。たとえばこのD＊＊事件で、行動原理をどれだけ改めてるかしら？　穴をあけたり、針でさぐったり、拡大鏡で調べたり、建物の表面をきちんと何平方インチかに分けて番号をつけたり——こういうことは全部、ある捜査原理、ないし一組の捜査原理を大がかりにしただけのものじゃないかしら? 警視総監が長いあいだ、毎日まいにち仕事をしながら作りあげてきた、人間の頭脳についての考えかたがあって、それにもとづいてこの原理はできあがっているわけさ。君も気がついたろう? あの男の考えかたによれば、人間はだれも彼も、手紙を隠すときには、よしんば椅子の脚に錐で穴をあけないにしても、凝《ルシエルシエ》ったところにある穴とか隅っことか(つまり結局のところ、椅子の脚に錐であけた穴に隠すのとおんなし考えかたなんだけれど)まあそういうところに隠すもの、ということになっているんだよ。それから、これも気がついたろうけど、こういう妙な隠し場所は普通の場合にだけ当てはまるし、普通の頭脳の持主しかこういう手は使わない。なぜかと言えば、ものを隠すときにはいつだって、こういう凝《ルシエルシエ》ったやりかたで処置するのがまず最初に考えることだし、したがって相手にも考えられてしまう。だから、それを発見するにはべつに炯眼《けいがん》は必要じゃない。探し求める側に丹念さと忍耐と決意さえあればそれで充分だ。そしてこの三つのものは、重大事件のときには——つまり、報酬が莫大なときにはと言っても同じことなんだが——かならずついてくるものさ。さあ、これで判ったろう、ぼくの言った意味が。もし盗まれた手紙が警視総監の原理の範囲内のどこかに隠されていたら——換言すれば隠しかたの原理が警視総監の原理のなかにあるものだったら——ほとんど問題にならないくらい簡単に発見されたろう、ということの意味がね。ところがあの公務員は徹底的に瞞《だま》されてしまった。彼の敗北の遠因は、『大臣はばかである。なぜならば彼は詩人として名声を得ているから』という推論を下したことにある。あらゆるばかは詩人である、というふうに警視総監は感じているんだな。そしてこのことから、逆に、あらゆる詩人はばかであるというふうに推論したとき、彼は媒辞不周延《ノン・ディストリビューシオ・メディイ》のあやまちに陥ってしまったわけさ」

「でも、詩人というのは本当かい？」とぼくは訊ねた。「二人兄弟だと聞いたよ。どっちも文名があってね。大臣のほうは微分学に関する博学な著述があったはずだ。あれは数学者ですよ。詩人じゃない」

「それは君の間違いだ。ぼくはあの男をよく知ってるけど、両方なんです。詩人でしかも数学者だからこそ、彼は推理に長《た》けているのさ。単なる数学者だったら、推理なんかちっともできなくて、警視総監の思うままになったろう」

「君の説はぼくをびっくりさせる」とぼくは言った。「だって、世間の考えかたと真向《まっこう》から対立する意見だものね。まさか、何世紀にもわたって親しまれてきた考えかたを、否定しようとするんじゃないだろうね。数学的推理こそ、長いあいだ、とくに優れた《パー・レクセランス》推理だとされているものなんだぜ」

「『世間のあらゆる通念、世間承認ずみのあらゆる慣例は、愚劣なものだと断言して間違い《イリア・ア・パリエ・ク・トゥト・イデ・ピュブリーク・トゥト・コンヴァンシオン・ルシュ・エチュヌ・ソティーズ・カール・エ・レ・》ない。なぜなら、それは大衆むきのものだからである《コンヴニュ・オ・プリュ・グラン・ノンブル》』」とデュパンはシャンフォールの言葉を引用して答えた。「たしかに数学者たちは、君がいま言った通俗的な誤謬《ごびゅう》を世の中にひろめるため全力をつくしてきたろうさ。でも、いくら真理としてひろめられていようと、やはり誤謬は誤謬だ。たとえばあの連中は、もうすこしましなことに使ったほうがふさわしいくらいの巧みさで、『分析』という言葉を『代数学』に適用できるみたいにほのめかしてきた。この詐欺行為の元祖がフランス人さ。しかし、もし言葉というものに何がしかの重要性があるなら——つまり言葉が適用できるのはなんらかの価値を引きだす場合だけであるなら……『分析』はぜんぜん『代数学』を意味しやしない。ちょうどラテン語で、『戸別訪問《アンビトゥス》』が英語の『野心《アンビション》』と、『几帳面《レリジオ》』が『宗教《レリジョン》』と、『名士《ホミネス・ホネスティ》』が『偉人《オウナラブル・メン》』と、意味の上ではなんの関係もないようにね」

「ほう、君は今」とぼくは言った。「パリの代数学者たちと喧嘩《けんか》をしてるわけなんですね。おおいにやりたまえ」

「純粋に論理的な形式以外の特殊な形式で行なわれる推理には、適用性という点でも、価値という点でも、ぼくは反対だな。数学的研究から引きだされる推理には、とくに反対する。数学というのは形式と数量の科学だ。そして数学的推理なるものは、形式と数量についての観察にたいして適用された論理……にすぎないんですからね。いわゆる純粋代数学の真理だって、それが抽象的真理ないし一般的真理だと考えるのは大間違いさ。こいつは言語道断な間違いでね、それなのに世間で広く受け入れられているのを見ると、ぼくなんかすっかり驚いてしまう。数学の公理というのは、一般的な真理の公理じゃないんだよ。形式と数量の関係については真実であることが、まあ例えば倫理については非常に間違っている、なんてことはしょっちゅうあるぜ。倫理学では、部分の総和は全体であるということは、真実じゃないのが通例だ。それに化学の場合だって、数学的な公理は通用しないぜ。動機についての考察で、もうだめになってしまう。なぜなら、たとえばそれぞれの価値をもつ二つの動機があった場合、その二つが結びつけられても、離れているときの価値の和とはかならずしも等しくないんだからな。数学の真理のなかで、形式と数量の関係の範囲内でのみ真理であるものは、このほかにも無数にありますよ。ところが数学者たちは、習慣になっているもんだから、こういう限界のある真理のことを、まるであくまでも普遍的な適用性のあるもののように論ずる。そして世間でもそれを真に受けるのさ。ブライアントが、あの該博な『神話学』のなかで、これとよく似た誤謬がどういうわけで生じるかを論じている。ブライアントは言うんだ。『われわれはだれひとりとして異教徒の神話を信じない。しかるにわれわれは、たえずそのことを忘れ、神話を実在するものと見なして推論を行なうのである』ところが数学者たちは異教徒なもんだから、この『異教徒の神話』を信じて推論を行なうわけですよ。ついうっかり忘れているせいじゃなくて、むしろ、奇怪《きっかい》な頭の悪さのせい……だと思うな。要するにぼくはまだ出会ったことがないんだ。単なる数学者で、しかも等根以外のことで信用できる人とか、x^2+px は絶対に無条件に q に等しいという信念をひそかにいだいていない人とかに、ね。こういう紳士がたの一人をつかまえて、x^2+px がたまたま q でない場合もあり得ると思うと言ってやりたまえ。でも、君の言わんとするところを相手に呑《の》みこませたら、できるだけすばやく、相手の手のとどかないところへ逃げなくちゃ。なぜかと言えば奴《やっこ》さん、きっと君をぶんなぐるだろうからね」

この最後の言葉にぼくが笑っていると、デュパンはつづけた。「だから、もしあの大臣が単なる数学者だったら、警視総監はこの小切手を切らなくてもすんだろう、とぼくは言いたいのさ。ところがあの大臣は詩人兼数学者だってことを、ぼくは知っている。そこで、周囲の事情を考慮に入れたうえで、あの男の才能にぴったり合うような方法を採用したわけだ。それにぼくは、彼が廷臣であり大胆な陰謀家《アントリガン》であるってことも、知ってるしね。まさかそういう男が、警察のやる普通の手口を知らないはずはないだろう、とぼくは考えた。待ち伏せなんてことは予期していたに決まっている。そして、事実そのとおりだったじゃないか。邸をこっそり捜査されることだって判っていたろう、とぼくは考えた。夜分しょっちゅう家をあけて留守にしたことを、警視総監は好都合だと言って喜んでいたけれど、なあに、あれは徹底的に捜査させるための詭計《リューズ》ですよ。手紙が邸内にないという、G**が最後にたどりついた確信に、それだけ早くゆきつかせることができるわけだからね。それからぼくはこういうことも感じた。つまり、今ぼくが君にかなり骨を折って説明した、隠してあるものを警察が探すときの一本調子な方針……この考えは全部、大臣の心にきっと訪れたにちがいない、とね。とすれば、大臣は普通の隠し場所なんてものを、きっとばかにするだろう。官邸のなかのいちばん入り組んだ人目につかない場所だって、警視総監の眼と探針と錐と拡大鏡にかかれば、ごくありふれた戸棚も同然だということに気がつかないほどあの男はばかじゃない、とぼくは思ったのさ。彼はこの単純な真理に当然ゆきつくことになった、ということがぼくに判った。まあ、たとえ熟慮の末に選択したのじゃないにしてもね。君はおぼえていないかしら？　最初のとき、この事件は極めて自明だからかえって手を焼くことになる、とぼくが言ったら、警視総監が大笑いしたことを」

「おぼえてるとも。ひどくご機嫌だったじゃないか。ひきつけを起こしやしないかと、心配したくらいだった」

「物質界には」とデュパンがつづけた。「非物質界とじつに厳密に似ているものがたくさんある。隠喩《いんゆ》や直喩《ちょくゆ》が文章を飾りたてるだけでなく、議論に力をあたえるにも役立つという、あの修辞学の信条にも本当らしいところが出てくるのは、このせいなのさ。たとえばあの慣性《ヴィス・イナーシェ》の原理は物理学でも形而上学でも同じらしいんだ。物理学では、より大きな物体はより小さな物体より動かしにくい、そしてそれに伴う運動量《モーメンタム》はこの動かしにくさと比例するというのが真理だ。同様に形而上学では、より優れた知性の持主はより劣った知性の持主に比べて、いったん行動を起こせば力強いし、恒久性があるし、勝算も大きいけれども、しかしその反面そう簡単には動きだせないし、行動の最初の段階では何か当惑したみたいにためらいがちである、というのが真理なんだな。もう一つ例をあげようか。商店の看板では、どういうのがいちばん人目につくか、考えたことがあるかい？」

「一度も考えたことがないな」とぼくは言った。

「地図を使ってやるパズル遊びがあるね」と彼はつづけた。「町や河や州や帝国の名……要するに何でもいいから、ごちゃごちゃしている地図の上の名前を言って、相手に探させるわけだ。初心者は、いちばん細かな文字で書いてある名前を言って、相手を困らせようとするのが普通だけれど、上手になってくると、地図の端から端まで大きな字でひろがっているような言葉を選ぶ。こういう名前は、街の通りの看板やプラカードであまり大きな字を使っているものと同じように、極端に目立つせいでかえって見のがされてしまうわけだ。つまりこの場合、肉体的に見のがすということは、あの、あんまり判りきって明々白々なものだからかえって気づかずにすますという、精神的に不注意であることと、じつによく似てるんだな。もっともこういうことは、警視総監の理解力を上回るか下回るかしているようだね。大臣が世界じゅうのあらゆる人間の眼をごまかす手段として、彼らの目と鼻のさきに手紙を置くなんてことは、警視総監にはぜんぜん思いつかなかったのさ。

「まず、D＊＊が大胆で勇敢で明敏で賢いということ。それから、もし彼がその手紙を役に立てて使う気でいるなら、いつでも手もとに置くしかないという事実。そして第三に、いつもの捜査範囲には隠されていないという警視総監の証言。これらのことを考えれば考えるほど、ぼくにはいよいよはっきり判ってきたんですよ。大臣はこの手紙を隠すために、ぜんぜん隠さないという、じつに意味深長な、そしてじつに聡明《そうめい》な手段をとったのだ、とね。

「こういう考えで頭がいっぱいになると、ぼくは緑色の眼鏡《めがね》を用意し、ある晴れた朝、ひょっこり訪ねてきたというようすで大臣の官邸を訪れた。D＊＊はちょうど在宅で、いつもの通り、欠伸《あくび》をしたり、ぶらぶら歩きまわったりして、倦怠《アンニュイ》にひどく悩まされているという振りをしていた。たぶんあの男こそ、この世でいちばん精力的な人間なのにね。……でも、これはだれも見ていないときの話さ。

「こっちも負けないように、眼の弱いことをぶつぶつ愚痴をこぼして、眼鏡がいることを嘆いてやった。そして主人の話に耳を傾けているような振りをしながら、眼鏡の下からじろじろ部屋のなかを見回した。

「彼のすぐそばにある大きな書きもの机には、とくに注意を払った。その上には、いろんな手紙や書類がごたごたと、一つ二つの楽器や数冊の本といっしょに乗っかっていた。でも、長い時間かけて丁寧に調べた結果、ここにはとくに疑わしいものが何もないってことが判った。

「部屋のなかを見回しているうちに、とうとう、ボール紙製の、透《すか》し細工をした安物の名刺差しに、ぼくの視線がいった。マントルピースの真中《まんなか》のすぐ下にある、小さな真鍮《しんちゅう》のノッブから、きたない水色のリボンでぶらぶら吊《つる》してあるのだ。この名刺差しには三つか四つ仕切りがあるのだが、名刺が五、六枚に手紙がたった一通、差してある。手紙はひどく汚れて、皺《しわ》くちゃになっていた。真中のところで引きちぎれかけている。まるで、不用の手紙だと思って最初はやぶくつもりだったけれど、つぎの瞬間に気が変わって止《や》めにしたみたいなようすなんだ。ひどく目立つ、D**の組合せ文字のついた大きな黒い封蠟《ふうろう》が押してあって、表書はこまかな女の筆跡で、大臣にあてたものだった。これが、名刺差しの上の仕切りに、ぞんざいに、人をばかにしたような感じで入れてある。

「この手紙をちらっと見たとたん、これこそおれの探しているものだ、とぼくは決めてしまったね。たしかに、それはどう見たって、警視総監が読みあげてくれた詳しい説明とはまったくちがうものだった。こっちのほうの封蠟は大きくて黒いし、D**の組合せ文字がついている。あっちのほうの封蠟は小さくて赤いし、S**公爵家の紋章がついている。こっちの宛名は大臣になっていて、こまかな女文字。あっちの表書はさるやんごとない方に宛ててあって、とても肉太な、しっかりした字で書いてある。両方に共通するのは大きさだけさ。しかし、こういう相違はあまり極端に根本的だし、手紙がこんなふうにきたならしく薄よごれていて引き裂かれている状態は、D＊＊の本性である几帳面《きちょうめん》なたちと非常に矛盾しているし、それからもう一つ、この手紙はつまらぬものだということを見る者に信じこませたい意図を暗示しすぎているし……それにこの手紙は、どんな訪問客の眼にもさらされるような、ひどく人目につきすぎるところにあって、ぼくが前に到達したあの結論にぴったり一致するし……だから、疑念をいだいてやってきた者にとっては、その疑念をますます濃くしてくれることになったのだ。

「ぼくは、できるだけ長くそこにいるようにして、大臣が関心を持ち、夢中になるにちがいない話題をとりあげ、彼を相手どって熱心に議論をつづけた。そしてその間、注意力は手紙のほうに釘《くぎ》づけというわけさ。こんなふうにして検討しながら、手紙の外観や、名刺差しのなかにどんなぐあいに入れてあるかってことをおぼえてしまった。そして、とうとう最後に一つの発見をしたんだ。これは、たとえどんなに些細《ささい》な疑問があったとしても、すっかり解消してしまうくらいの大発見だったね。手紙の端をじっと見ると、必要以上に手ずれがしていることに気がついた。堅い紙を一度たたんで紙折り篦《べら》で押しをかけたやつを、最初に折ったときと同じ折目のところで裏返しに折ったときにできる、ささくれた感じの折目なのさ。こいつを発見すれば、もうそれで充分だった。手紙が手袋みたいに裏返しにされ、宛名を書きなおし、封蠟を押しなおしたってことがはっきりした。ぼくは大臣に別れの挨拶を言って、すぐに立ち去った。テーブルの上に金《きん》の嗅《か》ぎ煙草入れを残してね。

「翌朝ぼくは、嗅ぎ煙草入れを取りに行って、前日の議論を、ひどく熱心に、またはじめたわけだ。そうこうしているうちに、ピストルかなんかのような大きな爆発の音が官邸の窓のすぐ下で聞こえ、つづいて、恐ろしい悲鳴と群衆の叫びがあった。D＊＊は走っていって窓をあけ、外を見た。ぼくはその間に、名刺差しに近より、手紙を抜きとってポケットに納め、そのあとには模造品《ファクシミリ》（外見だけのものだよ）を入れた。なあに、家で丹念にこさえておいたものさ。D＊＊の組合せ文字なんざ、パンで作った封印で苦もなく真似《まね》ることができるもの。

「通りの騒ぎは、マスケット銃を持った男の気違いじみた行動が原因さ。女子供がいっぱいいるなかで、一発ぶっぱなしたんだ。でも、空砲だということが判ったので気違いか酔っぱらいだろうということになって、釈放されたけれど。その男が行ってしまうと、D＊＊は窓のところからもどってきた。もちろんぼくも、目的のものを手に入れるとすぐ窓際へ行っていたんだけれどね。ぼくはそれから間もなく大臣と別れた。贋《にせ》気違いは、ぼくが傭《やと》った男さ」

「しかし」とぼくは訊ねた。「手紙の代わりに模造品《ファクシミリ》を置いてきたのは、どういうわけなの？　最初の訪問のとき、大っぴらに取って、帰ってくればよかったのに」

「D＊＊は」とデュパンは答えた。「向こう見ずな、勇敢な男だ。それに官邸には、あの男に命を献《ささ》げた召使もいる。もし君の言うような乱暴なことをやろうとしたら、大臣の御前を生きて退出することはできなかったろうね。それっきり、パリのみなさんはぼくの噂《うわさ》を耳にすることがなかったろう。もっとも、そういう考えとは別の目的もあったんだ。ぼくの政治上の贔屓《ひいき》のことは、君も知っているだろう。ぼくはこの事件では、問題の上流婦人の味方として行動している。大臣は彼女を、一年半のあいだというもの、自家薬籠《やくろう》中のものとしていた。そしてこんどは、彼女のほうがそうする番なのさ。だって、大臣は手紙がなくなったことに気がつかないから、あるつもりで、今までどおりの横車を押すだろうからね。こうして、たちまち政治的破滅に落ちこむことは目に見えている。それにあの男の没落は、見っともなくって、しかも急激だろうよ。『地獄へと下るは易し《ファキリス・デスケンスス・アヴェルニ》』〔ヴィルギリウスの『アエネイス』第六巻第百二十六行〕と口で言うのは結構だが、でもね、カタラーニが声楽について、低音から高音へと歌うほうがその反対よりずっと易《イージー》しいと言っているように、昇るほうが降りるよりも遥かに気楽《イージイ》なんだよ。まあ、ぼくはこの件に関しては、落ちてゆく男になんの同情も……少なくとも憐《あわ》れみの情などちっとも感じないけれど。彼はあの『恐ろしい怪物《モンストルム・ホルレンドゥム》』〔ヴィルギリウスの『アエネイス』第三巻第六百五十八行〕、破廉恥《はれんち》な天才なのさ。ところで白状すれば、大臣が総監のいわゆる『さる身分の高い方』という女性に反抗されて、やむをえず、名刺差しのなかのあの手紙を開くとき、一体どういうことを考えるか——ぼくは詳しく知りたくってね」

「どうして？　何か変わったものでも入れてきたの？」

「うん……白紙のままにしておくのも気がひけたから……やはり失礼だろうよ、それは。D＊＊は昔ウィーンで、ぼくをひどい目にあわせたことがある。そのときぼくは上機嫌で、このことは忘れませんよ、と言ってやった。だから、いったいだれに出しぬかれたのか知りたいだろうと思ってね。せめて手がかりぐらいはあたえてやらなくちゃ、かわいそうだもの。あの男は、ぼくの筆跡はよく知っているんだ。ぼくは真っ白な紙の真中にこう書いておいた。

　こういう恐ろしい企み《アン・デサン・シ・フュネスト》は
　ティエストにはふさわしい。アトレにふさわしくないとしても。《スィル・ネ・ディーニュ・ダトレ・エ・ディーニュ・ド・ティエスト》

クレビヨンの『アトレ』のなかの句だよ」

（丸谷才一＝訳）

「盗まれた手紙」訳注

1―プロクルステスの寝台　彼はギリシア伝説に出てくるアッティカの盗賊。彼の手中におちいった旅人を鉄の寝台に縛りつけ、もし身長が長すぎれば手足を切り、短かすぎれば寝台に合うように引き伸した。

黄金虫

おや、おや！　気が狂ったみたいに踊っている！
毒蜘蛛《タランチュラ》に咬《か》まれたにちがいない。

『みんな間違い』

久しい以前のこと、ぼくはウィリアム・レグランド氏なる人物と親交を結んでいた。彼はあるユグノー教徒[*1]の一族の出で、かつては裕福だったのだが、一連の不幸のせいで貧しい暮しを余儀なくされていた。災厄にともなう屈辱感を避けようとして、父祖の地であるニュー・オーリーンズを去り、南カロライナ州、チャールストンに近いサリヴァン島に住みついたのである。

これはじつに変わった島である。ほとんど砂ばかりでできていて、長さは三マイル。幅はどこで測っても四分の一マイルを越えることがない。本土からは、あまり目立たない小川で仕切られているのだが、この小川は、水鶏《くいな》の好んで集まる蘆《あし》と泥砂の荒地のなかを、ちょうどにじみ出るような感じで流れているのだ。言うまでもなく植物は乏しく、たとえあるとしても矮小《わいしよう》なものばかり、大きな樹木はまったく見られない。ただし——西端に近くモウルトリー城砦《じようさい》があるあたり、そして、夏のあいだチャールストンの埃《ほこり》と炎熱を逃れてくる人びとの借りるみすぼらしい木造家屋が数軒ちらばっているあたりには、あの毛のこわい棕櫚《パルメットー》がある。しかし島全体は、この西端の部分と白い堅い海岸線を除けば、イギリスの園芸家がたいそう珍重するかぐわしい桃金嬢《マートル》の密生した下生えでおおわれている。この灌木《かんぼく》は、この島では十五フィートないし二十フィートの高さに達することが珍しくないし、ほとんど通り抜けられないくらいの矮林《わいりん》を形づくり、その芳香であたりの空気を重苦しくしているのである。

矮林のいちばん奥、島の東端すなわち遠いほうの端《はし》からあまり離れていないところに、レグランドは自分で小さな小屋を建てて住んでいたのだが、ぼくがたまたま彼と面識を得たのはここにおいてであった。そしてこの面識はやがて友情に変わった。なぜならこの隠遁者《いんとんしゃ》には、関心をそそり尊敬をいだかせるものがあったからである。ぼくは、彼が高い教育を受けており、なみなみならぬ知力を備えているけれども、嫌人癖に冒されていて、熱狂したかと思うと憂鬱に落ちこむ、頑固な気質の男であることを知った。なかなかの蔵書家だったが、本はめったに読まない。銃猟や釣り、あるいは海岸や桃金嬢の茂みのなかをぶらついて貝殻《かいがら》や昆虫を探すことが主な楽しみだった。そして彼の昆虫標本のコレクションは、スワンメルダムのような碩学《せきがく》をも羨望《せんぼう》させるに足るものだったのである。こんなふうに逍遥《しょうよう》する際、彼はいつも、ジュピターという名の老黒人を同行していた。この黒人は、レグランド家の没落以前に解放されていた者だが、若い「ウィル旦那《だんな》」の後について歩くことを自分の権利だと考えており、おどしてもすかしてもやめさせることができなかった。ひょっとしたらレグランドの親類の者たちが、レグランドはいくらか頭が変なのだと思いこみ、このぶらぶら歩きまわる癖の男を監視させ後見させる目的で、ジュピターにこういう頑固さを教えこんでおいたのかもしれぬ。

サリヴァン島の位置する緯度のあたりでは、きびしい寒さの冬はめったに訪れないし、秋でも火がほしいようなことは極めて稀《まれ》である。しかし一八＊＊年の十月中旬に、かなり冷えびえする日があった。日没のすこし前、ぼくは常緑樹のあいだを通り抜けて、友人の小屋へ行った。ここ数週間、訪ねていなかったのである。当時ぼくは、島から九マイルの距離にあるチャールストンに住んでいたし、往復の便は現在より遥《はる》かに乏しかったのだ。小屋に着くといつものように扉をたたいたが、返事がないので、鍵が隠してあるのを知っている場所を探し、扉の錠をあけてなかへはいると、炉には火があかあかと快く燃えている。これは思いがけぬことだったし、また、じつにありがたかった。ぼくは外套《がいとう》を脱ぎすて、ぱちぱち音をたてて燃えている薪《まき》のそばへアーム・チェアを持ってゆき、主人が帰るのをのんびりと待っていた。

暗くなるとじきに彼らは帰ってきて、ぼくを心から歓迎してくれた。ジュピターは大きく口をあけて笑いながら、夕食に水鶏をご馳走《ちそう》しようと準備におおわらわだった。レグランドは例の発作——そうとしか呼びようがない——熱中する発作の最中だった。彼は今日、新しい属をなす、まだ知られていない二枚貝を発見しただけではなく、さらに、ジュピターの助けを借りて、一匹の黄金虫《スカラビウス》を追いつめ、捕えたのである。その黄金虫はまったくの新種だと彼は信じていて、それについて明日ぼくの意見を聞かせてほしいと述べた。

「なぜ、今日じゃいけないの？」と、ぼくは火にかざした両手をこすりながら、そして、黄金虫なんぞは一族ことごとく悪魔に亡《ほろ》ぼされてしまえと思いながら言った。

「うん、君の来るのが判《わか》ってればねえ！」とレグランドは言った。「こんなに長いあいだ会ってないんだ。よりによって今夜、訪ねてきてくれるってことが、どうして判ります？ 帰る途中、城砦のG＊＊中尉に会って、ついうっかり貸しちゃったのさ。だから、明日の朝まではお目にかけられない。今夜は泊りたまえ。夜が明けたらすぐ、ジュピターに取りにゆかせるよ。すばらしいぜ！」

「何が？ 夜明けがかい？」

「ばかな！ 違う！ 虫がさ。きらきら光る金色《きんいろ》で――大きさは胡桃《くるみ》の大きな実ぐらい――背中の一方の端には真っ黒な点が二つあり、もう一方にはすこし長いのが一つある。触角《アンテニー》は……」

「錫《ティン》なんてはいっていましねえだ、ウィル旦那。前々《めえめえ》から言ってるでがすが」と、このときジュピターが話をさえぎった。「あの虫は金無垢《きんむく》の虫ですだ。内も外もすっかり。まあ、羽根だけは別ですけんど。――生まれてこのかた、あの半分も重てえ虫は持ったことがありましねえだ」

「うん、たとえそうだとしてもな、ジュピター」とレグランドは、ぼくにはすこし真面目すぎると思われる口調で答えた。「それが鳥を焦がす理由になるかい？ その色はね」――と、ここでぼくのほうに向いて――「まったく、ジュピターの考えももっともだと言いたいくらいのものなんだ。あの甲が発するのよりもきらきら光る金属性の艶《つや》は、君だって見たことがないだろうよ——まあ、明日になれば判る。とりあえず、形だけならあらまし教えることができますよ」こう言いながら彼は、小さなテーブルに向かったのだが、その上にはペンとインクはあったけれども、紙はなかった。抽斗《ひきだし》のなかを探したが、一枚も見当たらない。「いや、いいんだ」と彼はとうとう言った。「これで間に合う」そしてチョッキのポケットから、ひどく汚れた大判洋紙《フールスキャップ》のように見えるものを取り出し、それにペンでざっと図を描いた。彼がそうしているあいだ、ぼくはまだ寒かったので火のそばにいた。図ができあがると、彼はそれを腰かけたままぼくに手渡した。ぼくが受け取ったとき、大きな唸り声《うなりごえ》が聞こえ、それにつづいて戸をひっかく音がした。ジュピターが戸をあけると、ニューファウンドランド種の大きな犬が飛びこんできて、ぼくの肩にとびつき、しきりにじゃれついた。前に訪れたとき、ぼくがかわいがってやったせいなのである。犬とひとしきり遊んでから、ぼくは例の紙を見たのだが、じつを言うと友人が描いたものを見ていささか当惑せざるを得なかった。

「ほほう！」とぼくはしばらくみつめてから言った。「こいつはおかしな黄金虫だ。たしかにぼくは初めてだよ。今まで見たことがない——頭蓋骨《ずがいこつ》か髑髏《されこうべ》でないとすればね。今まで見たもののなかじゃあ、髑髏にいちばん似てる」

「髑髏だって！」とレグランドはまるで木霊《こだま》のように言った。「うん、まあ、そうだな。紙に描けば、たしかにそんな感じにもなる。上の二つの黒い点が眼というわけかい？　下のほうの長い点が口で。それに、全体が楕円形《だえんけい》だしね」

「まあそうだろうね」とぼくは言った。「でも、レグランド、君はあまり絵は上手じゃないらしいね。虫がどんな形なのか、ぼくには実物を見てからでなくちゃ、呑《の》みこめないな」

「そうかい？」と彼は、すこしむっとして、「ぼくはかなり――絵が描けなくちゃならんはずだがね。少なくとも……偉い先生についたし。それに自分じゃ、そう下手糞《へたくそ》だとも思ってないんだ」

「とすれば、君はふざけてるんだな」とぼくは言った。「これは、まずまず普通の頭蓋骨だ。まあ、立派な頭蓋骨だと言っていいぜ――生理学の標本についての一般人の考えに従えばね。それに君の黄金虫《スカラビウス》は、たとえ黄金虫《スカラビウス》に似てるとしても、世にも不思議な黄金虫《スカラビウス》だな。ねえ、このヒントを利用して、スリル満点な迷信を一つでっちあげることができるぜ。この虫には、人頭黄金虫《スカラビウス・カプト・ホミニス》というような名をつけるといいな。ほら、博物学じゃあ似たような名がいろいろあるじゃないか。でも、君の言ってた触角はどこにあるんだい？」

「触角だって？」とレグランドは言った。彼はこの話題に奇怪なほど夢中になっているようだった。「見えるはずだがね。実物どおり、はっきり描いておきましたよ。あれでじゅうぶんだと思うけど」

「うん、うん」とぼくは言った。「描いたんだろうな――でも、ぼくには見えない」そして、もう何も言わずに紙を返した。彼の機嫌をそこねたくなかったのである。が、ぼくは形勢が一変したのに非常に驚いた。彼の不機嫌はぼくを当惑させたし――それに、黄金虫の図について言えば、触角などぜんぜん見当たらず、全体はごくありふれた髑髏《されこうべ》の絵とそっくりだったのである。

彼はひどく気むずかしいようすで紙を受け取り、火のなかへ投げこもうとしてまるめかけたのだが、そのとき図をちらっと見ると、とつぜんそれに注意をひきつけられたらしい。顔はたちまち紅潮し――ついで真っ青になった。数分間、彼は椅子《いす》に腰かけたまま仔細《しさい》に図を調べつづけていたが、とうとう立ちあがって、テーブルから蠟燭《ろうそく》をとりあげ、部屋のいちばん遠い隅《すみ》にある水夫の衣服箱《シー・チェスト》に腰かけた。ここでもう一度、紙をあらゆる方向に引っくり返して熱心に、一言も口をきかずに調べている。そういう彼の挙動はぼくをひどく驚かせたけれども、余計な口をきいて、ますますひどくなる彼の不機嫌をかえってこじらせないほうがいいと判断した。やがて彼は上衣《うわぎ》のポケットから紙入れを取り出し、注意ぶかく紙をしまい、書き物机のなかに入れて錠をおろした。彼の態度は、こんどはずっと落ちついたものになって、最初の熱狂ぶりはすっかり影をひそめた。今の彼は、不機嫌というよりもむしろ茫然《ぼうぜん》としているといった感じだった。夜が更《ふ》けると、彼はますます物思いに耽《ふけ》って、ぼくがどんな冗談をとばしても、その夢想から目覚めさせることができない。ぼくは今まで何度もこの小屋に泊ったことがあるので、この夜もそうするつもりだったが、彼がこんなようすでは引き上げたほうがいいと考えた。彼は引きとめもしなかったが、ぼくが立ち去るとき、普段よりももっと心をこめて握手した。

その約一カ月後（その間ぼくはレグランドに一度も会わなかった）、彼の下男のジュピターがぼくをチャールストンに訪ねてきた。ぼくは、この善良な老黒人がこんなに意気銷沈《しょうちん》しているのを見たことがなかったので、友人の身に何か重大な災厄が襲いかかったのではないかと心配した。

「おや、ジュピター」とぼくは言った。「どうした？　旦那は元気かい？」

「へい、旦那。じつを言うと、あまりよろしくねえだ」

「よくない、だって？　困ったね。どこが悪いと言ってるの？」

「そのことですだ。どこも悪いと言ってましねえ——言ってねえことがつまり恐ろしい病気なんでがす」

「恐ろしい病気だって！　ジュピター、なぜそう早く言わないんだ？　ベッドに寝てるのかい？」

「うんにゃ、そうでねえ！　どこにも寝てねえ……それで困ってますだ。ウィル旦那のことを思うと、かわいそうで、胸がいっぺえになるでがすよ」

「ジュピター、一体どういう話なのか、聞かせてくれないか。旦那が病気だと言ってたが、どこが悪いのかは、お前に打ち明けてくれないのかい？」

「へえ、旦那。あんなこって気違いになるなんて。ウィル旦那は何ともねえって言ってなさるだが——そんなら何で、こんなぐええに頭をさげて、肩をおっ立てて、幽霊みたいに真っ青になって歩きまわらなくちゃならねえだかね。それに、いちんちじゅう、計算してるだ」

「何をしてるだって？　ジュピター」

「石盤に数字を書いて、計算してるだよ——おらの見たこともねえような変ちょこりんな数字を書いて。おら、おっかなくなって。旦那がわけの判らねえことをすんのを、いちんちじゅう見張ってなきゃなんねえ。これえだも、夜の明けねえうちにこっそり抜けだし、いちんち帰ってきなさらねえ。もどってきたらどやしつけてやろうと思って、でっけえ棒をこせえといただ。だけんど、おらはばかだねえ、いざとなると気がくじけて、そんなことできねえ――旦那があんまりかわいそうなようすなもんで」

「え？　何だって？　なるほど！　まあ、そんなかわいそうな男に乱暴しちゃいけないな。折檻《せっかん》なんぞするなよ、ジュピター。そんなことされたら、旦那はまいってしまうぜ。でも、なぜそんな病気に――というより、なぜそんなおかしなことをするようになったのか、思いあたるふしはないのかい？　こないだ、ぼくが行ってから後、変なことでも起こったのかい？」

「うんにゃ、旦那。あれからあとは、変なことなんて、何も起こりましねえだ。あれより前のことだと思うでがすよ。ちょうど旦那がいらした日のことで」

「どうして？　いったい何の話だい？」

「旦那、あの虫でがすよ。ほら」

「あの、何だって？」

「あの虫――ウィル旦那はあの黄金虫に、頭のどこかを咬まれたにちげえねえだ」

「どうしてそう思うのかね？　ジュピター」

「爪《つめ》があるだよ、旦那。それに口もあるだ。あげな、いめいめしい虫、見たことねえだ――近寄ってくるもんは何でも、蹴ったり咬んだりするだから。ウィル旦那がはじめつかまえただが、すぐおっ放さなきゃならなかっただ——あんとき咬まれたにちげえねえ。おらは、どういうわけか、虫の口の恰好《かっこう》が気にくわなかっただから、指じゃ持ちたくねえと思って、めっけた紙きれでつかまえただ。紙にくるんで、紙の端っこを虫の口んなかへつっこんだだよ——こんなあんべえにな」

「じゃあ、旦那は本当に虫に咬まれて、病気になったと思ってるわけだね？」

「思うわけじゃねえだ——まあ、嗅《か》ぎつけてるようなもんだ。黄金虫に咬まれたんでなきゃあ、どうして、ああしょっちゅう、黄金《きん》の夢を見るもんかね？　おらは、そういう黄金虫の話、聞いたことがあるだよ」

「しかし、黄金《きん》の夢を見てるってこと、どうして判る？」

「どうして判る、と言うかね？　なんしろ、寝言でしゃべるだからね。おら、それで、嗅ぎつけたんでがす」

「なるほどな、ジュピター。お前の言うとおりなんだろうよ。だが、今日、訪問の栄を賜《たまわ》ったのは、どういうわけなんだい？」

「何のことですだ？　旦那」

「レグランドさんから、何か言伝《ことづ》てを言いつかってきたかい？」

「うんにゃ、旦那。この手紙を持ってまいりましただよ」こう言ってジュピターはぼくに、つぎのような手紙を手渡した。

拝啓。こんなに長いあいだお目にかかれないのは、どういうわけでしょう？　小生のちょっとした無愛想《ブリュスクリー》を、あれこれ気になさるような大兄ではないと思いますが。いや、まさかそんなことなどあるはずがない。

先日お目にかかって以来、ひどく心がかりなことが一つあるのです。お話しいたしたいのですが、どう話したらいいのか、また、果たしてお話しすべきかどうかも判りません。

この数日あまりぐあいがよくないのですが、ジュピターの奴《やつ》が、もちろん好意からしきりにお節介を焼いて、小生をうんざりさせ、我慢できないくらい。大兄は信じてくださるでしょうか？　彼は先日、小生をこらしめようとしたのですよ。小生がこっそり家を抜け出し、本土の山中で、一人《ソウラス》で一日を過ごしたというかどで。病人みたいな顔つきだったせいで彼の打擲《ちょうちゃく》を免れたのだと、信じています。

この前お会いして以来、標本箱には何一つ加わったものなし。

もしご都合がつきましたら、ジュピターと同道にておいでください。是非来てほしい。重大な用件にて、今夜大兄にお目にかかりたいのだ。重大このうえないこと、保証いたします。

敬具

ウィリアム・レグランド

この手紙の書きぶりには、ぼくをひどく不安にするものがあった。全体の文体が、普段の彼の文体とひどく違っている。一体、何を夢想しているのだろう？　どんな新奇な考えが、彼の興奮しやすい頭脳にとり憑《つ》いたのだろう？　どんな「重大このうえないこと」を、彼が処理しなければならぬというのだろう？　ジュピターの話のようすでは、あまりいいことではなさそうだ。友人の理性は度重《たびかさ》なる不幸のため、ついにまったく乱れてしまったのではないかとぼくは恐れた。それゆえぼくは、いささかも躊躇《ちゅうちょ》することなく、黒人と同行することにした。

波止場へ着くと、これからぼくたちが乗りこむボートのなかに一梃《いっちょう》の大鎌と三梃の鋤《すき》が置いてあって、どれもみな新品らしい。

「これはどういうわけだ？　ジュピター」とぼくは訊《たず》ねた。

「うちの旦那の鎌と鋤ですだ」

「なるほど。が、どうしてここにあるんだい？」

「ウィル旦那が町さ行って鎌と鋤を買ってこいって、きかねえんでがす。眼《め》ん玉《たま》がとび出るほど、金を取られましただ」

「しかし、判らないね。お前のとこの『ウィル旦那』は、鎌と鋤で何をするつもりなんだろう？」

「おらにも判らねえ。うちの旦那だって判らねえにきまってるだよ。何もかもみんな、あの虫のせいでがす」

「あの虫」のことで頭がいっぱいなジュピターに何を訊《き》いても満足な答えが得られるはずはないと思いなおし、ぼくはボートに乗りこんで出帆した。強い順風を受けて、ぼくたちは間もなくモウルトリー城砦の北にある小さな入江にはいり、二マイルばかり歩いて小屋に着いた。到着したのは午後三時ごろである。レグランドは待ちこがれていた。彼はぼくの手を、神経質な熱っぽさ《アンプレスマン》をこめて握ったので、ぼくは不安になり、すでにいだいている疑惑を強めた。彼の顔色は死人のように蒼白《あおじろ》く、窪《くぼ》んだ眼は不自然なほどぎらぎら光っていた。ぼくは、彼の健康についてすこし訊ねてから、何の話をしたらいいか判らないので、G＊＊中尉から黄金虫を返してもらったかと言った。

「ええ、もちろんさ」と彼は顔を紅潮させて答えた。「翌朝、返してもらった。どんなことがあったって、あの黄金虫と別れるもんか。君、知ってるかい？　ジュピターがあれについて言ったのは、本当なんだぜ」

「どういう点で本当なの？」と、ぼくは心に悲しい予感をいだきながら言った。

「あれが本当の黄金でできてる虫だと考えた点で」彼が厳粛な口調でそう言ったので、ぼくは名状しがたい衝撃を受けた。

「この虫がぼくの財産をこさえるはずだ」と彼は、勝ち誇ったように微笑しながら言いつづけた。「先祖代々の財産を取り返してくれるってわけだ。とすれば、ぼくがあの虫を大事にするのも不思議じゃなかろう？　運命の女神があれをぼくに授けようと考えた以上、ぼくがそれを手引として正しく使えば、黄金のところへたどり着けるというわけだよ。ジュピター、あの黄金虫を持ってこいよ」

「えっ！　あの虫かね、旦那。おら、あれに手は出したくねえ。自分で取りにゆきなせえ」

そこでレグランドは、真剣なおもおもしい態度で立ちあがり、黄金虫の入れてあるガラスの容器からそれを持ってきた。それは美しい黄金虫で、当時は博物学者に知られていない品種であり——言うまでもなく、科学上の見地から見てじつにすばらしいものであった。背の一方の端に近いあたりには、二つのまるい黒点があり、もう一方の端には長い点が一つあった。甲は極めて堅く、つやつやして、よく磨《みが》いた黄金のような外観を呈している。この虫の重さはかなりのものだったから、あれこれ考えあわせると、ジュピターがああ考えたのも責めるわけにゆかない。しかしレグランドまでが彼の意見に同調するのはどう解釈したらいいか、ぼくにはどうしても納得がゆかなかったのである。「君を迎えにやったのは」と、彼は、ぼくが黄金虫を調べ終わったときに大袈裟《おおげさ》な口調で言った。「君を迎えにやったのは、君の忠告と助力を得て、運命の女神とこの虫との……」

「ねえ、レグランド」とぼくは彼をさえぎって叫んだ。「君はたしかにぐあいが悪いんだ。すこし気をつけたほうがいいな。やすみたまえ。よくなるまで、ぼくは二、三日ここにいるよ。熱があるし、それに……」

「脈を計ってみろよ」と彼は言った。

ぼくは脈を計ったが、じつのところ、熱のありそうな気配はちっともない。

「しかし、病気なのに熱はないのかもしれない。こんどだけは、ぼくの言うことを聞いてくれよ。まず、寝ること。つぎには……」

「誤解だよ」と彼は言葉をさしはさんだ。「今のぼくみたいに興奮してれば、このくらいでじゅうぶん健康だと思う。もし本当にぼくを健康にしたいなら、この興奮状態を救ってくれよ」

「どうすればいいの？」

「簡単さ。ジュピターとぼくは、これから本土の山のなかへ探検に出かける。この探検では、だれか信用できる人に助けてもらわなくちゃならないんだ。成功しようと失敗しようと、いずれにしろ、君の見ている興奮はおさまるはずだ」

「喜んでお手伝いするよ」とぼくは答えた。「でも、このいまいましい虫は、山のなかの探検と何か関係があるのかい？」

「うん、ある」

「じゃあ、レグランド、そういうばかげた仕事の仲間には加われないな」

「残念だ……じつに残念だな。そうなると、ぼくたち二人だけでやらなくちゃならない」

「二人だけでやる、だって？……こいつ、たしかに頭がおかしいぞ！……だけど、待てよ！……どのくらい留守にするつもり？」

「たぶん、一晩。すぐに出発して、どんなことが起ころうと日の出までには帰ってくる」

「じゃあ、たしかに約束するかい？　この気違い沙汰《ざた》が終わって、虫の一件が（ちぇっ！）君の納得がゆくように落着したら、すぐに家へ帰って、ぼくの言うことに、医者の意見同様に従うってことを」

「うん、約束するよ。そうと話が決まったら、早速出かけよう。ぐずぐずしてる暇はないんだ」

ぼくは重い心で同行した。ぼくたち——レグランドとジュピターと犬とぼく——は、四時ごろ出発した。ジュピターは大鎌と鋤を持っていたが、ぜんぶ自分で持つと言い張ったのは、勤勉すぎ忠実すぎる彼の性格のためではなく、主人の手のとどくところにどっちもおきたくないという配慮のためらしいと、ぼくには思われた。彼の態度は極端なくらい頑固で、道々、彼の口を洩《も》れるのは「あの忌々《いめいめ》しい虫が」という言葉だけであった。ぼくは龕燈《ダーク・ランターン》を二つ持っていたが、レグランドは黄金虫だけで満足し、それを鞭索《べんさく》の端にむすびつけて、歩きながら魔法使いのようにくるくる振り回していた。この、友人が発狂したという明白な証拠を見たときには、ぼくはほとんど涙をおさえることができないくらいであったが、少なくとも今しばらくは、つまり、成功する見込みのあるもっと有力な手段がみつかるまでは、したいようにさせておくほうがいい、とぼくは考えた。そんなふうにしながら、ぼくは探検の目的についてあれこれと探りを入れてみたが、これはぜんぜん無駄な努力に終わった。ぼくを同行させるという大事なことがうまくいった以上、あまり重要でない話題については語りたくないらしく、何を訊いても「今に判るよ！」としか答えてくれなかった。

ぼくたちは島の端にある小川を小舟で渡り、本土の海岸にある高地を登って、人間が歩いたらしい形跡などまったくない、ひどく荒れ果てた地帯を北西の方角へ進んだ。レグランドは先に立って、決然としたようすで進んでいった。ときどき、ほんのちょっと、前に来たときつけておいた目じるしのようなものを調べるため、立ちどまることはあったけれども。

こんなふうにしてぼくたちは二時間ばかり歩き、今までに見たどこよりも幻想めいた感じの地帯へ足を踏み入れた。それは一種の台地で、ほとんど登攀《とうはん》不可能なある山の山頂に近いところであった。その山は麓《ふもと》から頂上まで、密生した樹木におおわれていて、大きな岩が散在しているが、その岩は地面の上にごろごろ転がっているだけらしく、たいていは樹木によりかかっているせいで、下の谷に落ちずにすんでいるのだ。さまざまの方向に走っている深い谷は、あたりの景色にいっそう苛烈《かれつ》な趣を加えていた。

ぼくたちが登った、この天然の壇ともいうべき地帯には、茨《いばら》がびっしりと生えていて、大鎌がなければ一歩も前進できないことがすぐに判った。ジュピターは主人の指図に従って、ものすごく高いゆりの木《チューリップ・トリー》の根もとまで、ぼくたちのために道を切り開いた。この樹は、八本か十本ばかりの樫《かし》の樹《き》といっしょにこの平地に立っていて、葉簇《はむら》や形の美しいことでも、枝が広くひろがっていることでも、外観が堂々としていることでも、樫の樹のどれよりも、そしてまたぼくが今まで見たどんな樹木よりも遥かに優《まさ》っている。この樹のところまで来たとき、レグランドはジュピターのほうに向かって、お前はこの樹に登れると思うかと訊ねた。老人はこの質問にすこしたじろいだらしく、しばらく返事をしなかったが、とうとう巨大な幹に近づいて、そのまわりをゆっくりと歩きまわり、注意ぶかくそれを調べた。調べ終わったとき、彼はこう答えた。

「ええ、旦那、今まで見た樹で、登れねえって樹はありましねえだ」

「じゃあ、できるだけ早く登れ。もうすぐ暗くなって、ようすが判らなくなるからな」

「どこまで登るんで？　旦那」

「まず大きい幹を登るんだ。それから先は教えてやる。おい、ちょっと待て！　この虫を持ってゆけ」

「虫ですかい？　ウィル旦那。あの黄金虫を？」と黒人は狼狽《ろうばい》して、しりごみしながら大声で言った。「なんで、樹に登るに虫を持ってゆかにゃならねえだ。くそ！　おらは真《ま》っ平《ぴら》だよ」

「ジュピター。お前みたいな、大きな図体をした黒ん坊が、死んじまって咬みつきも何もしない小さな虫が、なぜこわいのかね。そんなら、この紐《ひも》につけて持ってゆけばいい——でも、どうしても持ってゆくのが厭《いや》なら、このシャベルでお前の頭を割るしかないということになる」

「一体、何のことですだ？　旦那」とジュピターは明らかに恥じ入りながら、従順になって、「いつもいつも、年寄りの黒ん坊と口喧嘩《くちげんか》なんかしてさ。あれは冗談だに。おれが虫をおっかながる？　虫なんて何でもねえだ」彼はこう言って紐のうんと端のところを注意ぶかく持ち、虫を自分のからだからできるだけ離すようにしながら、樹に登る用意をした。

アメリカの森林でもっとも堂々たる樹木であるゆりの木《チューリップ・トリー》、学名リロデンドロン・トゥリピフェルムは、若木のうちは幹がたいへんすべすべしていて、横枝を出さずに非常な高さまで成長することがしばしばである。しかし老樹になると、樹皮に瘤《こぶ》が生じてごつごつしたものになり、多くの短い枝が幹にできる。それゆえこの場合、攀《よ》じ登ることは見かけほど困難ではなかった。ジュピターは、大きな円柱のような幹に両手両脚でできるだけぴったりと抱きつき、どこか突出しているところを手でつかまえ、別の突出部に素足の指をかけて、一、二度あやうく落ちそうになりながら、とうとうその樹の最初の股《また》まで登った。そこで彼は、実質的な仕事は全部すんだと考えたらしいようすだった。事実、六十フィートか七十フィート登ったわけだが、木登りという冒険はもう終わったも同然だった。

「こんどはどっちへゆくだね？　ウィル旦那」と彼は訊ねた。

「いちばん大きな枝にかかれ——こっち側の」とレグランドは言った。黒人はすばやく、そして何の苦もなさそうにその言いつけに従い、ぐんぐん登っていって、とうとう彼のずんぐりした姿は密生した葉簇におおわれて見えなくなった。やがて彼の声が一種の掛け声のように聞こえてきた。

「もうどのくらい登るんですだ？」

「どれくらい登った？」とレグランドは訊ねた。

「うんと高いですだ」と黒人は言った。「樹のてっぺんから空が見えるで」

「空のことなんか気にかけないで、おれの言うことをよく聞け。幹を見おろして、こっち側の下にある枝を数えるんだ。枝をいくつ越した？」

「一つ、二つ、三つ、四つ、五つ——旦那、こっち側ので五つ越しましただ」

「じゃあ、もう一つ登れ」

すぐにまた声があって、七つ目の枝に着いたと報告した。

「いいか、ジュピター」とレグランドは明らかにたいへん興奮した口調で叫んだ。「その枝をできるだけ前へ進んでもらいたいんだ。何か変なものが見えたら、知らせるんだぞ」

もうこのころには、ぼくが哀れな友人の狂気についていだいていた一縷《いちる》の望みも、すっかり消え失《き》せていた。もはや、まったく発狂しているのだと考えるほかはない。なんとかして家に連れて帰らねばならぬと、心のなかでぼくは必死になって考えていた。が、どうするのが得策かと案じているうちに、もう一度ジュピターの声が聞こえた。

「この枝をうんと先までゆくのは、ひどくおっかねえです――すっかり枯れてますだ」

「枯枝だって？　ジュピター」とレグランドは震え声で叫んだ。

「うん、旦那。枯れきってますだ……枯れきって……生きてましねえだ」

「ああ、一体どうしたらいいんだろう？」とレグランドは困りきったようすで言った。

「きまってるじゃないか！」とぼくは、言葉をさしはさむ機会ができたのを喜びながら言った。「家へ帰って寝るんだよ。さあ！　おとなしく言うことを聞いてくれ。もう遅いぜ。それに、まさか約束を忘れたわけじゃないだろう？」

「ジュピター」と彼は、ぼくの言葉はちっとも気にかけないで叫んだ。「おれの言うことが聞こえるか？」

「うん、はっきりと聞こえますだ、ウィル旦那」

「じゃあ、ナイフでほじくって、ひどく腐ってるかどうか調べてみろ」

「ずいぶん腐ってますだ、旦那」と黒人はすぐに返事をした。「でも、そうひどくというわけでもねえ。おれ一人なら、もうちっと先へゆけますだ」

「お前ひとりだって！　一体なんの話だ？」

「虫のことですだ。何しろ重てえ虫だ。こいつを落としちまえば、黒ん坊ひとりの重みじゃ、枝は折れましねえ」

「ばか！」とレグランドは、ほっと安心したようすで叫んだ。「虫を落としたら、お前の首を折っちまうぞ。おい、ジュピター、聞こえるか？」

「へえ、旦那。かわいそうな黒ん坊に、そうどならなくたっていいだに」

「いいか、よく聞け！　虫を離さずに、その枝をずっと安全だと思うところまで進めば、降りてくるとすぐ一ドル銀貨をやるぞ」

「今、行ってるとこですだ、旦那」と黒人は即座に答えた。「もうはあ、大体、端っこですだ」

「端っこだって！」とレグランドはこのとき悲鳴のような声で言った。「枝の端っこのところまで行ったのかい？」

「もうじき端っこですだ、旦那……わああ！　おったまげた！　木の上の、ここんとこにあるのは何だんべ？」

「いいぞ！」とレグランドは非常に喜んで叫んだ。「何がある？」

「髑髏《されこうべ》でがす……だれかが樹の上に自分の頭、置いていって、鴉《からす》が肉をみんな食っちまっただ」

「髑髏と言ったな……。いいぞ……。何で枝にゆわえつけてある？　何を使ってとめてある？」

「へえ、旦那。見てみようかね。なんて不思議なこった……髑髏のなかにでっけえ釘《くぎ》があって、それで木に留めてあるだあ」

「いいか、ジュピター、おれの言うとおりにするんだぞ……聞こえるか？」

「へえ、旦那」

「じゃあ、よく気をつけるんだぞ……髑髏の左の眼をみつけろ」

「ふむ、ふむ。いいとも！　ええと、眼なんてちっともありましねえだ」

「このばか野郎め。おまえ、自分の右手と左手の区別がつくか？」

「うむ、知ってるだ……ようく知ってる……薪を割るのがおらの左手ですだ」

「なるほど。左利きだもんね。じゃあ、おまえの左の眼は左手と同じ側にあるんだ。さあ、こんどは髑髏の左の眼がわかるだろう。つまり、前に左の眼があった場所のことだ。判ったかね？」

　ここで長い合間があった。とうとう黒人がたずねた。

「髑髏の左の眼も髑髏の左手と同じ側にあるんですかい？……でも、髑髏には手なんかねえだに……まあ、ええだ……左の眼をみつけましただ……うん、これが左の眼だ！　これをどうするんで？」

「それに虫を通して、紐をすっかり垂らすんだ。紐を離さないように気をつけろ」

「ちゃんとやりましただ、ウィル旦那。虫を穴に通すなんてわけねえこった……下から見てくなんしょ」

　この会話のあいだ、ジュピターの姿はぜんぜん見えなかったのだが、彼がおろした虫はいま、紐の尖端《せんたん》で、落日の最後の光を浴びながら、よく磨かれた黄金の球のように光り輝いていたのだ。落日の光はぼくたちが立っている高地をまだほのかに照らしていたのである。黄金虫はどの枝からもかなり離れて垂れさがっていたし、もし落とせばぼくたちの足もとに落ちてきたであろう。レグランドはただちに大鎌を手にし、それで虫の真下に直径三ないし四ヤードの丸い空地を切り開き、その仕事が終わると、ジュピターに、紐を手から離して木から降りてこいと命令した。

　ぼくの友人は、ちょうど虫が落ちた地点にきわめて正確に杭《くい》をうちこみ、それからポケットを探って巻尺を取りだした。巻尺のいっぽうの端を杭にいちばん近い木の幹の一点に結びつけ、それを杭までのばし、そこから、木と杭の二点によって規定されてある方向へ五十フィート延長した——ジュピターはそのへんの茨を大鎌で刈りとったのである。こうしてきまった地点に、第二の杭が打ちこまれ、そしてこれを中心として直径四フィートのぞんざいな円が描かれた。レグランドは、こんどは自分自身鋤を一梃手にし、ジュピターにもぼくにも鋤を渡して、できるだけ早く掘りはじめるようにと言った。

　じつを言うと、ぼくはもともとこういう趣味はあまりないほうだし、現にこの場合は断わりたくてうずうずしていた。というのは、夜はしだいに迫ってくるし、それに今までさんざんからだを動かしたせいでずいぶん疲れていたのである。しかし逃れる術《すべ》がないことは判っていたし、それにぼくが断わることによって哀れな友人の心の平静をかき乱したくはなかったのである。実際ジュピターの助けを当てにすることができたならば、ぼくはいささかもためらうことなく、この狂人を力ずくで連れ帰ろうとしたにちがいない。しかし、ぼくはこの黒人の性癖をいやというほど知っていたから、彼の主人とぼくが喧嘩をした場合、たとえどんな状況のもとにおいてであろうと、ジュピターが助けてくれるとは思わなかったのだ。レグランドが、南部には数知れないくらい多い、埋蔵されてある黄金という迷信に影響されていること、そしてまた彼の幻想が黄金虫を手に入れたことによって、つまりたぶんジュピターがその虫を「金無垢の虫」だと頑固に言い張ったせいで保証されているということについては、疑う余地がなかった。発狂しやすい精神は、こういう暗示にかかりやすいものだし、ことにこの暗示が今まで自分がとかく耽りがちだった妄想と一致する場合にはなおさらそうなのである。このときぼくは、そう言えばこの男は黄金虫のことを「財産を作るための手がかり」だと呼んだことを思いだした。つまりぼくはひどくいらいらしながら困りきっていたのだが、とうとうしかたがないから諦めて――本気で掘ろう、そしてこの幻想家に彼の考えが間違っていることのぬきさしならない証拠を一刻も早く見せつけてやろうと決心したのである。

龕燈に燈《ひ》をともしてから、ぼくたちみんなは熱心に掘りはじめた。そう、もうすこしもっともらしい仕事にふさわしいくらいの熱心さで。ぎらぎらする光がぼくたちのからだと道具とを照らしたとき、この一団はどんなに絵画的に見えることだろうと思わないわけにはゆかなかったし、それからまた、たまたまだれかがもしこのあたりへやって来たならば、ぼくたちの労働はいかにも異様な、疑惑にみちたものに見えるにちがいないと思った。

二時間のあいだ、ぼくたちは着実に掘りつづけた。だれもあまり口をきかない。ぼくたちがいちばん困ったのは、犬が吠《ほ》えたてたことである。ぼくたちの仕事がひどく面白く見えたらしいのだ。あまり騒がしく吠えるので、とうとう最後には、だれか近所を歩いているものが不安に思いはしないかと心配になった。いや、こんな気づかいをしたのはレグランドであった。ぼくとしては、何か邪魔がはいって彼を連れ帰ることができれば、すこぶる満足だったわけだから。が、とうとうジュピターがこのやかましい音をじつにうまく止めてしまった。彼は、しかつめらしく考えこみながら穴から出てきて、靴下止めの片方で犬の口を縛りあげ、くすくす笑いながら、また仕事にとりかかったのである。

その二時間が経過すると、五フィートの深さに達したけれども、宝など影も形も見えぬ。みんなでひと休みしながらぼくは心のなかで、笑劇《ファルス》はいよいよ終わりに近づいたなと思いはじめた。しかしレグランドは明らかにひどく狼狽して、もの思わしげに額の汗を拭《ぬぐ》うと、ふたたび仕事にとりかかった。ぼくたちは直径四フィートの円を掘りつくしてから、その範囲をすこしひろげ、さらに二フィートだけ深く掘ったのだが、依然として何も出てこない。ぼくがレグランドのことを哀れな奴だとしみじみ思っていると、とうとうこの黄金探究者は、失望の色をありありと浮かべながら穴から出、仕事をはじめる前に脱ぎ捨てた上着をゆっくりとそして不承不承に着はじめた。ぼくはその間、何も言わなかった。ジュピターは主人の指図に従って道具をまとめはじめた。それが終わると犬の口輪をはずし、ぼくたちは黙々として家路についた。

たぶん十二歩ばかり歩んでからである。レグランドは大きな罵り声《ののしごえ》をあげてジュピターのほうに大股に近より、彼の襟首《えりくび》をつかまえた。黒人は驚いて眼と口を大きくあけ、鋤をとり落とし、ひざまずいた。

「こいつめ！」とレグランドは、食いしばった歯のあいだから一シラブルずつ吐きだすように言った。「この黒ん坊の悪党め！……さあ、言え！……正直にさっさと返事しろ！……どっちが……どっちが貴様の左の眼だ？」

「ああ、ウィル旦那！　おらの左眼はこっちにきまってるじゃねえか」とジュピターは怯《おび》えながら叫んで手を右の眼に当てがい、まるで主人に眼球をえぐりだされるのがこわくてならないみたいに、死にもの狂いで眼を押えるのであった。

「そうだろうと思ったんだ！……おれには分かってたんだ！　ありがたい！」とレグランドはわめくように言って黒人から手を離し、何度も何度もクルベット騰躍《とうやく》や半旋回を行なったので、ジュピターはひどくびっくりしながら立ちあがり、口をつぐんだまま彼の主人からぼくへ、そしてぼくから彼へと視線を動かすのであった。

「さあ、引っ返さなくちゃ」とレグランドは言った。「勝負はまだついてないんだ」そして彼はふたたび先頭に立ってあのゆりの木《チューリップ・トリー》のほうへと行った。

「ジュピター、ここへ来い！」と彼はその樹の根もとについたとき言った。「髑髏は顔を外に向けて樹にとめてあったか？　それとも、顔を枝に向けてか？」

「外に向いてましただ、旦那。だから、鴉どもは造作なく眼をほじくれたんで」

「じゃあ、お前が虫を落としたのはこっちの眼からか、それともこっちの眼か？」と言いながらレグランドはジュピターの眼の一つずつに手を触れた。

「こっちの眼でさあ、旦那……左の眼……おめえさまの言ったとおりに」と言いながら黒人が指さしたのは彼の右の眼なのである。

「よし……やりなおしだ」

今やぼくは、友人の狂気にも何か秩序らしいものがあることを理解しはじめた。あるいは理解したような気がしてきた。レグランドは黄金虫が落ちた地点を示す杭を、以前の地点から約三インチ西のほうへ動かした。そしてこんどは巻尺を幹のいちばん近い点から杭へと、前と同じように引っ張り、そしてさらに一直線に五十フィートの距離まで延長し、さっきぼくたちが掘った地点から数ヤード離れた場所に目標をたてた。

新しい地点の周囲に、前のものよりいくらか大きめの円が描かれた。そしてぼくたちはふたたび鋤を手にして働きはじめたのである。ぼくは疲れ果てていたけれども、何がぼくの気持ちを変えたのだろう、もう労働がさほど厭ではなくなっていたのである。ぼくは津々たる興味を感じていた。いや、興奮さえしていた。たぶん、レグランドのあらゆる奇矯《ききよう》な振舞いには、何か先見とか熟慮とかいうべきものがあって、それがぼくの心に影響したのであろう。

ぼくは、熱心に掘った。そしてときどき、ぼくの不幸な友人を発狂させた幻想——幻の宝を、期待めいた気持ちで実際に探し求めている自分自身に気がつくのであった。このような妄想がもっともひどくぼくの心を捉えていたとき、そしてぼくたちが働きはじめてからおそらく一時間半ばかり経《た》ったころ、ぼくたちはまたしても、あらあらしく吠えたてる犬に妨げられたのである。このまえ犬が吠えたのは、あきらかに悪ふざけないし気まぐれの結果だったが、こんどはもっと深刻な吠えかたであった。ジュピターがまた口輪をはめようとすると、犬は激しく抵抗し、穴にとびこんで、まるで気が狂ったように爪で土をひっかく。と、たちまち一かたまりの人骨を掘りだしたのである。それは二人分の完全な骸骨を形づくるもので、金属製のボタン数個と毛織物の腐って塵《ちり》になったらしいものが混っていた。鋤で二、三度掘りおこすと大きなスペイン・ナイフの刀身が出てきた。そしてもっと掘ると、ばらばらになっている金貨や銀貨が三、四枚あらわれた。

これを見たときのジュピターの喜びは、ほとんど抑えきれないくらいであったが、彼の主人の顔にはありありと落胆の色が浮かんだ。しかしレグランドは、もっと掘りつづけてくれとぼくたちを励ましたのだし、彼がそう言ったとたん、ぼくは長靴の爪先を、土のなかに半ば埋まっている大きな鉄の環《わ》にとられてよろめき、前にのめったのである。

ぼくたちは今や熱心に働いた。これ以上興奮して十分間を過ごしたことはぼくの生涯にないくらいに。その十分間のあいだに、ぼくたちは長方形の木製の櫃《ひつ》を一つ、すっかり掘りだしたのだ。この櫃は、完全に保存されていてひどく堅いことから見ても、明らかに何かの鉱化作用――たぶん塩化第二水銀の鉱化作用を受けているらしかった。この箱の長さは三フィート半、幅三フィート、深さは二フィート半であった。鍛鉄《たんてつ》の箍環《たが わ》でしっかり締め、鋲《びよう》を打ち、全体に一種の格子細工を施してある。櫃の片側の、上部に近いところには鉄の環が三ついており(したがって両側で六つ)、それによって、六人でしっかり持つことができるようになっていた。ぼくたちがあらん限りの力をあわせてみても、この長持の底をほんのすこしずらすことができるだけであった。こんな重いものを動かすのが不可能だということは、すぐに判った。さいわい、蓋《ふた》は二つの抜き差しのできる閂《かんぬき》でとめてあるだけであった。ぼくたちは不安に戦《おのの》きながら、そして息をあえがせながら――閂を外した。と、そのとき、測りしれぬ価値をもつ財宝がぼくたちの目前にきらめきながら横たわっていたのである。龕燈の光が穴のなかへ落ちたとき、雑然といり混っている堆《うずたか》い黄金と宝石の発する、燦爛《さんらん》たる光輝がぼくたちの眼を眩《くら》ませたのだ。

それをみつめたときの気持ちについては、記さないことにしよう。もちろん、驚愕《きようがく》が主であった。レグランドは興奮のあまり疲れきっているようすで、ほとんど口をきかない。ジュピターの顔はしばらくのあいだ、黒人の顔がなれる限り真っ青になっていた。彼はまるで雷に打たれたように茫然としていたが、やがて穴のなかにひざまずいて、むきだしの腕を肘《ひじ》まで黄金のなかに埋め、ちょうど風呂《バス》につかる快楽をむさぼっているように両腕をそのままにしていた。そして、とうとう深い吐息をついて、まるで独白のようにこう叫んだ。

「これがみんな黄金虫のおかげなんだ! きれいな黄金虫! おらがあんな悪口たたいた、――

かわいそうな、ちっちゃな黄金虫！　やい黒ん坊、おめえ恥ずかしくねえだか？　返事してみろ！」

結局ぼくが主人と従者の二人を促し、宝を運ぶようにさせなければならなかった。夜は更けてゆくし、夜明け前に全部家に持ってゆくにはかなりの努力が必要だった。どうすればいいかなかなか判らないので、考えこんでいるうちにかなりの時間が経った。ぼくたち三人の頭は、それほど混乱していたのだ。が、結局、箱の中身の三分の二をとりだして軽くすると、箱は穴から比較的容易に引き上げることができた。とり出された品々は茨のなかに置き、犬を残しその番をさせることにした。この地点からぜったい動いてはならないし、ぼくたちがもどって来るまでは吠えるなと、ジュピターが犬にきびしく言いつけたのである。こうして三人は櫃を持って家路を急いだ。無事に、しかしひどく苦労して小屋に到着したのは午前一時のことである。疲れきっていたので、すぐに仕事をつづけることは不可能だったため、二時まで休み、食事をしてから、すぐに山へ向かって出発した。このとき、運よく家にあった、丈夫な麻袋三つをたずさえた。四時ちょっと前にさっきの穴につき、戦利品の残りを三人にできるだけ均等にわけ、穴は埋めないままで小屋に向かってふたたび出発したのだが、ぼくたちが黄金色の重荷を小屋におろしたのは、夜明けの最初のほのかな光の条《すじ》が東のほうの樹々の頂《いただ》きから輝いたときであった。

もはやぼくたちは疲労困憊《こんぱい》していた。しかしそのときの激しい興奮は、ぼくたちに休息することを許さなかったのである。三、四時間ばかりうとうとした後で、ぼくたちはまるであらかじめ約束しておいたように、財宝を調べるため起きあがった。

宝は櫃の縁までぎっしりつまっていた。ぼくたちは日が暮れるまでずっと、それに夜になってからもかなりのあいだ、櫃の中身を調べるのに費やした。秩序とか配列とかいうようなものはいささかもなしに、すべて乱雑に積み重ねてあった。全部を注意ぶかくより分けると、最初に考えたより遥かに莫大《ばくだい》な富が手にはいったということがわかった。まず硬貨は四十五万ドル以上——これはそのときの相場表によってできるだけ正確に値ぶみしてのことである。銀貨は一枚もなく、全部、古い時代の金貨で、種類はさまざまだった。フランスやスペインやドイツの金貨、それにイギリスのギニー貨もすこしあったし、見たこともない金貨もすこしまじっていた。ものすごく大きくて重い金貨もあったが、摩滅がはなはだしいため銘刻はぜんぜん読むことができない。なお、アメリカの貨幣は一枚もなかった。宝石の価格を見積ることは貨幣以上に困難であった。ダイヤモンドは全部で百十個——そのなかには非常に大きくて立派なものがいくつかあったし、小さなものは一つもなかった。それからすばらしい光沢をはなつ十八個のルビー。三百十個のエメラルド、これがことごとく極めて美しい。二十一個のサファイアと一個のオパール。これらの宝石はみな台からはずされて櫃のなかにばらばらに投げこまれてあった。その台のほうを他の黄金のなかから拾いあげてみると、識別されないようにであろう、みな金槌《かなづち》でたたき潰されているらしい。かてて加えて、きわめて多量の純金の装飾品もあった。すなわち二百に近い数のおもおもしい指輪および耳輪、豪華な金鎖が三十個——ぼくの記憶に間違いがなければ。非常に大きくて重いキリスト受難像《クルシフィックス》が四十三個、たいそう価値のある黄金の香炉が五個、巨大な黄金製のポンス鉢《ばち》が一個。これには葡萄《ぶどう》の葉としたたか酩酊《めいてい》して騒いでいる人びとの姿とが鮮やかに浮き彫りしてある。優雅な浮彫りをほどこした剣の柄《つか》が二個、その他に思いだせないこまごまとした数多くの品。これら貴重な品々の重さは常衡三百五十ポンドを超えていたのである。そしてこの評価のなかには見事な金時計百九十七個はふくまれていないのだ。そのなかの三個は、それぞれ五百ドルの値打ちはあったろう。時計はたいてい非常に古いもので、機械が多少とも腐蝕《ふしょく》のため傷《いた》んでいるため、時間を測る機械としては価値のないものであったが、一つ残らず、宝石を数多く用いていたし、側《かわ》はたいへんな値打ちものだった。その晩ぼくたちは櫃の中身全体を百五十万ドルと見積ったが、しかしその後、小さな装身具や宝石類を（いくつかは自分たちで使うため取っておいたけれども）売り払ってみると、この財宝をひどく安く値ぶみしていたことが判った。

調べがすっかり終わり、激しい興奮がいくぶん静まったとき、ぼくがこの異常きわまる謎《なぞ》の説明を聞きたくて我慢しきれずにいるのを見たレグランドは、とうとう一部始終を詳しく話しはじめた。

「おぼえているだろう」と彼は言った。「ぼくが黄金虫の略図をかいて君に渡した晩のことを。それに、絵が髑髏《されこうべ》に似てると言い張られて、ぼくがすっかり当惑したことも忘れちゃいまい。あんなことを言われたとき、ぼくには最初、冗談としか思えなかった。でも虫の甲にある独特の点々のことを思い出して、君の言葉にもすこしは根拠はあると思い返したのさ。

だけど、ぼくの絵の腕前のことをからかわれちゃ不機嫌にもなるよ。自分じゃ、絵が上手なつもりなんだもの。だから、君が羊皮紙を返したとき、くしゃくしゃに丸めて腹立ちまぎれに火にくべようとしたんだ」

「ああ、あの紙切れね」とぼくは言った。

「ちがうんだ。紙そっくりだし、最初はぼくもそう思ったけれど、書く段になったら、とても薄い羊皮紙だということがすぐ判った。ほら、とても汚れていたじゃないか。で、皺《しわ》くちゃに丸めようとしたら、君の見ていたスケッチに視線が落ちたわけですよ。虫の絵を描いたはずのちょうどその個所で、髑髏をみつけたときの驚きは想像できるだろう。ちょっとのあいだは驚きのあまり、脈絡のある、ものの考えかたができないくらいだった。しかし、ぼくの描いた図は細部ではこれとずいぶんちがうということは判った――輪郭はすこし似ていたけれどね。やがてぼくは蠟燭を手にして部屋の端にすわり、もっと綿密に羊皮紙を調べることにした。紙を裏返してみると、ぼくの描いた図はちゃんとその位置にある。最初ぼくが考えたことは、輪郭がひどく似ているということについての驚愕だけだった。つまり羊皮紙の裏側、ぼくの描いた黄金虫の真下にぼくのぜんぜん知らない髑髏が描いてあり、しかもこの髑髏が形といい大きさといい、ぼくの描いた図にそっくりだという暗合にたいする驚きでした。ねえ、この暗合の不思議さが、しばらくのあいだ、ぼくをすっかり茫然とさせたんですよ。こういう暗合に出会えば、そんな気持ちになるのは当り前のことだけれど。脈絡を――一連の原因と結果を――確立しようとしてそれができないため、精神が一時的に麻痺《まひ》するのです。しかしこの麻痺状態から回復したとき、暗合よりもっと驚くべき一つの確信がゆっくりと訪れてきた。つまり、ぼくが黄金虫の図を描いたとき羊皮紙には絵なんかなにも描いてなかったということが、はっきり思い出されてきたから。これはまったく確実なことだった。もしだって最初に表を、つぎに裏を見て、どこがいちばんきれいだろうと探したんだから。ぼくには説明不髑髏の絵が描いてあったら、気がつかないはずは絶対ないもの。とすると、ぼくには説明不可能な謎がここにあることになる。……しかし、もうこのときすでに、ぼくの知性の、遠い遥かな秘密の部屋のなかでは、ぼくたちの昨夜の冒険であんなにみごとに証明された真理が、ちらちらと仄《ほの》かに、まるで蛍《ほたる》の光のように光っていたような気がするんだよ。ぼくはすぐに立ちあがり、羊皮紙を大事にしまいこんで、一人きりになるまで、もうこれ以上考えをたどるのを止《や》めたのです。

「君が帰り、ジュピターがぐっすり眠ってしまうと、ぼくはこの条件についてもっと厳密に考えてみることにした。まず、羊皮紙がどうしてぼくの手にはいったかについて考えました。ぼくたちが黄金虫をみつけた地点は、本土の海岸で島の東方約一マイル、高潮線の跡のほんのすこし上だった。ぼくが捕えたとき、虫のやつ、ひどく咬みやがったので、思わず落としてしまった。ジュピターは例によって注意ぶかく、自分のほうにやってきた虫をつかまえる前に木の葉かなんか探して、それでつかまえようとしたんだ。ぼくたち二人の眼が羊皮紙に気がついたのはこのときでした。まあ、ぼくはそのとき紙切れだと思ったわけだけれど。砂に埋もれて端っこがのぞいていたっけ。その羊皮紙を見つけた地点の近くに、帆船の長艇《ロング・ボート》らしいものの残骸があった。ずいぶん長いあいだそこにあったらしい。だって、ボートの用材に似ていることが、辛うじて判るくらいでしたから。

「さてジュピターはこの羊皮紙を拾いあげると、そのなかに黄金虫を包んでぼくに渡した。それから間もなく家へ帰りかけたのだが、途中でG＊＊中尉に会いました。虫を見せると、城砦へ借りてゆきたいと言う。承知すると、すぐに虫をチョッキのポケットへ——羊皮紙には包まないで、つっこんだのです。羊皮紙のほうは、彼が虫を調べているあいだ、ぼくがずっと手に持っていたんだ。たぶん向こうは、ぼくの気が変わりやしないかと思って、すぐ獲物をしまうのが得策だと考えたんだろう。何しろ君も知ってるとおり、博物学に関することなら、何にでも目がない男ですから。で、ぼくのほうもそのとき無意識のうちに、羊皮紙をポケットにしまいこんだものらしいな。ぼくが黄金虫の絵を描こうとしてテーブルへ行ったとき、いつも紙がしまってあるところに紙がみつからなかったのはおぼえているでしょう。抽斗のなかを探したが何もない。古手紙でもあるかもしれないと思って、ポケットのなかをさぐったとき、手があの羊皮紙にふれたわけなのです。まあ、こういうふうに、羊皮紙がぼくのものになった事情を精密にたどったわけだ。何しろぼくは、異様なほど強い感銘を受けていましたからね。

「君はぼくのことを空想家だと思うにちがいないが……ぼくはこのときすでに一種の関係のようなものを考えてしまっていたんだ。大きな鎖の二つの輪を結びつけていたというわけさ。海岸にボートがある。ボートからほど遠からぬところに髑髏を描いた羊皮紙——紙切れじゃないんだぜ――がある。もちろん、君はたずねるだろうね。どこに関係があるんだ、と。その問いにたいしては、頭蓋骨つまり髑髏は海賊の紋章としてよく知られていると答えよう。ほら、海賊が一仕事するときには、いつだって、髑髏の旗をかかげるじゃないか。

「ぼくは今、紙切れじゃなくて羊皮紙だと言った。羊皮紙は長持ちする。ほとんど永久的と言っていいくらいです。あまり大事でないことなら、なにも羊皮紙なんかに書きやしません。ごく普通の目的で絵を描いたり字を書いたりするのに、そうしょっちゅう羊皮紙が使われるものじゃない。こう考えてくると、髑髏にはある意味合い――ある適切さ――があるってことが判ります。それに羊皮紙の形のことも、ぼくは見落とさなかった。隅が一つ、何かのせいでちぎれていたけれども、もともと長方形だったことは、はっきりしているのです。実際、それは覚え書を書くのに使われるような、ちょうどそんな形の大きさだった。長いあいだ記憶しなくちゃならない、注意ぶかく保存しておく必要があることを書きつけるような……」

「でも」とぼくが口をさしはさんだ。「君が黄金虫の図を書いたとき、羊皮紙には髑髏の絵はなかった、と言ったじゃないか。そんなら一体、どうして、ボートと髑髏のあいだの関係をたどれるの？　君の意見によれば、この髑髏は（だれがどんなふうにして書いたかはともかくとして）君が黄金虫を描いたあとで描かれたにちがいないんだから」

「ああ、全体の謎はその一点にかかってるんだよ。もっともこのことに関するかぎりなら、謎を解くのは比較的やさしかったけれど。ぼくの考えかたは確実で、ただ一つの結論しか出てこないんです。まあ、ぼくはこんなふうに推理をすすめていったわけだ。――黄金虫を描いたとき、羊皮紙には髑髏はあらわれていなかった。ぼくは図を書きあげてから君に渡し、返してもらうまでじっと君を見ていた。だから頭蓋骨を描いたのは、君じゃないし、それを描くような者はだれひとりあの場にいなかった。とすると、あれは人間の力で書かれたものじゃあない。が、それにもかかわらず髑髏は描いてあったんですよ。

「ここまで考えたとき、ぼくは問題の時間のあいだに起こったあらゆる出来事をはっきりと思いだそうとしたし、事実、思いだしました。ひどく寒い日で(ああ、あれはまったく幸せな偶然だった!)、炉には火があかあかと燃えていた。ぼくは歩いてきたせいでからだが温まっていたから、テーブルの近くに席をしめた。ところが君のほうは、炉のすぐそばに椅子を引き寄せたっけ。ぼくが君に羊皮紙を渡し、君がそれを調べているちょうどそのとき、あのニューファウンドランド種のウルフの奴がはいってきて、君の肩にじゃれついた。君は左手で犬を愛撫《あいぶ》したり、あまり近寄られないように押しとめたりしていたが、羊皮紙をもっている右手のほうは、両膝《りょうひざ》のあいだに無頓着《むとんちゃく》に置いてあって、そこから火までの距離はごくわずかだった。ぼくは、火が燃えつくのじゃないかと心配して、注意しようと思ったんだが、言いださないうちに君はそれを引っこめて調べはじめた。ですから、こういういろんな事情を考えあわせると、羊皮紙の上に描かれている頭蓋骨が火の熱のせいで姿をあらわしたのだということは疑う余地がない。火に当てたときだけ字がはっきり見えるよう、紙や羊皮紙に書く化学的な処方があるということ、ずいぶん大昔からあったということは、君もよく知っているでしょう。王水に花紺青《ゼファー》をひたし、その四倍の重量の水に薄めたものが用いられることもあります。こうすると緑色が出る。それからコバルトの鈹《かわ》を硝酸に溶かせば赤い色が出るんだ。こういう色は、文字を書いた物質が冷えると遅かれ早かれ消えてしまうけど、また熱を受けるとあらわれてくるのです。

「そのつぎは髑髏を丹念に調べてみました。外側のほう――図のなかで羊皮紙の端にいちばん近いほう――はほかの部分よりずっと明瞭になっている。明らかに、熱の加えかたが不完全……もしそうでなければ不均等だったせいです。すぐに火を燃やして、羊皮紙のあらゆる個所《かしよ》を火の熱にさらしました。最初は髑髏のぼんやりした線が濃くなっただけでしたが、もっとつづけていますと、羊皮紙の隅――つまり髑髏が描いてある個所と対角線をなす隅に、山羊《ゴート》のような形が最初に浮かんできた。しかしもっと丁寧に調べてみると、小山羊《キッド》のつもりなのだということが判ったので、ぼくはすっかり満足した」

ぼくはここで大声で笑ってから、「君を笑う権利はぼくにはないんだけれども……百五十万という金は笑いとばすにしてはあまり重大だからね……でも、君の鎖の第三の環をこさえようとしているんじゃないだろうね。海賊と山羊のあいだにはとくべつな関係なんかありませんぜ……ねえ……海賊と山羊とは縁がないもの。山羊が関係があるのは、農夫のほうだよ」

「山羊《ゴート》の絵だとは言わなかったぜ」

「うん、小山羊《キッド》と言ったね――まあ、同じじゃないか」

「まあ同じだけど、まったく同じじゃあない」とレグランドは言った。「キッド船長なる人物の話は聞いたことがあるでしょう。ぼくはこの小山羊の絵を、一種の駄洒落《バン》ないし象形文字ふうの署名だとすぐに考えたわけだ。署名と言ったのは、羊皮紙に描いてあるその位置からいってそう考えるしかないからですよ。それから、対角線をなす隅のところにある髑髏の絵も、印章とか封印とかいう感じのものだった。しかしぼくは、それ以外には何も書いてない……証書の本文がない……前書きと後書きだけあって中身がないってことにひどく困ってしまった」

「封印と署名のあいだに手紙を見つけようとしたわけだね」

「まあ、そうだね。実際、ぼくは巨額の富を差しだされているような気がしてしかたがなかった。どういうわけなのか判らないけど。たぶんそれは、結局のところ、実際的な信念じゃなくて欲望だったんだろうね。でも、金無垢の虫についてのジュピターのばかげた言葉がぼくの空想をどんなに刺激したか、君には分かるかしら？　それからねえ、あの一連の偶然と暗合……なにしろひどく常軌を逸《いっ》していたからね……こういう一連の出来事が、一年じゅうで火のいるほど寒い日はその日だけかもしれないと思われる、その一日のうちに起こったこと、そして火がなかったなら、あるいはちょうどあのとき犬がはいってこなかったら、ぼくは髑髏に気がつかなかったろうし、宝の持主にもなれなかったろう、ということは果たして偶然にすぎないものだろうか？」

「話をつづけてくれたまえ——さっきから、いらいらしてるんだ」

「うん。君はもちろん知っているだろうね。あの世間に流布しているたくさんの話——キッドとその仲間が大西洋岸のどこかに埋めた金についての、あの、じつにさまざまの漠然とした噂《うわさ》を。こういう噂には何か根拠があったに相違ない。そして噂がこんなに長いあいだ引きつづいて語られているのは、その埋められた宝がまだ掘りだされてないせいだ、とぼくは思ったんですよ。もしキッドが、略奪品をしばらく隠しておいてあとでそれを掘りだしたのなら、こんな噂は今みたいなさまざまの形で耳にはいっていなかったろう。君も気がつくでしょうけど、話はみんな黄金を探す男たちのことばかりで、見つけた人間のことじゃないんだ。もしキッドが自分の宝を取りもどしたのなら、それで終わりなわけだ。埋めた場所を記してある覚え書がなくなるというような事故が起こって、宝を取りもどすことができなくなったんじゃないか。そして、この事故がキッドの仲間に知れわたって（そうでなければ、宝が隠してあるということなど、彼らが知るはずがなかったわけだから）、彼らはそれを手に入れようと企てたが、手がかりがないので失敗した。このことが、今ではだれでも知っているあの噂の端緒《たんちょ》になり、それが広く世間に流布したのだと思う。海岸で何か貴重な財宝が掘りだされたという話を、君は今まで聞いたことがあるかい？」

「ないね」

「だがキッドが貯えた宝が莫大なものだったということはよく知られている。そこでぼくは、それがまだ地中に眠っていると考えたわけさ。とすれば、埋めた場所についての失われた記録が、あんな不思議な事情で発見された羊皮紙に記されてあるという、確信に近いくらいの希望をぼくが抱いたといっても、君は驚かないだろうね」

「で、それからどうしたの？」

「火力を強くしてから、羊皮紙をまた火にあてた。だけど、何もあらわれてこないんだよ。そこで、こういう失敗は、汚れがついていることと何か関係があるかもしれないと考えた。こんどはお湯をかけて羊皮紙を丹念に洗い、それがすむと錫《すず》の鍋《なべ》のなかへ髑髏の絵を下向きにして入れ、鍋を炉の炭火の上にのせた。数分後、鍋がすっかり熱くなってから羊皮紙をとりだしてみると……あのときのうれしさは口じゃあ説明できないな……数行に並んでいる文字らしいものがところどころにぽつぽつ見えるんだよ。もう一ぺん鍋のなかへ入れてまた一分間あたためた。とりだしてみると、全体がちょうどいま君が見るようなぐあいになっていた」

　レグランドはこう言って、羊皮紙をまた暖め、それをぼくに見せてくれた。つぎのような記号が、髑髏と山羊のあいだに赤い色で乱雑に記されていた。——

53‡‡†305))6*;4826)4‡.)4‡);806*;48†8¶60))
85;1‡(;:‡*8†83(88)5*†;46(;88*96*?;8)*‡
(;485);5*†2:*‡(;4956*2(5*—4)8¶8*;40692
85);)6†8)4‡‡;1(‡9;48081;8:8‡1;48†85;4)
485†528806*81(‡9;48;(88;4(‡?34;48)4‡;
161;:188;‡?;

「しかし」とぼくは紙切れを彼に返して言った。「ぼくにはぜんぜん判らないな。この謎を解けばゴルコンダの宝石が全部もらえるのでも、ぼくは失格だろうね」

「でも」とレグランドは言った。「最初ざっと見て想像するほどは難しくないんだよ。だれでもすぐ気がつくだろうが、これは暗号だ。つまり意味を伝達するものだ。ところがキッドについて知られていることから推測すると、彼が難解な暗号書記法を考えだす能力があるとは思えない。だから、ぼくはすぐに、これは単純な種類のもの——しかしあの海賊の粗雑な知性にとっては鍵がなければ絶対に解けないと思われるもの——だと決めてしまったんですよ」

「それで、本当に解いたわけだね」

「あっさりとね。これの一万倍も難しいものを解いたことだってありますよ。ぼくはもともと、境遇と性癖のしからしむるところで、こういう謎には興味があるんだ。それに、人間の知力をしかるべく適用しても解けないような謎を、人間の知力で組み立てることができるものかどうか、すこぶる疑わしいと思うな。事実、全部の記号を読み解いてしまえば、文章の内容を判読することなぞちっとも苦労じゃなかった。

「この場合——秘密文書ではあらゆる場合にそうだけれども——第一の問題は、それが何語で書かれているかということだ。なぜかと言えば、暗号解読の原理は、とくに暗号が簡単なものであればあるほど、その国語の特性によるのだし、またそれによっていろいろ変化するのですから。一般的な方法としては、解読を試みる者が知っているあらゆる国語を（蓋然率にしたがって）、どの国語なのかが判るまでいろいろ実験してみるしか手はないわけだ。しかし、いま問題にしている暗号に関しては、署名のおかげでこういう苦労が全然ない。『キッド』という言葉の駄洒落は、英語以外の国語では考えられませんからね。こういう事情がなかったら、ぼくはまずスペイン語とフランス語でやりはじめたでしょう。スパニッシュ・メイン［カリブ海の南米北東部に沿う部分］の海賊がこの種の秘密を書くのは、当然、スペイン語かフランス語だもの。でも、こういうわけでぼくはこの暗号を英語だと考えたんだ。

「ほら、語と語のあいだに切れ目がないでしょう。切れ目があったら仕事は比較的やさしくなる。こういう場合には、まず短い語を対照し分析する。そして、よくあるように一字の語が出てきたら（たとえばaとかIとか）解読はできたと思って差しつかえない。ところがこの場合は切れ目がないのだから、最初にしなくちゃならないのは、いちばん頻繁に出てくる字といちばん少なく出てくる字を確かめることだ。全部を勘定した結果、ぼくはこういう表をこさえました。

8	三十三回
;	二十六回
4	十九回
‡)	十六回

＊	十三回
5	十二回
6	十一回
（	十回
† 1	八回
0	六回
9 2	五回
： 3	四回
？	三回
¶	二回
— ・	一回

「さて、英語ではいちばん頻繁に出てくる字はeで、以下aoidhnrstuycfglmwbkpqxzという順序になります。eはむやみに多いので、長い文章ならかならずと言っていいくらいこの字がいちばんたくさん出てくる。

「だからぼくたちはここで、単なる推測よりはもう少し実のあるものの基礎になるようなものを、まず最初に手に入れたことになります。この表が一般的に役立つことは明白だが、しかしこの暗号の場合、そうたいして世話にならなくてすむ。いちばん多い記号は8ですから、これをアルファベットのeだとみなしてはじめることにしましょう。この仮定を実証するために、8がしょっちゅう二つつづいて出てくるかどうかを調べてみようじゃないか。だって英語ではeの字が二つつづくことがしょっちゅうなのだから——たとえば'meet' 'fleet' 'speed' 'seen' 'been' 'agree' なんて言葉のようにね。この場合、こんな短い暗号文なのに、五回も二つつづきになっていることが判るんだ。

「そこで8をeだと仮定しよう。ところが、英語のあらゆる語のなかでいちばん普通に出てくるのは'the'ですから、三つの記号が同じ順序で並んでいて、その最後が8になっているものの繰り返しはないかどうかを調べてみましょう。こういうぐあいに並んでいる、こういう文字の繰り返しをみつけたら、それはたぶん'the'という語だと思って間違いないんですよ。調べてみると、こういう配列の;48という記号が七回も出てくる。とすれば;はtを、4はhを、8はeを表わすと推定することができて……この最後の記号については、もうじゅうぶんにはっきりしたわけだ。こうして、一歩大きく前進したことになります。

「しかも、一つの語がきまった以上、きわめて重大な一点を決めることができるようになったわけだ。つまり、ほかの語の初めと終わりがいくつか決まるというわけなのです。たとえば暗号のおしまいからひとつ前の;48という組合せのところについて言えば、そのすぐ後にくる;は語の初めであることが判る。そしてこの'the'のつぎの六つの記号のうち五つを、ぼくたちはすでに知っている。そこで知らない記号のところは空けて、その五つの記号を文字に書きかえてみると——

teeth

「こうなると、‘th’は最初のtではじまる語の一部分ではないとして、ただちに取り除いてしまうことができる。なぜなら、空いているところにいれる字としてアルファベットのあらゆる文字をはめこんでみても、このthが一部分をなすような言葉はないってことが判りますから。こうしてぼくたちの問題は、

t ee

に限定されることになり、もし必要ならばさっきと同様アルファベットのあらゆる文字を当てはめた結果、唯一の可能な読みかたとして‘tree’に到達するわけだ。したがって(で表わしてあるrというもう一つの字が判るわけだし、それから‘the tree’という二つの語が並んでいることも判るんだよ。

「この二つの語の少しばかり先きを見ると、もう一度;48という組合せにぶつかる。そこでこれをすぐ前にある語への区切りとして使うと、こういう配列が出てきます。

the tree ;4(‡?34 the

判っている記号を普通の字にいれかえると、

the tree thr‡?3h the

さて不明の記号の代わりに空白を残す意味で点をうてば、こんなふうになる。

the tree thr・・・h the

こうなれば'through'という言葉がすぐに浮かんでくる。そしてこの発見の結果‡はoを、?はuを、3はgを表わすことが判ります。

「さて、既知の記号の組合せを暗号文のなかに探してゆくと、初めからあまり遠くないところにこんな配列がみつかる。

83(88　つまり　egree

これはあきらかに'degree'という語のおしまいで、†で表わしてあるdの字がまたひとつ判るわけです。

「この'degree'という語の四つさきに、

;46(;88*

という組合せがあるのに気がつく。

「既知の記号を翻訳して、さっきと同じように未知の記号を点で表わせば、

th・rtee・

これはどう見ても‘thirteen’という語をはっきり示している配列だ。それにこの結果、ぼくたちは6と＊で表わされているiとnの二つの新しい記号を知ったわけです。

「さて暗号文の初めのところに、

53‡‡†

という組合せがある。

「これをさっきのように翻訳すると、

・good

となるのだが、これはぼくたちに最初の文字がAで、最初の二つの語が‘A good’であることを保証してくれるわけだ。

「もう今まで発見した限りでの鍵を表の形にして並べてもよさそうだ。混乱を避けるためにもね。それはこんなふうになります。

5　は　a

†　は　d

8 は e
3 は g
4 は h
6 は i
＊ は n
‡ は o
(は r
; は t

「だから、いちばん大事な字が十も判ったわけで、もうこれ以上解きかたのこまかなことをつづけて説明する必要はないでしょう。この種の暗号を解読するのはやさしいということを明らかにし、解読の理論について洞察をあたえるためには、もうじゅうぶんなくらいしゃべったと思う。でも、今ぼくたちの前にある奴なんぞは、暗号文としてもっとも単純な手のものなんですよ。もう残っていることと言えば、羊皮紙に記してある記号の全訳をお目にかけることだけだろう。それはこうなんです。

'A good glass in the bishop's hostel in the devil's seat forty-one degrees and thirteen minutes northeast and by north main branch seventh limb east side shoot from the left eye of the death's-head a bee-line from the tree through the shot fifty feet out.'

「でも」とぼくは言った。「謎はいぜんとして前と同じくらい不可解だよ。'devil's seats'(悪魔の座)だの'death's-heads'(髑髏)だの'bishop's hostel'(僧正の宿)だのという、こんなちんぷんかんぷんから、どうして意味をひきだせるんだろう?」

「正直いって」とレグランドは答えた。「ちょっと見ただけでは、事態はやっぱり深刻だろうね。ぼくの最初の努力は、この文章を暗号を書いた人間の意図どおりに、本来の区分をつけることだった」

「つまり句読点をつけるってわけ?」

「まあ、そんなことだ」

「それで、できたの?」

「解読を困難にするため分かち書きにしないで書く——それがこれを書いた人間の主眼だったとぼくは考えた。さて、あまり知性の鋭敏でない人間がそういうことをする場合、えてしてやりすぎるものなんですよ。暗号文を書きながら、当然区切りが必要な、文意の切れたところにくると、そこで普通以上にごちゃごちゃと記号を書き記すことになりがちなのだ。この文章を調べてみると、変に入り組んでいるところが五カ所あるってことがすぐ判る。そのヒントに従って、ぼくはこんなぐあいに分けた。

'A good glass in the bishop's hostel in the devil's seat —— forty-one degrees and thirteen minutes —— northeast and by north —— main branch seventh limb east side —— shoot from the left eye of the death's-head —— a bee-line from the tree through the shot fifty feet out.'

〔よき眼鏡僧正の宿屋にて悪魔の座にて——四十一度十三分——北東微北——本幹第七の枝東側——髑髏の左眼より射《う》て——直線樹より弾《たま》を通して五十フィート外方に〕

「分けてもらっても」とぼくは言った。「やはりぼくにはぜんぜん判らない」

「ぼくだって二、三日は判らなかった」とレグランドは言った。「その間サリヴァン島の近くに、『僧正の宿《ビショップス・ホステル》』という名で通っている建物は何かないかと熱心に探しまわったんだよ。『ホステル』という廃語はわざと避けてね。収穫がぜんぜんないので、探索の範囲をひろげ、もっと系統だったやりかたにしようとしていたとき、ある朝まったく突然、この『僧正の宿《ビショップス・ホステル》』というのはベソップという名の旧家と何か関係があるかもしれないという考えが浮かんだ。これはずっと昔から島の四マイルばかり北に古い邸《やしき》をもっている家なんです。そこで農園へ行って、その土地の年寄りの黒ん坊たちにいろいろ訊ねてみた。とうとうひどく年を取った婆《ばあ》さんが、ベソップの城という場所について聞いたことがある、なんなら案内してもいいけど、ただしそれは城でも宿屋でもなくて高い岩だと教えてくれた。

「お礼はたっぷり出すが、と言いますと、婆さんはしばらくぐずぐずしてから、ぼくと同行するのを承知した。さしたる苦労もなくそこが見つかったので、ぼくは婆さんを帰してからその場所を調べることにしました。その『城』は、絶壁と岩が雑然と集まってできているもので、高さという点でも孤立している点でも、それからまた人工的な外観を呈している点でも際立っている岩が一つあった。その頂点に登り、つぎにはどうすればよいのだろうと、すっかり途方にくれていたのです。

「考えこんでいると、ぼくの立っている頂点のところからおよそ一ヤードばかり下の岩の東側にある狭い岩棚へと視線が落ちた。この岩棚は約十八インチ突き出ていて、幅は一フィート以上はなく、そのすぐ上の崖《がけ》に窪《くぼ》みがあるので、ぼくたちの祖先が使った、背をくりぬいた椅子に似てるんだ。まあ、おおよそのところね。これこそはあの暗号文のいわゆる『悪魔の座』にちがいないと考え、謎の秘密はもうすっかり手にいれたような気がした。

「『よい眼鏡』というのが望遠鏡にちがいないってことは判っていました。だって『眼鏡』

という言葉を、水夫たちがそれ以外の意味で使うことはめったにないもの。望遠鏡はここで使うのだということ、ここがそれを使うための、いささかの変更をも許さぬ、唯一の視点だということはすぐに判ったし、『四十一度十三分』と『北東微北』とが望遠鏡を向ける方角のつもりだということは、ぜんぜん信じきっていました。こういう発見にすっかり興奮しながら、家に帰り、望遠鏡を手にしてまた岩にもどったわけです。

「岩棚に降りてみると、ある一定の姿勢でなければそこに腰かけることができないということが判った。この事実は、ぼくが前から抱いていた考えを裏づけるものだった。そこで望遠鏡を用いてみた。もちろん、『四十一度十三分』というのは視地平の上の仰角を示しているにちがいない。だって水平線上の方向は『北東微北』という言葉ではっきり示してあるのだからね。この北東微北の方向を懐中磁石ですぐに決め、それから望遠鏡を大体の見当で四十一度の仰角にできるだけ近いように向け、それを注意ぶかく上下に動かしていた。すると、とうとう遥か彼方《かなた》に、群を抜いて高くそびえている一本の大樹の葉簇のなかに円形の、切れ目というのか隙間《すきま》というのか、まあそんなものが見つかったのです。この切れ目のまんなかに白い点が見えたが、最初は何なのか判らなかった。望遠鏡の焦点を合わせてもう一度よく見ると、こんどは人間の髑髏だということがはっきりした。

「これを発見したときには、もうすっかり希望に燃えて、謎は解けたと思ったよ。だって、本幹、第七の枝、東側というのは、樹の上の頭蓋骨の位置に決まってるし、『髑髏の左眼より射て』というのも埋めてある宝の探しかたについて、たった一つの解釈しか許さないからね。頭蓋骨の左の眼から弾丸を落とす仕掛けになっていること、幹のいちばん近い点から『弾』（つまり弾が落ちた地点）を通して直線を引き、さらに五十フィートまで延長すれば一定の点が示される、ということが判りました。この地点の下に宝が隠されている可能性がある、と思ったわけだ」「万事すごく明晰《めいせき》だね」とぼくは言った。「巧妙でしかもそれでいながら単純明快だ。それで、『僧正の宿』を出てからどうしたんです？」

「うん、樹の方位をしっかりと覚えこんでから家に帰ったんだ。ところが『悪魔の座』を離れた途端、あの丸い切れ目はもう見えなくなった。それから後はどこから見てもちらりとも見えないのさ。この企《たく》らみの全部のなかでぼくをいちばん感心させたのは（何度くりかえして調べてみてもそうだったのだが）、問題の丸い切れ目があの岩の狭い岩棚以外のどの視点からも絶対みえないということでした。

「『僧正の宿』へ探検にいったときには、ジュピターもいっしょだったが、たしかにあいつ、数週間来ぼくがぼんやりしていることに気がついて、ひとりでおかないよう気を配っていたんだ。ところが翌日、ぼくは朝早く起きてあいつを出し抜き、問題の樹を探しに山へいった。さんざん苦労した末、見つけましたよ。夜になって帰ってくると、ジュピターの野郎ぼくを折檻しようとしてね。冒険のそれから先きは、君もぼく同様よく知っているわけだよ」

「最初掘ったとき、君が場所を間違えたのは」とぼくは言った。「ジュピターが頭蓋骨の左の眼じゃなく、右の眼から黄金虫を落としたせいなんだね」

「そうなんだ。この間違いは『弾』――つまり樹にいちばん近い杭のところ――では、約二インチ半の相違にすぎない。だから宝が『弾』の真下にあるのだったらなんでもない間違いだったろう。ところが『弾』と木のいちばん近い点とは方向をきめるための二点にすぎないのだ。最初はごくささやかな間違いなのに、線を延長してゆくにつれて大きな誤りになり、五十フィートもゆくとたいへんなことになるんだ。宝がどこかに本当に埋まっているはずだという深い確信がぼくになかったら、ぼくたちみんなの労働も水の泡だったわけさ」

「しかし、君の芝居がかった物の言い方や、黄金虫をふりまわす態度は……ひどく奇矯なものだったぜ！　発狂したにちがいないと思った。頭蓋骨から、弾じゃなくて黄金虫を落とすことに、どうしてあんなにこだわったの？」

「じつを言うとね、君がぼくのことを気が狂ったと思いこんでいるのがいささか癪《しゃく》にさわったので、まあぼくなりのやりかたですこし意地悪をし、君をこらしめようと思ったわけですよ。黄金虫をふりまわしたのも、それを樹から落とさせたのもみんなこのためなんだ。とても重い虫だと君が言ったので、木から落とすことを思いついたわけさ」

「なるほど。ところでもう一つだけ判らないことがあるんだ。穴のなかにあった骸骨はどう考えればいいんだろうね？」

「その質問に答えることができない点じゃ、ぼくも君と同じさ。でも、もっともらしい説明をつける手がたった一つある――ぼくの言うようなむごたらしいことが行なわれたと考えるのは、ずいぶんこわい話だがね。キッドが（この宝を埋めたのが彼だとしての話だよ――ぼくはそう信じて疑わないけどね）宝を埋めるとき、手伝いが必要だったことははっきりしている。だけどこの仕事が終わったとき、彼は秘密を知っている者は抹殺するほうがぐあいがいいと思ったのだろう。手伝ってる奴らが穴のなかで忙しく働いてるときに、鶴嘴《つるはし》で二回なぐればじゅうぶんだったでしょうよ。それとも、十二回もなぐったかしら——まあ、そのへんのことはだれにも判らない」

（丸谷才一＝訳）

「黄金虫」訳注

1—ユグノー教徒　十六—十八世紀フランスのカルヴィン派新教徒の通称。新興商工階級に多く、旧教徒と衝突しユグノー戦争（一五六二—九八）を起こした。ナントの勅令（一五九八）で信仰の自由を得たが、ルイ十四世はこれを廃止し、ために多くが国外に亡命した。

お前が犯人だ！

You are the woman

——ある人のエドガーへの告白——

おぉ！　では、聞いていただけるのですね。ありがたいことです！　貴方《あなた》のような高名な作家がこのホテルにお泊りと知って、いてもたってもいられなくなり、こうして訪ねてきてしまいました。……いえ、どうか私の名前は聞かないでくださいまし。とにもかくにも、ポーさん、今からお話ししたいのは、この町――アメリカ東部にある信心深いちいさなラトルバラの町で三年前に起こった奇怪な殺人事件のことなのです。……おぉ、新聞でお読みになった？　では話が早い！　そう、かの有名な〝死者による復讐劇〟〝「お前が犯人だ《You are the man》！」殺人事件〟の真相についてです。

　じつは私は、この事件において、えー、ギリシャ悲劇でいうところの、オイデ……オイド……デ……。オイディプス王？　そう。あー、つまりはああいった役を演じた重要人物なのですよ。

　あの、ポーさん。その。たとえば聖書にも、イエスが水の上を歩いたり、十字架にかけられて死んだのに三日後に蘇《よみがえ》ったり、モーセが海を真っ二つに割ったりなんてことが書かれていますよね。それ以外にもですよ。説明し難い奇跡的な出来事が、この世ではときたま起るものです。私は以前から思っていたのですが、ああいったことはじつは超常現象などではなく、裏に、その……貴方がよくお書きになる、ほら……〝物理的からくり《モーダスオペランディ》〟が隠されているのではないでしょうか。ね？　おぉ深くうなずいていらっしゃる。私の言いたいことがよくおわかりになるのですね。よかった！

まぁ、敬虔《けいけん》なクリスチャンばかりのラトルバラでは大声では言《い》い辛《づら》い説なのですが。

私が思うには、です。かの有名な預言者たちは、なるほど〝物理的からくり〟で人々を騙《だま》しましたが、悪気はなかったのではないでしょうか。なぜなら、彼らの大胆な嘘《うそ》のおかげで人々は信仰心に目覚めたり安心できたりしたのですから。つまりは人助けだったのだろうと。

もっともこの私は、預言者のような立派な人物でもないし、第一、学もない。人々のためにはなにもしておりません。しかしポーさん、私が行った〝殺人事件のとある物理的解決法〟のおかげで、結果的に、科学の発展とともに昔ながらの信仰からすこし離れつつあったラトルバラの住人の心が、曾祖母の時代のような古き良き信仰心に立ち返ることになったかもしれない、とも思っています。

だが、まぁどうでしょう。それもこれもあなたの判断にお任せすることにしましょう。

さて、お話を始めます。

事件が起こったのは三年前、つまり一八八六年の夏の初めのことです。犠牲者は新聞にもあった通り、町一番のお金持ちバルナバス・シャトルワージー様。ちなみに、町の名士どうしでも、使用人に対しても、分け隔てなく接する人柄のよい老紳士でいらっしゃいました。

シャトルワージー様は土曜の朝、「夜にはもどる」と言い置いて、馬に乗って隣町にお出かけになりました。ところが二時間後、馬だけが、乗り手なしに、鞍袋《くらぶくろ》もなくし、おまけにおおきな傷まで負ってもどってきました。馬丁が調べたところ、ライフル銃で撃たれており、左腹から入った弾が右腹の穴から抜けていたのです。

屋敷の者はもちろん、連絡を受けて駆けつけた町の人たちも、驚きと恐怖で蒼白になりました。御立派な老紳士の身にいったいなにが起こったのか！

そして、集まった人々の中でもっとも動揺して見えたのが、お友達のチャーリー・グッドフェロウさんでした。

……話は逸《そ》れますが、私は町にやってくる芝居一座が大好きで、ギリシャ悲劇や聖書劇などを毎年観《み》ておりまして。その中で、いわゆる「ウォーキングジェントルマン《木端役者》」という、ほら、善良でおおらかでつきあいやすい友達役、ああいう役柄の名前はいつも必ずチャーリーだなぁと気づいておりました。そして、名前が性質に影響したのか、それとも偶然なのかはわかりませんが、チャーリー・グッドフェロウさんこそまさにそういう人物――〝気のいいチャーリー〟そのものだったのです。そう、〝まるでお芝居の登場人物みたいに〟ですよ。

彼は代々のラトルバラの住人ではなく、引っ越してきて半年のよそ者でした。さらに、その前の人生については誰も知らなかった。でも町の人たちは気にせずつきあっておりました。まぁ、私たちのような田舎町の人間は、よそ者に強い警戒心を持つ一方、一度信頼するとぐっと踏みこんで親しくなるものですからね。

彼は町の名士たちから、オールド・チャーリーさん、オールド・チャーリーさんと呼ばれて親しまれていました。たまたま町一番のお金持ちのシャトルワージー様の隣家に引っ越してきたことから、ことにシャトルワージー様と仲良しになりました。……といっても、改めて思いだしてみると、シャトルワージー様のほうからこの隣人の家に遊びに行ったことはなかった気がします。オールド・チャーリーさんのほうが、毎日毎日、朝から「どうしてますか」と顔を出し、お喋《しゃべ》りしながら朝食を食べ、ようやく帰ったと思うと、お茶の時間にまたやってきて、紅茶を飲み、お菓子も食べ、帰ったと思うと、またまた夕ご飯の時間に、「それでさっきの話ですがね」ともどってきて、お肉やパンを食べ、浴びるように葡萄酒《ぶどうしゅ》を飲むのでした。そのせいで料理婦や小間使いはてんてこまいで働く羽目になって……。

シャトルワージー様ご自身は、隣人の頻繁なる来訪を迷惑がることはありませんでした。むしろ、気のいい話し相手ができたと喜んでいらっしゃるように見えました。なにしろオールド・チャーリーさんは、いつも笑顔で、聞き上手で、陽気な男でしたからね。旦那様のお話を聞きながら、うれしそうにうなずいてはシャトー・マルゴーをぐいぐい飲み干して。

ある夜、シャトルワージー様はふと話をやめ、大笑いをしながらこんなことをおっしゃいました。

「なぁ、愛すべきオールド・チャーリーくん。お前さんは、わしがこれまで出逢《であ》った中でいちばん気のいい男だな。それに葡萄酒がお気に入りのようだなぁ。そこでわしは考えた。シャトー・マルゴーの大箱を注文して、お前さんに贈ってやろうとな。そしたら家に帰ってからもたらふく飲めるだろう」

オールド・チャーリーさんは「なんとまぁご親切な！」と子供のように大喜びしてみせました。

「ははは。わしはな、やるといったらやる男だ。この話はもう終わり！　なにも言わんでいいぞ。あとは家で楽しみに待っておるといい。そのうちお前さん宛てに葡萄酒の立派な大箱が届くからな」

シャトルワージー様は、御自身も酔われて頬を真っ赤にしながら、

「――まさしく、お前さんが予想もしないときに、な！　オールド・チャーリー！」

と、おおきな声でおっしゃいました。

こんな感じで、オールド・チャーリーさんとシャトルワージー様は親しくしておられました。

だからこそ、旦那様の行方不明の一報を聞いたとき、オールド・チャーリーさんは仰天し、まるで実の兄弟の身になにかあったかのように全身をブルブル震わせたのです。

私はそれまでにも、しっかり者の年配の方が、ショックを受けてどうしたらいいのかわからなくなってしまったお可哀そうな姿を見たことがあります。さっそく問題解決に乗りだしてくださるかと思いきや、待っていれば事態が勝手に好転するかも、なんて非現実的なことを言いだして、一時しのぎの時間稼ぎばかりしたり。強い衝撃が、御立派なはずのお方の思

考力をすっかり鈍らせ、ついには布団をかぶって寝てしまわれたり。そして苦難についてくよくよするだけの無益な時を過ごしたりして……。

このときのオールド・チャーリーさんも、典型的なショック状態のように見えました。町の人たちも不審には思いませんでしたし、それどころか、みんな彼のことを信頼していたので、泣きながらこう説かれると——「へたに大騒ぎしないほうがいいです。わしゃ、そのほうが悪い結果にならんと思う。そうさな、一週間、いや二週間、いやいや、一か月……。シャトルワージー様がけろっとして帰ってこられるのを待とうじゃないですか。きっと豪快に大笑いし、なにがあったか話してくれるじゃろう。あぁそうにちがいない」——みんなしてそうだそうだと同調しました。

しかし、そんな中で一人だけ反旗を翻した人物がおりました。

ヤング・ペニフェザー様！

こちらはシャトルワージー様の年若い甥《おい》。叔父のほかに身寄りがなく、もう五年も居候を続けていました。良いお方ではありますが、率直すぎる物言いと浪費癖のせいで、年配の名士たちからの評判は芳しくない人物でした。

ペニフェザー様は赤くなって怒りだし、

「静観の構えだって。オールド・チャーリーさんよ。あんたは馬鹿かい！」

町の人たちはびっくりし、思わず二人をぐるりと囲みました。

「こんなときこそ冷静に論理的に行動を決めるべきだろ！　一刻も早く〝殺害された男の死

体〟の捜索に取り掛かってだな……」

「なっ、なんですと！」

「……犯人を明らかにする証拠をみつけなくてはならんよ！」

「〝殺害された男〟？　〝死体〟？　貴方は、私の大事な親友に向かって……。甥とはいえなんてことをおっしゃる！」

「い、いや、そりゃ俺《おれ》にとっても大事な叔父だよ。でも叔父だってそういう行動をこそ望むだろうよ！　死者が口をきけたらきっとこう言うさ。『そうとも。みんなしてぐずぐず泣かれるよりずっとましさな』『チャーリー！　とっととわしの死体を探しに行っとくれ！』ってな」

「あ、貴方は！　この事件についてなぜすべてを知ってるような言い方ができるんです？　叔父さんは〝殺害された〟〝死体になっている〟と断言できるなんて、貴方のおっしゃることは、お、お、おかしい！　おかしいぞ！」

「おいおい、しっかりしてくれよ。なんにもおかしかないさ」

とペニフェザー様は冷静に論理的にお話を続けました。

「叔父の馬は銃で撃たれ、弾が貫通して瀕死の状態でもどってきたんだよな。出かけて二時間後ってことは、まだそう遠くまでは行ってなかったはず。もしも馬だけ撃たれて叔父は無事なら、とっくに歩いて帰ってきてるころだ。傷を負ってるとしたら、丸一日経《た》ってるし、おまけに雨も降ったから、どっちにしても森のどっかでもう死んでる。だから、俺たちは森に行き、まず可哀そうな叔父の死体、つぎに憎き殺人犯をみつけるべきだろう。俺は物理的な話をしてるだけだ」

「こっ、この！　冷血漢めが！」

とオールド・チャーリーさんが怒鳴りました。二人は取っ組み合いを始め、周りがあわてて止めに入って……。

町の人たちはびっくりしていましたが、じつはシャトルワージー家の雇い人にとっては見慣れた喧嘩《けんか》でしかありませんでした。というのは、ペニフェザー様は以前からオールド・チャーリーさんのことが苦手で、一度など「お前、人の家で好き勝手し過ぎだろ！」と怒鳴るやいなや乱暴に殴り倒したこともあったのです。そのときは、シャトルワージー様曰《いわ》く「我がオールド・チャーリーくんは、キリスト教徒的慈愛に満ちた態度で横暴なる若者を許したぞ」という結果になりました。……とはいえじつは、オールド・チャーリーさんは「くそ！　いつか仕返ししてやるからな」と小声で物騒なことを呻《うめ》いていたのですが。それは旦那様の耳には届かなかったのでしょう。

ペニフェザー様はこの日も、オールド・チャーリーさんを殴ると、いささか乱暴な言い方で、「論理的に、物理的に行動すべき」「死体と犯人をみつけるべき」と熱弁をふるいました。みんな、聞いているうちに納得し始めました。そこで、五つのグループに分かれて手分けして森の捜索をしよう、と決まりました。

ところが、オールド・チャーリーさんが殴られた頰を押さえながら起きあがったかと思うと、穏健で優しい言葉づかいでもって説得を始めました。その結果、分散して森中をくまなく探すはずだったのに、いつのまにか、全員一丸となって列を作ってぞろぞろ森に向かうことになりました。

さて、ともかく捜索は翌朝早くから行われました。

残念ながら私は捜索隊には参加できませんでした。後から馬丁に話を聞いたところ、オールド・チャーリーさんは率先してみんなを率い、森を進んでいったとのことでした。「いや、ああ見えて山猫みてぇにすばやく森を案内してくれたよ」と馬丁も感心していましたね。シャトルワージー様の足取りは、馬の蹄鉄《ていてつ》を頼りに辿《たど》られたということです。隣町に向かうとおっしゃられていた通り、隣町に続く山道を三マイルばかり進まれていました。そこから近道となる脇道にそれていました。しばらくすると、右手におおきな溜池《ためいけ》が現れました。灌木《かんぼく》に半ば覆われ、不気味に濁った池。その溜池の前で旦那様の足跡はとつぜん途絶えていました。激しい争い事があったような不吉な跡が土の上に残されていました。さらに、濁った溜池に向かっておおきなものが引きずりおろされた跡があり……。

捜索隊は溜池の周りをぐるぐる回ったものの、それ以上はなにもみつけられなかったといいます。

あきらめて引きあげようとしたとき、オールド・チャーリーさんが、「ちょっとお待ちくださいよ、みなさん!」となぜか妙に苛立《いらだ》って引き留めました。

「この溜池の水を抜いてみてはいかがでしょうかな。というか、どなたもこの案を思いつかれないとは、いやはや！」

なるほど、と声が上がりました。彼からあらかじめ「なにかに使えるから鋤《すき》を持ってくるように」と助言されていたおかげで、水の排出作業はスムーズに行われました。

あっというまに水がなくなると、溜池の底のどろどろした泥炭の上に、とあるものがゆっくりゆっくりと現れました。黒絹ビロードの高価な男物のチョッキ。あちこち破れたうえ、血かなにかで真っ赤に染まってもいる。みんな黙って顔を見合わせました。なにしろ見覚えがあったので……。

シャトルワージー様の甥、ペニフェザー様のチョッキ！

当のペニフェザー様は、「なっ！　俺の服？」とつぶやいたっきり、あっけにとられておりました。前日はあんなに堂々と主張されていたのに、真っ青になって黙りこんでしまいました。

遊び友達から「どういうことだよ！」と聞かれても、唸《うな》るばかりでまともに答えられない。その様子に町の人たちも、怪しいぞ、とささやきます。そうなると友達ももう庇《かば》い辛くなり……。

そのとき、「待った！　聞いてください！」とペニフェザー様のために進み出た人物が、一人だけいました。意外や意外、犬猿の仲だったオールド・チャーリーさんではありませんか。

さすが〝気のいいチャーリー〟らしく、

「その、わたしは、〝シャトルワージー様のたった一人の相続人〟たる青年の弁護をしようと思いますよ。彼は確かに〝自分しか身寄りのないお金持ちの叔父さん〟の財産を使って贅《ぜい》沢《たく》な買い物をし、叔父さんから叱《しか》られてばかりでした。しかし芯からの悪人ではなく、えーえー、そのですね……」

馬丁の上手な物真似《ものまね》によると、こんな感じの妙に要領を得ない弁護を、なんと三十分近くもだらだらと続けました。

この弁舌は、残念ながらペニフェザー様のためにはなりませんでした。それどころか、聞く人たちがすっかり忘れていたことを自然と思いださせる結果となってしまいました。

御立派な老紳士シャトルワージー様はなぜ殺されたのか？

あの方の死によって得をするのは、この町の誰？

「わたしは、〝シャトルワージー様の遺産をすべて引き継ぐ甥〟のため、えーえー、この事態をですねぇ……」

あ！

と、町の人たちは疑いの目つきでペニフェザー様を睨《にら》み始めました。

この金遣いが荒くて生意気な青年！

我々はなぜいままで気づかなかったのか！

ペニフェザー様を拘束すべきか否かと、人々が相談し始めました。オールド・チャーリーさんが「おや」と草むらになにかをみつけて飛び付き、手元を見てあわてて隠そうとしました。周りがやいやい騒いで取りあげると、それは……。

ペニフェザー様の自慢の持ち物、スペイン製の高価なナイフでした。しかも刃はむき出し、赤い液体がべっとりとついて……。

二つ目の証拠品の出現！

このせいで、ただでさえわずかだったペニフェザー様を庇う意見はすっかりなくなってしまいました。哀れな甥っ子は後ろ手に拘束され、乱暴に引きずられて森を出ることになりました。そうしてラトルバラに帰るやいなや、予審判事の前に突きだされたというわけです。

その後の展開はあまりに速く、目が回るほどでした。噂《うわさ》を聞きつけて町中の人が集まってきました。もちろん私も駆けつけまして、押し合いへし合いしながら、ペニフェザー様がどうなってしまうのかをはらはら見守りました。

ペニフェザー様は、事件の朝どこにいたかと判事に問われると、おどろくべきことにこう答えました。「鹿狩りのため、ライフルを持って森に出かけていた」と。これには判事もおどろき、険しい顔つきになりました。町の人々も疑いの目で見始めます。

そこでまたもやオールド・チャーリーさんが進み出て、「ぜひわしにも審問をしてください」と申し出ました。町の名士たちもそうしろと彼を押し出します。

オールド・チャーリーさんは切々と、

「わしもこの町のみなさんと同じく、神に対して厳格なる義務を持つ者の一人です。ですから知っていることをすべて包み隠さず証言せねばならんでしょうなぁ。神が大いなる力を発揮し、殺人犯の目前で『おまえが犯人だ《You are the man》！』と御声に出してくだされればよいが……。なかなかそうもいかぬのだから……。なにしろ神はお忙しい」

　とおおきく肩を落としてみせ、

「じつは、わしはペニフェザーくんにとって不利な事実を知っておりながらいままで黙っておりました。事件の前夜のこと。お屋敷で葡萄酒をいただいておりましたら、シャトルワージー様と甥の会話が耳に入ったのです。シャトルワージー様は『明日の朝、大金を持って隣町に出かけ、銀行に預ける予定だ』とおっしゃっておりました」

　この証言には判事も耳をそばだてました。町の人たちもざわめき、しょんぼりと語るオールド・チャーリーさんと、うつむいて聞いているペニフェザー様の姿をせわしなく見比べ始めました。

「さらにこうも言われました。『それからな、折を見て弁護士のところにも出向き、遺言書を書き換えようとも考えておる』『お前の浪費癖が気に入らぬ。派手なチョッキ、闘牛士のナイフ、刺繍《ししゅう》入りのハンカチ……。お前を勘当し、屋敷から追いだす所存だ』と」

　言い終わると、オールド・チャーリーさんは厳粛な顔つきでペニフェザー様を睨み、「いまのわしの話が真実か否か答えてください」と迫りました。

　ペニフェザー様も「た、確かにすべて事実だよ。でも……」と認めたのです。

　あまりのことにしんと静まり返る中、判事がおおきな声で宣言しました。

「静粛に！　被告人ペニフェザーの部屋の捜索のため、お屋敷に巡査を差し向ける！」

ただちに巡査たちが捜索に行き、被告人の部屋で二つの物を発見して急いで持ち帰ってきました。

一つ目は小豆色の革製の財布でした。シャトルワージー様が長年使っておられたものですが、いつもたっぷりお札が入っていたのに空になっていました。二つ目は刺繍入りのハンカチで、赤い液体でべっとり汚れていました。

新たな証拠品について問われても、ペニフェザー様は「本当にわけがわからない」「身に覚えがないんだよ！」と呆然《ぼうぜん》とするばかりでした。

そこにお屋敷の馬丁が飛びこんできて、「例の馬がよ、撃たれた傷がもとで死んじまったよ。立派な馬だったのに惜しいこった！」と報告しました。

するとまたもやオールド・チャーリーさんが進み出て、「どうでしょう判事さま。弾丸を発見するために馬の検死をするというのは」と発言しました。このアイデアはすぐ実行に移されました。医者の手で、馬の胸部に空いた穴から弾丸が摘出されました。それはペニフェザー様が主に鹿狩りのときに使われるライフル銃の口径とぴったり一致したのです。

判事は予審を中止し、ただちに公判に移ることを決定しました。しかも本件につき被告人の保釈は認められないという厳しい決定まで下されました。するとまたまたオールド・チャーリーさんが進み出て、涙ながらに「わしが身元引受人になりますから。どんな額の保釈金を命じられてもなんとかしますから。後生です、青年の保釈を……」と言い募りました。しかし決定が覆ることはなかったのです。

町の人たちは、「自分に辛く当たった若造に対し、しかも親友を殺された後で、ここまで寛大でいられるとは」と、オールド・チャーリーさんの善良さ、騎士道精神に感銘を受けました。しかもこのとき彼は、自分には一ドル相当の財産さえないことをすっかり忘れて夢中で判事にすがっていたのですから。

そして、公判の日がやってきました。

ラトルバラの法廷は、普段は平和な町だとは思えないぐらい、人々の怒号や呪いの声が響く悪夢のような光景となりました。

「この人殺しめ！」

「お前が犯人だ《You are the man》！」

私たちのような田舎町の人間は、穏やかな人柄であることが多いのですが、自分たちの安全や道徳など、守られるべきものがいざ破られたとなると、おどろくほど一致団結し、異物排除のために動くことがあります。このときがまさにそうだったのでしょう。

一連の状況証拠は、予審の後でオールド・チャーリーさんが信仰心に則《のっと》って提出した数々の資料によってさらにゆるぎないものになっていました。殺人犯がペニフェザー様だということが完璧に立証できていました。そのため、陪審員もわざわざ別室で話し合う必要を感じなかったのでしょう。即座に出た判決は、「第一級殺人、有罪」。ペニフェザー様は恐ろしい死刑宣告を受けたかと思うと、またたくまに、刑執行のため郡刑務所へと移送されてしまいました。

がっくりとうなだれ「俺じゃない！　ちがう、誰か信じてくれ！」と訴えながら囚人用馬車に放りこまれるペニフェザー様のお姿を、私はいまも忘れることができません……。

こうして殺人犯らしき青年を無事追いだした後、町の名士たちは急に静かになりました。そればかりか、みんなすこしばかり落ちこんで見えたのです。

事件が解決したことで一気に興奮が冷めたのか？　それとも改めてシャトルワージー様のことを思い、悲しみがもどってきたのだろうか？　それとも……。

そこにいつもの芝居一座がやってきました。町中の人が、娯楽と気分転換に飢えて劇場に押し寄せ、連日大入り満員！　名士の家族は一等席にふんぞりかえり、私たち労働者は天井桟敷で押し合いへし合いしながら舞台を見下ろしました。

演目は、オイ……。オイド……。オイディプス王？　えっと、異国の古代王の名、です。なんでも、みなしごになった後、〝お前は父を殺し、母を犯す罪の子となるだろう〟という占い通りに、知らないうちに父を手にかけ、母と姦淫《かんいん》していた王のお話だそうで。

町の人たちは固唾《かたず》を呑《の》んで劇を観ました。最後にオイディプス王がすべてを知って絶望し、「私が犯人だ《I am the man》！」と叫ぶシーンでは、みんな一斉にどよめき、御婦人方はハンカチで涙を拭いました。

隣で観ていた、シャトルワージー様のお屋敷の料理婦のおばさんが、鯨骨で膨らませた流行のスカートを両手で押さえながら私の横顔を見ました。「まぁ、なんてことだろうね。悪いことはできないねぇ。神さまは見てらっしゃるんだもの」と涙まじりにささやいてきます。

「えぇ、ほんとその通り」

と私も深くうなずきました。

「悪いことはできないねぇ！」

劇は大盛り上がりのうちに終わりました。ぎゅう詰めの天井桟敷で拍手しながら、私はひょいと一等席のほうを見下ろしました。するとオールド・チャーリーさんが、いかにも名士らしい態度でもって満足げに拍手をしていました……。

ところで、殺されたシャトルワージー様には、死刑執行を待つばかりの甥の他には身寄りというものがありませんでした。だからお屋敷には御主人様がいなくなってしまいました。空家になるよりいいだろうと、町の名士たちが熱心に勧めたため、オールド・チャーリーさんが新しい主人として引っ越してくることになりました。執事のおじいさんも、若い馬丁も、料理婦のおばさんも、若い小間使いも、オールド・チャーリーさんにお仕えする身となったのです。

オールド・チャーリーさんは事件の後、町の人たちからの人気を不動のものとしました。さらに立派なお屋敷の主《あるじ》ともなりました。すると彼はお屋敷に名士たちを招いては熱心にもてなし始めました。豪華な料理を出し、お喋りや陽気なダンスで享楽的な夜を過ごすのです。

客人も、残虐な事件によってラトルバラの平和が破られた不安や、殺されたシャトルワージー様に対する悲しみや、甥への怒りなどでふさぐ気持ちを晴らすためか、率先して訪ねてきて親睦会を楽しんでいるご様子でした。

そんな陽気な日々が数週間も過ぎたでしょうか。

ある晴れた日、若い小間使いがオールド・チャーリーさんに「旦那様、お手紙です」と封筒を差しだしました。老紳士は封を開き、「なんと！」と飛びあがって大喜びしました。というのは、事件のせいですっかり忘れていた死者との約束が、じつは果たされていたことがわかったのです。

チャーリー・グッドフェロウ様

拝啓　弊社の大切なお得意様であられるバルナバス・シャトルワージー様からの御注文品をお届けいたします。最高級シャトー・マルゴーの大箱でございます。明日中には届く予定です。今後とも弊社をよろしくお願い申し上げます。

羊蛙沼商会《ホッグス・フロッグス・ボッグズ》より

「やぁやぁ！　こんな約束をしたことも忘れておったぞ。なんてうれしい贈り物だろうなぁ」

とオールド・チャーリーさんは小躍りしました。

きっとあの夜、今は亡きシャトルワージー様が、大笑いしながらこうおっしゃったのを思いだしたことでしょう。

〈――そのうちお前さん宛てに葡萄酒の立派な大箱が届くからな。まさしく、お前さんが予

想もしないときに、な！　オールド・チャーリー！〉
オールド・チャーリーさんは翌日の夜に洒落た晩餐会《プティ・スペ》を開くことにしました。かつてシャトルワージー様がお使いになっておられた立派な書物机に向かい、胸を張って招待状を書かれているところを、私は後ろからそっと覗《のぞ》いてみました。……えぇ、ちょうど掃除中でしたものですから。するとですよ。彼は、シャトルワージー様からの最後の贈り物なのに、なぜか〝私が購入したシャトー・マルゴーを振舞ってさしあげたい〟と記していたのです……。

　ともかく手紙は届けられ、翌日の夜に町中の名士が正装して訪れました。でも葡萄酒の大箱はなかなか届きませんでした。料理婦のおばさんが用意した豪華な夕食が平らげられていきます。お屋敷の主がじりじり待つ中、ようやくもとの住家である隣家に大荷物が届き、男の使用人たちが重そうに抱えて運んでまいりました。

　それは怪物並みにおおきな箱でした。近づくとかすかに異臭がしました。

　主と客人たちは歓声を上げて贈り物を出迎えました。テーブルに載せさせ、高価なグラスが倒れるのもかまわず、ぐるりと囲みました。

　みんな上機嫌でした。中でもオールド・チャーリーさんは得意の絶頂でした。上座につくと、スプーンとフォークであちこちを叩《たた》きまくって、「御静粛にぃ！　宝物を発掘するあいだ御静粛にお願いしますぞォ！」と判事の真似までして悪ふざけしました。お喋りしていた客人たちもだんだん静かになりました。

深遠な、異様なほどの静寂が広間に広がり始めました。

オールド・チャーリーさんは、小間使いに顎で大箱を差し、「ほれ、娘っ子。ぐずぐずしないで早く開けんか」と横柄に命じました。

「はい旦那様……」

と私は頭を下げました。

スカートの裾を押さえてテーブルによじ登ると、私は大箱と格闘しました。まず蓋の留め金を外し、つぎにハンマーで、こつん、こつん、と蓋を叩きだしました。

こつん、こつん……。

こつん、こつん、こつん……。

こつん、こつん、こつん、こつん……。

いきなり蓋がパーンと開きました。

と、蛆《うじ》にまみれて腐乱したシャトルワージー様の御遺体が飛びだし、両手両足を広げてパーッと宙を舞いました。それからオールド・チャーリーさんの真ん前にどすんと着地しました。

生前は威厳があってお優しかったお顔は、いまや無残に腐り果て、眼球が落ちかけておりました。森で野ざらしだったせいで、上等な衣服には葉や土がびっしり付着しておりました。

ぐじゃぐじゃと音を立て、堪えがたき悪臭のする赤茶色の液体が広がっていきます。

シャトルワージー様の御遺体は、オールド・チャーリーさんを見下ろす格好で沈黙しております。

　それから生前のような明瞭かつ荘厳な声で、はっきりとこう告発されました。

「――お前が犯人《you are the man》だ！」

　と！

　広間はしーんと静まりかえりました。

　オールド・チャーリーさんは、テーブルにお座りになった御遺体と間近で顔を合わせたまま、ぴくりとも動きませんでした。

　誰かが……。

　ふいにおおきな悲鳴を上げました。それを機に客人たちは我に返り、ついで先を争って逃げようとしました。ぶつかりあい、転びながら扉や窓に突進します。

　と、オールド・チャーリーさんが、「アァァァー」と夜の空気を引き裂くようなおかしな声を上げました。

　みんな止まって、こわごわと振りかえりました。

　オールド・チャーリーさんの顔は、青ざめ、もはや断末魔の苦悶《くもん》といってもよいぐらいに変貌していました。銅像の如《ごと》く動かず、呆然と虚空に視線を彷徨《さまよ》わせ。まるで何人《なんぴと》も計り知ることのできぬ内面の闇の深くを空しく彷徨っているようでした。

　やがてその目に――。

　パッ、といやな閃光《せんこう》が走りました。

オールド・チャーリーさんの視線が、再び私たちのいる外界にゆっくりと向けられました。椅子からよろよろと立ちあがったものの、よろめき、頭と肩をテーブルの上にどんっと音を立てて落としました。目の前に座る腐りかけた御遺体と、心の奥に隠した自分自身とを交信させるように、なにかぶつぶつと言い募り始めます。

耳をそばだてる我々に、聞こえてきたのは……。「アァそうとも……」というつぶやきと、醜悪なる罪の告白……。聞く者の血まで凍るような、恐ろしく、低い、いまも思いだすあの声……。

「――わしが犯人だ《I am the man》！」

とつぜんの自白の後、オールド・チャーリーさんはゆっくりと頭を上げました。

御遺体からテーブルに広がりつつあった赤黒い液体が、彼の頭にたくさんつき、さらなる異臭を放っていました。

あんなにも人気者だった〝気のいいチャーリー〟の仮面はいまや無残にはがされておりました。そして本物の殺人犯の顔が我々の目前にさらされました。それはいまだかつてこの世で見たことのない異形の顔でありました。

オールド・チャーリーさんはふらふらと後ずさったかと思うと、仰向《あおむ》けに倒れました。おおきな音が響きました。ついで床の上で全身を痙攣《けいれん》させだしました。我々が呆然と見下ろす中、両手で胸をかきむしって苦悶の様子を見せ……。

息絶えました。

窓の外から夜風の音が聞こえてきました。死んだ者も生きている者も動かず、一言も発さず、写真のように凍りついているばかりでした。

……ず、さっ……

と鈍い音を立て、テーブル上の御遺体も真横にゆっくりと倒れました。その拍子に二つの目玉が腐り落ち、ぼとっ、とっ……とテーブルに落ちたのです。

すべてを見届けた、と満足するように。

これを目撃したラトルバラの名士の方々は、死者が無念を晴らすためにお屋敷にもどってきた復讐劇だったのだと心から信じました。そして周りにもそう伝えたのです。

町の人々はこれきり享楽的なパーティをやめ、昔ながらの静かな生活に一気にもどっていきました。

これが、さまざまな新聞記事にさんざん書かれた〝「お前が犯人だ！」殺人事件〟のかの有名な結末です。

しかしこの奇怪なる復讐劇には、じつは〝物理的からくり《モーダスオペランディ》〟が隠されておりました。あたかも、水の上を歩いたり、死後復活したり、海を真っ二つに割ってみせたりする預言者の奇跡のように。

そのからくりを作って実行したのが、そう……。

この私なのです。

オイ……。ド……。オイディプス王の如く、今こそ私も声に出して言いましょう。

「――私が犯人だ《I am the woman》！」

と！

えぇ、ポーさん。貴方が見抜いてらっしゃる通りですとも。オールド・チャーリーさんはじつはそうよい方とは言えませんでした。なるほど、身分の高い年配の人たちからは可愛《かわい》がられておりましたが、私たち使用人への態度はそこまで紳士的とはいえませんでした。だからあの事件が起こったとき、私ことシャトルワージー家の小間使いは、〝気のいいチャーリー〟に疑いの目を向けたのです。

ペニフェザー様が旦那様を殺したという状況証拠は揃《そろ》っておりましたが、でもよく考えると……。

そう！　そうなんです！　事件現場らしき溜池に町の人たちを連れていったのもオールド・チャーリーさんです。しかも馬丁曰く「山猫みてぇにすばやく森を歩いて」です。それに溜池の水を抜かせて甥っ子のチョッキを発見させたのも、草むらからナイフを発見したのもオールド・チャーリーさんです。そのうえ、ペニフェザー様が〝たった一人の遺産相続人〟だとしつこく繰りかえしたりして……。

そうです！　ペニフェザー様のお部屋から、旦那様の財布や血らしきものの付いたハンカチが発見されたのも、考えてみればおかしな話でした。もし私が甥っ子なら、そんな重大な証拠品を自分の部屋におきっぱなしになんてしませんもの。

オールド・チャーリーさんの意見で馬の検死が行われたとき、疑惑は確信に変わりました。だってあの馬は左腹を撃たれて右腹に弾が抜けていたはずです。撃たれた穴と弾が貫通した穴の二つがあったと、当日の朝に馬丁が話していたのに……。

馬の腹からみつかったライフル弾は、第三者によって細工されたものではないの？

それに、オールド・チャーリーさんのお金遣いがとつぜん荒くなったことも気になりました。毎夜のパーティの費用はいったいどこから出ているの？

そこで、私がしたことは……。

まずは一人ぼっちで連日森を歩き、お優しかった旦那様のお姿を探し回りました。足をまめだらけにし、泥だらけになりながら、何日も……。そして葉っぱや土をかぶされてうち捨てられているおいたわしい御姿を発見しました。「旦那様……！」と私は地面を叩いて悔し泣きしました。

しかし、真犯人を示すような証拠はどこにも残されておりませんでした。

では？　殺人犯本人に告白させるしかないわ。でもオールド・チャーリーさんは誰から問われたら告白するの？

私は必死で考えに考えました。まず葡萄酒の配達の手紙を書き、オールド・チャーリーさんに渡しました。それからシャトルワージー様の御遺体にも細工をしました。料理婦からスカートを膨らませるための鯨骨をもらい、旦那様の喉から差しこみました。そうして御遺体が弓のようにしなるようにし、葡萄酒の大箱に詰めこんだのです。

そう、私はビックリ箱のように御遺体が飛びだす、あなたのおっしゃるところの〝物理的《モーダス》からくり《オペランディ》〟を作ったのです！

これを晩餐会の席に出現させたうえ、腹話術を使ってこう言いました。心からの告発を。いまこそ声に出して言おう、と。

「お前が犯人だ！《You are the man》」

……後のことは、みなさんご存じの通りです。ほどなく甥のペニフェザー様は釈放され、お屋敷の新しい旦那様として帰還してくださいました。

というわけで、いま私の話を聞いてくださっているポーさん、あなたの他には、事の真相を知る人物はこの世のどこにもおらず、私はこのちいさなラトルバラの町のどなたからも、いまだ「お前が犯人だ！《You are the woman》」とは言われていないのです。


（桜庭一樹＝翻案）

メルツェルさんのチェス人形

——エドガーによる〝物理的からくり《モーダスオペランディ》〟の考察——

そりゃそうだ、世間のみなさんご存じの通り、例の〈メルツェルさんのチェス人形〉ほど人気を得た機械《おーとまた》は他にありゃしないよ。このぼくエドガーや、それに君のようなね、好奇心旺盛にして聡明な青年たちが幾人も押し寄せては、あの機械の神秘と謎のヴェールを剝ごうとしたものだ。とはいえ、あれがこの世から永久に失われてしまった今をもってしても、〃物理的からくり《モーダスオペランディ》〃は結局のところ解かれてない。つまり、謎とともにこの世とあの世の狭間《はざま》にドロンと消えちゃった、というわけだね。

……あれからもぼくは思考し続けてね。

というわけで、今日、こうしてお茶の時間に、友であり同好の士である君をお招きしたのは、推理を聞いてもらいたかったからだよ。……ヴァージニア、お茶を！　さて君どうぞこのソファでごゆるりと。

思いだしてもごらんよ、君。新大陸中の分別ある大人たちが、〈メルツェルさんのチェス人形〉には感心しきりで、「人類の発明で最高の物！」とまで賞賛したよねぇ。確かにそれには一理ある。今は十九世紀半ば。科学の発展が文明にとっていかに有意義なものか、我々も理解しているからねぇ。あれが本当に機械なら、そりゃ素晴らしい、そりゃ科学万歳だ、でもね、ぼくがずっと気にしてきたのはちがう！ ……そう……科学文明のまっすぐな発展とは……ちがうもの……もっともっと下世話なお話なのだよ。すなわち〝物理的からくり〟、奇術、もっといえば……インチキ、そう素晴らしきインチキショーとしての〈メルツェルさんのチェス人形〉のお話……。

お茶をこっちに、ヴァージニア。そう。ここ……。ありがと！

科学の申し子たる機械のことならね、なにもあれにこだわらなくても、これまでにも凄《すご》い作品は多々生まれてきたのだよ。ちょっと待って……これ、この本だ！ ブルスター博士による『奇術大総覧』！ 知ってる？ まだ読んでないの？ はは、ほかならぬ君になら貸してあげよう。これと『エジンバラ百科全書』の二冊はなかなかの名著でね。えーと、まずはこのページ。

時は十七世紀のフランスまで一気に遡るよ。ルイ十四世が子供のころ遊んだ機械仕掛けのおもちゃ〈貴婦人馬車〉だ！

まず約一メートル四方の台を置く。台の上にミニチュアの木製四輪馬車を載っける。窓が開いていて、座席に木製の貴婦人が腰かけているのが見えるよ。御者台には御者もいる。車体後部のばね仕掛けに触ると、木製の御者が木製の馬二頭に鞭《むち》をくれる。馬が馬車を引いて歩きだす。台の角でうまいこと左折もする。こうして幼い王子の前までくると、馬車は停《と》まる。扉が開いて貴婦人が降りたち、王子におもちゃの請願書を渡す。貴婦人は馬車にもどり、また御者が鞭をくれ、馬が歩きだすという……。楽しいね、フフ！　これはカミュさんというパリの人形職人の作品さ。

お次に紹介する機械は〈魔術師〉。十七世紀にドイツの時計職人マイヨルデさんが作り、見世物小屋に売ったもの。中世風の魔術師人形が、右手に杖《つえ》、左手に開かれた書物を手にし、座ってる。で、質問を刻んだ真鍮《しんちゅう》製メダルが二十枚用意されてる。客は好きなメダルを選んで、人形の腹の引き出しに入れる。すると引き出しがばね仕掛けで閉まる。人形は立ちあがって一礼し、右手の杖を振り回し、顔の前に書物を持ちあげて、思案するように首をグリグリ、グリグリと振る。答えがわかると杖で後ろの壁を叩《たた》く。するとお腹《なか》の引き出しがパーンと開き、答えが書かれた紙が飛び出てくるのさ。

どこの国にも、仕掛けを知りたくて余計なことをする客がいるものでね。試しにメダルを入れずに引き出しを閉めたり、二枚まとめて入れたりもしてみたそうだよ。そしたらどうなったかって？　何も入れずに引き出しを閉めた場合は、人形は立ちあがって考えるふりをするものの、すぐ座ってしまい、空の引き出しがパーンと開いて、おしまい。二枚入れた場合は、奥に入れたメダルの答えだけを教えてくれる。

マイヨルデさんの回想録によると、この機械はじつに単純な仕掛けらしい。そのぶん、なるべく人間らしく見えるようにと造りを工夫したそうだ。

さらに素晴らしい出来なのは、十八世紀、イタリアのヴァイオリン職人ボキャンソンさんが作った〈鴨《かも》〉さ！　これはいいね！　フフ。……いやなぜならね、この辺りから近代の、つまり科学の匂いがするんだ。実物大の鴨のおもちゃ！　本物と見間違えるほど精巧な造りだった。見た目だけじゃない、動きの再現も見事だ！　餌や水を平らげる姿も、頭や喉の独特の動かし方も。嘴《くちばし》で水をかき回す仕草や、鳴き声も。さらに凄いのは解剖学的な正確さ。一本一本の骨、翼、体腔《たいこう》が正確に造られ、おまけに食べ物を消化して排泄《はいせつ》するところまでやってのけた、って。

機械《おーとまた》とは面白いものだねぇ、君？　だってだよ、我々の生命という、この曰《いわ》く言い難い神の創造物を、器官として科学的に理解し、再現しようというね、近代的な欲望の産物なのだから。

まぁそれはいい。

今日のお話のために紹介したい機械は、次に出てくる〈計算装置〉なんだ。そうこのページ。見てみて、君。このページ。

うん。見ての通り、木と金属で造られたおおきな箱だ。これはスイスの天体マニア、パペジさんが生涯をかけて作ったものだよ。人間の手でデータを入力すると、天体図や航海図を正確に計算して印刷してみせるという、優秀なる数学機械さ。いや確かに凄い！　ぼくも素直に感心したものだよ。だが、あるばかな奴《やつ》から「ポーさん、例の〈計算装置〉と君が夢中になってる〈メルツェルさんのチェス人形〉ではどっちが凄いの？」なんてからかわれて……おや君笑ったね？　そうその通り！　さすが君だね。

そう、この二つは元来、比べるようなものじゃないのだ。だって天体にしろ海図にしろ、一度データを与えられたら、後は最後に待つ唯一の答えに向かっての〝一本道の計算〟なんだからね。途中で不測の事態が起こって答えの確実性が損なわれることは、基本的にはないと言える。

一方、チェスはどうだね？

そもそもだよ。勝負に勝つための正解は一つじゃない。〝一本道の計算〟どころか、無数の可能性の道が未来に向かって放射線状に延びている。ゲームの勝利とは極めて〝有機的なもの〟なのだ。さらにさらに、チェスには勝負の相手もいる。こいつはやっかいなことに、人間だ。つまりだよ、君？　賢いとも限らず、いちばん確実な手を指すとも限らず、そのうえ、性格や、個性や、その時の気分に激しく左右されちゃって……風の向くまま気の向くまま！　そんなやっかいな相手、人間との勝負なのだ。だからこそ一手進むごとに不確実性と緊張が高まっていく。チェスとは恐ろしき人間ゲームさ。さっきまで勝利への道だったはずの手が、もう不正解に変わるんだから。要するにだよ、君。バベジさんの作った優秀なる〈計算装置〉と比べるのは、まぁ土台無理というものさ。

思うに、我らが〈メルツェルさんのチェス人形〉は、天体や海図じゃなく、〝人間の行動という不確実性〟との終わらない戦いの中に長らく身を置いていたのだ。ぼくや、君、それにヴァージニア、もちろん君もね。ぼくらみんなの、不確実で有機的なる、素晴らしきこの人生と同じように。……なんてね。

だからこそぼくは、正確な計算機械ではなく、おそらく〝物理的からくり〟を秘めた……

とんち、インチキ、騙《だま》し……観客との勝負師、詐欺師……としての〈メルツェルさんのチェス人形〉に、こうも惹《ひ》かれてるのだ。

……あぁ、ありがとヴァージニア。うん！　お代わりをもらおう。それとビスケットとチーズのサンドイッチも。うん、これはすこぶるおいしいサンドイッチだね。

さてと、謎めいたこのチェス人形の出生から追っていこうじゃないか、君！　時は一気に前世紀末の東欧まで遡る。作った職人の名は歴史に埋もれて消えたが、作らせたほうはハンガリーのケムブレン男爵という人物だとわかっている。彼は政治的な理由に迫られ、ロシアに逃げたポーランド人将校ボルスキーを追うことになった。奴がチェスの名手だったため、男爵は一計を案じ、〝人間と勝負するチェス人形〟を作っておびきよせた。

その計画で見事奴が捕まったかって？　残念ながら、文献を漁《あさ》ってもこれ以上はわからなかった。まぁともかく、チェス人形は政治がらみではすぐ用済みになり、興行師メルツェルさんのもとに売りとばされた。で、太鼓腹の陽気なメルツェルおじさんは、小柄で陰気な助手とともに、パリ、ウィーン、ロンドンと、旧大陸中の都市を回っては、華やかなるショーを繰り広げた。これが大人気でね！　世紀が変わるころにはついにこの新大陸にもやってきた。こうしてチェス人形は、アメリカのさまざまな都市に現れ、数えきれないほどの観客と、人間ゲームことチェス勝負を続けたのさ。

……そうか！　君は結局、本物の〈メルツェルさんのチェス人形〉を見たことが一度もないんだね？　ぼくは子供のころにあるんだがなぁ！　なに、絵を持ってきてくれた？　おぉ

昔の新聞じゃないか！　人形の絵と記事が載っているね。そうそうこれだよこれ！　もっともこの絵では、あの謎めいた人形が放っていた、一種異様な、へんな、何とも言えない妖《あや》しみの空気まで再現できてるとは言い難いがねぇ。
ほう、この記事はショーについても詳しく書いてある。ふんふん……。あぁこれは概《おおむ》ね正確な文章と言えるよ。君はいいものを持ってきたね。この記事をもとに、ぼくが当時目撃したショーを再現してあげる。では……（ピーッ！）あーっ、ヴァージニアごめん！　口笛を吹いただけ

なんだ。君がお茶をこぼすとは思わなくて……。大丈夫？　よーし続けよう。（ピーッ！）開演時間だァー！

劇場に集まった観客が、口笛を吹き、はしゃぎ、ざわめく中、ご機嫌な音楽とともに幕が開く。さぁて、舞台の真ん中にかの有名なるチェス人形がいるじゃないか！　太鼓腹の陽気なメルツェルおじさんが得意満面で口上を述べてる。ほら……。耳を澄ませてごらんよ……。そう、この記事にある通り、人形と最前列の客までの距離はたったの三メートルだったのさ。人形はトルコ人風の派手な異国衣装を身に着け、頭にはおおきな羽根飾りをつけてお洒落《しゃれ》していた。右手は前方に長く伸ばされ、左手にはパイプを握っていた。そう、この絵の通りだね。……あっ、ただ実際には、机の上にチェス盤代わりの桝目《ますめ》が描いてあったはずだが。

楽しい口上が終わると、メルツェルさんはあちこちの客に大声で呼ばれるまま、机代わりの箱を引っ張ったり押したりしてチェス人形を見せて回った。机の底に車がついていて、簡単に動かせる仕組みだったからね。それからメルツェルさんは、疑い深いみなさんのために機械の中身をお見せしましょう、と宣言した。

そして、もったいぶった仕草でおおきな鍵束を出してみせると、まずはこの絵にある１の扉を開けてみせるのだ。

歯車、ぜんまい、捩子《ねじ》がぎっしり詰まり、いかにも機械《おーとまた》という様子だったなぁ！　観客もオーッと感心する。するとメルツェルさんは１を開けたまま得意満面で机を回転させ、後ろ側も見せてくれる。人形のマントを持ちあげて裏側の扉も開けると、うんうん、この記事に書いてある通り。裏側から見てもやっぱり机の内部には歯車や振子がたくさんあったよ。メルツェルさんは1の後ろの扉を閉め、また机を回転させる。次に前方の下部分にある横長の引き出しを開ける。君、便宜上この引き出しのことを4と呼ぶよ。で……。なーんだ、こっちの中身はクッションやらチェス盤かぁ。

次に、1と4は開けたまま、2と3の扉も同時にパーンパーンと開ける。と、2と3は扉が別々についているだけで中は一つの機械室として繋《つな》がっているとわかる。この機械室は、右側に歯車や振子が少しあるものの、黒い布で壁を覆われていて、ほぼ空っぽに近い。メルツェルさんは2と3だけ閉めると、1と4を開けたまま、また机をくるくるっと回す。そして2と3の後ろ側の扉も開けてみせる。うん、反対側から見ても、少しの歯車のほかは壁を覆う黒い布が見えるだけで、やはり空っぽに近いなぁ。

この辺りから観客は、確かに机の中身には不審な点がなかったが、人形のほうはどうなんだよ、と怪しみだす。と、絶好のタイミングで、メルツェルさんは人形の背中の扉もパカリと開けてくれるのだ。すると人形の内部にも歯車やぜんまいがいっぱい詰まっていてねぇ。これぞまさに機械《おーとまた》という見かけなのさ。

こうしてチェス人形の内部をすべて見せ、不審を払拭し、扉をすべて閉めたら——いよいよお楽しみのチェス勝負が始まるというわけでね。

メルツェルさんとの楽しいお喋《しゃべ》りの中で、やがて幸運なる客が一人選ばれる。彼ないし彼女は、人形からすこし離れた位置に置かれたチェス盤付きテーブルに座らされる。人形の机にもチェスの駒が並べられる。机に蠟燭《ろうそく》が六本並べられ、妖しげな炎が明々《あかあか》と灯《とも》される。

さぁて、先手はチェス人形だぞッ！

勝負は大盛り上がりだ！　人形が左腕を動かして指した手と、観客が指した手は、メルツェルさんが二人の間を忙しく行き来して、それぞれのチェス盤の駒を動かしてやる。また勝負中の人形の様子がすこぶる面白くてねぇ。ぼくは子供だったから夢中で見たよ。なにしろ、駒の行方によって目玉を左右に動かしてみせたり、首を振ったり、しまいには苛立《いらだ》って右手で机をコツコツ叩いたりもするのだ。制限時間の三十分もあっというまに感じたね。

で、結局のところ、たいがいは人形が勝つ。そうするとチェス人形は得意そうに頭を揺すり、勝ち誇って観客席を見渡してみせたりする。まるで心があるかのようにね。それこそいささか感情的にだよ。フフ！

最後にメルツェルさんがまた机の内部を同じ順番で見せてくれる。そうして万雷の拍手を受けながら、人形とともに引っこむ。

まぁとにかく売れっ子でねぇ。大陸中から引っ張りだこのショーだったよ。

なんて、こうして話してると……懐かしくなるねぇ、君……。

それから時は経《た》ち、ぼくも大人になった。後で説明するが、チェス人形は結局謎のままこの世から消えた。まるで子供のころの夢そのままに、ね。

あの人形の謎を解かんとする試みは、現在まで常にあり続けた。このぼくも、多忙の傍ら、さまざまな説の収集を続けてきた。その幾つかを君に紹介しよう。

おっとその前にだね、人形のいっとう初めのオーナーたるハンガリーの貴族、ケムブレン男爵の言葉を引用させてほしい。これだよ、この書物に残されて……。えーとね……「あんなものは……じつに平凡なおもちゃで……。まず、大胆な発想、それから〝幻〟を産みだすうまい手があったから、たまたまみんなを驚かせているだけで……」ふん！　なーにが幻だって？　そーんなはずがあるかい！　チェス人形の上げた効果は幻なんかじゃない。人間の〝知恵〟の賜物《たまもの》にちがいないよ！　名もなき天才的人形職人の手による、ぼくのこの推理的頭脳への、時を超えた、挑戦ともいえ……っ！　あーっこぼした！　ごめん。……おーいヴァージニア！　お茶をひっくり返しちゃった。至急、拭くものを頼むよ。

ふぅ。では気を取り直し、謎を解くさまざまな説を紹介しよう。

僕が収集した限り、もっとも多いのが「本物の機械である」という主張だ。お偉い学者先生までそうおっしゃってねぇ。だがこの説は、さっきぼくが時計職人パベジさんの手による〈計算機械〉との違いで説明した通りで、ふん、まるでいただけないよ。次いで多いのが「メルツェル自身が机の裏側で人形を操作していた」説だ。だが、これもねぇ……。なにしろメルツェルさんは、勝負の途中でも、観客のリクエストがあれば箱の位置をくるくる変えていたんだからね。後ろから見ても不審な点はなかった。さらに「メルツェルが磁石を使って人形の腕を動かしていた」説もある。うんうん、これは当時もよく言われていたね。しかしだよ。ある日、勝負の邪魔をしようと強力な磁石を持ちこんだ観客がいたのを知ってるかい？　メルツェルさんはなんとこの客を歓迎し、磁石を机上に置かせた。勝負は滞りなく進み……。だからこの説も却下さ。

ぼくが注意深く集めたのは「箱の中にちいさな人間が隠れていた」という説を主張する一連の文献だよ。

えっ、どうしてって？

何を隠そう、このぼく自身もそう考えてきたからさ……。

しかしね。満足のいく説はまだどこにも載っていない。これなんかことにひどい！　十八世紀末にフランスのパリの一流新聞に載った推理だ。なになに……「身長三十センチメートルほどのちいさな人間が、１の内部にある筒状の機械に足を入れて隠れていた。前側の扉が開けられているときは後ろの扉から上半身をピョコンと出していた」だってさ。身長三十センチだって？　妖精か？　そりゃ昨今流行してますけどね、妖精なんてこの世にいませんよ！　……ご、ごめんよヴァージニア！　泣かないで。君を虐《いじ》めるつもりは……。いるよいる、妖精はいる！　いるともさ。ただ、いまの話には関係がないものだから、つい語気が荒くなっちゃって……。うん、ヴァージニア、君もここに座って聞いてて。……おい君、彼女にソファを譲ってくれ。えっ、君？　君は立ってよ。男なんだからひとまず立っててくれ。いや？　あぁそう……。じゃぼくが立つよ……。よいしょっと……。

さて、気を取り直して！　同じころドイツのドレスデンで発行された雑誌に載った推理も見てほしい。これだよ……「下の引き出しに驚くほど痩せた少年が隠れていた」。いやいや、おどろくほど痩せたってどれぐらいの痩せ方だい？　紙みたいに薄っぺらくなきゃ入れないさ。

まったく、世界中の評論家が、みんなして、ぼくの大事なチェス人形について、面白がって適当なことをっ書きすぎだっ！　そんなっにっ楽しいっかーっ！

はぁはぁ……。まぁそんな中でもね、ちょっとはましだったのが、アメリカのボルティモアで発行された三流週刊新聞に長々と載った説だよ。これだ、君。しかしとにかく長くてね。だからはしょるが……ぼくと同じく「箱の中に小柄な人間が隠れていた」という推理なのはいただける。だからこそ期待して読み始めたが……しかしこの推理には重大なる〝姿勢的欠陥〟と〝美意識の欠如〟があった。途中で怒りだし、新聞を丸めて投げちゃったよ、ぼかぁ……。

はー……。

えっ？

エドガー、そんなに情けない顔をするな、って？
ウ、ウン。ありがと。君は賢いし、昔っからいい奴だ。ぼくのおかしな話を、いつだって興味深く聞いてくれ、理解もしてくれる。第一、趣味が合う！　そんな君にだから言うが……ぼくは、ぼくは、こう見えてね、世界でほぼ初めて〝探偵小説〟を書いた男……つまり〝探偵小説を発明した作家〟なのだよ。そんなぼくの主張は、なぜだろう、いつだって真面目に聞いてもらえない。ばかげてるとか、変質的だなんて、御立派な紳士諸氏や学者先生から馬鹿にされてばかりだ。だが気にせず信念を持ってやっていくつもりだよ……。寂しくなんかないさぁ……。ちっとも、ね！

あのね、ぼくがボルティモアの新聞の説を否定するのは、これが「まず結論ありき」の似《え》非《せ》推理だからだよ。つまり「箱の中に小柄な人間が隠れていた」と結論を決めてから、いろんなことをこじつけ、結論と合わない証拠は徹底的に無視してるのだ。しかしぼくが思うに、〝結論は帰納法によってこそ得るべき〟なのだよ。それに〝同じ結果を呼ぶほかの説のすべてが論理的に否定される〟必要だってあるだろう。そうじゃないと、その結論を手放しで肯定するわけにいかないからさ。そう、推理はっ、数学的な美を持たねばならぬというっ、存在論的義務を有するの、だーっ！

……えっ？　はははは。

そこまで言うからには、おまえには〝帰納法によって得たエドガーの結論〟があるんだろって？　う、うん……。

ぼくは、ぼく自身が書いてきたような立派な名探偵じゃないが。このぼくなりに思考した結果を聞いてもらおう。

ほかならぬ君に、ね。

さて、今は昔。少年時代のぼくエドガーが熱心に観察したところだね、〈メルツェルさんのチェス人形〉には、じつのところ十七カ所もの不審点が存在したのだ。……あぁっ、ヴァージニア？　君、びっくりしないで。そんなに仰《の》け反《ぞ》って。そう長い話じゃないし、彼と一緒に最後まで聞いておくれよ。

よし、まず一つ目はね。ゲームの一手一手の〝制限時間がない〟という問題だよ。だって、君、君、君、あれがほんとうに機械ならだよ？　駒を指す時間を三分以内などと決めておいて、時間がくると人形が動きだすという仕掛けになるはずじゃないか？　ところが実際には、勝負相手の人間が早く指せば、人形も次の一手を指し、相手が迷っていればじーっと待ってた。人形のほうが指すときも同様。すぐ手を思いつくときもあれば、延々悩んでるときもあってね。

二つ目はこれ。〝人形に相手の駒が直接見えていた〟という疑惑について。

さっき説明した通り、チェス人形と対戦相手は離れた場所に座って、銘々のチェス盤に駒を指していた。二つのチェス盤の間をメルツェルさんが毎回行き来しては、互いの駒を動かしてやっていた。ところがだよ！　よーく観察するとだね。チェス人形は左手で駒を指すわけだが、左手が動く約二秒前に、人形の左腋《ひだりわき》の辺りが必ずコトコトッと震えるのだ。たぶんその辺りに腕を動かすばね仕掛けがあったんだろうねぇ。まぁそれはいい。問題は、だ。対戦相手が駒を指して、メルツェルさんが人形の机の駒を動かしてやる数秒前に、左腋の下が早くもコトコト動きだしてるときもあったのだ。まるでメルツェルさんにチェス盤の駒を動かしてもらわなくても、相手の手元が見えてるかのように。しかもだよ、こういうこともあった！　まず対戦相手が駒を動かそうとする。それを見てチェス人形の左腋の下が早くもコトコト動く。しかし対戦相手は駒を置くのを直前でやめ、悩みだす。するとチェス人形も動きを止め、待ち始める……。機械にしちゃ変でねぇ。普通の人間みたいじゃないか。ぼかぁ、これがすこぶる気になったね。

三つ目は、人形の例のユーモラスな動きについてだ。ほら、興奮して目玉をグリグリ動かしたり、首を振ったりしたと言ったろ。ぼくは大喜びで見てたが、しかしよくよく観察するとね、"余裕のあるときしか目玉や首を動かさない"と気づいた。勝負の初めはよく動いて観客の目を楽しませてくれるんだが、盛りあがるにつれ、だんだん駒を指す左手しか動かなくなってくる。

おそらくだが、チェス人形の内部に隠れている人物が、勝負に気を取られるあまり、芝居用の仕掛けを動かしている場合じゃなくなるんじゃないかな。本物の機械なら逆にさ、勝負に熱が入るほど、悩んだり興奮したりする芝居を増やすだろうからねぇ。

そして四つ目。メルツェルさんが人形の背中の扉を開け、内部の歯車や振子を見せてくれたときに気づいたことだよ。

静止した状態で見ると、とくに不審な点はなかった。だがねぇ、客席で自分が右や左に動きながら目を凝らすと、不思議なことがわかった。遠近法なんて言葉では説明できないほど、歯車や振子の詰まった内部の空間がぐにゃぐにゃ歪《ゆが》んで見えたのだよ。どうしてか、わか、る……かい……。そっ、そう！　は、早いね、そうなんだよ。たぶん〝人形内部に鏡があった〟のだ！　じつはちょっとしか入ってない歯車や振子を、うまい角度で鏡を置いて二重三重に映すことで、いっぱい詰まってるように見せかけていたのかもしれない。つまり、人形内部に、ほんとうは空の部分が相当あったにちがいないのさ。

それに、1の扉の後ろ側を開けて中を見せたときも、じつは気になる部分があった。うん、これが五つ目だね。えーとね、こちらも、内部には確かに歯車や振子が詰まって見えたけれど、前側の歯車や振子は固定されている一方、後ろ側の振子は、机がくるくる回されるたび前後左右に妙に揺れて見えてね。つまり、机内部の歯車は〝邪魔なときには上や下や右や左に動かせた〟のかもしれないと思ったのさ。

そして六つ目は、これ！　絵にも残されているチェス人形の怪しげな格好の件だ！　羽根飾りをつけて派手な衣装に身を包んで。目玉をグリグリと動かして。まるで古めかしい中世のおもちゃといった様子でね。しかし、メルツェルさんのほかの出し物に出てくる機械はもっと近代的で、第一、本物の人間や動物に見た目も中身も近づける努力がなされていた。そう、最初に話した〈鴨〉みたいに。ところがチェス人形だけは〝妙におもちゃっぽい外見をしていた〟のだよ。つまりぼくの推理ではこうさ。

本物の機械は生き物に似せて作り、偽物の機械はいかにも機械らしく見せる、ということ！

そういえばね、勝負の前に、メルツェルさんは楽しい口上とともに、大仰な仕草で、机の横についているぜんまいみたいなのを巻いてみせるんだがね。ぎゅっぎゅっぎゅっぎゅ、って……。大人になった今も、あの音を思いだしただけでワクワクしてたまらなくなる。だがよく考えると、じつはあの音は、ぜんまいや振子など、大人になってから聞いた〝どんな機械仕掛けの音ともちがった〟んだよ！　なっ、なんだよっあの音は！　メルツェルおじさんってば！　おそらく、君、機械に見せかけるための演出の音に過ぎなかったのだよ！　毎回あんなにワクワクしたのに！　ぼくは！　騙されていた！　……えっ？　ヴァージニア？　あ、そうそう。いまのが七つ目だよ。ついカッとなってカウントし忘れてた。ありがと。……ん？　いや、不審点は十七カ所あるって最初に言ってたでしょう。だから後たったの十個だよ。……なにぃ？　退屈したなんて、ぜったいぜったい言わせないからね。はぁ？　あたし用があるなんていいわけもだめ！　ちゃんと聞いてよ。ぼくはとっても大事な話をしてるんだからね！

はぁはぁ……。

さて八つ目はね、人形のおおきさ問題だ……。はぁはぁ……。隣にいるメルツェルおじさんがおおきいから、異国風衣装を身に着けたチェス人形はちいさめに見えていたが、実際は〝人形は実物大の人間ぐらいおおきかった〟らしいんだよ。うん。

さらに九つ目は！　机のおおきさ問題だ！……あぁそうか、君が持ってきてくれた記事に正確なデータがある。えーと……横は一メートル弱ある。縦は七十センチメートル強で高さは七十センチメートル弱。ってことは……ここからここぐらいのおおきさだよね。高さもこーんなにあって！　幅はというと、そう、君の座ってる椅子とぼくが立ってるこの辺りぐらいまである。そうだよ、つまり〝箱もけっこうおおきかった〟んだよ！　しかもね、外側から見ると重厚そうな造りの机だが、内側を覗くと薄い板でできていた。見た目よりも内部の空間はおおきいというわけ。

さらにだよ、君。内部に張られた黒い布のこともぼくは大いに気にしてるのだ。これが十個目の不審点。

ねぇ、さっき、2と3の扉の内部はおおきな機械室として繋がってたと言っただろう。この機械室の天井も、1の扉の内部と繋がる横壁も、4の引き出し上部に当たる床も。〝機械室の周りはすべて布張りだった〟のだよ。だから、もし中に誰かが隠れていて移動しようと思えば可能だったと思う。内部で音をさせても外まであまり響かないという効果もあったかもなぁ。

もしそうやって内部に人が隠れて、右に左に動いていたのなら、メルツェルさんが〝必ず同じ順番で扉や引き出しを開けて内部を見せた〟のも納得だよ。これが十一個目。だって、いつもとちがう順番で開けたら、中に隠れてる人が見えちゃうかも。……あれ、ヴァージニアったら笑ってるの？　変なところにおかしみのツボがあるんだねぇ、おかしいな。ハハ。観客のための演出と見えて、じつは内部に隠れている人のためだったんじゃないかと内心疑ってるのが、〝机上に蠟燭をたくさん灯していた〟件だよ。これが十二個目の不審点。机のチェス盤の周りはいつも火のついた六本もの蠟燭でぐるり囲まれていたんだよ。劇場の照明は十分明るいのになぜだと思う？　おそらく人形の中に人が隠れていて、胸部分の薄い更紗《さら》《さ》の衣装越しに外を見ていたんじゃないのかな。

そうやって人形内部に人が隠れていたからこそ、〝勝負相手の観客は離れたテーブルにつかされた〟んじゃないかとぼくは考える。うん、そう。これが十三個目だね。だって、人形の真ん前に座って直接チェス勝負をしたら、中に人がいることに気づいてしまうからね。

十四個目は……あぁ、これは物理的証拠ではない。だから手短に行こう。〝メルツェル自身、チェス人形は機械だとはけっして言わなかった〟のだ。記者に囲まれて質問されるたび、愛想よくにこにこする割にはノーコメントを貫いていた。

そして、なんといってもチェス人形自身の〝勝負の不確実性〟だ。これが十五個目。

だってねぇ、君。こうは思わないかい？　あれがほんとに機械なら、規則的に思考し、常に勝負に勝つはずだ、って。もし遠い未来、本物のチェス機械が生まれたとしたら、そんなこともあるかもね。だがあの愛すべきインチキ人形は、実際、ちょくちょく、観客に、負けてた。どこの町にもいる、ごく普通の、腕自慢のおじちゃんやおばちゃんたちに、だよ。ころっと。案外。簡単に。調子の悪い日は。あいつはねっ！　負、け、て、た、ん、だーっ……！　って、はは、ちょっとまぬけだよね？

子供のころあんなに夢中になった〈メルツェルさんのチェス人形〉の中には、ぼくらと同じ普通の人間が隠れてて、ぼくらの不確実な生と同じように、終わらない人間ゲームの中を、ひたすら、五里霧中で戦い続けてたんじゃないかな、なんて。

ぼくは観客席で。

メルツェルおじさんは舞台で照明を浴びて。

姿の見えないそいつは、人形の中に隠れて。

さて、ではその人とは誰か？

これが十六個目。最後から二つ目の不審点。

君、最初にぼくは言ったよね？　太鼓腹で陽気なメルツェルおじさんと小柄で陰気な助手がいろんな街を回ってた、って。劇場で働いていた人の証言によると、ショーが始まると〝助手の姿を見かけなくなった〟ってさ。この助手の名は歴史に埋もれて消えてしまい、今ではどこの誰だったのかわからない。たぶん若い男だったと言われるが、女だった可能性もなくはない……。

いや、君、そんなしんみりしないで……。どっか夢のある話じゃないか。あんなにみんなを夢中にさせた大いたずらの張本人なのに、名も、顔も、性別さえ、誰にも知られてないなんてさぁ。ぼくだってなってみたいさ。そんな……そうだな、云わば陰の主人公に、さ。

さて最後の十七個目はこれ！　そんな彼ないし彼女が動かしていたチェス人形は、どうして〝左利きだった〟のかだ。

そう！　えーっと、ほら、二つ目の説明でも少し話したけどね、チェス人形は左手で駒を指していた。それはなぜか？　だって右腕が動くように作ったほうが自然に見えるのにね。

さっき、人形の左腕が動きだす直前に左腕の下がコトコト動くと言ったよね。このことから、人形の左腕の下部分に左腕を動かすための装置があったと推測されるよ。さて、君。それにヴァージニアも。やってみて。君たちは右利きだよね？　等身大の人形の中に隠れているとしてだよ。右肘や肩をそう動かさず、右手で自分の右腕の下を触ってみて？　フフ、けっこう苦しい体勢になるよね。もし右腕の下に装置があって、この格好でずっと動かす羽目になったら、辛《つら》いよねぇ。じゃ、逆に左腕の下に触ろうとしてみてよ。……ほら！　簡単だろ？　右腕が胸の前を通り、左腕の下に簡単にタッチ！　ほら、タッチ！　だろ、だろ？　こういうわけさ、君たち！……えっどういうって？　だからさぁ、ヴァージニア、もうー……。

人形内部の謎の人物はだよ、左腕の下の装置を右手で動かして駒を指していた、という推理なのだ。

これでぼくの疑問点はすべて提示した。つぎにいよいよ……。えーっ、ヴァージニアったら、まだ終わってないんだってば……。ど、どこに行くんだい？　君ィ、ぼくの妻を捕まえて！　妻が、逃げる！

……さあもどってきたね。では！　人形と机の内部にどうやって隠れて、客の目を騙していたかを！　このぼくが……偉大なるエドガーが、順を追ってご説明いたしましょう！　ヴァージニア、ふくれてないでちゃんと聞いてよ。さて、もう一回この絵をよく見て。あ、持ってきてくれた記事に勝手に数字やら蠟燭やら書きこんでごめんよ。さて。

この絵を見ながら、記事をもとに話したメルツェルさんの手順をおさらいしようじゃないか！

メルツェルさんはまず1の扉を開けた。すると歯車や振子がみっちり詰まっていた。次にここを開けっ放しのまま、くるっと机を回転させ、後ろ向きにした。1の後ろ側の扉を開けて中を見せた。こっちにも歯車がたくさん入っていたね。すぐ閉め、また机を回転させて前

側にもどる。1は開けっぱなしのまま、4の引き出しも開ける。引き出しの中には？

そう、クッションやチェス盤が入っていたんだ。で、ここが重要なんだが……メルツェルさんは1と4を開けっぱなしのまま、2と3の扉も開けた。内部は繋がった一つの機械室だった。周りを黒い布に覆われていてね、機械は少なく空間が多かった。それからメルツェルさんは2と3の扉を閉めると、1と4はなぜか相変わらず開けっぱなしのまま、くるっと回転させてまた後ろ側を見せてくれた。2と3の後ろ側の扉を開け、最後に人形の背中の扉まで開け、中を見せる。

で、さぁお客さん方、中を全部見ましたね、となるわけさ。

さて、では、ぼくが陽気なメルツェルおじさん、君が内部に隠れた陰気な助手になりきって、一緒に観客を騙してみようじゃないか。ぼくらの無敵なる〝物理的からくり《モーダスオペランディ》〟の力で、ね！

さて、ぼくことメルツェルさんは、まず鍵束をガチャガチャさせ、中に隠れてる君に合図を送るよ？　そうして大声で口上を述べながら、１の扉の鍵を開ける。おっと君はどうする？

じつは１の前方に詰めこまれた歯車や振子の裏側に空間があり、ここにちいさくなって座って隠れてるのさ。そうそう、その姿勢でね。うまいね。で、この時点では、腰から下は２と３の空間に入れてるはずだよ。恐らく必死で縮こまって、ね。そうそう、そんな感じで……。

次にぼくは机ごとくるっと回転させ、１の後ろ側の扉を開けて観客に見せる。このとき鍵穴に鍵を挿しこむ音を合図に、君は……ほらっ急いで前屈して！　急いで！　もっと！　２と３の空間に、閉じた書物みたいに折りたたまれて隠れるのさ！　そう！　……そうなんだよ！　これは苦しいんだ。長くはできない格好さ。だからメルツェルさんは１の後ろの扉をすぐ閉めることにしてたのさ。

扉が閉まり、君はほっとしてまた上半身を起こす。ぼくは机をまたくるっと回転させ、前方の4の引き出しを開けてみせる。観客が注目するのは引き出しの中のクッションやチェス盤だが、よーく考えてごらん？　ぎゅうぎゅうで中に隠れてる君にとっては、下に向かって足を伸ばす絶好のチャンスが訪れたってわけ。だってさ、引き出しを開けたぶん、机の下部に空間が開いてくれるんだからね。

君は上半身を1の機械の裏に、下半身を4の引き出しの奥に入れて、Lの文字のポーズでほっと一息！

フフ、だからぼくは、君のために1と4は開けっ放しにしてあげてるわけさ……。

というわけで、君の下半身が2と3の機械室から4の奥に無事移動すると、ぼくは2と3の扉をパーンパーンと開けて見せる。もちろん、中にはもう何もない。だってついさっきまで君の下半身があったけど、いまは下に移動してるんだもの。ぼくは2と3だけ閉め、またもや机を回転させ、後ろ側を見せる。2と3の後ろ側、続いて人形の背中の扉も開けてみせるが、なに、君はずっと、1の奥に上半身、4の奥に下半身を隠してるから、もう誰にもみつかる心配はない。観客は、ほら、見事に騙されてる様子だぞ！　それも、みんな楽しそうにね！

観客はすべて点検したと思いこんでるが、じつは1の扉の内部はよく見てないし、4の引き出しの奥なんか一回だって見せてもらってないのさ。

こうして、拍手喝采の中ですべての扉が閉められていく。すると君は安心し、人形の中にすっぽり入りこむ。あとは、胸の更紗の衣装越しに外を見ながら、胸の前を通して右腕を左に伸ばし、人形の左腋の下にある仕組みを使って人形の左腕を動かす、というわけさ。

ねぇ、君。ねぇ、君。本物の機械より、偽物のほうがあんなにも人の心を摑《つか》むことがあるなんて、ぼくにはとても興味深いよ。だってまるで小説の中の人間みたいだもの……。わかるかい？

さてさて、ぼくたちが大人になるより先に、メルツェルさんは不幸にも亡くなり、主《あるじ》を失ったチェス人形はフィラデルフィア在住のミッチェルさんという医学博士に買い取られた。その後、この人の手をどう離れたのかはわからないが、同じ町の寂れた博物館の隅に長いこと展示されていた。だが昨年の大火事で、建物もろとも〈メルツェルさんのチェス人形〉も燃えてしまい、謎とともにこの世から永久に消えたのだ。

陰の主人公たる例の助手の行方も、もちろん。

ぼくたちの人生そのものみたいに、謎なのさ。


（桜庭一樹＝翻案）

アッシャー家の崩壊

彼の心は構えたリュートの如《ごと》し、
触れなば鳴らん。

その年の秋のことだった。空には雲が低く垂れこめてどんよりと薄暗く、森閑《しんかん》としたある日のこと、わたしは朝から、ひときわ荒涼たる一帯を独りとぼとぼと馬の背にゆられてきたが、夜の闇がおりようとするころふと見れば、いかにも陰鬱《いんうつ》なアッシャー家の館がついに姿をあらわしていた。何がどうとは言いかねるものの、屋敷をひと目見るなり、わたしは耐えがたい気鬱におそわれた。「耐えがたい」などと表したのはこういうことだ。わたしという人間は本来なら、どんなに侘《わ》びしく荒《すさ》んだ自然の過酷な姿を目にしても、むしろ詩情を感じて愉快にすら思うのに、この時ばかりはそんなふうに気が晴れることはなかったのだ。目の前にはそっけない屋敷がそびえ、その地所しか標《しるべ》のない砂を嚙《か》むような景色が広がっている――館の殺風景な壁、虚《うつ》ろな目のような窓、ぽつぽつと生えた菅草《すげくさ》、立ち枯れて白茶けた木々が何本か――その光景を眺めて覚えたまったき憂鬱は、この世のどんな心境にも喩《たと》えがたく、阿片《アヘン》の享楽から醒《さ》めた後の悪夢、というのが当を得ているだろう。つまり、いきなり俗世にまいもどった苦しみ。夢のヴェールが剝《は》がれる時のおぞましさ。胸が凍《い》てつき、沈みこみ、むかつくような感覚。この陰々滅々たる印象はぬぐいがたく、いかな想像力をたくましくしようと、どんな崇高なイメージも湧きようがないのだった。これは一体どういうことだろう？　わたしはよくよく考えてみた。アッシャー家の屋敷を凝視《みつ》めていると、なぜこうも意気消沈してくるのか。よくよく考えてもその謎はいっこうに解けず、心に押し寄せくるほの暗い幻影の正体はつきとめようがなかった。なんの変哲もない自然の事物であれ、こうして人の心を蝕《むしば》む力を持つ組み合わせというのは間違いなくあるらしいのに、その力は、人間がどう考えても解きがたいところにあるのだという不本意な結論に、とうとう至らざるをえない。考えてみるに、こういうことではないか。たとえば、その光景の取り合わせがどこかしら変わったり、その図の細部の配置が違ったりするだけで、こんな暗澹《あんたん》たる印象をもたらす力を弱め、ことによれば消し去るにも充分なのかもしれぬ。わたしはそんなふうに納得しながら手綱《たづな》を引き、そよとも漣立《なみだ》たずに黒々と底気味のわるい光を放っている沼の、切り立った崖縁に馬を止めた。屋敷はこの沼畔に建っており、下を覗《のぞ》きこむと、沼面にはくすんだ菅草や、亡霊のごとき裸木の幹や、虚ろな目のような窓が反転して映じ、さっきと違う像を見せるので、わたしはいっそうの戦慄《おののき》をおぼえたのだった。

とはいえ、この陰鬱の館にこれから何週間か逗留《とうりゆう》する予定なのである。館主のロデリック・アッシャーとは少年時代には仲良く遊んだものだが、最後に会ってからもう幾星霜を経ていた。ところが、つい先日、この地の遠方に住むわたしの元へ彼から手紙がまいこんだのだ。一刻の猶予《ゆうよ》もならないというような、差し迫った語調の手紙を読んだわたしは、これはみずから訪ねていくしかあるまいと思った。文面を見るだけで、書き手はかなり神経をやられ、とり乱しているのがわかったからだ。どうやらきつい身体症状もあり——精神的にもおかしくなって滅入《めい》っており、彼の親友であり実質、唯一の友でもあるわたしと話でもして少しでも気分を明るくし、できればこの病状をやわらげたいので、是が非でも会いたいとのこと。こうした諸々のことを訴える口調が尋常でなく、来訪を乞うさまがあまりに切羽詰まっているので、逡巡《しゅんじゅん》の余地はなかった。かくなるわけで、時を移さず彼の頼みに応えて出てきたわけだが、こうして屋敷に着いたいまも、妙な呼び出しもあったものだと訝《いぶか》る気持ちがあった。

若い頃は親しくつきあった仲でありながら、実はこの友人のことをわたしはほとんど知らなかった。アッシャーにはつねづね人を寄せつけないところがあり、その壁は崩れることがなかったのだ。とはいえ、わたしの知るところでは、この伝統ある旧家の人々は大昔から代々の気質として、一種独特の感性を有することで知られており、その感性は長い年月の間に、数々の高尚な芸術作品に結実し、また最近では、陰ながら惜しみない慈善行為を頻々《ひんぴん》とおこなうことにもなったが、その一方、音楽学においては、正統的でわかりやすい美しさよりも、やたらと複雑なものに入れあげることにもなった。それから、わたしはひとつ、驚くべき事実にも気づいていた。アッシャー一族は名家として代々つづいてきたが、その家系の幹からは、時代を問わず丈夫な枝が伸びた例《ため》しがないのである。言いかえれば、一族には直系の子孫しかおらず、この系図はちょっとした一時的な例外をのぞいて、はるか昔から変わらなかった。わたしはこの地所の特性と一族のものとされる特性がそっくりであることを改めて思いだし、何世紀もの間に、地所とそこに住む人々がたがいに影響をあたえあったのではないかとも考えた。なるほど、この傍系の欠如が原因で、以下のようなことになったのではなかろうか。つまり、こうして傍系を欠き、その結果、父から息子へ家督と家名が一貫して継承されていくせいで、ついに土地屋敷と一族の人々はすっかり一体化して、もともとの地所についていた名前はすたれ、「アッシャー家」という古風にして両義的な呼称に収斂《しゅうれん》してしまったのではないか——辺りの小作人たちが「アッシャー家」と言うときには、一族の人々とその屋敷の両方を指しているようであった。

先ほど、沼面を見おろすといういくぶん幼稚な試みをしたところ、初めの奇怪な印象を深めるばかりだったと言った。なんだか迷信じみた考えが——これを迷信と呼んでいけないわけがあろうか？——むくむくとこみあげてきたのだが、それを意識したせいで、ますます気持ちが悪いほうへ傾いているにちがいない。とうに知られたことだが、恐怖を土台としたあらゆる感情を統《す》べる逆説的法則とはかくなるものである。ひとえにそのせいだろう、沼面に映った像から目をあげて実物の屋敷を見ると、心に妙な妄想が湧きおこった——あまりに馬鹿らしい妄想であり、あえてここに記すのは、わたしを苦しめていた知覚の生々しい力を説明するために他ならない。わたしは想像力をたくましくするあまり、実際、この屋敷と地所のまわりには、この近辺だけに特異な雰囲気が漂っていると思いこむまでになっていたのだ——ちなみに、それは天国の空気とは縁遠く、立ち枯れた木々や、くすんだ壁や、森閑とした沼から沁《し》みだしたもの——それとは気づきにくい、謎めいた、伝染性の蒸気が、どんよりともの憂くたちこめ、あたりを鉛色に染めている……そんな気がした。

いや、いや、ただの夢想にちがいない。わたしはそんなものを心から振り払い、屋敷の現実的な面をもっとつぶさに眺めた。まずとてつもない古めかしさが、この館のいちばんの特徴のようである。ぜんたいに経年による変色や染みが著しい。外壁いちめんに細かい黴《かび》や菌類がびっしり生えており、こまかい蜘蛛《くも》の巣状にからまって軒の端《は》にさがっている。しかしこんなありさまではあれ、とりたてて酷《ひど》く破損した箇所があるわけではない。屋敷はどこも壊れておらず、だからこそ、各部分が未《いま》だきちんとかみあっているのに、個々の石材はいまにも崩れそうな状態にあるのは、どう見ても異様にちくはぐなのである。一見すると欠くところがないが、じつは地下の物置に長く放置されていたような、まるで外気にあたらず腐ってしまった木工品のような印象を受けた。とはいえ、こうした腐敗の広がりが心なしか感じられるぐらいで、この建物に何かあやうさを伝えるものがあったわけではない。もっと気をつけて見れば、あるかなきかの亀裂に気づいたのかもしれぬ。館の正面の屋根からうっすらとした亀裂が壁をつたってジグザグに走り、ついには沼の陰鬱な水面《みなも》に消えていることに。

わたしは地所のそんなようすに目を留めながら、屋敷につづく短い石敷きの道を馬で進んでいった。控えていた召使いに馬を預かってもらうと、ゴシック様式のアーチをくぐって玄関ホールに入ってゆく。そこからは従者が無言のうちに秘めやかな足取りで案内してくれ、暗く入り組んだ通路をいくつも通って、主人の仕事場《スタジオ》へと向かっていった。おおかた何を目にしても、先ほど述べた漠たる心持ちに拍車がかかる一方だ。天井の彫り物、壁にかかった陰気なタペストリー、漆黒の床材、おまけにわたしの通る横で、夢か幻のような古い紋章入りの戦勝記念碑《トロフィー》がぶつかって音をたてる。これらはただの物にすぎず、わたしとしては幼少時から見慣れているような品ばかりだし、なじみがあるのを認めるに吝《やぶさ》かでないのに、こんなありきたりの物の姿がいつにない夢想を掻《か》き立てるので、意外の念を抱いた。階段のひとつでは、一家の主治医と行き会った。さもしい奸智《かんち》と戸惑いの色がまざりあったような顔だ。医者はわたしにへどもどと挨拶《あいさつ》をし、そそくさと立ち去っていった。ようやくスタジオにつくと、従者はさっとドアを開いて、わたしを主人のいる部屋へ通した。

入ってみれば、そこはかなり広く、天井の高い部屋だった。窓は長細く、ゴシック風に先が尖《とが》っており、黒々とした楢材《オーク》の床からはるか高い位置にあるため、室内からまったく手が届きそうにない。茜《あかね》さすおぼろな陽《ひ》が格子窓《こうしまど》のガラス越しに入り、ひときわ目立つ調度品を見分けられるていどの明るさはあった。とはいえ、どう目を凝《こ》らしても、部屋の奥まった角や、雷紋細工のほどこされた円天井の隅は見てとれなかった。暗い色味の掛け織物《ドレーパリ》が壁に掛かっている。部屋ぜんたいに調度品がふんだんに置かれていたが、どれも年代物で傷んでおり、くつろげそうになかった。数多《あまた》の書物や楽器があたりに散乱しているものの、それでいて室内が活気づくというわけでもない。なんだか、悲しみの空気を吸っているような感じがした。厳《いか》めしく、根深く、癒やしがたい鬱気が部屋に漂い、あらゆるものをおおいつくしている。

わたしが入っていくと、ロデリック・アッシャーは長々と寝そべっていたソファから起きあがり、勢いこんで温かな出迎えをしてくれたが、初め、その挨拶は妙に感情がこもりすぎている気がした。そう、世に倦《う》んだ人間が無理をしているような。しかしながら、彼の顔つきを一瞥《いちべつ》するなり、それが誠心誠意の歓迎に他ならないことが解せた。ふたりでソファに腰をおろしはしたものの、彼はしばし喋《しゃべ》りださず、わたしは憐《あわ》れみと畏《おそ》れのなかばする気持ちでわが友ロデリック・アッシャーを見つめたものだ。こんな短い間に、これほど面変わりしてしまう者などいようはずがない！　目の前の男を少年時代の遊び友だちと同一人物と認めるのに難儀するほどなのだ。しかし彼の顔にはなんどきでも見分けられるはっきりした特徴があった。死人のように青ざめた顔色、喩えようもない耀《かがや》きを放つ大きな潤んだ眸《ひとみ》、いくぶん薄く血の気がないものの際立って美しい曲線をもつ唇。ヘブライ人の見本のように繊細な鼻。しかし小鼻はこの手の造作にはめずらしく幅が広い。顎《あご》はきれいな形をしていたが、突き出していないぶん、話すときにも力強さがなく、精神力の弱さが窺《うかが》えた。髪の毛にいたっては、蜘蛛の糸より柔らかくてか細い――こうした顔かたちにくわえ、こめかみから髪の生え際までが並はずれて広いので、ぜんたいに一度見たら忘れがたい相貌を形作っている。病身となったいま、こうした面立ちの圧倒的な特徴と、それが湛《たた》える表情が誇張されただけで、この話し相手がかの友人なのか怪しまれるほど、すっかり印象が変わってしまったのである。身の毛がよだつばかりに青ざめた肌、それでいて妙にらんらんと耀く眸、なによりもわたしがぎょっとし畏れさえしたのは、そのふたつだった。絹糸のような髪の毛もまた野放図に伸び放題であり、晩秋の雪迎えのか細い蜘蛛の糸に似て、顔にかかるというより、そのまわりをふわりと漂っているように見え、そのアラベスクな姿をただの人間と思うことの方が無理であった。

じきにわたしは友人の熱烈な歓迎にそぐわないなにか——違和感のようなものを覚えた。そして、まもなくその原因に気づいた。ロデリック・アッシャーは慢性的な震顫《しんせん》——神経性の過度な震えを抑えようと、弱々しく甲斐《かい》のない努力をひっきりなしにしていたのだ。わたしとしては、この手のことは予期していたが、それは彼の便りの文面から察したというより、少年時代の彼の特徴を思いだしたからだ。アッシャーは当時から変わった体質と気質の持ち主だったので、これぐらいのことは覚悟していたのである。快活に振る舞ったかと思うと、不機嫌そうに内にこもる。口調もびくびくと躊躇《ためら》いがちな調子から（こういう時には生気がまったく失せてしまう）、力強く簡潔な話しぶりまで、めまぐるしく移り変わった——後者はつまり、例のぶっきらぼうで重々しく泰然としてどこか虚ろな声——沈鬱でゆるぎなく、じつに抑制のきいた、喉声だ。いわば、極度な興奮状態におちいった泥酔漢《でいすいかん》か、重度の阿片中毒者に見られるような話しぶりである。

この時の彼もそんな口ぶりで、わたしが入っていくと、会いたくてたまらなかったとか、きみが来てくれたからには苦痛も和らぐはずだなどと語った。みずからの病の性質についても踏みこんで、彼なりの解釈を長々と話した。アッシャーが言うには、それは生まれつきの家系的な悪病らしく、治療法はないものと匙《さじ》を投げているとか。まあ、ただの神経病みさ、と彼はただちに言い添えた。じきに治まるにちがいない。なんでも、その病はいろいろと不思議な感覚を伴うという。いくつか詳しく話してくれたが、わたしは面食らうと同時に興味をひかれた。もっとも、独特の用語やぜんたいの話しぶりに惹《ひ》かれた部分も大きいだろう。彼いわく、知覚が病的に鋭くなっているのだとか。ごくごく味の薄い食べ物でないと食べるに堪《た》えない。特定の素材の衣類でなくては着られないし、あらゆる花の香りが責め苦となる。ほんの微《かす》かな光でも目がつらい。また、特殊な音、すなわち弦楽器の音色以外にはおぞましさを覚えるという。

どうやら、彼は異様な恐怖に囚《とら》われ、抜け出せずにいるらしい。「ぼくはもう長くない」彼はそう言った。「こんな嘆かわしい馬鹿げた病で死んでゆくのだ。こんな、こんなふうに世を去るしかないとは。先々のことを思うと、恐ろしいよ。病や衰弱そのものより、それによる影響の方が怖い。どんな些細なことだろうと、考えるだけで身の震える思いだ。考えるだけで、この耐えがたい魂のおののきが悪化しかねない。ぼくは命の危険を厭《いと》うわけではないんだ。それのおよぼすどうにもならない恐怖が嫌なのだ。こうも神経が参った情けない状態では、早晩、この恐怖という残忍な化け物との戦いに敗れ、理性もろとも息絶える日が来るだろう」

さらにわたしは、断片的であいまいな彼の言葉の端々《はしばし》から、アッシャーの特異な精神状態にまた別な面を見出した。彼は自分の住まう屋敷から長いこと、一歩も外へ足を踏みだしたことがないのだが、この家に対して、その影響力に対して、ある種の迷信めいた考えを植えつけられているようだ。どんな力かといえば、あまりにぼんやりした物言いなので、ここに再現のしようがないのだが——なんでも、一族の屋敷は純然たる物体でありながら、永年《えいねん》の黙認をいいことに、その特性が住人である彼の精神にある影響をおよぼしているとか。灰色の壁や小塔、その眼下にある薄暗い沼の姿かたちが、とうとう彼の生きる意欲に作用しだした、とかなんとか。

しかしロデリックはためらいがちにこう認めもした。自分を蝕んでいる特異な憂鬱も、元をたどれば、もっと自然で、はるかにわかりやすい原因があるのだ、と。つまり、愛《いと》しい妹の重い長患い、彼女の死期が明らかに近づいていることだ。ロデリックにとって、妹はこの世で唯一最後の肉親だった。「妹が逝ってしまうと」と、彼は言った。そのつらそうな声は今後も忘れられまい。「ぼくは、無力でか弱きぼくは、アッシャー一族の最後の生き残りになってしまう」彼がそう話している間、レディ・マデリン（妹はそのように高貴な呼ばれ方をしていた）は、部屋の隅の方を横切り、わたしがいるのに気づかないまま、どこかに姿を消したのだった。彼女の姿を見るわたしはひたすら肝をつぶす思いで、胸中は恐怖と無縁ではなかった。とはいえ、そうした気持ちに説明をつけることはできなかった。わたしは呆然《ぼうぜん》としながら、彼女が部屋から退《さ》がっていくのを目で追っていた。彼女が出ていった後でようやくドアが閉まると、わたしはとっさに彼女の兄の顔色をじっと探ろうとした。ところが、彼は両手に顔をうずめており、尋常ならざるやつれ方がうかがえる瘦せこけた指の間から、深い悲しみの涙がはらはらと落ちるばかりだった。

レディ・マデリンの病に関しては、長年、彼女の主治医たちも手を尽くしたが効果がなかったという。慢性の感情鈍麻《アパシー》、しだいに進行する憔悴《しょうすい》、一時的だが頻繁に起きる部分的な強硬症《カタレプシー》というのが、その奇病の診断だった。これまでマデリンは病の脅威にしっかりと耐え、結局寝つくこともなかったが、わたしが屋敷に着いたその日の暮れ時、とうとう（兄が言葉に尽くしがたい動揺とともに語ったところによると）、〝破壊者〟の圧倒的な力に屈してしまったという。どうやら、先ほどちらりと見かけた姿が最後となり、もう目にすることもないだろう、と——少なくとも、生きた姿で見かけることはもうないだろうと言うのだ。

それから数日、アッシャーもわたしもマデリンの名は口にしなかった。この間、わたしは友人の憂鬱を晴らすべく懸命に努力したものだ。ふたりで一緒に絵を描いたり、本を読んだり、あるいは、彼が即興で弾き語る狂おしいギター演奏に夢うつつで聴き入ったりした。かくして、アッシャーと近しくなるうちに、わたしは彼の心の隅々をよく知るようになり、こうして元気づけようとする試みが、ますます詮《せん》ないことに思えてきたのである。彼の心からは——まるで生まれつきの断固たる性質のように——鬱気が滔々《とうとう》と放射され、精神界と物質界の森羅万象に闇が注ぎこまれるかのようだった。

こうしてアッシャー家の主人とふたりきりで過ごした長く厳《おごそ》かな時間を、わたしは決して忘れないだろう。しかしながら、彼がわたしを誘いこみ導いた思索や気慰みの性質を具体的に伝えようとしたところで、うまくはいくまい。精神に異常をきたし昂《たかぶ》った想像力が、硫黄《いおう》のごとき不気味な輝きをあたりに放っていた。即興で長々と奏でられた挽歌《ばんか》の響きはいつまでも耳朶《じだ》を離れはしないだろう。なかんずく、ある一曲が痛ましく心に刻まれたが、それはウェーバー最後のワルツ［現在ではド・ベランジェの作とされる］の狂おしい作風をひねって誇張したようなものであった。あるいは、彼が精緻な空想力で練りに練った絵画の数々、それはひと筆ごとにますます曖昧さをまし、わたしはいっそう戦慄《せんりつ》したのだった（要はわけがわからないからこそ怯えていたのだ）──あの数々の絵はいまも眼前に生々しく浮かんでくるが、言葉で記したところで伝わるものは微々たるもので、いくら頑張ってもそれ以上は望めまい。ロデリックの絵の構図はじつにシンプルで飾り気がなく、それゆえに人の目を引きつけ、威圧するところがあった。観念を絵に描ける人間がいるとしたら、それはロデリック・アッシャーだ。少なくとも、その時そうした環境に置かれていたわたしにとっては、心気症の彼がカンバスに投げかけた純然たる抽象画が、耐えがたいまでの畏怖を強烈に呼び起こしたわけだ。それは、燃えるような色彩を持ちながら非常に具象的なフューズリーの幻想画を眺めるときにも感じたことのない暗い陰影だった。

わが友の幻影のような観念画のなかでも、そこまでがちがちに抽象性を帯びていないものも一枚あり、それなら、おぼろげに言葉で表すことができるかもしれない。どこまでも細長い矩形《くけい》の地下室だかトンネルだかの内部を描いた小ぶりの絵画で、なんの意匠もない低くなめらかな白壁がつづいている。構図の細部を見るに、この穴蔵が地下のそうとう深い位置にあることがよくわかる。その茫漠《ぼうばく》とした空間のどこにも出口は見当たらず、松明《たいまつ》など人工の光源もなにひとつ見あたらない。それなのに、隈《くま》なくまぶしい光にあふれ、空間ぜんたいが不可思議で不気味な耀きを帯びていた。

この病人の耳にはあらゆる音楽が耐えがたく響くという聴覚症状について、先ほど話したが、弦楽器のある種の音色だけは別だった。ギターに関しても、彼がそうしてごく狭い領域に閉じこもっているからこそ、演奏は夢想的な味わいを帯びるのだろう。しかしながら即興曲をかくも情熱的に自在に弾いてみせる才には説明がつかなかった。あれらの幻想曲は言葉の面だけでなく音楽においても（そう、友は演奏しながらみごとな韻律の歌詞をつけてみせることもしばしばだった）、あの凄烈《せいれつ》な精神集中と没頭のたまものにちがいない。先ほど、人為的な高揚の極みでしか見られないと述べた例の状態である。彼のそうしたラプソディーの一曲は、いまでも歌詞を楽に思いだせる。友の歌を聴いたわたしは言葉の奥に謎めいた意味の底流を感じて、否が応でもいっそうの感銘を受けたものだ。アッシャー本人も自身の高い理性がその玉座でふらついているのを充分意識しているのではないか――そのとき初めて、そんな気がしてきた。「魔宮」と題するその詩は、正確ではないが凡《およ》そこんなものであった。

一、

われらが渓谷の緑深きに
善き天使たちが住まう
絢爛《けんらん》たる宮殿　かつてはありき
燦然《さんぜん》と耀く御殿が――
こうべを聳《そび》やかす

君主たる「思念」に司《つかさど》られ
そは聳え立てり！
麗しさでは半ばにも及ばぬ宮殿にさえ
セラフは羽根を広げた例しなき

二、
その屋根の上　山吹に　誇らかに　黄金《こがね》に
旗はたなびき　吹き流れ
（この——この総《すべ》ては遥か過ぎ去りし時代のこと）
あの佳《よ》き日に
もの憂く戯《たわむ》る　そよ風は
羽飾りたて　蒼ざめた城壁を
羽ばたく馨《か》のごと　吹きめぐりぬ

三、
あの倖《しあわ》せの谷間を通る　流離《さすら》い人らは
明《あか》し灯の燈《とも》る　ふたつの窓より見ゆ
リュートの　よく調いし律動にのり

精霊らが　かろやかに　舞い動く
その真中《まなか》の　王座に座す（やんごとなき血筋の！）
誉れ高く堂々たる盛装の
国を統《す》べる王が　垣間見えぬ

四、
見れば、真珠と紅玉《ルビイ》に煌《きらめ》く
美しき宮殿の扉が
その奥から　常しえに輝き褪《あ》せず
よどみなく　よどみなく
溢《あふ》れでてくるは　木霊たちの一群
その清《さや》けき務めは　唯一つ
比類なき美声にて
王の智と叡《えい》を謳《うた》うことなり

五、
然《しか》れども　悲嘆の衣を纏《まと》いし　邪《じゃ》の者どもが
君主の　貴《たつと》い領土に　攻めかかる

（ああ　悼み給え　打ち破れし王に
翌の夜明けは　もはや来やらず！）
かつて御殿を　煌々《こうこう》と華やかに
とりまきし　栄華も
いまや　過ぎし日を葬る
朧《おぼろ》な記憶にすぎぬ

六、
いま　あの谷間を通る　旅人たちは
赤く燃える　窓より見ゆ
不協和の旋律にのり
茫たるものどもが　狂ったように　舞い動く
蒼ざめた扉から　恐るべき奔流のごと
とめどなく　とめどなく
押し寄せくるは　おぞましき大群と
その哄笑《こうしよう》――微笑《ほほえ》みは　もはや此処《ここ》に在らず

このバラッドの歌詞に誘われて、ふたりで一連の思考の流れを経験したことはよく覚えている。そこにはアッシャーの見解がはっきりと表れていたが、いまここで言及するのは、その考えが斬新だったからではなく（*そのような考え方をする人々はこれまでにもいた）、彼の主張の仕方がじつに頑固だったからなのだ。その見解というのは概《おおむ》ねにおいて、あらゆる植物は感覚を持っているということ。とはいえ、彼の病んだ想像力にかかると、この考えはもっと大胆な性質を持ち、状況によっては、無機物の領域にまで踏みこんでいってしまう。それを一から説明しようにも言葉が見つからないし、彼がそうした信念にどれだけどっぷり浸《つ》かっているか、それも筆舌に尽くしがたい。とはいえ、この信念は（先にもちらっと書いたように）先祖代々暮らしてきた灰色の石造りの屋敷と結びついているようだ。アッシャーの想像のなかでは、こういう具合に石材が配置されているからこそ、知覚の諸条件が満たされるらしい――もっと言うと、石材の積み順から、石をおおう無数の菌類の並び方、あたりの立ち枯れた木々の並び方までが関係あり、なかでもこうした配置が長いこと乱されずに持ちこたえていること、さらに沼の静かな水面に反転して映る像までが重要なようだ。それらが知覚を有している証しが見えるはずだとアッシャーは言い（ここに至って、わたしはさすがにぎょっとした）、なんでも、沼の水面や壁のまわりに独特の空気が徐々にではあるが着《しっ》実に凝縮してきているのが、その証拠だと言ってのける。さらには、その結果、静かだが執拗《よう》で悪辣《あくらつ》な影響力が築かれるに至り、この力が何世紀にもわたってアッシャー一族の宿命を形成してきたとか。彼自身がこうして眼前のようなありさまになってしまったのも、その力のせいらしい。まあ、こういう見解には注釈など無用だろうから、ここはノーコメントとしておこう。

＊原注：ワトソン、パーシヴァル博士、スパランザーニ、またランダーフ主教は特にこの考えの持ち主として挙げられる。『化学論集』第五巻を参照のこと。

お察しのとおり、当時読まれていた書物の数々が彼の幻想の質と密に関わっていたようだ。こうした書物群が長年の間に、この病人の精神面に少なからぬ影響をおよぼしてきたのだろう。わたしたちはグレッセの『ヴェルヴェルとシャルトリューズ』や、マキアヴェリの『ベルフェゴール』［「怠惰」「好色」を司る古代の悪魔］、スウェーデンボルグの『天国と地獄』、ルズィ・ホルベア［ノルウェーの作家・哲学者・劇作家］の『ニコラス・クリムの地中旅行』、ロバート・フラッド、ジャン・ダンダジネ、ド・ラ・シャンブルらの『手相学』、ティークの『遥か蒼穹《そうきゅう》への旅』、カンパネラの『太陽の街』などを耽読《たんどく》したものだ。なかでも彼のお気に入りは、ドミニコ会修道士エメリック・ド・ジロンヌの『異端審問指南《ディレクトリウム・インクイジトルム》』［魔術の定義と魔女狩りの方法を説いた］の八つ折りの小型版だった。あるいは、古代アフリカにいたというサテュロスやアイギパーン［どちらも半人半山羊《やぎ》の神］についてポンポニウス・メラ［現存する最古の地理学書を著した］が書いたくだりを開いて、アッシャーは夢見心地に何時間でも過ごすのだった。とはいえ、彼の主たる愉《たの》しみは、ゴシック体で印刷された四つ折り版の稀代《きたい》の奇書を精読することにあった。『Vigiliae Mortuorum secundum Chorum Ecclesiae Maguntinae』という、いまでは忘れられた教会の式文集である。

ある晩、なんの前触れもなく、レディ・マデリンが世を去ったと知らされたとき、わたしはこの書物に記された野蛮な儀式のこと、また、それがこの心気症患者にあたえたと思《おぼ》しき影響のことを思わずにはいられなかった。アッシャーは、妹の亡骸《なきがら》を館の本棟地下に数多ある保管室のひとつに二週間安置してから、最終的な埋葬をおこなうつもりだと告げたのだ。この特異な処置法には、実際的な理由が述べられたが、それについてわたしがとやかく言うのは僭越《せんえつ》というものだろう。ともあれ、兄が語るには、故人の病は奇異なものであり、また医者たちがここぞとばかりに厚かましい検死をしたがるだろうし、一族の埋葬地が辺鄙《へんぴ》な場所で野ざらしになっていることなども考えあわせた末、こうした結論に達したとのこと。確かに、わたしがここに着いた日に階段で行き会った人物のあくどそうな顔つきを思いだすに、彼がそう感じるのも不思議はなく、用心するに越したことはないと思ったので、反対する気はしなかった。

アッシャーに頼まれ、わたしは仮埋葬の準備をみずから手伝った。遺体は棺《ひつぎ》におさめ、ふたりで安置所へと運んでいった。棺を安置した地下の保管室は(長年、開けたこともなかったのだろう、松明をかかげても息苦しい空気のなかで火が燻《くすぶ》り、ろくに室内を検《あらた》めることもできなかった)狭くて、湿気が多く、採光の手立てがまるでなかった。かなり深いところにあるが、位置的にはわたしの寝室のちょうど真下にあたる。どうやら、大昔の封建時代には、地下牢《ちかろう》という最悪の用途にあてられ、その後は弾薬など危険な発火物の保管庫として使われていたのだろう。床の一部と、わたしたちが通ってきた長いアーチ路の内側ぜんたいは、銅板がきっちりと貼られていた。重厚な鉄扉も同様に保護されている。鉄扉を開けると、蝶番《ちょうつがい》がきしんで、ギィィーッと甲高《かんだか》く耳障りな音がした。

わたしたちはこの恐るべき室内に置かれた架台《かだい》に、故人の棺を置くと、まだねじくぎを打っていない蓋をちょっと脇にずらし、中に眠る人の顔を見た。まずわたしの目を引いたのは、兄妹が驚くばかりに似ていることだった。アッシャーはこちらの思いを察したのだろう、二言三言ぼそっと呟《つぶや》き、そこでわたしはふたりが双子であったことを初めて知った。常々ふたりは言いようもなく不思議と心が通じあっていたらしい。しかしながら、わたしたちの視線は故人にそう長くは注がれていなかった——見つめるうちに畏怖を催して目をそらしてしまったのだ。若さの壮《さか》りにレディの命を奪った病は、まさに強硬症を伴う病がみんなそうであるように、胸元と顔にうっすらとした赤みらしきものを残し、口元にもなんだか消えやらぬ笑みが浮かんでいるようで、それは死者であるだけにぞっとする眺めだった。わたしたちは棺の蓋をもどしてねじくぎで留め、鉄扉の錠をしっかりと閉めると、来た道をもどってようやく上の階に出たが、陰鬱さでは階下とさして変わらなかった。

そうして故人を悼むつらい数日が過ぎたころ、わが友の精神失調の症状に変化が見られるようになった。これまでの態度と打って変わり、日頃の気慰みや趣味は忘れてしまったかのように見向きもしない。部屋から部屋へと、気忙《きぜわ》しげに、気まぐれに、あてもなく歩きまわる。もともと青ざめていた顔はあろうことか、ますます死人のような色を帯びてきた——それでいて、双眸《そうぼう》の異様な耀きはすっかり失せていた。かつては時おり聞かれたハスキーな声も聞かれなくなり、その声は極度の恐怖に襲われたかのように、決まって戦き震えているのが特徴であった。実際、わたしは時々こう思ったものだ。かくも動揺のおさまらぬ友の心は、ひょっとしてなにか苦しい秘事を抱えており、勇を鼓してそれを打ち明けようと懊悩《おうのう》しているのではないか。しかし、いやいや、すべては狂気による不可解な奇矯《ききょう》さにすぎないと結論づけたりもした。というのも、彼が真剣そのものの面持ちで、聞こえるはずのない音にじっと耳を澄ますように、長いこと宙を睨《にら》んでいる姿を見かけたからだ。アッシャーのようすにわたしが怯《おび》え——もっと言えば、感化されたのも無理はない。ゆっくりとながら着実に、彼の荒ぶる狂信がひたひたと強烈な影響をおよぼしてくる気がしていた。

レディ・マデリンの骸《むくろ》を地下牢に安置してから七、八日目、夜遅くに床《とこ》に就いたときなどは、とくにそんな感覚をいやというほど味わった。いっこうに眠りの訪れのないまま、いたずらに時間が過ぎていった。わたしは心にのしかかる不安を理性の力で追い払おうと努めた。こんな嫌な感じがするのは、おおかた——すべてとは言わないまでも——この部屋の陰気な調度品が妙な作用をおよぼしているせいだと思いこもうとしたのだ。荒れだした嵐で風が吹きこみ、暗色の傷んだドレーパリが思いだしたように壁でばたばたとはためき、ベッドの装飾のあたりで不穏に衣擦《きぬず》れの音をたてている晩だった。しかし努力の甲斐《かい》もなかった。抗《あらが》いがたい戦慄がしだいに心を支配し、ついにまるで根拠のない恐れがこのわたしの胸中にも居座ってしまった。この恐怖を必死で振り払おうと息を荒らげながら、上身を起こして枕にもたれ、寝室の濃い闇に目を凝らして耳を澄ましたところ——なぜそうしたのだろう、直観というほかない——嵐が凪《な》ぐと、はっきりとしないある種の低音が間遠に聞こえてきたが、音の出どころは知れなかった。不可解ながら猛烈な恐怖感に襲われてたまらなくなり、わたしは慌てて服を着ると(もう今晩は眠れそうな気がしなかったのだ)、寝室をせかせかとうろついて、この情けない精神状態から抜けだそうと力を尽くした。

そうしてほんの幾度か行き来したところで、隣接する階段から軽い足音がするのに気づいた。アッシャーの足音だとすぐさまわかった。はたしてその直後、寝室のドアにそっとノックの音があり、アッシャーがランプを手に部屋へ入ってきた。彼の顔色はいつものごとく骸のように青ざめていたが——しかしそれだけでなく、目にはある種の狂気めいた高揚があり、見るからに激しい動揺を無理に抑えこんでいるようすだった。いかにも恐ろしげな雰囲気だったが、なんにせよ独りきりでいるよりはましだ。わたしはその状態にはもう耐えられず、ほっとしてアッシャーの訪問を歓迎したのだった。

「ということは、きみはまだ見ていないんだな?」アッシャーは無言でまわりを凝視《ぎょうし》したのち、唐突にそう切りだした。「そういうことだろう? いや、じっとして! 見えてくるから」そう言ってそっとランプをおおうと、彼はすたすたと開き窓のひとつに歩み寄り、嵐だというのに、窓を勢いよく開け放った。

猛々《たけだけ》しく吹きこむ暴風に、ふたりともあやうく飛ばされそうになった。嵐は荒れ狂っていたものの、厳として美しい夜であり、その凄絶さ、美しさにおいて、著しく際立っていた。

あたり一帯に吹きすさぶ旋風はますます勢力を強めているらしい。しばしば荒っぽく風向きが変わった。とてつもなく厚い雨雲が館の小塔を押しつぶさんばかりに低くたれこめていたが、これは強風のせいで四方から雲が流れ飛んできて重なりあい、かなたに消えることがないからだろう。しかしそんな状況でも、生き物のような猛威は見てとることができた。つまり、どれだけ雲が厚くとも、それは見えたということである——月影も星影もない夜で、いかなる明かりも瞬《また》いていないにもかかわらず、すぐまわりにある地上のあらゆる物体ばかりでなく、渦巻く巨大な塊のような靄《もや》の下面までが、光り方はおぼろだがはっきり見てとれるガス状の不自然な明かりに耀いていた。屋敷は発光するその蒸気におおわれ、とり巻かれているのだった。

「見てはいけない——見るんじゃない!」わたしは身震いしながらアッシャーに言い、丁重ながら力ずくで、彼を窓際からソファにつれもどした。「面食らうかもしれないが、こういうのはたんなる電気的現象で、とくに珍しいことではないんだ——あるいは、あの沼の発する瘴気《しょうき》に異常な源があるのかもしれんな。ともあれ、この窓を閉めよう——外気は凍えるほど冷たいから、身体《からだ》に障るよ。おや、きみのお気に入りの伝奇物語《ロマンス》があるじゃないか。朗読するから聴いてくれたまえ——そうしてこの酷い一夜をともにやり過ごそう」

わたしが手にとった古い書物はランスロット・キャニング卿の『狂える会談』だった。しかしそれをアッシャーのお気に入りと称したのは、本気ではなく、なかば悲しい冗談である。じつのところ、冗長なばかりで想像力に欠けるこの下作には、わが友の高尚で神秘的な理想世界に興味を喚起しえるようなものはほとんどなかった。

そうは言っても、すぐ手近にあるものというとこの本しかなく、こんな駄作の極みでも、心気症の友人を悩ます興奮が少しは鎮まるのではないかとの望みを抱いて（精神失調の歴史には、似たような変わったケースが多数記録されているのだから）、いざ読みだしてみると、アッシャーはこの物語に、目をらんらんとさせ異様なまでに緊張して聴きいっている（少なくともそう見える）ので、自分のもくろみの成功を褒めてやりたいところだった。さて、この逢瀬《おうせ》の主役エセルレッドが隠者の棲家《すみか》へ平和裏に入ろうとしてかなわず、結局、腕ずくで入城をはたす、という有名なくだりに差しかかった。後々まで記憶されるであろう、こんな語りである。

「もとより強心臓を誇るエセルレッド、先に飲みし葡萄酒《ぶどうしゅ》の力を借りて百人力、頑迷な奸邪《かんじゃ》たる隠者との交渉を待つにあたわずと決した。肩に雨粒の落つるを察し、嵐の到来を案じた彼は、鎚矛《つちほこ》を力いっぱい振りたて、ガツンガツンと振りおろし、扉の羽目板を裂いて、籠手《こて》つきの手を差し入れる隙間をたちどころに作りだす。サア、そこから手を入れ、ぐいと引くと、扉はひび割れて裂け、めりめりと剝がされて真っ二つになり、木を裂くその乾いた虚ろな音は森じゅうを脅かすごとく響きわたった」

この一文を読み終えたところで、わたしははっとして、しばし間をおいた。というのも、館のどこか遠いあたりから、ランスロット卿がまさにいま語った、扉が裂けて剝がれる音の谺《こだま》かと思うほどそっくりな物音（とはいえ、もっとこもった鈍い音ではある）がぼんやりとながら聞こえた気がしたからである。もっとも、それは昂奮ゆえの幻聴のようなものだろうと、即座に結論した。気になったのは音そのものよりこの偶然の一致にほかならない。音じたいは、窓枠がカタカタと鳴る音や、なお吹きつのる嵐に入り混じるありきたりの音と一緒になれば、なんでもないものであり、別段わたしの関心や不安を呼び起こすものではなかったのだから。わたしは朗読をつづけた。

「しかし秀でた戦士エセルレッドはいよいよ扉の奥に踏みこみ、するとそこに、かの奸邪たる隠者のいる気配がないと見て憤慨し、かつ目を瞠《みは》ることと相成った。隠者のかわりにいたのは、鱗《うろこ》におおわれし巨大な形《なり》をしたドラゴンなり。焰《ほのお》のごとき舌を出し、床に銀を敷きつめた御殿を護《まも》るべく前に陣取っている。壁にはまばゆい真鍮《しんちゅう》の楯《たて》がかかり、かような銘文が刻まれていた——

　ここに入り来る者は　征服者なり
　ドラゴンを倒す者が　この楯を勝ちとろう

エセルレッドがその鎚矛を振りあげ、ドラゴンの頭に打ちおろすや、魔の物は倒れふし、毒の息を吐きながら、おぞましく、厭わしく、しかも四囲をつんざくような絶叫をあげ、さしものエセルレッドもその恐ろしい声に、両の手で耳をふさがずには居られぬ。未だかつて聞いたこともない声なり」

ここでわたしはまた不意に、さらなる狂おしい驚きを覚えて読み止《さ》した――こんどは間違いなく、この耳でしかと聞いたからである（どちらの方角から聞こえるのか判断がつきかねたが）。そう、低く、遠くから聞こえるようでありながら、じつに厭わしく尋常ならざる長い悲鳴のような、きしるような音を――まさに物語中でドラゴンが異様な叫びをあげるくだりを読んでわたしが想像していた声をそっくり再現したような。

二度目にしてただならぬ符合に接して、千々に乱れる思いに圧《お》しつぶされそうになったのはたしかであり、なかでも驚愕と極度の恐怖感がもっとも強かったが、それでもここでなにかコメントして、わが友の繊細な神経を逆なですることは避けたいと思い、しかと平常心をたもとうと努めた。くだんの物音にアッシャーが気づいたかどうか定かでなかったものの、このわずか数分の間《うち》に、彼の物腰に奇妙な変化が起きたのは間違いがない。わたしの真正面に座っていたアッシャーはだんだんと椅子の向きを変えて、部屋のドアと向かいあう形になり、いまでは顔の一部しか見えなくなっていたが、声もなく何事かつぶやいているように震えている。深くうなだれてはいたが、横顔を見るに、目はしっかりと大きく見開いているので、眠りこんではいないようだ。身体の動きからしても、眠っているようには見えなかった

――左右に身をゆらす彼は、静かだが一定の動きを見せていたのである。これらのことを一時《いちどき》にすばやく見てとったわたしは、またランスロット卿による語りを再開した。

「ドラゴンの恐るべき怒りを逃れし勇者エセルレッド、真鍮の楯のことを思いだし、楯にかけられた呪いを解かんと、目の前に倒れたかばねをどかすや、御殿の銀敷きの床を勇ましく歩みだし、壁にかかった楯のもとへと向かう。しかれども、エセルレッドが近づききらぬうちに、楯は足元の銀の床に落下し、ガチャンとすさまじい大音が轟《とどろ》きぬ」

このくだりを読みあげたとたん――いままさに真鍮の楯が銀の床に重々しく落下したかのごとく――空《うつ》ろでこもってはいるがやかましい独特の金属音が反響するのをわたしは聞きとった。すっかり怖気《おじけ》づいたわたしは椅子から跳んで立ったが、アッシャーが一定のリズムで身体をゆらす動きは相変わらず乱れなかった。わたしは椅子に座る彼のもとへ飛んでいった。その目は宙をじっとにらみ据え、顔は全体に石のようにこわばっていた。だが、わたしが肩に手をおくと、彼の全身に強烈な震えがひとつ走った。唇は病的な笑みでわななき、なにかしゃべっているようだ。わたしの存在も忘れ去ったような、低く口早のつぶやきで、なにを言っているのかはっきりしない。間近にかがみこんでようやく、わたしはその忌まわしい内容を理解した。

「さあ、聞こえるか？――ああ、ぼくには聞こえるとも。前から聞こえていたのだ。ずっとずっと前から、何分も、何時間も、何日も前から耳にしていながら、とてもではないが――ああ、憐れむがいい、なんと情けない臆病者なんだ、ぼくは！――そう、恐ろしくて、口にできなかったんだ！『妹を生きながら墓に入れてしまった』ということを！ ぼくは知覚が鋭いと言わなかったか？ いまだから言うが、空ろな棺のなかでレディ・マデリンが弱々しく動きだすのを聞いたのは――そう、何日も、何日も前のことだ――なのに、恐ろしくて言いだせなかった――とても言いだせなかったんだ！ そして嵐の今夜、エセルレッドの物語か、ハハッ！ 隠者の棲家の扉が破られ、ドラゴンの断末魔の叫びがあがり、楯が音をたてて落ちるだと――つまりは、マデリンの棺が破られ、彼女を閉じこめた牢獄の金属の蝶番がきしり、納骨所の銅張りの拱道《アーチウェイ》で彼女がもがく音に他ならないんじゃないか！ おお、どこへ逃げよう？ 妹はすぐにもここへ来るのではないか？ ぼくの早計を責めに駆けつけるところではないか？ たったいまも、階段に彼女の足音がしなかったか？ マデリンの心臓の重苦しくおぞましい鼓動を、ぼくが聞き分けられないとでも？ この狂人め！」

――ここでアッシャーは猛然と席を立ち、魂を手放すかのごとき苦しげな金切り声をあげた。

「狂人め！ 彼女はもう扉のすぐ外に立っているぞ！」

その声の人間離れしたエネルギーに呪術の力を見出したのか、その瞬間、重厚な黒檀《こくたん》の顎がひらくように、彼の指さす古めかしく大きな両開きの扉がゆっくりとむこう側にひらいた。窓から吹きこむ烈風の仕業だった――しかしその扉の外には、死装束をつけた背の高いマデリン・アッシャーの紛《まが》うかたなき姿があったのだ。白いローブは血に染まり、痩せ衰えた身体のいたるところに、もがき苦しんだ跡が見えた。彼女は震えながら、よろめく足で入り口のあたりをしばしうろうろしていた――と思うと、低いうめき声をもらし、どさりと部屋に倒れこんできて、兄その人に押しかぶさり、凄絶な末期《まつご》の苦しみに悶えながら、兄を床に押し倒した。こうしてアッシャーは屍となりはて、あれほど恐れていた恐怖の犠牲となったのだった。

その部屋から、その屋敷から、わたしは周章狼狽《しゅうしょうろうばい》して逃げだした。外はまだ嵐が荒れ狂っていたが、気がつくと、例の土手道を越えようとしていた。突如、土手道に猛々しい光が射し、一体どこからそんな異常な光が出てくるのかと訝って、わたしは振りむいた。なにしろ背後には、広大なアッシャーの屋敷とその影しかないはずなのだから。それは沈みゆく真っ赤な血の色の満月が発する耀きで、以前はごく目立たなかった裂け目からまぶしい光がもれでているのだ。館の屋根から基部までジグザグ状に走っていると前に言ったあの亀裂である。見入るうちに、この亀裂はみるみる太くなり――このとき一陣の旋風が烈《はげ》しく吹きつけると――輝く月がいっきに全容をあらわにした。その荘重な館の壁が真っ二つになって崩れ落ちるのを見て、目が眩《ま》った――そう、一千もの沼湖がざわめきたつかのような、騒々しい絶叫にも似た音が長く尾を引き――じめつく陰鬱な沼が「アッシャー家」の無数の欠片《かけら》を呑《の》みこみ、むっつりと音もなくわたしの足元で口を閉じたのだった。

（鴻巣友季子＝訳）

黒猫

ここにありのままに綴《つづ》る物語は、おそらく突拍子もなく感じられるだろうから、信じてもらえるとも思わないし、信じてほしいと言うつもりもない。自分が見聞きしたものを、この目や耳も受け入れられずにいるのだから、人に信じてもらおうという方がどうかしている。とはいえ、わたしは気が変になったわけでも、夢を見ているわけでもなく、その点は確かなのだ。しかし、明日には死ぬ身ゆえ、今日のうちに魂の重荷をおろしておきたい。わたしの現下の目当ては、たんなる家庭内のできごとを、飾り気なく、簡潔に、よけいな注釈をさしはさまず、伝えることである。事が進展するにつれ、わたしはそれに怯《おび》え、とことん苛《さいな》まれ、ついには破滅の道をたどったのだ。だが、あれこれと解釈を交えて語ろうとは思わない。わたしにとっては恐怖以外のなにものでもないが、これを読む方々の多くは、恐ろしいというより、奇異《バロック》な印象をもつだろうから。いずれそのうち、わたしの幻想を読み解き、ありふれた原因に帰する知者もおそらく出てくるだろう。冷静で論理的な頭の持ち主であれば、わたしが慄《おのの》きつつ語る状況のなかにも、じつに自然な因果関係がごくふつうに連なっているだけだと看破するのではないか。

わたしは幼いころから、際立っておとなしく、思いやり深い性質の子だった。目立って人が好《よ》いものだから、友人たちにからかわれるほどだ。とくに動物が大好きで、両親からありとあらゆるペットを存分に与えられていた。たいがいはこうした動物相手に時間をすごし、餌をやったり撫《な》でてかわいがったりする時が無上の幸せだったのだ。こんな変わった性格は成長とともに高じて、おとなになるころには、動物を愛《め》でるのが生きがいのひとつになっていた。忠実でかしこい犬という生き物に愛着をもったことのある人たちには、それによってどんな有難みを味わうか、その気持ちがいかに強いものか、ことさら説明する必要もないだろう。畜生の自利を顧みない滅私の愛には、なにか心にもろに響くものがある。そう、つまらぬ人間のさもしい友情や、吹けば飛ぶような忠義心をためす機会が始終ある者にとっては、こうした動物の愛が沁《し》みるのである。

わたしは早くに結婚したが、女房もわたしと気質を同じくすると知ってうれしくなった。ペットを偏愛してやまないわたしを見て、あいつはことあるごとにたまらなく愛らしい動物を手に入れてくれたものだ。そんなわけで、うちには、小鳥、金魚、純血種の犬が一匹、兎《うさぎ》、小さな猿まで一匹いた。それから、猫が一匹。

この猫というのが、かなり大柄でとびきり美しい猫だった。全身真っ黒であり、驚くほどかしこい。女房は迷信の類《たぐい》はまるで信じないたちなのだが、殊《こと》この猫の知性に関しては、古い言い伝えをしばしば引き合いに出したものだ。つまり、あらゆる黒猫は魔女が化けているのだと。まあ、女房もまじめに言っていたわけではないだろうし、わたしとしても、ふと今思いだしたから触れたにすぎない。

猫の名はプルートーといい、ペットのなかでもわたしの特別な気に入りであり、遊び相手でもあった。餌をやるのはもっぱらわたしの役割だったから、プルートーは家の中でわたしの行く所どこへでもくっついて歩いた。外に出かけるときまでついてこようとするので、置いてくるのにひと苦労するほどだった。

こうして猫とわたしの友情は幾年《いくとせ》かつづき、猫とつきあううちに、わたしの気質や性格は(お恥ずかしい次第だが)酒の悪魔にそそのかされながら、坂道を転げ落ちるように、荒《すさ》んでいったのである。日に日に気むずかしく、苛立《いらだ》ちやすくなり、ますます他人の気持ちなど顧みなくなった。酒に酔って女房にも平気で暴言をはき、そのうち、とうとう手をあげるようにもなった。ペットたちも当然ながら、わたしの性質の変化に気づくことになる。わたしはペットの世話をうっちゃるばかりか、虐待《ぎゃくたい》するようにもなった。しかしながら、プルートーに関しては、大切に思う気持ちがまだ強く、乱暴なふるまいはどうにか堪《こら》えられた。これが兎や猿や、たとえ犬であっても、たまたま寄ってくるなり、あまえてくるなりした際に、乱暴したところで胸のひとつも痛まなかった。ところが、わたしの病はひどくなる一方で——なぜなら、病とは飲酒と同じでそういうものだからだ——プルートーも年のせいで気むずかしくなってくると、とうとうこの愛猫までがわたしの癇癪《かんしゃく》のとばっちりを受けるようになってしまった。

ある晩、街の行きつけの酒場から、したたかに酔っ払って帰宅したわたしは、なんとなく黒猫に避けられている気がした。ふん捕まえてやると、やつは手荒な扱いに怯えて飼い主の手に歯を立て、わたしはちょっとした怪我《けが》をさせられた。とたんに、わたしは悪魔の怒りに駆られ、われを忘れた。この時ばかりは、本来の魂が体から抜け出てしまったかのようだった。あれは〝悪魔のいたずら〟などという生易しいものではない、ジンの酔いにまかせ、全神経を昂《たかぶ》らせて、そう、わたしはチョッキのポケットからペンナイフをとりだし、それを開くと、哀れな畜生の首を摑《つか》んで、ごていねいにも片目をナイフで抉《えぐ》りだしたのだ！　この残虐行為を綴るいまも、顔は紅潮し、体が火照《ほて》り、がたがたと震えている。

翌朝、ひと晩寝て前夜の大酒の毒気も抜け、理性がもどってくると、自分がやらかした非道な行為に、恐怖と悔恨《かいこん》がないまぜの心境に陥った。とはいえ、それはせいぜい生半《なまなか》で弱々しい感情であり、魂が痛むというほどのものではなかった。わたしはまた深酒に走り、すると、悪行の記憶はたちまちワインにすっかり洗い流されてしまった。

そうするうちに、黒猫の傷はゆっくりと癒えていった。抉られた目の眼窩《がんか》は、まったくのところ、おぞましい眺めを呈していたが、もはや痛みは感じなくなったようだ。以前のように家の中を動きまわっていたが、わたしが近づくと、とんでもない恐慌をきたして逃げ去っていくのは、もっともな話だ。わたしとて昔の情はいくらか残っていたから、かつてあんなになついていた黒猫にこうもあからさまに嫌われると、初めのうちは悲しくなったものである。ところが、そうした気持ちもじきに苛立ちに変わった。やがて、ひねくれ根性が顔を出し、取り返しのつかない決定的なひと幕に至る。このひねくれ根性については、どんな哲学を引き合いに出しても説明がつかない。こうした天邪鬼《あまのじゃく》な性《さが》は人の心に潜む原始衝動のひとつ、言いかえれば、いちばん根本にある精神機構、つまりは情動のひとつで、これが人間の性質を決定づけているのだ。たとえ、自分の魂の存在が信じられなくても、これだけは確かである。人間どもは「してはいけない」とわかっている悪事や愚行ほど、それゆえに頻々《ひんぴん》と犯してきたではないか。最善の判断に逆らい、破ってはいけないとわかっているからこそ、掟《おきて》なるものを破る。こうした人間の性癖は、牢《ろう》として抜きがたい。そう、この天邪鬼精神が、わたしを決定的破滅へと導いたのだ。魂が魂を苛み、自分で自分の首をしめるような、悪事のための悪事を犯したいというこの底知れない魂の渇望に、わたしは止《や》むことなく駆り立てられ、ついには罪のない黒猫への暴行におよんだのだった。

ある朝、ついにわたしは冷血非道にも黒猫の首に縄をかけ、木の枝に吊《つ》るした――目からとめどなく涙を流し、苦しい良心の呵責《かしやく》に悶《もだ》えながらも、あいつを吊るしたのだ。なぜか。あいつに愛されているのを知っていたから、そしてあいつには罰を受ける咎《とが》などないのをわかっていたからだ。そうしてあいつに手をかけつつも罪を自覚していたから、だからこそ、吊るし首にしたのだ。おのれの不滅の魂を危うくするほどの、いと情け深く畏《おそ》れ多い神の尽きせぬ慈悲すら届かないところまで魂を追いやるような――そんなことが可能であればだが――極悪の罪だとわかっていたからこそ、やったのだ。

とんでもない残虐行為がおこなわれた日の夜、めらめらと火の燃える音でわたしは目を覚ました。ベッド周りのカーテンが燃えている。家じゅうが火の海だった。女房も、使用人も、わたし自身も、火の手から命からがら逃げだしたものだ。焰《ほむら》はすべてを焼き尽くした。この世の財産と言えるものはことごとく燃えてしまい、わたしはそれ以降、自暴自棄のまま生きてきた。

この惨事と猫殺しの間になにか因果関係を見いだそうとするほど、わたしは馬鹿ではない。しかし事実をひとつひとつ詳述し――ひょっとして繋《つな》がりがあるかもしれないから、徹底して検証しておこう。火事の翌日、わたしは焼け跡を訪れた。壁はある一部を除いて、すべて焼け落ちていた。焼け残ったのは、家屋を真ん中で仕切っている壁の一部で、あまり厚くなく、わたしのベッドはこの壁際に頭の側をつけて置かれていた。壁のこの部分は漆喰《しっくい》がだいぶ頑張って火勢に抗したようだ――おそらく、ここだけ最近塗り直したばかりだったからだろう。壁のまわりには人だかりができており、多くは、壁のある一点を矯《た》めつ眇《すが》めつしげしげと眺めているようす。「気味がわるいな!」「妙なこともあるもんだ!」といった言葉が飛び交っているので、なにごとかと思い近づいてみると、真っ白な壁面に薄浮彫りしたごとく、巨大な猫の姿が浮かびあがっていた。驚くばかりの正確さで、あいつの姿形が再現されている。首には縄まで巻かれているではないか。

この化け物を――そう、そのときは猫が化けて出たとしか思えなかったのだ――見た瞬間は、驚愕《きょうがく》と恐ろしさで腰を抜かさんばかりになった。しかしわれに返ってよく考えてみれば、合点がいくではないか。思い返せば、黒猫が吊るされていたのは家屋のすぐ横の庭だ。出火時には、火事に驚いた隣人たちがここにたちまち群がってきた――そのなかの誰かが黒猫を木に吊るした縄を切り、開いていた窓からわたしの寝室に死骸を投げこんだに違いない。たぶん、そうやってわたしを起こそうとしてくれたのだろう。無残に殺された猫の骸《むくろ》は漆喰塗りたての壁にめりこみ、そこに周囲の壁が倒れてきて、骸は壁の中に押しこめられた。おそらく炎の熱で、漆喰の石灰と死骸から出たアンモニアが作用し、このような眼前の肖像ができあがったのだろう。

良心の面では割り切れないところもあったが、ともあれこうした奇異な現象も、理屈で考えれば説明がつくので、進んでそう考えることにした。とはいえ、この出来事がわたしの夢想世界に深い刻印を残さなかったわけではない。それから何か月も、あの化け猫の姿を頭からふりはらうことができなかったほどだ。しかもこの時期には、反省らしき感傷めいたものが心にもどってきた（実際、反省とは別物だったが）。あの猫を失ったことを後悔するまでになり、あまつさえ、足しげく通っていた何軒かの汚らしい酒場で、あいつの代わりになる同じ品種、似たような見た目の猫を探したりした。

ある晩、悪の巣窟のような店でのこと、酒でほとんど前後不覚のわたしは、不意になにやら黒い物体に目をひかれた。ジンだかラムだかの大樽《おおだる》が無数に並べられ、そのほかには調品もないような場所だったが、その樽の一つに載っていたのだ。しばらく樽の上をじっと見ていると、そこに載っているのがなんなのか、どうしてもっと早くに気づかなかったのか、われながら呆《あき》れてしまった。近づいていって、手を触れてみた。黒い猫ではないか。とても大きく、そう、プルートーと同じぐらい大きく、あらゆる点でそっくりだったが、一つだけ異なる点があった。プルートーは体のどこにも白い毛は見当たらなかったが、この猫の場合、ぼんやりとながらわりと広範囲に白い毛が生えており、その大きな斑点がほぼ胸全体をおおっていた。

わたしに触られると、猫はすぐさま身を起こし、ごろごろと喉《のど》を鳴らしながら、手に体をすりつけてきた。気づいてもらえてうれしい、というようすで。となれば、これこそが探し求めていた猫ということになろう。いったんは店の主人に買取りを申しでたのだが、べつにうちの猫ではない——知りもしない——し、見たこともないとのこと。

わたしは引きつづき撫でてやり、そろそろ帰ろうとすると、猫はついてきたそうな素振りを見せたので、そうさせた。道々、ときどき屈《かが》みこんで撫でてやったりしながら。そうしてわが家に着くや、猫はあっというまになじんで、すぐさま女房の大の気に入りになった。

わたしの方は逆に、まもなく嫌気がさしてきた。これはまるで思いもよらなかった事態である——どうしてそうなるのかわからないが、猫がわたしになついているようすが、むしろ鬱陶《うっとう》しくて癪にさわるのだった。この鬱陶しい、癪にさわる、という気持ちは除々に高じて、ついには熾烈《しれつ》な憎しみに変わった。わたしは猫を避けはじめた。ある種、恥じる気持ちも働き、かつての虐待行為を思いだして、この猫には手を出すまいと思ったのだ。そうして何週間かは、殴打などの暴行はくわえずにいられた。しかしだんだん——じつにゆっくりとではあるが——猫を見るたびに、筆舌に尽くしがたい嫌悪感がこみあげるまでになり、その忌まわしい姿を見かけると、疫病神《やくびょうがみ》の息から逃れるように、そっと立ち去るようになった。

猫への憎しみにまちがいなく輪をかけたのは、家に連れ帰った翌朝になって、プルートーのように片目がないことに気づいたことだ。しかしながら、女房の方はそんな不憫《ふびん》さゆえに、いっそう愛《いと》しく思うらしい。なにせ、先述したように、女房はじつに人情味のある人間なのだ。わたしだって昔はそれが取《と》り柄《え》だったし、そんな女房のやさしさに、純粋素朴な喜びを多々感じたものだった。

ところが、こちらが嫌えば嫌うほど、猫はなついてくるようだった。わたしの歩く後をついてくるしつこさたるや、読者にはとうてい理解してもらえないだろう。わたしが腰かければ、決まってその椅子の下にうずくまるか、膝《ひざ》に跳びのってきて体をすりつけ、うんざりさせる。立ちあがって歩きだそうとすれば、すかさず足の間にまとわりついてくるので、転びそうになるし、そうでなければ、わたしの服に長く尖《とが》った爪を立てて、その体勢のまま胸のあたりまで登ってきたりする。そんなときは、猫を殴り殺したくなるものの、わたしはまだそんな暴力衝動はこらえていた。ひとつには、過去の罪業《ざいごう》の記憶に引き留められたからだが、いちばんの理由は——ここでいっきに白状してしまおう——この猫が心底怖かったからだ。

これは形ある魔物を怖がる恐怖心とは少し違っていたが、かといって、他にどう定義したらいいかというと、それもわからない。白状するのは気がひける。そう、こうして死刑囚の独房にいるいまも、打ち明けるのは気が進まないのだ——猫に恐れ慄いていたわたしだが、その恐怖をいっそう高めたのが世にもつまらぬ妄想だったということを。

女房は一度ならず、この子の白斑《しろぶち》の形をごらんなさいよ、などと声をかけてきた。前述したとおり、この不気味な猫とわたしが殺した猫はそっくりで、目に見える違いは白斑だけだった。憶えておられるだろう、この斑は大きいものの、初めは非常にぼやけていた。ところが、だんだんと——気づかないぐらい少しずつ——いや、わたしは長いこと、気のせいであるとして認めようとしなかったのだが、とうとう見紛《みまが》いようがないほどはっきりとした輪郭をもつに至ったのだ。それはいまや、口にするだけで身震いがする物の形をとっていた——なによりこの斑のせいで、わたしは嫌悪感を抱き、怯え、できることならこの化け物をやっかい払いしたくなっていたのだ——そう、その斑はいまや、おぞましい——身の毛もよだつような——絞首台の形をしていたからだ！——ああ、それこそは恐怖と罪、苦悶《くもん》と死の、陰鬱で恐るべき原動力！

わたしの味わう苦悩は、ふつうの人間が経験する苦悩の域を越えていた。しかも、わたしに、この貴《たっと》き神の似姿をした人間であるわたしに、耐えがたい苦しみを散々なめさせたのは、たかが一匹の畜生、わたしに仲間を殺された畜生だとは！　なんということだ！　もはや昼も夜も、心安らげる時間などいっときもなかった！　昼間はあの化け猫が片時も独りにしてくれず、夜中は夜中で、言いようもなく恐ろしい悪夢にうなされて、しょっちゅう飛び起きるありさま。顔にはそれの熱い息がかかり、とてつもなく重い——悪夢の化身が胸にのしかかってきて動こうとせず、わたしには払いのける力もない！

圧《お》しつぶされそうな苦しみの下《もと》、わたしの内にわずかばかり残っていたひ弱な善心がくじけた。邪心ばかりがわが腹心の友となったのだ——なかんずくどす黒くて邪悪な想念に、わたしは親しんだ。前々からの気むずかしさが高じて、この世の万事と人間そのものを憎むようになった。そうしたなか、頻繁におきる突発的な怒りの爆発にもむざむざ身をゆだねるようになり、ああ、その怒りの矛先を始終向けられながら、ひたすら耐えてくれたのは、辛抱強いわが配偶者である。

ある日、入用のものがあったらしく、女房もわたしについて古家の地下蔵へ降りていった。こんな古ぼけた家に住むしかないのは貧しさゆえだ。急な階段を降りる足元に猫がまとわりつき、わたしはあやうく真っ逆さまに転げ落ちそうになった。わたしは怒りで逆上して斧《おの》をつかむと、それまで暴力の枷《かせ》となっていた幼稚な恐怖心も、激しい憤怒《ふんぬ》のうちに忘れ去り、斧を猫めがけて振りおろそうとした。思いどおりに打ちおろしていれば、むろん猫は即死していただろう。ところがこの一撃を、女房の手が止めた。邪魔をされて怒髪《どはつ》天をつき、わたしは腕を振りほどくと、その手の斧を女房の脳天に打ちこんだ。あいつはうめき声ひとつあげずくずおれて、息絶えた。

残虐な人殺しがすむと、わたしはただちに死体の周到なる隠蔽作業にとりかかった。家から外に持ちだせば、昼夜問わず、隣人に見つかる危険性があることはわかっていた。いろいろな計画が次々と頭に浮かぶ。一時は、骸を細かく切り刻んで、火にくべてしまおうかとも思った。いったんは、蔵の床下に墓を掘って埋めようと決めた。また、庭の井戸に放りこむことも考えたし――商品のように箱に入れて、通常の手はずを整え、運搬人《ポーター》に家から運びだしてもらおうかとも思った。しかし最終的には、そんな諸々の手段をはるかに上回る得策を思いついた。地下蔵の壁に塗りこめてしまうことにしたのだ。中世の坊さんたちも、捕まえた罪人をそうして閉じこめたと伝えられているではないか。

こんな隠蔽工作をするのに、うちの地下蔵はもってこいだった。壁の造りが雑で、つい最近もざっと一面、漆喰を塗り直したばかりだったのだが、湿気のせいでまだ固まっていなかったのだ。さらに好都合なことに、壁の一か所にでっぱりがあった。かつてはお飾りの煙突《チムニー》か暖炉だったのだろうが、いまは煉瓦《れんが》でふさがれ、他の部分の壁面と一体化して目立たない。ここの煉瓦は簡単にどかせるだろうと、わたしは踏んだ。そこに死体を入れこみ、前と同じようにふさいでしまえば、誰の目にも疑わしい点はなくなるはずだ。

この目論見ははずれなかった。金てこを使うと煉瓦はあっさりはずれてきたので、奥の壁に死体の背をあずけるように置き、その恰好《かっこう》で立てかけたまま、難なく前と同じように煉瓦を積み直した。念には念を入れながら、モルタルと砂と毛髪を混合して、まわりの壁と区別がつかないような漆喰を用意し、それを積み直した煉瓦の上から慎重に、慎重に、塗りつけた。作業が済むと、万事うまくいったという満足感がこみあげてきた。壁面には、崩されたような跡はこれっぽっちも見られない。床に散らばった塵屑《ちりくず》は、これまた細心の注意をもって拾っておいた。わたしは得々として蔵を見まわし、ひとりごちた。「まあ、少なくとも、苦労した甲斐《かい》はある出来栄えだな」

さて、つぎなる作業は、わたしをこんな酷《ひど》い目にあわせたあの畜生を探すことだ。やつをぶっ殺してやると固く心に誓っていたのだから。そのとき出くわしていたら、やつの運命は決まっていたろう。ところが、あの狡猾《こうかつ》な獣は、先刻、激昂《げっこう》した主人の残虐行為に危険を感じたらしく、怒ったわたしの前に姿をあらわそうとしない。憎き生き物がいなくなって、どれほどうれしく、深い安堵感《あんどかん》が胸にこみあげてきたか。それは言葉に尽くしがたく、思いもよらぬ安らぎだった。猫はその夜じゅう、姿を見せなかった。こうして、やつが家にやってきてから初めて、わたしはすやすやと安眠できたのだった。なんとしたことか、人殺しという魂の重荷を負いながらも眠れるとは。

二日目、三日目が過ぎ、それでもわたしを苦しめる猫はあらわれなかった。いまふたたび、自由の身となって生きていける。あの化け物は恐れをなして逃げ去り、もう戻る気はないのだ！　もう今後、目にすることはないのだ！　ありがたいこと、このうえない！　わたしは悪事の罪悪感にろくすっぽ苛まれもしなかった。警察の取り調べもあるにはあったが、どの尋問にもさくさくと答えてやった。家宅捜索までおこなわれたが、むろん、なにか発見されようはずがない。これなら先々まで安泰だろう。わたしはそう思いなした。

殺害から四日目、警官の一団がだしぬけに踏みこんできたかと思うと、いま一度、厳しい目で家宅捜索をはじめた。それでも、あの隠蔽場所が見つかるわけがないのだから、うろたえることもなかった。警官たちはわたしも捜索に立ち会わせた。隅から隅まで、どんな物陰も見逃さずに調べあげた。三度か四度目の捜査で、一行はとうとう地下蔵へ降りていった。わたしは筋ひとつ、ぴくりともさせなかった。心臓は無邪気なまどろみにあるように平静で、地下蔵の端から端まで平気で歩いてみせた。腕組みしながら、屈託なく歩きまわった。捜査官たちもこれですっかり満足したらしく、もう引き揚げることになった。わたしは胸にわきおこる歓《よろこ》びを抑えきれず、得意のあまり、ひとこと言わずにはいられなくなった。この身の無実を二倍にも納得させてやろうと思ったのだ。

「みなさん」と、ついにわたしは階上へと昇っていく一団に声をかけた。「わたしの嫌疑が晴れて本当になによりだ。みなさんの健康を願うと同時に、今後はもう少していねいな態度を望みたいものですな。それはそうと、みなさん、この――この家は造りがじつにしっかりしておるのですよ」（とにかく軽口を叩《たた》きたかっただけで、自分でもなにを言っているのかわからなかった）――「極めてしっかりした造りと言ってよろしいでしょう。この蔵の壁なんか――おや、もうお帰りですか？――ここの壁ですがね、じつに堅固でびくともせん」と、ここで威張ってやりたい一心で、愛しい女房の亡骸《なきがら》を押しこめて煉瓦でふさいだ部分を、手にしていた杖《つえ》でゴツンと強く叩いてみせた。

しかし――神よ、わたしを魔王の毒牙から守り、救いたまえ！　しじまのなかにわたしの杖の音が響くや、それに答えるように、塗りこめた墓の中から声が返ってきたのだ！――叫び声のような、初めはくぐもっていて途切れ途切れの、幼子のすすり泣きのような声だったが、それはたちまち音量を増し、長く響きわたる大きな悲鳴に、まったくもって異様で人間のものとは思われない声に変わった――いや、咆哮《ほうこう》と言うべきか――半ば恐怖に怯えたような、半ば勝《か》ち鬨《どき》のようなその甲高《かんだか》い絶叫は、喩《たと》えるなら、地獄に墜《お》ちた者どもの阿鼻叫喚《あびきょうかん》と、人々を地獄に落とした悪魔の狂喜の声をあわせたような喚声だった。

わたしの考えたことなど、いま話しても詮方《せんかた》ない。わたしは気も遠くなりながら、よろめいて向かい側の壁にもたれかかった。階段を昇りかけていた捜査官たちは、恐怖と畏《おそ》れで一瞬、その場に凍りついた。しかし次の瞬間、十本あまりの屈強な腕が壁をせっせと打ち壊しにかかった。じきに壁は漆喰もろとも崩れ落ちた。捜査官らの目の前にすっくと立っていたのは、もはや腐乱が進み、べっとりと血糊のついた亡骸だった。その頭の上には、赤い口をかっとひらき、燃えるような一つ目をらんらんと光らせた、あのおぞましい獣が座っていた。こいつの狡知《こうち》にはまってわたしは人を殺《あや》め、こいつに告げ口されて絞首台に向かう運命となったのだ。この化け物まで、壁の中の墓場に塗りこめてしまったとは。

（鴻巣友季子＝訳）

早まった埋葬

小説のテーマのなかには、興趣をそそってやまないものの、真っ当なフィクションとしてはおぞましすぎて適さないものがある。たかが浪漫派作家といえども、読者を怒らせたり嫌われたりしたくなければ、そういうテーマは避けねばならない。過酷でおごそかな現実という裏打ちと支えがあればこそ、そうしたテーマは適切にあつかわれるのだ。たとえば、ナポレオン軍のベレジーナの河渡りだとか、リスボンの大地震、ロンドンの疫病、聖バーソロミューの大虐殺、あるいはカルカッタで百二十三人もの捕虜が〝黒い穴《ブラックホール》〟*1に閉じこめられて窒息死したなどの事例を知ると、われわれはごく強烈な「快い痛み」で恍惚《こうこつ》となる。しかしこれらの話のなかで、われわれを興奮させるのは、それが事実であり――現実であり――史実であるという点であろう。これがフィクションとなると、たんに忌《い》まわしいだけだ。

史実上に名を残すゆゆしき大事を、ここにいくつか挙げた。しかしそれらの場合、人の空想力に生々しく訴えてくるのは、惨劇の性質もさることながら、その規模なのではないか。改めて申しあげる必要もなかろうが、人類の経験してきた厄難の長く異様な一覧表からは、こうした大規模な災禍ではなく、もっと根源的な苦しみを伴う個人の事例を多く挙げることもできるはずだ。じつのところ、真の惨事――究極の苦しみというのは、あまねく降りかかるものではなく、個人的な体験にこそある。言いかえれば、おぞましい究極の苦悶《くもん》というのは、集団ではなく、個人単位で味わうものなのだ――その点は、慈悲深き神に感謝しよう！

生きながら埋葬されること。間違いなくこれこそが、弱き人類の運命に降りかかった苦難のうち、もっとも恐るべきものであろう。こうした事態が頻繁に、ごく頻繁に起きてきたということ、これはふつうに考えれば、否定しようのないことではないか。生と死を分かつ境界などというのは、せいぜいあったとしてもぼんやりとして曖昧なものだ。ここで生が終わり、ここから死が始まると、誰に明言できるだろう？　見たところ身体機能がすべて停止したようでも、正確にいえば、「いわゆる」停止状態であって一過性のものにすぎない、そんな病態があることは世に知られていよう。そのメカニズムは解明されていないが、要は一時的に機能が止まったというだけのことなのだ。一定の時間が経過すれば、目に見えぬ不可解な原動力が作動して、魔法の歯車やあやかしの車輪がまたうそのように動きだす。[*2]白銀の糸がほどけてしまったわけでも、黄金の盃《さかずき》がどうしようもないほど損壊したわけでもない。とはいえ、停止状態の間、魂はどうしていたのだろう？

そんな状態がどういった作用を引き起こすか――つまり、こうした身体機能の一時停止のケースがあるのはよく知られているわけだが、となれば当然、「早まった埋葬」という事態がときおり生じることになる。しかし、このアプリオリな必然的結論はひとまず脇に措《お》いて後に考察するとしても、医療の現場や日常生活において、実際こうした埋葬例が枚挙に遑《いとま》がないことを示す目撃者の証言には事欠かないのである。必要とあらば、ただちに信憑性の高い事例を百件でも挙げてみせよう。一部の読者のご記憶には新しいだろうが、この手の顕著な例がわりあい近年にも、ボルチモアに近い街であったではないか。街じゅうが強烈なショックに見舞われて震えあがり、騒然となったものだ。著名な弁護士にして国会議員という大変な名士の奥方が、医者たちにも手のほどこしようのない難病を突然発症した。そして、さんざん苦しんだ後に亡くなった——少なくとも、死亡診断がくだされた。じつは死んでいないのでは、などと疑う者はもちろんおらず、疑う由のないことだった。どの点から見ても、通常死亡とみなされる状態にあったからだ。顔面は死人らしく窶《やつ》れきって、げっそり頬がこけていた。唇も死人らしく大理石のように固く青ざめていたし、眼は光を失ってどんよりとしていた。身体《からだ》はぬくもりもなく冷えきっており、脈も止まっていた。遺体はすぐ埋葬せずに三日間安置されたが、その間に石のごとく硬直していった。腐敗と思われるものが急速に進んでいたため、要するに葬式を予定より早めたのである。

奥方の亡骸《なきがら》は一族の地下墓所に納められ、それから三年間、開《あ》けられることはなかった。三年という所定の期間がすぎると、本式の石棺に移すために墓所がひらかれた。ところが、なんということか！　手ずから扉を開けた夫の衝撃はいかばかりだったろう！　扉が手前にひらくと、なにか白い衣を纏《まと》ったものが、がらがらと崩れながら夫の腕のなかに倒れこんできたのである。いまだ朽ち果てぬ白装束に包まれていたのは、妻の骸骨であった。

詳細な調査の結果、以下のことが明らかになった。奥方は墓所に納棺されて二日とたたないうちに息を吹き返したらしい。中でもがいたために、棺《ひつぎ》は架台《かだい》か棚から床に落ちて割れ、それで奥方は脱出できたようだ。墓所には油のたっぷり入ったランプがたまたま残されていたが、発見時には空になっていた。もちろん、自然に蒸発しただけかもしれぬが。地下墓所から外に通じる階段の最上段に、棺の大きな欠片《かけら》が落ちているところを見ると、おそらく奥方はこれで鉄扉をたたき、助けを求めようとしたのだろう。必死でたたいているうちに、あまりの恐怖で卒倒するか、本当に死んでしまったのかもしれない。倒れこむ際に、室内に突きだした金具に装束が引っかかったようだ。そうして奥方の屍《かばね》は直立したまま、腐乱していったのだ。

一八一〇年には、フランスでも生き埋め事件が起きており、その状況たるや、まさに「事実は小説より奇なり」であることを証《あか》す奇怪なものだった。この物語のヒロインは、ヴィクトリーヌ・ラフールカード嬢という、大変な資産と美貌で知られる名門家の若い令嬢である。並み居る求婚者のなかに、ジュリアン・ボスエという、新聞雑誌で売文稼業をしているパリ暮らしの貧しい文学青年《リテラトゥール》がいた。文才があり人柄も良かったため、この資産家の女相続人の目にとまり、どうやら、ずいぶんと寵愛《ちょうあい》を受けたようである。ところが、しまいに令嬢は出自への誇りから青年を袖にし、銀行家にして相応の地位にある外交官のレネールという男性と結婚することにした。ところが、結婚してみると、この紳士は妻を蔑《ないがしろ》にするばかりか、おそらくもっと明確な虐待もしたようだ。この男のもとで、悲惨な月日をすごしたのち、ヴィクトリーヌは亡くなった。ともあれ、誰の目も欺くほど死に酷似した状態だったということとだ。

彼女が埋葬されたのは、レネール一族の地下墓所ではなく、生まれ故郷の村にある一般の墓地だった。かつての恋人ジュリアンは絶望しつつも、彼女への深い恋慕を忘れられず、いまだ胸を焦がしていたので、パリからその村のある辺鄙《へんぴ》な地方まで旅していく。愛する人の骸《むくろ》を掘りかえし、豊かな巻き髪を幾房かわがものにしようという、ロマンチックなもくろみがあった。そうして彼は墓にたどりつく。真夜中に棺を掘りだして、蓋を開け、さあ、毛髪を切ろうとしているところで、最愛の人の眼《まなこ》がひらくのに気づく。じつは、ヴィクトリーヌは生きながら埋葬されていたのだ。その肉体にはまだ生きる力が残っており、恋人の愛撫を受けて、死と見まごう昏睡《こんすい》から目覚めたのだろう。ボスエは死にもの狂いで彼女を村の宿屋まで担いでいった。彼にはひととおりの医学知識があったから、それを基に、とある強力な蘇生術を試みた。そうするうちに、ヴィクトリーヌは生き返り、とたんに、救い主が誰だか気づいた。彼女はゆっくりゆっくり回復する間も、恋人のそばを離れず、やがてすっかりもとの健康をとりもどした。その女心はもともとそう頑《かたく》なではなかったし、こうして愛のなんたるかを教えられて、ついにほだされることになった。そう、ボスエに心を捧《ささ》げることにしたのだ。もう夫のもとには帰らず、蘇生したことを夫に隠して、恋人とともにアメリカへ逃げのびた。それから二十年後、時を経てヴィクトリーヌの容貌もすっかり変わったので、これなら友人知人も気づかないだろうと信じて、ふたりはフランスへ舞いもどった。しかしながら、そのもくろみは甘かった。レネールはひと目見るなり、ヴィクトリーヌだと看破し、妻を返せと言ってきたのである。彼女はこの訴えに抗し、裁判所もヴィクトリーヌの主張を認める判決をくだした。つまり、奇異な状況で長年が経過しており、公平性から言っても、法的に言っても、レネールの夫としての権限は消失している、と判断したのである。

高い権威と功績を誇るライプツィヒの医学誌《外科ジャーナル》にも、最近の号に、この手の痛ましい事件が報告されているので、アメリカでもどこかの出版社が翻訳して出すといいだろう。

砲兵隊のある将校のケースである。とりわけ丈夫で健康な大男だったが、あるとき暴れ馬から振り落とされて、頭部にひどい打撲を負い、その場で意識を失った。頭蓋骨の軽い骨折があったが、差し迫った命の危険は見られなかった。穿頭術《せんとうじゅつ》は成功したし、瀉血《しゃけつ》もおこない、他にもいろいろと一般的な施療がなされた。しかしながら、男はだんだんと深い嗜眠《しみん》に陥って回復の見込みがなくなり、とうとう死亡と診断された。

暑い時季だったので、まともな手順も経ず、男は公共墓地に埋葬された。葬儀がおこなわれたのが木曜日である。つぎの日曜日、墓地は例のごとく参列者でごった返したが、午《ひる》ごろ、ひとりのお百姓がこんなことを言いだして、とんでもない騒ぎになった。その将校の墓石の上に座っていたら、土の中でなにか暴れているような、まるで地中で人がもがいているような動きをはっきりと感じたと言うのだ。初めはこの男の訴えに耳を貸す者はほとんどいなかった。しかし男は見るからに怯《おび》えているし、あまりに頑なに言い張るので、そのうちまわりの人々も自然と騒ぎだした。至急、鋤《すき》をとりにいかせ、不体裁なほど浅いその墓はものの数分で掘り起こされ、葬られた将校の頭が見えてきた。その時には死んでいるように見えた。とはいえ、棺の中でほぼまっすぐに上身を起こした状態であり、猛烈にもがいたのだろう、棺の蓋が開きかけていた。

将校はただちに最寄りの病院に搬送され、窒息により仮死状態にはあるが、かろうじてまだ息があると診断された。しばらくすると蘇生して、知人たちが周りにいるのに気づき、墓中での苦悶について、とぎれとぎれに語った。

その話によれば、埋葬された後、ふたたび気を失うまで、一時間あまりは意識があったのは明らかだった。彼の墓はひどく粗い土をざっと被《かぶ》せていただけなので、それなりに通気性があったに違いない。墓の上を歩きまわる参列者らの足音が聞こえたので、こちらの声も聞きとってもらおうと、必死でわめいたと言う。将校によれば、墓地が騒がしいせいで深い昏睡から覚めたらしいが、覚醒したとたん、とんでもなく恐ろしい状況に置かれていることに気づいたわけだ。

記録によれば、この患者は予後も良く、きわめて順調な回復を遂げていたようだが、最終的には医学実験の犠牲となった。いんちきなガルバニー電流治療をほどこされ、何度目かの治療で突如恍惚《こうこつ》となって息絶えたのだ。この施療中にときおり起きる症状である。

しかし一方、ガルバニー電流治療といえば思いだす好例は、よく知られた驚きのケースである。ロンドンの若い法律家が埋葬されて二日あまりもたってから、この施療によってみごとに蘇生したのだ。一八三一年の出来事で、当時はちまたで話題になるたびに、深甚なセンセーションを巻き起こしたものだ。

この患者、エドワード・ステイプルトンはどうやら発疹《ほっしん》チフスで死んだらしいが、珍しい症状を併発していたため、死ぬ前から医学関係者の関心を集めていた。死因と見られる病気について、死後解剖をおこないたいとして、彼の同僚の法律家らに要請が出されたが、認められなかった。ありがちなことだが、医者たちはこうして断られるとむきになり、遺体を掘り起こして、秘密裡《ひみつり》にゆっくり解剖してやろうと決意した。ロンドンには不法の墓暴きがいくらでもいたから、その中からひとり見繕って、手はずを整えるのはたやすいことだった。そうして葬儀から三日目の夜、八フィート［一フィートは三〇・四八センチメートル］もの深さの墓から、死体とされるものが掘りだされ、個人病院の手術室に運びこまれた。

腹部を実際にいくらか切開したところで、遺体に妙に生気があり、腐乱のようすも見られないので、ガルバニー療法をおこなってみては、ということになった。次々と電流を流していくと、それに対して通常の反応が起きた。どこから見ても特異な点はなかったが、痙攣《けいれん》する身体がやけに生気を帯びて見えたことが一、二度あった。

夜も更け、さらに夜が明けようとするころ、ただちに腑分《ふわ》けを続行すべしとついに判断された。しかしひとりの医学生がぜひ自説を実践させてくれと言いだし、電流を胸部の筋肉のひとつに直接流してみたいと言い張った。ぞんざいに胸部が切開され、手早く電線がつなげられた。すると、患者は痙攣とは明らかに違う動きでがばと手術台から起きあがり、部屋の中央へと歩きだして、しばし不安げにあたりを眺めた後、おもむろにしゃべりだしたのだ。

なにを言っているのか理解不能だったが、まともな言葉を発しているのは確かであり、一語一語の発話も明瞭だった。ひとしきりしゃべると、患者はどさりと床に倒れ伏した。

しばし医者たちは畏怖の念にうたれて茫然《ぼうぜん》としていたが、症状が差し迫っているだけに、たちまち正気づいた。ステイプルトン氏は気絶しているだけで、生きているのだ。エーテルを吸引させると、息を吹き返し、たちどころに回復していった。しかしながら、氏の身内や友人たちには蘇生の事実は伏せおかれ、もはや逆戻りの心配がなくなってようやく知らされた。彼らの驚き――驚喜というべきだろうが――は想像にかたくないだろう。

とはいえ、この事例のもっとも戦慄《せんりつ》すべき特異点といえば、ステイプルトン氏みずからが主張した内容である。なんと、完全な無感覚に陥ったことは寸時もないというのだ。意識はぼんやりと混濁していたが、医師たちに死亡診断をくだされた瞬間から、気絶して病院の床に倒れる瞬間まで、自分の身に起きたことはすべてわかっている、と。解剖室にいると気づいたとたん、力の限りを尽くして言おうとしたのは、「まだ生きている」という言葉だったという。

こうした病歴にあれこれ尾ひれをつけて語るのは簡単なことだが、差し控えよう。なにしろ、「早まった埋葬」が起きうるという事実を確立するのに、実際そんなことは必要ないのだから。こうした事例の性質からしてめったに気づかれないはずで、となれば、われわれが知らないうちに頻繁に起きているかもしれないのだ。それは認めざるをえない。じつをいうと、墓が荒らされた場合、それがどんな目的で、どのていどの被害にせよ、おおかたの遺骸はきわめておぞましい事態を思わせる姿勢で見つかるものなのだ。

　そんな事態は察するだに恐ろしいが——そうした運命の当事者になるのはもっと恐ろしい！　一も二もなくこう断言できよう。世の中に惨事は数々あれど、この種の「生き埋め」事故ほど、心身の極度の苦しみをやすやすと喚起するものはない。肺への耐えがたい圧迫——息詰まるじめじめした土いきれ——張りついてくる死装束——がっちりと抱き締めてくる狭苦しい住み処《すみか》——明くることなき夜の漆黒——海原のごとき静寂《しじま》に呑《の》みこまれ——見えねど肌に感じる蛆虫《うじむし》のなすがままになり——そんなものに嬲《なぶ》られつつ、頭上の空気と草地に想《おも》いを馳《は》せ、自分がこんな運命にあることを知りさえすれば助けに飛んでくるはずの愛しい友人たちの思い出に包まれ、しかしこの悲運を友人たちは決して知りえない、この望みなき運命は本物の死人と同様だと思い知らされる——こんなことを考えていると、いまも鼓動しているその胸に耐えがたい恐怖が広がってぞっとし、どんな図太い想像力の持ち主でもたじろぐだろう。地上においてこれほどの悶絶の苦しみを、われわれは他に知らない——地の底の底にある地獄ですら、この半分も忌まわしいものがあるとは夢にも思えない。であるがゆえに、この件にまつわる話はあまねく深甚な関心を呼ぶ。とはいえ、この話題自体が厳《おごそ》かで近寄りがたいものであるだけに、関心の持ち方が、もっぱら話の内容を信じるか否かで決まってくるのは当然だろう。これから話すのは、わたし自身が実際に見聞きし——自分が経験したまぎれもない事実である。

　当時のわたしはもう何年も、特異な障害に悩まされていた。医者たちの意見をまとめれば、だ。この病気の直接的な原因はいまもって解き明かされておらず、それよりはっきりした病名が見当たらなかったのだ。この病気の直接的な原因はいまもって解き明かされておらず、明確な診断もくだせないままだが、病の性質は見た目にも明らかであり、充分に理解されている。患者による違いといえば、おもに程度の差ぐらいだろう。重度の嗜眠状態がつづくが、それはほんの一日かそれ以下の場合もある。その間は、まったく意識がなく、外から見ても一切動きがない。とはいえ、心臓の鼓動はまだ微《かす》かながら感じられる。身体のぬくもりもいくらか残っている。頬の真ん中あたりにも、抜けきらない赤みがうっすらと。さらに、口元に鏡をあてがってみると、頼りなく不安定ではあるが、心肺がためらいがちに動いているのがわかる。しかしまた、こんな昏睡状態が何週間、いや、場合によっては何か月もつづく場合もあるのである。どんなに念入りに調べあげ、どんなに精密な検査をほどこそうと、こうしたカタレプシーの病態と完全な死亡の間に、物理的な区別をつけることは不可能だ。尚早に埋葬されずに済むとすれば、それはひとえに、その患者が以前にもカタレプシーを起こしたことを知る家族や友人らが注意を喚起し、それによって疑いが生じ、なにより、身体に腐乱の兆しがまったく現れないので気づく、というケースがほとんどである。この病気は幸いなことに徐々に進行する。初回の発症から強烈だが、見た目にもそれとわかりやすい。その後、だんだんと特異な症状を強め、発作の持続時間も回を追うごとに長くなっていく。こうした経過をたどればこそ、生き埋めの心配はなくなるわけだ。しかし不運にも、初回から極度の長時間発作に見舞われた場合、実際それは珍しくないのだが、生き埋めはほぼ避けがたいことになろう。

わたしの体験も、医学書に紹介されているケースと大きな点ではなんら変わらないものだった。ときおり、原因不明のまま徐々に、失神のような、なかば気絶した状態に陥ることがあった。この容態に陥ると、痛みは感じず、ぴくりとも動けなくなる。厳密にいえば、思考も儘《まま》ならないが、自分がまだ生きていて、人々がベッドを囲んでいるという、ぼんやりとした鈍い意識はあり、そのままじっとしていると、やがて病の峠を越えたところで、いきなり知覚がもとにもどる。それとは逆に、あっという間に意識を失うこともあった。急に具合が悪くなって身体が痺《しび》れ、寒気とめまいが襲ってきて、ばったりと仰《あお》向《む》けに倒れてしまうのである。そうなると、何週間もすべては空白となる。真っ暗な沈黙が訪れ、宇宙は虚無と化す。これ以上の完全な消滅は他に類を見ない。後者の発作は、起きるときには急激なわりに、覚醒は少しずつゆっくりとだった。たとえるなら、寄る辺ない物乞いが荒涼とした冬の長い夜じゅう、疲れ切ってのろのろと街をさまよった挙句、ようやく朝が明けてくる——それと似て、魂の光がもどってくるのは、かくも喜ばしいことだった。

ときどき失神するとはいえ、それを除けばわたしは全般に健康に思われた——よくあるその病に健康がすっかり冒されているという認識もなかった。考えてみれば、日常的に起きる特異な「眠り」は発作に伴う症状だったわけだが。まどろみから覚めたとたん、意識はあるものの、前後不覚でそのまま何分も茫然としていることがあった。精神機能全般、とくに記憶が瞬時には働きださず、完全な一時停止状態になっているのだった。

そういう症状の間も、身体的な苦しみはなかったが、心理的な苦痛はかぎりなくあった。

想像のなかで、納骨堂の光景が広がっていった。わたしは「蛆虫や墓場や墓碑銘のこと」を始終語った。死の夢想のなかで迷子になり、「早まった埋葬」という考えが頭から離れなくなった。自分がその「身の毛もよだつ危機」に陥るのではないかという強迫観念に昼も夜も悩まされた。昼間でも、それを想うのはとてつもない責め苦だったが、夜ともなれば苦悶は極限に達した。残忍な闇が地をおおう頃になると、わたしはおぞましいことを片端から考えて、霊柩車《れいきゆうしや》の羽根飾りのように震えるのだった。いくら寝まいとしても、いずれは自然の摂理で限界が訪れるが、眠ろうと思いきるまでにまた葛藤が要った——なにしろ、つぎに目覚めたら、墓の住人になっているのでは、と思うだけで震撼《しんかん》するほどなのだ。しかも、ようやくうとうとしだしたとたん、亡霊どもの世界に突入する。その上空には、例の墓場恐怖が他を圧するように浮かび、巨大で真っ黒な羽根の影であたりを包みこんでいた。

そうして夢でまでわたしを苛《さいな》んだ数々の不吉なイメージのうちから、ただ一つのヴィジョンを選んで記録しよう。わたしが思うに、そのときのカタレプシーによる昏睡はいつになく長く、深かった。不意に冷たい手がひたいに触れてきたかと思うと、耳元で「起きろよ!」という苛立《いらだ》ちと恐れのにじむ早口の声がした。

わたしは半身を起こした。真っ暗闇であった。わたしを揺り起こした人の姿も見えず、どれぐらい昏倒していたのか、倒れたここがどこなのか、さっぱり思いだせない。身じろぎもせずに必死で考えをまとめようとするうち、さっきの冷たい手がわたしの手首をきつく摑《つか》んできて、不機嫌に揺すりながら、また早口でしゃべりだした。

「起きろったら！　起きろと言わなかったか？」

「そう言うあなたは、どなたです？」わたしは訊《たず》ねた。

「おれがいま住む世界では、名前なんかない」と答える声は沈んでいた。

「かつては命に限りある人間だったが、いまでは悪鬼だ。むかしは情け容赦がなかったが、いまでは哀れを催す心もある。おれが震えているのがわかるだろう。しゃべるたびに歯がガタガタいうが、この夜の、果てしない夜の冷気のせいではない。それにしても、この酷《むご》いありさまは耐えがたい。おまえはよくもすやすやと眠れるものだな？　おれはこの断末魔の叫喚のせいでいっときも休まらん。さあ、立て！　夜の闇へと出てゆき、墓を開けて見せてやろう。まさに悶絶の図ではないか？——見よ！」

わたしはそちらを見た。姿の見えない悪鬼はわたしの手首を摑んだまま、全人類の墓という墓を暴いていた。どの墓穴も、腐敗する死骸の発する微かな燐光《りんこう》でぼうっと光っていた。そのため、窪《くぼ》みの奥の奥まで見てとれたのだが、そこには、死装束をまとい、蛆虫にたかられながら、悲しく厳かな眠りにつく骸があった。ところが、なんということだ！　本当に死の眠りについている者は少なく、まどろんでもいない者の方が何百万と多いではないか。弱々しくもがいている人々もおり、痛ましいざわめきが広がっていた。無数の墓穴の奥から、葬られた人々の装束がすれてカサカサと陰気な音をたてるのが聞こえた。安らかに眠っているとおぼしき人々も、よく見れば、多くは最初に葬られたときの窮屈な姿勢とは違う体勢をとっている。わたしが目を瞠《みは》っていると、また声がした。

「おお、酸鼻をきわめる光景ではないか？」しかしわたしが返す言葉も思いつかないうちに、声の主はわたしの手首を放し、すると燐光は消えて、いきなり墓という墓が荒々しく閉じてしまった。あらゆる墓の中から、「おお、神よ！　いとも悲惨な光景ではないか？」という絶望の叫びが騒がしく聞こえてきた。

このような幻魔が夜になると夢にあらわれ、その悪夢の余波《なごり》は昼間の勤務時間にまでおよんだ。わたしはすっかり神経が衰弱し、たえざる恐怖の餌食となった。馬で出かけたり、散歩したり、家を離れるような活動はためらわれた。それどころか、いつもの発作が起きたら、正しい診断がつく前に埋められてしまうに違いないと思うと、わたしがカタレプシーの持病があるのを知っている身内や友人のすぐそばを離れる気になれなかった。いや、ごくごく親しい友人の思いやりや忠誠心だって、疑わしいものだ。そのうち、わたしがふだんより長い昏睡に陥ったら、周囲は回復不能ということで納得してしまうのではないか。わたしは不安に駆られた。なにせ、しょっちゅう悶着を起こしているわたしだ、長引く発作でも起きようものなら、これ幸いと厄介払いの口実にするのではないか。そんな心配までするようになった。友人たちがいくら真顔で約束して安心させようとしても、無駄だった。わたしは神聖なうえにも神聖な誓約を強要した。この身体の腐敗が著しく進行し、これ以上安置しておけないという段階になるまで、いかなる状況下でも埋葬してはならない、と。そこまでしても、わたしは死にまつわる恐怖心に囚《とら》われ、理を説かれても聞く耳をもたず、どんな慰めも受け入れようとしなかった。ひっきりなしに入念な予防策を講じた。とりわけ、わが一族の地下墓所に手をくわえ、内側からすぐに開くよう改造した。室内にまで挿しこまれた長いレバーをほんのわずか押しただけで、鉄扉がさっと開《あ》くように設計したのだ。空気と光がふんだんに入るような改築もほどこし、わたしの入る棺からすぐ手が届く位置に、水と食物を入れておくのにちょうどいい容器も設置した。さらに、この棺には暖かでやわらかい内張りをめぐらせ、その蓋は墓所の扉と同様の原理でひらくように作った。細工をしたバネをとりつけ、身体が微かにでも動けば、蓋がひらくような仕掛けにしたのである。これだけやってもまだ飽き足らず、地下墓所の天井から大きな鐘をぶら下げて、棺の穴から紐《ひも》を中へ挿し入れ、亡骸の片手に結びつけられるようにした。それでも、ああ！　どんな用心をすれば、運命から身を守れるというのだ？　これだけ精密な安全策をほどこしても、生き埋めの不安という極度の苦悶から、哀れな男を救うことはできなかった。この男はそうした苦悶を背負うべく運命づけられているのだから！

　発作の時のつねで、ある段階にくると、完全な昏倒から弱々しく覚醒し、うすぼんやりとした生の感覚がもどってくる。そのときも、亀の歩みのようにゆっくりと、鈍色《にびいろ》の朝ぼらけの陽《ひ》がうっすらと精神に射しこんできた。どんよりとした不快さがある。半ば感覚が麻痺《まひ》したまま鈍痛に耐える。煩いもなく、しかし希望もなく、なにか努力できるでもない。そうして長い間の後に、耳鳴りがしてきた。それから、さらに長い時間がすぎたころ、四肢に、突くような、刺すような感覚があった。その後、心地よい無活動状態がはてしなくつづき、この間に、覚醒しだした知覚が必死で思考を始めようとする。それからまた一瞬、実体を失ったような感覚があったのち、わたしは藪《やぶ》から棒に覚醒した。ついに瞼《まぶた》が微かにぴくぴくと震え、その直後、忌まわしく漠とした恐怖が電撃のように襲ってきて、こめかみから心臓へと血が迸《ほとばし》る。ここで初めて、思考しようという自覚的な努力がなされる。経緯を思いだそうと必死の試みを開始する。この時点では、切れ切れにしか思いだせず、思いだしてもすぐ消えてしまう。そうするうちに、自分のおかれた状況をあるていど認識できるぐらいまで、記憶が甦《よみがえ》ってくる。ふつうの睡眠から目覚めているのとはわけが違う。そうだった、カタレプシーの発作に襲われたのだ。そう気づくとついに、わたしの震える心は海原の大波にさらわれるように、例の「身の毛もよだつ危機」の恐怖に――どこまでもついてくるあの不安の化け物に呑みこまれる。

この妄想に囚われたわたしは、しばし身じろぎもせずにいた。なぜか？　動きだす勇気が出なかったのだ。動きだそうとした結果、自らの運命を立証することになったらどうする。しかも――なぜか「今回ばかりは間違いない」と胸のうちで囁《ささや》く声がした。長らく覚悟を決めかねた末、ひとえに絶望――他のどんな災いも生みだし得ないような酷い絶望に突き動かされて、わたしは重い瞼を開けることにした。そうして実際に開けてみると、そこは暗闇だった。あまねく漆黒の闇である。カタレプシーの発作はすでに治まっているはずだ。病症の峠はとっくに越えたはずなのだ。ゆえに、視覚機能はすっかり回復しているはず――なのに、ここにあるのは真っ暗闇だ――果てしなく塗りこめたような無明の夜の闇だ。

わたしは悲鳴をあげようとしたが、唇と乾いた舌がわなわなと震えるばかりで、洞《うつお》のような肺から声は出ない。心肺は苦心して息を吸おうとするたびに、山のごとき重石《おもし》にのしかかられたかのように喘《あえ》ぎ、激しく鼓動した。

声をあげようとしても顎《あご》が動かなかったということは、縛られているのだろう。ふつう死人はそうしておくではないか。横たわっているのがなにか堅い素材であることも、感触からわかった。両脇にも似たような素材の物が、すぐ間近まで迫っていた。この時点まで、わたしは四肢をわずかでも動かす勇気が出なかった——しかし、そこで乱暴に両腕を振りあげてみた。ついに両[*3]手は手首で交差させた形で胸の上におかれてしまったのだ。両手とも、なにか堅い木造りのものにぶつかった。この顔から、わずか六インチ［一インチは二・五四センチメートル］ほどしか離れていない。とうとう棺に納められてしまったのだ。もはや疑いようがない。

　失意にまみれるなか、「希望」という天使がやさしく舞い降りてきた——そうだ、いろいろと予防策を講じてあるではないか。わたしは発作的にのたうちまわり、蓋を開けるべく奮迅した。しかし蓋はびくともしない。手首に結わえられているはずの例の鐘を鳴らす紐を手探りしたが、探り当たらない。いまや「慰め」は過ぎ去り、さらに厳しい「絶望」がわが物顔で支配していた。あんなに入念に準備していた棺の内張りもないことに、嫌でも気づいたからである——と、そのとき、湿った土独特のきつい臭いが鼻孔に入りこんできた。ここで、否定しがたい結論がくだされた。そうだ、ここは家の地下墓所ではない。きっと出先で——いつ、どういう経緯かは思いだせないが、知人のいないところで昏倒し、見知らぬ人々の手で犬のごとく埋められてしまったのだろう――ありきたりの棺に入れられて釘《くぎ》打たれ、そのへんの墓に無銘のまま、深く、深く、永遠に葬られたのだ。

こうしておぞましい確信が心の最奥まで押し入ってくると、わたしはいま一度、叫び声をあげようともがいた。今度はうまくいった。苦悶で半狂乱の甲高い悲鳴、またはわめき声が長々と吐きだされ、地中の夜の世界に響きわたった。

「なんだ、おい、あれは！」しわがれた声が返ってきた。

「今度は、なんの騒ぎだ？」また別な声がした。

「出てこい！」と、三番目の声。

「オオヤマネコみたいな声で哀れに鳴きやがって、どういうつもりだ？」と、四番目の声がしたかと思うと、わたしはやにわに摑まれ、しばらく揺すられた。見るからに荒っぽそうな一団だった。揺すられて目覚めたわけではない――悲鳴をあげたとき、すでにはっきりと覚醒していたのだから――が、おかげで記憶が完全に甦ってきた。

そう、それはヴァージニア州リッチモンド近郊での出来事だった。わたしは友人ひとりを伴って、ジェイムズ河畔を数マイルくだったあたりへ、銃猟に出かけていた。夜が近づくころ、わたしたちは嵐に襲われた。ちょうど川岸に、園芸用の腐葉土を積んだ小型のスループ帆船が停泊しており、雨風をしのぐにはそこに逃げこむよりなかった。わたしたちはそれをせいぜい活用し、船内で一夜を明かしたのだった。わたしは船内に二つしかない寝台の一つで眠った――たかだか六、七十トンのスループ帆船の寝台など、特段描写するまでもないだろう。わたしが寝た方は、寝具のひとつも備えられていなかった。幅はごく狭く、十八インチがいいところだろう。寝台の底部から頭上のデッキまでの距離も、きっちり同じで十八インチほどしかない。寝台に入るのさえ、四苦八苦するありさまだった。とはいえ、ぐっすり眠ったようだ。つまり、わたしが見たさまざまな光景はすべて――「光景」と表現するのは、それが夢幻や悪夢ではないからだが――この窮屈な体勢や、ふだんから生き埋めを恐れる性癖や、先ほども書いたが、眠りから覚めてから長いこと、なかなか考えがまとまらず、とくに記憶がもどらないという習性から、自然と生まれたものなのだ。わたしを揺り起こしたのは、スループ帆船の乗組員たちで、他の作業員らと船荷を下ろしている最中だったらしい。あの土の臭いは積荷の腐葉土から漂うものだった。また、顎を縛っているのは、絹のハンカチだった。いつも使っているナイトキャップがないので、これを頭に巻き、顎の下で結わいていたのだ。

とはいえ、わたしがその間、実際に生きながら葬られたかのような苦悶を経験したのは間違いがない。それはもう、恐ろしく――想像を絶する過酷さだった。それでも、怪我《けが》の功名とでもいうべきか、その過度の苦しみはわたしの精神に否応《いやおう》なく急変をもたらした。わたしの魂は強健さを得た――おかげで鍛えられた。それからは、外国にも行くようになった。精力的に運動もした。わたしは天空の自由な空気を吸い、「死」のことばかり考えないようになった。医学書なども捨ててしまった。『バカン』[*4]も燃やした。『夜想』[*5]だの――教会墓地を歌った大仰な詩文だの――化生《けしょう》の出てくる物語だの、そんなものは一切読まなくなった。言うなれば、生まれ変わって、人間らしい生活を送るようになったのだ。あの記念すべき夜から、例の墓所への不安はきれいに払拭され、それと同時にカタレプシーの発症もなくなった。持病があるから不安になるというより、不安だから発作が起きていたのだろう。

悲惨な人間たちの住むこの世は、時として理性ある冷静な者の目にも、地獄と見紛《みまが》うばかりに映る――しかし人の想像力というのは、あらゆる洞窟を踏査して無事で帰ってこられる*6カラシスとはわけが違うのだ。ああ！　生き埋め恐怖という残忍な軍団は、ただの妄想では片付けられぬ――だが、かのトゥーラーンの英雄アフラーシヤーブがオクサス川を下るときに、同行の悪魔どもを眠らせたように、その軍団は眠らせておけ。さもなくば、やつらに貪り喰《く》われる――やつらは微睡《まどろ》ませておけ。さもなくば、こちらが滅ぼされる。

（鴻巣友季子＝訳）

「早まった埋葬」訳注

1―**黒い穴《ブラックホール》**　俗にいう「カルカッタの黒い穴事件」。一七六五年、イギリス軍に反乱を起こしたインド・ベンガル州の太守により、イギリスの捕虜百数十名がまともな窓もなく狭い部屋に押しこめられ、多数死亡したとされた。諸説ある。

2―**白銀の糸がほどけてしまったわけでも、黄金の盃がどうしようもないほど損壊したわけでもない**　白銀の糸は「生命のきずな」を、黄金の盃は「頭蓋骨」を示す。「伝道の書」十二章六―七節「銀のひもは切れ、金の皿は砕け、水がめは泉のかたわらで破れ、車は井戸のかたわらで砕ける」(日本聖書協会、口語訳参照)の引喩。

3―**両手は手首で交差させた形で胸の上におかれてしまった**　死者が永眠する体勢。

4―**『バカン』**　一七八五年刊の『バカンの家庭医学』。著者のウィリアム・バカンはスコットランドの作家。

5―**『夜想』**　一七四二年刊の『生と死と不死に関する夜想』。著者はイギリスの小説家エドワード・ヤング。

6―**カラシス**　一七八六年刊のゴシック小説『ヴァセック』に出てくるカリフの母で魔力をもつ。

ウィリアム・ウィルソン

其《そ》を斯《か》く云《い》おう？　残忍なる**良心**、我の行く道に立ちはだかるあの亡霊を、如何に云うべきや？

——チェンバレン「ファロニダ」

とりあえず、ウィリアム・ウィルソンと名乗っておこう。目の前のきれいなページをこの本名で汚すにはおよばない。その名はこれまでも充分すぎるほど、一族の侮蔑と恐れと嫌悪の対象となってきた。その未曾有《みぞう》の悪評は怒号する風にのって、この地上の隅々まで轟《とどろ》いているのではないか？　ああ、世を逐《お》われに逐われた恥知らずの除《の》け者《もの》よ！——おまえはこの地上にとって、その名誉、その花々、その黄金の息吹にとって、もはや息絶えたも同然ではないのか？——涯てなき陰鬱な雲が深くたれこめて動かず、おまえの望みなどそれに遮られて天国に届かないのではないか？

今日この場で、言葉に尽くしがたい悲惨な体験と赦《ゆる》されえぬ後年の罪業を縷々《るる》記録できたとしても、しようとは思わない。この何年かの間に、わが堕落ぶりは坂道を転げるようにその度合いを強めたが、この諸悪の根源をはっきりさせることだけが目下の狙いだからだ。人間というのは、淪落《りんらく》するにしても、ふつうは徐々にするものだろう。ところが、わたしの場合、まるでマントを脱ぐように、一瞬にしてあらゆる美徳というものがごっそり抜け落ちてしまったらしい。わりあい些細《ささい》な悪さから、巨人のごとき大股で踏みだした後は一足飛びに、あのローマ皇帝エラ・ガバルスもかくやという極悪非道のふるまいにおよぶようになった。いったいどんな数奇な──[*1]ただ一つの経緯《いきさつ》のせいで、こんな悪事をなしとげることになったのか、辛抱してわたしの話を聞いていただきたい。死が近づいている。その先ぶれとなる影が射してきたおかげで、恐れも多少は和らいできた。いまは[*2]薄暗い谷間を歩みながらも、わが友たちの同情を──いっそ憐《あわれ》みと言いたいものを──求めている。信じてほしい、人の手に負えぬ状況に可成り囚《とら》われていたのだ。願わくは、これから詳述する物語のなかにも、過ちの荒野に因縁というささやかなオアシスを、わたしに代わって見いだされんことを。わが友人たちには認めてほしくもあり──彼らも認めざるを得ないだろうが──これほど苛烈な誘惑が過去にあったとて、少なくとも一人の人間がかように唆された例《ためし》はなく──実際こうして誘惑に堕した例がないのは間違いなかろう。となれば、かくも苦しんだ者は皆無ということになるか？　もしや、わたしが過ごした時間は夢だったのではないか？　ひょっとして、わたしがこうして死にかけているのは、世にも奇怪な幻影の恐怖と謎の餌食にされたせいではないか？

　そう、わたしは夢見がちで激しやすい性向でつとに知られた一族の末裔《まつえい》なのである。ごく幼いころから、一族の特徴をぞんぶんに受け継いでいるのは明らかだった。そしてその特徴は年を重ねるにつれ、ますます強まっていった。理由は多々あるが、友人たちにはひどく怖がられる存在になり、間違いなく自分で自分をだめにしていた。わがままで、突拍子もない奇想に耽《ふけ》り、感情の爆発をどうにも抑えられなくなった。両親も意志が弱く、わたしに似て性格的な問題点もあり、息子の特徴となった邪《よこしま》な性癖を止められないでいたのだ。たとい、父母がお門違いのか弱い努力をしても、決まってむこうの完敗、当然ながらこちらの完勝に終わるのが落ちだった。そんなわけで、わたしの声がわが一家を征することとなったのだ。わたしは多くの子どもがまだ厳しく躾《しつ》けられている年頃から、もうすっかりわが物顔でふるまい、実質、なんでも恣《ほしいまま》に行動していた。

学校生活に関していちばん古い記憶というと、妙にまとまりのないエリザベス朝様式の大きな建物が浮かんでくる。霞《かすみ》立つイングランドの村。節くれだった巨木が無数に立っていて、どの家もたいそう古い。あの森厳なる古い村は、実のところ、わたしにとって夢のような、精神の癒《いや》しとなる場所だった。今このときにも、深い木陰に包まれた大通りで感じたすがしい寒さを思いだし、数多の植え込みの芳香を吸いこむ。そう、雷紋様のゴシック様式の尖塔《せんとう》が閑《しずか》にまどろむ夕間暮れの静寂をやぶって、一時間おきに、教会の鐘が突如気むずかしく鳴り轟き、その深くうつろな音色に、いわく言いがたい歓《よろこ》びがこみあげたものだが、今もまたそのときめきが甦《よみがえ》る。

学校とそれにまつわるこまごまとした思い出にひたるぐらいが、現在のわたしにとっては、どんな形にせよ精々のなぐさみなのだ。それほど苦境にどっぷり浸かっているということだ——やれやれ、苦境か！　苦境というには現実的すぎるが——ならば、いくらか細部の怪しい思い出話に、おぼろで束の間のものであれ、慰めを求めても赦されるであろう。これらの思い出はまったく些末なもので、それ自体は馬鹿げてさえいるが、たまたまある時期ある場所と結びついているため、わたしの頭の中では大事なものとなっている。のちにわたしの人生をすっかり影で覆ってしまう運命の漠とした警告を初めて感じたのは、あの頃、あの場所だったのだから。では、回想させていただこう。

先に書いたとおり、学校に使われていた家屋は古く、まとまりのない建物だった。敷地はかなり広かったが、ぐるりを囲むレンガ造りの壁は高く、継ぎ目や開口部がなく、モルタルにガラス片を混ぜた上塗りがしてあった。この監獄のような〝城壁〟が、わたしたちの世界の境界をなしていた。壁のむこうを覗《のぞ》き見られるのは、週に三回のみ——一度は毎土曜日の午後で、生徒たちは一団となってふたりの助教師に付き添われ、近隣の野辺の短い散歩を許される。あとは、日曜日に二回。朝と夕のミサに参列するため、先に述べたお決まりの形で、村に一つだけある教会へと行進させられる。この教会は、うちの学長が牧師を兼任していた。遠くはなれた桟敷の信徒席から、学長が悠然としたおごそかな足取りで説教壇へ上がるのを見るときの、驚きと戸惑いの深さたるや！　この聖職者が学長と同じ人物なのだろうか。こんなに慎ましやかに柔和な顔つきをし、こんなに煌《きら》びやかなローブをまとって、それを僧侶然とたなびかせ、こんなに細かく髪粉をふった、こんなに堅苦しくて大仰な鬘《かつら》をかぶっているこの牧師さまが——つい最近、嗅ぎタバコで汚れた服を着て、渋い顔で、むち打ち罰のための篦《へら》を手に、学院の厳粛な校則を執行していた学長と同じ人物なのか？　おお、なんという途轍《とてつ》もないパラドクスだろう。いかにしても解きがたい怪物級のパラドクスだ！

重々しい壁の一角には、壁に輪をかけて重々しい門がいかめしくそびえていた。鉄製のリベットやボルトでがっちり固定され、てっぺんに鉄製の刺々《とげとげ》したスパイクがとりつけられている。見ただけで、なんと深い畏《おそ》れを呼び起こす門だろうか！　先述した三回の定期的な出入りを除いては、決してひらくことがなかった。そのばかでかい蝶番《ちょうつがい》が開閉で軋《きし》むたびに、わたしたちは霊妙なものを数多感じるのだった――ただの物質世界が、謹厳な所見や、さらなる深遠な瞑想《めいそう》を喚起するとは。

敷地を囲む長い壁は形としては不格好で、大きな凹《へこ》みがたくさんあった。なかでも、最大の凹みが三つ四ついっしょになって、遊戯場代わりに使われていた。そこの地面は均《なら》され、小粒で硬い砂利が敷きつめられていた。よく憶えているが、窪みの内側には、木の一本も生えておらず、ベンチやそれに類した物も一切なかった。場所は当然ながら、建物の裏手である。この遊び場の前には、装飾を凝らした小さな庭園《パルテア》があり、ツゲなどの低木の植え込みがあった。しかしこの神聖な区画を抜けていく機会は、きわめて稀《まれ》だった――初めてこの学院にやって来た日、ここから旅立つ日、あるいは親や友人が面会に来て、クリスマスや夏休み休暇でうきうきしながら家路につく日などにかぎられた。

それにしても、あの家！――あの古い建物のなんと風変わりであったことか！――わたしにとっては正真正銘の伏魔殿！　まがりくねった造りはまさに果てしなく、わけのわからぬ小さな空間がいくらでもあった。自分がいま一階と二階のどちらにいるのか、きまって判断に迷う。ある部屋から別の部屋へ行くには、必ず三段か四段ほど、階段を上り下りしなくてはならない。横に枝のように伸びる空間も無数に――想像もつかぬほど――あり、歩いているうちに元の場所にもどってしまったりするのだ、学生たちにとってこの建物の全体像というのは、無限宇宙のそれとさして変わりがなかった。学校の寄宿舎で過ごした五年間というもの、自分を含む十八人から二十人の学生たちに割り当てられた狭い居室が、構内のはずれのどこに位置しているのか、とうとうよくわからずじまいだった。

一つだけの教室がこの建物の中でいちばん——いや、世界でいちばんと思ってしまうぐらい、とにかく広かった。異様に長細い部屋で、天井が低くて陰気臭く、上部の尖《とが》ったゴシック様式の窓があり、天井は楢材《オーク》でできていた。隅のなにやら恐ろしげな一角に、八から十フィート四方の四角く囲われたスペースがあり、*3「お祈り中」は、学院長であるブランズビー卿《きよう》の聖室として使われていた。堅固な造りの一室で、扉もどっしりとし、「学長《ドミニック》」のおられない時に開けてみるぐらいなら、「重石の拷問」でも受けて息絶えるほうがいいと皆が言うぐらい、怖い場所なのだった。ほかの隅にも似たような箱型の空間が二つほどあり、学長の聖室ほどの神々しさはないにしろ、やはり大いに畏怖の念をかきたてた。その一つは「古典」の助教師の、もう一つは「国語および数学」の助教師の教壇の役割をはたしていた。そして教室のいたるところに、ただ、ただ、なんの規則性もなく、数えきれないほどの長椅子《ベンチ》や机が重なりあうようにして置かれていた。机はどれも年代物で黒ずみ、使い古されており、学生の手沢本がめちゃくちゃに積みあげられ、イニシャル文字やフルネームや奇怪な絵図や、えらく苦心して彫りつけたらしいさまざまな形象が、一面にナイフで刻まれており、かつては少しばかり原型を留《とど》めていたのかもしれないが、それも今では俤《おもかげ》もなかった。教室の端っこに、水を張ったばかでかいバケツが置かれ、反対側には、とんでもなく大きな柱時計が立っていた。

わたしは十歳から十五歳までを、この森厳な学院のどっしりした壁に囲われて過ごしたが、退屈したり嫌気がさしたりすることは決してなかった。あらゆる考えのつまった子どもの頭は、外界の出来事などなくても、時間を持て余すこともなく、充分楽しむことができたのだ。一見気が滅入《めい》るような単調な学園生活は、青年になったわたしがいかな驕奢《きようしや》に溺れようと、成人したわたしがいかな罪を犯そうと、手に入らない強烈な刺激にあふれていた。とはいえ、精神的成長の初段階において、ずいぶん変わったもの――それどころか、常軌を逸したものに、多々接したとは思う。人間、ごく幼少の頃の経験が大人になるまで確たる影響をおよぼすことは、大体において稀だ。すべてはおぼろな灰色の影――弱々しく整合性のない思い出に――そう、ふつうは、おぼろげな快楽と幻のような痛みの混然とした寄せ集めと化すだろう。しかし、それはわたしの場合は当てはまらなかった。わたしは子ども時代から、一人前の大人と同じ感受力があったにちがいない。今もあの頃のことは、カルタゴのメダルの刻印のごとく、際やかで、深く、決して消えない線で記憶に刻みつけられている。

とはいえ、現実には――俗世間の現実に即していえば――記憶に留めるほどのことなど、ないも同然ではないか！　朝の目覚めから夜の就寝点呼の時までの一日に、テキストの精読と暗誦《あんしよう》を繰り返し、定期的な半休と散策があり、遊戯場では気晴らしだけでなく、けんかも勃発し、良からぬ相談もした――こんなことが、わたしの胸を躍らせ、世界を豊かな出来事で充たし、この宇宙を悲喜こもごもと、心ときめく熱い興奮にあふれさせたのも、もうとうに忘れてしまった心の魔術のなせる業《わざ》なのだろう。[*4]“Oh, le bon temps, que ce siècle de fer!(おお、なんと素晴らしい時代だろうか、この鉄の時代というのは!)”

実のところ、わたしは生まれながらに熱血というか物事に熱を上げるたちでもあり、傲慢《ごうまん》な性格でもあったので、学友のなかでも目立つ存在になっていった。ゆっくりとではあるが、自然の成り行きでだんだん、自分とあまり年も変わらない上級生たちにまで、恣に力を揮《ふる》うようになった――ただし、一人だけ例外があった。この人物は学生の一人で、わたしとはなんの血縁もないものの、洗礼名も苗字《みょうじ》もまったく同じであった――このこと自体は、とりたてて騒ぐような奇遇でもない。うちは貴族の家系ではあるが、わたしの氏名はどこにでもあるようなもので、記憶のかなたの大昔から、長年の慣わしにより、民衆の共有物とされてきたような名前なのである。そんなわけで、この話のなかでも、ウィリアム・ウィルソンというありふれた名を名乗ることにした――架空の氏名だが、本名とそう似ていなくもない。ともあれ、学内用語でいう「輩《ともがら》」のなかでも、この同姓同名の男だけは、授業やスポーツや遊戯場でのけんかにおいて、厚かましくもわたしと張りあおうとしたし、わたしの主張にもいささか胡乱《うろん》な目を向け、わたしの意思にも従おうとしないのだ――いや、それどころか、なにかにつけわたしの独断的命令に干渉してきやがった。もしこの地上に、無条件の絶対権力なるものがあるとしたら、それは、少年時代に、リーダー格が弱小勢の仲間にふるう権力がそれに当たるはずだ。

だから、ウィルソンの反抗はわたしを大いに狼狽《ろうばい》させた——学友の前では、ウィルソンの存在もやつの妙な自信も屁でもないという虚勢をはっていたが、内心ではやつを恐れ、こうも易々《やすやす》とわたしと張りあえるのは、実力ではむこうの方が優れているという証《あかし》ではないかと感じて、ますます動揺していた。なにしろ、こちらはやつに負かされないよう、絶えず必死の努力をしていたのだから。とはいえ、そう意識しているのはわたしだけで、あっちの方が実は上だとか——いや、ふたりの力が五分五分であることすら、だれも気づいていないらしい。学友たちには不思議なぐらいなにも見えておらず、だれひとり察する気配もない。実際、やつはわたしに張りあうにしろ、反抗するにしろ、あるいは、不遜《ふそん》な態度をとったり、こちらの目当てをしぶとく邪魔したりする際も、辛辣《しんらつ》さを表に出さずこっそりやったので、気づかれなかったのだろう。やつは、わたしを駆り立てているような野心もなければ、わたしの強みである熱意も持ちあわせていないような顔をしていた。競いあうのはひとえに、わたしの邪魔だてをし、度肝を抜き、悔しがらせようという気まぐれな欲望からのようだ。もっとも、やつの無礼や侮辱や反論のなかに、ある種、極めて不似合いな、どう考えてもありがたくない親愛の物腰が混じっていることに、気づいてしまうことが時々あった。こうした奇妙な態度には、目下の者を庇《かば》うような鷹揚《おうよう》さに下種《げす》な感じが漂っていたので、もっぱら自尊心から来る態度だということだけは察しがついた。

ウィルソンが親しげな態度をとるところにもってきて、わたしとやつは同姓同名であり、入学日もたまたま同日であったため、ふたりは兄弟だという噂《うわさ》が、学院の上級生たちの間に広まってしまった。上級生らはふつう下級生の身上など、細かく訊《き》きださないものだ。先に述べたが――述べたはずだが――、ウィルソンはわたしのいかなる遠縁にも当たらない。とはいえ、確かにもし兄弟であるなら、双子ということになろう。というのも、ブランズビー学院を辞めてから偶然知ったのだが、この同名人物は一八一三年一月十九日の生まれなのだ――これはなかなか目をひく奇遇である。なにしろ、わたしの生まれた日とまったく同じなのだから。

　わたしはウィルソンとの競合関係による不安を絶えず抱えることになり、やつの反骨精神は耐えがたかったが、そのくせまるきり嫌いにもなれないのは、妙に思われるかもしれない。なにしろ、われわれは毎日のように口論をしていた。傍目《はため》にはわたしが言い負かしている形だったが、なぜかしら、実の勝者はむこうだと思わせる手並みがやつにはあった。とはいえ、こちらにもプライドがあり、やつの方にも紛れもない沽券《こけん》というものがあるから、おたがい「口をきくていどの仲」は保っていた。その一方、われわれの性質には強い共通点が多くあり、こうして張りあう立場にさえなければ、たぶん仲の良い友だちになっていたのではないか、という気すらしたものだ。ウィルソンに対するわたしの心情を定義するのは、いや、説明することさえもむずかしい。相反するさまざまな感情が混ざりあっていた――憎しみというほどでもない拗《す》ねた敵愾心《てきがいしん》、いくらかの評価、それよりも敬意、恐れる気持ちは大いにあり、そこに不安まじりの好奇心を伴った。倫理学者には追記する必要もなかろうが、要するに、ウィルソンとわたしは切っても切れない仲なのだった。

この一種異様な関係性のせいに違いないが、わたしがやつを苛《いじ》める際にも（それは、あからさまなものも隠微なものも含め多々あった）、本気かつ確固たる悪意の形をとるには至らず、ちょっとしたからかいや悪のり（単なるおふざけに見せかけてグサリとやる）の範囲にとどまった。ところが、こいつをへこませてやろうとしても、一向に功を奏さない。わたしがいくら趣向を凝らして計略を練っても、だ。この同名人物には元々、偉ぶらずともひそやかな威厳がたっぷりと備わっており、辛辣なジョークを飛ばして楽しみながら、自身はアキレスの弱点を決して見せず、嗤《わら》われることを断固拒むところがあった。とはいえ、そんなやつにも、わたしは一つだけ弱点を見つけた。おそらく先天性の病から来るものなのだろうが、その弱点はやつのいささか変わった性格に紛れていたので、わたしほど追い詰められていないライバルなら、見過ごしたはずだ——そう、わが仇敵《きゅうてき》は口腔《こうこう》か咽喉器官が弱く、いつでもごく低い囁《ささや》き声《ごえ》でしか話せなかったのだ。わたしはすかさずこの弱みにつけこみ、辛うじて優位に立っていたのである。

ウィルソンの意趣返しの仕方はいろいろだったが、なかでも、我慢がならない悪戯《いたずら》がひとつあった。まずもって、こんな些細なことでわたしが苛立《いらだ》つのをどうしてやつが見抜いたのか、これは一向にわからなかった。とはいえ、やつはそれに気づくと、この嫌がらせを繰り返すようになった。わたしはかねてから、貴族らしからぬ一族の姓と、庶民的とは言わないまでもごくありふれたファーストネームを疎ましく思ってきた。この氏名を聞くだけで毒にあたったようになった。しかも、この学院への入学日に、もうひとりウィリアム・ウィルソンが入ってきたのだから、同じ名をもつこの男に怒りを覚えたものだ。同姓同名者が赤の他人であるだけに、その名への憎しみも倍増した。しかも今後この氏名を繰り返し聞く機会は二倍になり、この男が始終そばにいて、この忌《い》まわしい偶然のせいで、学内のなんでもない日課のなかでさえ、この男の用件とわたしの用件が混同されるのは避けがたいだろうから。

こうして生じた苛立ちは、その後もなにかにつけ、仇敵とわたしの精神的・身体的な相似点が露呈されるにつれ、ますます募っていった。驚くべきことに、やつは年齢まで同じなのだが、その頃はまだその事実には気づいていなかった。しかし身の丈が同程度であるのはわかったし、全体の体つきとか目鼻立ちが吃驚《びっくり》するほど似ていることにも気づいていた。われわれが兄弟だという噂は癪《しゃく》にさわったが、すでに上級生の間には広まってしまっていた。要するに、ふたりの気質、人柄、性格などが似ていると暗に思い知らされることぐらい狼狽《うろた》えることはなかった（そうした動揺はおくびにも出さなかったが）。しかし実のところ、血縁関係の件を除けば、こうした相似点が学友たちの間で取り沙汰されることはどうもなかったようで、気づかれてもいなかったと思う。もちろんウィルソン本人は別だ。やつがあらゆる面で相似点を察知し、わたしと同じぐらいはっきり意識しているのは明らかだった。とはいえ、こんな状況で、こうも効果的に嫌がらせの鉱脈を見いだしたのは、先述したとおり、やつの抜きんでた洞察力ゆえと考えるしかあるまい。

やつはわたしとそっくりであったばかりか、しゃべり方や動作まで模倣し、しかも見事に役を演じきった。服装に関しては、真似《まね》るのは簡単だったろう。歩き方や物腰も、難なく盗めたはずである。やつは例の生まれついての障害があるくせに、わたしの声真似までしてのけた。もちろん、わたしのような大声は出そうとしなかったが、声のキーはまったく同じだった。やつ独特の囁き声は、そのうちわたしの声の木霊《こだま》となった。

この寸分たがわぬ肖像画のような存在が、どれほどわたしを苛《さいな》んだか、いまあえて語ろうとは思わない。「肖像画」と書いたのは、ただのカリカチュアとは言いがたいからだ。唯一の慰めといえば、この模倣はわたし以外には気づかれていないらしい、ということ。よって、ウィルソン本人の賢《さか》しげで妙に皮肉な笑いだけをじっと耐えれば済んだ。やつはわたしの胸中に、狙いどおりの効果をもたらしたことに満足し、自分の見舞った打撃の成果に満悦して、独りほくそえんでいるようで、人前でわたしの真似をしてやりこめれば、あっさり周囲の喝采を勝ち得たであろうに、そんなことには拘泥《こうでい》しないのがやつらしくもあった。わたしがこの学院で長く不安な年月をすごす間、学生たちがやつの企《たくら》みを気取ることも、その成功を知ることもなく、やつの嘲笑に荷担することもなかったのは、まことに不思議でならない。だんだんと似せていったので、勘づかれにくかったのかもしれない。あるいは、こちらの可能性の方が高いが、模倣者の演技が実に板についていたので、寧《むし》ろわたしは嗤われずに済んだのかもしれない。やつは上面《うわつら》だけのものを軽蔑しており（そう、絵画においても、鈍物に見えるのは上面だけであるが）、わたしただ一人を悩ませ歯ぎしりさせるために、全力で本物になりきったのである。

やつが庇護者《ひごしゃ》めいた態度をとってきたり、こちらの意向にしょっちゅう差し出口を挟んだりするのがむかつくと、すでに一度ならず書いた。こうした干渉はしばしば不躾なアドバイスという形をとったが、おおっぴらには言ってこずに、仄《ほの》めかしたり当てこすったりするのだった。これを受けたわたしの胸には憎悪がこみあげ、その憎しみは時間がたつにつれて育っていった。しかし、こうして月日がたった今は、せめてやつの名誉のために、以下のことは認めておきたい。わが仇敵の提案が未熟者や若気の至りにありがちな過誤や愚考におちいった憶えは、ただの一度もない。また、少なくともやつの道徳心だけは——才能全般や世知はべつとして——わたしのそれよりずっと敏《さと》かった。そして、あの意味深い囁きの伝える忠告をもっと聞き入れていれば、わたしは今ごろもっとましな、もっと幸せな人間になっていたであろう。なのに、それを心から忌み、ひどく蔑《さげす》んでいたので、耳を貸さなかったのだ。

やつの不愉快な監視の下で気の休まらないこと夥《おびただ》しく、やつの態度に耐えがたい傲慢さを感じて、わたしは日を追うごとに、ますますあからさまに嫌悪するようになった。先に書いたように、最初の何年かは、寄宿生としてつきあううちに、やつに対する気持ちが熟《こな》れて友だちにもなれそうな気がしたが、後の方になると、そうもいかなくなった。やつはふだんと変わらぬ態度で差し出口をしてくるので、多少は感情も和らいだのは確かだが、断固たる憎しみも同じぐらい湧いてくるのだった。ある機会に、やつもわたしに嫌われていることに気づいたらしく、それ以来、わたしを避ける、少なくとも避けるそぶりを見せるようになった。

わたしの記憶が正しければ、それと同じ時期だったと思う。あるとき、やつはわたしと激論を交わしているおり、ふだんよりやけに無防備にあけすけな言動に出るという、やつらしくもない一面を見せたことがあり、わたしはその口調、雰囲気、なんというか全体のように、ある発見をし、いや、したような気がして、最初ははっとし、それから深く興味をひかれたのだった。ごく幼い頃に見た情景をぼんやりと思いだしたからだ——記憶自体がまだ生まれていないような時分の、突拍子もなく、入り乱れて押し寄せてくる記憶。そのときの重苦しい感覚は、こう言えばいちばん的確だろうか。目の前のこの男をはるか以前に、はてしなく遠い昔に知っていたという印象を拭えなかった、と。しかしながら、そんな妄想は湧いてきたときと同様、みるみる薄れていった。今ここで言及しているのは、異様な同名人物とその学院で最後の会話を交わした日を明記するためにすぎない。

学院の広大な古い建物には、小さな区画が無数にあったが、大部屋は七室で、たがいに繋《つな》がっており、生徒の大部分はそこで寝起きしていた。しかしながら（設計上のまとまりが悪い建物はどうしてもそうなるが）、狭い隙間や奥まった空間、構造上の余り物のようなスペースがたくさんあった。そこでブランズビー学長は実用の才を発揮し、これらの空間を寄宿生の居室に仕立てたのだ。もっとも、たかだかクローゼットほどの広さで、人ひとりが寝泊りするのがやっとである。この狭い個室の一つがウィルソンに割り当てられていた。

わたしがこの寄宿学校に来て五年目の終わり頃の、ある夜のことだ。先にふれたやつとの激論があった直後、他の生徒たちがみんな眠りに包まれたのを見計らい、わたしはベッドから起きだすと、ランプを手に寝室を抜けだし、入り組んだ細い廊下を忍び足で歩いて、わが仇敵の個室へと向かった。だいぶ前から、やつを貶《おとし》める不埒《ふらち》な悪てんごうの計略を温めていたのだ。実は、そうしたことはそれまでも数々企んだものの、一貫して不首尾に終わっていた。今夜こそこれを実行し、わたしの抱く悪意をぞんぶんに思い知らせてやる所存だった。やつの狭い個室に着くと、シェード付きのランプはひとまず外に置き、物音をひそめて中へ入った。小部屋に足を踏み入れてから、やつの安らかな寝息にしばし耳を傾けた。確かに眠っているのが確認できると、また外に出てランプを手にとり、ふたたびベッドに近づいていった。ベッドの周りにはカーテンが吊《つ》られていたので、わたしは計画を実行するため、カーテンをゆっくりと静かに開けた。すると、ランプの光が眠る男を明るく照らしだし、それと同時に、やつの顔つきが目に飛びこんできた。それを見たとたん、全身に冷たいものが走って、痺《しび》れたようになった。息が荒くなり、膝が笑い、心はわけのわからぬ耐えがたい恐怖に充たされた。喘《あえ》ぎながらランプをさらに顔に近づけてみる。この顔立ち——これがウィリアム・ウィルソンだというのか？　やつの顔であるのは、この目にも確かだが、一方で、いや、そうではないという気がして、瘧《おこり》のように身体が震えた。この顔に、わたしをこうも動揺させる何があるというのか？　わたしはその顔を凝視した——そうする間も、頭の中に支離滅裂な数多の考えが飛び交ってくらくらした。起きてさかんに活動しているときのやつはこんな風ではない——断じて違う。なにしろ、わたしと氏名も外貌も同じで、学院への入学日までが同じ人間なのだ！　そればかりか、わたしの歩き方から声、癖、物腰まで、意味もなく執拗《しつよう》に真似してきたではないか！　そうして常習的に嫌味な物真似をしてきただけで、目の前のような羽目に陥ったというのだろうか。人間にそんなことの起きる可能性が実際にあるのか？　わたしは畏怖の念に打たれ、ぞっと身震いをしながらランプの灯《ひ》を消し、また物音をひそめて個室を出ると、その足で伝統ある学院の建物を後にし、二度ともどらなかった。

それから何か月か、ただ自宅でぶらぶらしたのち、いつのまにかイートン校に籍を得た。少なくとも短い休学期間ではあったが、ブランズビー学院での出来事の記憶は充分に薄れていた。あの一連のドラマに、真実味や悲劇性を感じられなくなっていたのだ。自分の感覚を疑ってみる心のゆとりもでき、例の件を思い起こすにつけ、人の思いこみとは甚《はなは》だしいものだと驚き、代々受け継いだ想像力のたくましさを微笑《ほほえ》ましく思うぐらいだった。しかもこうした疑いは、イートンであんな生活をしていては、弱まりそうになかった。わたしは浅はかな愚行が怒濤《どとう》のように渦巻く生活へと、なにも考えずまっしぐらに飛びこんでいき、その波に押し流されて、過去の出来事は泡沫《あぶく》ほどしか残らず、堅実でまじめな思い出など、悉《ことごと》くいっぺんに呑《の》みこまれていった。そうして記憶に残るは、かつての悪質きわまる不品行の数々だけとなった。

とはいえ、ここで悲惨なわが放蕩《ほうとう》生活を辿《たど》りなおそうというのではない。校則をものともせぬ放蕩ぶりだというのに、学校の監視の目はちゃっかりかわしていたのである。そうして三年間の放蕩の日々は無益に過ぎていき、ただ悪事の習慣だけが根づいて、背丈ばかりが異様にでかくなった。わたしは入学後、呆《ほう》けたように一週間ほど遊び狂うと、不良のなかでもとりわけ度し難い連中を数人部屋に招き入れて、秘密の酒盛りをするようになったのだ。面子《メンツ》は夜が更けた頃におもむろに集まる。酒宴は朝まできっちりつづくからだ。ワインがじゃんじゃん注《つ》がれ、酒色のみならず他の危険な誘惑にも事欠かないありさまだった。そんなわけで、もう朝焼けが東の空を薄墨色にうっすら染める頃、淫蕩《いんとう》の限りを尽くした狂宴は最高潮に達している。その日、わたしがカード賭博と酩酊《めいてい》でとち狂ったように顔を真っ赤にし、夜ごとの度はずれた背徳行為に乾杯しようと言い張っているそのとき、不意に注意がよそに逸《そ》れた。部屋のドアが少しではあるが不躾に開かれ、懸命に呼びかける用務員の声が外から聞こえてきたのである。わたしに用事のある客人がいて、なんでも大至急玄関に出てきてほしい、ということらしい。

ワインでむちゃくちゃハイになっていたわたしは、予期せず酒宴を中断されて憮然《ぶぜん》とするどころか喜んだ。わたしはすぐにふらふらと歩きだし、何歩も行かないうちに、寄宿舎の玄関ホールの手前まで来ていた。天井が低くて狭いこの空間にはランプも吊られていなかったし、そもそも今は消灯の時間帯なので、光といえば、半円形の窓からえらく弱々しい暁光が射しこむばかりだった。敷居をまたいだところで、若者らしき人影に気づいた。わたしと同じぐらいの背丈で、白いカシミアのモーニング・フロックを着ていたが、その最先端のカットは、ちょうどわたしが着ていた物とそっくりだ。おぼろげな光のなかでも、それぐらいはわかったが、男の顔立ちまでは見てとれなかった。わたしがホールに出ていくや、急いでつかつかと歩み寄ってきて、待ちかねて拗ねたように腕をいきなり摑んでくると、耳元で「ウイリアム・ウィルソン！」と囁いた。

一瞬にして、わたしは酒の酔いも覚めてしまった。

この見知らぬ男の不躾な態度、あるいは、朝の光を遮るようにわたしの目の前に突き立ててきた指のひどい震えには、まったくもって仰天した。しかしながら、それほど激しく狼狽えたのは、そのせいではなかった。その擦《かす》れたような独特の低い声に、おごそかな叱責がたっぷりと含まれていたからなのだ。なかんずく、この耳なれたシンプルな名前を囁いた声の音質、トーン、高さ。それが引き金となって、過ぎし日の無数の記憶がどっと甦り、わたしの魂に電撃に似たものが走った。わたしがまだ茫然《ぼうぜん》自失《じしつ》しているうちに、男は消えていた。

この一件はわたしの無軌道な想像力に強烈な作用をおよぼさずにはいなかったが、強烈とはいえ束の間のものでもあった。確かに、何週間かはせっせと調べまわったり、鬱勃《うつぼつ》とした思索の靄《もや》に包まれたりした。しかしその後は、わたしの私生活にしつこく干渉し、遠回しな忠言で悩ませるあの奇怪な人物の正体に気づかないふりをするのはやめた。それにしても、このウィルソンというやつは誰なのだ？　何者なのだ？——どこから来たのだ？——それに、なにが目的なのか？　これらの問いに満足な答えは一つとして得られなかった。やつに関してはっきりわかったのは、家族に不慮の事故があってブランズビー学院を辞めたということだけだ。わたしが逃げだした日の午後のことだという。しかしそのうち、この件について思い悩むこともなくなった。オックスフォード大学へ進むつもりでおり、頭はそのことで一杯だったのだ。まもなく、わたしは同大学に進学した。両親は見栄心から、服飾一式と毎年の資金を惜しみなく息子にあたえ、おかげで、すでに大変な浪費家になっていたわたしは贅沢三昧《ぜいたくざんまい》に耽った――それは、大英帝国でも最富裕の伯爵領のやんごとなき跡継ぎたちの盛大な浪費ぶりにも負けないほどだった。

かくも背徳にそまって浮かれ騒ぎ、生来の気質は倍して助長され、酒盛りの乱痴気騒ぎを繰り返すうちに、たががはずれて、まともな体面すら保てなくなった。とはいえ、わたしの道楽生活の詳細などくだくだ書くのは馬鹿げているから、これだけ記せば充分としよう。金遣いの荒い猛者たちが集まるなかでも、わたしは無敵の存在であり、目新しいあれこれの愚行を発案し、当時ヨーロッパで最も廃頽《はいたい》的な同大学で横行していた悪行の数々に、付け加えた悪さは少なくなかった、と。

しかしながら、こう言っても信じてはもらえまい。わたしはこの時点ですでに、紳士という階級からしたたかに転落しており、あまつさえ、プロの博打《ばくち》うちが弄する世にも卑劣な手口を覚えて、その浅ましい技を磨き、年中いかさまをやっては、学内でも頭の弱そうな連中を餌食にして、もともと潤沢にある資金をさらに肥やしていた。信じがたいだろうが、事実そんなありさまだったのだ。雄々しく気高い精神に反するこうした罪業は甚だしく、まさに甚だしいゆえに、目こぼしに与《あずか》っていたのだろう。それだけではないにせよ、主な理由ではあったに違いない。破廉恥《はれんち》きわまるわが友人たちはみな、そんなイカサマを疑うぐらいなら、己の正気を疑ったことだろう。なにしろ、このわたし――ほがらかで、気さくで、気前のいいウィリアム・ウィルソンだ――オックスフォード大で最優等にして家柄も最高の自費学生であり、（この腰巾着《こしぎんちゃく》どもに言わせれば）ウィルソンのおふざけというのは、若気の至りと旺盛な想像力の産物、その過ちは彼らしい出来心にすぎない。悪さが過ぎるといっても、せいぜい湯水のように金を使って贅沢に耽るという程度ではないか。

そんな風にして、二年ほどはせっせと巧《うま》いことやっていた。そこへ、グレンディニングという若い成金貴族《パルヴニュ》の学生が入学してきた。噂によると、ヘロディス・アッティコス*5も斯くやという金持ちで、わたしと同様、やすやすと多額の小遣いをせしめているらしい。少々頭が鈍いのはすぐにわかったので、イカサマ賭博の恰好《かっこう》のカモとして、むろんマークしておいた。繁々とカード博打に誘いこみ、いつもの手口で、まずはやつにしこたま儲《もう》けさせてやり、こちらの罠《わな》にいっそうしっかりと掛かるように仕組んだのである。いよいよ機が熟したところで、わたしはやつをプレストンという自費学生仲間の部屋に呼びだした（最終の決定的会合とすべく意欲満々で）。プレストンの部屋を使ったのは、彼がどちらとも親しかったからだが、彼のために言っておくと、この人物はわたしの悪巧みなど露ほども気づいていなかった。今回の企みを演出するため、わたしは八人から十人ばかりの学生をわざわざ呼び集めてあり、さらに念には念を入れ、いかにもたまたまの成り行きでカードゲームが始まるように、しかもカモの方から提案するように仕向けるつもりだった。こんな邪な話は軽くふれるだけにしておくが、下劣な策は残らず用いた、ということだ。こういう場での常套《じょうとう》手段で、どうして未《いま》だに引っかかるやつがいるのか不思議なぐらい使い古された手段である。

勝負は夜まで長引き、とうとうわたしは首尾よくグレンディニングとの一騎打ちに持ちこんだ。しかもわたしの得意なエカルテで！[*6]　ほかの連中はふたりの勝負の規模に興味をひかれて、自分たちの札は放りだし、われわれを取り囲んで見物しはじめた。成金野郎には夕方のうちに、言葉巧みに酒を飲ませておいたので、もうすっかり出来上がっており、いまやとんでもなく危うい手つきでカードをシャッフルし、配り、ゲームを進めていた。ひとつには、酩酊のせいもあるのだろうが、そうとばかりも言えないようだ。やつはあっという間に大負けして大金を失うと、そこでポルト酒をぐーっと一気にあおってから、わたしが冷静に見越していたとおりの行動に出た――ただでさえ莫大《ばくだい》な額の掛け金を二倍にしようと申し出てきたのだ。わたしがさも気が進まないという巧みな芝居をしてさんざん断るうちに、やつは頭にきて怒鳴る、それに対してわたしがいささか気色ばみつつ応じるというひと幕を演じてから、ようやく承諾してやった。結果、この獲物がわたしの術策にすっかりはまっているのを露呈しただけなのは言うまでもない。一時間もしないうちに、やつの負け金は四倍の額になってしまった。しばらく前から、やつの顔はポルト酒の赤みが失《う》せて青ざめてきたが、ここに来て、それが怖いぐらい真っ青になっているので、わたしは驚いた。前もって熱心に聞き回ったところによれば、グレンディニングは途方もない金持ちとのこと。ならば、今回の負債額など――額自体は大きいものの――やつにとっては、そうくよくよするようなものではなく、ましてや甚大な影響があるとは思えない。さっきあおったポルト酒の酔いがまわって具合でも悪くなったのだろう。そう考えるのがいちばん手っ取り早かったし、ほかの些細な理由はともかく、仲間の前で人格者のイメージを保つのが先決だとわたしは結論し、断固として勝負の中断を主張しようとした。そのときになってようやく、隣にいた仲間たちの表情、それにグレンディニング本人の口から発せられた絶望の叫びに接して、わたしは相手を破産させたことに気づいたのだった。彼は大金持ちどころか、みんなの憐憫《れんびん》の的であり、悪魔の悪意からも守られるべき立場らしい。

このときどういう態度に出ればよかったのか、わたしにはわからない。カモが悲惨な状況に陥ったことで気まずくなり、部屋は沈痛な雰囲気に包まれていた。しばらくは重々しい沈黙がつづき、いくらか真っ当な学生たちが軽蔑や非難の熱いまなざしを向けてくるので、わたしは頬がちりちりと火照って仕方なかった。この後、突然のとんでもない闖入《ちんにゅう》があったときには、そのおかげで、不安の耐えがたい重石がほんの一瞬、胸からとり除かれたと言ってもいいぐらいだ。幅のある重い折り畳み式ドアがいきなり勢いよく全開になり、その勢いと猛烈な激しさに、部屋の蠟燭《ろうそく》という蠟燭が魔法のようにいっぺんに消えてしまった。灯《あか》りが消える直前、どうにか見てとれたのは、見知らぬ男が部屋に入ってきたこと、背格好がわたしと同じで、マントをきつく巻きつけていることぐらいだった。しかし火が消えてしまった今は真っ暗闇であり、男がわれわれの輪の真ん中にいるのが感じられるだけだった。みな一様に驚きで茫然とし、無礼の沙汰にも気づかずにいるうちに、闖入者の声が聞こえてきた。「紳士諸君」と、囁くように低く特徴的な、一度聴いたら忘れられない声が響くと、骨の髄までぞっとした。「諸君、急にお邪魔したが、わたしとしてはこうすることで本分を全うしているだけなので、とくにお詫《わ》びは申しあげまい。諸君はきっと、今夜、エカルテに勝ってグレンディニング卿から多額の金を巻きあげた男の本性をご存じないだろう。だからこのわたしがその不可欠な情報を得るために手っ取り早く決定的なプランをご提供しよう。彼の左袖口の内側をとくと調べるといい。それから、凝った縫い取りのある彼のモーニング・ラッパーにはずいぶん大きなポケットが幾つか付いているが、そこにちょっとした物が何組か見つかるかもしれない」

そうやって男が話すあいだ、深い沈黙が部屋を包み、それこそ針の落ちる音さえ聞こえそうだった。男は話し終えるや否や、闖入してきた時と同様、唐突に立ち去った。その時のわたしの気持ちを言い表せるだろうか——言い表してみようか？——そして、〝地獄に墜《お》ちた罪びとの感ずるあらゆる恐怖を感じた〟などと言うべきだろうか？ いずれにしろ、じっくり考える暇などなかったことは確かだ。その場で、何本もの手がわたしを乱暴に摑《つか》み、ただちに蠟燭の火が灯《とも》された。その後には、所持品検査がおこなわれた。袖口の内側に見つかったのは、エカルテで勝つのに必要な絵札ひと揃《そろ》い。ラッパーのポケットからは、カードが何組も出てきた。先ほどの勝負で使ったカードを模したものだが、一つ違うのは、わたしのカードは隠語で「アロンデ」と呼ばれる類だった。強い絵札は上下の縁がわずかに中高《なかだか》になっており、逆に弱い札は左右の縁が微《かす》かに出っ張っている。こういう細工になっており、カモは通常カードを縦向きにカットするので、きまって相手に絵札を回すことになり、こちらは横向きでカットするので、勝負を左右するような高い札はカモに回さない。

このからくりが明るみに出たとたん、皆が怒りを爆発させてくれれば、無言の蔑みや落ち着きはらった冷笑にあうより、まだしも耐えられただろう。

「ウィルソンくん」わがホスト役は稀少《きしょう》な毛皮で出来たとんでもなく豪奢《ごうしゃ》なマントを踏んづけていたので、屈《かが》みこんでそのマントを拾いあげ、「ウィルソンくん、これはきみの持ち物だろう」と言った(冷えこむ日だったので、わたしは自室を出るとすぐにモーニング・ラッパーの上にマントを羽織り、勝負の場に着くや、床に脱ぎ捨ててあったのだ)。「この場で、きみの手管の証拠をこれ以上探るのは(と、苦い笑いを浮かべてマントの襞《ひだ》に目をやりながら)余計なことだろう。証拠はもうこれで充分だ。きみはオックスフォードを去ることになろう。そこはわかっているだろうね。ともあれ、ぼくの部屋からはただちに出ていっていただきたい」

そこまで侮辱され、とことん貶められたのだから、相手の業腹《ごうはら》な言葉にカッとなって、即座に手出しの一つもしてもよかったろうが、その時のわたしはそれの驚くべき特色に、すっかり気をとられていて、怒るどころではなかった。わたしが羽織ってきたマントはたいそう稀少な種の毛皮で、どれほど珍しく、どれほど桁外れに高価な代物であるかは、あえて言うまい。スタイルにしても、わたし独自の洒落《しゃれ》たアイデアが活かされていた。わたしは殊、服飾という浮薄な事柄については、異常なまでに好みのうるさい伊達男だったのだ。だからこそ、プレストンが床から拾いあげたそれを渡された際、自分のマントはすでに腕に掛けていた(きっと無意識のうちに掛けたのだろう)ことに気づくと、驚きを通り越して戦慄に近いものを感じた。しかも、わたしに差しだされたマントは、隅々まで、細部の細部にいたるまで、わたし自身のそれと寸分たがわぬものだったのだ。思い返してみても、わたしを晒《さら》し者《もの》にして破滅させたあの奇妙な男はマントを着こんでいたし、いま部屋にいるメンバーでマントを着ていた者はわたし以外いなかった。少しばかり落ち着きをとりもどすと、わたしはプレストンに渡されたマントを、気づかれないうちに自分の物の上に掛けてしまい、傲然とした渋面をくずさずに部屋を立ち去った。そして次の朝が明けぬうちに、オックスフォードから欧州大陸へとあたふたと旅立ったのだった。心のうちは、恐怖と恥辱にまみれて悶絶《もんぜつ》せんばかりだった。

どこまで逃げても無駄だった。わたしの忌まわしい運命は勝ち誇るように追ってきて、実のところ、その謎めいた支配はまだ始まったばかりだとわかったのである。なにせ、パリに足を踏み入れるや否や、例の忌まわしいウィルソンがこっちの私事に首をつっこもうとしている証拠をつかんだぐらいだ。そうして月日が飛ぶように過ぎる間も、わたしは生きた心地もしなかった。あの悪党め！　ローマでは間のわるいときに悪霊のごとくお出ましになって、わたしが野心をかなえる邪魔をしたものだ！　ウィーンでも――ベルリンでも――モスクワでさえも！　実際、どこに行っても、やつを密《ひそ》かに呪いたくなるのも当然ではないか？　その不可解な力をふるう暴君から、とうとうわたしは半狂乱になって逃げだした。まるで疫病を避けるかのように。しかしまさしく地の果てまで逃げたところで、まったくの無駄だった。

何度も、何度も、わたしは「やつは誰なんだ？――どこから来た？――なにが目的なんだ？」と、密かに自分の心に問いかけた。とはいえ、そこにはどんな回答も見いだせなかった。わたしはやつの僭越《せんえつ》な監視の形や方法、主たる特徴を仔細《しさい》に検分してみた。しかしここにも、推測の根拠となるものはほとんど見当たらなかった。一つ気づいたのは、近年やつがわたしと足跡を交えた機会は数々あれども、それは決まって、わたしにありがちな悪企みを挫《くじ》き、良からぬ行動を邪魔するためだったということだ。つまり、まともに実行されたら、悪質な悪戯になりかねないところを阻止してくれたのである。とはいえ、だからといって、あんな横暴な権力をふるう言い訳にはならないだろう！　大体そのていどの見返りがあったところで、自己主体性をもつという当然の権利をあんなにも執拗に、あんなにも屈辱的に剝《はく》奪《だつ》されては見合わないはずだ！

気づかされたことがもう一つある。この苛み人はじつに長きにわたり（その間、やつはわたしの服装をそっくり真似るという酔狂をつづけており、それは念入りで嘘《うそ》みたいに巧みであった）、わたしの意向をあの手この手で邪魔立てしつつ、一瞬たりとも、こちらに自分の顔を見せないよう相当の工夫をしていた。ウィルソンが何者であれ、少なくともその出《い》で立《た》ちは偽装としては一級品で、馬鹿みたいに金がかかっていたに違いない。やつはちらとでも思ったことがあるだろうか？——イートンでしばしばわたしに忠言し、オックスフォードでわたしの名誉を叩《たた》き潰し、ローマではわたしの野心を挫き、パリではわたしの復讐《ふくしゅう》を阻止し、ナポリではわたしの熱愛に横やりを入れ、エジプトではわたしが欲をかいていると勘違いして邪魔をしてきたあの男——そう、この不倶戴天《ふぐたいてん》の敵にして邪悪な天才が、少年時代の同姓同名の学友にしてライバル——あのブランズビー学院の忌まわしき宿敵ウィリアム・ウィルソンだと、わたしが気づかないとでも？　そんなことはあり得ない！——とはいえ、物語最後の山場へと急いで話を進めよう。

こうしてわたしはこの横暴な支配にふがいなく屈してきた。ウィルソンの本性やその尊大さには、ある種わたしを慄《おのの》かせるものがあったが、同時に、やつの高い人格、並外れた叡知《えいち》、全能ぶり、神出鬼没ぶりを見るにつけ、深い畏怖の念を抱くのも確かで、それゆえに自分の全き弱さと無力さを痛感し、やつの専横な意思に渋々ながらも絶対服従させられていたのだ。ところが、最近はすっかり酒に溺れてしまっていた。親ゆずりで短気な性分であるところに、酒乱癖が重なり、感情のコントロールがますます利かなくなった。わたしはやつの支配に対してぶつぶつ文句を言い——ためらい——抗うようになっていた。こちらが強情になるにつれ、それに比してわたしを苛む男の存在が縮小していく気がしたが、ただの思い過ごしだろうか？　もし本当に小さくなっているとすれば——わたしの心の中に希望がめらめらと燃えあがりだし、密かな思いを育むうちに、とうとう、これ以上やつの言いなりにはなるまいという、断固たる窮余の決意が生まれた。

一八××年、謝肉祭の時季のローマでのことだった——わたしはナポリのディ・ボログリオ公爵邸でひらかれた仮面舞踏会に出席していた。晩餐《ばんさん》後もワインテーブルに入り浸り、ふだんにもまして浴びるように飲んでいたが、そのうち、混みあった部屋の息苦しい空気にいらいらして我慢がならなくなった。お客たちの間を迷路のように縫って歩く面倒さも、苛立ちに少なからず拍車をかけていた。じつはわたしは（そのふしだらな動機は言わないでおくが）老齢で呆《ぼ》けはじめていたディ・ボログリオ公爵の若くほがらかで美しい妻を、そわそわと探していたのである。この奥方は舞踏会でどんな衣裳《いしょう》を着るか、無節操にも前もってこっそりわたしに打ち明けていたのだ。今さっきその姿がちらりと目に入ったため、わたしは奥方に近づくべく、そそくさと人をかきわけて進んでいた——折しもそのとき、肩に軽く手が置かれるのを感じ、あの忘れがたい低く忌々《いまいま》しい囁き声が耳に響いた。

怒髪天《どはつてん》をつく思いで、わたしはくるりと振り向くと、またしても邪魔をしてきたやつの襟首を手荒に摑んだ。案の定、わたしとそっくりな衣裳を着けている。青い天鵞絨《ビロード》のスペイン風マントに身を包み、緋色《ひいろ》のベルトを巻き、そこに決闘用のレイピア[*7]を挿していた。黒いシルクの仮面が顔をすっかり覆いかくしていた。

「この悪党めが！」わたしは憤怒《ふんぬ》で野太い声を出し、怒鳴るうちに、火に油を注ぐごとく怒りが燃え盛った。「悪党め！　成りすまし野郎め！　忌々しいごろつきめ！　おまえなんかに——おまえなんかに、死ぬまでつき纏《まと》われてたまるか！　ついてこい、さもないと、この場で刺し殺してやる！」——そう言うと、いきなりわたしは無抵抗なやつを引きずりながら、舞踏室を出て、隣接した小さな控えの間にずんずん入っていった。

控えの間に入るや、わたしはやつを猛然と突き飛ばした。やつはよろけて壁にぶつかり、その間にわたしは悪態をつきながらドアを閉め、剣を抜けと相手に命じた。やつは束の間ためらっていたが、微かなため息をつくと、黙って剣を抜き、防御のかまえをとった。

勝負はあっけなかった。わたしは逆上しきって半狂乱になり、片方の腕に何本ぶんもの力と勢いを宿していた。ものの数秒のうちに、やつを腕ずくで壁際に追いつめ、その生殺与奪に与ると、獣のごとき獰猛《どうもう》さで何度も何度も、やつの胸に剣を突き刺した。

その瞬間、誰かがドアの閂《かんぬき》を開けようとした。わたしは侵入を取り急ぎ防ぐと、ただちに瀕死《ひんし》の宿敵のもとへとって返した。ところが、そのとき眼前にあらわれた光景に感じた驚愕《きょうがく》と恐怖は、どう名状しようと充分に表せまい。わたしが目を離していた一瞬の隙に、部屋の奥に物理的な変化が生じ得るとは。大きな鏡――最初は訳がわからずそう思ったのだが、なにもなかったところに出現していた。恐れ慄きながら近づいていくと、わたしの鏡像も――顔は蒼《あお》ざめ、血にまみれていたが――弱々しい足取りでよろめきながら進みでて、わたしを出迎えた。

そう見えたのだが、実際には違っていた。わたしの目の前に、断末魔の苦しみに悶《もだ》えながら立っていたのは、わが宿敵ウィルソンだった。やつの仮面とマントは脱ぎ捨てられて、床に置かれていた。その衣服、その特徴的で目をひく顔立ちは、隅々までわたしのそれと同じ、まったくの同一人物と言ってもいい！

ウィルソンに違いなかった。だが、やつはもう囁くようには話さなかった。その話し声を聞くうち、わたしは己の声と勘違いしそうになった。

「おまえの勝ちだ。わたしは負けた。しかしこれでおまえも死ぬことになる――この世界、天国、希望に対しておまえは死んだも同然だ！　おまえはわたしの中に存在していたのだか

らな――この姿はおまえそのものだ。見れば、わかるだろう、わたしが死んだということは、
おまえは己をすっかり殺してしまったのだ！」

（鴻巣友季子＝訳）

「ウィリアム・ウィルソン」訳注

1―たった一つの出来事のせいで、こんな悪事をなしとげる　聖書の諺の言い回しを借りている。

2―薄暗い谷間を歩みながらも　旧約聖書詩篇二三篇四節より。

3―お祈り　定時の祈禱《きとう》。

4―"Oh, le bon temps, que ce siècle de fer!"　ヴォルテールの詩「俗世人」より。ギリシャ神話で時代は五つに区分され、黄金の時代・銀の時代・青銅の時代・英雄の時代に続くのが、最後の鉄の時代であり、享楽と堕落の世紀とされるが、ヴォルテールはそれを寿《ことほ》いだ。ポーはここで皮肉的に引用している。

5―ヘロディス・アッティコス　古代ローマの元老院議員。亡妻を偲《しの》んで巨大な音楽堂を建てた。

6―エカルテ　二人で三十二枚の札を使って行うゲーム。

7―レイピア　主に決闘用の細身の剣。

アモンティリャードの酒樽

フォルチュナートにはこれまで一千回も傷つけられ、そのたびになるたけの我慢をしてきたわたしだが、いよいよ故意の侮辱《ぶじょく》を受けるにおよんで、奴《やつ》への復讐を誓った。とはいえ、わたしの魂の質をよく知るきみなら、〝いまに見ておれ〟などと前もって恫喝《どうかつ》するとは思わないだろう。ついに雪辱をはたす。この点ははっきりしており、固く決心したからには、それに伴うリスクは排除しておきたい。ただ罰してやるだけではなく、こちらが罪に問われない形で罰してやるべし。さらに、悪事を正してもこちらに懲罰がくだされるのでは、雪辱もだいなしというものだ。また、悪事をはたらいた相手に、こちらの意図を思い知らせてやれなくては、やはり報復は失敗である。

これだけは肝《きも》に銘じておけ――フォルチュナートがわたしの善意を疑うような言動は厳につつしむべし。かくしてわたしはいつものように、奴の顔を見ながら相変わらずにこにこしていた。この笑顔が奴の無残な姿を思って浮かんできたものとは、むこうは露とも気づかなかったろう。

そう、このフォルチュナートという奴には欠点があった。それさえなければ、世間に敬われ、畏《おそ》れられてもいいぐらいの人間だろうに。すなわち、奴は自らのワイン通ぶりを鼻にかけていやがったのだ。真の通人気質をもつイタリア人というのはごく少ない。彼らはおおかた時間と機会さえあれば、イギリス人かオーストリア人の大金持ちをペテンにかけて儲《もう》けることに熱意をそそぐものだ。絵画と宝石の分野では、フォルチュナートもまわりと同様、口ばかりの半可通だったが、ことワインの古酒にかぎれば、その目は本物だった。しかしこの点では、わたしも奴にたいして引けはとらない。イタリアのヴィンテージ・ワインについてはお手のものであり、懐に余裕ができるたびにごっそり買いあさってもいたのだから。

わたしがくだんの友に遭遇したのは、カーニバルが狂乱の絶頂に達したある夕の宵闇《よいやみ》せまるころだった。奴が妙に人なつこい態度で寄ってきたのは、酒を飲みすぎていたからだろう。道化師のような色とりどりの衣装なんぞ着おって。それは体にぴったりはりつくような斑模《まだらも》様《よう》の衣装で、頭には鈴のついたトンガリ帽をかぶっている。わたしは千載一遇のチャンスに喜び、がっちり握手した手を離すまいとまで思った。

わたしは奴にこう持ちかけた。「フォルチュナート、きみ、ちょうど良いところで会ったよ。今日はまたとびきりご機嫌のようじゃないか！　じつは、さっきアモンティリャードだというふれこみの代物を大樽《おおだる》ごと手に入れたんだが、これがいささか怪しくてね」

「なんだと、どうやって？」奴は話に食いついてきた。「しかも大樽でか？　ありえんだろ！　しかもこのカーニバルの時季に！」

「だから怪しいと思ってね」わたしは答えた。「なのに、きみのご意見もあおがずに、アモンティリャード相当の金額をきっちり払ってしまったんだから、ぼくも馬鹿をやったよなあ。けど、きみは姿が見当たらなかったし、買い逃してはいかんと思ったんだ」

「アモンティリャードってか！」

「だから、そこが怪しいんだよ」

「アモンティリャードな！」

「うん、検証しないことには」

「アモンティリャードを！」

「いや、その、きみはお取り込み中のようだから、ルケージに相談にいくよ。眼識があるとしたら、あの男だろう。きっと彼なら鑑定して——」

「ルケージか、あいつはアモンティリャードと並のシェリーの区別もつかん」

「なのに、ものの わからん連中は、奴《やっこ》さんの舌がきみと互角だと言うのだからね」

「よし、行こう」

「行くってどこへだい？」

「あんたの地下セラーだ」

「それはできないよ。きみの人の好《よ》さにつけこんで無理を言うなんてさ。だって、きみは用事があるんだろう。今回はルケージに——」

「用事なぞないわい——さあ、行くぞ」

「いや、用事の問題ではなくてさ、きみはひどい風邪《かぜ》をひいているようじゃないか。うちの地下は耐えがたい湿気だし、硝石《しょうせき》がびっしりだし」

「かまわん、行くぞう。なんの、これしきの鼻風邪。アモンティリャードってか！　どうせ、まがい物を摑《つか》まされたんだろう。ルケージだと、あれはアモンティリャードと並のシェリーの区別もつかんからな」

そんなことをしゃべりたてながら、フォルチュナートは腕をからめてきた。わたしは黒のシルクの仮面をかぶり、ロクロール［膝丈の紳士用マント］をしっかりとはおって、奴に急《せ》かされながら自宅の邸館《パラッツォ》へとむかった。

邸内に使用人たちの姿はなかった。カーニバル期間であるのをいいことに、みんな仕事を抜けだして、浮かれ騒ぎに出かけたのだろう。わたしはあらかじめ、今日は朝方までもどらないから、その間、ごそごそ外出したりしないようにと、はっきり言ってあった。それだけ言えば充分で、わたしが背をむけたとたん、連中がひとり残らずさっさと行方をくらますのは、わかりきっていた。

わたしは燭台《しょくだい》から松明《たいまつ》を二本とって、一本をフォルチュナートに手わたすと、続き部屋をいくつか抜けて、地下室につづくアーチ路へと奴をご案内した。長いらせん階段を降りるときなどは、足元に気をつけてついてくるよう、注意してやったぐらいだ。ようやく階段を降りきると、われわれはモントレソール家のじめついた地下墓地《カタコンベ》に立った。

わが友の足取りはおぼつかなく、彼が歩くにつれ帽子の鈴がチリンチリンと音をたてた。

「で、その樽はどこだ？」奴は訊《き》いてきた。

「この先だよ」わたしは答えた。「それはそうと、この酒蔵の壁に光る真白きクモの巣を見たまえ」

奴はこちらにむきなおり、薄膜が張ったような双眸《そうぼう》を酩酊《めいてい》でますます潤ませて、わたしの目をのぞきこんできた。

「硝石か？」

「そうさ」と、わたしは答えた。「きみ、その咳はいつから出ているんだい？」

「コン！コン！コン！――コン！　コン！　コン！――コン！　コン！　コン！――コン！　コン！　コン！――ゴホ！　ゴホ！　ゴホ！」

わが友はかわいそうに、しばらく返答ができなくなってしまった。

「どうってことない」と、ようやく答えた。

「いや、やはりやめておこう」わたしはきっぱりと言った。「上にもどろう。大事をとったほうがいい。きみは資産もあり、敬慕する者も多い土地の名士なんだからね。昔のぼくのように恵まれているよ。亡くすに忍びない人だ。まあ、こっちのことは気にしなくていいさ。とにかく、もどろう。体調がわるいんじゃ、ぼくも責任とれないしね。なにしろルケージもいるから、大丈夫――」

「うるさい」奴は言った。「これしきの咳がなんだ。死ぬわけないだろうが。おれともあろうものが、咳なんかで死にはせん」

「ごもっとも、ごもっとも」わたしは話をあわせた。「いや、なにも要らぬ脅しをするつもりはないんだ。でも、用心するにこしたことはないよ。じゃ、このメドック・ワインをきゅっとやって、湿気を吹き飛ばそう」

ここでわたしは酒架《しゅか》にずらり並んだメドック・ワインのなかから一本抜き出して、ボトルネックをぽんと打ち落とした。

「さあ、どうぞ」わたしはそう言いながらワインを差しだした。

奴は薄笑いをしながら、それを口に持っていった。しかしそこで手を止め、帽子の鈴をチリンチリン鳴らしながら、なれなれしく頷《うなず》きかけてきた。

「ここに葬られし亡者たちに、乾杯」奴はそんなことを言った。

「そして、きみの長寿を祈って」

奴はまたわたしと腕を組み、先に進んでいった。

「それにしても、この納骨所はずいぶん広いじゃないか」

「モントレソール家は、何代にも遡る名家だったからね」

「紋章はどんなのだったかな」

「金色のでかい人の足だよ、地は空色《アジュール》でね。その足に踏みつけられた蛇《へび》が、いきり立って踵《かかと》に牙をたてるという図さ」

「モットーはなんだ?」

「ネモ・メ・イムプネ・ラケシト（我を傷つけた者は無事ではすまない）」

「そりゃ、いいや!」奴はそう言った。

ワインの酔いが奴の目に見え隠れし、また帽子の鈴が音をたてた。わたしのほうも、メドック・ワインの酔いで妄想が熱をおびてきた。両側の壁は、亡者たちの骨や頭蓋骨を積みあげて造られており、そこにカスクやパンチョンといった大小の酒樽がまぜこぜに置かれ、この通路はカタコンベの最奥部へとつづいていた。わたしはふたたび立ち止まり、こんどは思い切ってフォルチュナートの二の腕を摑んでこう言った。

「ほら、硝石が！　まったく、どんどん付くんだ。まるで苔《こけ》みたいだろう。このちょうど上が河床《かわどこ》なんだよ。湿気で骨に水が滴《た》れてくるわけさ。やっぱり、早いところ引き返そう。きみの咳がひどくならないうちに――」

「なんでもないと言っただろう。さあ、行くぞ。メドックをもう一杯やろうじゃないか」

わたしはこんどはグラーヴのワインを開け、奴に大瓶《フラゴン》ごと手わたした。奴はそれをほとんど一息に飲んでしまった。奴の目が猛々《たけだけ》しい光をおびはじめた。と思うと、いきなり笑いだし、意味のわからない妙なしぐさをしながら、ボトルを天井に放り投げた。

わたしは仰天して奴を見た。奴はまた同じ動作をくりかえした。グロテスクな動きだった。

「あんた、これがわからんのか？」奴は訊いてきた。

「なんのことだい」わたしは答えた。

「ということは、結社の一員じゃないんだな」

「どうして、そういう話になるんだ？」

「メーソン［フリーメーソンの意味で言っているが、石工の意味もある］の一員じゃないんだろ」

「いや、そうだとも、一員だとも」わたしは食いさがった。

「おまえがか？　信じられん！　メーソンだと？」

「メーソンだとも」わたしはまた答えた。

「サインを見せろ」奴は言った。

「サインはこれだ」わたしは答えて、ロクロールの襞《ひだ》の下から石工の使う鏝《こて》をとりだした。

「ふざけるな」奴は叫んで、数歩後じさった。「ともかく、アモンティリャードの樽まで連れてけ」

「まあ、そう言うなら」わたしはそう言って鏝をロクロールの下にしまい、また奴に腕を差しだした。奴は腕にぐったりともたれてきた。わたしたちはふたたび〝アモンティリャード探しの旅〟に出たのだった。天井の低いアーチ路をいくつも抜けて、階段を降り、また通路を通り抜け、また階段を降り、とうとう最奥の地下室にたどりついた。風通しがわるく空気がよどんでいるため、松明の火は燃えあがらず、ぽっと灯《あか》りをともしているていどである。

地下室のいちばん奥に、もう一つ、もっと狭い小部屋があらわれる。この部屋は、パリの大カタコンベの様式を真似て、壁に沿って亡者の骸骨《がいこつ》が頭上のアーチ天井までぎっしり積みあげられていた。壁のうち三方までがこのスタイルで装飾されている。残る一つの壁はといえば、骨はのけられて地面に乱雑に投げだされており、一ヶ所にちょっとした小山をなしていた。骨をどけてしまったので、壁の中が丸見えで、さらにその奥に、奥行四フィート、幅三フィート、高さ六、七フィートばかりのもっと狭い小室が見えてくる。特に用途があって造られたものではなく、カタコンベの天井を支える特大の支柱にはさまれてたまたま出来た空間のようだ。中に入ると、カタコンベのぐるりを囲んでいる硬い花崗岩《かこうがん》の壁に突き当たる。フォルチュナートは頼りない松明の火をかかげて、小室の中をのぞき見ようと四苦八苦したが、弱々しい灯りでは奥まで見えなかった。

「入りたまえよ」わたしは言った。「アモンティリャードはこの中にあるんだ。ルケージによれば――」

「あんな、もののわからん奴」フォルチュナートはこちらの言葉を遮り、あぶなっかしい足取りで歩きだしたので、わたしはその後ろにぴったりついていった。一瞬にして、奴は小室の奥まで行きつき、手探りで進もうとしても石壁に阻まれてしまうので、ぽかんとして棒立ちになった。そのわずかな隙に、わたしは奴に枷《かせ》をはめて、花崗岩の壁に固定していた。そう、壁の表面には、鉄製の受け金が二フィートほどの間隔で、二つ並んでついていた。そこから短い鎖が出て、先に南京錠がついているのだ。奴の腰に鎖をまわして、この錠を二つともカチャリと嵌《は》めてやり、しっかり固定するまでものの数秒。奴は面食らうあまり抵抗もできなかった。錠から鍵を抜くと、わたしは小室から退出した。

「手で壁を触ってみたまえよ」わたしは言った。「硝石がびっしりなのがいやでもわかるだろう。そう、それぐらい湿気ているんだ。もう一度だけお願いするよ。引き返さないか？　なに、帰らない？　そうか、だったらここに置いていくしかないな。しかしまずは、およばずながら、きみに精いっぱいの気遣いはしておこう」

「アモンティリャードはどうした！」わが友はまだ驚きに茫然《ぼうぜん》として、ひと言わめいた。

「そうそう、アモンティリャードね」わたしは答えた。

わたしはそう言いながら、さっき言った骨と骸骨の山をせっせと崩していた。骨をどかしていくと、じきに中からごっそり建石とモルタルが出てきた。わたしはこれらの建材と鏝を使って、小室の入口を猛然と塞《ふさ》ぎにかかった。まだいちばん下の層を造り終わるかどうかというところで、フォルチュナートの酩酊がかなり覚めてきたのがわかった。最初にそうと気づいたのは、闇の奥から低いうめき声が聞こえてきたからだ。それは酔漢《すいかん》の出す類《たぐい》のわめき声ではなかった。その声がやむと、音ひとつなくいつまでも静まりかえった。わたしは壁の二層目を築き、三層目を築き、四層目を築いた。と、そのとき、死にもの狂いで鎖をゆさぶる音が聞こえてきた。それはしばらくつづき、その間に、わたしはその音を心ゆくまで楽しむため、作業の手を止めて骨の山の上に座りこんだ。やがて、ガチャガチャいう音が静まると、わたしはまた鏝を手にし、休む暇なくいっきに五、六、七層目を完成させた。石壁はいまや、わたしの胸にとどきそうな高さになっていた。わたしはふたたび手を止め、石壁ごしに松明をかかげて、奥にいる人物に弱い光をあてようとした。

鎖につながれた男の喉元《のどもと》から突然、甲高《かんだか》くやかましい絶叫がつづけざまにあがり、わたしはその声に強く押しもどされる形になった。わたしはいっときためらい——身を震わせていた。決闘用の諸刃のレイピアを抜くと、それで奥の空間を探りだしたが、ちょっと考えてみて気をとりなおした。カタコンベの頑強な壁面に手を置いてみると、安心感が湧いた。わたしはまた造りかけの壁にとりかかった。うるさく叫びたててくる声に応えながら。その声に谺《こだま》を返すような――ともに声をあわせて叫ぶような――音量と力強さでは相手をしのぐような声で。そうすると、わめく男は静かになった。

すでに真夜中になっており、わたしの作業も終わりに近づいた。すでに八層目、九層目、十層目も仕上がっていた。最後となる十一層目も積み終えた。あと一つ、石をはめこんでモルタルを塗りこめば完成である。わたしは建石の重みと格闘していた。ようやく、それを定められた位置に置きかけたところで、奥部屋から低い笑い声が聞こえてきて、髪の毛が逆立った。それにつづく声はなんとも哀れで、あの気高いフォルチュナートの声だとわからないほどだった。その声はこう言っていた――

「ハ、ハ、ハ！――へ、へ！――まったく、気の利いたジョークじゃないか――抜群のおふざけだ。屋敷の部屋にもどって、さんざっぱら笑いあおうじゃないか――へ、へ、へ！――ワインを傾けながらな！――へ、へ、へ！」

「アモンティリャードをね！」わたしはそう応じた。

「へ、へ、へ！――へ、へ、へ！――そうとも、アモンティリャードをな。それにしても、もう時間が遅いんじゃないか？　うちの奥さんと家族も待っているんじゃないかな？　もう行こうじゃないか」

「そうだね、もう行こう」わたしは答えた。

「後生《ごしょう》だから、モントレソール！」

「うん、後生を願うよ！」

しかしそう言ったところで、答えは聞こえてこなかった。わたしは苛《いら》ついてきたので、大声で呼ばわった。

「フォルチュナート！」

やはり、答えはなかった。もう一度、呼んでみた。

それでも、なにも返ってこなかった。わたしは壁に残ったすきまから、松明を差しいれて、小室の中に落としこんだ。それに応えるように、チリンチリンと鈴の音がした。なんだか気分がわるくなってきた――カタコンベの湿気のせいだろう。作業に始末をつけるべく、わたしは手早く最後の石をすきまに押しこんで、モルタルで固めた。そして新しく築いた石壁に沿って、どけてあった骨をふたたび積みあげた。あれから半世紀、その壁を乱した者はいない。安らかに眠りたまえ《イン・パケ・レクィエスカト》！

（鴻巣友季子＝訳）

告げ口心臓

題辞：芸術は果てなくも時は果敢無《はかな》く
我々の心臓はたくましく勇敢なれど
くぐもった太鼓《ドラム》さながら
墓地に伴う葬送行進曲を鳴らしている

――ロングフェロー

いかにも！――神経過敏――はなはだしく、度《ど》し難《がた》く僕は神経過敏であって今もそうだが、しかしなにゆえ君は、僕が狂っているのだと？　この病は五感を研ぎ澄ましこそすれ――壊したではない、鈍麻させたのではなかった。聴覚はとりわけ、耳をつんざくほど鋭く研ぎ澄まされた。僕は天上天下のすべてを耳に入れ、地獄の多くを耳にした。しかるに、僕がどうして狂っていると？　聞こしめせ！　僕がどれほど正常に、落ち着きはらって事の顚《てん》末《まつ》を語ってみせられるかを、とくと検分するがいい。

いつの間に僕の脳裏に芽生えていたと或る計画は、思いついてからというもの昼夜を問わず僕を蝕《むしば》んだ。そこに目的なぞなかった。熱情もなかった。僕はその御老人に、愛をもって接していた。彼は一度として僕を不当に扱いもしなかったし、また一度として僕を侮辱しなかった。彼の金品など僕は鐚一文《びたいちもん》も一顧だにしなかった。思うにきっかけは彼の片眼だ！そうだ、諸悪の根源はそれだ！　彼は猛禽類《もうきんるい》とも見まがう眼《まなこ》をしていた――寒々しい青白さで、膜が掛かっていたのだ。その眼差しが注がれるたびに僕は悪感が走り、徐々に、ほんの少しずつ――この御老人の命を取る決意を固めるに至った、その眼を僕から永遠に排除するために。

さあ、ここが肝要だ。君は僕が狂っていると思いこんでいる。狂人は無知なるかなと。君は僕を御覧になるべきだった。いかに僕が巧妙に事に当たったか――用心深く――先を見越して――隠蔽したかを御覧になるべきだった！ 僕は殺害前の一週間まる〳〵、いつになく御老人に親切にした。毎晩、午前零時ごろには彼の部屋の扉の掛け金をゆっくり起こし、扉を開けた――おゝ……それはもう神妙に！ 頭が入るのに充分なだけ扉を開くと、暗いランタンを中に入れた。ランタンは全面覆《おお》いが閉ざしてあって、一縷《いちる》の光も漏れでない。そこで僕は頭を突っこんだ。あゝ僕がいかに狡猾《こうかつ》に頭を覗《のぞ》きこませたかお目にかけたら、君はきっと笑っただろう！ 僕はゆっくりと、御老人の眠りを妨げぬよう――至極、至極ゆるやかに頭を動かした。戸口の内で、御老人が御自分のベッドの上に寝そべっているのが見えるまで頭を突き出すのに、一時間も要したのだ。どうだ！ 狂人がこうも賢いわけがあるか？ それから、僕は室内に頭をよく突きだしつつ、ランタンを慎重に開いた――おゝそれは慎重に――慎重に（なにしろ蝶番《ちょうつがい》が軋《きし》む）――例の猛禽類の眼に投げ映るべく、一筋の光線がうっすら漏れでるだけ、ランタンの覆いを開けた。これを七夜連続の長きにわたって、僕は毎晩、深夜零時ちょうどに行なった――が、例の眼はいつも閉じられていたがために、犯行を果たすのは不可能だった。僕を居たたまれなくするのは、御老人ではなく、彼の凶眼だったからだ。毎朝、夜が明けると、僕は大胆にも、くだんの寝室に向かい、勇ましく御老人に話しかけ、親しげに名前で呼びながら、どのように夜を過ごしたか尋ねた。だから毎晩、きっかり深夜零時に、僕が眠っている御老人を凝《ジ》ッと見つめているだのと、よほど深刻に穿《うが》った見方をしないかぎり、先方は思い及ばぬはずだった。

八夜目、僕はいつも以上に用心深く例の扉を開けた。あの時の僕の腕は、時計の分針よりよほどゆるやかに動いた。あの夜以前に一度として僕は自分自身の力——こうも脳みそが冴えわたる全能感を掌握したおぼえがなかった。もうほとんど征服感に先走っていた。ほうらお出ましだと思いながら扉を少しずつ開ける。御老人は僕の秘密の行動や企《たくら》みを夢にも見ていない。僕はどうやらクスッと笑い、御老人はおそらくそれを聞きとがめた、というのも彼は突如、ベッドの上で身動《みじろ》ぎしたのだ、ギョッと慄《おのの》いたかのように。ここで僕が尻込みしたと、君は思うかしれない。だが違ったのだ。御老人の部屋は漆黒を分厚く塗りこめた惣闇《つつやみ》であり、（強盗を恐れて、鎧戸《よろいど》は固く鎖《とざ》されていた、）彼には扉の開閉など見えっこないと分かっていたので、僕は着実に、落ちついて扉を押しやった。

頭部を入れると、僕はランタンを開けようとして親指がブリキの締め具を滑った。たちまち御老人はベッド上で跳ね起きると叫んだ——「そこにいるのは誰だ」

僕は身動ぎもせずにいて、何も発しなかった。まる一時間ものあいだ、微動だにしなかった。その間に彼もまた、横になる気配がなかった。御老人はまだベッドの上に座して聞き耳をたてている——ちょうど僕が夜な〱、壁の内で臨終の時を刻む甲虫にと耳をすましていたように。

ほどなくして、かすかな呻《うめ》き声が聞こえた。死の恐怖による呻き声だとわかった。痛みや悲嘆の呻きではない——お丶断じてちがう！　恐れが満ち〳〵たときに精魂の底から湧きあがる、嚙《か》み殺した低い声だった。僕も身に覚えがあった。幾夜も、ちょうど深夜零時、全世界が眠りに就いている時分、僕自身の胸にコン〳〵と湧きあがっては、うとましきエコーとともに、いたずらに恐怖心を搔《か》きたてるのであった。だからね、よく知ってたんだ。僕は御老人がどんな気分でいるかを察し、気の毒に思ったものの、内心ではほくそ笑んだ。彼はベッドの中に居ながらにして、最初の微《かす》かな物音以来、まんじりともせずにいるのだった。彼の恐怖は膨れあがるいっぽうだ。なんら問題はないと思いこもうとしては、できないでいるのだった。自分自身にこう言い聞かせて——「なんでもない、煙突の風にすぎぬ——一匹のネズミが牀《ゆか》を渡ったにすぎぬ」とか「蟋蟀《こおろぎ》が一匹、一啼《な》きしただけだ」と。いかにも。彼はそんな妄想で自分自身を宥《なだ》めんとしていたが徒労だった。徒労だとも、なぜなら死は黒い影を纏《まと》って彼の眼前まで虎視眈々《こしたんたん》と忍び寄り、獲物をくるみこんでいた。実際には見咎《みとが》めも聞き咎めもしないうちから、彼は感知できない影の陰気な作用のせいで、僕の頭が室内にあると肌身に感じとっていた。

　僕が長らく、たいそう辛抱強く待っているあいだ、彼の横たわる物音は聞こえず、僕はランタンの裂け目をごく〳〵細く開ける決心をした。かくして僕はランタンを開いた——いかにひっそりと、ぬかりなく——クモの糸のように、か細く仄暗《ほのぐら》い光線を覗かせていって、しまいには、くだんの猛禽類の眼球の上に投げ映したか。——君には想像しがたいだろう。

　その眼は大きく、大きく見開かれており、僕はその眼に凝《ジ》ッと見入るにつれてムラ〳〵と逆上した。そのまぎれもなく特異な——白目黒目の境もなくすべてが濁った青で、僕の骨の髄まで凍りつかせる、見るもおぞましい膜が掛かっているのを目《ま》のあたりにしながら、僕は眼球以外には御老体の姿も表情も目にしていなかった。というのも僕は直感的に光線を呪わしい箇所にのみ正確に向けていたのである。

君が狂気と思い誤っているのは、五感の鋭さであると、申し上げていなかったろうか？　そうとも。低く、鈍く、速い音、まるで綿《わた》でくるまれた時計がたてるような音が、僕の耳に飛びこんできたのだ。とても馴染《なじ》み深い音であった。御老人の心臓の鼓動だった。その拍動は僕の逆上に拍車をかけた、ちょうど太鼓《ドラム》の響きが兵隊を鼓舞《こぶ》するように。

それでもなお僕は自らを律して、じっとしていた。ほとんど息もしなかった。身動ぎもせずにランタンを提《さ》げていた。僕は例の眼球に専念して光線を当て続けようとした。その間にも心臓の鬼太鼓は切迫した。どん〳〵速く、刻一刻とます〳〵やかましくなった。御老人は恐怖の極限だったに違いない！　鼓動はいっそう強く鳴り響いた。刻々と！——ちゃんと覚えていますか？　僕は神経過敏だと言ったでしょ、そう、僕は過敏なんです。草木も眠る夜《よ》籠《ご》もりに、ゾッと静まりかえった古家の真ん中で、かかる物音一ツが、かくも奇妙に僕を制御不能な恐怖へと突きうごかした。だがまだ、いま少しのあいだ僕は自らを律して棒のように突ッ立っていた。しかし鼓動はます〳〵増大した！　心臓がいまにも破裂すると思った。そして今度は新たな懸念が僕を捕えた——この音が隣人に聞こえやしまいかと！　御老人の命運は尽きた！　僕は一声、怒声をあげると、ランタンをパッと開き、部屋に飛びこんだ。

彼は金切り声をあげた――一声だけ。間髪《かんはつ》を容《い》れず僕は彼を牀《ゆか》に引きずりだし、重たいベッドを彼の上に引き倒した。そうして僕はにこやかに笑んだ、ここまでよくやりとげたと。とはいえ十数分もの間、例の心臓はくぐもった音で脈打っていた。だが僕はもう悩まされなかった、この音ならばよもや壁を筒抜けて聞こえはすまい。長らくして、鼓動は鎮まった。僕はベッドをずらして、死体をチェックした。まちがいない、彼は石のごとく死んでいた。僕は自分の手を彼の心臓の上にあてがい、十幾分もの間そのままでいた。脈拍はなかった。まぎれもなく死人だった。彼の片眼はもはや僕を追い詰めはしなかった。

まだ僕を狂人だと思うなら、遺体を隠蔽するのに僕がいかに入念に策を弄《ろう》したかを御説明すれば、君も考えを改める。夜は明けつつあり、僕は急ぎ作業をした、物静かに。まず最初に、遺骸をバラ〳〵に切断した。首を切り落とし、ついで両腕、両脚を。

それから僕は部屋の分厚い羽目板を三枚、牀《ゆか》から取りはずして、全部位を骨組みの角材の隙間に置いた。それから羽目板を実に巧妙に、実に抜け目なくはめ戻したので、人様の目は――たとえ御老人のあの眼《まなこ》であろうと――何一ツ異常を見破れっこないのだった。洗い流すべきはなんにもなく――いかなる染みも――血痕ひとつ残さなかった。僕はあまりにもぬかりなくやってのけた。浴槽がすべてを受け止めていたのだから――ウハハ！

この一連の重労働の仕上げにとりかかった時――いまだ深夜さながら暗く、午前四時だった。時刻を告げる鐘が鳴りだすとともに、玄関扉にノックがあった。僕は階下に降りて、颯《さっ》爽《そう》と扉を開けた――いまさら、何を恐れろと？ 入ってきたのは三人の男で、いずれも歴とした佇《たたず》まいで、警察官だと名乗った。夜半、悲鳴を一声、隣人に聞かれたのだ、犯罪行為の疑いが浮上し、警察署に通報があって、彼ら警察官は犯行現場を明らかにするよう命じられてきたのだ。

僕は微笑《ほほえ》んだ——だって何を恐れる必要が？　僕は彼らを招きいれた。その悲鳴は、私自身の夢見のせいなんです——僕は述べた。この御老人は——と僕は申告した、田舎に行っておりまして、ただいま留守です。僕は彼ら来訪者に家じゅうを案内した。よく〳〵捜査してくれるよう促した。挙句には警察官を当の御老人の寝室まで導いた。御老人の金品が差しさわりもなく保管されているのをお目にかけた。僕は自信満々で、椅子をわざ〳〵部屋まで持ってくると、皆さんこちらで一休みしてほしいと労をねぎらい、僕自身は完璧な勝利にみなぎった分厚い面の皮で、自分の座席をまさに犯行現場の上に据えた。その牀下《ゆかした》では犠牲者の死体が安置されていた。

警察官は得心した。僕のマナーが連中を納得させたのだ。僕はひとえに、くつろいでいた。僕がハツラツと応じている最中も、彼らは腰を下ろして、内輪話に花を咲かせていた。そうこうするうちに、僕は血の気が引きだして、警察官にお引き取り願わんとした。頭痛がして、ギン〳〵耳の鳴る気がした。だが連中は腰を落ちつけて、尚《なお》もおしゃべりをした。ギン〳〵した耳鳴りはより明瞭に——延々といっそう際立ってきた。その感覚を掻き消そうとして僕は無遠慮に語りだしたが、耳鳴りはしぶとく続き、確実なものとなり——やがて僕はその雑音が己の両耳の内で鳴っているのではないのだと悟った。

言うに及ばず、いよ〱僕は物凄《ものすご》く蒼褪《あおざ》めだした——いっそう饒舌《じょうぜつ》に、声高《こわだか》に語りだした。だがその音は増大し——僕に何ができたろう？　低く、濁って、速い音だ——ちょうど綿に包みこまれた時計が立てるような物音だった。僕は息を呑んだが——警官は聞き咎めなかった。僕は熱を帯びていっそう早口になって、でもなおその音は絶え間なく膨れあがった。僕は立ちあがり、荒っぽい身振り手振りと甲高い声で些細《ささい》なことを議論してみせ、しかしいっそうその音は絶え間なく膨れあがった。なんで連中はいっこうに立ち去らないんだ？　僕はぎこちない足取りでフロアを行きつ戻りつ右往左往した、連中の見解にいきりたったかのようにだ、しかしその音は絶え間なく膨れあがった。神よ！　僕に何ができたのか？　僕は口角泡をとばし、でたらめな熱弁を振るい、毒づいた！　それまで腰かけていた椅子を振りあげて、例の牀板《ゆかいた》の上にゴリ〱と押しつけたが、例の音はやはり立ちのぼり、延々と膨れあがった。うるさく、うるさく、やかましい！　いまだ連中は愉快げに談笑していた。こいつらには聞こえないだなんてありうるか？　神よ、断じてありえない！　聞こえていたんだ！　はなから疑っていた！　知っていたんだ！　僕の慄きを嘲《あざけ》っていたのだ。こう僕は思ったし……今でもそう思っている。なんであれ、この苦悶《くもん》よりはましだ！　この冷笑ばかりは辛抱できない！　連中の面従腹背《めんじゅうふくはい》な笑みなどもうまっぴら御免だ！　叫ばねば死んじまう気がした。そしてほらまた、聞き入りたまえ！　うるさく、うるさく、うるさい！　もう、う・る・さ・い！

「悪人どもめ！」僕は絹を裂くような叫び声をあげた、「お芝居は終《しま》いだ！　犯行を認めるさ！　そこの羽目板を剝《は》ぐがいい、ここさ、ここだ！――奴のおぞましい心臓の鼓動の正体だ！」

（中里友香＝訳）

影

――ある寓話

たとえわれ死の影を歩むとも　――ダビデ詩篇

これをお読みになられるあなた方はまだ生きておられる。けれども、これを書き記す私は、すでに影の領域に足を踏み入れて長らく経《た》っていることだろう。なぜなら、この覚え書が人の目に触れるまでには、実に多くの不思議な物事が起こり、多くの秘密が人の知るところとなり、幾世紀もの年月が過ぎ去っているに違いないからだ。そしてこれが人の目に触れるとき、不信感を抱く者もいようし、疑念を呈する者もいるだろう。それでも、鉄の尖筆《せんぴつ》で刻まれた文字に思いを巡らせて多くを見出す者も幾人かは在るだろう。

その年は恐怖の年であった。恐怖というより、地球上には付する名もない、もっと凄烈《せいれつ》な神気に満ちた年だった。というのも、多くの奇怪現象や前兆が起こり、遠く広く、海を渡り陸を越え、疫病がその黒き翼を拡《ひろ》げたのである。それでも、熟練の星読み人たちは、天空が不吉な星位を形成しているのを知らないわけではなかった。とりわけ、私、ギリシャ人オイノス［ギリシャ語で「一」「個」の意味］には、木星が白羊宮の入口で、恐るべき土星の赤い環《わ》と接合する、あの七百九十四年に一度の交替の時が、今や到来したのだということが、一目瞭然だった。私の読みが大きく外れていなければ、天空の特異な霊気が、地球という物質的な球体のみならず、人間の魂や想像力や瞑想《めいそう》の中にまで、はっきりと現れていたのだ。

プトレマイス［リビア北東部、古代ギリシャの都市］という仄暗《ほのぐら》い街の、ある立派な邸宅で、私たち七人の仲間は、夜更けに、キオス島産の赤ワインを飲みながら座っていた。私たちの部屋には、背の高い真鍮《しんちゅう》の扉以外に出入口はなかった。その扉は工匠コリノスの手になる稀《まれ》に見る見事なもので、内側から固く閉ざされていた。さらに、陰鬱な部屋には黒い襞布《ひだぬの》が掛けられていて、私たちの視界から、月や赤い光を放つ星々や人気《ひとけ》のない通りを遮《さえぎ》っていた――しかし、禍《わざわ》いの凶兆と追憶は、そのように閉め出すことができなかった。私たちの周囲《まわり》には、なんとも説明しようのない事柄が――物質的かつ精神的な物事――大気に漂う重苦しさ――窒息感――不安――そしてとりわけ、感覚が鋭敏に活性し、覚醒していながらも、同時に思考力が休眠状態にあるとき、神経質な人々が経験するあの恐るべき状態が在った。どっしりとした重苦しさが私たちにのしかかっていたのである。私たちの四肢にも――家具にも――酒を酌《く》んだ盃《さかずき》にも――のしかかり、そして酒宴を照らす七つの鉄のランプの焔《ほのお》をのぞく全てのものが、意気消沈し、鬱屈していた。焔はほっそりとした長い光の筋となって背を高く伸ばし、身動《みじろ》ぎもせず青白く燃え続けていた。その光の反射で私たちが座する黒檀《こくたん》の円卓上にできた鏡には、集まった私たちの蒼《あお》ざめた面貌と、仲間たちの伏せた目に宿る不安に満ちた光が映っていた。それでも私たちは声をたてて笑い、私たちなりに――異様な昂《たかぶ》りのうちに、浮かれ騒いだ。そしてアナクレオン［愛とワインを讃《たた》えた詩で有名な古代ギリシャの詩人］の歌を――狂おしさに満ちたその歌をうたった。そして深く沈み込むように酒を呷《あお》った——だが、紫色のワインは血を想い起こさせた。なぜなら、私たちの部屋には、もう一人若きゾイラス［「生命」を意味する“zoē”に由来する］という者が居たのだ。彼は亡骸《なきがら》となって、経帷子《きようかたびら》に包まれ、長々と死屍《しし》を横たえていた——この宴《うたげ》の守護神のように。ああ！　彼は私たちの遊宴に加わってはいなかったが、疫病の苦悶《くもん》に歪《ゆが》んだ顔と、そして、死神が疫病の業火《ごうか》を半ばしか消し去ることのできなかった目には、すでに死せる者がやがては死すべき者たちのお祭り騒ぎを偶然見物しているかのように、私たちの宴への興味がうかがえるようだった。私、オイノスは、死者の目が自分に注がれているのを感じていたが、敢《あ》えてその苦悶の表情に気づかないようにして、黒檀製の鏡の奥底をじっと見つめたまま、朗々とした大きな声を響かせ、テオスの息子［テオスはアナクレオンの生地、イオニア地方の街。彼は「テオスの息子」と呼ばれていた］の歌をうたった。しかし、徐々に私の歌も終わりを迎え、その残響《こだま》は部屋に掛けられていた黒い襞布の奥深くへと転がり込み、弱まって聞こえなくなり、消えていった。おお、見るがよい！　歌の響きが消えていった黒い襞布の間から、形のぼやけた一つの黒い影が——まるで、天空低くかかった月が、人の姿から象《かたど》ったような影が姿を現した。けれども、それは人の影でもなく、神の影でもなく、全く得体の知れないものだった。それは部屋の襞布の間でしばらく震えていたが、やがて真鍮の扉の表面に全姿を現した。しかし、ぼんやりとして、形がなく、定かならぬその影は、人の影でもなく、神の——ギリシャの神でも、カルデアの神でも、エジプトの神の影でもなかった。影は真鍮の扉の表面に姿を現したまま、扉の長押《なげし》のアーチの下で、身動ぎもせず、黙したまま、ただじっとそこに留まっていた。しかも影の居る扉は、私の記憶が正しければ、経帷子に包まれた若きゾイラスの足下に、彼と向かい合って立っていた。しかし、そこに集まっていた私たち七人は、影が襞布の中から姿を現したのを目にしながら、敢えてそれを直視することもできず、ただ目を伏せて、黒檀の鏡の奥底をじっと覗《のぞ》き込むだけだった。やがて、私オイノスは、声をひそめて、その影に住《す》み処《か》と呼び名を尋ねてみた。すると、影はこう答えた。「私は『影』、プトレマイスの地下墳墓の近く、汚《けが》れたカロン運河［ギリシャ神話における三途《さんず》の川、ステュクス河のこと。カロンは死者の魂を黄泉《よみ》の国に運ぶ渡し守］に接する黄泉《ヘリュージョン》の国の仄暗い広野のすぐ近くに住まうものなり」それを聞いて私たち七人は、恐怖のあまり席から立ち上がり、ぶるぶると身を震わせ、慄《おのの》き、呆《ぼう》然《ぜん》となった。――なぜならその影の声音は、一人のものではなく、数多《あまた》の者たちのもので、一語一語音調が変わっていき、世を去った幾千もの同胞たちの、聞き覚えのある懐かしい声《こわ》遣《づか》いとなって、憂愁を帯びて私たちの耳に響いてきたからである。

（池末陽子＝訳）

鐘楼の悪魔

何時なんだい？

——古《こ》諺《げん》

皆さんご存知のとおり、一般に、世界で一番素晴らしいところ——いや、まことに残念だが、素晴らしかったところはといえば、ヴァンダーヴォッタイミティス（何時なんだい）というオランダの町である。だがこの町は、どの主要道路からもちょっと離れていて、些《いささ》か辺《へん》鄙《ぴ》なところにあったので、おそらく、訪れたことがある読者はほとんどおられないだろう。だから、そこに行ったことのない方々のために、この町について少し説明をしておくのがよいかと思う。実のところ、私は、ここの住民に対する世間の同情をもっと集めるべく、最近その地で起きた惨事の顚末《てんまつ》をお話ししようとしているのだから、ますますもって説明が必要なのである。私をご存知の方なら、私が自ら課したこの義務を、歴史家という肩書きを切望する者なら当然備えているべき、厳格なる公平性、慎重な事実調査、および入念な証拠照合をもって、全力を尽くして遂行するであろうことを、誰も疑いはしないだろう。

メダル、写本、碑文などを突き合わせてみれば、ヴァンダーヴォッタイミティスの町が、その起源から現在に至るまで、全く変わらない状態で存続してきたと、私は自信をもって言える。しかしながら、起源がいつなのかについては、残念だが、数学者がしばしばある一定の代数式で不本意ながら用いざるをえない、一種の不定的確定をもって語るしかない。まあ言ってみれば、大昔の遥《はる》か昔であるから、考えうるいかなる昔よりももっと昔としかいいようがないのだ。

ヴァンダーヴォッタイミティスという名の由来についても、不承不承告白するが、これもまたよくわからない。この扱いにくいデリケートな論点については、明晰《めいせき》なもの、学問的なもの、全くその逆のもの等諸説あるが、この中から十分な根拠のある説を一つ選び出すことなど、私には到底無理だ。おそらく、水割鯨飲《グログスウィッグ》氏の説――大酢甘藍《クラウタプレンティ》氏の説とほぼ同一であるが――慎重に考えて、この説を採るのがよいだろう。――それは次のようなものだ。「"Vondervotteimittiss"《ヴァンダーヴォッタイミティス》――"Vonder"《ヴァンダー》は"lege Donder"つまり〈雷〉のことで――"Votteimittiss"《ヴォッタイミティス》は、おそらく"und Bleitziz"のことであろうが――"Bleitziz"は廃語で、"Blitzen"つまり〈稲妻〉を意味する」実を言うと、町会議事堂の尖塔《せんとう》のてっぺんにくっきりと落雷の痕跡が残っていて、この由来説は裏が取れている。しかしながら、私はこのような重大なテーマについて、あとでとやかく言われたくないので、このことについて知りたいと思われる読者には、鈍才愚物《ドュンデルグッツ》氏の『古事小論考』をご参照いただきたい。また謬錯莫迦《ブルンデルブッツァルド》氏の『語源考』（二折判、ゴシック体、赤黒二色刷、欄外見出語付き、頁数なし）の二十七頁から五千十頁も一読されることをお薦めする――その中の、慨嘆吞兵衛《グルントゥンドグッツェル》氏の注釈とともに、瑣末吹聴《ストゥッフンドプッフ》氏直筆の傍註《ぼうちゅう》も参考になさるとよいだろう。

創設の年代も名前の由来も、このようによくわからないのだが、先程お話ししたように、ヴァンダーヴォッタイミティスの町が、昔からずっと今と同じ変わらぬ様子で在ったことは間違いない。町一番の古老でも、現在《いま》と異なるところなど何一つ思い出せないそうだし、変わったところもあるかもしれないなどと口にしようものなら、無礼だと思われてしまうだろう。町は、円周四分の一マイル程の真ん丸な谷の中心に位置していて、なだらかな丘陵に囲まれている。ここの住民で、敢《あ》えてこの丘の頂きを越えて外へ出た者は誰一人いない。理由は至極もっともだ。向こう側に何かがあるなどと考えもしないからだ。

この谷は全く平坦で、平たいタイルが敷き詰められているのだが、その周縁に沿って、六十軒ほどの小さな家がぐるりと建ち並んでいる。これらの家は、丘を背にして建っているので、当然だが谷の中央に向いている。谷の中央から各戸の玄関先までの距離はちょうど六十ヤード。どの家の前にも、円形小路の付いた小さな庭があって、そこには日時計が作られ、二十四個のキャベツが植えられている。どの建物も細部に至るまでよく似ていて全く区別がつかない。とにかく古いので、建築様式はいささか異様だが、それでもなおハッとするほど美しい《ピクチャレスク》。赤くて、両端を黒くした、小さな硬焼き煉瓦《れんが》で造られているので、壁はまるで大きなチェス盤のようだ。破風《はふ》は正面を向いていて、家の残りの部分全体をも占めるほど大きな軒蛇腹《コーニス》が、ひさしと正面玄関の扉の上に備えられている。窓はどれも狭くて奥行きがあり、窓ガラスは小さいが、窓枠はしっかり設《しつら》えてある。屋根には長い巻き耳のついたタイルが大量に使用されている。木造部分は、全体的に黒い色調で、たくさんの彫刻が施されていたが、その模様はほとんど全部同じで変化に乏しい。なぜなら、古来ヴァンダーヴォッタイミティスの彫刻師たちはただ二つの物——時計とキャベツ——しか彫ることができなかったからである。しかし、この二つに関してはその腕前は見事で、どこであろうと鑿《のみ》を入れる場所さえあれば、非凡なる匠《たくみ》の技《わざ》で彫り散らすのである。

家は外部と同様、内部もそっくりで、家具は全て同じ設計になっている。床には四角いタイルが敷かれ、黒ずんだ木製の椅子やテーブルには、細く湾曲した脚と子犬のような足先がつけられていた。マントルピースは幅が広くて丈が高く、正面全体に時計とキャベツが彫ってある。それればかりか、その上の中央には、とてつもなく大きな音でチクタクと時を刻む本物の時計があり、その両端には、キャベツを植えた鉢が護衛のように立っていた。キャベツと時計の間には、さらに、でっぷりとした腹回りの小さな陶器の人形が置かれていて、その腹に開いた大きな丸い穴から覗《のぞ》き込むと、懐中時計の文字盤が見えるようになっている。

暖炉は大きくて奥行きが深く、酷《ひど》く歪《ゆが》んだ薪架《まきうま》が置かれている。絶え間なく赤々と火が燃やされ、その上には大きな深鍋が掛けられている。この家の善良なる婦人は、ザワークラウトと豚肉で一杯のその鍋の煮加減を見るのに、手が離せないほど忙しい。この小柄で太った老婦人は、目は青く、顔は赤く、紫と黄色のリボンが付いた、円錐形《えんすいけい》の砂糖菓子みたいな形の大きな帽子をかぶっている。オレンジ色の麻毛交織《リンズイ・ウールズイ》織物の服は、ヒップにたっぷりとゆとりを持たせ、ウエスト部分をかなり短めに詰めてあるので——実際のところ他の箇所もかなり丈が短くなってしまって、膝下辺りまでしかない。心なしずんぐりとした脛《すね》、ずんぐりとした足首ではあったが、綺麗《きれい》な緑色の靴下がこれを覆い隠してくれている。彼女の靴——ピンクの革製――は、キャベツの形に襞《ひだ》を取った一束の黄色いリボンでしっかりと結んであった。左手には小型でぽってりしたオランダ製の懐中時計を持ち、右手にはザワークラウトと豚肉をかき混ぜる杓子《しゃくし》を掴《つか》んで巧みに操っている。彼女の傍《そば》には太ったトラ猫がいるが、そのしっぽには「男の子たち《ボーイズ》」がいたずらで結わえ付けた金メッキの玩具《おもちゃ》の時計がくっついている。

男の子たちは全部で三人、みな庭で豚の世話をしている。全員背丈は二フィート。頭には三角帽をかぶり、腿《もも》まで届く紫色のベストと鹿革の半ズボンを着けて、赤いウールの靴下と大きな銀の締め金《バックル》の付いた重たい靴を履き、大きな真珠貝のボタンのついた長いシュルトゥ［十九世紀に流行した男子用のぴったりしたオーバーコート］を羽織っていた。それぞれ口にパイプをくわえ、右手にはずんぐりとした時計を持っている。一口ふかしては時計に目をやり、時計を見ては一口ふかす。豚は――まるまると太って、のろくさいヤツだった――地面に散らばったキャベツの葉を拾い食いしたり、猫と同じくらい格好良く見えるようにと、悪ガキどもがヤツのしっぽにも結わえた金メッキの玩具の時計に、一蹴り食らわせるのに大忙しだった。

玄関扉の真ん前には、テーブルと同じく曲がった脚と子犬のような足先のついた、背もたれの高い革張りの肘掛椅子が置かれ、この家の老主人が腰を掛けている。でっぷりと太った小柄な老紳士で、目は真ん丸で大きく、たいそう立派な二重顎《あご》をしていた。服装は男の子たちとそっくりである――だからこれ以上説明する必要はあるまい。違いといえば、パイプが幾分子供たちのより大きく、したがってより多くの煙をふかすことができるというところだけだ。子供たちと同じく、懐中時計を持っていたが、ポケットにしまってあった。実は、彼には精力を傾けるべきもっと大切なことがあって、懐中時計に気を取られているわけにはいかなかったのである——それが何であるかは、じきに説明しよう。彼は右足を左膝に載せて足を組み、大真面目な顔をして、少なくとも片目だけは離さずに、広場の中央にある注目すべき物体をじっと見ている。

この物体は町会議事堂の尖塔の中にある。ここの町議たちは、みな一様に、小柄で、丸々と太って、口先の巧い、賢《さか》しい連中で、大きな皿のような丸い目と肉付きのいい二重顎をしている。ヴァンダーヴォッタイミティスの一般住民よりも、コート丈ははるかに長く、靴の締め金《バックル》はかなり大きい。私がこの町に滞在してから、彼らは特別議会を数回開いて、次のような三つの重大決議を採択した。——

「何であれ古き良きしきたりを変更してはならないこと」

「ヴァンダーヴォッタイミティスの外に碌《ろく》なものはないということ」

「我々は我らが時計とキャベツに心より忠誠を尽くすこと」

議事堂の会議室の上には例の尖塔があり、その中には鐘楼がある。ここには、大昔から現在《いま》に至るまで、この町の誇りであり、驚異でもあるもの——ヴァンダーヴォッタイミティスの大時計が据えられていた。そして、この大時計に、革張りの肘掛椅子に腰を掛けた老紳士たちの視線は注がれていたのである。

大時計には、七つの文字盤――尖塔は七面あるので、それぞれの側に一つずつ――が取り付けられていて、どこからでも難なく見ることができた。文字盤は大きくて白く、針は重くて黒い。ここには鐘楼の番人が一人いるが、大時計の番をすることだけが唯一の仕事である。しかし、これほど楽で収入のいい仕事はなかった――そもそもヴァンダーヴォッタイミティスの大時計の調子が悪くなることなどなかったからである。つい最近まで、そんなことを想っただけでも、異端とみなされたものだ。記録の残る限り太古の昔から、この大きな鐘は正確に時を報じ続けてきたのである。そして、実際、町中の掛時計も懐中時計も大時計と同じように、正確に時を刻んできた。この町ほど正確に時間を守って《キーピング・タイム》きたところはなかったのだ。鐘の大きな舌《ぜつ》がそろそろ「十二時だ！」と報じる時間になったなと考えると、同時に従順なる信奉者《フォロワー》たちも、一斉に口を開けてこだまのように応唱した。要するに、ここの善き住民たちにとって、大好物といえばザワークラウトであり、誇るべきものといえば時計だったのである。

閑《ひま》で名誉ある仕事をしている御仁たちというのは、多少なりとも尊敬されるものだ。だから、閑職の極みであるヴァンダーヴォッタイミティスの鐘楼の番人は、世界中の誰よりも申し分なく尊敬されている。彼は町で一番の有力者で、豚でさえ彼に敬意を表して仰ぎ見る。他の老紳士と比べると、コートの裾は極めて遥かにとび抜けて長く――彼のパイプ、締め金《バックル》、両眼、腹回りも、極めて甚だとびきり大きい。顎にいたっては、二重どころか三重だ。

ここまで、私は幸福なるヴァンダーヴォッタイミティスの町についてお話ししてきたわけだが、ああなんと残念なことだろう、そのなんとも素敵な光景がひっくり返ってしまうことになろうとは！

町の賢人たちの間には、昔から一つの諺《ことわざ》が語り継がれていた。「丘の向こうからは碌なものはやって来ない」というのだが、どうやら本当に、この言葉には予言の精のようなものが宿っていたようなのだ。ちょうど一昨日の、正午まであと五分といった頃、東の丘陵の頂上に、なんとも珍妙な物体が現れた。このような事件は、もちろんのこと、町中の耳目を集めた。革張りの肘掛椅子に腰を下ろしていた小柄な老紳士たちは、みんなうろたえて片方の目をその異例の事態へ向けたが、もう片方は尖塔の時計に釘付けになったままだった。

あとわずか三分で正午になろうとする頃までには、問題の道化た物体が、非常に小柄な、異国風の若い男であることがわかった。彼は猛スピードで丘を駆け降りてきたので、ほどなく、誰もがその姿をよく見ることができるようになった。彼は、今までヴァンダーヴォッタイミティスでは誰も見たことがないほど、凝った風体をした小男だった。顔は浅黒い嗅ぎ煙草《たばこ》のような色で、長い鉤鼻《かぎばな》、エンドウ豆のような目、大きな口、見事な歯並び。男はその歯並びをしきりに見せびらかそうとしているようで、口を大きく開けてニヤニヤと笑っていた。口ひげと頬ひげに蔽《おお》われているせいで、顔の他の部分は全く見えない。頭には何も被っておらず、髪は毛巻き紙《パピヨット》できちんと整えてあった。服装はといえば、体にピッタリとフィットした黒の燕尾服《えんびふく》（片方のポケットから白いハンカチを長々と垂らしている）、黒のカシミアの半ズボン、黒い靴下、大きな黒いサテンのリボンの束を蝶結びにして留めてある、ずんぐりした舞踏靴《パンプス》を身につけていた。一方の腕で大きな三角帽を小脇に挟み、もう一方の腕には自身の五倍はあろうかというフィドルを抱えている。左手には金《きん》の嗅ぎ煙草入れを持ち、次から次へと風変わりなステップを踏み、丘を跳ね下りてきながら、大満足といった様子で、ひっきりなしに嗅ぎ煙草を入れ物から取り出しては鼻に詰めていた。ああ、なんてことだ！――こんな光景が実直なヴァンダーヴォッタイミティスの住民の目に映るとは！

あけすけに言うと、そいつはニヤニヤと笑ってはいるが、不敵で腹黒そうな顔つきをしていた。騰躍《クルベット》［前足が着地する前に後足だけで軽く跳躍前進させる高等な馬術］のようなステップをしながら町に跳び込んでくると、住民たちは訝《いぶか》しげにその風変わりなずんぐりとした舞踏靴をじろじろと眺めた。その日この男を目にした人々の中には、燕尾服のポケットからこれみよがしに垂れ下がった白い麻のハンカチの下をちょっとだけ覗いてみたいと思った者も大勢いたことだろう。しかし、とりわけ住民の義憤を煽《あお》ったのは、その不埒《ふらち》な気取り屋が、こっちでファンダンゴ［特殊アクセントを伴う三拍子のスペイン民俗舞曲。リズムにこだわらない自由な歌部分がある］のステップを踏み、あっちではくるくると旋回し、リズムをキープすること《キーピング・タイム》なんぞこれっぽっちも頭にないかのように、ステップを踏んでいることにあった。

しかしながら、善良なる町の人々がしかと事態を見る暇もなく、正午まであと三十秒前になり、そのならず者は、人々の真ん中に跳び込んできて、こっちでシャッセ、あっちでバランセ、お次はピルエットにパ・ド・ゼフィール［いずれもダンスのステップの種類］を披露すると、しまいには翼が生えたように、町会議事堂の鐘楼の中に飛び込んだ。そこには驚きのあまり呆然《ぼうぜん》となった番人が、威厳は保ちつつもその実オロオロしながら、腰を下ろして煙草をふかしていた。しかしその小男は、すぐさま彼の鼻をつかんで、揺すったり引っ張ったりした挙句、そして例の大きな三角帽を頭にピシャリと載せて、バンバン叩《たた》きながら目や口の辺りまでスッポリと押し込んだ。それから大きなフィドルを振り上げて、番人を長い間したたか打ち据えたのだ。番人は太っちょの上、フィドルは空洞なので、ヴァンダーヴォッタイミティスの尖塔の鐘楼に陣取ったコントラバスの一連隊が、苛《いら》つきながら指先で楽器の胴を一斉に叩き始めたかのような音が響き渡った。

あとわずか半秒で正午が報じられるという重要な事実がなかったら、このやりたい放題の攻撃に対し住民たちがヤケクソになってどんな復讐の挙に出たかわからない。今すぐにも鐘は鳴り出そうとしていた。そして誰にとっても自分の懐中時計を見ることこそが、絶対無比の何より大切なことだった。けれども、ちょうどこの時、尖塔の中の男が、大時計に何か余計な手出しをしているのがはっきりと見えた。しかし、鐘は鳴り始めた。もう誰一人彼の奸《かん》策《さく》を見張る余裕はなかった。みんな鐘が鳴るのに合わせて数を数え《カウント》［count：「リズムを取る」の意味もある］なければならなかったのだ。

「一《ワン》つ！」その時計が言った。

「一《ヴォン》つ！」ヴァンダーヴォッタイミティス中の、革張りの肘掛椅子に座った小柄な老紳士たちが、こだまのように答えた。夫の時計も「一《ヴォン》つ！」と言い、妻の時計も「一《ヴォン》つ！」と言った。男の子たちの時計も、猫や豚の尻尾についている小さなメッキの玩具の時計も「一つ《ヴォン》！」と言った。

「二つ《トゥー》！」大鐘は続けた。

「二つ《ドゥー》！」みんなが繰り返した。そして、

「三つ《スリー》！　四つ《フォー》！　五つ《ファイヴ》！　六つ《シックス》！　七つ《セヴン》！　八つ《エイト》！　九つ《ナイン》！　十《テン》！」と鐘が言った。

「三つ《ドゥリー》！　四つ《ヴァウアー》！　五つ《ファイブ》！　六つ《サックス》！　七つ《セベン》！　八つ《アイト》！　九つ《ノイン》！　十《デン》！」と他のものたちは答えた。

「十一《イレヴン》！」大きなものが言った。

「十一《イレベン》！」小さなものたちが同調した。

「十二《トゥエルヴ》！」鐘が言った。

「十二《ドゥエルフ》！」みんなが応唱した。満足しきって、そして声を落とした。

「さあ、十二《ドゥエルフ》だ！」小柄な老紳士たちは口々にそう言って、懐中時計をしまった。しかし、大鐘はまだ終わっていなかった。

「十三《サーティーン》！」大鐘は言った。

「なんてこった《デル・トイフェル》「「悪魔」の意味」！」小柄な老紳士たちは喘《あえ》ぎ、真っ青になった。みんなパイプを落とし、右足を左膝から下ろした。

「なんてこった《デル・トイフェル》！」彼らは呻《うめ》いた。「十三《ダーティーン》！　十三《ダーティーン》!!――そんなバカな《ミン・ゴット》、十三《ダーティーン》時になったぞ」

ああ、この後に起こった恐ろしい光景を事細かに語ったところで何になろう。ヴァンダーヴォッタイミティス中が、瞬く間《またたくま》に、嘆かわしくも大混乱に陥ってしまったのである。「おいらのお腹《なか》はどうなっちまったんだろう？」と男の子たちは呻いた。──「もう一時間もペコペコのまんまだよ！」「あたしのキャベツはどうなっちまったんだい？」妻たちは金切り声を上げた。「もう一時間もぐだぐだに煮込んじまったじゃないの！」「わしのパイプはどうなっちまってるんだ？」小柄な老紳士たちは罵《ののし》った。──「チック・アンド・ドンダー《ドンダー・アンド・ブリッツェン》！もう一時間も吸殻になったままじゃないか！」──かんかんに怒って、煙草を詰め直すと、肘掛椅子に深く腰掛け、もの凄い勢いでふかしまくった。そのせいで谷全体があっという間に煙で包まれ一寸先も見えなくなった。

そうこうするうちにキャベツというキャベツは全部表面が真っ赤になり、時計の形をしたものは全て、あたかも悪魔《オールド・ニック》にとり憑《つ》かれたようになってしまった。家具に彫られた時計はまるで魔法にかかったように踊り出し、マントルピースの上の時計は怒りのあまりもう黙っていられなくなり、絶え間なく十三時の時報を打ち鳴らし、振り子をぶんぶん振り回したりのたうち回らせたりした。もう実に酷い光景だった。しかし、何よりも始末に負えなかったのは、豚たちや猫たちだった。しっぽにくっ付けられた小さな時計の振る舞いに我慢ができなくなり、腹立ちまぎれに、そこら中を跳ね回り、引っ掻《か》く、突っつく、キーキー鳴き叫ぶ、ギャーギャー喚《わめ》きたてる、顔に飛びつく、ペチコートの足元を走りまわる、理性ある人間が思いつく限りの、実に不快な喧騒《けんそう》や混乱が巻き起こった。そしてなおいっそう頭の痛いことに、尖塔にいるあの小さな碌でなしの厄介者は、どうやら、最悪の事態をもたらしてやろうと張り切っているようだった。ときどき、煙の合間からあのならず者の姿がちらりちらりと見えた。そいつは、仰向けになってすっかりのびてしまった鐘楼の番人の上に腰を下ろしていた。この悪党は、歯で鐘綱を咥《くわ》え、頭を振ってぐいぐい引きながら、鐘を鳴らし続けていた。あまりにやかましかったので、今でもあの時のことを考えると耳鳴りがする。そいつは膝の上に例の大きなフィドルを載せて、リズムもメロディーもムチャクチャに、両手で掻き鳴らしながら弾いていた。あのバカタレ！「ジュディー・オフラナガン」と「パディ・オラファティ」［古いアイルランド民謡］の演奏による一大ショーを繰り広げていたのだ。

そうして見るも無残な惨状に、私はうんざりして町を去った。そして今、正確な時間と美《う》味《ま》いキャベツを愛する全ての者たちへのご支援をお願いしている次第なのである。さあ皆さん、挙《こぞ》ってこの町に赴き、尖塔からあの小男を放り出して、ヴァンダーヴォッタイミティスの町に旧《ふる》き秩序を回復しようではありませんか。

（池末陽子＝訳）

鋸山奇譚

一八二七年の秋、ヴァージニア州シャーロッツヴィルの近くに滞在していた頃、私は思いがけなくオーガスタス・ベドロー氏と親しくなった。この若い紳士はあらゆる点で非常に風変わりで、私は興味と好奇心を大いにかき立てられた。その精神についても、身体についても、彼は捉えどころがなかった。家柄について満足のいく話は何も聞かされなかったし、どこの出身かも判らない。年齢でさえ――私は彼のことを若い紳士といったが――少なからず私の頭を悩ませるようなところがあった。たしかに若くは見える――それに彼自身、若いことを力説していたし――けれども、彼が百歳の老人だとしてもおかしくないと思う瞬間《とき》が度々あった。しかし、何よりも風変わりなのは容貌だった。彼は並外れて背が高く痩せていた。かなりの猫背で、手足はきわめて長く、貧弱だった。額は横に広いが縦には狭い。顔には血の気が全くない。口は大きくしなやかで、歯は丈夫そうだが、そんな歯の人間など見たこともないほど、ひどく不揃《ふぞろ》いで並びが悪い。しかしながら、微笑《ほほえ》んだときの表情は、思いの外不快なものでは決してなかった。ただし、彼にはたった一つの微笑み方しかなかった。それは深い憂鬱――変わることなく、絶え間なく続く幽愁――を湛《たた》えた微笑みだった。目は異常に大きく、猫の目のように丸かった。瞳孔もまた、ちょうどネコ科の動物にみられるように、光の増減によって収縮したり拡大したりした。興奮すると、眼球は驚くほど輝いた。まるで眩《まばゆ》い光線を発しているようだったが、反射して光っているのではなく、蠟燭《ろうそく》や太陽が発するような内因的な輝きだった。しかし、普段は全く生気がなく、鈍く霞《かす》んでおり、永い間埋葬されていた屍体《したい》の眼を思わせた。

こうした風変わりな容姿のせいで彼は悩んでいるらしく、半ば言い訳のように、半ば申し訳なさそうな口調で、始終そのことを口にした。最初にそれを耳にしたとき、私はなんとも痛々しく感じたものだ。だが、やがて慣れると、徐々に気にならなくなっていった。彼にしてみれば、昔の自分の身体は貴方《あなた》がご覧になっている現在のものとは違う――人並み以上に申し分のない体つきをしていたのだが、長い間神経痛の発作を患ったために衰えてしまったのだと、直接語らずに遠回しにわかってもらおうとしていたようだ。長期に亘《わた》り、彼はテンプルトンという名の医師に掛かっていた――おそらく七十歳ぐらいの老紳士だが――二人が最初に出会ったのはサラトガ「ニューヨーク州にある温泉地」だったが、そこに滞在中、この医師の診療を受け、とても具合がよくなったというか、よくなったような気がしたのである。その結果、裕福なベドローは、テンプルトン医師と契約を結ぶことにし、また医師の方も莫大な年俸を約束され、病身のベドローの治療に専念することに合意した。

テンプルトン医師は、若い頃は旅行家で、パリでメスメル[*1]の学説に心酔していた。彼が患者の激痛を和らげることに成功したのは、全くもって磁気催眠療法のおかげであった。そしてこの成功によって、患者が療法の根拠となった説をある程度信頼するようになったのは至極当然のことだった。しかしながら、あらゆる狂信家がそうであるように、医師は弟子を完全な信奉者にするべく懸命に努力し、ついには、数え切れないほどの臨床実験を受け入れるよう患者を説き伏せるところにまでこぎ着けた。何度も何度も実験を繰り返しているうちに、ある一つの成果が現れた。それは、最近ではもうありふれたこととして少しも、いや全く誰の関心も引かないものとなってしまったが、私が書いているこの出来事があった当時、アメリカではほとんど知られていなかった。すなわち、テンプルトン医師とベドローの間に、徐々に、しかし確実に強力な交感《ラポール》、つまり磁気的関係が育ってきたのだ。この交感《ラポール》が単なる催眠力の限界を越えて拡張したものだと断定しようとは思わないが、しかし、この力自体はとてつもない強度に達していた。最初の磁気催眠実験では、件《くだん》の催眠術師《メスメリスト》は完全に失敗した。五回目か六回目で、極めて限定的に成功を収めはしたものの、それは長い間努力を続けた末のことだった。十二回目でやっと、完全なる成功を手にした。その後は、患者はすぐさま医師の意のままとなり、私が初めて二人と知り合った頃には、病人が施術者の存在に気づいていない時でさえ、施術者の意志一つで、ほぼ瞬間的に眠りに落ちるようになっていた。一八四五年の現在、こうした奇跡を日々無数の人々が目にするようになった今だからこそ、私はこの一見不可能な事柄を、正真正銘の事実として、敢《あ》えて記録しようと思うのだ。

ベドローは、極度に敏感で、興奮しやすく、熱狂的な気性の持ち主だった。想像力は並外れて活発で、独創的だった。それがモルヒネの常用による付随的な作用だったのは間違いない。彼はモルヒネを多量にあおるように服用していて、これなしでは生きることもままならなかっただろう。毎朝、朝食後に——濃いコーヒーを一杯飲んだ後すぐに、というのも午前中は何も口にしなかったので——モルヒネをたっぷりと服用し、それから一人で、あるいは犬を一匹連れて、シャーロッツヴィルの南西にある未開の荒涼とした丘陵地帯を、ゆっくりとぶらぶら歩き回るのが日課だった。そこは鋸山《のこぎりやま》という厳《いか》めしい名前で呼ばれていた。

十一月も終わりに近い、アメリカでは小春日和《インディアン・サマー》と呼ばれている、季節の奇妙な合い間の、霞《かすみ》がかって、暖かく、霧深いある日、ベドロー氏はいつものように丘陵に出掛けた。そして日が暮れても、彼は戻らなかった。

夜の八時頃、あまりに帰りが遅いので、ひどく心配になった私たちがそろそろ捜索に出ようとしていたちょうどその時、彼は不意に姿を現した。健康状態はいつもと変わらず、むしろ普段より元気なくらいだった。彼はその日の遠出で起きたことと、帰りが遅くなったわけを話してくれたが、それは実に不思議な話だった。

「君たちも覚えているだろう」彼は言った。「僕がシャーロッツヴィルを出たのは午前九時頃だった。すぐに山の方に歩を向けたのだが、十時頃、全く見知らぬ山峡に入り込んでしまった。僕は心惹《こころひ》かれるまま曲がりくねった小路を辿《たど》った。辺りの景色は、雄大とは言い難かったが、うまく言葉にできないのだけれども、僕には、侘《わび》しき荒涼の馨《かぐわ》しき一面に思えた。その寂寥《せきりょう》たる場所はまさに人跡未踏《ヴァージン》のようだった。僕が足を下ろした緑の草床や灰色の岩は、これまで何人《なんぴと》も足を踏み入れたことがなかったとしか思えなかったんだ。山峡の入口は、人里から隔絶していて、いや実のところ、立て続けに偶然が重ならない限り近づけないところにあった。だから、僕こそが真に冒険家第一号——その奥まった地へと侵入した、まさに最初で唯一の冒険家だといってもあながち間違いではないんだ。

今やあらゆる物体を覆《おお》うように重く垂れ込めている、小春日和に特有の厚みのある一風変わった靄《もや》、いや煙霧が、これらの物体が創り出すおぼろげな印象を深めるのに一役買っているのは確かだった。この心地よい霧はとても濃く、目の前の小路を十二ヤードより先は見通せないほど深かった。この小路はかなり入り組んでいて、太陽が見えなかったので、直ぐに僕は自分がどの方角に向かっているのか、さっぱりわからなくなってしまった。そのうち、モルヒネがいつものように効いてきた——僕は外界のあらゆるものに強烈に魅せられてしまう状態に陥ってしまった。木の葉の微動にも——草の葉の色相にも——三つ葉のクローバーの形にも——ミツバチのブンブンいう音にも——露の雫《しずく》のキラキラとした輝きにも——風のそよぎにも——森から漂う微《かす》かな香りにも——暗示に満ちた全宇宙が広がり——狂想に突き動かされ混沌となった思念が、享楽的かつ混然として次々に浮かんできたんだ。

こんな想いに耽《ふけ》りながら、何時間も歩き続けた。その間にあたりの霧はかなり深くなり、ついには手探りで進まなければならなくなった。そこで僕は言いようのない不安にとり憑《つ》かれてしまった——一種の神経症的な迷妄と恐怖心のことだ。僕は歩を進めるのが怖くなった。底知れぬ深い割れ目に真っ逆さまに落ちてしまうんじゃないかと思ってね。しかも、思い出してしまったんだよ。この鋸山と、ここの茂みや洞穴に住む粗野で獰猛《どうもう》な人種についての奇妙な言い伝えを。無数の取りとめのない妄想に、僕は押しつぶされそうになり混乱した——妄想は取りとめもないがゆえに、ますますもって悩ましかった。すると突然、大きなドラムを打ち鳴らす音がして、僕はそっちに気を取られた。

もちろん、ものすごく驚いたよ。ここらの丘陵地帯では、ドラムなんてまだ知られていなかったからね。大天使のトランペットが鳴り響いたとしてもあんなに驚きはしなかっただろう。しかし、新たにさらに驚くべきことが起きて、ますます興味を引かれると同時に、当惑も増した。まるで鍵束を振り鳴らすような、荒々しいガラガラ、ジャラジャラという音が聞こえたかと思うと——すぐさま、浅黒い半裸の男が甲高い叫び声をあげながら、すぐ脇をものすごい勢いで駆けていったんだ。僕の身体のすぐ側《そば》まで近寄ってきたので、その熱い息が顔にかかるのを感じたほどだった。彼は片手に鋼鉄の環《わ》を組み合わせた道具を持ち、走りながら力強く打ち振った。その姿が霧の中に消えたとたん、大きく口を開けて眼を爛々《らんらん》と光らせた巨大な獣が、喘《あえ》ぎながら、彼の後を飛ぶように追っていった。僕がこいつの正体を見紛《みまご》うはずはない。ハイエナだった。

この怪物の姿を見て、恐怖心は募るどころか、むしろ気が楽になった——なぜなら、確かに今僕は夢を見ているんだと思ったからだ。それで目を覚まそうと頑張ってみた。思いきって一歩踏み出し、足早に前へと進んだ。目を擦《こす》ってみたり、大声で呼ばわったりもした。手足をつねってもみた。小さな泉が目に留まったので、屈み込んで、手や頭や首筋を水に浸《ひた》した。そうすると、今まで僕を悩ませていたぼうっとした感覚がスッと消えていったような気がしたんだ。僕は真《ま》っ新《さら》の人間になったような気分で立ち上がり、一人悦に入りながら、未知の道をどんどん歩いて行った。

そのうち、疲れと周囲《あたり》の重苦しい閉塞感に参ってしまい、僕は木の下に腰を下ろした。やがて微かに日の光が差してきて、薄く、でもはっきりと、木の葉が草の上に影を落とした。なんだか不思議な気がして、長い間この影を見つめていたのだけれど、その葉の形に驚いて呆気《あっけ》にとられた。見上げると、その木は椰子《やし》の木だったんだよ。

僕は慌てて立ち上がった。恐怖のあまり動揺していた——なぜなら、夢を見ているのだという思いつきはもう役に立たないからだ。僕は悟った——自分が五官を完全にコントロールしていると感じた——そしてこの五官が、今、僕の心に、新奇で特異な感覚世界をもたらしているのだ、と。たちまち耐えがたいほど暑くなった。奇妙な香りがそよ風となって立ち込めた。低く絶え間ない呟《つぶや》きが、満々と水を湛えゆっくりと流れる川の騒《ざわ》めきのように聴こえてきて、そこにはたくさんの人間ががやがやとしゃべっている声が、奇妙に混じり合っていた。

僕が驚きのあまりじっと聞き入っていたのは言うまでもないけれど、一陣の風が激しく吹き、まるで魔法使いが杖《つえ》を振ったかのように、垂れ込めていた霧が晴れていった。

ふと気づくと高い山の麓にいるじゃないか。見下ろすと平原が広がり、そこを雄大な河がうねりながら流れていた。川岸には東洋風の街があった。アラビア物語に出てくるような街なのだが、そこに描かれているよりも、はるかに不思議な風情があった。僕は街よりもかなり高い位置にいたので、まるで地図の上をなぞるように、隅から隅までくまなく見渡すことができた。無数の通りがあらゆる方角に不規則に交差しているように見えたけれど、通りというよりむしろ長い曲がりくねった路地になっていて、大勢の住民で溢《あふ》れかえっていた。家々はこよなく美しかった《ピクチャレスク》。四方八方に、バルコニーやベランダ、光塔《ミナレット》、廟《びよう》、風変わりな彫刻が施された出窓が雑然と連なって続いていた。市場《バザール》もたくさんあって、多種多量の高価な品々——絹、モスリン、眩い光を放つ刃物、絢爛《けんらん》たる宝石が陳列されていた。これらの他にも、あちこちに、旗や駕籠《かご》、顔をすっぽりとベールで覆った女性を乗せた輿《こし》、煌《きら》びやかに飾り立てられた象、グロテスクに彫り上げられた偶像、ドラム、幟《のぼり》や銅鑼《どら》、槍《やり》、銀や金メッキの鎚鉾《メイス》も目に入った。群衆、喧騒《けんそう》、そこかしこに広がる錯綜《さくそう》と混乱の中で——ターバンを巻きローブを纏《まと》い、なだらかな顎鬚《あごひげ》を垂らした大勢の黒い人々や黄色い人々の真ん中で、頭に布を巻いたおびただしい数の聖なる雄牛の群れが徘徊《はいかい》し、また一方で、汚ならしくはあるが、神の使いとされるたくさんの猿が礼拝堂《モスク》の軒蛇腹《コーニス》によじ登り、キャッキャッ、キーキーと鳴き叫んだり、光塔《ミナレット》や出窓にしがみついたりしていた。ひしめき合う通りから河の堤まで、無数の段が続いていて、降りていくと浴場があった。河それ自体は、荷物を満載した大船団が河面一杯に広がって行く手を塞いでいるので、無理やり押しのけてその合間をかろうじて流れているようだった。街外れの向こうには、年月を経た巨大で不気味な樹々とともに、椰子やカカオの木が雄大に群生している。またあちらこちらに、稲田や農夫の茅葺《かやぶき》小屋、ため池、離れてポツンと建っている寺院、ジプシーのキャンプ、水差しを頭に乗せて雄大な河の土手へと向かう、ひとりの優美な物腰の乙女が見えた。

もちろん、君たちは僕が夢を見ていたんだと言うつもりなんだろう。でも、違うんだ。僕が目にしたもの――耳にしたもの――感じたこと――思ったこと――は、夢の紛うことなき特性を何一つ帯びていなかった。全てが精密で筋が通っていたんだよ。最初は自分は本当に目が覚めているのだろうかと疑って、ひととおり試してみたのだが、すぐに本当に目が覚めているのだと判った。そう、人が夢を見て、夢の中で、自分が夢を見ているのではないかと疑うとき、その疑念は必ず晴れて、眠りからすぐに目覚めてしまう。すなわち、『夢を見ているという夢を見ているとき、もう目覚めは近い』というノヴァーリス［ドイツの初期ロマン派の詩人、小説家。一七七二－一八〇一］の言葉は正しいのさ。今語っているような幻想が、夢ではないかと疑いもせずに、僕の頭に浮かんだのならば、確かに夢だったのだろう。だけど、言ったとおりの出来事があって、夢なのかと疑って試してもみたのだから、僕はそれを夢とは別の現象に分類しないわけにはいかないんだよ」

「その点で貴方が間違っているかどうか、私には何とも言えません」テンプルトン医師が言った。「ですが、話を続けてください。貴方は立ち上がって街へ降りて行ったのですね」

「僕は立ち上がって」心底驚いた様子で医師を見つめながら、ベドローは続けた。「おっしゃるとおり、立ち上がって、街へ降りて行った。途中で大勢の群衆に出くわした。大通りはどこもかしこも人で混み合い、みんな同じ方向に向かっていた。どの人の仕草を見ても激しく興奮しているのがわかった。突然、そして思いもよらない衝動に駆られ、何が起こっているんだろうという強い好奇心で一杯になった。なんだかはっきりとはわからなかったが、自分が果たすべき重要な役柄を担っているように感じたんだ。そして僕を取り囲んでいる群衆に、底知れない敵意を抱いた。彼らから身を遠ざけ、僕は飛ぶように、細い迂回路《うかいろ》を抜けて、街に辿り着いた。そこは暴動と争乱の真《ま》っ只中《ただなか》だった。インド風ともヨーロッパ風ともつかない服を着た小隊が、英国風にも見える軍服に身を包んだ士官たちの指揮の下で、路地に群らがり溢れた暴徒と激しく戦っていた。僕は倒れた将校の武器を手にして、劣勢の小隊に加わり、内心ビクビクしながらも、勇猛に、必死になって、見知らぬ相手と戦った。じきに、多勢の敵に圧倒されて追い込まれた僕たちは、東屋《キオスク》みたいな建物に逃げ込む羽目になった。ここに立て籠もっていれば、差し当たり身の安全は確保できる。東屋《キオスク》の天辺《てっぺん》近くの小穴から、怒り狂って激昂《げっこう》した大群衆が、河に張り出した煌びやかな宮殿を取り囲み、襲撃しているのが見えた。そのうち、この宮殿の上の方の窓から、女性のような身なりをした人物が、側近たちのターバンで作った紐《ひも》を伝って降りてきた。すぐ側にはボートがある。彼はそれに乗り、河の対岸へと逃げていった。

そのとき、新しい目論見が僕の頭に浮かんだんだ。僕は口早で言葉少なに、だが熱心に仲間たちを説得し、そのうちの数人を僕の企てにうまく乗せることができたので、東屋《キオスク》から死に物狂いで出撃した。僕たちは宮殿を取り囲んでいる群衆の真っ只中に突進したんだ。すると連中は、最初こそ後退したものの、反撃してきて、狂ったように戦い、そしてまた後退していった。そうこうするうちに、僕らは東屋《キオスク》から遠く離れてしまい、太陽光の差し込まない奥まったところにある、高くて道に張り出した家々が立ち並ぶ狭い通りに迷い込み、身動きが取れなくなってしまった。暴徒は猛然と迫ってきて、槍で僕らを攻撃したり、次々と矢を放って苦しめたりした。彼らの矢はとても珍しいもので、マレーシアの波形刃のついた短剣《クリス》にどこか似ていた。這《は》いずり回る蛇の体を模して作られており、長くて黒く、矢尻には毒を塗った返しが付いている。その矢の一本が僕の右のこめかみに当たった。僕はフラリとよろめいて倒れた。瞬く間に死をもたらす悪心に襲われた。僕はもがいた——喘いだ——死んだんだよ」

「この期に及んでもう言い張ったりはしないんだろう」私は笑いながら言った。「君の冒険は全部夢じゃなかったって。自分は死んでるんだって言い続けるつもりかい?」

私は、こう言ったとき、もちろん、これに答えてベドローが軽快な反撃を食らわせてくるだろうと期待していた。ところが、驚いたことに、彼は口籠もり、身体を震わせ、恐怖のあまり青ざめ、そして黙り込んでしまった。私はテンプルトンの方を見た。彼はかちこちに身体を硬《こわ》ばらせて椅子に座っていた——。歯をガチガチいわせ、両目は眼窩《がんか》から飛び出さんばかりだった。「それからどうなったんですか!」彼は、ようやくかすれた声でベドローに言った。

「しばらくの間」、ベドローは話を続けた。「僕のただ一つの感情——ただ一つの感覚——それは、死の意識を伴う、暗闇と非在の感覚だけだった。やがて、あたかも電気に打たれたように、僕の魂を荒々しい衝撃が不意に突き抜けていった。それとともに身体の弾力と光の感覚が戻ってきた。光は感じたのであって――見たわけではない。その瞬間、僕は地面から身体を起こしたような気がした。けれども、僕には肉体はなく、見ることも、聞くことも、触れることもできない存在になっていたんだ。群衆はもうどこかへ行ってしまっていた。騒動も収まっていた。街は多少なりとも落ち着きを取り戻していた。僕の下には、こめかみに矢が刺さり、頭部全体が大きく膨れ上がり、醜く変わり果てた自分の屍体が横たわっていた。だけど僕はこうしたことを感じたのであって――この目で見たわけじゃない。僕は何事にも関心をなくしていた。自分の屍体にでさえ、自分とは関係のない事柄のような気がしていた。意志などなく、無理やり身体を動かされているようで、さっき入ってきたあの迂回路を逆に辿り、僕はフワフワと街から飛び出していった。ハイエナに出くわした山峡のあの地点に着いたとき、僕は再びあの電気に打たれたような衝撃を経験した。すると、重力、意志、実体の感覚が戻ってきたんだ。僕は元の自分に戻り、わき目もふらず家路を急いだ――けれども、過ぎ去った出来事は鮮烈な現実感を失いはしなかった――今でも、一瞬たりとも、あれは夢なんだと自分に言い聞かせることができないんだよ」

「夢ではないのですよ」重々しい口調でテンプルトンが言った。「でも、他にどう呼んだらいいものか、難しいだろうと思うのです。ただこう仮定してみましょう。今日、人の魂における驚くべき心理的諸発見が今にもなされようとしているのだ、と。とりあえずこの仮定で納得しておきましょう。残りの点については多少ご説明いたしましょうか。ここに水彩画があります。もっと前にお見せしておくべきだったのですが、言いようのない恐怖感に襲われて、今までお見せすることができなかったのです」

私たちは彼が差し出した絵を眺めた。私には別段変わったところがあるようには見えなかった。しかし、絵がベドローにもたらした効果は計り知れなかった。彼は絵をじっと見詰め、もう少しで失神するところだった。それはただの小さな肖像画——確かに、不思議なくらい精緻なもの——で、ベドローの個性的な特徴をよく捉えていた。少なくとも、その絵を眺めたとき、私はそう思ったのだ。

「お気づきになられるでしょうが」、テンプルトンは言った。「この絵の日付を——ここですね。かろうじて見えますか。この隅です——一七八〇年とあります。この年にその肖像画は描かれたのです。それは私の亡き友——オルデブ氏——の肖像です。ウォーレン・ヘイスティングズ［英国領インドの初代総督。一七三二—一八一八］が統治していたときに、彼とはカルカッタでとても親しくなりました。私はそのときわずか二十歳《はたち》でした。ベドローさん、サラトガで最初に貴方をお見かけしたとき、貴方とこの絵が不思議なくらいそっくりだったので、声をかけて懇意になりたいと思い、貴方の忠実な友となる契約を結ぶことにしたのです。なぜこんなことをしたのかといえば、半ば、いやおそらく主として、私が亡き友への哀悼の想いに満ちた記憶に突き動かされていたからなのですが、それだけでなく、半ば、貴方自身に対する、心穏やかでいられない、少なからぬ恐怖の混じった好奇心にも突き動かされたからなのです。

貴方は丘陵で現れた幻影のことを事細かに話してくれましたが、その中で聖河《ホーリー・リヴァー》［ガンジス川のこと」の畔《ほとり》にあるインドの都市ベナレスのことを、細部に至るまで正確に描写なさった。暴動、戦闘、虐殺といったことは、一七八〇年に起こったチェイテ・シン[*2]の叛乱《はんらん》で実際にあった出来事です。そのとき、ヘイスティングズは危うく命を落とすところでした。ターバンの紐を伝って逃げた男はチェイテ・シン本人でした。このとき小隊の一員だった私は、暴徒であふれた路地で、ベンガル人の毒矢に当たって倒れた将校の、無謀な命取りになる突撃を必死で押しとどめようとしました。その将校こそが私の親友でした。オルデブです。この手稿をご覧になればおわかりになるでしょう」(ここで彼は手帳を取り出した。数頁分は新しく書かれたもののようだった)「丘陵で貴方があのような幻想に浸っていた、まさにその時間に、私は自宅でその出来事の詳細を書き留めていたのですよ」

この会話を交わしてから一週間ぐらい経った頃、次のような短い記事がシャーロッツヴィルの新聞に載った。

「温厚な物腰と多大なる美徳によって、長年シャーロッツヴィルの市民に慕われていた紳士である、オーガスタス・ベドロオ(BEDLO)氏のご逝去を報じなければならないのは、誠に遺憾なことである。

B氏は、ここ数年神経痛を患っておられ、そのため命の危険に晒《さら》されることもしばしばあった。しかし、これは単なる間接的な死因にすぎない。主因はとりわけ稀《まれ》なものであった。数日前、鋸山に散歩に出かけた際に氏は軽い風邪《かぜ》をひいて発熱し、大量の血液が頭部に流入した。その症状を和らげようと、テンプルトン医師は局所瀉血《しゃけつ》をおこなった。蛭《ひる》をこめかみにあてがったのである。すると瞬く間に患者は息絶えてしまった。蛭を入れておいた広口瓶の中に、偶然にも近隣の池でときどき発見される有毒な蠕虫《ぜんちゅう》サングスー［蛭の一種］が紛れ込んでいたとのこと。この生物が右こめかみの小動脈に吸い付いていた。外形が医療用蛭と酷似していたため、その誤りが看過され、手遅れとなった。

注意。シャーロッツヴィルの有毒サングスーは、色が黒く、特に蛇によく似た、蠕動性の、つまりくねくねとした動きが特徴で、常に医療用蛭とは区別しうる」

私はこの珍奇な事故について、その新聞の編集者と話をしていたが、そのとき、ふと疑問が浮かんだので、故人の名前がベドロオ（Bedlo）になっているのはなぜなのか尋ねてみた。

「おそらく」、私は言った。「この綴《つづ》りにしたのには典拠があるのだろうけれど、私は故人の名前には最後にeが付いていると思っていたのだが」

「典拠だって？――いや」、彼は答えた。「単なる誤植だよ。ベドロー（Bedloe）という名前にはeが付く。世界中でそうだよ。他の綴りなど未だかつて知らないね」

「ということは」私はつぶやいて、くるりと踵《きびす》を返した。「じゃあ、本当に、真実は小説よりも奇なりということになったわけか――つまりeのないベドロオ（Bedlo）は、オルデブ（Oldeb）をひっくり返したものじゃないか？　なのに、この男は誤植だなんて言ってるわけだ」


（池末陽子＝訳）

「鋸山奇譚」訳注

1―**メスメルの学説**　磁気催眠療法で一躍名を馳せたドイツの内科医メスメルの唱えた説＝メスメリズム。人体は動物磁気の作用下にあり、磁気の不均衡が生じると病気になるという説。

2―**チェイテ・シンの叛乱**　当時のベナレスの藩王。ヘイスティングズの重税政策に堪えかねて、一七八一年に蜂起した。本文では「一七八〇年」となっているが、一七八二年に書かれたヘイスティングズの手記によれば、「一七八一年」となっている。

燈台

一月一日——一七九六年。今日から燈台で暮らす——デ・グラートと合意したように、日記帳にこうして今日のぶんを書き入れる。これから、なるべく定期的に日記をつけていく——とはいえ、ぼくのような独居者には、なにが起きるかわからない——病気になるかもしれないし、下手すると……まあ、今のところは元気だ！　カッター［一本マストの小型帆船］での航海は、危機一髪だったけれど——もう、ここでこうして安全を確保しているのだから、そんなこと考えつめてどうする？　せめて生涯で一度だけ——独りきりですごせると思うだけで、早くも生き返るような気持ち。ネプチューン［飼い犬］はいくら大きくても、「人づきあい」の相手には入らないから、独り暮らしといっていいだろう。この気の毒な犬に対する半分ほども、「人づきあい」とやらに信頼をもてたら——そうであったなら、一年間とはいえ、ぼくも「人づきあい」から離れることはなかったろう……いちばん意外だったのは、デ・グラートがぼくをこの燈台守の職に就けるのに苦労したことだ——この分野では第一人者なのに！　ぼくの燈台管理能力に、協議会が疑義を呈すなんてあり得ない。これまでも、この燈台は一人で管理してきたじゃないか。通常は三人ほどつけるが、一人でも問題なくやってきた。なにせ、職務などあって無きがごとし。指示書きはあるものの、これ以上簡明なものはない。オーンドフにお伴などさせては台無しだ。あれにそばにいられた日には、あの耐えがたいゴシップをさんざん聞かされ——言うまでもなく、あのメアシャムパイプをしきりと吹かされて、書物の執筆も捗《はかど》らなかったに違いない。なにはともあれ、ぼくは独りきりになりたいのだ……それにしても、不思議なもので、今の今まで、「独りきり」という語がこんなに侘《わび》しく響くとは思ってもみなかったな！　この円筒形の壁に反響するこだまは、どこかおかしい気がするし——いや、そんなことはない！——馬鹿ばかしい。世の中から孤絶すると思うと、不安になったりするんだろう。そうはいくものか。デ・グラートの予言も忘れてはいないぞ。さて、そろそろ燈火室に上がって、「あたりの様子をよく確認」しよう………

「あたりの様子をよく確認」とはよく言ったもんだ！——ほとんどなにもないというのに。嵐の後の大波は少し静まったようだ——しかし、それでもカッターでもどるとなると、帰路も荒っぽいことになるはずだ。明日の午前《ひる》には、まだヌールランも見えてこないだろう——百九十か二百マイル［一マイルは一・八五二キロメートル］も離れていないのに。

一月二日。今日は言葉につくしがたい恍惚《こうこつ》のうちにすぎていった。ぼくの熱烈な孤独願望はこのうえないほどに充たされた。「満足した」などとは言うまい。今日ほどの歓喜をもたらす満足感など、とうてい得られるはずがないのだから……夜が明けるころ風は収まり、午後までには、海はすっかり静かになっていた……望遠鏡を使っても、見渡すかぎり、ただ、ただ、大海と大空、ときおりカモメが飛んでいるぐらい。

一月三日。一日中、死んだような凪《な》ぎ。夜の近づく海はまるでガラスのよう。海藻が幾つか目に入ったが、それ以外は一切なにも見えない——点ほどの雲のひとひらさえも……燈台内の探索に時間を費やす……なんという高さだ——いつ果てるとも知れない階段を昇らされ、その苦労の末にわかったこと——低潮標から燈火室のてっぺんまでなら、百六十フィート［一フィートは三〇・四八センチメートル］はないだろう。しかしながら、燈台内の底部から建物の最上部までとなると、少なくとも百八十フィートはありそうだ——つまり、床は低潮のときでさえ、海面より二十フィート下にあるってことか……底部の内部はがらんとしており、しっかりしたレンガを詰めておけばよかったのにと思う。そのほうが間違いなく、安全な造りになっただろうに——けど、ぼくはなにを心配しているんだ？　こういう建物はどんな状況下でも安全な構造になっているものだ。未曾有《みぞう》の猛烈なハリケーンに襲われても、ここにいれば安心できるはず——とはいえ、船乗りがときどき言うのを聞いたことがあるが、南西の風が吹くと、このあたりの海はどこより波が高くなることで知られている。ここを凌《しの》ぐ海があるとすれば、マゼラン海峡の西端のあたりぐらいだ。いや、しかしこんなに頑丈な鉄のリベットを打ちこんだ壁があるんだぞ——しかもこの燈火室は高潮標から五十フィートも高くにあり、壁は四フィートもの厚さがある——もし波が一インチ［＝二・五四センチメートル］

でも高くまで——いや、こんな堅固な建物に、たかだか海がなにをできるというんだ……もっとも、この燈台の土台は見たところ、柔らかい白亜で出来ているようだが……

一月四日

(ここで草稿は途絶している)

(鴻巣友季子＝訳)

アーサー・ゴードン・ピムの冒険

はじめに

数ヶ月前、わたしが以下の記録にあるとおり、南洋を中心に驚くべき冒険の旅を終えてアメリカ合衆国へ戻って来たときのことだ。ひょんなことからヴァージニア州リッチモンドの紳士たちと知り合いになったところ、わたしが訪れた地域ゆかりの話に並々ならぬ関心があるので、そこで体験したことをぜひとも出版すべきではないかと強く勧められた。もっとも、その申し出をお断りせざるをえなかった理由のひとつは、冒険の一部はごく私的な性格が強く、わたし以外の人間にはさほど面白くないものだからである。まず不安材料となったのは、わたし自身が放心状態だった時間の大半は日記もつけていなかったわけだから、記憶だけを頼りにくわしく筋の通った体験記を書き上げ、そのあげくこれはほんとうにあったことなのだという体裁を整えるのは――そしていかにも想像力を強烈に刺激しそうな出来事にさしかかるさいには、いかに自然かつ必然的な衝動といえども大袈裟に語るなかれというのは――

とうていできない相談だという点だ。つぎに不安材料となったのは、わたしの出くわした出来事の数々はとてつもない驚異に満ち満ちているため、どうしても証拠を出せと言われたら困ってしまうので（ただひとりの証人はかたわらにいた混血インディアンだけなのだ）、家族にも、またこれまでの親交により話に耳を傾けてくれる友人たちにも、ただただ信じてほしいと願うほかはないということだ。すなわち、それ以外の読者大衆一般は、わたしの体験などはなから真っ赤な嘘っぱち《フィクション》と決めてかかるのではないだろうか。もっとも、せっかくの勧めなのにいまひとつ気乗りがしない決定的な理由のひとつは、わたしがきちんとした書き手ではないということに尽きる。

わたしの体験のうちでも南氷洋のくだりに格別の興味を示したヴァージニア紳士が、最近リッチモンド市のトマス・W・ホワイト氏の刊行になる月刊誌《サザン・リテラリー・メッセンジャー》誌の編集長に就任したポー氏であった。彼は誰よりも強く、わたしが見聞し体験したことをすぐにも書き起こすよう、あとは読者大衆の知性と常識に任せるようにと説得にかかり、とりわけこう強調したのだ。つまり、仮に書き手が文章のプロではないため、いかに体験記の出来がぶざまなものになったとしても、まさにその粗雑さゆえに、かえって実話として読まれる可能性が高くなるのだ、と。

かくなる説得を受けてもなお、わたしはポー氏の助言に従うべきかどうか決めかねていた。一向に進展がないため業を煮やした彼は、やがてこんな提案を突きつけた。つまり、もしもわたしの許可さえあれば、この体験をもとに、わが冒険の前半部分をポー氏本人が文章化し、それを小説《フィクション》という、ふれこみで《サザン・リテラリー・メッセンジャー》誌に発表したい、というのである。ならば、何の問題もない。こちらの条件としては、作中わたしの本名は変えないようにしてほしい、ということだけだ。その結果、この偽装された小説は同誌一八三七年一月号と二月号に連載され、あくまで小説《フィクション》として読まれるべく、著者としてはポー氏の名前が同誌目次の作品タイトルのところに付記された。

この策略が功を奏したことで、わたしはついに、問題の冒険の数々をすべてきちんとまとめあげ、世に問う決意をした。というのも、《メッセンジャー》誌に発表された部分には、いささかも事実を変更したり歪曲《わいきょく》したりしたところはないものの、じつに巧みに空想物語《フェイブル》としての演出が施されていたのだが、読者たちはそれでもなおこれを完全な空想物語として受け入れようとはしていなかったからである。それどころか、ポー氏の手元には、これは完全な実話ではないのかという手紙までが数通、寄せられたという。そんないきさつを見るにつけ、わたしは自分の体験談というのが、それを真実と信じてもらえるだけの十分な説得力があったのだ、いかに読者大衆にその信憑性《しんぴょうせい》を疑われようがいささかも恐れることはないのだ、という結論に立ち至った。

以上、手の内を明かしたからには、以下の体験談のどこからどこまでがわたしの筆になるものかは、おのずとおわかりになるだろう。最初の数ページはポー氏の手になるものだが、そこでも事実にはいっさい手は加えられていない。《メッセンジャー》誌をこれまで読んだことのない読者諸兄姉にとってさえ、どこでポー氏の文章が終わり、どこからわたし自身の文章が始まるかは、お見通しのはずである。ふたりの文体のちがいは、歴然としているからだ。

A・G・ピム
一八三八年七月、ニューヨークにて

第一章

ぼくの名前はアーサー・ゴードン・ピム。うちのおやじはナンタケットを根城に航海用の貯蔵食糧なんかを売りさばくやり手で、ぼくはまさにこの町で生まれたんだ。母方のじいさんも立派な弁護士だったよ。なにしろすべてにおいてツイている男で、むかしでいうエドガートン新銀行の株に投資したら、これがぼろ儲《もう》け。あの手この手でしこたま貯《た》め込んだというわけさ。このじいさんというのが、ぼくを目の中に入れても痛くないほどかわいがってくれてね、おそらくその遺産の大半はこっちに転がり込んでくるんだろうと思っていた。そしてぼくが六歳の時に、片腕しかないいささか風変わりな老リケッツ氏の経営する学校へ入学させたんだよ。老リケッツ氏のことは、ニュー・ベッドフォードに行ったことがあれば誰でも知っている。十六歳になった時には彼の学校を出て、こんどは丘の上にあるE・ロナルド氏の高校に進んだ。そこで仲良くなったのがバーナード船長の息子さ。バーナード船長といえば、ロイド&フレデンバーグ社のお抱えで航海に出ているニュー・ベッドフォードの有名人で、エドガートンにもたくさん親類縁者がいた。その息子はオーガスタスといって、ぼくより二歳年上だった。すでにバーナード船長の駆《か》るジョン・ドナルドソン号に同乗して捕鯨の旅に出たこともあり、南太平洋ではどんなに凄《すご》い冒険をしてきたかを、しょっちゅう話してくれたものだった。いっしょに帰宅することも多かったし、四六時中そばにいて、時にはふたりそろって夜明かしをしてしまうことすらあったんだ。おんなじベッドに寝転がると、オーガスタスはマリアナ諸島のテニアン島など訪れた先々の原住民がどんなふうであったかを語り続けるもんだから、こちとら明け方までまんじりともできない。ついにその体験談に夢中にならざるをえなくなり、こんどは自分も航海の旅をしてみたいと徐々に、しかし切実に考えるようになった。うちにある帆船《はんせん》エアリアル号は七十五ドルぐらいしたかな。水夫がひとり暮らせる程度の小さな船室がある一本マストの縦帆式《じゅうはんしき》——何トン規模だったかは忘れちゃったけど、ゆうに十人は乗船可能だったと思う。この帆船こそ、世にも異常な出来事がつぎつぎと起こる舞台となったのであり、それらを回想するにつけ、ぼくはよくぞこれまで命拾いしてきたものだと、ただただ驚くしかない。

これから話す冒険譚《ぼうけんたん》を序の口として、はるかに長く、はるかに重大な体験を物語ることになるだろう。ある晩、バーナード船長宅でパーティがあったんだ。お開きも近くなると、ぼくもオーガスタスもずいぶんと酔っ払っていてね。こういうときには決まって、家には帰らずオーガスタスのベッドにもぐりこんだものさ。どうやら奴《やつ》は、お気に入りの話題を口にすることさえないままに、すやすやと（なにしろパーティが終わったのは真夜中の一時近かったのだ）眠りこんでしまったらしい。ところが、ベッドに入って三十分も経《た》ったころだろうか、ぼく自身がうとうとし始めていたのだが、オーガスタスはガバッと起き上がると、まかりまちがってもアーサー・ピムなんて奴の思惑どおりうかうか眠りこんでたまるものか、南西からはかくも精妙なるそよ風が吹いてきているではないか、と断言するのだ。これほどびっくりしたことはない。しかもオーガスタスの言い分はさっぱりつかめず、そもそも奴は葡萄酒《ワイン》と蒸留酒《リカー》ですっかり我を忘れているんじゃないかと思ったものだ。しかし、いざ話し始めてみると、オーガスタスは冷静そのもの。ぼくのほうは奴を酩酊《めいてい》していると思い込んだかもしれないが、自分としてはこれほどにしらふだったことはないと豪語するんだな。そして付言したのだ。かくも素敵な夜だというのに犬みたいにベッドにもぐりこんでいるなんてがまんできない、起きて服を着たら、面白半分、帆船で海へ乗り出してみようじゃないか、と。その言葉がいかに決定的だったかは、説明しようがない。けれど彼がそう宣言するやいなや、ぼくはかつてない興奮と歓喜を覚えてぞくぞくしてしまった。そしてオーガスタスの奇妙奇天烈《きてれつ》な思いつきこそ何よりも喜ばしいばかりか、何よりも理にかなっているのではないかと思ったのだ。風は強さを増しており、気候も寒くなってきている——無理もあるまい、十月末なのだから。にもかかわらず、ぼくは有頂天になってベッドから飛び起きると、オーガスタスに告げたものだ。ぼく自身も奴と同じぐらいには勇気りんりん、犬みたいにベッドにもぐりこんでいるのはもうあきあきだということ、そして面白半分だろうが何だろうが、ナンタケットのオーガスタス・バーナードとともに海へ乗り出す覚悟はできているということを。

取るものも取りあえず服をまとうと大急ぎでエアリアル号のところに駆けつけた。繋留《けいりゅう》されているのはパンキー社の材木置き場のすぐそば、歳月を経て朽ち果てた波止場。船はその両側面を生の丸太にごつんごつんと打ちつけんばかり。オーガスタスはさっそく船内に入ると、内部の水を汲《く》み出した。船内はほぼその半分が水浸しだったからだ。それが済むと、ぼくらは船首三角帆《ジブ》と主帆を揚げ、風をはらませ、勇猛果敢に海へ乗り出した。

すでに述べたとおり、風は南西からさわやかに吹いている。その晩は空気が澄みわたり、底冷えがするほどであった。オーガスタスが舵《かじ》を取り、こっちは船の甲板上《かんぱんじょう》、帆柱のわきに陣取る。船は飛ぶように進み、波止場を出てからというもの、ぼくらはともに一言も発しなかった。いったいどんな経路で航海するつもりなのか、だいたい何時ぐらいに戻って来られるのだろうかと、相棒に訊《き》く。すると奴はしばらく口笛を吹いてから、ぶっきらぼうにこう答えた。「おれは海に出ると言ったら出るんだ——気乗りがしないというなら、おまえだけ帰るがいいさ」オーガスタスをまじまじと見つめたところ、奴は平然としているようでいて、じつのところうろたえているのが、すぐにわかった。月の光のもとでは、お見通しだ。奴の顔はどんな大理石よりも蒼白《そうはく》で、その手はあまりにぶるぶる震えるために舵柄《かじづか》をきちんと摑《つか》み続けることすら、ほとんどできない。何かがおかしいぞと思い、警戒心が高まる。この時点では、ぼくは帆船の操縦などどうやったらいいのかほとんどわからず、わが友オーガスタスの航海技術を信じるしかなかったのだから。陸地の影からどんどん離れていくにつれて、風のほうもいきなり激しくなった——このときには、ぼくはまだ恐怖心をあらわにするなど恥さらしだと考え、ほぼ三十分ほどはだんまりを決め込んだ。けれども、とうとうがまんができなくなって、やはり引き返したほうがいいんじゃないのかと、オーガスタスに問いかける。以前とおなじく、一分ほどしてから答えが返って来た——というか、ぼくの提案に注目したにすぎないのか。「まあ、そのうちにな」というのが、やっと得られた回答だった。「時間はたっぷりあるんだ——家にはそのうち帰るさ」ぼく自身、だいたいそんな内容が返って来るんじゃないかと予測はしていたのだが、しかし言葉は予測どおりでも、それを発する声の響きにはえも言われぬ恐怖を煽《あお》り立てるところがあった。もういちど彼をまじまじと見つめる。その唇はまるっきり蒼白で、膝《ひざ》はといえばあまりにがくがく震えるためにほとんど立っていられないほどだ。「頼むよ、オーガスタス」と心底怖くなって叫ぶ。「具合でも悪いんじゃないか？——いったいぜんたいどうしたっていうんだ？——何をやらかすつもりだ？」対する彼は「どうした、だと！」と、このうえなく驚愕《きようがく》したようすで口ごもり、まったく同時にそれまでつかんでいた舵柄を放し、床につんのめった。「どうした、だと！——いいや、どうしたもこうしたも——ないさ——帰るんだよ——わ、わからないのか？」この瞬間、事の真相にパッと気づいて、オーガスタスのもとへ駆け寄り、抱き起こす。そう、彼は酔っ払っていた——それも、ひどく酔っ払っていたのだ。そのため両足できちんと立つことも喋《しやべ》ることも、前を見ることもかなわなくなっている。その両眼はどんより曇っていて、絶望のあまり処置なしと見たぼくが手を離すと、奴はあたかも丸太ん棒のごとく、床の水垢《みずあか》へと再び突っ伏すばかり。これでもう、火を見るより明らかだろう。オーガスタスはこの晩、思った以上に鯨飲しており、ベッドでのふるまいはといえば高度に凝縮された酩酊状態からもたらされていたのだ——すなわち、あたかも狂気のごとく、酩酊者が完璧に正気な人間の外面的なふるまいをそっくり模倣してしまう状態、これである。とはいえ、その晩はじつに涼しかったので、通常の効果を発揮した——つまりその効果が影響をおよぼすよりも先に、精神力のほうがダウンしてしまったのだ。そして、オーガスタスが自身の危機的状況を認識するにも混乱をきわめたがゆえに、たちまち破局が到来したというわけだ。かくして奴はとことん正体不明に陥り、以後何時間ものあいだ覚醒する兆は見られなかった。

この時感じたとてつもない恐怖については、とうていわかってもらえないかもしれない。飲んだばかりの葡萄酒の刺激臭すらきれいさっぱり消え去ってしまい、こちらは怖《お》じ気《け》づき優柔不断になるしかなかったのだから。ぼく自身は自分じゃ帆船を操縦するなどできっこないこと、しかも強風と引き潮のためにこのままじゃ命の危険にさらされることを、よくわかっていた。しかもぼくらの背後では、いまにも嵐が巻き起ころうとしてたんだ。だけど羅針《らしん》盤《ばん》もなけりゃ食糧の備蓄だってありゃしない。それに、もしもいまの経路を変えない限り、エアリアル号が夜明け前には陸地から見えなくなるのは必定。してみると、あれやこれやの恐ろしい空想がめくるめく速度で脳裏をかすめ、しばらくのあいだぼくは金縛りにでも遭ったかのごとく、身動きできなくなった。エアリアル号は強風のあおりもあるのか、猛スピードで海上を漂流していく——船首三角帆と主帆をたたむこともできないままに——その舳先《へさき》は泡立つ海へとつんのめる。にもかかわらず、エアリアル号が操船不能にはならなかったのは人智《じんち》の及ばぬ奇跡というほかない——前にも述べたように、オーガスタスは舵柄から手を放し、ぼくはといえばそれを代わりに摑もうと躍起になりすぎていたきらいがある。ところが、幸運にもエアリアル号は安定を保ち、ぼくもだんだん精神的安定を取り戻すことができた。風のほうは、いまなおびゅうびゅう吹きすさぶ。前のめりが修復されたかと思うと、背後の海が船尾突出部へと襲いかかり、ぼくらはぐしょぬれ。もはや手足ぜんぶが麻痺してしまい、感覚というものがほとんどない。ついにぼくはやけくそになって、主帆へ突進し、それを成りゆき任せに解き放つ。予想どおり、主帆は舳先を越えて飛び去り、ずぶ濡れになった重みで、舷側《げんそく》でポキリと折れた帆柱をも道連れにして行った。この最後の出来事があったがために、ぼくは即死を免れたのだ。船首三角帆だけを頼りに、ぼくはいまや全速力で風に流され、時として船尾突出部ごしにざんぶと波をかぶるも、即死の恐怖に悩まされることはなくなった。舵輪《だりん》を取ると、まだまだ最終的な脱出のチャンスはあるんだという気分でのびのびと呼吸する。オーガスタスはといえば、いまもなお船底でのびている。彼が横たわっているところはおよそ一フィート［三〇・四八センチメートル］ほども浸水し溺死《できし》の恐れがあったため、ぼくは何とか彼をいくぶん抱き起こして座位を保たせ、その腰にロープを巻き、甲板にある環付《わつ》きボルトに括《くく》り付けた。戦慄《せんりつ》と狼狽《ろうばい》に搔《か》き乱されつつも、あらん限りの力をふりしぼり、ここまですべての準備を整えると、あとは神に委《ゆだ》ねることにした。そして、今後何が起ころうと、自分の力を尽くして耐え忍ぼうと心に決めた。

こう決意するやいなや、あたかも無数の悪魔たちがいっせいにわめき散らすかのような咆《ほう》哮《こう》がえんえんと耳をつんざき、帆船のあたりいちめんに響き渡る。この瞬間の恐怖がいかに凄《すさ》まじいものであったかは、生涯忘れることはないだろう。髪の毛は逆立ち、全身の血液は凍り付き、そしてわが心臓の鼓動がすっかり止まってしまったかと思えたほどだった。いったい何が起こったのかを確認する間もなく、ぼくはのびている相棒オーガスタスのところめがけて突進し、気を失った。

目が覚めてみると、ナンタケット行きの巨大な捕鯨船ペンギン号の船室に寝かされているではないか。のぞきこんでいる者たちの中にはオーガスタスがおり、死人よりも顔面蒼白な面持ちで、しきりにぼくの両手をこすって温めている。ぼくが目を開けたのを見るや、オーガスタスは飛び上がらんばかりの歓声を上げ、それを耳にした周囲のいかつい船員たちの笑いと涙を交互に誘ったものである。いったいどのようにして助かったのか、といえばこんな具合だ。つまり、ぼくらを救ってくれた捕鯨船ペンギン号というのは、ナンタケットに向けて針路を調整し、ありとあらゆる帆を掲げジグザグに航海中で、ちょうどエアリアル号の航路と交叉《こうさ》することになったというわけなんだ。船員の何名かは船の前方を見張っていたが、連中が気づいたときには船同士の接触を免れないところまで来ていたんだな――この連中がぼくらを発見して危険を発した時の声こそが、ぼくを心底脅かしたんだ。聞くところによると、巨大なペンギン号はたちまちぼくらの小さなエアリアル号に悠然とのしかかって来たが、それは、たとえばエアリアル号が鳥の羽根一本の上を通過しても、それを障害物だなどとはまったく気づかないのと同じだという。エアリアル号側の甲板からは何の叫び声もなく、かすかにきしるような音が風や荒波の咆哮に入り混じって聞こえた程度らしい。仮に叫んだとしてもあまりに弱々しいため周囲の轟音《ごうおん》に呑み込まれ、捕鯨船の竜骨《りゅうこつ》沿いに掻き消えてしまったのだろう——いずれにせよ、以上が事の次第というわけだ。そして、ぼくらのエアリアル号など（その帆柱が失われてしまったことは記憶しておきたい）もはや漂流する貝殻の破片同然と判断したニュー・ロンドンのE・T・V・ブロック船長は、ろくすっぽ相手のことなど思いやらずに、当初の航路を突き進むことにしたのだった。でもぼくらはツイていたんだよ、見張りの船員ふたりがエアリアル号を認め、舵輪を誰かが摑んでるぞ、助けたほうがいいんじゃないのか、と強く主張してくれたんだ。当然、船内では論議が交わされたよ。ブロック船長に至ってはかんかんになって怒りだし、こうのたまったとか。「どっちみち卵の殻みたいなちっぽけなものなんだから、ほっときゃいい。うちの船が針路を変更してまで世話してやるようなことじゃない。誰かが舵を握ってて下敷きになりそうだっていうんなら、そいつの自己責任だよ——溺《おぼ》れて死んじまうだけのことさ」とかなんとか。すると一等航海士のヘンダーソンが、聞き捨てならん、いくらなんでも船長の発言は極悪非道というほかないと憤慨し、他の船員たちも口をそろえたのさ。味方を得たヘンダーソンはきっぱり言い渡すんだ。船長、あんたは絞首刑ものだぞ、もしニュー・ベッドフォードに帰るやいなや自分が処刑ということになっても、おれは船長の命令なんか金輪際《こんりんざい》聞くわけにはいかん、とね。

そしてさっさと船尾へ赴くと、顔面蒼白で口も聞けないブロック船長を押しのけ、舵を取り、こう号令したものだ。「風下いっぱ〜い！」船員たちはたちまち持ち場につき、船は順調に舵を取り始めた。この間、ほんの五分足らずだったが、それでも小型帆船に誰か乗っていた場合にその命を救えるかどうか、ぎりぎりのタイミングだったというほかない。とはいえ、すでにこれを読んでいる人にはわかるだろうが、ぼくもオーガスタスもぶじ救出されたんだ。この救出劇が成ったのは、信仰篤《あつ》きインテリに言わせるなら、神の配剤による限りなく奇跡的な幸運がふたつも重なったおかげだという。

　捕鯨船が停止しているあいだに、一等航海士は小帆船をおろし、ふたりの仲間とともに飛び乗った。このふたりこそは、ぼくが舵を握っているのを目撃したと叫んでくれた恩人だ。彼らが捕鯨船の陰から逃れ出たところで（月はいまもこうこうと照っている）、捕鯨船がゆるゆると風上へ進みだしたので、ヘンダーソンは自分の席からがばと立ち上がり、乗組員たちに「下がれ！」と怒鳴りつけた。この一言だけを、彼はくりかえし叫んだ。「下がれ！下がれ！」乗組員たちは全速力で後退しようとした。けれども、そのときにはもう捕鯨船はぐるりと廻って前進態勢に入っており、乗組員全員のせっかくの努力も水の泡となる。しかしヘンダーソンはむこうみずにも、自分の手の届くところに主鎖《しゅさ》が降りて来るや、それにしがみつく。その衝撃で捕鯨船の右舷が海面から浮かび上がるほどに傾き、船底の竜骨が見えるほどになったとき、彼の懸念どおりだったことが証明された。ひとりの男が奇妙なかたちで捕鯨船の滑《なめ》らかにしてぴかぴかの船底（ペンギン号はその全体に銅板が張られているのだ）に張り付き、船腹が動くたびに痛々しくも船底に叩《たた》き付けられていたのだ。捕鯨船が傾いているあいだの救出作業には、何度か失敗はあったものの、ついに小帆船を水浸しにするのもかえりみない荒療治が試みられて、ようやく危機を脱出し、ペンギン号に乗船する運びとなる——船底に張り付いていた男というのはぼく自身だったのだから。なぜこんなことになったかといえば、どうやら木製の釘《くぎ》がゆるみ銅板の船底から飛び出して、ぼくがその船底をくぐり抜けようとするのを阻《はば》み、信じられないことにぼく自身を船底へ釘付けにしてしまったらしい。その釘の突端はぼくの着ていた緑色のベーズの上着の襟《えり》を——ぼくの首のすぐうしろあたりを——貫き、ふたつの筋骨のあいだを通り、右耳のすぐ下の部分から突き出していた。死にかけていたぼくは、すぐさまベッドに寝かされた。船医はいなかったが、しかし船長はじつに手厚くもてなしてくれた。ほかの船員たちの手前、以前の極悪非道なふるまいを取り繕うつもりもあったのだろう。

やがて、風がいよいよハリケーンなみに吹きまくるようになったというのに、ヘンダーソンはふたたび捕鯨船から降りた。数分も経たないうちに彼はエアリアル号の破片を手にし、それからまもなくして彼と同行した仲間のひとりが報告するには、ヘンダーソンが、吠《ほ》えまくる嵐のさなかより途切れ途切れに聞こえて来るのが助けを求める叫び声だと突き止めたというのだ。そのため、屈強な船乗りたちはさらに三十分以上ものあいだ、我慢強く探索を続けた。もちろんその間、ブロック船長からは何度となく帰船せよとの合図が送られて来ている。そのうえ、かくも脆弱《ぜいじやく》な小舟で航海する限り、刻一刻と超弩級《ちようどきゆう》の危険が差し迫る。じっさい、彼らの乗るちっぽけな小帆船が危機一髪で破局を免れるとはとうてい思われなかった。もっともこの小舟は捕鯨仕様であったから、ウェールズ沿岸で使われる救命艇なみに、エアボックスが常備されていた。

三十分ほど捜索しても何も発見できなかったので、捕鯨船へ戻ることになった。だが、彼らがそう決断を下したまさにその瞬間、海上を漂流する黒々とした物体から微《かす》かな叫びが漏れ聞こえるではないか。船員たちはさっそくそれを追いかけ捕獲した。その正体はエアリアル号船室の甲板全体だった。オーガスタスは断末魔の苦しみの中、けんめいにそれにつかまろうとしていたのだ。ようやく彼を保護してみると、その身体は浮遊する甲板にしっかりロープでつながれていた。このロープというのは、読者は覚えているだろう、ぼくが彼自身の腰に巻き、環付きボルトへ括り付けることで直立の姿勢を保たせようとした時のものだ。どうやらそれが功を奏して、オーガスタスは命拾いをしたことになる。エアリアル号はやわな造りだったので、沈没のさい船の肋材《ろくざい》はバラバラになってしまっていた。船室の甲板はといえば、大量の水が流れ込んできたがために、メインの肋材から外れてしまい、他の破片とともに海上を浮遊する羽目となった――オーガスタスはまさにこの甲板を救命ブイ代わりにすることで、九死に一生を得たというわけだ。

ペンギン号に拾われてから一時間以上も経ったころ、オーガスタスはようやく自分のことを語り始めた。というか、エアリアル号はいったいどのような事故に見舞われたのか、その本質を理解せざるをえなくなったのだ。とうとう彼は完全に覚醒し、漂流中にどんな気持ちでいたかをとうとうと語ったのだ。あるていど意識が戻ったときには、自分が海面下に沈み猛スピードで旋回していること、首の回りにはロープが三重にも四重にも巻きつけられていることに気づいたという。その直後、彼はぐんぐん上昇している感じがして、自分の頭がえらく激しく何か固いものにぶつかっていると思い、またしても前後不覚に陥った。ふたたび目覚めたときには理性も完全に回復したと思ったが、しかしそれでも、これまでにないほど曖昧《あいまい》で混乱していたことは否《いな》めない。そしてこのとき、オーガスタスは何らかの事故が起こったこと、その結果として自分が海にほうりだされ口だけは海上に出ていること、そのためいくぶんかは無理なく呼吸ができることがわかったらしい。たぶんこのときには、甲板は風にどんどん押し流され、彼はそのまま引きずられて、あおむけの姿勢だったのだろう。もちろん、この姿勢を維持する限りは、溺死するなどほぼありえない。すぐにも高潮がオーガスタスを襲い、彼をもろに甲板上を横切るかのような姿勢にした。そしてこの姿勢こそは彼がけんめいに維持しようとしていたものであり、そのあいだというもの、途切れ途切れに助けを求め叫び続けていたというわけだ。ヘンダーソンが見つけていなかったら、オーガスタスは疲労困憊《こんぱい》のあまり救命ブイすら手放して海の藻屑《もくず》と消えるところだった。何しろ夢中になってもがき続けたから、そのあいだというもの、エアリアル号はどうなったか、あるいは、こんな目に遭うとはいったいどんな災厄のせいなのか、といったことすら考える余裕もない。ただ漠然とした恐怖感、絶望感が彼の知的能力を圧倒してしまっていた。ようやく救い上げられた時にも、まったく頭が回らないふうだった。そして、前にも言ったように、ペンギン号に移されて一時間近くも経ってからようやく、正気を取り戻したんだよ。ぼくはといえば——幽明界《ゆうめいかい》をさまよいながらも（そして三時間半ものあいだ、ありとあらゆる手を尽くしながらも実を結ぶことのないまま）、熱い油にひたしたフランネルの布で身体をごしごしすってもらったおかげで、息を吹き返した——この方法はオーガスタスの発案によるものだったという。首には目も当てられない傷が残りはしたけれど、とくに後遺症が残るようなものではないのがわかったし、たちまち回復したよ。

ペンギン号はナンタケット沖では珍しい猛烈な疾風にさらされながらも、朝九時には入港。オーガスタスとぼくはバーナード氏宅の朝食に間に合うよう急いだが、ここでもツイていたことに、夜通しのパーティのせいで本日だけは朝食開始が遅れたんだな。食卓についた連中はみんながみんな、パーティでくたびれはててたもんだから、ぼくらのくたびれたようすには気がつきもしない——もちろん、じっくり観察されたら最後、だったんだけどね。男の子ってのは、まんまと人目を欺いて仰天するようなことをしでかすものさ。それに、ぼくはこう確信してるんだ。ナンタケットに戻った船員たちは、自分たちの捕鯨船が小舟を蹴散らし、三十名だか四十名だかの哀れな連中を溺死させたと豪語しているかもしれないけれど、ぼくらの友達はだれひとり、その冒険譚がぼくら自身の乗ったエアリアル号に関係してるなんて、夢にも思わないはずだということを。それからというもの、ぼくとオーガスタスはたびたびこのときの大冒険について話したが、毎回怖気《おぞけ》をふるわずにはいられなかった。そんなとき、オーガスタスがぼくに率直に打ち明けたところによると、これまでの生涯で何より辛《つら》く苦しい思いをしたのは、まさにあの晩、エアリアル号に乗りこむやいなや、自分がじつは泥酔《でいすい》しているのがわかり、酒に溺れて行くのを感じたときだったそうだ。

第二章

何らかの思い込みがあらかじめ先行してしまっている事件については、いかなる方向へその偏見が傾いているにしても、またどんなに単純明快な情報を得たとしても、確固たる推測を組み立てることはできない。ふつうなら、前章で報告したような危機一髪の大事件を経験してしまうと、当初抱いていた海へ乗り出すという野望も冷めてしまうのではないかと考えるだろう。ところがほんとうのところはまったく逆で、あの奇跡的な救出劇から一週間も経たないうちに、手に汗握る海洋冒険に再び乗り出したいという情熱がますます燃えさかるようになったのだ。この数日ほどのあいだに、ぼくの記憶からは一切の翳《かげ》りが消え去り、わくわくするほどに多様な色彩のすべてが、先日の危機一髪の大事件をめぐる荒涼感《ピクチャレスク》あふれる印象のいっさいがっさいが輝き始めたのだ。親友オーガスタスとの日々のおしゃべりもますます緊密に、そしてますます興味あふれるものとなった。奴は独特のスタイルで海での冒険を語ったが(その半分以上はまったくの作り話じゃないかな)、しかしぼくの興奮しやすい気質をますます駆り立て、いくぶん暗く燃え上がる想像力を奮い立たせてやまなかったのだ。おかしなことに、奴が自身のいちばんひどい苦難と絶望の瞬間を語る時に限って、ぼくは海の男の生きざまに憧れる気持ちをいっそう募らせたのだった。同じ海の男であっても、明るく健全な部分にはさほどそそられることがない。ぼくが幻視するのは船の難破や飢餓であり、大勢の未開人の手にかかることによる死や捕囚《ほしゆう》であり、生きている限りえんえんと続く悲嘆と号泣であり、そうした情緒にふさわしいのはたいてい灰色にくすんだ荒涼たる岩場か、海図なき未知の大海であった。これを幻視と呼んでも欲望と呼んでもいいが——幻視は欲望同然なのだから——人間のうちでも憂鬱《ゆううつ》を抱えたおびただしい連中にとっては決して珍しいものではないのは、たしかなことだ。とりわけ、そうした幻視を通してのみ、自分が何とかして果たさねばと考える運命をあらかじめ垣間見る《かいまみ》場合には。オーガスタスの話でぼくの心はいっぱいになった。親友同士の交流というものは、おそらく、たとえ部分的ではあっても、人格同士の交換なのだろう。

エアリアル号難破事件から一年半ほど経ったころ、ロイド&フレデンバーグ社（リヴァプールのエンダービー社と何らかのつながりがあるらしい）が、ブリッグ型帆船グランパス号が捕鯨の旅に出られるよう修理し艤装《ぎそう》した。なにしろ使い古したおんぼろ船で、できる限りの修繕をすべて施したとしても、とうてい航海には出られそうもないというのに。この所有者にはもっとましな船もたくさんあるのに、いったいぜんたいどうしてこの船なのか、さっぱりわからないが、選ばれてしまったものは致し方ない。バーナード氏は船長を命ぜられ、オーガスタスも乗船することに決まった。グランパス号が着々と航海準備を整えているあいだというもの、オーガスタスはこれがいかにすばらしいチャンスであるかをまくしたて、それを聞くうちにぼくのほうもまた航海に出たい気持ちがますます募ったものだ。そして奴は、ぼく自身がやる気十分なのを決して見逃さなかった。とはいえ、事はそう簡単じゃない。うちのおやじはあからさまには反対しなかったが、おふくろはといえば、ぼくが海に出たいと打ち明けたとたん、半狂乱になるありさまだったからね。それに、なんといってもえらく世話になってるうちのじいさんさ、もしもこの話題をあと一度でも蒸し返すようなことがあったら、はした金で勘当するとまでのたまった。とはいえ、これほどに形勢不利になっても、海へ出たいという気持ちは収まるどころか、ますます燃えさかるばかり。どんな危険を冒しても絶対にまた航海に行くぞ、と決意を固めたよ。親友オーガスタスにも洗いざらいぶちまけて、ぼくらはどうやったらふたり一緒の航海を実現できるか、知恵を絞った。やがてぼくは、この計画についてはいっさい親族には話すまい、と口をつぐんだ。そしていつもの勉強に精を出しているうちに、みんなはぼくがとっくに航海の計画をあきらめたものだと思い込んだらしい。いっしょうけんめいいい子ちゃんぶってれば、そのぶん計画をどんどん進めることができたよ――そう、ぼくは立ち居振る舞いのすべてを優等生的に演出し、それをずいぶんと長きにわたって続けたものさ――表面上はすべてをきれいごとで塗りたくり、心のうちでは長年の夢だった航海の旅を達成したくてたまらないという熱くたぎる志を育んでいたんだ。

みんなをいかにだまくらかすかについては、ほとんどオーガスタスの指示に従うしかなかったね。なにしろ奴はグランパス号船上の日常生活の管理を任されていて、とりわけバーナード船長が船室および船倉にいるさいにはこまごまといろんな世話を焼いていたんだから。もっとも、夜になるとぼくらは討議を重ね、自分たちの望みをかなえるにはどうすればいいかを語り合った。こんなていたらくで、ろくすっぽ名案もひねりだせないまま一ヶ月も過ぎたころだろうか、オーガスタスは必要な手筈《てはず》をぜんぶ整えたぞと通告してきた。ぼくにはニュー・ベッドフォードに親戚のロスおじさんがいて、時にその家に二、三週間も滞在するのがならわしだった。グランパス号は一八二七年六月中旬に出帆《しゅっぱん》予定だったから、その一、二日前に、ロスおじさんがうちのおやじにごくごくふつうに手紙を書き、うちのせがれたちロバートとエメットがゴードンに会うのを楽しみにしてるから二週間ほど泊らせたいんだが、と申し出るようにすればよい。オーガスタスは自らその手紙を偽造し配達するのを買って出てくれた。ぶじニュー・ベッドフォードへ出発するや、ぼくはわが相棒にグランパス号内部のどこに身を隠せばいいのかを尋ねた。奴は、船内の隠れ場所ならだいじょうぶ、ちゃんと何日でも快適に過ごせて人目にふれないところを確保してあるから、大船に乗ったつもりでいろ、と言う。グランパス号がもはや引き返せないところまで来た時点で、ずっと快適な船室へ入れてやるよ、とも。船長であるおやじさんのことについては、奴はゲラゲラ笑うばかり——航海の途上、いくらでもほかの船に出くわすだろうから、ゴードンは冒険の旅に出ましたよと両親に説明する手紙を預け、実家に届けてもらえばいいだけのことさ。

とうとう六月中旬になった。準備は万端。偽造した手紙はぶじ配達され、そしてぼくは予定通り月曜日の朝に家を出て、ニュー・ベッドフォード行きの定期船をめざす。もっとも、じっさいには通りの角で待っている親友オーガスタスと直接落ち合ったのだ。最初の計画は、夜中になるまで人目を避けて、グランパス号に忍び込むというものだったが、つごうのいいことにもうもうと霧がたちこめてきたので、すぐにも船内に身を潜めるのが得策だということになった。オーガスタスが波止場まで誘導し、ぼくはほんのちょっと遅れてあとを付いて行く。奴が買っておいてくれたぶあつい船員用のコートに身を包み、正体が容易にばれないよう、万全の策を施した。ところが、ちょうどエドモンド氏の井戸を通り過ぎて二番目の角を曲がったところで、真っ正面に立ちふさがり目が合ってしまったのが、ほかならぬうちのじいさん、老パタソン氏であったとは！ 「おやおや、これはゴードンじゃないか」とのたまったあと、しばらく間を置いて「ずいぶん小汚いコートを着てるな、誰から借りたんだね？」

「これはこれは！」と、この緊急事態を受けたぼくは心外だと言わんばかりに、できる限りがさつな田舎なまりで跳ね返した。「これはこれは！ ひどい人違いでさ、おいらの名前はそもそもゴードンなんかじゃねぇ、しかも買ったばかりのコートを小汚いとは、このこんこんちきめ！」この時、じいさんが猛反撃を受けて目を白黒させた瞬間のことは、のちのち思い出すたびに大笑いせずにはいられなかった。なにしろ仰天《ぎようてん》して二、三歩あとずさると、はじめは顔面蒼白になったものの、やがて顔を真っ赤にして怒り出し、メガネをむしり取るようにして外すとかたわらに置き、こうもり傘を振り上げ、こちらへ猛然と飛びかかってきたのだ。けれど、いきなり何かを思い出したかのように、じいさんの動きは中断した。そしてすぐにも踵《きびす》を返して、ふらふら通りの向こうへ行ってしまい、そのあいだじゅう、怒髪天《どはつ》を衝《つ》く面持ちで、ぶつぶつぶやき続けていた。「いかんいかん、買ったばかりのメガネなんだから——それにしても、あやつはゴードンだとばかり思ったのに——あのろくでなしの鉄砲玉め」

まったく危機一髪とはこのことで、そのあとのぼくらはごくごく慎重に歩を進め、目的地にぶじ到着した。この時、グランパス号にはまだ数名が作業するのみ。どうやら船首楼《せんしゅろう》の防水用縁材を仕込んでいるらしい。バーナード船長のことはよくわかっていて、どうやらロイド&フレデンバーグ社での仕事が残っているため夜遅くにならないと戻って来ないそうだ。したがって、船長について気を揉《も》む必要はなかった。オーガスタスがひとまず船腹を昇り、ぼくはそのあとを追ったが、船上で作業中の乗組員たちにはまったく気づかれなかった模様。ぼくらはすぐに船室へ入るも、そこには誰もいない。このうえなく快適にしつらえられた船室は、捕鯨船としては異例だろう。加えて、広々として便利な二段ベッドのある豪華な客室が四つほど。しかも、大きなストーブがあり、相当に部厚い高価な絨毯《じゅうたん》が船室と客室双方の床を埋め尽くしている。天井までは七フィートほどの高さで、要するに、全部が全部、予想以上に大きく快適に作られているんだな。とはいうものの、オーガスタスはじっくり観察している時間などないと言わんばかりに、できるだけ早く身を隠さなきゃだめだと迫る。奴はぼくを右舷の隔壁《かくへき》のわきにある自分の客室へ案内した。中へ入るや、ドアを閉め鍵をかける。こんな素敵な小部屋は見たことがない。十フィートほどの奥行きで、ベッドはひとつだけだが、すでに説明したように、実にひろびろとして使い勝手がよさそうなのだ。隔壁にいちばん近い小部屋のところは四フィート四方の空間で、そこに机や椅子、それに主として航海記や旅行記など本のぎっしり詰まった書架などが、うまくレイアウトされている。ほかにもこの客室を快適空間たらしめる要素はたくさんあったが、中でも決して忘れられないのは、金庫ないし冷蔵庫のようなものであった。その中の飲食物を収める棚にはおいしそうなものがいっぱい並んでおり、オーガスタスは自慢することしきりであった。

さて、奴がこんどはその空間の一角に敷き詰められた絨毯の一カ所にげんこつを押し当てて教えてくれたところによると、床板の十六インチ［一インチは二・五四センチメートル］四方の部分がきれいにくりぬかれたうえでうまくバランスを保っているのだ。さらにげんこつで押していくと、この部分の片側が跳ね上がり、指を下に差し入れるに十分な隙間《すきま》ができた。そのようにしてオーガスタスがこの跳ね上げ戸の口を開くと（絨毯はそこにしっかり貼り付けられたままだ）、そこから船尾の隠れ場所に通じているのがわかった。奴はつぎに小さなろうそくに燐《りん》のマッチで火をつけ、それをランタンに入れて照らし出しながら、その秘密の入口から下へ降りて行き、あとを付いてくるようにと指示した。そのとおりにすると、こんどは奴はその穴をふさぐため、当該部分の床板の底面に打ち込まれた釘を巧みに利用し、かくして絨毯のほうは表から見ると、いうまでもなく客室の床の元の位置に戻り、そこに秘密の抜け口がある形跡など一切なくなった。

ろうそくの光はあまりに弱々しいため、夥《おびただ》しい数の材木が散乱する暗闇のなかを進んで行くのは、ほんとうにたいへんだった。とはいうものの、だんだん目が暗闇に慣れてきて、親友の上着の裾をつかみつつ難なく歩んで行けるようになったのも、たしかなことだ。奴は数えきれないほどの狭い通路をくねくね歩き回りながら、とうとう鉄張りの箱のところに到着する。この箱は時として上等な土器などを収めておくのに用いられたものだ。高さ四フィート、奥行き六フィートで幅はじつに狭い。その上にはでっかくてからっぽの油樽《あぶらだる》が二つ、載っている。そしてさらにその上には、莫大《ばくだい》な分量の藁《わら》のござが客室の床下に届くほどにまで高々と積み上げられている。どの方角を向いても、可能な限りぎっしりと、そしてうずたかく、ありとあらゆる艤装用具が渾然一体《こんぜんいったい》となって詰め込まれているのだ。それらがさらにさまざまな密封梱包用の箱や詰めかごや樽、そして船積用商品の梱《こり》などと混じり合っている。してみると、ぼくらがこの鉄張りの箱へ至る通路を見つけることができたのは、奇跡というほかない。あとでオーガスタスから聞いたところによれば、奴はこの船倉の積荷を意図的に配置し、ぼくの姿が完全に見えなくなるよう企んだのだという。そのさい、彼を手伝ったのはたったひとり、グランパス号の航海には加わらない男であった。

つぎにわが親友はこの鉄張りの箱の片側が思うがままに外すことができるのを見せてくれた。その板を外して内部をのぞきこむと、面白すぎる光景が広がっていた。まず、船室のベッドからマットレスが持ち込まれ箱の底いっぱいに敷かれており、まさに暮らしの友とでもいうべきアイテムが小さな空間に所狭しと詰め込まれると同時に、寝ても良し起き上がっても良しの十分な生活スペースがあったのだ。中でも特筆すべきは、本のみならずペンもインクも紙も、三つもの毛布や水がたっぷり入った水差しや乾《シー・ビスケット》パンの入った小樽、三、四本の巨大なボローニャ・ソーセージ、これまた巨大なハム、ロースト・マトンの冷えた脚一本、そして半ダースほどの果実入りを含むリキュール酒がそろっていたことだ。ぼくはすぐにもこの小さな居場所をわがものにし、すっかりご満悦になった。歴史上のいかなる君主も、新しい宮殿に足を踏み入れるさいにこれほどの満足感は覚えなかったであろう。つぎにオーガスタスは、この箱の開いた部分をいかに閉めるかについて指南すると、ろうそくを甲板のほうへ近づけ、そこに一本の黒々としたむちなわが通っているのを教えてくれた。このむちなわこそが、ぼくの隠れ家から木材だらけの空間をうねうねと縫う経路のすべてに張り巡らされ、それを伝って行きさえすれば、オーガスタスの客室に通じる跳ね上げ戸の真下へ、この隠れ家の天井たる甲板に打ち込まれた釘のところへと到達する仕掛けなのだ。このむちなわのおかげで、ぼくは奴に付き添ってもらわなくても、道をまちがえる心配はない——もちろん、この仕掛けに頼らざるを得なくなるような緊急事態など起こってほしくはないのだけれども。そしてオーガスタスはぼくにろうそくと燐のマッチをどっさり寄越し、ランタンを手渡すと、いとまを告げた。そして、監視されていなければ、可能な限り隠れ家に来るよと約束してくれた。六月十七日のことだ。

それから三日三晩（だと思うのだが）、ぼくはこの隠れ家からまったく出ないで過ごした。二回だけ例外があって、それは手足を伸ばしたくて箱の出口の向かいにある二つの箱のあいだで直立したことだ。この期間というもの、オーガスタスの顔すら見ることはなかったが、かといっていささかの不安も覚えなかった。グランパス号は一時間おきにいまこそ出帆するかのように準備におおわらわで、奴はそうそう隠れ家のようすまで見に来る余裕がなかったのだろう。だがとうとう、跳ね上げ戸が開いて閉まったかと思うと、すぐにオーガスタスがくぐもった声で万事変わりはないか、ほしいものはないか、と尋ねて来たので、ぼくは「間に合ってるよ」と答えた。「このうえなく快適だよ、ここは。ところでいつ船出するんだい？」奴はこう答えた。「三十分もしないうちに出発だよ、それを知らせに来たんだ。おれが顔を見せないんで心配してるんじゃないかとも思ってね。これからしばらくは——そうだな、あと三、四日は——ここに降りて来られないと思う。上では万事順調に進行してるよ。おれが上へ戻ってこの跳ね上げ戸を閉めたら、むちなわを辿《たど》って釘がねじ込まれてるところを突き止めろ。そこにおれの懐中時計を置いておく——それさえあれば時間の感覚がつかめるぞ、隠れ家じゃ真っ暗でわからないからな。これまで何日間この床下に隠れていたと思う、たった三日間さ。今日は二十日なんだ。おまえの隠れ家に懐中時計を持って行ってやりたいのはやまやまだったが、行方不明になったと思われても困るからな」こう言い残すと、オーガスタスは客室へと戻って行った。

それからおよそ一時間ほどして、グランパス号がいよいよ動き出し、いよいよ航海の旅に出られるとわかって、ぼくは快哉《かいさい》を叫んだものだ。すっかり満足したぼくは、これ以上ないほど楽天的になり、いよいよこの箱男生活から抜け出して、たとえいささか快適度のうえでは劣るにせよ、ずっと広々とした客室をあてがってもらえるのではないかと思い込んだのだから、まったく、捕らぬ狸《たぬき》の皮算用である。まずは懐中時計を手に入れないといけない。そこでろうそくの助けを借りつつ、暗闇の中を進み、むちなわ沿いに数えきれないほどの迷路をくぐり抜け、ある時などはさんざん苦労して長距離を突破したと思ったら、なんと元いた場所から一、二フィートほどしか離れていないところに戻っていた。しかしとうとう釘に辿り着き、探し求めた懐中時計を手に入れると、ぶじ隠れ家に戻った。こんどは箱の中にぎっしりそろえられている本を眺め、メリウェザー・ルイスとウィリアム・クラークの探検隊がいかにして太平洋に注ぐコロンビア川にまで到達したのかを記した書物を選んだ。しばらくのあいだ、この本を夢中になって読んでいたのだが、そのうち眠たくなると、慎重に慎重を期してろうそくの火を吹き消し、熟睡したのだった。

目が覚めると、いささか頭がおかしくなったような気分だった。しばらく経たないと、いったいどうしてこんな状況に甘んじることになったのかも思い出せなかった。しかし次第に、すべてを思い出したのだ。ろうそくに火をともし、懐中時計に目をやる。だが、どうも止まっているらしく、けっきょく自分がどれぐらい長く眠っていたかを計るすべはない。手足がひどく攣《つ》ってしまった感覚を何とかせねばと、再び箱と箱とのあいだに直立した。たちまち猛烈に食欲が湧いて来て、冷たいマトンを食べようかと考えた。その一部分は眠り込む前に食してみたが、なかなかうまかったからだ。ところが驚いたことに、すっかり腐り切っているではないか！　心掻き乱される思いだった。というのも、この悲惨な事態と目覚めた時の精神的動揺とを結びつけた結果、自分がきっと尋常ならざるほどに長く眠っていたにちがいないと思うようになったからだ。この隠れ家の狭さもこの事態をもたらすのに一役買っているのかもしれない。そのあげく、深刻な結果を招いてしまったのかもしれない。頭がずきずきした。呼吸にも支障が生じているんじゃないかと感じる。そして、とどのつまりは、ありとあらゆる鬱の気分に襲われる始末だ。それでもなお、例の跳ね上げ戸を持ち上げるか何かして騒ぎ立てようという気にはならず、時計のぜんまいをしっかり巻くと、できるだけ現状に甘んじることにしたのである。

続く二十四時間の流れにはほとほとうんざりしたものだが、その間というもの、誰も助けてくれる者などいない。ここまで徹底して無視されると、オーガスタスを責めたくもなるというものだ。いちばんやきもきしたのは、水差しの水が半パイント［一パイントは〇・四七三リットル］を切りそうだったことだ。じっさいロースト・マトンを諦めざるをえなくなって以降、ボローニャ・ソーセージをぞんぶんに食べていたから、のどがカラカラに渇いていたのだ。いてもたってもいられなくなり、本を手に取るどころじゃない。眠くて眠くて仕方がないのに、もしもそのままウトウトでもしたら、燃えさかる木炭がこの密室の空気のなかで火事でも引き起こすのではないかと気が気じゃなかったんだ。やがてグランパス号が横揺れし、ついに大海原の彼方まで来たのがわかった。そして、鈍いうなり声に似た響きがずいぶん遠いところから聞こえてくるような気がした時には、これは尋常な風じゃないぞ、と確信したものだ。それにしても、なぜオーガスタスが姿を現さないのか、さっぱりわからない。船はもう陸には容易には引き返せないぐらいのところまで来ているのだから、そろそろ客室へ上がれという指示があってもよさそうなものだ。たぶんのっぴきならない事件でも起こったのだろう――それにしても、いつまで囚人みたいな独房生活をさせるんだ。まさか、オーガスタス本人が急死したとか海に転落したとかいうんじゃあるまいな。まあいい、こんなことをくよくよ考えてもムダなことだ。そもそも逆風がひどくて船が進まず、グランパス号自体がまだナンタケット周辺をうろうろしているのかもしれない。とはいえ、この発想にも無理がある。なぜなら、万が一そうだとしたら、船はしょっちゅうその進路を変更していたはずだろう。ところがじっさいには一貫して左舷の方向を保っていたので、右舷甲板への追い風を受け前進していたのは、疑いようがない。それにもうひとつ、もしもグランパス号がいまなおナンタケット島近辺にとどまっているんだとしたら、そもそもオーガスタスの奴、こっちに降りて来て状況説明したっていいはずじゃないか。自分がひとりぼっちで不愉快な状態を強いられているのをこんなふうにくよくよ考えたあげく、ぼくはあと二十四時間だけは待ってやろう、そしてそれだけの時間が経っても解放されない場合は、進んで跳ね上げ戸のところまで行き、わが友と直接交渉するか、それともその抜け口より新鮮な外気を吸い客室から水の補給分を失敬するかだ。ところが、あれこれ考えているうちに、必死の抵抗にもかかわらず、ぼくはぐっすり眠りこんでしまい、人事不省に陥った。そして、このうえなくおそろしい夢を見た。ありとあらゆる災厄がふりかかってくる夢だ。中でも怖かったのは、世にもおぞましい形相《ぎようそう》の悪魔たちがぼくを巨大な枕のあいだにはさみ、窒息死させようとしている夢だ。巨大な蛇《へび》たちがぼくの身体をぐるぐる巻きにし、その恐ろしげに輝く瞳でじっと見つめていたこともあった。かと思うと、このうえなく寂寞《せきばく》として畏怖《いふ》すら覚えさせる砂漠がどこまでも広がっていた。とんでもなく高い木の幹が、灰色のまま葉を茂らせることもなくずんずん聳《そび》え、どこがてっぺんなのかもう肉眼では確認できない光景にも出くわした。根を生やしているのは広大に広がる沼地で、暗鬱な水をたたえており、漆黒《しっこく》にしてさざ波ひとつたてることもなく、全体に背筋が寒くなるような景観だった。そしてこの不思議な樹木たちはやがて人間めいた生気を備え、その骸骨《がいこつ》めいた両腕をぶんぶんふりまわし、静かな海へ慈悲を求めて叫び声をあげたが、その強烈な訛《なま》りにはたとえようもなく痛烈な苦悩と絶望がうかがわれた。やがて場面が切り替わると、ぼくは裸でぽつんと、焼けつくようなサハラ砂漠に立っていた。足元には熱帯のおそろしいライオンがうずくまっている。そいつは獰猛《どうもう》な瞳を開けると、ぼくにのしかかってきた。痙攣《けいれん》的に跳躍して一気に立ち上がると、すさまじい歯をむきだしにした。次の瞬間には、その真っ赤な喉《のど》から天空の雷鳴にも似た声で吠えたてるので、ぼくは地面にひどく倒れ込んだ。怖くて怖くてぶるぶる震えながら息がつまり、しまいには眠っているのか起きているのか定かではない。やがて、夢と思われたものは、ぜんぶがぜんぶ夢ではないのがわかった。少なくとも、いまや五感を回復していたからだ。そしてじっさい、何らかの巨大で実体を伴った化物がその前肢をぼくの胸に押しつけ——熱っぽい息を耳の中に吹きかけ——そして白くおぞましい牙が闇の中からこちらを狙って光っている。

このときぼくの手足をちょっとでも動かせば、そして何か一言でも口にすれば千人もの生命が助かるのだといわれたとしても、身じろぎすることもできなければ言葉を発することもできなかったろう。正体こそつかめずとも、このけだものは何らすぐには危害を加えることなくその姿勢を保っていたが、いっぽうのぼくはといえば、もうどうしようもなく死にそうな感じでそいつに組み敷かれていた。心身ともに疲れ切っていく――一言でいえば、もうダメだ、あまりの怖さで自分がダメになっていくのを感じていた。頭もふらつき――ひどく気分が悪くなり――目もろくすっぽ見えない――ぼくの上にのしかかる二つの眼球も光を失った。これが最後のひとふんばりと思って、ぼくはとうとう弱々しくも神に向かって射禱《しやとう》し、いよいよこれから死ぬのだと観念した。このときのぼくの叫び声が、どうやら眼前のけだものを激昂《げつこう》させたらしい。そいつは図体いっぱい、ぼくの身体におおいかぶさってきたのだ。ところが、ここで驚くべき展開となった。というのも、このけだものはいかにも哀れっぽく低い声でクンクン鳴き続け、ぼくの顔という顔、手という手をぺろぺろ舐《な》めまわしだしたのだ、これ以上あろうかというほどに熱っぽく、しかもこれ以上は考えられないほどの愛情と歓喜を込めて！　あまりのことにどぎまぎしてしまったが、ぼくはニューファンドランド犬のタイガーを飼っていたから、その鳴き声はもちろん、独特なじゃれつき方もおなじみだった。そうだ、こいつはタイガーじゃないか。そうとわかると、ぼくはこめかみまで一気に血がのぼり、とうとう救われた、生き返ったという、くらくらするほどの圧倒的感動に襲われた。それまで横たわっていたマットレスからすぐにも起き上がると、ぼくはこの忠実なるしもべたる親友を抱きしめ、胸のうちに長く秘めていたストレスを一気に吐き出すべく滂沱《ぼうだ》の涙を流したものだ。

以前と変わらず、マットレスを離れてからというもの、ぼくの思考はことごとく掻き乱され右も左もわからない状態になっていた。ずいぶん長いあいだ、頭の中で整理がつかない状態が続いていたのだ——しかし、ゆっくりとだが少しずつ、ほんとうに少しずつ、ものを考える力が回復して来た。そしてこんな境遇をもたらした事件について、思い出せるようになった。むろん、いったいどうして愛犬タイガーがグランパス号に乗船しているのかは、いまもわからない。その理由についてありとあらゆる推測をめぐらしはしたものの、けっきょくのところ、タイガーが来てくれてたったひとりぼっちではなくなり、こいつがじゃれついてホッとしたのだから、それだけでうれしいじゃないか、と自分に言い聞かせたものである。たいていの人は犬が大好きだ——でもぼくがタイガーに降り注いできた愛情は常軌を逸するほどであり、どんな動物もこれほどに愛されたことはあるまい。七年間というもの、タイガーはぼくのかけがえのない相棒であり、その高貴な品格については太鼓判を押す。まだ子犬だったころ、ナンタケットの不良の魔手にかかりロープでつながれ水際へ追いやられているところを助けてやったのが始まりだったのだが、三年ほどして成長した暁には、ぼく自身が追いはぎに襲われていたのを助けてくれて、あれは何とも立派な恩返しだった。

懐中時計も取り戻したが、それを耳に寄せてみると、またもや時計の針が止まっている。しかし今度という今度は、さほど驚きもしない。というのは、いささか奇妙な感覚を覚えている現状からして、おそらく以前同様、じつに長いあいだ、それもどれぐらいの時間か特定しようもないほどの長いあいだ、眠りこけてしまったに決まっているからだ。身体が火照《ほて》って来ると、喉が渇いて渇いて、もうがまんできない。ほんのわずかでもいいから水が残っていないかと、箱のまわりを手探りする。というのも、いまやランタンの中のろうそくが燃え尽きてしまったがために、何の灯りもないばかりか、燐のマッチ箱も簡単には手に入らないのだから。水差しをようやく見つけはしたものの、中身はからっぽ。まちがいない、タイガーのしわざだ。喉が渇いたせいで飲みたくなったのだろうし、マトンの残りもこいつがたいらげたのだろう。何しろ肉をきれいにかじり取った骨だけが箱の中に残っていたのだから。腐った肉はなくてもしのげるけれど、しかし水が一滴も残っていないのには参った。身体にはガタが来ていた——あまりに疲労困憊していたため、ちょっと動いただけで、悪寒《おかん》にでも襲われたかのように全身にふるえが走った。泣きっ面に蜂というべきか、グランパス号がえらくゆさゆさ揺れ始め、隠れ家の箱の上に載った油樽がいまにも落下しそうになった。そんなことになったら、たったひとつの出入口がふさがれてしまう。船酔いのほうもひどくなる一方だ。あれこれ悩んだあげく、こう考えた——イチかバチか、跳ね上げ戸まで行ってすぐにも助けを求めよう、でないとこの危機から脱出することもできなくなるぞ。こう心に決めると、ぼくは再び手を伸ばして、燐のマッチ箱とろうそくのありかを探った。マッチ箱のほうは、何とか見つかったが、しかしろうそくのほうは思ったほどにはすぐ見つからなかったので（すぐ見つかるはずと思ったのは、どこに置いたかだいたい覚えていたからだ）、やむなく当座のところは探すのをあきらめ、タイガーにはおとなしく寝ていろと命じ、跳ね上げ戸へと進み始めた。

そうこうしているうちに、身体の衰弱は目に見えてひどくなった。這《は》い進むにもえらく困難だったし、手足がいきなり動かなくなることも珍しくない。そんな折も折、意気消沈してうつぶせになり、ほんの数分のあいだではあるが、ほぼ人事不省のままだったこともあった。ぼくはなおもゆっくりと前進し、この狭く複雑怪奇に曲がりくねった材木置き場にいたらいつしか卒倒するんじゃないかと気が気じゃなかった。何しろこんな苦境に置かれたら、あとはもう死を待つばかりというのが実感だった。ぼくはとうとう、ありとあらゆるエネルギーをふりしぼって前進したが、いきなりおでこを何かに激突させたと思ったら、それは鉄張りの箱の尖《とが》った角であった。この事件にしばらく狼狽していたのだが、しかし、あまりにも悲しむべきことに、グランパス号が急速かつ強烈にゆれたがために木箱が行く手を阻み、じっさい通路はふさがれてしまったのだ。持てる力を出し切るぐらいにがんばって木箱を取りのけようとはしたものの、びくともしない。どうやら木箱は周囲にひしめくさまざまな箱や船ならではの調度品の中にぴったり溶け込んでしまっているようだ。ゆえに、どんなに身体が弱っていても、むちなわを目印に伝って、新たな出入口を探すか、それとも障害物によじのぼり、反対側の通路をめざすか。前者の方策には困難と危険がありすぎて、考えるだけでも身の毛がよだつ。現在の心身ともに衰弱し切った状態では、たとえ新たな出入口を探そうとしても確実に迷子になるだろうし、この隠れ家の陰湿な迷路のなかで慘憺《さんたん》たる死を遂げるのがオチだろう。だからこそ、ぼくはためらうことなく一歩進むと、残った力と不屈の精神を奮《ふる》い立たせ、できる限りうまく、木箱によじのぼろうとしたのだ。

こうした目的を視野に入れてしっかり立つと、この企てが、たんに恐怖心だけでは語れないほどに真剣勝負の仕事であることがよくわかった。狭い通路の両側には多様で重量級の材木が組み合わさり、完璧な壁を構築している。ちょっとでも間違ったら、材木が頭上に落ちて来るだろう。万が一、そんな事故が起こらなくとも、けっきょくガラガラと大量のものが落下してぼくの帰路をふさぎかねない。木箱そのものは長く巨大で、そこを足場にするわけにもいかない。何とか上へ昇って、何とかすっくと立ち上がろうと試みたのだが、万策尽きた。もしもそこへまんまと到達していたら、自分の力では事態を収拾するのにまったくふさわしくないのが確実となり、ぼくなどどうやっても失敗するのがオチだ、ということになっていただろう。ようやく、やけくそ気味に木箱を床から一気に移動させようとしたが、この時ぼくはすぐそばの舷側がとんでもなくゆれるのを感じたのだ。腕をぐっと上へ突き出して厚板の一角をつかもうとしたが、部厚い一枚はぐらぐらだった。運良く折りたたみ式小刀《ナイフ》を持ち合わせていたので、たいへんな苦労の末に、そいつをこじ開けて上へ進むと、ぞくぞくするほどうれしいことに、上からはまったくふさがれちゃいないのがわかった。ということは、けんめいに目指して来た覆《おお》いが外れてるってことさ。今度という今度はらくらくと進んで、ついに目指す釘を突き止めた。どきどきしながら直立し、そっと跳ね上げ戸を押してみる。思ったほどすぐには反応しなかったので、こんどはぐっと力をこめてやってみた。万が一オーガスタス以外の人間が客室にいたらどうしようか、とやきもきしながら。ところが驚いたことに、跳ね上げ戸はびくともせず、不安はつのるばかり。というのも、以前であればほとんど力など入れなくても、この跳ね上げ戸はすぐに反応して開いたからだ。もういちど力を入れて押したが、事態は変わらない。渾身《こんしん》の力をこめてみたが、やっぱりダメだ。憤懣《ふんまん》やるかたなく、ぼくは絶望のどん底へ突き落とされた――この跳ね上げ戸は、どんなにこちらがふんばっても言うことを聞いてくれないのだから。してみると、真相はこういうことなんじゃないか。つまり、この抜け穴を見つけた誰かが、決して開かないよう釘で打ち付けてしまったんだ。さもなくば、人間の力ではとうてい取りのけられないような重量級の荷物が抜け穴の上に置かれてしまったんだ。

あまりの恐怖と狼狽で、感情が爆発しそうだった。いったいどうしてぼくが生き埋めにされねばならなかったのか、そのゆえんを探ってみたが、さっぱりわからない。どんなに頭を働かせても因果関係がつかめない。かくして床に座り込み、いやおうなしに何よりも暗澹《あんたん》たる想像をめぐらすに至る。もう水も食糧もないまま窒息し生き埋めのまま葬られるのだという思いが、これから迫りくる運命としてのしかかってきたのだ。だがしばらくすると、いくらか正気を取り戻したのも、たしかである。指で探って行くうちに、抜け穴の開口部分にヒビが入っているのがわかったのだ。じっくり調べてみて、そこから客室の光が漏れてこないかどうかを確認したが、そんな気配はない。そこでナイフの刃をヒビのところに走らせてみたところ、硬い障害物に行き当たった。刃でこすってみると、その先にあるのはどうやら巨大な鉄のかたまりらしく、うねりのある感触からして、錨鎖らしい。残された道はただひとつ、ねぐらの箱へ引き返し、この悲惨な運命を嘆くとともに、心を鎮めて脱出計画を考えることだ。すぐにもそれを行動に移すと、ほうほうのていでねぐらへ戻ることができた。精根尽き果ててマットレスに沈み込むと、タイガーがそばにしっかり擦《す》り寄り、じゃれつくことで困り果てたぼくを慰めようとしているかに見えた。そしてこの苦境を力強く乗り切るようにと励ましてくれているようにも思われた。

だが、どうもタイガーのふるまいがおかしくなってきたことにも、気づかざるをえない。ぼくの顔や両手をぺろぺろ舐めまわすと、いきなり中断し、低い声でくんくん鳴き始めたのだから。手を伸ばしてふれてみると、タイガーは何と前肢を上向きにし、仰向《あおむ》けに横たわっているではないか。こうしたふるまいが頻繁《ひんぱん》にくりかえされると、さすがに奇妙であって、わけがわからない。タイガーは意気消沈しているようなので、きっとケガをしてるんじゃないかと考えた。前肢を手に取って、じっくり調べてみる。しかし傷ひとつない。そこで推測したのは、タイガーが空腹なんだろうということだ。したがって、大きなハムをひときれやると、がつがつ食べ始めた——しかしすっかりたいらげてしまうと、また元の尋常ならざるふるまいに戻ってしまった。

想像するに、タイガーもまた、ぼくと同じで、喉が渇いてしかたがないのだ。これこそ真相じゃないかと断定しようとした瞬間、そういえばタイガーの前肢だけしか調べなかったな、全身は、とくに頭のほうはどうなんだろうという疑問が湧き起こる。タイガーの頭をさわってみたが、ケガらしきものはない。だが、こんどは背中のほうを探ってみると、毛がピンと立っているのを感じた。いったいどうしてなのか調べてみると、何と一本のひもがタイガーの身体に巻き付けられているじゃないか。さらにじっくり吟味してみたところ、そこにはどうやら小さな手紙の切れはしらしきものがはさまっているのがわかった。ひもはその手紙がすぐに見つかるように、タイガーの左肢のつけ根にくくりつけられていたのだ。

第三章

ぼくはすぐにもこう考えた。この手紙はオーガスタスからのものだ。たぶん何かしら説明しがたい事件が起こってぼくをこの船倉のねぐらから救い出せなくなったがために、奴はこんな手段を講じて事件の真相を知らせようとしたのだ、と。読みたくてたまらなくなり、ふるえる手でマッチとろうそくをもういちど探す。眠り込む前に注意深くしまっておいた記憶があるのだが、いまひとつ定かではない。そして、じっさいのところ、ついさきほど跳ね上げ戸に向かう前までは、いったいそれらをどこに置いたか、正確な場所を覚えていたのである。ところが、いまとなってはどんなに頭をふりしぼっても思い出せない。ゆうに一時間ほど、ああでもないこうでもないと考えあぐねたが、ついに目当てのものは見つからなかった。これほどに不安と緊張に悩まされたことはない。だがとうとう、底荷の近くや箱の口を、さらには箱の外側を手探りしていると、船尾の方角で何かがかすかにきらりと光る。ひどく驚いたぼくは、ほんの数フィートの距離のようであったから、その方角へ向かって突き進んだ。けれども、そう思って動くやいなや見失ってしまい、次にお目見えするのを待つには、再び例の箱を手探りし、元の位置に戻るほかなかった。さて、あたりを警戒しながら頭をあちらこちらと動かしているうちにわかったのは、ゆっくりと注意深く、そして当初開始したのとはまったく逆の方向へ進んでいくと、例の光に接近し、はっきり目にすることができたということだ。ぼくはすぐに光を確認すると(それも数知れず狭く曲がりくねった経路を押し分けたあげく)、その光が横倒しになったからっぽの樽に入っている数本の燐のマッチの断片から発しているのに気づいた。いったいぜんたいどうやってそんな場所に位置するに至ったのかといぶかしみつつ、ぼくはろうそくの蜜蠟《みつろう》のかけらのいくつかに手を伸ばす。まちがいない、タイガーがろうそくをもぐもぐ噛《か》んでいたのだ。ここで結論。タイガーこそがぼくの分のろうそくをぜんぶがつがつ貪った元凶であること。ろうそくの光なしにはオーガスタスがよこした手紙を読むことすらできないということだ。樽の中で蜜蠟のちっぽけなかけらはほかのゴミとごっちゃになっていたため、再利用するのもかなわず、そのままにしておくしかなかった。燐のほうはほんの少量残っているのをできるだけかき集め、何とかかんとか隠れ家へ戻った。この作業のあいだじゅう、タイガーはそこに待機していた。

はてさて、次に何をやるべきか。この隠れ家は漆黒の闇だから自分の手をどんなに顔に近づけようが見えないほどだ。この白い紙切れに何が書いてあるかなど、とうてい読めそうもない。真正面からまじまじと見つめてもダメだ。網膜を外側に向けてみたらどうだろう、つまりわずかに横目でながめてみたらどうだろう、と実験してみたところ、いくらか判読できそうな程度である。かくして、この牢獄《ろうごく》がいかに暗いか察しがつくだろう。そしてわが親友の手紙にしても、それがほんとうにオーガスタス自身のものであるにせよ、すでに心身ともに衰弱し切ったぼくをさらに混乱させ、ますます困惑させるだけのように思われた。ぼくはけんめいに知恵をふりしぼって、何とか光を確保できないかと、ありとあらゆる荒唐無稽な手段を考えた――そんな手段は、不可思議なる麻薬幻想に冒された人間が似たり寄ったりの目的のためにしがみつきそうなものであり、それらはどれもこれも、麻薬幻想にふりまわされている限りは、たとえようもなく合理的に見えたかと思ったらとんでもなく不条理に見えるものだ、あたかも理性と想像力が覇権《はけん》争いをくりかえしているかのように。だが、とうとう名案を思いついたぞ！　いったいどうしてこれまで気がつかなかったんだろう。ぼくはこの手紙を本の裏表紙に載せ、樽のところから燐のかけらをかき集め、手紙の上にふりかけた。そして手のひらで紙切れ全体を素早く、だが着実にこすってみた。そこに何らかのメッセージが書かれているなら、これで簡単に読むことができるだろうと確信したのだ。ところが、一語たりとも出てこない――紙面に広がるのは茫漠《ぼうばく》とした空白ばかりで、燐光は数秒で消えてしまった。それとともに、ぼくの心も沈んで行った。

　すでに何度か述べてきたが、ぼくの知性はここしばらくというもの、まったくの幼児並みだった。たしかに定期的に少しばかりのあいだだけ、完璧な正気へ戻り、時折エネルギーすらも回復することはあったが、例外にすぎない。ここで思い出すべきは、ぼくがもう何日も何日も捕鯨船の密閉空間における不衛生で有害な空気を吸い、ろくすっぽ水にもありつけなかったことだ。ここ十四、五時間のあいだ何一つ口にしておらず、睡眠すら取っていない。

最上の塩の供給だけが、それこそがこのところの主要な――そしてマトンを失ったあとには唯一の――栄養源であり、ほかには乾パンくらいのものだ。とはいえ、乾パンが最悪なのは、これだけ喉がからからに渇いている状況下で食べるには乾燥し過ぎており、硬すぎたということだった。どうやら熱も出て来たらしい。どう見てもひどい病気にかかったというほかない。このことひとつ取っても、燐光で画策した時点から数えて何時間ものあいだ絶望に沈んでいたことがわかるが、やがてぼくは、そういえばさきほど、例の紙切れの片方の面しか調べていなかったことに思い至った。とんでもない見落としをやらかしてしまったと閃《ひらめ》いたこの瞬間、いかに憤懣やる方ない気持ちに襲われたものかは（というのも、それはほとんど怒り心頭に発する気分だったのだから）筆舌に尽くしがたい。いかに自分が愚かで性急であってもそれだけのことであれば、大失敗でも何てことはない。だがここで肝心なのは、燐のマッチの実験で何一つメッセージが浮かび上がって来なかったがために、あの紙切れをビリビリに引き裂き放り投げるという、われながら子供っぽい所業に及び、そのあげく紙切れが行方も知れなくなったことである。

この大失敗ゆえにどん底に突き落とされたものの、そんなぼくを救ってくれたのは賢いタイガーだった。さんざん手を尽くしたあげくに小さな紙片を手にしたぼくは、それをタイガーの鼻に突きつけ、残りを探してきてほしいという意図を何とか伝えたのだ。すると驚くべきことに（というのも、タイガーの血統は芸の上手さで知られるが、ぼくはろくに仕込んでこなかったのだから）、奴はすぐにもこちらの言わんとするところを汲み取ってしばらくあみたいな使命を終えると、たちまちかなりな分量の紙片をかき集めて来たのだから。その使命を終えると、タイガーはしばらく動かず、自分の鼻をぼくの手にこすりつけ、誉《ほ》めてもらうのを待ち受ける風情であった。その頭をいい子いい子して撫《な》でてやると、タイガーはたちまち再出動した。数分して帰ってきたときには、ずいぶん大きな切れ端を持って来た。そう、これで紛失した紙切れはすべて回収したことになる。あの時ぼくは全体を三つに引き裂いてしまったらしい。運のいいことに、燐のかけらもまだ残っていたのを知った——ひとつかふたつの粒がぼんやりと光っていたのがきっかけだった。何しろ困ったことになっているのだから、今度こそは注意に注意を重ねて立ち向かわねばならない。かくしてぼくはこれからいったい何をすべきか、じっくり考えた。さっき調べなかった側の紙面に何らかのメッセージが書かれている可能性は十分にあるのだが、さていったいどっちの側だろう？　断片を繫《つな》ぎ合わせても、この点では何のヒントも得られなかったが、ともあれどちらか一方の面に言葉が書き連ねられているとして、それがメッセージとしての体裁を成しているのはまちがいあるまい。この点を確認するのが先決問題なのは疑いない。というのも、万が一またへまをやらかしたとしたら、残りの燐だけでは足りなくなり、三度目の正直などありえないのだから。以前と同じく、この紙切れを本の上に置いてじっくり考えることにし、今度はそれを想像で回転させてみた。その結果、メッセージが書かれている面は表面がデコボコになっているのではないかと考え、触覚を研ぎすませば調べられるのではないかと思った。よし、実験してみよう。ぼくはまず片方の紙面に注意深く指を走らせてみたが、どこにもデコボコしたところはない。今度は紙切れを裏返して、本の上に置く。再び人差し指で注意深く表面をなぞってみると、じつにかすかではあるが認識可能な燐光が、指の進行に従って輝くではないか。そう、以前の実験の時に紙面にちりばめた燐の残りが功を奏したのだ。だとすると、やはり反対側の紙面にこそ、何らかのメッセージが書かれているにちがいない。もういちど紙片を裏返し、以前と同じようにやってみた。燐をまぶしてこすると、その部分が光り輝く——そして今回ばかりは、じつに大きな筆跡で、どうやら赤インクで書かれたらしい文章が数行現れた。だが、もともと弱々しかった燐の輝きは、たちまち消えてしまった。この時、自分が有頂天になってさえいなければ、そこに出現した三行のメッセージすべてを熟読するにじゅうぶんな時間があったろう——そう、そこにはたしかに三行の文章が書きつけられていたのだ。ところがそれらすべてを一気に読まねばならないと焦《あせ》るあまりに、けっきょく最後の七語のみを判読できたにすぎない。こんな言葉だ——「**血だ——生き延びたかったら、そこでじっと引きこもっているがいい**」

この手紙の内容をぜんぶ判読することができていたとしたら——そしてわが親友が伝えようとした警告の意味をぜんぶわかっていたとしたら——この警告に込められているのがたとえ世にもおぞましい災厄の知らせであったとしても、それが与える衝撃は、たった一行の断片が醸し出す痛ましくもわけのわからぬ恐怖の十分の一にも及ぶまい。それに、どの言葉よりも「血」という一語が——どんな場合であれ謎と苦悩と恐怖に満ち満ちているばかりか、三重もの意味をたっぷり帯びているように思われる。「血」というその曖昧模糊《もこ》とした音節が、この暗い牢獄のなかで、何とも寒々しく重々しく、わが魂の奥また奥へと肉薄してきたのだ！

オーガスタスには明らかに、ぼくには隠れていていてほしいじゅうぶんな理由があった。そしてぼくはそれについてああでもないこうでもないとさんざん検討し続けてきたのだが、ついに満足な解答を得るには至っていない。さきほど跳ね上げ戸から戻って来たのちに、そしてタイガーのおかしなふるまいに気を取られる前の段階で、ぼくはもう乗組員たちに聞かせるべく声を上げよう、それもダメだったら、最下甲板から上に突き進むべく画策しようと心に決めていた。いよいよ緊急事態となった時には、これら二つのもくろみのうちどちらかひとつでも達成できるかどうかは五分五分の可能性しかなかったが、しかしまさにそうした苦境であったがゆえに（それもこんな無理をしなければ陥らなかった苦境であるがゆえに）、かえって最悪の事態を切り抜ける勇気が湧いてきたというわけだ。ところが、先ほどの手紙のうちほんの数語しか読めなかったとはいえ、まさにそのメッセージによって最後の勇気も潰《つい》えてしまい、いまや人生始まって以来、自分の悲惨な宿命を実感せざるをえなかった。ぼくは絶望に打ち震え、身体をマットレスに投げ出し、まさにその格好で一昼夜というもの、まったくやる気を失っていた。そんな絶望から救われたのは、定期的に、そして交互に、理性的に反省しようという気分と過去を追想しようとする気分に浸ったからであった。

とうとうぼくはもういちど立ち上がり、あたりに立ちこめる恐怖感について思索をめぐらす。あと二十四時間のあいだ、水なしで生きていられる可能性は果てしなく少ない——それが二十四時間以上にもなれば、ぼくはまちがいなく死ぬだろう。ここに幽閉された最初のころは、オーガスタスが供給してくれた果実のリキュールをぞんぶんに飲めたが、じっさいのところ、それは身体を熱っぽくするばかりで、いささかも渇きを癒すものじゃなかった。四分の一パイントほど残してはあるが、こいつはえらく強烈な桃のリキュールのため、胃が受けつけやしない。ソーセージもすっかりたいらげてしまった。ハムはといえば、皮がほんのわずか残っているにすぎない。そして乾パンは、かけらが多少残っている以外、すべてタイガーが食い尽くしてしまったのだ。さらに困ったことには、頭痛がどんどんひどくなってきており、そこへ最初にここで眠って以来多かれ少なかれ悩みの種となっている錯乱状態が伴う。これまでの数時間というものは、大いに苦労しながらも息をすることはできたが、いまや呼吸しようとすれば胸のあたりがひどく痙攣するのだ。しかし、これに加えてもうひとつ、まったくタイプの異なる不安要素がある。なにかしらいたぶられるような恐怖を感じるからこそ、ぼくはマットレスで伸びているどころではなく、起き上がり力を奮い立たせねばならなかったのだ。その要因は、タイガーのようすがおかしいことである。

ぼくが最初にタイガーのふるまいに異変を感じたのは、紙片上の燐をこすってみるという最後の賭けに出た時だった。まさにその作業中に、タイガーは鼻をぼくの手にこすりつけてきたのだが、この時、奴はかすかなうなり声をあげていた。けれど、ぼくはといえばメッセージ解読の可能性に胸躍らせながら燐をこすり続けていたため、愛犬の異変など気がつくはずもない。やがてぼくはマットレスに倒れ込んで、人事不省に陥った。だが、すぐに耳元でシュウシュウというおかしな鳴き声が聞こえてきたので、目を覚ましてみると、何と声の主はタイガーではないか。奴がこれ以上ないぐらいに興奮してハアハアゼイゼイ言っているのだ。その目玉に至っては闇の中でぎらぎら輝いている。声をかけると、タイガーは低いうなり声を返し、すぐにおとなしくなってしまう。ぼくはたちまち、またも人事不省に陥ったが、また似たり寄ったりの事態が生じて再び目を覚ました。こんなことが三度、四度とくりかえされ、ついにタイガーはどうもおかしいぞという恐怖が高まって、ぼくは完璧に目が覚めた。奴はいまこの箱の扉のわきにうずくまり、恐ろしげな低いうなり声をあげ、痙攣と見紛《みまが》うほどに歯ぎしりしている。こうなったらもう、火を見るよりも明らかだろう。タイガーは水もなく空気も悪い隠れ家の環境ゆえに発狂してしまったのであり、いったいどう対処していいのか、ぼくにはさっぱりわからなかった。殺すには忍びないが、とはいえ自分の安全のためには致し方ないようにも思われた。タイガーの眼がこっちに狙いをつけ、悪意で一杯なのが見て取れたし、こうなるといつこっちに襲いかかってきてもおかしくない。ぼくはとうとうこの恐ろしい状況に耐えきれなくなり、どんな危険を冒しても箱から逃げ出そうと決心した。もしもタイガーが抵抗して、必要が生じたならば、こいつを殺害するのも厭《いと》わない覚悟だった。脱出するにはタイガーのすぐわきを通過しなくてはならず、奴はこっちの意図をすでにお見通しのようだった——何しろ前肢ですっくと立つと（それは奴の瞳の位置が変わったのですぐにわかった）、真っ白な牙をすべてむきだしにしたのが、容易に見て取れたからだ。ぼくはハムの皮の残りと果実酒の罎《びん》を手に取り、しっかりと身の回りに確保し、オーガスタスが置いていってくれた切り盛り用大型ナイフも忘れなかった。かくして、ぼくはマントをできる限りきっちり羽織ると、箱の出口へ急ぐ。するといきなり、タイガーがわんわん吠えながらぼくの喉元めがけて突っかかってくるではないか。犬の全重量が右肩にかかり、ぼくは左側へもんどり打ったが、いっぽうの怒れるタイガーはといえば、こちらの身体の上を通り過ぎて行った。ぼくは膝から倒れ、頭を毛布の中につんのめらせたが、そのおかげで奴の次なる激越な攻撃を跳ね返すことができた。というのも、タイガーはまさしくぼくの首の回りを包む毛織物に鋭い牙をぎゅうぎゅう押し付けてきたのだが、その毛織物を食いちぎるほどの力はなかったからだ。この時、タイガーはぼくの身体の真上におおいかぶさっており、ちょっとのあいだ、奴は完全にぼくを組み敷いていた。だが、絶望すればそのぶんだけ力が出るというものだ。ぼくは一気に立ち上がると、タイガーを全力で振り払い、マットレスのところから毛布を引っ張って来た。これを一気にタイガーに向かってかぶせると、奴が毛布から抜け出した時にはもう、ぼくは箱から脱出して扉を外から閉め、奴がもう追っかけては来られないように図ったのだ。とはいえ、この時の取っ組み合いのせいで、ハムの皮一切れをどこかへ落としてしまったため、今となっては残った備えは果実リキュール酒四分の一パイントのみ。こうした考えが脳裏をかすめると、ぼくは甘やかされた子供が似たような状況で陥る天邪鬼《あまのじゃく》の病がぶり返すのを感じた。かくしてリキュール酒を壜ごとごくごくやり最後の一滴まで飲み干すと、壜を床に投げつけた。

壜がガシャーンと割れる音が谺《こだま》するが早いか、三等船室のほうから、誰かぼくの名前を熱っぽく、しかし押し殺したような声で呼ぶ者がいる。こんな呼びかけがあるとは思いもしなかったので、気持ちが昂《たかぶ》るのを抑えられず、返答しようとするが無理であった。ぼくの発声能力はことごとくなくなっていたからだ。しかしわが親友がぼくを死んだものと判断し、居場所も突き止めずに戻るなんてことがあったら空恐ろしいので、ぼくは隠れ家たる箱の扉近くの木枠ふたつのあいだにすっくと立ち、ぶるぶる震えながら、何とか言葉を発するべくけんめいに模索した。一千もの世界の運命がたったひとつの言葉を聞けるかどうかで左右されるとしても、この時のぼくは一言たりとも口にすることはできなかったろう。ぼくの居場所よりほんの少し前方の材木あたりから、かすかな動きがあるのが聞こえた。その音はすぐにも不明瞭になり、ついには聞こえなくなってしまった。この瞬間の気持ちをわかってもらえるだろうか？　オーガスタスが行ってしまう、と直感したのだ。わが友、わが相棒たるオーガスタスには大いに期待していたというのに、その彼が行ってしまう——ぼくを見捨ててしまう——そう、もう行ってしまったんだ！　オーガスタスはぼくなど悲惨な死を遂げてもよい、何より恐ろしくおぞましい地下牢で息絶えるがよい、と考えたのではないか？　この時、たったひとつの言葉さえあれば——そのひとつの言葉さえ発すれば、ぼくは救われるはずだった——ところが、まさにそのたったひとつの言葉を、ぼくは口にすることができなかったのだ！　それは死の苦しみに勝ること一万倍以上の衝撃だった。頭がぐらぐらして、ぼくはひどく気分が悪くなり、箱の片端を背にぶっ倒れた。

ぼくが気絶するさい、ズボンのベルトにはさまった切り盛り用大型ナイフがねじり取られ、ガチャガチャと音を立てて床に落ちた。至上の楽の調べが、これほどまでに甘美に響いたことは、いまだかつてない。だが、とてつもない懸念も湧き起こったので、ぼくはいまの衝撃音をオーガスタスが耳にしたかどうかを確かめようと、耳をすました——というのも、ぼくの名前を呼ぶ人間となれば、奴以外にありえないのだから。しばらくのあいだ、すべてが静まり返った。そしてとうとう、ぼくは「アーサー！」と低音でためらいがちにくりかえす呼び声を耳にした。いよいよ希望が甦《よみがえ》ったとなれば、ぼくの発声能力もたちまち復活を遂げ、今度という今度は張り裂けんばかりの声で叫んだものだ——「オーガスタス！　ああオーガスタスよ！」「しーっ！　頼むから静かにしてくれ！」と奴は心乱れ震えるような声で返して来た。「すぐにそっちへ行くよ——船倉をうまく抜けたらば、すぐに」長いあいだ、ぼくはオーガスタスが材木のはざまで動いているのがわかった。一瞬一瞬が一時代のごとくに長く感じられた。そしてとうとうオーガスタスはぼくの肩に手を置くと、まったく同時に水の入った壜をぼくの口元に寄せた。墓穴から突如として甦った者、あるいは最悪の牢獄に放り込まれた囚人を襲うのと変わらぬ圧倒的な喉の渇きを熟知する者だけが、ありとあらゆる物質的贅沢《ぜいたく》のうちでもずば抜けて芳醇な水をごくごく飲むことのたとえようもない喜びを、理解することができる。

あるていど喉の渇きが癒されたところで、オーガスタスはポケットから三つ四つの冷たくなった焼き芋を取り出したので、ぼくはがつがつ貪った。彼はまた、黒々としたランタンにろうそくをともして持って来てくれたので、その快適な光は飲食物に優《まさ》るとも劣らぬほどに、幸せな気分をもたらしてくれた。けれど、この時のぼくはいったいぜんたいオーガスタスがなぜえんえんと姿を現さなかったのか、その理由を知りたくてたまらなかった。やがて彼は、ぼくが幽閉されているあいだというもの、船上でどんな事件が起こっていたのかを、話し始めた。

第四章

グランパス号が出帆したのは、推察したとおり、オーガスタスが懐中時計を置いていってくれてから、だいたい一時間後だった。六月二十日のことである。ここで思い出すのは、ぼくが船底の隠れ家に閉じこもっていたのは三日間であり、その期間というもの、船上ではやたらと騒動が起こり、みんながあちらこちらを——とりわけ船室と客室を——ドタバタ走り回っていたので、オーガスタスは跳ね上げ戸の秘密がバレたらまずいと思うあまり、ついぞぼくのところまで降りては来られなかったのだ。ぼくの方はとにかくできるだけ元気にやっていくから大丈夫だよ、とオーガスタスをあらかじめ安心させていたので、奴の方も、丸二日間というもの、ぼくのことをあまり気にかけなかったみたいだが、それでも船倉へ降りる機会あらばと狙っていたのだ。そしてようやく四日目になり、その時が到来した。この期間というもの、オーガスタスは何度となく父である船長にわれわれの冒険計画を知らせよう、そして親友ピムをすぐにも船上へ昇って来させようと決意を固めたという。ところがぼくらはいまなおナンタケットの圏内に位置しているがために、バーナード船長から漂う気配からして、万が一ぼくの密航が発覚したらたちまち実家へ送還されないとも限らない。オーガスタスがさらにふりかえって付言するには、ぼくがそんなに食糧に不足していたり、そんな緊急事態にもかかわらず跳ね上げ戸のところで親友に呼びかけるのをためらったりしたのを、想像もできなかったというのだ。したがって、すべてをよくよく考えたオーガスタスは、自ら誰にも気づかれずに下へ降りる好機が訪れるまで、親友には隠れ家に留《とど》まらせようともくろんだ。そしてすでに述べたとおり、これは彼がぼくに懐中時計を持って来てくれてから四日目のことで、ぼくが最初にこの隠れ家で暮らすようになってから数えると七日目のことになる。オーガスタスは水も食糧も持たずにいったん船倉へ降りてきたのだ。それはまさにぼくの注意を喚起し、ねぐらの箱を出て跳ね上げ戸のほうへ誘導するつもりだったからだ――そして客室へ赴き、必需品を手渡すつもりだったらしい。ところが、まさにその目的のために降りてきたら、なんとぼくが眠りこけているではないか。えらくいびきをかいていたから、致し方ない。これがいったいどのタイミングであったか、ありとあらゆる条件を勘案して逆算してみるに、ぼくが跳ね上げ戸から懐中時計を持って戻ってきたのちに熟睡してしまった時のことであるのはまちがいない。しかも結果的に、この時のぼくは何と三日三晩以上もの間眠りこけていたのだ。というのも、このころには、自他ともに認めることではあるが、船倉に閉じ込められていたために古い魚油が放つ悪臭の強烈な催眠効果にさらされていたからである。そしてまさにこの隠れ家そのものの環境や、グランパス号そのものがずいぶんと長いあいだ捕鯨船として使われてきた歴史を考え合わせてみるに不可思議なのは、三日三晩こんこんと眠り続けてしまったという事実よりも、いったん眠ったにもかかわらず、よくぞ目を覚ましたという事実のほうなのである。

この時、オーガスタスは低い声でぼくに呼びかけ、跳ね上げ戸も開きっぱなしにしておいたそうだが——ぼくがそれに返答しなかったのは言うまでもない。奴は仕方なく跳ね上げ戸を閉めると、やや大きな声で、しまいにはえらく大声でぼくに語りかけたらしいが——こっちはなおもいびきをかいていた。このあたりでオーガスタスは途方に暮れたんだね。何とか材木の間を縫ってぼくが眠りこけている箱へ向かったわけさ。だが一方では、オーガスタスの姿が見えないのにバーナード船長が気づく。何しろ船長から命ぜられる仕事はひっきりなしにあって、とりわけグランパス号の航海をめぐっては、書類を整理したり複写したりしなくちゃならなかったんだから。そんなわけで、オーガスタスはよくよく考えたあげく、船上に戻ることにし、ぼくのところに来るのはまたの機会があるだろうと踏んだ。とりわけぼくがあまりにもすやすや眠ってるもんだから、奴はいささかも迷うことなくこの決断を下した。

幽閉状態のさなかでどれだけ不便が生じているかなんて、想像すらできなかったようだ。そして、こう決断した矢先、船上ではどうやら船室に端を発するとんでもない騒ぎが巻き起こり、奴はそっちに気を取られる。できる限り素早く跳ね上げ戸から飛び出ると、それを閉め、客室の扉を開け放った。その敷居をまたぐやいなや、ピストルが眼前で炸裂《さくれつ》し、それと同時に誰かにてこ棒で殴られて、オーガスタスは気絶してしまった。

やがて頑強な腕が船室の床にのびている奴を抱き起し、喉のあたりをしっかりとつかむ――だがオーガスタスは自分のまわりでいったい何が起こっているのかを観察することができた。父のバーナード船長は手足を縛られ、甲板昇降口の階段沿いに仰向けに倒れて、額には深い傷を負っていた。まさにその傷から血がどくどくと流れている。船長は一言も発することなく、このまま死んでしまうかのようだった。そのありさまを上から見下ろしている一等航海士は、悪魔のごとく目をらんらんと輝かせ、船長のポケットをじっくり探った末に、大きな財布とクロノメーターを取り出した。乗組員のうち七名（うちひとりは黒人の料理人）が、左舷の客室を徹底的に家探しして武器を奪い、すぐさまマスケット銃と弾薬を装備した。船室にはオーガスタスとバーナード船長のほかに九名の男たちがいたが、どいつもこいつもグランパス号きっての荒くれ者だった。悪党どもは甲板に赴き、わが友オーガスタスをその背中から武器を突きつける格好で連行する。そしてまっすぐ船首楼へ向かったが、そこはしっかり釘づけにしてあり――反乱分子のうち二名が斧《おの》を携えてそのわきに立ち、もう二名が中央昇降口に待機していた。一等航海士が声を張り上げる。「下にいる連中は聞こえるか？　ひっとらえた連中を一緒に連れてこい――ひとりひとり、くれぐれも注意しろよ――ブツクサいうんじゃねぇぞ」それから数分間は誰もすがたを現さなかった。ようやくすがたを見せたのは新米船員のイギリス人で、ぐすぐす泣きながら、一等航海士に対してはこれ以上ありえないほど腰を低くして、命乞いをしていた。しかし、それに対する回答はただひとつ、そいつの額を斧でかち割ることだけだった。この哀れな男はうめき声ひとつ立てられぬまま床に突っ伏し、それを黒人の料理人があたかも子供に対するかのように抱き起こすと、注意深く大海原へと放り投げた。この時の斧一撃による殺戮《さつりく》と海への埋葬の騒ぎを聞きつけ、階下に隠れていた男たちは何ら威嚇《いかく》や保証をされずとも甲板に現れる気になっていたが、やがてその全員をいぶし出す作戦が実行された。さらなる騒ぎが巻き起こり、ほんの一瞬ではあるが、グランパス号を奪還するのも夢ではないかのように思われた。ところが反乱分子たちは、敵対分子六名が上がってきたところで船首楼をまんまと封鎖してしまった。この六名は数でも武器でも負けていたため、ほんのわずかもみ合ったのみであえなく降参した。一等航海士はこの連中に寛大な言葉を投げかけた――それは明らかに階下にいる連中の降伏を促すためであった。連中には甲板上で交わされた言葉が難なく聞き取れたはずであるから。はたして、一等航海士がいかに頭が切れるか――と同時に、いかに腹黒いか――を明かす顛末《てんまつ》となった。船首楼に連行された全員が降伏の意志をつまびらかにし、ひとりひとりが甲板に上がり、両手を縄で縛られたすがたで、最初の六人と背中合わせに括りつけられたのだ――この反乱劇に関与していない乗組員のうち、しめて二十七名がしょっぴかれたというわけだ。

そして、このあと展開されたのは、世にも恐ろしい虐殺劇だった。両手を縛られた船員たちがみな舷門板のところへ引きずり出される。そこに黒人料理人が斧を持って立ち、船のへりのところで他の反乱分子に急《せ》かされるや、船員ひとりひとりの脳天をかち割って行くのだ。このようにして二十二名の船員の生命が奪われ、オーガスタス本人も死ぬのを覚悟し、自分の番はいまかいまかとびくびくしていた。ところが、どうやらこの悪党たちは、自らの流血沙汰《ざた》に飽き飽きしたか、それとも多少嫌気がさしたのか、残りの四名の囮《おとり》についてはーーその他の連中と同じく甲板に連れ出されたわが親友を加えてーー処刑を中断してしまったのである。他方、一等航海士はといえば、階下からラム酒を取ってくるよう命じ、この殺人集団は盛大な酒盛りをおっぱじめ、それが夕暮れまで続いたのだった。やがて連中は殺し損ねた四名をこれからどうするかという議論に突入した。文字どおりその四名がほんの四歩ぐらい離れたところにいて、話の中身などぜんぶ筒抜けだというのに。反乱分子の中には、酒の力でやや温和な対応を考えるようになった者もいるらしく、捕虜たちは反乱に加わり分け前にあずかるという条件で解放してやったらどうだろう、という意見がいくつか出た。もっとも黒人料理人は（こいつは正真正銘の悪魔であり、一等航海士以上ではないにせよ絶大な影響力を発揮していた）この手の提案にはいっさい耳を貸そうとせず、舷門板における処刑を続行しようと何度となく立ち上がるばかりだ。幸運なことに、この黒人料理人はすっかり酔っ払ってしまったらしく、反乱軍のうちの穏健派によってたやすく抑えられた。さて、まさにこの穏健派に属していたのが、中間管理職たる通称ダーク・ピーターズであった。彼はアプサロカ族（クロー族）インディアンの母を持ち、ミズーリ川の水源に近いブラック・ヒルズの隠れ家の中で暮らしていた。彼の父は毛皮商人で、少なくとも何らかのかたちでルイス川のインディアン交易所に関わっていた。ピーターズの外観はこれまでに知るどんな男もかなわないほど獰猛だった。背は低かったーー何しろ四フィート八インチしかないーーその四肢は何よりもヘラクレスのごとく頑丈だった。両手はとてつもなく太く巨大なため、もはや人間離れしているというほかない。腕は足と同じく奇妙奇天烈なかたちで湾曲しており、柔軟さのかけらもない。その頭部も巨大なのだが同様に醜怪《しゅうかい》きわまるもので、てっぺんがへこんでおり（たいていの黒人の頭と変わらない）、つるっぱげだ。年のせいで禿げたわけではないものの、これを身体的欠陥として隠蔽《いんぺい》すべく、ダーク・ピーターズはたいてい、いかにも人間の頭髪のごとき素材から成る鬘《かつら》を被《かぶ》っていた——時としてそれはスペイン犬の毛皮であったりアメリカヒグマの毛皮であったりした。前述の事件のときに彼が被っていたのはそうしたクマの毛皮のたぐいであり、それによって彼のアプサロカ族らしい獰猛な表情に拍車がかかった。口はといえば、片耳からもう片方の耳に届きそうなほど裂けている。唇は薄いが、彼の身体の他の部分と同じで自然な柔らかさというものに欠けているため、どんな感情に突き動かされようとも、いつもの表情は変わり映えしない。では、いつもの表情とはいかなるものかといえば、彼の歯はえらく長くて突き出ており、いかなる時にもその唇では隠しきれないと言ったら、わかるだろうか。通りすがりに一瞥《いちべつ》する限りでは、彼の表情はたえずひくひくと笑っているかのように見えるかもしれないが、しかし改めてまじまじと眺めてみれば、おそるべき真相が判明しよう。そう、仮にこうした表情が天性の陽気さを表すものだとしても、それは悪魔の陽気さなのだ。この怪人をめぐる逸話《いつわ》は、ナンタケットの船乗りたちにお馴染みのものだった。ダーク・ピーターズが興奮するといかにとんでもない馬鹿力を発揮するか、そもそもこいつは頭がおかしいのではないか、などなど。しかし、いざグランパス号に乗り組み、反乱が起きた時には、彼はどうやら何よりも嘲笑《ちょうしょう》の的になっていたらしい。ダーク・ピーターズのことばかりに偏《かたよ》って話すのは、ひとつには、いくら獰猛に見えても、彼こそはわが親友オーガスタスの命をみごとに救ってくれたからだ。そしてもうひとつには、ぼくはこれからもこの体験記を綴《つづ》る過程で彼にさんざん言及していくからだ——この体験記は、後半になればなるほど、人間の常識では考えられないたぐいの事件、そしてまさにそれゆえにとうてい人智の及ばぬたぐいの事件が目白押しになって行くであろうから、ぼくはこれから語ることを信じてもらえるなどとはとうてい思っていないが、しかし密かに信じているのは、やがて歳月を経て科学が進展すれば、ぼくの報告において何より重要にして何より不可思議な事件の真相も解明されるだろうということだ。

　連中はああでもないこうでもないと議論を重ね、二、三回は激しいケンカまでやらかしていたが、ついに最終決定を下すに至る——すべての捕虜たちは（ピーターズが事務をやらせるのにちょうどいいと冗談めかして推薦したオーガスタスを除いて）いちばんちいさい手漕ぎの捕鯨ボートに乗せて漂流させよう。一等航海士は船室へ赴き、バーナード船長がまだ生きているかどうかを確かめた。というのも、覚えているとは思うが、反乱が起こった時には船長は下に置き去りにされていたのである。すぐに二人は姿を現した。船長の顔は死人とみまがうほどに蒼白《あおじろ》かったが、しかし傷のほうはずいぶん良くなったらしい。船長は反乱軍に向かって、ほとんど聴き取れない声でこう語った——わたしを漂流させないでくれ、みんなそれぞれの持ち場に戻ってくれ、そうしたらどこへなりとも望む場所で下船させてやるし、断じて裁判にかけたりはしない。風に向かって語りかけていたのだろう。悪党のうち二人が船長の腕をつかみ、グランパス号のわきから捕鯨用ボートへ乗るよう追い立てる。一等航海士が船室へ降りているあいだに、ボートのほうは準備万端整っていた。甲板で横たわっていた四名はいっしょくたにされ、もはや言いなりである。こうした仕打ちをされても、いささかも抵抗する様子はない。オーガスタスはいまも苦しい立場に置かれていた。もっとも、彼は自身の父親たる船長に別れを告げる許可ぐらいはせめて得ようと、けんめいにあがくとともに祈りを捧げていたのだけれども。手渡されたのは一握りの乾パンと水差しのみ。マストもなければ帆もオールも、コンパスすら備わっていない。捕鯨ボートは数分間というもの船尾の方へ引かれて行き、そのあいだ反乱軍は再び討議し、ついにボートはグランパス号から切り離された。この時までにはもう夜の帳《とばり》が降りており、空には月も星も見えない——強風もないのに短くグロテスクな波が立っていたにすぎない。捕鯨ボートはすぐに見えなくなり、そこに乗せられた不運な者たちには、もはや希望はあるまい。とはいえ、この事件が起こったのは北緯三十五度三十分、西経六十一度二十分の地点なので、けっきょくバミューダ諸島ともさほど離れてはいない。ゆえにオーガスタスは捕鯨ボートがうまく陸地に到達するかもしれない、もしくは沿岸の船舶にたまたま遭遇して助かるかもしれないと考え、その可能性にすがったのだ。

グランパス号はすべての帆を掲げ、当初の予定通り、南西への航路を進み続けた——反乱軍は何らかの海賊的遠征を計画しているようで、聴き取れた限りでは、どうもケープヴェルデ［カーボヴェルデ］諸島からポルト・リコ［現在のプエルト・リコ］へ向かう船を一隻、分捕るつもりらしい。誰もオーガスタスに注意する者はいなかった。彼は反乱分子といっしょくたにされて、船室の甲板昇降口の前方に居場所を定められていた。ダーク・ピーターズはオーガスタスにじつにやさしく接し、ある時などは黒人料理人がオーガスタスに乱暴しようとしたのを制したほどである。もっとも、いまでさえオーガスタスの状況は危険極まるものだった。何しろ反乱軍の連中がぐでんぐでんに泥酔し続けているばかりか、オーガスタスに関しては連中がいつまで善意で接するか、あるいは無頓着《むとんちゃく》に取り扱うかは、まったくつかみようがない。もっとも、オーガスタスはぼくの状況についても、自分の撒《ま》いた種として大いに心配してくれていた。そしてじっさい、ぼく自身もオーガスタスの真摯《しんし》なる友情をいささかも疑っちゃいない。彼が反乱軍相手に、じつはピムって友達がこの船に隠れてるんだと知らせようとしたのが一度や二度じゃないことも、よくわかってる。けれど、けっきょく彼が思いとどまったのは、ひとつには連中の凄まじい残虐行為を目撃したのを思い出したのと、もうひとつにはじきにぼくのことを安心させてやりたいと考えたためだ。後者の目的を遂げるために、オーガスタスはたえず警戒を怠《おこた》ることがなかった。しかし、奴が誰よりもじっくり眼を光らせたところで、捕鯨ボートが流されてから丸三日が過ぎ去っており、なおもチャンスはやって来ない。とうとう三日目の晩には、東から強風が吹きつけるようになり、乗組員たちは総出で帆をいくつかたたまなければならなかった。このゴタゴタのあいだに、オーガスタスは誰にも気づかれず階下に降り、客室に入った。この時、オーガスタスが悲嘆と恐怖を覚えたのは、まさに客室がさまざまな海洋必需品と船舶用家具の物置と化してしまったこと、そして本来は昇降口階段の下にしまわれていた数メートルもある古ぼけた錨鎖が、衣服箱を置くスペースのために客室のほうへ引き上げられ、こともあろうに秘密の跳ね上げ戸の真上に鎮座ましましていることだ！　ひとたびそれを除去すれば隠れ家もばれてしまう。そこでオーガスタスはできる限り速やかに甲板へ戻ったのさ。するとそれに目を留めた一等航海士が、オーガスタスの首根っこをつかまえて、いったい客室で何してたんだと問いつめ、左舷の舷牆《げんしょう》ごしに海へ突き落とそうとした。だが、まさにその瞬間、オーガスタスはまたしてもダーク・ピーターズに救われる。彼はこんどは手錠をかけられ（船内にいくつか積まれていた）、足は縄でぎゅっと縛られた。そして三等船室へ連行され、船首楼の隔壁と隣り合わせの下方のベッドに放り込まれた。オーガスタスが再び甲板を踏むとしたら、それは「この帆船がもはや帆船ではなくなった時」なのだぞと、重々叩き込まれて。これは彼をこの船室へ放り込んだ黒人料理人の言い草であったが、この表現の真意ははかりかねる。もっとも、こうした事件のすべては、ぼくを救出するための究極の手段だったということは、次章以降で明らかになるだろう。

第五章

黒人料理人が船首楼をあとにしてから数分のあいだ、オーガスタスは絶望に暮れ、もはやこの船室を生きて出ることはできないと思い込んだ。かくして彼は、反乱軍のうち最初にたまたま階下に降りて来た者にぼくのことを知らせようと心に決めた。ぼくがむざむざ喉の渇きで朽ち果てるよりは、その運命を反乱軍に委ねたほうがましだと考えたのである。というのも、幽閉状態になってから十日が過ぎ去っていたし、ぼくの水差しも四日間と保《も》たないところまで来ていたのだから。この計画を考えるうちに、オーガスタスの頭にはひとつのアイデアが閃いた。そう、中央の船倉を経由すれば、ぼくと連絡が取れるんじゃないか。それ以外の手段であれば、困難と危険がつきものだから、試みるまでもなかったろう。しかし、いずれにせよ自分が生きていける保証はほとんどなく、したがって失うものもほとんどないとなれば、この手段に賭けるしかない。

だが、そもそも手錠をどう外すべきか？　当初、オーガスタスにはその外し方がわからず、計画を実行するまでもなく失敗してしまうのではないかとすら考えた。けれども、手錠をよくよく調べてみたところ、こいつは両手をぎゅっと押し込むだけで自由に――とは言わずともいささかの不便を忍ぶだけで――はめたり外したりできるのがわかった――未成年というのはまだ身体の骨格が小さく、押せばどうとでも曲がるのだから、こんな手枷足枷《てかせあしかせ》でいつまでも束縛できるわけがあるまい。次に足枷を外す。この縄は、いずれ誰かが階下へ降りて来たら再び縛られている格好をするのに再利用できるかもしれないと思いそのまま放置し、彼はこの船室との境になっている隔壁を吟味した。仕切りの素材は柔らかなマツの板で厚さが一インチしかないから、そこにナイフを入れて脱出するのは難しくないだろう、と踏んだのである。船首楼の甲板昇降口で声がした時には、オーガスタスはすでに右手を手錠に突っ込み（左手は手錠から外したままだった）、縄を足首のところで引き結びにしてあった。続いてダーク・ピーターズがタイガーを伴い降りて来る。犬はすぐに船室へ飛び込み横になった。オーガスタスはぼくがタイガーにぞっこんなのをよくわかっていたし、航海中にこのペットがいれば楽しいだろうと考え、あらかじめ船に乗せていたのだ。彼はぼくを船倉にかくまったのちにすぐ、我が家へ赴きタイガーを連れて来たのだが、懐中時計を持参したさいにはそのことに言及しなかったのである。船上の反乱が起こってからというもの、オーガスタスはずっとタイガーを見かけず、やっとその生存を確認したのはダーク・ピーターズがタイガーとともに現れた時だった。この犬はもう死んでしまったのではないか、反乱軍の悪党どもに海へ放り込まれてしまったのではないか、とすっかりあきらめていた矢先だった。あとになって推測してみると、どうやらタイガーは補綴《ほてつ》ボートの下の穴に隠れていたらしい。そこは身体を動かすほどのスペースもなかったので、脱出すらかなわなかったというわけだ。ピーターズはついにタイガーを救い出してやり、わが友が深く感謝してやまない好意から、船首楼にいるオーガスタスの相棒として連れて来てくれたのである。しかも乾燥させた塩漬け牛肉とポテト、それに水一缶というおみやげつきで。そしてピーターズは翌日にはもっと食べ物を持って来てやるからと約束して、甲板へ戻ったという次第だ。

ピーターズが立ち去ると、オーガスタスは手錠を外し、足枷を解いた。そして、それまで横たわっていたマットレスの頭のところを折り曲げると、小刀《ペンナイフ》を使って（というのも反乱軍の連中はオーガスタスのことなどろくに調べる価値もないと思っていたからだ）、客室の床にできるだけ近い仕切り板のひとつをけんめいに切り始めた。その部分を選んだのは、万が一誰かがいきなり入って来たら、マットレスの頭の部分をもとに戻して、この秘密の作業を隠蔽することができるからだ。ところが、その日は、けっきょく何一つ妨害されることはなく、夜までに板はすっぱり切れていた。このことからわかるのは、反乱を起こしてからというもの荒くれどもたちは船首楼をねぐらに定め、船室で共同生活し、まさにそこでワインを飲んだりバーナード船長の食糧で宴会したりで、のっぴきならない場合以外グランパス号そのものの航行などまったく気にしていなかったということだ。ぼくやオーガスタスにとっては、もっけの幸いだった。というのも、まさに連中が能天気だったからこそ、オーガスタスはぼくと再会することができたのだから。いつもどおり、彼はしっかり計画を立てて実行に移して行った。ようやく夜明け近くになったころ、オーガスタスは板にもうひとつ切れ目を入れ（それは最初に切り離した板のちょうど一フィート上にあった）、何とか中央の最下甲板へくぐり抜けられるに足る大きさの裂け目を作った。そのようにして彼は難なく下の中央昇降口へ赴く。もっともそのさい、身体が入るぎりぎりのスペースしかなかったので、上方甲板ぐらいの高さに積み上げられた油樽がいくつも段を成しているその上を這いずり回らねばならなかった。中央昇降口へ到着すると、オーガスタスはタイガーが下から自分を追いかけ、樽が二列並んでいるはざまを押し分けてやってくるのに目を留めた。下の船倉には積荷がぎっしり詰まっており、そこを通り抜けるのは至難の業《わざ》であるから、彼が夜明け前にぼくのところまで到達するのは無理だ。そこでオーガスタスはいったん引き返し、次の晩まで待機することにした。そして、こうした構想のもとに、彼はさらに昇降口をゆるめ、次に来る時にはできる限り妨害を受けないようにと計らった。彼が昇降口をゆるめるが早いか、タイガーがたちまちその穴へ飛びつき、しばらくクンクン嗅ぎ回ると、哀れっぽい鳴き声をあげ続け、まったく同時に、そこをガリガリこすり始め、それはあたかも前肢で蓋を外したくてたまらない、といった風情であった。そのしぐさから露呈したのは、タイガーにはぼくが船倉にかくまわれているのが一目瞭然《いちもくりようぜん》だということだ。したがって、オーガスタスは、タイガーさえ先に下ろせば、ぼくの居場所はたちまち判明するだろうと考えたのである。かくして彼が思いついたのが、タイガーを利用すればぼくに手紙をわたすことができるという名案だった。というのも、少なくともこの非常事態のもとでは、ぼくがむりやり脱出しようとするのはまずいし、予定どおり翌日までにオーガスタスがぼくのところへ到達できるかどうかも不明だったからだ。いまにしてみると、よくぞこの名案を思いついてくれたものと思う。なぜなら、もしもこの手紙が届いていなかったら、ぼくはまぎれもなくやけくそになって自分の窮状を乗組員たちに訴えただろうし、そうなれば彼もぼく自身も生命の危機に見舞われていただろうから。

ひとたび手紙を書こうと決意したあとは、いかにそのための道具を手に入れるかが問題だった。まずは古い楊枝《ようじ》をたちまちペンの代わりに仕立て上げた。甲板下の場所はタールの素材のごとく漆黒の闇だったので、ぜんぶ手探りの作業である。紙のほうは、もともとロス氏からの偽造書簡の写しを作っておいたので、その裏面を利用することにした。じっさいにはこれが原本だったのだが、筆跡がうまく模造されていなかったがために、オーガスタスはもう一通したため、原本のほうはうまいこと自分の上着のポケットに突っ込んだ。これが、とうとう再利用のチャンスに恵まれることになったんだ。けれどインクのほうはどう調達すればいいだろう？　すぐにも絶好の代用に決まったのが、指先の爪の裏あたりに小刀をかすかに切り込むや、その傷の周辺からどくどくと流れ出した血である。真っ暗闇の中、これほどの悪条件ではあったが、その限りにおいて、オーガスタスはいっしょうけんめい手紙を綴った。そこには船上で反乱が起こり、バーナード船長が船外へ流浪の身となったこと、ピムにはすぐにも食糧など必要な物資を差し入れるべく考えてはいるが、自分自身では決して焦ったりあわてたりしてはいけないことが、簡潔明快に記されていた。その末尾は、こうしめくくられていた。**「これを走り書きするためインク代わりに使ったのは、自分の血だ——生き延びたかったら、そこでじっと引きこもっているがいい」**

オーガスタスはこの手紙をタイガーに括りつけるやいなや、昇降口から下へ解き放った。そして彼自身はといえば、まんまと船首楼へと戻ったが、予想どおり彼の不在のあいだに乗組員はみないなくなっていた。仕切り板に空けた穴を隠すため、オーガスタスはそのちょっと上にナイフを差し込み、そこに船室で見つけた水夫用ピージャケットを引っかけた。そして自らにもとどおり手錠をはめ、足首にロープを巻きつけた。

以上の工作が終わったかどうかという瞬間、酒でへべれけになり超ご機嫌なダーク・ピーターズが現れ、わが親友のその日の配給食糧を持って来た。内訳はアイルランド産の焼き芋が六個、それに水のたっぷり入った水差し。彼は船室のわきの衣服箱に腰かけると、一等航海士のことやグランパス号がこれからどうなるのかといった懸念について、あれこれまくしたてた。そのふるまいはあまりにも気まぐれで奇怪《グロテスク》ですらあった。ある時など、オーガスタスはその奇行に警戒心すら抱いたものだ。ついにオーガスタスは甲板に出ると宣言した――自分にはひとり階下にかくまっている男がおり、明日にはちゃんとした晩飯を食べさせなきゃいかんのだ。すると、その日のうちに銛打《もりう》ちの船員がふたり、料理人を従えてやってきたが、この三人は三人とも、泥酔のあげく正体不明になる寸前だった。ピーターズと同じく、連中はこれからの計画について、あけすけに語った。だが連中はどうやら船の行き先についてはモメているらしい。決まっているのは、ケープ・ヴェルデ諸島からの船にはじきに出くわすだろうから、見つけ次第襲撃しようという計画だけだった。ここではっきりしてきたのは、船上の反乱が起こったのはまさに戦利品目当てであったこと、一等航海士がバーナード船長と反目し合っていたのがその引き金となったことだ。話を聞いていると、どうやら船員たちのあいだには二つの派閥があるらしい――一方は一等航海士が率いる派閥、もう一方は黒人料理人が率いる派閥だ。一等航海士派はいずれ海上で自分たちに都合のいい船舶に出くわすだろうから、そうしたらすぐにも乗っ取り、西インド諸島のどこかで艤装したうえで海賊として暴れ回ろうとたくらんでいた。黒人料理人派はしかし、前者よりも強力なチームワークを誇り、何しろダーク・ピーターズを主要メンバーにしていたから、グランパス号が本来航する予定だった南太平洋に出よう、そこで状況次第で捕鯨か何かすればよい、ともくろんでいた。南太平洋にはしょっちゅう訪れていたピーターズの主張が、反乱分子たちには大きな説得力を持ったようで、連中はもともと金儲け第一か冒険第一かをいいかげんにしか考えていなかったから迷い始めたらしい。ピーターズは太平洋に散在する無数の島々にはいかに見たことも聞いたこともない世界が開けているか、そしてそこがいかに一切の制約のない安全で自由な世界であるか、とりわけ気候がいかにすばらしく、楽しく暮らす方途に満ちあふれ、さらには女性たちがいかに官能的なまでに美しいかを、とうとうと説いたのだった。そこまでの時点では、ではどうすべきかについてはまだ最終結論が出ていなかった。ゆえに、ここで中間管理職の混血児ピーターズが描き出す展望が、船乗りたちの強烈な想像力に火をつけたのだ。そして、彼のもくろみこそがやがて実現するだろうと思われた。

三人の男たちが一時間ほどでその場を去ってしまうと、もはや船首楼まで来る者はひとりもいない。オーガスタスは夜の帳がとっぷりと降りるあたりまでは息をひそめていたが、やがて自分を拘束するロープや手錠を外すと、計画を実行に移すべく支度する。まずは船室のうちのひとつに空き壜があったので、ピーターズが残して行ってくれた水差しの水を注ぎ込み、まったく同時に、冷えた焼き芋をいくつか、ポケットにおさめる。とてもうれしいことには、短いけれど獣脂《じゅうし》ろうそくが入ったランタンも見つかった。燐のマッチの箱も手に入れたから、これでもう好きな時に照明ができる。あたりが暗くなってくると、オーガスタスは念には念を入れて船室のベッドをうまくしつらえ、いかにも誰かが毛布にくるまって寝てい水夫用ピージャケットを再び仕切り板に引っかけて裂け目を隠した――この操作が難なくできたのは、切り抜いた板をずいぶんあとになるまで嵌《は》め直さなかったからだ。さて中央の最下甲板に来た彼は以前と同じく、上甲板と油樽のはざまをどんどん進み、中央昇降口へと立ち至った。そこまで来ると、彼はろうそくに火をつけて下へ降り、積荷がぎっしり詰まった船倉を、ひどく苦労しながら手探りして行く。そしてすぐにも、これはまずいと感じた。とにかく船倉の空気は悪臭がいっぱいで息苦しいことこのうえない。そして思った。こんなひどい環境に閉じ込められたばかりか最悪の空気を吸い続けているのだから、とうていピムは生きてはいまい、と。かくしてオーガスタスはぼくの名前を何度かくりかえし呼んだが、しかしぼくのほうはとうてい声をあげて返事のできる状態ではなかったので、彼は自分の懸念が的中したのではないかと思ったらしい。この時、グランパス号が大揺れに揺れて、そのあげく大きな騒音に見舞われたため、ぼくが呼吸したりいびきをかいたりといった音などかき消されてしまったにちがいない。オーガスタスはランタンの灯をあちこちに投げかけ、ちょっとでも気配を感じたらそれを高く掲げた。それもこれも、この灯に気がついたら、ピムが、万が一にも生き延びていれば、もうすぐ助けが来るのがわかるであろうから。ところが、この期《ご》におよんでもぼくの声がしないので、ピムはやはり死んでしまったのかもしれないという懸念が確信へと変わり始めたのだ。にもかかわらずオーガスタスは、出来ることならばと、ぼくのいる箱のところまで行くという強行軍に出て、少なくとも自身の推理が命中したのを確認しようとした。彼は気が気でないというようすで押し進んだが、そのあげく発覚したのは通路がことごとくふさがれてしまっていること、そして彼が来た経路に関する限りは、もうこれ以上は先へ進めないということだった。愕然とした彼は、やけっぱちになって材木の山に身を投げ出し、子供みたいに泣きべそをかいた。まさにその瞬間だったのだ、オーガスタスがぼくの投げつけた壜の割れるガチャーンという音を聞きつけたのは。偶然とはいえ、これこそ不幸中の幸いだった――というのも、いかに些細《ささい》に思えるにせよ、この時、壜が大きな音を立てて割れてくれたからこそ、ぼくの首の皮一枚かろうじてつながることになったのだから。もっとも、そのことに気づいたのは、それから何年も経ってのちのことである。オーガスタスは自分がいかに優柔不断であったかを恥じるばかりか悔いていたので、この時すぐには打ち明けてくれなかったのだが、やがてぼくとの友情がいっそう確固たるものとなり何でも洗いざらいぶちまけることができるようになると、ようやく話してくれたのだ。船倉で行く先をいくつもの障害物でふさがれ、もうこれ以上前へ進めないと知った瞬間、オーガスタスはぼくを助けるという計画をきっぱり断念し、船首楼へ引き返そうとしたのだという。このことに関しては、オーガスタスを責めるよりも先に、彼の行く手を阻んだ凶悪な事態のほうを考え合わせなければならない。夜はますます更けていくばかりだったし、彼が船首楼にいないことにみんなが気がつきそうな頃合いだったのだから。そしてじっさい、もしもオーガスタスが夜明けまでに船室に戻っていなければ、大問題になっていたところだった。ろうそくの火はもう尽きかけていたから、真っ暗闇の中を昇降口めざして元来た通路を引き返すのは、至難の業だった。ここでもうひとつ、彼にはぼくが死んでいると確信するだけの根拠があったということだ。仮にとっくに死んでいたとすれば、彼がこっちのねぐらまでほうほうのていで辿り着いたとしても遅すぎるわけだし、おびただしい危険がいたずらに待ち構えているばかりだろう。ともあれ彼は何度もぼくの名前を呼んだのだし、ぼくはといえば一切の返答ができなかったのだ。その時点までで、ぼくはまるまる十一日間というもの、オーガスタスが置いて行ってくれた水差しの水だけでしのいでいた。ぼくが最初に幽閉された時の供給品がこれだけだなんていうことはありえそうもないことだった。というのも、ぼくはすぐにも自分が自由の身になるだろうと大いに期待していたのだから。もちろん、船倉の空気の悪さも、比較的自然な空気の吸える三等船室に慣れ切ったオーガスタスには最低に感じられたことだろう。じっさい、ぼくがこの箱の中をねぐらに定めた時に——あの時点では昇降口がすでに何ヶ月も空きっぱなしだった——感じた空気よりもいっそう悪化していたのだ。これらの心配材料に拍車をかけたのが、我が親友オーガスタスがつい先頃目撃した流血と恐怖である。それればかりではない。彼が幽閉され、さまざまな欠乏に耐えながらも危機一髪で死を免れたこと。さらには、弱り切って生死のはざまを縫うような環境下ながらまだ生きながらえていること。これらすべての条件が巧妙に掛け合わされて、精神力をとことん消耗していた。そして読者諸賢は、彼がどうやら友情と信仰において迷いを覚えたようであるのを、さきほどのぼくと同じく、怒りよりは悲しみの感情とともに、受け止めることだろう。

さて、壜の割れる音がはっきりと聞こえた時にもなお、オーガスタスはそれが船倉から発したものかどうか、いまひとつ摑めなかったという。この時の疑念によって、彼はもうひとふんばりしてみることにした。彼は膨大な量の積荷を利用して最下甲板のところまでよじ登ると、グランパス号が縦揺れするあいだの小休止を見計らい、ぼくの名前をあらん限りの大声で呼んだのだ——その瞬間というもの、彼はそれが他の乗組員に聞こえようがなんだろうが、おかまいなしだった。思い出すのは、この時こそ彼の声はぼくにも届いたのだが、ともかく憔悴《しょうすい》し切っていたので返答できなかったということだ。オーガスタスは、今度という今度は自身の悪い予感が故なきことではなかったと確信して、これ以上時間を無駄にすることなく船首楼へ戻ろうと後ずさりし始めた。だが、まさに彼があわてて撤退しようとしたはずみで、小さな箱がいくつかガラガラと落下し、その騒音が聞こえたのを、ぼくはのちに回想することになる。彼はもうずいぶんと後戻りしていたのだが、ぼくのナイフが落下する音が聞こえたので、再び立ち止まった。そしてすぐにも再び引き返すと、もういちど積荷の山によじ登り、船の縦揺れが小休止する瞬間を狙って、再度ぼくの名前を以前同様大声で呼んだのだ。そしてこの時ばかりは、ぼくのほうもそれに応えるべく声をふりしぼった。ぼくが生存していることに有頂天になったオーガスタスは、いかなる困難と危険を冒しても、いよいよこちらまで来る覚悟だった。自らを取り囲む材木の迷路からできる限り素早く脱出を図ると、彼はついにひとつの抜け道に飛びつき、そこをくぐり抜けるべくしばらく奮闘したあげくに、とうとうすっかり消耗し切ったこのねぐらへ辿り着いたのだった。

第六章

ここでいちばん肝心なのは、ぼくらがまだ箱の近くにいるあいだにオーガスタスが伝えてくれた話にほかならない。ずいぶんあとになってから、彼は事の次第をいっさいがっさい打ち明けてくれた。オーガスタスは姿をくらましたことを気にしており、ぼくはぼくでこの悲惨な幽閉地点を立ち去りたくてたまらず、やきもきしていたのである。そして決めたのだ、いまいる場所に近い隔壁の穴めがけてすぐにも出発しようと。オーガスタスが偵察に向かっていたあいだ、ぼくはそこで動かずにいた。ただ、ぼくらふたりとも、タイガーを箱の中へ置き去りにするのはいかにも忍びないと感じていた。しかし、では、ほかにどうしたらいいのか。タイガーはすっかりおとなしくなっていて、どんなに箱のそばで耳をそばだてても、呼吸音ひとつ漏れてはこない。さては死んでしまったかと思い扉を開けてみたが、タイガーは身体をゆったり伸ばして熟睡してはいるものの、まだ息はあった。一刻の猶予も許されないとはいえ、かつて二度にわたってぼくの生命を救ってくれたペットに対し、何もせぬまま放置するのは、いかがなものか。それで何とかタイガーを引きずって行ったのだが、これが難題であるうえにふたりとも疲労困憊していたのだからたまらない。とりわけオーガスタスにとっては、行く手に立ちはだかるおびただしい障害物をよじのぼるのを、巨大な犬を抱きかかえたままこなさねばならなかったのだから、それはまさしく、ぼくみたいなひ弱な体格ではとうていかなわぬ偉業と呼ぶほかない。そしてとうとうぼくらはめざす穴にまで辿り着いたので、まずはオーガスタスがくぐり抜け、タイガーをそれに続いて押し上げた。万事順調、危機一髪で助かったわけで、神の摂理に感謝を捧げたのはいうまでもない。目下の取り決めは、ぼくだけはこの穴から出ないままその付近に待機して、そこで親友オーガスタスより日々の食糧など必需品を受け取ることだ。この場所ならば、比較的新鮮な空気を吸い込むにも都合がよかった。

以上のような船倉における出来事は、ふつうの船倉を見慣れた読者にはなかなかわかりづらいかもしれないので、ひとつ説明しておこう。ここでふまえておかねばならないのは、グランパス号上におけるかくも重大なる任務遂行の一切を、バーナード船長はことごとくおろそかにしてしまったということだ。彼はずいぶんと危険な性格の仕事を請け負っていたはずではあるが、そのわりに思慮もなければ経験もない船乗りであった。きちんとした船倉であれば十分な注意なしには管理ができないのは当然で、経験不足のぼくから見ても、最悪の危機というのは積荷をないがしろにしたことから発生している。沿岸を航行する船舶というのは、大急ぎ、大わらわで荷物の揚げ下ろしをするのが常だから、船倉にまではそうそう注意が行き届かなくなり、トラブルに見舞われることが多い。ここでの要点は、これ以上ないほどに船が横揺れした場合に積荷や底荷の位置がズレてしまう可能性をなくすことだ。このことを考慮するなら、要注意なのは荷物の積み込みというより積荷の本質、すなわち積荷で船倉が満杯になるのか一部を占めるにすぎないのかという問題である。積荷運送というのはたいていの場合、船倉にはたくさんの荷物がぎっしりねじこまれるものである。タバコや小麦粉の場合、積荷をぎゅうぎゅうに船倉へねじこむので、その結果、積荷を下ろすときには樽や桶《おけ》がぺちゃんこになって出て来て、元の形状に戻るのにしばらくかかるなんてことも起こる。こうしたねじこみ式で積荷を載せていくのは、けっきょく船倉にできるだけ多くの荷物を積み込みたいという目論見だ。というのも、タバコや小麦粉といった商品でぎっしりになれば、積荷のひとつひとつがズレる心配もなく、何の不都合も生じないだろうから。じっさい、こうしたねじこみ方式のあげくに、積荷のズレにつきものの危険とはまったく異なる理由から、いささか困った事態が生じるケースもある。たとえば、綿でぎっしり詰まった積荷が、一定の条件下でぎっしりねじこまれたあげく、その容量がふくれあがって、船全体を木《こ》っ端《ば》微塵《みじん》に破壊してしまったりもする。同じことがタバコの積荷にもあてはまる。もしもいつもどおり大あわて、大騒ぎのあげくに揚げ下ろし、丸い桶同士ならではの隙間が確保されなかった場合には、まったく同じ危機が訪れることだろう。

船倉が積荷で十分に埋まっていない時には、船が横揺れすると危険な状態に陥る。そういう時にこそ、危機回避の警戒が必要なのだ。とんでもない強風に見舞われたり、強風後に突如訪れた凪《なぎ》において船舶が横揺れしたのを経験したりしたことのある者だけが、横揺れがいかに恐るべき衝撃をもたらすか、その結果として船倉にゆったり置かれた荷物に対していかにおぞましい作用を与えるかを、よくわかっているのである。だからこそ、とりわけ積荷で埋まっていない時には、船倉内の配置に気をつけなければいけない。とりわけ小さな前帆を掲げている船が停泊している場合、船首のところがきちんと設計されていないと、梁端《りょうたん》ごと転覆してしまうことも多い。こういう事態は平均十五分毎、ないし二十分毎に起こるものだが、船倉の積荷の配置さえきちんとしていれば、さほど悲惨な結果とならずに済む。ところが、ひとたび積荷の配置への注意を怠ると、荷物のすべてが停泊中の船舶の舷側へとズルズルなだれこみ、船全体が保っていなければならぬバランスが失われ、数秒後には浸水し沈没してしまうのだ。強風のため船が沈没したという事件は多々あるが、その半数は荷物をきちんと配置していなかったせいだと断じても言い過ぎではない。

万が一、荷物でいっぱいにならなかった場合、まずは船倉にできるかぎりきっちりとすべての荷物を配置したのち、長大でしっかりした荷止め板で船全体を覆わねばならない。これら荷止め板から臨時の縦仕切り棒を立てて上の肋材へ届くようにし、そうしてすべてを収まるべきところに収めるのだ。穀物などの入った貨物には、さらなる注意が要求される。出港する時に穀物ばかりだった船倉は目的地へ到達する時には全体の四分の三ぐらいの荷物量と判明することがあるのだ。荷受人が一ブッシェル［約二八・二二キログラム］毎にきっちり量り、積荷が穀物の膨張により大幅に重量超過するのを勘定に入れても、である。いったいなぜこんなことが起こるのかといえば、それはひとえに、航海中の積荷の安定性いかんにかかっているからである。天気が荒れるのに比例していっそう認識しやすくなる、と言ってもよい。船内に散乱した穀物が荷止め板や縦仕切り棒によって確保されるにしても、長い航海の果てにはずいぶんと事態が変わり惨憺たる結末を招いてもおかしくないのだ。こうした悲劇が起こらないようにするためには、出港前にできる限り積荷をきちんと安定させておくようありとあらゆる手段を講じておかなければならない。そのための方策のひとつは、たとえば穀物にあらかじめくさびを打ち込んでおくことだ。すべての予防策を張り巡らし、たいへんな苦労をして荷止め板を設置してもなお、自覚的な船乗りならば穀物を積んだ船に――積荷がぎっしり詰まっていなかったにせよ――強風が襲ってきたら、泰然自若としてはいられまい。とはいえ、沿岸航行する船舶は枚挙にいとまがなく、ヨーロッパの諸港からやってくる船舶もさらに数を増している。そうした船には最も危険なたぐいの中途半端な積荷が載っており、しかもいっさいの警戒すらしていないありさまだ。不可思議なのは、現実に起こったこの手の事故がずいぶん少ないことだ。同種の不注意が招いた悲劇の一例として思い出されるのは、縦帆式帆船《スクーナー》ホタル号のジョエル・ライス船長が一八二五年、トウモロコシを積んで、ヴァージニア州リッチモンドからアフリカ北西岸沖のマデイラ島へ赴いたケースだ。船長は船倉については常識以上の注意を払ったことはなかったが、数多くの航海をこなし、そのいずれもぶじに切り抜けてきた。穀物を積載して航海したことはなかったけれども、しかしこの時の航海ばかりは、トウモロコシを積んだがために、それが船内に散乱してしまい、半分以下の分量になってしまったのだ。航海の前半ではそよ風しか感じなかったのに、マデイラ島のあたりを航行するうちに北北東の方角から強風に見舞われ、停泊せざるをえなくなった。船長はスクーナー船の船首楼を二段縮帆《しゆくはん》させて風の方へ針路を取ったが、どの船でも同じことをしただろう。そしてホタル号は海水一滴として侵入させることはなかったのである。

夜になると強風はいくぶん弱まり、ホタル号はかつてないほどの横揺れに襲われたが、にもかかわらず健闘していた。ところがついに船がひどく傾き、右舷側の梁端が垂直となり転覆してしまったのだ。この時にトウモロコシの量が激変したらしく、ショックで中央昇降口が一気に開く。スクーナー船はあたかも鉄砲玉のごとくに沈没してしまった。この事件は、マデイラ島の一本マスト縦帆《スループ》船の目と鼻の先で起こり、この船が強風を物ともせず、乗組員のひとりをみごと救助した（助かったのは彼だけだった）。その巧みさときたら、あたかも小型帆船が操縦のお手本を示したかのようであった。

グランパス号の船倉はひどく乱雑だった。もちろん、油樽*や艤装用具をごちゃまぜにした空間が船倉の名に値するならば、という留保付きではあるけれども。船倉にひしめく積荷がいったいどんな状況であるかは、すでに説明したとおり。最下甲板には油樽と上甲板のあいだにぼくの身体がようやく入るていどのスペースしか残されていないことについても、すでに述べた。中央昇降口のまわりにはスペースがあいており、船倉のほかの部分もずいぶんと広々としていた。オーガスタスによって隔壁のところに空いた穴の近くにも、樽ひとつがまるまる収まるぐらいのスペースがあり、まさにその空間を利用して、ぼくはいまくつろいでいるところだ。

*原注：捕鯨船にはふつう鋼鉄製の油槽が備わっているものだが、なぜグランパス号が例外なのかは不明。

親友オーガスタスがぶじベッドへ戻り、手錠とロープを元どおりに装着するころには、もうすっかり朝になっていた。ぼくらは危機一髪で切り抜けたのだ。というのも、オーガスタスがすべての準備を終えるや否や、一等航海士とともにダーク・ピーターズと料理人とが階下へやってきたからである。連中は西アフリカのケープヴェルデから来た船について語り合っており、それが出現するのをひとかたならず切望しているふうであった。とうとう料理人はオーガスタスが横になっているベッドまで来ると、彼の頭の近くに陣取った。ぼくはこの隠れ家からそのすべてを見聞できた。というのも、穴を作るため切り取った部分は元に戻していなかったからだ。だから、こんなことまで考えた。ひょっとしてこの黒人料理人が裂け目を隠すためにかけてあるピージャケットにしなだれかかったらどうしよう、そうなったらすべてが白日のもとに晒《さら》されるばかりか、まちがいなくぼくらふたりの命が危険に晒されるにちがいない——。しかし、幸運の女神はぼくらを見捨てなかった。料理人は船が横揺れするたびにピージャケットにはちょくちょく触れたが、断じてそれを強く押して背後の裂け目を晒すようなことはしなかったのだから。ピージャケットの裾の部分は注意深く隔壁に固定されていたために、仮にジャケットが一方向へ横揺れしたとしても、裂け目の穴は見えないままだった。このあいだじゅうタイガーはといえば、ベッドの足元にうずくまっており、あるていどはその能力を回復したみたいだった。なぜなら、奴が時折、その眼をかっと開き、深呼吸するのを認めたからである。

数分ののち、航海士と料理人は上へ行き、あとにはダーク・ピーターズが残された。彼はふたりが立ち去るとすぐに、航海士が座っていたところへやってきてそこへ腰を下ろした。オーガスタスといかにも親密におしゃべりし始めたのを見て、先のふたりがいた時に奴が泥酔していたように見えたのは大部分、ちょっとしたお芝居だったというのが判明した。奴はわが盟友の質問すべてに対して、自由闊達《かったつ》に答えて行く。そしてオーガスタスの父はまちがいなく救出されたであろう、なぜなら彼が海に流された日の日暮れ前に五艘もの船を目にしたからと説明していた。この時ダーク・ピーターズが、それまでとはちがい相手を慰めるたぐいの言葉を投げかけていたことには、喜ばしく思うとともに驚きをも禁じ得なかった。じっさいこの時には、ピーターズの協力さえ得られたら、ぼくらはついにはグランパス号を取り戻すことができるのではないかという望みを抱くようになっていたのだ。そしてこの時の着想は、のちに機会が訪れるとさっそく、オーガスタスには伝えている。

わが盟友によると、もちろんそうした戦略は可能だが、実行に移すさいには大いに注意したほうがよい、というのも、あの混血インディアンはまったくの気まぐれで行動しているかのようにも見えるからだ、ということであった。そしてほんとうに、奴がたえず健全なる精神を宿しているかどうかは、疑わしいところだったのだ。一時間ほどするとピーターズは上甲板へ昇り、正午になるまで姿を消していたが、戻って来たときにはオーガスタスへの手みやげとしてジャンク・ビーフとプディングをたっぷり携えていた。

ふたりきりになってから、ぼくはそのごちそうを大いに味わい、穴から隠れ家へ戻りもしなかった。その日は、ほかの誰も船首楼には降りてこなかったし、晩になるとオーガスタスのベッドへ入り込み、すやすやと眠り込んだものである。だが日の出近くになると、オーガスタスがぼくを叩き起こし、船上で何か騒ぎがあるというので、ぼくは取るものも取りあえず隠れ家へ帰還した。完全に陽が昇った時には、タイガーもほぼ完璧に力を回復したらしいということが判明した。狂犬病の徴候もないし、与えられたわずかな水をごくごく飲んでいる。この日のうちに、タイガーは元通りの活力と食欲をすっかり取り戻した。おかしなふるまいをしていたのは、明らかに船倉の毒々しい空気のせいであって、狂犬病とは無縁だったのだ。箱から出る時にもタイガーを連れて行くことにこだわったのは、まさしく正解というほかはない。本日は六月三十日、そしてグランパス号がナンタケットから船出してきっかり十七日目であった。

七月二日のこと、航海士がいつもどおりほろ酔い気分、あきれるほどの上機嫌で階下へ降りて来る。オーガスタスのベッドのところまでやってくると背中を叩き、こう尋ねた。もし解いてやったら、そのあとちゃんとやっていけるか、そして、客室にはもう二度と入らないと約束できるか、と。当然ながら、わが盟友がイエスと答えると、このヤクザ者は上着のポケットからラム酒の壜を取り出してオーガスタスに一杯飲ませると、彼を自由の身にしたのだった。ふたりはともに上甲板へ向かったので、以後三時間というもの、オーガスタスの姿を目にしていない。戻って来た盟友はいくつかの朗報を携えていた。ひとつには、彼がこのグランパス号の大檣《メインマスト》の前ならどこであっても歩き回ってよいという許可を得たこと。そしてもうひとつは、いつもどおり船首楼で眠るよう命じられたこと。さらに彼は、おいしい夕食と水もたっぷり運んでくれた。この船はなおもケープヴェルデからの船を探して航行していたのだが、ようやくそれらしき船影が視界に入ったのだ。それに続く八日間というものはさして重要ではなく、わが体験記の本筋とは直接関係しない。まったく省略してしまうというのも気が引けるので、それらの出来事については日記形式で語ることにする。

七月三日。オーガスタスが三枚の毛布を持って来てくれたので、隠れ家に心地よいベッドを作った。その日は、わが盟友のほかには誰ひとり、降りては来なかった。タイガーは裂け目のすぐわきのベッドを定位置としており、まだ完全回復ではないかのような調子でぐっすり眠りこけていた。夜も深まって行くと、帆をまだしまわないうちに疾風がグランパス号に襲いかかり、いまにも転覆しそうになった。しかしそれもつかの間、風が止んだあとによく見れば、前檣がまっぷたつに裂けてしまったほかには大した被害もない。そのあいだ、ダーク・ピーターズはオーガスタスに対していともやさしく接し、太平洋をはじめ自分がその領域で訪れたことのある島々をめぐって大いに語り合っていた。そしてオーガスタスが今回のグランパス号の反乱軍一味と一緒にまさにその太平洋地域を探検したら楽しいんじゃないかと誘いかけ、乗組員はだんだん航海士の言うことを聞くようになっていることを明かした。この提案を受けたオーガスタスは、ほかに妙案がない限り喜んでその冒険に加わろう、海賊生活に比べたらずっとましだ、とみごとに答えた。

七月四日。船影が見えたのでたしかめると、リヴァプールから来た小さなブリッグ型帆船だったので、そのまま通過させてやった。オーガスタスはたいてい甲板の上で過ごしており、反乱分子のたくらみをめぐる情報をけんめいにかき集めようとしていた。連中はしょっちゅうひどい内紛を引き起こしており、ついには銛打ちのジム・ボナーが船外へ放り出される始末である。航海士側の一党は着々と勢力を伸ばしていた。ジム・ボナーはといえば、黒人料理人の一党に属しており、ピーターズもその一員だった。

七月五日。日の出のころに西からやや強い風が吹き始めた。正午には強風へと転じたので、グランパス号は荒天時用の小縦帆と前檣の大帆のほかはすべてたたむ。前檣そのものをしまいこむさいには、平乗組員で黒人料理人一党に属するシムズが泥酔のため船外へ投げ出され溺死した――彼を助ける手段は何一つ講じられなかった。ということで、目下グランパス号に乗っているのはしめて十三名。すなわち、黒人料理人シーモアの一党としてはダーク・ピーターズと、ジョーンズ某、グリーリー某、ハートマン・ロジャーズ、それにウィリアム・アレン。航海士の一党としては名前がわからないのだが航海士その人と、アブサロム・ヒックス、ウィルソン某、ジョン・ハント、それにリチャード・パーカー。そして部外者としてオーガスタスとぼくがいる、という構図である。

七月六日。丸一日というもの強風が吹きまくり、強烈な突風と化し、ついには雨となった。グランパス号は船板の合わせ目のところからずいぶん浸水していたものの、吸水器《ポンプ》はひとつだけ、まだ機能しており、オーガスタスもその当番を割り当てられた。逢魔《おうま》が時《とき》には巨大な船が通り過ぎて行ったが、すぐ近くに来るまで気がつかなかった。これは反乱勢力が待ちあぐねていた船らしい。航海士はさっそく先方へ呼びかけたが、その返答はあまりの強風でかき消されてしまう。十一時には船の中央部へ高波が襲いかかり、左舷の隔壁の大部分が引き裂かれ、ほかにもいくつか小さな爪痕《つめあと》を残した。明け方には天候は好転し、日の出のころには風はほとんどおさまっていた。

七月七日。一日中、大波が荒れ狂い、このブリッグ型帆船は軽量だったため横揺れがひどく、積荷の多くが船倉に散乱した音が、ぼく自身の隠れ家からはっきりと聞き取れた。ぼくはひどい船酔いに悩まされていた。ピーターズはこの日、オーガスタスとえんえんとおしゃべりしており、これまで仲間だったグリーリーとアレンが航海士の一党へ寝返ったこと、そして海賊稼業に乗り出そうとしていることを明かしていた。さらにオーガスタスに対していくつか質問を投げかけていたが、わが盟友はどうもきちんと理解できなかったらしい。この晩のうちに、船船に水漏れ箇所が生じた。これがほとんど修復不能なのは、そもそもグランパス号全体の歪みによってどんどん浸水し続けていたせいだ。帆には古ロープが括り付けられ、船首の下へしまいこまれた。これによってぼくらはずいぶん助かり、その結果、水漏れを食い止められるようになった。

七月八日。夜明けには東から微風が吹いて来て、航海士はグランパス号の針路を南西に定めた。西インド諸島へ赴き、いよいよ海賊として大暴れしようという魂胆だ。ピーターズも黒人料理人も反対はしない。オーガスタスの聞いたところでは、満場一致である。ケープヴェルデ島の船を乗っ取るという計画はお流れになった。水漏れのほうも、四十五分毎にポンプで水を汲み出し、何とかおさまっている。船首の下から帆が引っ張り出された。この日は、二隻の縦帆式帆船《スクーナー》が通りかかったので挨拶を交わした。

七月九日。快晴。乗組員はみな隔壁を修理するのに大わらわだ。ピーターズは再びオーガスタスとえんえんと語り合っており、これまで以上にあけすけだった。彼は航海士とはとうてい意見の一致を見ることはないので、いつかグランパス号を彼の手から奪ってやるとすら打ち明けたのだ。その場合には味方になってくれるかと尋ねられて、わが盟友は矢も盾《たて》もたまらず快諾した。ピーターズはさらに付け加えて、これから自身の仲間たちの意向を探ってみると言い、立ち去った。その日以後、オーガスタスがピーターズとふたりきりで語り合うことはなかった。

第七章

七月十日。リオからノーフォークへ向かうブリッグ型帆船と挨拶を交わす。靄《もや》がたちこめ、東から奇妙な微風が吹いている。本日、ハートマン・ロジャーズが死んだ。水割りのラム酒を呷《あお》ったところ、八日に発作を起こしたのだ。彼は黒人料理人の党派に属しており、ダーク・ピーターズが全幅の信頼を置いていた人物だった。ピーターズがオーガスタスに語ったところによると——おそらくは航海士がロジャーズに毒を盛ったにちがいない、うかうかしてると遠からず自分の番になるぞ。いまとなっては黒人料理人一派はピーターズ本人とジョーンズ、そして料理人本人だけであり、いっぽう航海士一派には五人もいる。ピーターズはジョーンズ相手に、航海士から指揮権を奪ったらどうかと持ちかけた。しかし冷たくあしらわれたので、これ以上は無理強いもできず、料理人自身へ直談判《じかだんぱん》することもできない。慎重にかまえていたのが功を奏したのは、その日の午後のうちには何と黒人料理人自身が航海士の側へ寝返り、正式に敵方へ加わったからだ。折も折、ジョーンズはピーターズとケンカの真っ最中で、反旗を翻す計画を航海士に言いつけてやるぞとほのめかしていたのだ。もはや一刻の猶予《ゆうよ》も許されない。かくしてピーターズは、オーガスタスさえ協力してくれたら、いかなる危険をもかえりみずグランパス号を奪い返す決心を固めた。わが盟友はピーターズの目的のためならどんなことでもやると宣言し、いよいよチャンスだと思って、じつは親友のピムが密航しているのだが、と打ち明けたのだ。これを耳にしたピーターズはうれしい驚きを隠さなかった。というのも、彼はもはやいかなるかたちにおいても、とうに航海士一派に寝返ったジョーンズを頼りにすることはできなかったのだから。ふたりはすぐにも船倉へ降り、オーガスタスがぼくの名を呼ぶ。ピーターズとはすぐにも打ち解けた。ここでぼくらが意見の一致を見たのは、ジョーンズは敵方に放置したままにしておき、チャンスが訪れたならばすぐにもグランパス号を取り返す、という計画だった。もしもそれがうまく行ったら、ぼくらはグランパス号を駆り、この船を停泊させ引き受けてくれる最初の港をめざすつもりだった。自分の仲間を見捨てることはピーターズがもともと考えていた太平洋行きを頓挫させることになるし——それを実行するには乗組員が必要だったのだから——彼は裁判になったら、自分が反乱分子に加わることになったのは正気を欠いていたがゆえだとして無罪判決を勝ち取るか、それとも万が一有罪とされたさいにもオーガスタスやピムに証言してもらって赦免《しやめん》されるかしかないと考えていた。このようにぼくらがあれこれ戦略を練っていたところ、「乗組員全員、帆を取り込め！」という命令が下り、ピーターズとオーガスタスはそそくさと甲板へ昇って行った。

いつもと変わらず、船乗りたちはほとんど酔っぱらっていた。そして、帆をしまい切らないうちに、強烈な突風がグランパス号を襲い、梁端ごと横倒しになりかけた。しかし何とかバランスを保つと、大量の波をかぶりつつも、船は何とかまっすぐな姿勢へ戻った。すべてが安定したと思いきや、再び突風に見舞われ、その直後にはさらなる突風が襲って来たが——しかし損傷はいっさい被《こうむ》っていない。やがて、いまにも強風が来そうな気配が生じて、じっさいすぐにも北から西から猛襲して来た。すべて事もなく切り抜けると、ぼくらはいつもどおり、ほとんどいっぱいに縮帆した前檣の大帆を頼りに、舵を取った。夜の帳が降りると、風はますます強くなり、海も荒波が増してくる。ピーターズはいまやオーガスタスとともに船首楼甲板に出て、戦略を練り直すべく話し合った。

その結果、まさしくいま現在こそは、ぼくらの計略を実行に移すべき最大のチャンスだという結論に達した。これほどに不意を突くタイミングはまったく予期されないであろうから。グランパス号は順調に停泊していたので、好天になるまで操縦する必要もなく、もし快晴になり計略が成功をおさめたら、乗組員のひとり、あるいはおそらくはふたりまでを自由の身にしてやり、どこかの港へ向かうのを手伝ってもらうのだ。いちばんの問題があるとすれば、ふたつの勢力が著しくバランスを欠いていることである。ぼくらの党派には三人しかおらず、船室のほうには九人もいる。船上の武器はぜんぶ敵が独占しており、例外はピーターズが隠し持つ小さなピストル二丁と、彼がいつもズボンのウェストバンドに仕込んでいる巨大な海員《シーマンズ》ナイフのみ。すでにして、いつもの収納場所から斧や梃棒《てこぼう》がなくなっているという伏線もあることだし、ぼくらは航海士が少なくともピーターズをあやしく思っているのではないか、まちがいなく始末してやろうと思っているのではないかと、いぶかしむ。じっさい、ぼくらは一刻も早く計画を実行に移すべき時を迎えていた。いまなお、最大限の注意を払わない限り、計画が水の泡となる可能性はきわめて高かった。

ピーターズがここで提案したのは、自分はこれから甲板へ昇り、見張りのアレンに話しかけ、その結果タイミングを見てアレンを難なく、それもいっさい邪魔されることもなく、海へ突き落とすという計略だった。その直後にオーガスタスとピムが甲板で合流し、できる限りの武器をかき集めるのだ。そして大急ぎで甲板昇降口の階段を占拠し、いっさいの抵抗を封じてしまう——。これを聞き、ぼくは反論した。というのも、この航海士という人物は自身の迷信深い心情に訴えない領域に関する限りはひどく頭の切れる男で、やすやすとぼくらのワナにはまるとはとうてい思えなかったからだ。そもそも甲板にはたえず見張りを置いているということ自体が、航海士の警戒心の証左ではないか——というのも、規律をいたって厳格に守らねばならぬという特殊な船舶でない限り、強風を受けつつ停泊している船上に見張りを常備するのは、尋常ではない。海に乗り出したことのない人々を――みんながみんなそうした人々だとは言わないまでも――考慮するならば、こうした状況下で船はどういう具合になっているかを、きっちり説明せねばなるまい。「漂駐する」、すなわち海員用語で「船首を風上に向けて停止する」というのはさまざまな目的を睨《にら》んで選び取られる方策であり、さまざまなかたちで実行される。おだやかな天候のもとであったら、これはたんに船を停止させ、別の船かそれに類する相手が来るのを待つという行動にほかならない。停止しようとする船が帆をいっぱいに張っている場合には、帆の一部をうまく掲げて逆帆にすれば、船は停止する。けれども、いまの話題は、強風の中で漂駐することだ。これがなされるのは、船首が風上を向き、風があまりに激越なため帆を掲げたら沈没の危機に見舞われる場合である。風がさほど強くなくとも、海が荒れ狂っている場合も同様だ。もしも船が荒波の中、強風を受けて疾走するようなことがあれば、その船尾ごしに浸水したり、時として船が前方に向け激しく縦揺れしたりすることで、絶大な被害を被るだろう。したがって、こうした状況下では必要に迫られた時以外、漂駐などめったに行ってはならない。船の水漏れがひどい場合には、どんなに海が荒れ狂っている場合でも追い風を受けて走っていたほうがよい。というのも、漂駐していたとしたら、激しく水が浸透してくるために船板の合わせ目がゆるゆるになってしまうだろうから。逆に、船が疾走してさえいれば、こういう事態は回避できる。つまり、強風があまりに激しく、船首を風上に向けるために張っている帆がズタズタになりかねなくとも、あるいは船体の設計ミスやほかの原因により帆がきちんとセッティングしえなくとも、船を疾走させねばならない場合がある、ということだ。

　強風を受けて漂駐する場合には、船舶それぞれの造りに応じて、別の方法が採られる。前檣縦帆《フォアスル》を掲げて漂駐するのは、最も一般的な方法である。巨大な横帆艤装の船であれば、緊急速報のために帆を掲げることもあるので、暴風長三角帆《ストーム・ステースル》と呼ばれる。しかし、船首三角帆《ジブ》も時たま掲げられる。船首三角帆《ジブ》か前檣縦帆《フォアスル》、二段階縮帆した前檣縦帆《ダブル・リーフト・フォアスル》、さらには船尾帆《アフタースル》が使われることも決して少なくない。中でも前檣中檣帆《フォアトップスル》ほどにこの目的にかなうものはない。グランパス号の漂駐では、たいてい縮帆した前檣縦帆《クロース・リーフト・フォアスル》が掲げられたものだ。

　船を漂駐させる時には、船首をできる限り風上へ向け、帆をいっぱいにふくらませる。この時、船尾に向きを変え、すなわち帆と船とがちょうど対角線を成すようにして、帆をピンと張る。この姿勢が決まると、船首は風の吹いてくる角度数度以内の方向へと差し向けられ、風に向かって進む船首に当たる凄まじい荒波の衝撃を受ける。こんな状況下であっても、強靭《きょうじん》な船であったら強風をものともせずに乗り切り、そのさい水の一滴をもかぶることなく、乗組員もそれ以上の注意を払うこともない。舵柄はたいてい縄で括り付けられているが、そうしておかないと騒音をたてるからという理由があるだけで、本来は不必要。なぜなら漂駐中には舵というのは船には何ら影響を及ぼさないのだから。じっさい舵柄はきっちり括り付けておくよりゆるめておいたほうがいいのだ。というのも、舵というのは舵柄のところに余裕がないと、激しい荒波を受けたら最後、たちまち木っ端微塵にされてしまうのだから。帆が持ちこたえる限りは、強靭な船なら壊れることもなく、生命と理性の赴くままに、七つの海を疾駆するだろう。とはいえ、万が一強風が荒れ狂い帆をズタズタに切り裂くなどということがあれば（それは常識的には最強のハリケーンにのみ可能な猛威なのだが）、のっぴきならない危険が迫っていると言わねばならない。船は強風を受けてなぎ倒され、舷側へかしいだかと思うと、海の藻屑と消えるだろう。かくなる危機を回避する手段はただひとつ、船が風を受けるよう素早く方向転換し、ほかの帆を掲げてどんどん疾走させることだ。帆というものをまったく掲げぬままに漂駐する船もいるが、なにしろ海上なのだから警戒するにこしたことはない。

閑話休題《かんわきゅうだい》。話を元に戻すと、航海士の指図により、船が強風の中で停泊しているというのに甲板に見張りを配置するというのは、ふつうではありえない。にもかかわらずそうした措置を講じているという事実を、斧や梃棒が行方不明になっているという状況と合わせて考えるならば、乗組員たちはみな警戒心を十二分に募らせており、ピーターズが考案した作戦などではびくともしないはずである。とはいえ、何か手を打たねばならない。それも、手遅れにならないうちにできる限り急がないと、そもそもピーターズは挙動不審に思われているのだから、チャンスが訪れるや否や真っ先に始末されかねない。強風が止んだ時が、その瞬間かもしれない。

オーガスタスの示唆するところによると、もしもピーターズが何らかの口実をつけて高級船室の跳ね上げ戸を覆っている錨鎖を何とか取り除けたら、ぼくらは船倉経由で連中に不意打ちを食らわすことができるかもしれない。だが、ちょっと考えてみれば、グランパス号の縦揺れがあまりにもひどいため、そんな画策も無意味に思われた。

しかしこの時ぼくには、運良く絶好のアイデアがひらめいた。航海士は超自然的な恐怖や良心の呵責《かしゃく》に訴えられると弱いというのだから、そこにつけ込んだらいいじゃないか。ここで思い出したのは、今朝、乗組員のひとりハートマン・ロジャーズが亡くなったことだ。二日前に水割りラム酒が祟《たた》って発作を起こしたのが原因という。ピーターズ独自の見解によれば、ロジャーズは航海士に毒殺されたのであり、そう考える根拠も明白だというのだが、それでは具体的にはどんな理由なのかと尋ねると、定かには説明してくれない――ガンとして撥《は》ね付けるところが、ピーターズの奇人変人たるゆえんであろう。しかし、彼が航海士に対して抱く疑惑の根拠がぼくらの推測を超えていようがいなかろうが、この疑惑説には魅力があったため、みんなで彼の話に乗ることにした、というわけだ。

ロジャーズが亡くなったのは午前十一時、ひどい発作に襲われたらしい。数分後にお目見えした屍体《したい》は、これまでに眼にしたうちで何よりおそろしく身の毛もよだつものだった。なにしろ胃がぶくぶくとふくれあがり、あたかも溺れ死んだか水中に何週間も置き去りにされたかというたぐいの土左衛門状態なのである。その両手に変わりはなかったが、いっぽう顔ときたら縮んで萎《しな》びて一面蒼白になっており、そこにはあたかも丹毒の爪痕であるかのごとき毒々しい真紅の斑点がぽつぽつと見られるのみ。斑点のひとつは顔を斜めに横切っており、赤いビロードのリボンでもかけたかのごとく片目全体を覆い尽くしている。かくもおぞましい状態のまま、ロジャーズの屍体は正午に船室から担ぎ出され、海へと葬られることになった。この時、航海士はちらりと目をやり（というのもこの時初めて彼の屍体を目撃したわけだから)、自身の罪を深く悔いているのかあまりにもおぞましき屍体を見るのも怖かったのか、部下たちに対して、屍体をロジャーズのハンモックに入れて縫い合わせるように、そして伝統的な海葬の儀礼に従うようにと命じた。これだけの指示を済ませると、航海士は階下へ降りて行き、あたかも自ら手をかけた犠牲者をこれ以上目にしたくないという風情であった。ところが支度を整えている最中、強風が荒れ狂ったように吹き付け、海葬の段取りは当座のところ取りやめとなる。屍体は置き去りにされ、左舷の甲板排水孔へと流されて、ぼくがこの事件のことを語っているいま現在もそこに横たわり、このブリッグ型帆船が激しく揺れるたびにのたうち回っているはずだ。

ひとたび計略を立てると、ぼくらは可及的速やかに実行に移そうともくろんだ。ピーターズは甲板に昇ったが、彼自身が予期したとおり、すぐにもアレンに呼び止められる。ほかならぬ見張りのために船首楼に常駐しているのだから当然だ。しかしこいつには、速やかに、かつ音もなく審判が下される。というのもピーターズが、ざっくばらんなようすでアレンに近づき、あたかも挨拶でもするかのように見せかけながら、いきなり喉をつかむと、相手が叫び声をあげるよりも早く、舷牆の向こうへ放り投げてしまったのだ。そしてピーターズからの呼びかけに応じて、ぼくらは階上へ上がった。そこで最初に神経を使ったのは、何か武器になるものはないかとあたりを探すことだったが、そのためには注意深く進まねばならなかった。なぜなら、何かにつかまらずに甲板に一瞬でも立っているのは不可能であり、縦揺れするたびに荒波が船に襲いかかってきたからだ。計略を実行すべく急がねばならない。というのも、グランパス号はいまや猛スピードで浸水しているため、航海士がいまにも甲板に出てポンプを動かすのではないかと考えられたからだ。あれやこれやと探しているうちに、ぼくらは願ってもないおあつらえむきの得物を、すなわちポンプの取っ手をふたつ見つけた。オーガスタスがそのうちの片方を、そしてぼくがもう片方を手にした。これらを確保すると、ぼくらは屍体からシャツを剝《は》ぎ取り、屍体を海へ放り込んだ。ピーターズとぼくは下へ降り、残ったオーガスタスは甲板上で、かつてアレンが務めていた見張りの部署に就く。甲板昇降口にはあくまで背を向けた格好だ。その姿勢でいる限り、航海士の一味のうち誰かが下から昇ってきた時にも、ただの見張りと見なすであろうから。

下へ降りるやいなや、ぼくは自分がロジャーズの屍体そっくりに見えるよう変装を施した。なにしろロジャーズ本人からシャツを剝ぎ取ったのだから、役に立つことこのうえない。というのも、これは独特なデザインですぐロジャーズのものとわかるシャツ——故人がほかの衣服の上から着るスモック風のシャツ——であったからだ。青のメリヤス編みで、太くて白い縞《しま》がいくつか入っていた。そのシャツを着たぼくは、世にも醜く恐ろしくふくれあがった土左衛門を偽装すべく、ニセの胃袋を装塡した。この仮装はベッドのシーツ類を詰め物にすることで、たちまち出来上がった。つぎにぼくは、白い羊毛の二股手袋《ミトン》セットを利用し、そこへ手当たり次第にぼろ切れを詰め込んだ。そしてピーターズがぼくの顔に死化粧を施す番である。最初は白いチョークを顔にこすりつけ、そのあと自分の指を切った血を用いてできものめいたシミを作りあげたのだ。目の上を走る真紅の縞も忘れていない。かくして、じつに衝撃的な屍者の仮装が完成を見た。

第八章

船室の壁には鏡がかけてあったので、その一部に自分を映し出してみた。携帯ランプのおぼろげな光のもと、浮かび上がったすがたは、不気味なまでにおそろしく、ロジャーズの凄《せい》絶《ぜつ》な死という現実をまざまざと想起せずにはおかなかったため、ひどく身震いするばかりで、このまま変装を続けていいものかどうか、迷うほどであった。しかし、こればかりは実行せねばならない。そう決意を新たにして、ピーターズとぼくは甲板に昇る。

至るところ安全だった。そして舷牆に沿って進んだぼくら三人は、船室の甲板昇降口階段へ忍び寄る。そこが完全には閉め切られていなかったのは、突如として外部からむりやり閉じられてしまうことを警戒してのことで、上方の階段にはいくつか木片が置かれてドアストッパーとなり、そこを封鎖できぬよう対策が講じられていた。ぼくらは蝶《ちょう》番《つがい》のある隙間から船室の内部を難なく見渡す。これまで敵の不意を突くなんてやりかたをしなかったのはまことに正解だった。というのは、連中はいまこそ警戒心を強めているからだ。眠りこけているのはひとりだけで、昇降口階段の下のところに、マスケット銃をたずさえて横たわっている。ほかの連中はみなベッドから取り外し床に敷かれたマットレスの上に鎮座していた。全員が熱く語り合っている。そして、ジョッキがふたつ空になり、ブリキのタンブラーがいくつか転がっているところを見ると、連中がこれまで飲んで騒いでいたのはたしかなのだが、にもかかわらずいつものようには泥酔していない。全員がナイフを携え、そのうち二、三名はピストルを持っていた。そして何丁ものマスケット銃がすぐ使えるようベッドに並べられていた。

ぼくらは連中のおしゃべりにじっくり聞き耳を立てたうえで、いかに行動すべきかを決めることにした。この時点でははっきりとした方針は何も定まっていなかったからだ。ただひとつ決まっていたのは、攻めるべき時が来たら、まずはロジャーズの幽霊を演じることで相手の士気を殺《そ》ぐことだけだった。連中が話し合っているのは海賊としての将来で、漏れ聞こえたところによれば、ホーネット号というスクーナー船の乗組員と手を組み、可能ならばホーネット号そのものを分捕ってしまい、でっかい計画に備えようという魂胆らしい。しかしこまごまとした部分までは、聞き取れなかった。

連中のひとりがピーターズを話題にすると、航海士がひそひそと囁《ささや》いたので何を言っているのかわからなかったが、のちにもう少し大きな声となり聞き取れたところでは――「ピーターズが船首楼にいるバーナード船長のガキと何であれほどつるんでるのかわからん、ふたりともさっさと海に放り出そうぜ」これに口答えする者はいなかったが、その真意は彼ら一党には――とりわけジョーンズには――しっかり伝わったのが見て取れた。この時のぼくは、胸騒ぎがしてならなかった。オーガスタスもピーターズもいまだにどんな手に出るべきか決めかねているとなれば、なおさらだった。しかしぼく個人はといえば、犬死にはごめんだが、この期に及んで及び腰では致し方あるまいと、腹をくくっていた。

帆を支える索具に吹き付ける暴風と甲板になだれ込む海水で轟音が沸き起こり、残りの会話は切れ切れにしか聞こえない。だが、それでも航海士が配下に命じて、とっとと仕事しろ、あのろくでもない新米どもを船室によこせ、と言っているのは、はっきり聞こえた。航海士はブリッグ船の上でこそこそした動きがあるのに耐えられないので、目を光らせておきたかったのだ。ただし、この時点での船は縦揺れがずいぶんとひどくて、航海士が命じてもすぐに実行に移せるわけではなかったのは、ぼくらにとっては都合がよかった。黒人料理人はマットレスから立ち上がるとぼくらの方へやってきた。その瞬間、船が思いっきり傾《かし》いだので、マストが何本か吹っ飛ぶかと懸念したが、吹っ飛んだのは料理人のほうで、彼は左舷の高級船室めがけて頭から突っ込み、その扉をブチ開けるのみならず、てんやわんやの事態を巻き起こした。ぼくらの陣営はといえば、運良く誰も所定の場所から放り出されることもなく、船首楼へ急遽《きゆうきよ》退却するだけの時間もあったので、取り急ぎ計略を練り直すことにした。伝令たる料理人がやってくるよりも前に、遅くともそいつが昇降口のハッチから頭を出す前には何とかせねばならなかったのだ。というのも、その伝令が甲板まで出てくることはなかったからである。しかもその位置からだと、アレンがいないことにも気がつかないはずだから、伝令はあたかもアレンが相手であるかのごとく、大声で航海士の命令をくりかえすことになる。それに対してピーターズはアレンの声に似せて「合点だ！」と返し、それを受けた黒人料理人はすぐにも階下へ戻って行く。すべては偽装工作であるなどとは夢にも思わずに。

わがふたりの相棒たちは大胆にも船尾へ向かい、船室へ入って行った。ピーターズはさっきと同じく扉を閉め切らないままにした。航海士はふたりを慇懃無礼《いんぎんぶれい》に迎え入れ、オーガスタスに対してこう告げたという。おまえはこのところとってもお行儀良くしてるから、船室に居場所を作ってやろう、ゆくゆくはおれたちの仲間にしてやるよ——。そう言うと、航海士はオーガスタスのタンブラーに半分ほどラム酒を注ぎ入れ、飲ませたのだった。このいっさいがっさいをぼくが見聞きしたのは、扉が閉まると同時に、相棒たちを船室まで追いかけ、かねてからの観察地点に腰を落ち着けたためである。この時、持参していたのはふたつのポンプの取っ手であった。そのうちのひとつを、ぼくが甲板昇降口階段のそばに置いたのは、いざとなったらすぐ使えるようにと考えたからだ。

こうしてぼくはできる限り気持ちをしっかり保って、いったい船内で何がどのように起こっているのか、そのすべてをじっくり見定めようと考えた。そしていよいよこれから執り行う大芝居のために気分を奮い立たせた。そう、ピーターズが予定どおりこちらに合図を出したら、反乱分子たちのひしめくところへ、この幽霊の仮装で降りて行くのである。ピーターズはすぐにも船内の反乱がいかに血なまぐさいものであったかを語り始め、徐々に反乱分子たちを誘導して、船乗りには広く知られる無数の迷信のあれこれを持ち出す。その会話のすべては聞き取れなかったが、その話題によって連中の表情がどう変わったのかは、はっきりわかった。航海士は明らかにどぎまぎしており、そして追い打ちをかけるようにロジャーズの世にもおぞましい屍体の話題が出ると、彼は卒倒しそうになった。ピーターズはこの時とばかり航海士に尋ねていわく——あの屍体はすぐ海へ放り込むべきじゃなかったのか？　排水溝でのたうつのを目にすると、身の毛もよだつよ。これを聞くや、この悪党はいまにも息がつまるかのごとくにあえぎながら、あたりにいる手下たちをぐるりと見回し、さっさと上へ昇ってするべき仕事をしてくれ、と懇願するかのような表情を示した。とはいえ、そう言われても誰ひとりとして動かない。ここで火を見るよりも明らかになったのは、航海士一党の神経が極限にまで張りつめていたということだ。その瞬間、ピーターズがぼくに合図を送る。ぼくはすぐにも甲板昇降口階段の扉を一気に開き、一言も口を利くことなく階段を降りて行くと、奴らの真ん中に立ち尽くす。

突如としてロジャーズの亡霊が出現したのだから、効果満点だったのは言うまでもない。しかし、さまざまな事情にかんがみるなら、それだけの効果を上げたのは、不思議でもなんでもなかったのだ。類似のケースを考えてみればよい。たいていの場合、何かを観察するさいの知性というのは、自分の目前に立ち現れたまぼろしが現実なのかどうかについて、いささかの疑いを覚えるものだ。すなわち、自分がイカサマによって騙《だま》されているのではないか、眼前の亡霊は断じて黄泉《よみ》の国からの来訪者などではありえないのではないか、という思いを、たとえかすかであっても抱くものだ。してみると、このようにまとめても決して過言ではないだろう。つまり、こうしたわずかな懐疑心が亡霊出現という事態の根本に向けられており、亡霊によって身の毛もよだつ恐怖が引き起こされるのも、その要因は、こうした好例の数々においてさえ、はたまた人々が悩み苦しむ場合でさえ、亡霊がくれぐれもホンモノではありませんようにという恐怖の予感から来るのであって、この亡霊はホンモノにちがいないという絶対的な確信の成せる業ではないのだ、と。しかし、今回の仮装の場合にすぐ判明したのは、反乱分子たちの知性においては、ロジャーズの亡霊姿がほんとうにあのグロテスクな屍体の復活なのか、それともそんな錯覚を見ているだけなのかと疑うだけの根拠がかけらもなかったということに尽きる。そもそもグランパス号は強風により外界からまったく遮断されてしまっているという孤立状態にあったから、このような偽装をするにも可能な手段が限られているのは見え見えであって、乗組員連中が一目で種も仕掛けも見破ったとしてもおかしくはない。ところが、この日の時点で、乗組員は合計二十四日間も海での生活を続けてきており、他の船舶と挨拶以上の意思疎通を図るチャンスにもいっさい恵まれなかった。しかも彼ら全員が——少なくとも本船の乗組員とぎりぎりみなされる人間みんなが——船室に集まっていた。ただし、見張りのアレンだけはここにいなかったが、彼は六フィートもの巨体の持ち主であることは皆よく知っていたため、まさかアレンがこの亡霊役を買って出ているのだなどとは、頭をかすめることすらない。かてて加えて、恐ろしい嵐が吹き荒れるとともに、同様に恐ろしい話題をピーターズが持ち出したこと。ロジャーズの生々しくもおぞましい屍体が今朝、乗組員たちに深い印象を刻み付けたこと。ぼく自身がその屍体を偽装するにあたり卓越した技量を示したこと。そして何とも不気味にゆらめく光のもとでみんなが僕の幽霊姿を目撃したこと。なにしろ船室のランプの光がぐらぐら揺れて、怪しくも断続的にぼくの仮装を浮き上がらせたのだから。したがって、この亡霊の仮装が想定以上の効果を周囲におよぼしたのは、理の当然であった。航海士はこれまで横たわっていたマットレスから飛び起きると、一言も発することなく、船室の床へ倒れ込んで息絶えた。そしてグランパス号のひどい横揺れが作用して、あたかも丸太ん棒のごとく、風下へと放り飛ばされてしまった。残りの七名については、そのうち正気を保っていたのは三名にすぎない。あとの四名は床に根が生えたかのように、しばしへたりこんでおり、これまでに見たこともないほど哀れな恐怖と絶望の塊と化していた。唯一の抵抗勢力は黒人料理人とジョン・ハント、それにリチャード・パーカーである。しかしこの三人が展開したのは脆弱にして優柔不断な防衛戦にすぎない。このうち料理人とハントについては、ピーターズがすぐにも射殺した。ぼくはといえば、持って来たポンプの取っ手でパーカーの頭に一撃を食らわせた。一方、オーガスタスは床に転がったマスケット銃を拾い上げると、もうひとりの反乱分子、ウィルソン某の胸を撃ち抜いた。いまや残っている敵は三名だが、この時点までには連中は息を吹き返していた。そして今回の亡霊出現が自分たちを引っ掛けようとしたイカサマであるのを理解し始めていた。というのも、この期に及んで連中の戦い方が激越をきわめるようになっており、ここでピーターズの絶大なる筋力が発揮されていなかったら、ぼくらはとうに叩きのめされていただろうから。この三名というのがジョーンズ某とグリーリー某、そしてアブサロム・ヒックスだ。まずジョーンズがオーガスタスを床に投げ倒し、右腕を次々に数カ所グサグサと突き刺すと、あとは一気に息の根を止めるだけ、というところだった（ぼくもピーターズも、自分たちの敵をそう簡単にはなぎはらえなかったのだ）。ところがその危機一髪を救ったのが、思いがけぬ親友による助太刀である。その親友こそ、ほかならぬタイガーだ。オーガスタスがいまにも殺《や》られそうなまさにその瞬間、タイガーは低く唸《うな》って一気に船室へ跳び込み、ジョーンズにのしかかると、この仇敵《きゆうてき》をたちまち床に押さえつけてしまった。わが盟友オーガスタスは深手を負っており、こちらに助太刀する余裕などなく、ぼくのほうもこの手の込んだ変装が足手まといになり、ほとんど手を差し伸べられなかったのである。タイガーはジョーンズの喉元に食らいついて離れようとしない――にもかかわらずピーターズは残りの二人にとっては好敵手以上の存在だったので、もしもこんなに狭い空間でなく、そしてもしも船がひどく傾ぐことさえなければ、もっと手早く始末していただろう。彼はすぐにも床に散乱していた重い椅子のひとつを確保すると、ぼくのほうにマスケット銃の狙いをつけていたグリーリーの脳天をその椅子でかち割った。そして直後には、グランパス号が横揺れしてヒックスとぶつかったので、ピーターズはこいつの喉元をつかむと全身の力を込め、一瞬で絞め殺した。かくして、ぼくらはいまの報告に要したよりも早く、たちまちのうちにグランパス号の支配者となりおおせたのだ。生き残っていた唯一の敵はリチャード・パーカーである。この男については、ぼくは攻撃を受けてすぐ、ポンプの取っ手をふりかざして一発でのしてしまったのを覚えている。奴はいまや封鎖した高級船員室の扉のわきでぐったりしてぴくりともしない。しかし、ピーターズが奴の脚を蹴っ飛ばしたら声を上げ、命乞いをし始めた。奴の頭にはちょっぴり傷があったが、たんに殴られて気絶したというだけなので、ほかはまったくの無傷だ。パーカーが立ち上がると、当座のところ、ぼくらは彼を後ろ手にして縛り付けておいた。タイガーはといえば、いまもジョーンズに向かって唸り声を上げている。もっとも、じっくり調べてみたところでは、奴は完全に事切れていた。なにしろタイガーに嚙み切られた喉の傷が深く、出血多量だったのだから。

いまは午前一時ごろ、そして風はなおも強く吹き続けている。グランパス号はもう尋常ならざるほどに航海し続けてきたのは明らかなので、どうにかして船を休ませることが絶対必要だった。風下へ横揺れするたびに、船は大量の海水を飲み込み、そのいくぶんかはぼくらが小競り合いをやっているあいだにも船室に流れ込んできたものだ。ぼくが降りて来たときに昇降口を開け放してしまったせいだろう。海水の奔流は小甲板室や船尾の小帆船ともども、左舷に向かう舷檣の全体をも一掃してしまった。大檣がギシギシ、ガタガタ鳴るのは、ほぼゆるんでいる証拠だろう。船尾の船倉に積荷を入れる余裕を作るために、この大檣の根元は甲板を基底にしていたため（ろくすっぽものを知らない船舶建造者が飛びつきそうな愚策である）、いまにも根元から緩みかねない危険が差し迫っているのだ。とはいえ、最大の難題は、船上の水たまりのサイズを測ってみた時に浮上した。それは何と七フィートもの深さだったのだ。

船室に転がっている乗組員たちの屍体はそのままにして、ぼくらはすぐさまポンプの作業に取りかかった。パーカーの縛《いまし》めは当然解いてやり、ぼくらの作業を手伝わせることにした。オーガスタスの腕にはできる限りうまく包帯をしたので、彼もやれるだけのことはやれるようになったが、十分ではない。しかし、ぼくらはついに、ポンプ一台をたえず稼働させることにより、海水がこれ以上船を浸食しないようにする妙案を編み出した。スタッフはたった四人しかいないので、これはきつい労働だった。とはいえぼくらはなんとか心を奮い立たせ、スタッフはたった夜明けが来るのをいまかいまかと待ち望んだ。夜明けになったら大檣を切り倒し、グランパス号全体の重量を軽減したかったのだ。

こんなふうにして、ぼくらは心身ともに疲労困憊をきわめた一夜を過ごした。そして、とうとう夜が明けはしたものの、強風はまったくといっていいほど衰えないばかりか、衰える気配すら見せない。そこでぼくらは甲板上に置かれた数名分の屍体を引きずり、海へ放り込んだ。つぎにやらねばならないのは、大檣を切除することである。準備は万全だった。ピーターズは船室の中で見つけた斧で大檣に伐《き》りつけ、いっぽうぼくらはマストを固定する支索や締め綱のかたわらで、それを眺めていた。グランパス号が風下へ傾いだ時には、風上に向かう締め綱を切り離せという命令が下り、それを成し終えると、大量の木材や索具類のいっさいがっさいが海へ投げ込まれて、船内はスッキリするとともに、一切の被害も被らなかった。この時わかったのは、もはやグランパス号がかつてほどには順調に航行できなくなっていることと、ぼくらの状況はいまなおあまりに危険だということだった。そして、懸命の努力にもかかわらず、ポンプ二台の助けがなければ、なおも浸水を防ぐことはできない。オーガスタスもいささか助けてはくれたのだが、それはさして役に立たない。荒れ狂う海はぼくらの絶望をますます深め、グランパス号を風上へ吹き飛ばし、風の進路から外したが、やがて船が元の体勢を取り戻した時には、また別の強風が真っ向から襲いかかり、梁端ごと横倒しになった。底荷がまるごと風下へズレこんで（積荷はしばらくのあいだ散乱したままだ）、しばしのあいだぼくらはもはや沈没するしかあるまいと考えた。しかしすぐに船は、幾分かだが立ち直った。だが底荷はいまなお左舷側の位置から動かず、ぼくらもそちらに傾くしかなかったため、ポンプを稼働しようにも無理な相談だった。いずれにせよ、ぼくらはまったくの素手で度を超えた労働をしたあげく、見るも無惨に出血していたため、もうこれ以上ポンプの操作すら不可能なところまで来ていたのだ。

パーカーの助言とはまったく逆に、ぼくらは前檣を始末すべく作業を開始し、その立ち位置も幸いして、たいへんな困難を乗り切り、とうとう伐り倒すのに成功した。この廃材を海へ放り出すさいには第一斜檣も道連れとなったため、ぼくらの船はまごうかたなき廃船と化した。

これまでのところ、ぼくらは大型ボートで脱出できることをいくら喜んでもいいはずだった。なにしろこのボートはグランパス号がじゃぶじゃぶかぶっていた海水にいささかも痛めつけられてはいなかったのだから。しかし、そうそう小躍りしてばかりもいられない。前檣ばかりかグランパス号を安定させていた前檣帆もなくなってしまったため、いかなる荒波にもまるごと襲われるようになったのだ。舳先から船尾へおよぶ甲板のすべてが荒波に洗われるには、ものの五分とかからない。かくして大型ボートと右舷の舷牆も洗い流され、錨《いかり》巻き上げ機はバラバラに破壊されてしまった。じっさい、ぼくらはこの時ほど悲惨な境遇を経験したことはない。

正午になり、強風がわずかに和らぐ気配がうかがわれた。しかしこの状況下では、悲嘆に暮れるしかない。なにしろ、ほんの数分間はおさまることがあるものの、それが過ぎるとまたしても数倍の威力の強風が吹き付けてくるのだから。午後四時ぐらいには、この暴風に抵抗することなどまったく不可能になった。そして夜の帳が降りるころには、この船が明け方まで持ちこたえるなどとは、まったく考えられなくなっていた。

真夜中までには、グランパス号はもうずいぶん海面下に沈み始め、最下甲板のところまで浸水していた。舵はすぐに効かなくなり、それを剝ぎ取った大波がグランパス号の後ろ半分をまるまる海面から持ち上げたが、船は船で、まさしくその大波相手にざんぶと落下した。その時の衝撃で、あたかも船がそのまま陸に乗り上げたのではないかと錯覚したほどであった。舵が最後まで持ちこたえるだろうと推測していたのは、その舵が異常なほど強靭で、後にも先にも類例を見たことがないほどしっかり装備されていたからだった。舵の中心を成す木材には一連の太い鉄の輪頭ボルトが組み込まれており、同様なものは船尾材にも見られる。こうした鉄製輪頭ボルトから伸びているのが、がっしり太く精錬された鉄の棹《さお》であり、舵はこのようにして船尾材に括り付けられ、この棹の上で自由自在に回転するのだ。ところが、そんな舵を剝ぎ取ってしまった荒波がいかに凶暴であったかを考察するには、以下の絶好の事実がある。すなわち、船尾材にびっしりと張り巡らされた鉄製輪頭ボルトは、木材内部に向けてしっかりねじ込まれているのだが、荒波はそれすらもひとつ残らず、堅固なる木材から根こそぎひっぺがしていったのだ。

かくも激越なる衝撃を経験しながら、ぼくらには息つく暇もなかった。この瞬間、これまでになく獰猛な荒波が船に襲いかかり、甲板昇降口階段をすっかり流し去るばかりか、昇降口から流れ込み、グランパス号のすみずみにいたるまで水浸しにしてしまったのだから。

第九章

幸運なことに、ぼくら四人は、夜にならないうちに錨巻き上げ機の残骸に身体を縛り付け、甲板上に可能な限り大の字になって横たわった。あらかじめこのような警戒態勢に入ってさえいれば、全滅せずにすむ。じっさい、ぼくらが多かれ少なかれぎょっとしたのは、莫大な量の海水がこちらめがけてざんぶと襲いかかってきたことで、ようやく波が引いて行った時にはヘトヘトになっていた。息を吹き返すや否や、仲間たちに大声で呼びかけたところ、オーガスタスはすぐ返事をよこした。「ぼくらはもうダメだ、主よわれらの魂を憐れみたまえ」やがてほかのふたりも口が利けるようになり、まだ希望はあるんだから勇気を出そうぜ、と激励してくれた。積荷の性質から言って、グランパス号が沈むはずはなく、明け方までには強風も止むのではないかと思われたからだ。彼らの意見を聞いて、ぼくは生命力を回復した気がする。なぜなら、奇妙に響くかもしれないが、いくら空の油樽を積んだグランパス号が沈没しそうになくとも、これまであまりに混乱していたがためにまともな思考ができなくなっていたからだ。そして、しばらくのあいだ喫緊の危機というのは船の沈没だとばかり思っていた。しかし希望が甦ってくると、ぼくは自身を錨巻き上げ機の残骸にいっそう強く縛り付けようと躍起になった。それは、ほかの仲間たちも同様だった。その晩はこれまでにないほど暗い闇夜となり、ぼくらのまわりでおそろしい轟音が響き渡っていたのは筆舌に尽くしがたい。船の甲板は水面の高さと変わらなくなった。言い換えれば、ぼくらは泡立つ海の隆起にすっかり取り囲まれ、その一部が刻一刻と迫ってきているのだ。水面に頭を出せるのは三秒間に一秒ぐらいだったといっても言い過ぎではない。四人とも身体を寄せ合っていたにもかかわらず、お互いの顔が見えないのだ。それはすなわち、ぼくらがさんざんのたうち回って来たグランパス号そのものがもう見えない、ということだ。一定間隔でお互い呼びかけ合い、一縷《いちる》の望みにすがり、お互いにとってかけがえのない慰めや激励を取り交わしたものだ。オーガスタスがますます弱ってきているのは全員の悩みの種だった。そして、彼の右腕はメチャクチャに切り裂かれてしまっているのでこれ以上きつく錨巻き上げ機に縛り付けるのは不可能だ。彼が海の藻屑と消える可能性も一瞬、みんなの脳裏をかすめたが、しかし助けてやるのはもはや不可能だった。運のいいことに、オーガスタスの位置というのは、ほかの仲間に比べてずっと安全だった。というのも、彼の上半身は壊れた錨巻き上げ機の真下に位置していたので、海水がなだれこもうにも、そこに来るまでに波が砕け散ってしまうからだ。これ以外の姿勢であったら（この姿勢そのものを保つことになったのも、彼が風雨にさらされた地点で縛り付けられたがゆえであり、まったくの偶然なのだが）、夜明けまでには息絶えていたにちがいない。グランパス号が片舷に傾いだおかげで、ぼくらはみな、あわやというところで沈没を免れていた。以前述べたマストの根元部分はといえば左舷に寄っており、甲板の半分は浸水しっぱなしだった。ぼくらを右舷へ押しやった荒波はグランパス号の側面で砕け散り、うつぶせになっている限りはこちらへ降り掛かって来ても大したことはない。だがそのいっぽうで、左舷のほうから来る荒波、いわゆる返し波ってやつも、ぼくらが一定の姿勢を保っているせいでほとんど襲いかかることもできず、錨巻き上げ機からぼくらの身体を引きはがすにも力及ばずであった。

かくなる窮地にあって、ぼくらは夜明けまで横たわり、いかに恐るべき危機に取り巻かれているかを実感することになる。グランパス号はただの丸太ん棒と化し、荒波にもてあそばれるばかりだった。強風はどんどん勢いを増し、ことによると文字どおりのハリケーンにふくれあがるほどで、ぼくらがこの世で救われる可能性は皆無に等しい。数時間ほど黙って耐え忍び、以後の展開をあれこれ予測した。命綱すらも外れ、錨巻き上げ機の残骸もお流れになるのではないか、さもなくば船の周囲でいたるところ咆哮を続ける巨大な荒波がこの廃船を一気に沈め、それが再び浮上できるとしても、ぼくらのほうは息絶えているのではないか——。けれども神のご慈悲によって、こうした迫り来る危機を逃れ、正午には恵みの陽《ひ》の光に歓待されることとなった。その直後、強風がかなり弱まって来たのを感じた時だった、前夜以来初めてオーガスタスが口を開き、いちばん近くにいるピーターズに向かって、助かる可能性はあるのかどうかを尋ねたのは。最初はまったく返答がなされなかったので、ぼくらはピーターズがそのまま溺死してしまったのではないかと思った。しかし大いに喜ばしいことに、すぐにもピーターズが答える声がかすかながら聞こえた。彼によれば、錨巻き上げ機に彼の身体を縛り付けているロープが、とくに胃のまわりのところであまりにきつく食い込んで痛みが激しかったという。さらには、こんな苦痛にこれ以上耐え切れないので、ロープをゆるめるか自ら息絶えるかどちらかしかなかった、とも。これを聞いて一同みんな落ち込んだのは、ぼくらが荒波をかぶり続ける限り、彼を助けようなどと考えても無益だと思い知ったためだ。かくしてぼくらはピーターズを励まし、どうか辛くてもがまんしてくれ、チャンスが来たら必ず助けるから、と伝えた。しかし彼が答えるには、もう遅すぎる、助けてもらうまえにくたばっちまうさ——。そして彼は、しばらく世をはかなんだあと黙り込んだので、ぼくらはてっきりピーターズは死んでしまったのだと信じ込んだ。

夜になってくると、海はすっかり静まり返り、波は五分に一度ぐらい、風上からこの廃船にぶつかってくる程度で、いまなお強く吹き付けるとはいえ、風のほうもずいぶん弱まってきていた。仲間たちはずっと無言だった。オーガスタスに声をかけてみると返事は戻って来たものの、じつに か細い声になっており、いったい何を言っているのかはっきりとは聞き取れないありさま。つぎにピーターズ、そしてパーカーにも話しかけたが、このふたりも反応しない。

こうした期間がしばらく続いたあと、ぼくはいくらか意識を失い、そのあいだというもの、楽しいイメージが脳裏をかけめぐった。緑の木々や穀物が実り風薫る牧場や、踊り子たちの行進や騎兵隊などなどの幻想だ。いまでもはっきり覚えているが、ぼくの心の眼に映ったまぼろしにおいては、動きこそが最優先だった。どうりで、屋敷とか山みたいな静止したものが登場してこなかったわけだ。その代わり風車や船、巨大な鳥、風船、馬に乗る人々、猛スピードで走る馬車といった運動体ばかりが、つぎからつぎへときりもなく現れた。その夢から覚めた時には、推察しうる限り、太陽が一時間分だけ昇っている。とにかくこのときの境遇にはいろんな条件が重なったので、ちゃんと思い出すのはむずかしい。なにしろしばらくのあいだぼくは、ここがいまもなおグランパス号の箱に近い隠れ家で、パーカーの身体はじつはタイガーの仮のすがたなのだと、固く信じ込んでいたのだから。

ようやく正気を完全に取り戻した時には、強風はさわやかなそよ風と化しており、海は比較的おだやかだった。それはもう、波をかぶるのはせいぜい船の中央にとどまるぐらいに。左腕をしばっていたロープはほどけたが、ひじのところに食い込んでいた。右腕のほうは、まったく感覚が麻痺してしまい、手から手首までの部分は肩から下にかかっていたロープの圧力でぶくぶくにふくらんでいた。もうひとつ、腰のまわりにも一本ロープが巻き付いていて、これが堪え難いぐらいにぎゅうぎゅう締め付けていたため、そこから来る痛みのほうも尋常ではない。仲間たちを見回すと、ピーターズはまだ生きている模様。もっとも、太いロープが腰のところにあまりに深く食い込んでいたため、傍目《はため》には身体がまっぷたつに切断されてしまったかのように見えたものだ。ぼくの動きに合わせ、ピーターズは弱々しくぼくのほうへ手を掲げ、ロープを指差した。オーガスタスはといえば、生きているのかどうか、気配すらない。錨巻き上げ機の残骸の上に身体をふたつに折り曲げ寄りかかっている。ぼくが動いたのを見て、パーカーが話しかけてきた。ぼくのいる位置から奴のロープをほどくことができるか、という打診だ。加えて、もしもぼくのほうで元気をふりしぼりパーカーのロープを外すことができれば、ぼくらみんなが助かるが、そうでなかったら全滅だ、とも。ぼくは奴に勇気を出せ、と告げ、ロープのことはなんとかしてやるから、と伝えた。ズボンのポケットを手探りしたところ、折りたたみ式のペンナイフが入っていたので、最初は使い方がわからなかったが、どうにかそれを開くことができた。そして左手を使ってまずは手始めに右手を縛っているロープを、続いてほかのロープをも切断していく。ところが、いよいよ現在の位置から移動しようとすると、脚がまったく動かないではないか。ということは、立ち上がれないのだ。しかも右手をいかなる方向にも動かせなくなっている。パーカーにそう言うと、彼は数分間じっとしていろ、左手で錨巻き上げ機につかまり、そうして血液が循環するのを待て、と助言してきた。言われたとおりにすると、はたして麻痺《まひ》の症状は消えて、片方の脚を、続けてもう片方の脚をも動かせるようになった。そのあとすぐにも、右腕のほうも一部分だが回復した。ぼくはパーカーのほうへ向かうのに立ち上がらず、注意深く這って行った。そして彼をぐるぐる巻きにしているロープ類のいっさいがっさいを切断してやると、奴のほうも少し遅れて、四肢の麻痺が解けたようだった。すぐ続けて、ピーターズを締め上げているロープをぜんぶ解き放つ。あまりにきつく締められていたがために、彼のウールのズボンのウェストバンドと二枚のシャツを通して深い切り傷ができており、鼠蹊部《そけいぶ》にまで食い込んで、ぼくらがロープを外すと血がどくどく流れだした。しかし、ぼくらが捕縛を解くやいなや、ピーターズは口を開き、ようやくほっと一息ついたようであった――パーカーやぼくなどよりも自由自在に動き回れるようになったのだから。これは明らかに、出血の代償であった。

オーガスタスが回復するかどうかは、生命力の兆がまったく見られないだけに、望み薄だった。しかし、彼に近寄ってみるに、出血のせいで気絶しているにすぎない模様。傷ついた腕に巻いてやった包帯が荒波のせいで裂けてしまったのだ。オーガスタスを錨巻き上げ機に縛り付けていたロープの締め付け程度では、断じて死ぬわけもない。まずはロープを解いてやり、錨巻き上げ機周辺の木片も取り払ってやって、ようやくオーガスタスを風上向きの乾いた場所に座らせ、頭の部分をいくぶん低くなる格好にしてやった。そしてぼくら三人はみんなで力を合わせ、オーガスタスの手足をこすって暖めた。三十分ほどして、彼の意識が戻った。もっとも、ぼくら各人をきちんと認識し、口を利くだけの力を回復するには、翌朝になるまで待たなければならなかったけれども。ぼくらみんながロープの束縛から解き放たれた時はもう、ずいぶん暗くなっていた。しかもそろそろ暗雲が立ちこめてきたので、ぼくらは再び、またしても強風に見舞われるのではないか、そうなったら、ぼくらはもうヘトヘトなのだから、こんどこそは全滅ではないかと、苦悩のどん底へ突き落とされた。だが運良く、夜のあいだはおだやかな気候が続き、海のほうも刻一刻と和らいでいたから、それこそが最終的には助かるかもしれないという希望となった。北西の方向からは、いまもおだやかな微風が吹いているが、いささかも寒くはない。オーガスタスは注意深く風上に向けて括り付けられ、船が横揺れしても海へ放り出されないように固定された。彼はいまなお身体が弱りすぎていて、持ちこたえられるだろうか。その他の仲間たちに関する限り、そこまで配慮する必要はない。ぼくらは身体を寄せ合って座り、錨巻き上げ機に絡み付きながら切れてしまったロープで互いを支え合い、いかにしてこの危機的状況から抜け出せるか、その手段をあれこれ討議していた。服を脱いで、そこから水を搾《しぼ》り取ることで、ずいぶんと楽になった。このあと再び服を着た時には、ずいぶんと暖かくさわやかに感じるばかりか、大いに元気が出たものだ。ぼくらはオーガスタスの服も脱がしてやり、水を搾ってやったところ、彼もまったく同じ気分になったようだ。

いま辛いことがあるとすれば、それは飢えと渇きである。なんとか解決されないものかとあれこれ期待してはみたが絶望は深まるばかりで、これに比べたら海難のほうがましだった、あのまま助からないほうがよかったとすら嘆くようになったのだ。もっともぼくらは、そのうちほかの船舶がすぐにも拾い上げてくれるさと夢見て慰め合ったし、今後降りかかるかもしれない災難には断固耐え抜こうと励まし合ったものだ。

七月十四日の朝がとうとう明けた。天気は依然として快晴でさわやか、北西の方から安定した微風が吹いてくる。本日の海はじつにおだやかで、よくわからぬ原因によりグランパス号はかつてほどには片舷に傾くこともなくなり、甲板も比較的乾いている。そしてぼくらも自由に動き回れるようになっている。この時点では、三日三晩飲まず食わずというよりはましであったが、それにしても何か階下より食べられそうなものをなんとしても調達せねばならない。グランパス号は水びたしになっているので、食べ物の調達となると絶望的であり、ほとんど何も期待できまい。ぼくらは昇降口の残骸から引き抜いた留め金をふたつの木片にねじこんで、ひっかけ錨を作った。これらをうまく組み合わせ、そこにロープの末端をくり付けて船室へ放り込み、あちらこちらへ振り回してみる。食糧として役立つような荷物か、それとも食糧を獲得するのに有益な荷物がいくつか引っかかっては来ないかと、一縷の望みにすがって。その朝の大部分は、この作業に明け暮れたが実りはなく、うまく引っかかって釣り上げることができたのは寝具ばかり。たしかに、この急ごしらえの道具ではあまりにぎこちなく、成果はほとんど期待できない。

こんどは船首楼をのぞいてみたが、同様に収穫は得られず、ぼくらは絶望の淵《ふち》に追いやられたが、この時、ピーターズがひとつの提案をした。ロープを彼の身体にくくりつけ命綱にしてくれれば、その格好で船室へ跳び込み、食糧を探し当ててくるというのだ。たちまち希望が甦りうれしくてたまらなくなったぼくらは、その提案を大歓迎した。かくしてピーターズはすぐにも、ズボン以外の服を剝ぎ取る。そしてぼくらは強力なロープを彼の胴回りに固定し、絶対にすべり落ちぬよう、肩のほうにも絡ませた。これはずいぶんと困難で危険を伴う計画だった。というのも、仮に船室内に何らかの食糧があったにせよ、たぶん大した収穫はないんじゃないかと推測されたからで、ピーターズは降下したらすぐ右折し、水中を十フィートから十二フィートほど歩いて、狭い通路から貯蔵室へ向かい、そして戻って来なければならないけれども、そのあいだというもの、まったく呼吸できないわけだから。

準備がすべて整うと、ピーターズは船室へ降下し、昇降口階段を降りると、水はもう彼の顎《あご》の高さまで来ていた。彼は頭から潜水して右折し、なんとか貯蔵室にまで進もうとした。ところが、この最初の試みはまったくの失敗に終わる。彼が降下してから三十秒も経たないうちにロープがえらく強く引かれたのだ（そしてそれこそはピーターズが引っ張り上げてほしいという合図ということでぼくらも了解済みだった）。取り決めどおり、ぼくらはすぐにもピーターズを引っぱり上げたのだが、じつに不注意だったというべきか、彼を階段に叩き付け怪我《けが》をさせてしまったのである。ピーターズの手には何ひとつ収穫はなく、通路にもほんの少しばかりしか入りこむことはできなかった。というのも、この時彼は浮かび上がって甲板にぶつからないようにするため、けんめいに踏ん張らなければならなかったからだ。戻って来たピーターズは疲れ切っており、もういちど挑戦するにはたっぷり十五分ほど休憩せねばならないほどであった。

はたして再挑戦の結果はというと、最初よりひどかったというほかない。なぜなら、ピーターズはいっさい合図を送らないまま、とてつもなく長いあいだ潜水していたので、その安否が心配になったぼくらは合図のないまま彼を一気に引っ張り上げたが、その時にはもう彼はほとんど虫の息だった。何度となくロープを引っ張って合図したようなのだが、ぼくらがそれをまったく感知できなかったのだ。こんな事態を招いたのも、その一端はといえば、ロープの一部が階段のふもとにある欄干《らんかん》のところでこんがらがってしまったせいである。この欄干がじっさいえらく邪魔なので、この計画を実行する前から、可能ならば除去しようと決めていたのだ。こいつを取り除くには力任せでやるしかなかったので、ぼくらは階段で降りられる限り水浸しの階下へ降りて行って、一同力を合わせてこの欄干を引っぱり、みごとも ぎ倒すことができたというわけだ。

いよいよ三度目の正直を狙うも、これもまた、先の二回と同じく失敗に終わった。ここで判明したのは、何かおもりでも備えない限り、このやり方ではどうあってもうまくいかない、ということだ。おもりさえあれば、ピーターズは身体を安定させることができるし、調査を行いながらずっと脚を船室の床につけておくことができる。この目的にかなうおもりがないかと、ぼくらはえんえん探しまわったのだが、見つからなかった。けれどもとうとう、じつにうれしいことに、前檣の静索《せいさく》を保護する金属板がゆるんでいたので、難なくそれをねじり取ったのだ。この金属板を足首にしっかりと括り付けると、ピーターズは四度目の挑戦を敢行して船室へ飛び込み、今度という今度はどんどん進んで司厨長室の扉まで辿り着いた。ところが悲しむべきことに、その扉には鍵がかかっていたため、彼はそこへ入ることなく戻って来なければならなかった。もはやあと一分ほども潜水していられないという限界をきたしていたからだ。してみると、ぼくらの計画はなんとも絶望的に見えた。そしてオーガスタスもぼくも滂沱の涙を流さぬわけにはいかなかった。なにしろ無理難題に取り囲まれていたばかりか、最終的に脱出できる蓋然性はほんのわずかだったのだから。だが、やられっぱなしというわけにはいかない。ぼくらは神にひざまずき、つぎつぎと降りかかってくる危機からお救いくださるようにと祈った。そして希望も新たに元気を取り戻して立ち上がると、ぼくら自身の力で救われるためにはいったいこれから何を成すべきかを考えることにした。

第十章

このすぐあとで起こった出来事は、歓喜と恐怖という両極端がないまぜになった強烈な感情を呼び起こすものだったと思う。その感情の質量双方における凄まじさといったら、これ以降の九年間にぼくが経験することになるおびただしい事件――それもかつてないほど驚異に満ち、多くはかつてないほど想定外にして想像不可能なたぐいの事件――が束になってもかなわない。ぼくらは中央昇降口階段近くの甲板に横たわり、いかにして貯蔵室へ入り込むかを検討していたが、その時ぼくが、正面にいたオーガスタスに眼をやって気がついたのは、彼が死人のごとく顔面蒼白で、その唇がどうにも奇妙かつ不可思議なようすでぶるぶるふるえていることだった。これはいかん、と思いオーガスタスに話しかけたが、まったく返答がない。ひょっとしたら突如病気にでもなったのではないかと考え、相手の眼をのぞきこんだが、その視線の先はどうやらぼくの背後に向けられている。ふりかえりざま、ぼくは全身のすみずみまでぞくぞくするような、天にものぼるような歓喜を覚えたのを、決して忘れない。なにしろ一艘の巨大なブリッグ船がこちらに向かって来たのだ。その距離二マイル［一マイルは一・八五二キロメートル］と離れていない。あたかもいきなりマスケット銃に心臓まで撃ち抜かれたかのように、ぼくは飛び上がるとそのブリッグ船の方向へ両腕を突き出し、その姿勢のまま微動だにしなかった。言葉もなかった。ピーターズもパーカーも同じように感銘を受けたようだったが、その表現のしかたはちがっていた。ピーターズは気が狂ったかのように甲板で踊りだし、かつてないほど過剰な大言壮語《たいげんそうご》をわめき散らし、吠えたり祈ったりし始めたが、パーカーはといえばわっと泣き崩れ、何分ものあいだ子供みたいに泣き続けていた。

突如出現した船舶は巨大なブリッグ船とスクーナー船双方の性質を兼ね備えた二本マストのブリガンティン型で、オランダ製の黒船であり、その船首像にはけばけばしい金箔《きんぱく》が塗りたくられていた。悪天候を乗り切って来たのは明らかで、ぼくらにとっても致命的だった強風の被害を同様に受けているように見えた。なぜなら、前檣中檣も右舷の舷牆も消えてなくなっていたからだ。この船を初めて目撃した時には、前述したとおり、なにしろ二マイルも離れているうえに風上に向かうかたちで接近してきていた。風はとてもおだやかだったが、まずびっくりしたのは、この船には前檣の下帆と大檣帆、および船首三角帆のほかには帆というものがなかったことだ。もちろん船はゆっくりゆっくり接近してきていたので、ぼくらはもう待ちきれず気が狂わんばかりだった。しかしそうした狂喜乱舞のさなかにあっても、どうもこの船の操舵には問題があるな、というのがぼくらみんなの共通見解だった。あまりにもふらふらよろよろ航行しているので、はたしてあちらはこちらをきちんと認識していないのではないかのような印象が、ちらりと頭をかすめたものだ。はたまた、仮にこちらを認識したとしても甲板上に誰もいないと知って、針路を変更し、別の方向へ遁走《とんそう》してしまったのではないか、とも考えた。いずれの場合にも、ぼくらはあらん限りの声で叫び声をあげ、先方がちょっとでも考え直し、もういちどこちらへ向かって来てはくれまいかと願ったものだ。まことにおかしなふるまいだったかもしれないが、これをぼくらは二、三度くりかえしたあげく、おそらくあちらの操舵手が酔っぱらっているにちがいないという結論に達する。

先方がグランパス号まで四分の一マイルというところに来るまでは、甲板上には人っ子一人見えなかった。だが、そこまで接近した時にようやく、乗組員を三名認めたのである。服装からして、オランダ人らしい。そのうちの二人は船首楼近くに古い帆を敷いて寝ころがっており、三人目はといえば、こちらのほうを興味津々に見つめており、第一斜檣そばの右舷船首によりかかっている。こいつはずんぐりしたのっぽで、肌がとても黒かった。そのふるまいから察するに、こいつはどうやらぼくらにいますこし我慢しろという意味で、明るく、しかしいささか奇妙なかたちでうなずいてみせ、たえずにこにこ笑って真っ白に輝く歯を剝き出していたようだ。船がどんどん近づいて来た時、ぼくらは彼がかぶっていた赤いフラノ製の帽子が海に落ちてしまうのを目撃した。にもかかわらず、この男はそれにほとんど――あるいはまったく――気を留めることなく、奇妙な微笑みとふるまいを絶やさない。以上、この時の事態と状況を詳しく語ったが、それはあくまで目に見える限りにおいて精確に語った結果であることを、どうかわかってもらいたい。

ブリッグ船はゆっくりと、しかし以前よりはしっかりと接近してきた――この時のことを話そうとしたら落ち着いてはいられない――ぼくらの心臓は飛び上がらんばかりだったし、ありったけの熱意を込めて叫ぶとともに、いよいよ完璧にして突然の、そして栄光に満ちた救済がすぐそこ、手のとどくところまで来ていることについて、神に感謝を捧げた。だが突如として、しかも間髪を容れずに、いまやグランパス号の目と鼻の先まで来ている未知なる船舶から、海をつたい、妙な匂いが――いったい何と呼べばよいかわからず、どう説明していいかもわからないほどにおぞましく――ことごとく息がつまるような――堪え難くも不可思議な異臭が――漂って来た。ぼくがあえいで、仲間たちのほうを振り向くと、みんなこれまでにないぐらい真っ青になっていた。しかしもう、あれこれ推測している時間はない。先方はもう五十フィートほどのところまで迫って来ている。それに、あちらの意向はどうやら、グランパス号の船尾突出部の下まで来て、ボートなど出すことなくぼくらが先方に乗船できるようにすることらしい。ぼくらが一気に船尾へ向かうと、突然の揺れにより、先方の船が五度から六度ほど針路からズレた。そして、船が二十フィートほど離れたところで船尾の下を通過していくさいに、相手の甲板の全貌が目に入ったのだ。この時目にした光景には二重どころか三重もの恐怖を覚えたことを、よもや忘れるわけにはいくまい。なにしろそこには、二十五名、いや三十名もの女性を含む屍体が、船尾から調理室におよぶ範囲でそここに散乱しており、腐敗の最終段階にして最もおぞましい状態を迎えていたのだ！　ところがぼくらは、そんな屍者たち相手に助けを求めて叫ばざるをえなかった！　そう、この瞬間に苦悩が溢《あふ》れ出し、ぼくらは長いこと大声で懇願したのだ、彼らもの言わぬグロテスクなすがたがこれからも留まってくれるように、そしてぼくらを見捨てて後追いさせることのないように、ひいてはぼくらをこのおびただしい連中の仲間入りさせてくれるように、と！　ぼくらはもはや恐怖と絶望のあまりうわごとのようにまくしたてていたかもしれない——絶望のどん底に突き落とされた苦しみで錯乱のきわみに達していたのだ。

　恐怖のあまり初めて絶叫した瞬間のことだ、何かしら応答が返ってきたのは。それは船首から前へ突き出た第一斜檣近辺から聞こえてきた。人間の叫び声そっくりなので、どんなに耳が良くても驚きのあまり騙されていたのではないか。この瞬間、再び突然の揺れが起こって船首楼の付近がちょっとばかり目に入り、ぼくらはすぐにも、あの奇妙な人声めいたものの原因を見て取った。ずんぐりしたのっぽの男はいまも舷檣のところに寄りかかり、いまもうなずくような顔の動作をくりかえしていたが、こちらからは顔をそむけていたので、真っ正面からは見えない。両腕を欄干沿いに伸ばし、両手のひらはその外側に下がっていた。膝を安定させている太いロープはピンと張られ、第一斜檣の突端から舳先の吊錨架《ちようびようか》にまで及ぶ。その背中はといえば、シャツの一部が裂けて肌が剝き出しになっていたが、まさにそこに巨大なカモメが留まり、男の肉にくちばしとかぎ爪を深く食い込ませ、腐肉をがつがつとむさぼり食っており、その羽にはいたるところ血痕が飛び散っていた。この船がますます接近してぼくらが間近で観察するようになると、このカモメはさんざん苦労して血だらけの頭を獲物から抜き出し、びくりとしたかのようにぼくらのほうをちょっぴり睨みつけ、これまでたらふく食いまくっていた屍体をいやいやながらあとにして飛び上がった。そしてグランパス号の甲板の真上に来て、凝固した肝臓状の肉片をくわえたまま、そこにしばらく浮かんでいた。やがてその薄気味悪い肉片が、ペチャリという陰鬱な音をたてて、パーカーの足元へ落ちてきた。神よ、いますぐにでもお赦しください、ぼくの脳裏にはその瞬間、生まれて初めて、とうてい口にできない考えが閃いてしまったのです。そしてぼくは気がついたら、その血まみれの肉片の方へ歩を進めていた。ぼくが顔を上げると、オーガスタスと目が合った。その瞳には熱く強烈な思いが込められていたため、ぼくはたちまち正気に戻った。すぐさま立ち上がると、ぶるぶるふるえながらも、そのおぞましき肉片を海へ投げ捨てた。

この肉片の主である乗組員の屍体はロープの上に固定されていたが、人食いカモメがつつけばつつくほどゆらゆら揺れていたがために、ぼくらはこの男がてっきりまだ生きているものだと信じ込んでしまったというわけだ。カモメのやつが飛び去ると、重みがなくなったはずみで屍体がぐるぐる廻り、少し垂れ下がったので、顔がようやくじっくり確認できるようになった。それにしても、この屍体の顔のおぞましさといったら！　両眼はおろか、口周辺の肉はほとんど食われてしまい、残っているのは剝き出しの歯ばかりだ。これこそは、ぼくらを歓迎して希望を与えてくれているかのような、あの微笑みだったのか！　これじゃまったく――いや、ここから先は口を慎もう。相手のブリッグ船は、すでに述べたように、グランパス号の船尾の下を通過し、ゆっくりと、だがしっかりと、風下へ進んで行った。この見知らぬ船とその恐るべき乗組員たちを目の当たりにしたことで、それまで夢見た救済と歓喜の希望も消え去った。この船はじつにゆっくりと航行していたのだから、ぼくらは乗船したってよかったかもしれない。そうしなかった理由は、一気に絶望が深まったうえ、それに伴って目撃した船上の実態が身の毛もよだつものであり、ぼくらの心身の覇気《はき》をすっかり殺いでしまったことにある。見たり感じたりはするのだが、考えたり行動したりする力がなくなってしまい、気がついた時には、悲しいかな、何もかも遅過ぎたというわけだ。ともあれこの事件はぼくらの知的能力を麻痺させるにじゅうぶんだった。なにしろ例の船がどんどん水平線の彼方へ遠ざかり船体の半分ぐらいしか見えなくなった時にすら、何とぼくらはそこまで泳いでいって追いつこうじゃないか、なんて話していたんだからね！

この時期からというもの、ぼくはあの未知の船の運命をめぐる恐るべき謎について、何か手がかりがないものかとあれこれ考えてみたのだが、どうにもうまくいかない。船の造りと外観からいえば、すでに述べたように、オランダの貿易船であるのはまちがいないと思うし、乗組員たちの服もその証左だ。船尾のところには船の名前もやすやすと確認できたろうし、じっさいもっといろいろ観察すればどんな船なのかもはっきり突き止めることができたろう。しかし、あの接近遭遇の瞬間にはみんなあまりにも興奮していたため、その手のことがまるっきり見えなくなっていたというわけだ。船の屍体の中には、まだ完全には腐敗していない鮮黄色《サフランいろ》のものもあったので、あの船の乗組員は黄熱病か、さもなくば同じくらい毒性のある業病で全滅したんじゃないかというのが、ぼくらの結論だ。もしそうだとすれば（それ以外の原因は考えられない）、この疫病はひどく突発的かつ全面的なかたちで船乗りたちを滅ぼしたのであり、それは人類史上よく知られるうちでも最悪の死に至る病の特徴ともはっきり一線を画す。じっさい連中が航海前に用意した貯蔵食糧が毒入りで、そのあげく全滅に至ったと考えることもできる。あるいは、未知の有毒な魚など海洋生物か海鳥のたぐいを食べてしまったがために大惨事が起こったとも考えられる。しかし、すべてが何よりもおぞましく不可思議な謎に包まれており、これから先も変わらないとするならば、あれこれ推測をたくましくすること自体が、まったく無益というほかない。

第十一章

この事件のあとになっては、その日はもう何一つやる気にもならず、ぼくらはただただ、遠のいて行くオランダ船をじっと見つめるばかりだったが、とうとう夜の帳が降りると船は完全に見えなくなり、いくぶん正気に戻ったものである。すると強烈な飢えと渇きが甦り、ほかのいっさいに気が回らなくなった。朝になるまでは、何もできやしない。だからできる限り自身を落ち着かせるために、ぼくらは少しでもいいから休もうじゃないか、と考えた。この提案が思いのほか功を奏して、ぼくなどはぐっすり眠り、それほどに眠れなかった仲間たちから夜明けに叩き起こされる始末であった。船を家捜しして食糧を見つける作業を再開しよう、というのだ。

あたりは静まり返っていた。海はこれまでになくおだやかで——天候もあたたかくさわやかだ。オランダ船は影も形もない。ぼくらは作戦開始の手始めとして、いささか苦労した末に、前檣の索具留めの錨鎖をもうひとつねじ切った。そしてピーターズの両脚にそれらの錨鎖をおもりとしてしっかり括り付けると、いよいよ彼《か》の貯蔵室の扉への降下が再開された。彼は時間さえたっぷりあれば扉まで到達して、自らこじ開けることができると考えたのだ。ちょうど船体も以前よりはずっと安定してきたから、そう望むのは当然だった。

はたしてこんどのピーターズは、じつに素早く扉まで辿り着くと、足首におもりとして付けられた錨鎖のひとつを外し、それを利用してせいいっぱい扉をこじあけようとがんばったが、やはりうまくいかない。貯蔵室の構造が思ったよりはるかに頑丈にできているのだ。長時間の潜水によってピーターズがくたくたになってしまったため、ぼくらのうちほかの誰かが代役をつとめなければいけない。ならば自分がやる、とすぐにも言い出したのはパーカーだった。しかし、これまでピーターズが三回やってみて三回ともダメだったのだから、パーカーでは貯蔵室の扉にすら辿り着けまい。オーガスタスはといえば、腕の怪我がひどいのでそもそも降下し潜水するなどということなど、できはしない。なにしろ万が一辿り着けたとしても、貯蔵室をこじあけるなど無理な相談だ。ということで、めぐりめぐったあげく、このぼくにお鉢がまわってきてしまい、仲間たちみんなの救出のために、一肌脱ぐことと相成った。

ピーターズが錨鎖のひとつを通路に置き去りにしてきたせいで、降下したぼくは、どうも自分を安定させる脚荷が足りないのに気がつく。そこで、第一陣にあっては、もうひとつの錨鎖を取り戻すだけにとどめておこうと決意した。それを何とか見つけようと、通路を手探りで進んで行くとなにか固いものに行き当たる。すぐさまそれをつかんだが、いったいそれが何だか確かめる時間もなく、すぐにも水面へと戻って行った。はたして獲物は一本の壜だった。これはポート・ワインじゃないかとぼくが言ったので、みんなは大喜びしたものだ。かくも時宜にかなったすばらしい贈り物に対して神へ感謝を捧げると、ぼくらはすぐにもペンナイフでコルク栓を引き抜き、ひとりひとりが一口ずつ啜《すす》ると、たちまち身体が暖まるとともに力と元気が沸き立って、みんなえもいわれぬほど上機嫌になった。そして注意深くコルク栓をはめ直して、ハンカチを利用し、決して割れないよう吊るしておいた。

この幸運な恵みに浴したあとは、しばらく休んでから、再び降下し、今度こそは錨鎖を取り返して、すぐに水面上へ戻った。それを足首にしっかり括り付けると、いよいよ三度目の正直だったが、今回もまた、どんなに力を込めたところで貯蔵室の扉は開かなかった。かくしてぼくはがっくり来たまま水面へ戻った次第だ。

もはやいっさいの希望は断たれてしまったようである。仲間たちの顔をうかがっても、全滅の覚悟はできていた。ワインは明らかに仲間たちを錯乱状態に導いたようではあったが、ぼくはといえば、それを一口飲んでから潜水せざるをえなかったので、酔うわけにもいかない。連中の話は支離滅裂で、目下の惨状にはまったく無縁なことばかりをまくしたて、とりわけピーターズはぼくにナンタケットのことばかり尋ねてくる。オーガスタスも、覚えている限りでは、真顔になって、小型の櫛《くし》を貸してくれないか、と尋ねてきた。髪の毛に魚皮がたくさんくっついてるんで、上陸する前には払い落としておきたいのだという。パーカーのほうは我関せずという面持ちだったが、ぼくに向かって、適当でいいから船室へダイビングしてみろ、そして何でも手に触れた獲物を持ち帰ってこいと言う。

この申し出を受けたぼくは、まずはじっくり一分間潜水してから、バーナード船長のものとおぼしき小さな革製のトランクを引っ張り上げた。すぐに開けたのは、ひょっとしたら何か食べられるもの、飲めるものが入っているのではないかというかすかな希望を抱いていたからである。しかし見つかったのはカミソリとリネンのシャツ二枚だけだった。もういちどダイビングして探したが、やはり何も見つからない。水面から顔を出した瞬間、ガチャンという大きな音が甲板に響いたので身を乗り出すと、仲間たちがぼくがいないのをいいことにワインの残りを飲もうとして、ぼくが戻る前に元のところへ置こうとしたところで、壜ごと割ってしまったのだ。何てひどいことをするのかと連中をいさめたところ、オーガスタスがわっと泣き崩れた。ほかのふたりはこの軽挙を笑い飛ばそうとしたが、ぼくはこの手の笑いは金輪際見たくないと思った。というのも、笑いながらも歪んだその表情がいとも恐ろしげなものだったからだ。じっさい、ここで明るみに出たのは、連中の胃の中がからっぽのところへ刺激がもたらされたのだから、それはたちまちとんでもない事態を引き起こしたこと、そして連中はみんながみんな度し難いほどに酔っぱらっていたことだった。この全員を寝かせるのは一苦労だったが、やっとのことでみんなぐっすりと眠り込み、耳障りないびきすらかくありさまだった。

いまやぼくはグランパス号のなかで孤独だった。じっさいこの時に脳裏を占めていたのは、かつてないほど恐ろしくいまわしい思索である。ぼくらがこれからどうなるかといえば、飢えるあまりに緩慢な死を遂げるしかあるまい。あるいは、せいぜいのところ、つぎに巻き起こる強風で息の根を止められるしかない。というのも、現在のぼくらの消耗し切った状態では、次に強風が来たらとうてい切り抜けられるとは思えなかったからだ。

飢餓状態はますますひどくなり、ほとんど堪え難いところまで来たが、ひとつこれを軽減する方法があるかもしれない。ぼくは例の革製のトランクの部分をナイフで切り裂き、それを食べようとしたのだ。けれども、まずくてその欠片《かけら》すら呑《の》み込めたものじゃない。この飢餓状態から少しでも脱するには、トランクの革の切れっ端を嚙んで吐き出すことだと想定していたというのに。夜になるにつれて、仲間たちはひとりひとり目を覚ました。この時までにはすっかりワインのにおいは消え去っていたものの、その影響が残っていたのか、みな奇妙なまでにおろおろ、びくびくしているようす。マラリア熱にでもやられたかのごとく身体を振り、これまで聞いたこともないほど悲愴《ひそう》な調子で水を求めて叫んでいる。連中の錯乱はこちらにも何より切実に伝わってきたが、しかしまったく同時に喜ばしいのは、自分の場合はさまざまな幸運の連鎖のおかげでワインに浸るどころではなかったこと、その結果、仲間たちの憂鬱と絶望の感情を分ち合わなくてもよいことだ。というのも、何か都合のいい変化が起こらない限り、連中は全員の身の安全を図ることなどまったくかえりみなくなるであろうから。この時点でぼくはなおも、貯蔵室から何か食糧を探して持って来られるのではないかという希望を捨ててはいなかった。けれども、階下へのダイビングを再開するには、仲間の誰かが冷静な判断のもとに協力して、ぼくの潜水中にはロープの片端を持っていてくれなくてはならない。パーカーはほかの連中に比べたらいくぶんましな判断ができそうだったので、ぼくはあらん限りの力をふりしぼり、奴を叩き起こそうと躍起になった。海水の中へダイビングすると思わぬ効用もあるので、ぼくはロープの端をパーカーの身体に括りつけ、中央昇降口の階段へ連れて行って（そのあいだじゅう奴はされるがままだった）、彼を階下へ突き落とし、そしてすぐにも引き揚げた。この実験がうまくいったのを自画自賛するには、じゅうぶんな理由があった。というのも、パーカーはダイビングのあと、すっかり息を吹き返し元気いっぱいになったからだ。しかも奴は、潜水から戻るやいなや、至ってまともな調子で、いったいなぜこんな目にあわせるのかとすら、尋ねてきたのである。今回の目的を説明すると、パーカーは大いに感謝し、潜水したあとはずっと気分がいいのを認め、そのあとでぼくらの置かれた境遇についてもきちんと語り始めた。かくしてぼくらふたりはオーガスタスとピーターズにも同じことをやらせようと決め、すぐにも実行したところ、両者にとってもこれがひとつのショック療法となった。ぼくがこうした突発的な潜水の効用を知ったのは、何かの医学書で読んだ療法がヒントになっている。そこには、アルコール中毒による震えや幻覚から来る振戦譫妄《しんせんせんもう》の症状をきたした場合、灌水浴《かんすいよく》がよく効く、と書かれていたのだ。

わが相棒たちがちゃんとロープの端をつかんでいられるまでに回復したのを確認してからは、ぼくはまた三回か四回ほど、船室へのダイビングをくりかえした。もっとも、そのころにはずいぶんとあたりが暗くなっており、おだやかながら長大な大波が北の方角から押し寄せ、船体をいささかゆるがしていた。何度かダイビングするうちに、ぼくはとうとう、ふたつのテーブルナイフと三ガロン［一ガロンは三・七八五リットル］入るものの空の水差し、それに毛布を見つけて引っ張り上げたが、どれもこれも食べられやしない。これらをみつけたあとにもダイビングを続けたが、ついにはヘトヘトになり、さらなる収穫は得られなかった。その晩にはパーカーとピーターズが代わる代わる同じ作業をくりかえしたが、やはり何も見つからず、ぼくらはついにこの潜水調査そのものをあきらめた。骨折り損のくたびれ儲けとは、このことだ。

以後のぼくらは、その晩、心身ともにこれ以上ないほど深く苦しんだ。そして七月十六日の夜明けが来て、ぼくらは何か希望はないかとけんめいに水平線のあたりを見回したが、それも徒労に終わった。海はなおもおだやかだったが、昨日と同じく、北から長大な大波が押し寄せている。今日で、ぼくらがポート・ワインを例外として最後の飲み食いをしてから六日目だった。これ以上飲むもの食べるものが何もなければ、全滅するのは目に見えていた。いまのピーターズやオーガスタスほどにやせ衰えた人間を、これまで見たことはなく、二度と見たいとは思わない。仮にいまのふたりに陸で出会ったとしたら、まさか知り合いだとは、いささかも思わなかったにちがいない。ふたりの表情は以前とは質的にまったくちがってしまったので、これがほんの数日前まで仲間だった同じ人間とはどうにも信じられなかった。パーカーは、たしかにひどく痩せ細り、体力も落ちて胸から頭を上げることすらできないほどだったが、にもかかわらずほかのふたりに比べればましだった。奴は苦しみながらもじっと耐え、不平不満も言わずに、どうにかしてぼくらみんなに希望を与えようとあの手この手で試みていた。ぼくはといえば、航海が始まったころは具合が悪く、いつまたぶり返すかわからない体質だったものの、仲間うちでは調子がいいほうで、さほど痩せることもないばかりか精神力のほうも驚くほど維持していたけれど、その一方、ほかの連中ときたら、まったく頭が働かず、もうろくしてしまったかのようで、にやにや呆けたような笑いを浮かべ、これ以上ないほどバカバカしい決まり文句を連発するばかり。とはいえ一定の間隔を置くと、連中はじぶんたちの悲惨な境遇を一斉に思い知ったかのごとく、突如として正気を取り戻すようで、そんな時には一気に元気よく立ち上がり、短時間とはいえ、今後の展望をごくごくまともに――ただしかつてないほどの絶望をこめつつ――語るのだ。もっとも、この仲間の現状認識はぼくと五十歩百歩だったかもしれない。ぼく自身だって知らず知らずのうちに連中同様、やりすぎたりバカなふるまいに走ったりしたかもしれない――ただしその真相については、よくわからないとしか言いようがない。

正午になったころ、パーカーが左舷の彼方に陸地が見えたと言い出し、海へ飛び込んでその方向へ泳ぎ出そうとするので、ぼくはけんめいに止めにかかった。ピーターズとオーガスタスはどうやらぼんやり物思いにふけるあまり、パーカーの発言などほとんど気にも留めていない。彼の指し示した方角へ目をやってはみたが、陸地の気配などいささかも見当たらない――じっさいグランパス号はいかなる陸地からも遠ざかってしまったのであり、上陸の希望などなきに等しい。にもかかわらず、パーカー自身に陸地など誤認だと説明して納得させるには、ずいぶん長い時間をかけねばならなかった。彼は急に滂沱の涙を流し、二、三時間というもの、わんわん子供みたいに泣き続け、やがて疲れ果てたのか、ぐっすり眠りこんでしまった。

つぎにピーターズとオーガスタスは何度か例のトランクの革の切れ端を呑み込もうとしたが、何度やってもうまくいかない。とにかく嚙んでから吐き出せと助言したのだが、衰弱がひど過ぎて、それすらできない始末だ。ぼく自身は一定間隔でその皮革を嚙み、いくぶん気分を取り直していた。一番の悩みは水である。いっそのこと海水を一気飲みしようかとも考えたが、同様な苦境に陥った先人がそれをやっていかにひどい目にあったかを知っているので、ぎりぎりのところで思いとどまった。

そんなふうに日が経っていった時、東の方角に、それも左舷の舳先に、船の帆が忽然《こつぜん》と現れた。どうも大きな船舶らしく、ほぼグランパス号の針路を横切るようにやってくる。そこまでの距離、おそらく十二マイルから十五マイル。仲間たちは誰ひとりとしてこの船に気づいていない。当座のところ、ぼくは連中にはこのことを話すまいと決めた。ぬか喜びになってもいけないからだ。いよいよ船が近づいて来ると、軽い帆を掲げてまっすぐこちらを目指しているのが見て取れた。もうがまんができなくなったぼくは、へろへろになっている仲間たちにその船を見るよう促す。連中はすぐにも立ち上がると、いまいちどその喜びの気持ちを最大限に爆発させた。ぴょんぴょん飛び上がるばかりか、甲板を踏みならし、髪の毛を引っぱり、そして代わる代わる祈ったり毒づいたりした。ようやく救いの見込みが立ちそうだということも感無量であったが、それと同時に、仲間たちのそうした反応にも深く感銘を受けたぼくは、乱痴気騒ぎに自ら加わらないわけにはいかず、歓喜と恍惚《こうこつ》の衝動の赴くままに、甲板の上で横たわったり転がったり、拍手したり叫んだりしたものだったが、やがて突如として平静心を取り戻すと、いまいちど人間の悲惨と絶望のきわみに突き落とされた。というのも、いまやこちらに向いているのは船尾のほうであり、この船は当初ぼくが見て取ったのとはまったく逆の方向へ航行しているのが判明したからである。

ぼくが哀れな仲間たちに向かって、これがとんだ見込み違いだったことを説得するには、ずいぶんな時間がかかった。連中はそんなことデタラメだろう、騙されないぞという目つきと態度をあからさまに示したからだ。オーガスタスの反応にはひどくこたえた。ぼくがどれだけそれは誤解だ、真逆なんだと説明しても、彼はいや違う、あの船はグランパス号に急接近しようとしてたんだ、だから乗り移らなきゃいけないんだ、と言い張って聞かなかったのだ。グランパス号のわきを浮遊して行く海藻にしても、オーガスタスはそれをあの船が搭載していたボートだと言い張り、何よりも悲痛な面持ちで吠えまくり叫びまくって、いまにも飛び乗ろうとしたほどだ。この時ぼくは、わが親友が海へ身投げするのを、力をふりしぼっても食い止めなければならなかった。

いくぶん落ち着きを取り戻すと、ぼくらは例の船の観察を続けたが、ついにそのすがたを見失ったころ、あたりには靄が立ちこめるようになった。微風も吹き始めている。船がすっかりすがたを消して、いきなりぼくの方を振り向いたパーカーの顔には、ぞっとするような雰囲気が漂っていた。これまでの彼には見られないほど落ち着き払った雰囲気だったが、いざ彼がその唇を開く時には、ぼくはもうどんな言葉が繰り出されるか、よくわかっていた。パーカーは言葉少なに、こう提案したのだ。ぼくらのうち誰かひとりが犠牲になることで、ほかの仲間を生き延びさせるしか道はない、と。

第十二章

ぼくはしばらくのあいだ、かくも恐ろしい究極の選択へ追い込まれたことについて考えをめぐらすと、そんな目に遭うよりは、いかなる手段、いかなる状況においても自ら命を絶とうと密《ひそ》かに決心した。いま現在、どんなに飢餓が苦しくとも、その決断はいささかもブレることはない。パーカーのこの提案はピーターズとオーガスタスには聞こえていなかったようなので、ぼくは彼をわきへ呼び寄せた。そして神にすがって、パーカーにこんな恐ろしい計画など断念させるだけの説得力をお与えくださいと祈念しつつ、できる限り腰を低くして彼を諭した。もしも何らかの神を信じているならば後生だからと懇願するとともに、もしもそんな計画が行き着くところまで行ったら目も当てられないことになるぞと威嚇しながら、何とか彼がそんな計画に乗り出さぬよう、他の二人にも決してそんな考えを明かさぬようにと、言葉を尽くしたのだ。

パーカーはぼくの言い分をふんふんと受け入れているように見えたので、当初はこちらの望み通りになるものと思われた。ところがぼくの話が終わると、パーカーはこう述べたのだ。

ピムの言い分が正しいことも、自分の提案が人間の考えつくうちで最もおぞましい解決法だということもよくわかっている。にもかかわらず、おれたちは人間性の限界を超えるところまでがまんにがまんを重ねてきたんだ。もうここにいる全員がくたばるのは目に見えている。ならば、ひとりが死ねば、それ以外が助かる見込みは大いにある。ピム、おまえの説得工作なんか無駄なんだよ。じつのところ、おれは例の船に出くわすよりもずっと前からこの解決法のことは思いついていたんだが、あの船がこちらへやってくるように見えたがために提案しそびれてしまっただけのことさ――。

どんなにやさしい口調で説いてもダメだということがわかったので、ぼくはいよいよ態度を変え、こんどの災難では誰よりも自分自身が一番被害を受けていないのに注目してくれと告げた。ぼくは現時点ではパーカーはもちろんピーターズやオーガスタスと比べてもはるかに健康と体力に恵まれている。ということは、何事かが起こったら、ぼくは力ずくで解決できるんだぜ。パーカー、もしもおまえが仲間の肉を食らうというおぞましい計画をほかのふたりに吹き込んだりしたら、ぼくはすぐさまおまえを海に放り込んでやる――。これを聞くや否やパーカーはぼくの喉元をつかみ、ナイフを取り出すとぼくの腹に突き刺そうと試みたが、うまくいくはずがない。凶行に及ぼうにも、自身が弱り切っていたのだ。やがて、怒り心頭に発したぼくは、パーカーを舷側へ連行すると、いまにもそこから海へ叩き込もうとした。ところが、奴が命拾いしたのは、ピーターズがぼくらのあいだに割って入り、いったいどうしてこんなケンカになったのか、訳を話してみろと言い出したからだ。かくしてパーカーは、ぼくが止めるよりも早く、例の計画を打ち明けた。

そのあげく、予想以上に恐るべき事態となった。オーガスタスもピーターズも、ともにずっとパーカー同様のおぞましき最終解決策を抱いていたようで、すぐにも彼に賛成し、即実行しようと言い出したのだから。ぼくはこれまで、少なくとも彼らふたりのうちどちらかは、こんなとんでもない計画など絶対反対と唱えるだけの知力を持ち合わせているのではないかと考えていた。だとすれば、その助けを得て、何とかして人肉で食いつなぐことだけは回避できるのではないかと確信していたのだ。ところが予想に反して、ぼく自身の生命の危険が一番危ぶまれるという窮地へと陥る。というのも、ぼくがますますこの解決策に抵抗すればするほど、それは極限状況に置かれたほかの仲間たちにとって、誰よりもぼくを亡き者にすることこそが正義だという十分な理由になりえたからだ。かくして、最終解決という名の悲劇は速やかに挙行されることになろう。

そこでぼくは連中に対し、わかった、自分も計画には賛同する、と表明した。ただし、ひとつだけ条件がある。あと一時間ぐらいの猶予をくれないだろうか。というのも、ぼくらの船のまわりに立ちこめている霧が晴れたら、例の船が再び出現しないとも限らないのだから、と。連中はかくも長く待機するのに気乗りしないふうだったが、しぶしぶ了承してくれた。そして、ぼくの予想どおり（すぐにも微風が吹き込んで来て）、一時間も経たないうちに霧は晴れ、例の船などどこにも見えないのがわかったので、ぼくらはいよいよくじ引きの用意をした。

以後に展開された光景を綴るとなると、えらく気が滅入る。いかに微小な細部も強烈で、あとからいかなる出来事が起こったにせよいささかも記憶から消えることはなかったし、それをまざまざと思い出すと自分自身の将来についても悲観的になるからだ。ことがことだけに、手記のうちでもこのくだりについては、急いで概観するだけに済ませたい。とにかくぼくらは人肉で食いつなぐため恐るべきくじ引きをすることになったのだが、その方法はただひとつ。すなわち、ひとりにつき一回という条件で、貧乏くじを引かせるというものである。これを実行するにあたり、小さな木の切れ端をいくつか利用することになり、ぼくがそれを持つことに決まった。ぼくはこの廃船の一方の端に退くいっぽう、哀れな仲間たちはものも言わずもう一方の端に陣取り、ぼくに背を向けた。このおぞましいゲームのあいだで胸騒ぎがいちばん募ったのは、くじ引きの用意を整えている時間であった。もしも自身が何らかの苦境に突き落とされたら、生き延びるのをあきらめるなどということは、めったにない。生への執着は自身に与えられた猶予が短ければ短いほどに、刻一刻と増してくるものだ。しかし、たったいまぼくが関わっているくじ引きというのが沈黙のうちにも明白かつ断固たる性質を露呈し（あの荒れ狂う嵐の危機や徐々に迫り来る飢餓の恐怖とは大違いだ）、どうやったら何よりもおぞましい死を——それも何よりもおぞましい目的のために訪れる死を——免れるものかを考えるようになったからには、これまでぼくをかろうじて支えて来てくれたエネルギーの断片すべてが風前の灯《ともしび》となり、あとはもう最もおぞましく嘆かわしい残酷劇に何の術《すべ》もなく身を任せるほかはなかった。ぼくは当初、どんなに力をふりしぼってもこれら木の切れ端を割いたり合わせたりすることすらできなくて、指のほうもまったく言うことを聞かぬままだし、両膝はがくがく震えてぶつかりあうばかり。だからぼくは、あれこれとあらぬことを考えたものだ。いっそのこと仲間たちの前にひざまずき、どうかぼくをこのくじ引きから外してくれと嘆願しようか。それとも仲間のひとりに襲いかかって殺してしまい、このくじ引きによる決定そのものを無用にしてしまうか。すなわち、たったいま自分が関わっているこの最終解決法から逃げ出せるなら、どんなことでもするつもりだったのである。

そしてとうとう、ああでもないこうでもないと愚かな思索にふけってえんえんと時間を浪費したあげく、パーカーの声が聞こえてわれに返った。彼は自分たちだってひどく不安を感じているのだから、さっさと楽にしてくれと要望してきたのだ。その時でさえ、ぼくはこれらの木の切れ端をその場にしつらえるどころか、いかに他の仲間に短いくじを引かせるか、ありとあらゆる小細工を編み出そうと躍起になっていた。というのも、四つの木の切れ端のうちから一番短い断片を引いた者が、ほかの仲間が生き残るための犠牲者となるべく取り決めてあったからである。こんなぼくのことを意気地なしとののしる向きもあるだろうが、ならばそんな非難を口にする輩自身が、いまのぼくみたいな役回りを一度でも引き受けてみるがよい。

ついに、これ以上の延期はできなくなった。そして、いまにも胸が張り裂け心臓が飛び出しそうな思いで、みんなが待ち受けている船首楼のあたりへ進んで行った。くじを差し出すと、ピーターズがすぐさま一本引き抜く。セーフだった——彼の引いた木片は、少なくとも一番短くはなかった。そしてぼくの逃走についてもまだチャンスが残されていた。あらん限りの力をふりしぼって、こんどはオーガスタスにくじを差し出す。彼もすぐさま一本引き抜き、セーフだったことが判明した。いよいよぼくが生きるか死ぬかは二つに一つとなった。まさにこの瞬間、虎のごとき獰猛な気分が湧き起こり、ぼくは哀れな仲間パーカーに対して、これまでになく強烈で悪魔的な憎悪を振り向けた。とはいえ、そんな気分は大して続かない。ついに、ぶるぶると震えながら目を閉じたぼくは、残ったふたつの木片を奴に差し出した。たっぷり五分ほども経過してようやく、パーカーはくじを引く決意を下す。その五分のあいだというもの、胸が張り裂けそうになり、決して目を開かなかった。たちまち二つに一つのくじがぼくの手から引き抜かれた。最終決断が下る瞬間だった。しかし、はたしてその結果がぼくにとって吉と出たのか凶と出たのか、まだわかっていない。誰一人口をきくものはいなかった。そしてぼく自身も、あえて手に残された木片に目をやる勇気がなかった。ついにピーターズがぼくの手をつかむと、強引にその木片を見るよう促す。そしてその時、ぼくはパーカーの表情からぼく自身はセーフだったこと、そしてパーカー本人が犠牲者になるべく決まったことを見て取った。ほっと一息つきながら、ぼくは甲板上で気を失った。ようやく目を覚ました時には、最終解決たる人肉食の言い出しっぺたるパーカー自身が悲劇的最期を迎えるところだった。彼は何一つ抵抗することなく、ピーターズに背中を刺されるや、すぐに息絶えた。そのあと、いかにしてパーカーの肉体をぼくらが食したかについては、身の毛もよだつような光景であったため、ここには書くまい。人間が人間を食べるというのはどんなものか、心に思い描いてみるのは簡単だが、百聞は一見にしかず、とうていその恐るべき現場などそっくりそのまま伝えられるものではない。いまできるのは、せいぜいこんな報告程度だ――すなわち、ぼくらはパーカーの血を飲むことで募りに募った渇きを満たし、全員一致によりその四肢と頭部を切断して海へ放り込み、残りの肉体の部分を少しずつむさぼり食うことで、七月十七日から十八日、十九日、二十日におよぶ忘れようにも忘れられない四日間をしのいだのだ、と。

七月十九日には、強烈な驟雨《しゅうう》が十五分から二十分ほど続いたので、ぼくらは強風のあとに船室から引き上げておいた帆布を引っぱり出し、そこへ水を溜めようと企んだ。最終的に溜めることができたのはほんの半ガロンにも満たない分量ではあったが、これくらいの少量でも以前以上の元気と希望をもらうにはじゅうぶんだった。

七月二十一日には再び飲むものもなくなるほど追いつめられた。気候のほうはなおも暖かく快適で、時として霧が立ちこめ、たいていの場合北西の方向で微風が吹いてくるぐらいであった。

七月二十二日。ぼくらが身を寄せ合ってうずくまり、この悲惨な境遇をめぐって思いに沈んでいたところ、ひとつのアイデアがひらめき、希望の光明が見えた。思い出したのだ、前檣が切り倒されたとき、風上の投錨台にいたピーターズがぼくに斧を一本渡し、できるなら安全な場所へしまっておけと命じたことを。そして最後に強烈な荒波がグランパス号を襲って水浸しにする数分前に、ぼくがその斧で前檣に伐りつけ、そのあと左舷の船室のベッドへしまっておいたことを。だからこの時思いついたのは、あの斧を取ってくれば、ぼくらは甲板を切り裂いて貯蔵室へ赴き、そしてたちまちのうちに食料品を手に入れることができるんじゃないかというアイデアだった。

このことを仲間たちに伝えたところ、連中はかぼそくも喜びの叫びをあげた。そしてぼくらはみんなして前檣へ向かった。ここから船首楼の水夫部屋へ降りて行くのは、船室へ降りるのと比べて入口がもっと小さいため、はるかに難しい。というのも、ここで思い出すのだが、船室の甲板昇降口の風雨よけの骨組みはいっさいがっさい除去されてしまったいっぽう、船首楼甲板昇降口については、ほんの三フィート四方ていどの風雨よけだったために、いまも無傷で残っていたからだ。とはいえぼくはいっさいのためらいなく、下へ降りていった。以前同様、胴回りにロープを巻き、両足から先に潜り込み、ベッドのほうへと突き進んだ。そして一発で斧を取り戻した。これには仲間たちから、天にも昇る心地の歓声が上がったものだ。そして、斧をかくもやすやすと奪還できたのだから、ぼくらが究極的には助かるのはまちがいないだろうと考えた。

つぎにぼくらは希望の炎を再燃させて、甲板に叩きつけた。斧はピーターズとぼくで代わる代わる握った。オーガスタスは腕の怪我がひどかったので、もはや助けにはならない。ぼくらはいまなお体力の衰えが激しく支えなしにはもちこたえられず、それゆえ一、二分ごとに休憩せずには斧をふるえなかった。そのため、まもなくはっきりしてきたのは、ぼくらが目的を果たすには——すなわち、甲板から貯蔵庫まで自由自在に出入りするのにじゅうぶん大きな穴を開けるには——膨大な時間を要するということだった。もっとも、だからといってあきらめたわけではない。月の光だけをたよりに夜通し作業に邁進《まいしん》することで、ぼくらはついに七月二十三日の夜明けまでには目的を達成したのだ。

こんどはピーターズが自ら下へ降りようと申し出た。すべての準備を整えると、彼は貯蔵室まで降りて、たちまち戻って来た。手には小さな壜を携えており、そこにはとてもうれしいことに、オリーヴがぎっしり詰まっていた。三人で分けて猛然とむさぼり食うと、ぼくらはピーターズに再度降りてもらった。こんどというこんどは、彼の手みやげときたら期待をはるかに超えるものだった。なにしろ彼はたちまち、巨大なハム一切れとマデイラ・ワインを一壜、持ち帰ってきたのだから。ワインについては、ぼくらはそれぞれ適度に一口啜るだけにしておいた。なにしろ経験上、あまりにも深酒するととんでもない効果をもたらすことを学んでいたからだ。いっぽうハムのほうはといえば、すっかり塩水に浸かってしまったため、骨近辺の二ポンド［一ポンドは〇・四三五九キログラム］ぶんを除いたら、とうてい食べられる状態ではなかった。したがって、その食べられる部分だけを三人で公平に分けた。ピーターズとオーガスタスは食欲を抑えることなく、それぞれの分を一気に呑み込んだが、ぼくはいささか用心したうえで、そのほんの切れ端だけに甘んじた。というのも、ハムを食べれば、そのあとたちまち喉が渇くに決まっているからである。かくしてぼくらはえらくきつい作業を終えて、しばし休憩した。

正午までには元気と活力をいくぶん取り戻したぼくらは、再び食料品調達の作業を再開した。ピーターズとぼくが代わる代わる貯蔵室まで降りて、なにがしかの収穫を得るという作業を日没まで続行した。このあいだに、ぼくらは運よくオリーヴやハムの詰まった四つの壜に高級ケープ・マデイラ・ワインが三ガロン入ったガラス製大壜、それにさらにうれしいことに、ガラパゴス諸島産の小さな亀一匹を一気に引き上げた。今回の収穫のうちいくつかは、グランパス号が出港するさい、太平洋におけるアザラシ漁の航海から戻って来たスクーナー船メアリ・ピッツ号から、バーナード船長がもらいうけたものであった。

この手記では以下、この亀について頻繁に言及することになる。ほとんどの読者にはお見通しだと思うが、この亀は主としていわゆるガラパゴス諸島で見受けられるもので、同諸島の名称からして、そもそも淡水産イリエガメ属を意味するスペイン語から来ている。その格好や動作がじつに独特であるために、時としてゾウガメとも呼ばれる。たいていの場合、巨大なのだ。ぼくがこれまでに見たことのあるこの種の亀数匹は、体重千二百ポンドから千四百ポンドもあろうかと思われたが、もっともこれまで船乗りが八百ポンド以上の亀の目撃体験を語ったことがあるかどうかは、覚えていない。この亀のすがたは奇妙なばかりか醜怪ですらある。その歩みはじつにゆっくりで規則正しく、重々しいものであり、その身体はといえば地上から一フィートほど浮いている。首は長く、とてつもなく細い。十八インチから二フィートといったところがふつうのサイズだ。ぼくはこの種の亀を一匹殺したことがあるが、そいつの場合は肩から頭のてっぺんまでの長さが三フィート十インチほどもあった。亀の頭というのは蛇の頭に驚くほどそっくりだ。しかも信じられないぐらい長いあいだ、食べなくても生きて行ける。いくつかの例が示すように、この亀は船倉に放り込まれて二年間というもの、いっさいの食べ物を摂取せぬまま生き続けたという――しかも、きっかり二年という時間を経てもなお、船倉に放り込まれた時と同様に肉がついており、あらゆる点で健康だったというのである。ある意味で、この特殊な動物はヒトコブラクダ、すなわち砂漠を渡るラクダにもよく似ている。首の付け根から垂れている袋状のヒダにはたえず水が貯蔵されている。したがって、丸一年というものまったくエサを与えないまま殺したとしても、そのヒダからは三ガロンもの飲料水が取れたという実例もある。その主食は野生のパセリやセロリ、それにスベリヒユや大型海藻、サボテンの一種オプンチアといったところだが、とりわけ最後のオプンチアを摂取してすくすくと育つ。この植物はたいてい亀の棲息する岸辺に近い丘に鬱蒼《うっそう》と茂っている。そして亀自体が美味で栄養満点であるため、太平洋で捕鯨その他の漁に従事する無数の船乗りたちの生命の源となっている。

ぼくらが幸運にも貯蔵室から引き上げることができた亀は決して大きくはなく、重さにして六十五ポンドから七十ポンドといったところだろうか。メスの亀であり状態も良好、きわめて肉付きがいいうえに、袋状のヒダには一クォート［〇・九四六リットル］以上もの飲料水が蓄えられていた。まさにお宝である。かくしてぼくらはそろってひざまずき、かくも時宜を得たお恵みをお与えくださったことに対し、神に深謝したものだ。

それにしてもこの亀を昇降口から出すのは大仕事だった。亀が獰猛なまでに抵抗し、馬鹿力を発揮したからだ。このままではそいつはいまにもピーターズの手を逃れて水中へ逆戻りしてしまうと思われたその瞬間、オーガスタスが引き結びにしたロープを亀の喉元に巻きつけ、その要領で押さえていてくれたので、ぼくはピーターズのわきの昇降口から船倉へ飛び込み、引っ張り上げるのを手伝った。

ぼくらは亀の袋状のヒダから注意深く水を吸い出し――覚えていると思うが――あらかじめ船室から持ち出した壜に入れた。この作業を終えると、壜のネックの部分をポキンと折って、コルクを付けたままのかたちでグラス代わりになるようしつらえた。もちろん、このサイズでは〇・五ジル［一ジルは〇・一一八二五リットル］の水を注ぐのがせいぜいだ。かくしてぼくらはこのミニサイズになみなみと水を入れ、それがなくなるまでは毎日この少量に甘んじようと決意を固めた。

ここ二、三日のあいだは、天候はずっと乾燥して快適であり、船室から衣類とともに持って来た寝具類もすっかり乾いてしまったので、七月二十三日の今夜は比較的しのぎやすかった。ぼくらはほんのちょっとずつオリーヴやハムを齧《かじ》り、ワインを啜ったあと、静まり返った雰囲気を楽しんでいた。やがて風が強まって来たらその晩のうちにも甲板の食料品を奪われてしまうのではないかと心配するあまり、ぼくらはそれらを可能な限りしっかりとロープ類で錨巻き上げ機の残骸にくくりつけた。獲物の亀はできるだけ長く生かしておきたかったので、仰向けに引っくり返し、元に戻らぬよう足を腹甲沿いに注意深く括り付けておいた。

第十三章

七月二十四日。今朝のぼくらは身も心もすっかり立ち直っていた。たしかに、いまもぼくらは危険な境遇に置かれているし、陸地からはずいぶんと離れてしまっているものの、自分たちの位置もよくわかっていない。食糧のほうは、細心の注意を払うならば、あと二週間は保つかもしれないが、それ以上ではないし、水のほうはほぼ完全に欠乏している。いまやグランパス号は正真正銘の廃船になってしまったので、風と波の動きに身を任せるしかない。にもかかわらず、際限のない苦悩と危機からつい最近、それも神のご加護によって救われたぼくらは、現在の境遇すらもせいぜい凡庸なる災難にすぎないのではないかと思うようになった——善悪などというのは相対的な基準なのだ。

日の出とともに、ぼくらはまた新たに食糧を貯蔵室から引き上げようと画策していたが、折も折、強い驟雨が降り注ぎ稲光すら伴っていたので方針変更し、むしろ以前使ったシーツを再利用して再び飲料水を確保することにした。その手段としては、シーツを広げ、その中央に前檣の横静索留板《チェインプレート》のひとつを置いて雨を受け止めるほかにない。こうすれば雨水はシーツの中央に集まり、ぼくらの壜へ流し込まれるという算段だ。こうして壜が水でほぼ満杯になったところで、北の方から猛烈なスコールが襲来し、作業を中断しなくてはならなくなった。というのも、船体が再び激しく揺れ始め、もはやまっすぐ立っているわけにもいかなくなったのだから。そこで前方へ向かうと、錨巻き上げ機の残骸に以前同様しっかりと身体を括りつけ、その成り行きを見守ったが、この時の気分ときたら、これまで似たような状況に陥った時には予測も想像もできなかったぐらいに、至って落ち着いたものであった。正午には風は二段縮帆にはうってつけの微風に転じ、夜までにはまた強風と化して、海のほうもひどく荒れ狂うありさま。とはいえ、これまでの経験上どうしたら最もうまく身体を錨巻き上げ機に括り付けられるかがわかっていたので、嵐の夜でもほぼ事もなく乗り切った。もっとも、海の荒波をたえまなく浴びてずぶずぶになり、いつか波にさらわれてしまうのではないかとびくびくしていたのは事実だけれども。運良く暖かい気候であったがために、水を浴びるのはむしろ大歓迎だった。

七月二十五日。今朝は風はせいぜい十ノット［一ノットは秒速〇・五一四四四メートル］程度の微風にまでやわらぎ、それにつれて海のほうもずいぶん静まったので、ぼくらは甲板に出て身体を乾かすことができた。とはいえ、じつに残念なのは、ハムはもちろんオリーヴが詰まった二つの壜が、あれほど入念に固定しておいたというのに、あまりの荒波のため海へ放り出されてしまったことだ。亀はまだ殺す決心がつかず、当座しのぎとしては残りのわずかなオリーヴと少しばかりの水を朝食とするしかない。ただし水はワインを半分混ぜた結果、飲むと気分が落ち着くばかりか元気も甦り、ポート・ワインを飲んだときのようには泥酔することもなかった。海はまだまだ猛り狂っており、貯蔵室へ再び潜水するわけにもいかない。現在のぼくらには不要な品物がいくつか昇降口から浮上してきたものの、すぐさま海中へ押し流されてしまった。ここで気づいたのは、船体がこれまで以上に片舷に傾き出したため、ぼくらは身体をロープで括り付けておかなくては一瞬たりとも立ってはいられなくなったということだ。このためその日一日というものは悲惨で不愉快だった。正午には太陽が頭のてっぺんに顔を出したので、いまやぼくらは、ひっきりなしに北風や北西風に流されたあげく赤道付近まで来ているのはまちがいない。夜になるに従い、サメが数匹すがたを現し、そのうちの一匹が不敵にもやってくるのでいくぶん怖くなったものである。ある時など、船がひどく横揺れして甲板が海中に沈んだのをこれ幸いと、このサメがぼくらに襲いかかり、甲板昇降口の風雨よけのところでしばしのたうち、ピーターズをその尾ひれで叩きのめしたことがある。強烈な荒波がとうとうこいつを海中へ放り出してくれたのは、ほんとうに助かった。気候が穏やかだったなら、このサメをたやすく捕獲するのも可能だったかもしれない。

七月二十六日。今朝は風もすっかりなりをひそめ、海の荒れもおさまったので、ぼくらは再び貯蔵室への潜水を再開しようと決めた。丸一日というもの探しまわったけれど、この区画からはもうこれ以上何も出て来そうにない。というのも、貯蔵室の仕切りが夜のうちに粉砕され、中身がすべて船倉へ流されてしまったからだ。予想された事態とはいえ、ぼくらには大きな打撃であった。

七月二十七日。穏やかな海に、柔らかな風が北と西から吹いている。午後になると太陽が照りつけるようになり、服を乾かすのにおおわらわとなった。海に身を浸して喉の渇きもいやし、その他の点でも大いにくつろぐ。だがそんなひとときのうちにも警戒を怠ってはならないのは、サメがうようよいることだ。その日は奴らがこの廃船のまわりを泳ぎ回っているのが、確認されていた。

七月二十八日。好天が続く。グランパス号がいよいよひどく舷側に傾き始めたので、ついには横転してまっさかさまになってしまうのではないかと気が気ではない。万が一の事態に出来る限り備えて、亀や水差し、それに二つだけ残ったオリーヴ入りの壜をなるたけ風上へ運び出し、船体の外側、大檣の横静索下端に位置する錨鎖のところへ固定した。波は一日中静まり返っており、風はほとんどなく、無風といってもよいほどだった。

七月二十九日。同様の天候が続く。オーガスタスの負傷した腕が壊疽《えそ》の症状をきたし始めた。彼はあまりに眠気と渇きがひどいと不平を漏らしたが、しかし腕そのものには何らひどく痛むところはないらしい。腕の傷のために何かしてやれるにしても、せいぜいオリーヴから採った酢を少しばかり傷に擦《す》り込んでやる程度にすぎない。しかも、こんな処置をしたからといって効き目があるとも思われないのだ。ともあれオーガスタスを元気づけるためにはありとあらゆる手を打った。彼の水の取り分も三倍にしてやった。

七月三十日。とんでもなく暑い日だ。風もない。巨大なサメが午前中いっぱい船体にぴったりくっついている。引けば締まるように結んだロープで何度か生け捕りにしようとしたが、いずれもうまくいかなかった。オーガスタスの容態はますます悪化し、傷の作用もさることながら栄養失調のためにどんどん落ち込んでいくばかり。彼はたえずこの苦しみから救ってくださるよう神に祈り、いまはもう死を望むばかりだ。この夜のこと、ぼくらはとうとう最後のオリーヴをたいらげてしまい、水差しの中身も腐っているのでワインを加えないことには飲めたものじゃないのを知る。朝になったらこの亀を始末しようと決意する。

七月三十一日。船体が奇妙なかたちで傾いているため過剰なまでの不安と消耗の一夜をすごしたのち、ぼくらはついに亀を殺し切り刻み始めた。こいつは思ったよりずっと小さいということがわかった——もっとも、その肉は全体でも十ポンドを超すものではなくとも、じつに脂が乗っている。このうち一部は出来る限り長期間保存しておこうと決めて、たくさんの薄切りを作ると、残った三本のオリーヴの壜とワインの壜（すべて保管しておいたのだ）のうちに詰め込み、あとからオリーヴから採った酢をまぶしておいた。こうしてぼくらは三ポンドもの亀肉をしまっておくことにし、残りを食べ尽くすまでは絶対手をつけまいと考えたのだ。一日に食べていいのは四オンス［一オンスは二八・三九七五グラム］だけに制限しておけば、何と十三日間は保つ勘定である。黄昏時《たそがれどき》にはさわやかな驟雨が降り注ぎ、凄まじい雷と稲光が轟《とどろ》いたが、ほんのちょっとのあいだでしかなかったので、半パイントほどの水を獲得したにすぎない。この水のすべては、ピーターズと合意してオーガスタスに飲ませることにした。奴はもう死の間際にまで来ていたからだ。オーガスタスはぼくらが差し出したシーツから水をごくごく飲んだ（というか、彼は横たわっているのでシーツを顔の上のところで掲げてやり、そこから口へ水を流し込んだのだ）。というのも、水を溜めておけるものがほかに何も残っていなかったからである。シーツ以外を使えというなら、ガラスの大壜からワインを飲み干すか、水差しから古くなった水を捨ててしまうしかなかったろう。驟雨が続けば、こうした手段にも訴えたことだろう。

病める親友はそれだけ飲んでもほとんど良くなるようには見えない。彼の腕は手首から肩に至るまですっかり黒ずんでおり、足はといえば氷みたいだった。ぼくらはオーガスタスがいつ息絶えるかとかたずを呑んで見守っていた。なにしろびっくりするぐらいに痩せ衰えていたのだ。それがどの程度かといえば、ナンタケットの港から出帆するとき百二十七ポンドはゆうにあった体重が、いまやどう計算しても四十ポンドから五十ポンドにしか見えないのである。眼球は頭蓋の中にすっかり落ちくぼみ、ほとんど見えないほどであり、頬の肌はだらんと垂れ下がって食べ物を嚙みこなすことも、飲み物を飲むことも困難をきわめている。

八月一日。おだやかな気候に変わりはないが、灼熱《しやくねつ》の太陽には辟易《へきえき》する。喉が渇いて仕方がないのに、水差しの水は古くなっており虫がわんさか湧いている。にもかかわらず、ぼくらは何とかしてその一部分でもいいからワインと混ぜて飲もうと考えた——しかし喉の渇きは癒えることがない。海に身体を浸すと少しはましだったが、しかしこのやり方もだましでないと不可能だ。というのは、海にはたえずサメが目を光らせているからである。そしていよいよオーガスタスが臨終の時を迎えた。いまにも息絶えようとしていた。その苦しみは絶大なものだったはずだが、ぼくらには何一つそれを和らげてやることはできなかった。十二時ごろだったか、彼は強いひきつけを起こして亡くなった。それまでの数時間というもの、いっさい口を利かぬままに。オーガスタスが死んで、ぼくらふたりはこれからとてつもなく悲劇的なことが起こるのではないかという気分でいっぱいになった。精神にも変調をきたして、日がな一日、その屍《しかばね》のかたわらにまんじりともせず腰掛け、お互い言葉を交わすにしても囁き合う程度だった。夜の帳が降りてようやく、ぼくらは勇気をふりしぼって立ち上がり、オーガスタスの屍体を海の彼方へ葬った。この時点で屍体は口にできないぐらいに醜怪な様相をきたすばかりかはなはだしく腐敗していたがために、ピーターズが持ち上げようとすると、オーガスタスの足が身体からすっぽり外れてしまったほどである。この腐敗せる屍体をまるごと船の端から海へ放り投げると、それを包む燐光の輝きによって、そこには七匹から八匹ほどのサメがひしめいているのがわかった。その凶暴な歯が獲物をズタズタに引き裂く時のグチャッという強烈な響きは、一マイルほど離れていてもはっきり聞こえることだろう。ぼくらはその響きがあまりにも恐ろしくて縮みあがったものである。

八月二日。天気は変わらず、ひどく穏やかだが暑い。夜明けにはもうぼくらふたりとも、心身ともに消耗し切っていた。水差しの水はもはやまったく飲めるものではなく、ゼラチン状の分厚い塊と化していた。おぞましいウジムシどもが粘着物にたかっている。ぼくらはその中身を放り捨て、水差しを海水でじっくり洗い、そのあとで亀肉を漬け物にしておいた壜からほんのちょっぴり取り出した酢を、洗い立ての水差しへ注ぎ込んだ。喉の渇きはもはや堪え難いところまで来ている。それをワインで癒そうとしたものの無駄なあがきであった。火に油を注ぐようなもので、ぼくらはすっかり悪酔いしてしまったのである。苦しみから逃れるため、ワインに海水を混ぜてみたが、たちまち吐き気を催したので、以後は二度とこんなことはやるまいと心に決めた。この日一日、ぼくらはしきりに海水に浸かろうとしたのだが、これも挫折せざるをえなかった。なにしろいまやこの廃船は四方八方サメに包囲されているのである——奴らは前の晩にぼくらの哀れな仲間をむさぼり食ったのとまったく同じサメどもにちがいない。オーガスタスに味をしめて、こんどはぼくらに狙いをつけたというわけだ。この状況に陥るや、何よりも暗鬱にして憂鬱な予感が沸き起こる。ぼくらはこれまで海に身を浸すことでえもいわれぬほどに癒されてきたのであって、かくもおぞましいかたちでその習慣を中断してしまうことは、あまりにも堪え難い。だがまったく同時に、いまそこにある危機を認識しないわけにもいかないのだ。なぜなら、もしもほんのちょっとでも足を滑らせたり動作を誤ったりしたが最後、ぼくらはたちまち、このあさましいほど貪欲なサメどもの餌食《えじき》となってしまうであろうから。じっさいこいつらが、しょっちゅう風下の方へやってきては、ぼくらの近くに迫ったことは一度や二度ではない。こちらがどんなに叫ぼうが動き回ろうが、ひるむ連中ではない。中でも一番大きいサメに対してピーターズが斧をふるい、ズタズタにした時ですら、そいつはなおもぼくらの居場所までにじり寄ろうとけんめいだった。黄昏時には雲が現れたが、なんとも悲しいことに、雨ひとつ降らすことなく過ぎ去ってしまった。この時期にぼくらが渇きのあまりどれだけ苦しんだかは、とうてい想像しえないのではあるまいか。眠れぬ夜をすごしたのも、喉がカラカラだったためであり、それに加えて恐ろしいサメがいるためであった。

八月三日。助けの来る見込みのまったくないまま、廃船はますます舷側へ急傾斜していき、そのあげくぼくらはもう甲板に足を着地したままではいられなくなった。ワインと亀肉をきちんと確保しておこうと躍起になったのは、万が一この廃船が転覆した場合にもなくさないようにと思ったからだ。前檣の錨鎖から太い大釘を二本抜き取り、斧を使って、海面から二フィートほどに位置する風下方向の船体へ、それらの釘を叩き込む。この場所は竜骨からはさほど遠くなく、いっぽうのぼくらは船のほぼ梁端に位置している。これら二つの釘に飲食物を括り付けたのは、ここが以前の置き場所である錨鎖の下よりもはるかに安全であるからだ。この日は一日中、喉の渇きのために苦しみ抜いた——しかもサメがうようよしてまとわりついているがために、海水に浸かることもできないと来ている。眠れるわけがない。

八月四日。夜明けよりほんの少し前のこと、船体がいよいよ傾き、まさにその動きによってぼくら自身も船体から放り出されそうになっていたのに気がついたので、間一髪で助かった。当初は船の横揺れはゆっくりとしたもので、だんだん強くなっていったのだ。そしてぼくらは、あらかじめ打ち込んだ大釘からロープを何本か垂らしておいたので、うまく風上の方へよじのぼっていった。しかしひとつ誤算だったのは、その揺れに弾みがついてくるということだ。というのも、いまや船は急傾斜をきわめるあまりに、ぼくらはもうそれにしがみつくことすらできなくなっていたのだ。そしてこれからどうなるのかを認識するよりも早く、ぼくらはふたりとも大海原へ激しく放り出され、巨大な船体を仰ぎ見るかたちで、海面下数尋《ひろ》［一尋は一・八二八八メートル］のところに潜り込みあがいたのだった。

　海面下に潜りながら、ぼくはロープをとうとう放さねばならなくなった。そして自分がもはや完全に船の下にいて精根尽き果ててしまったからには、もう生き残るためにもがくこともせず、あと数秒で死ぬのだからとあきらめた。ところがここで再び、ぼくは錯覚していたのだ。何しろ船というものは自然に風上へ向けて反動するものであるのを考慮していなかったのだから。船が反対方向へ横揺れするさいに海水が上方へ旋回し、まさにそのおかげでぼくは、海へ放り出された時以上に劇的なかたちで海上へと引っ張り上げられたというわけだ。海上へ顔を出すや否や、ぼくは観察する限りにおいて、自分が船から二十ヤード［一ヤードは〇・九一四四メートル］ほどの位置にいるのがわかった。船は完全に転覆して激しく横揺れを続けており、あたりの海は四方八方ざわめき、強力な渦巻がつぎつぎと発生している。ピーターズのすがたがさっぱり見つからない。油樽がひとつ、ぼくからほんの数フィートぐらいのところに浮かんでいる。そしてグランパス号が積載していたさまざまな積荷が、あたり一面に散乱していた。

いまや主たる恐怖の対象は、まちがいなく近くに潜んでいるはずのサメである。できることならこいつらが近寄ってこないようにと、ぼくは両手両足を全力で振り回してバシャバシャ水しぶきをあげながら、船に向かって泳いで行った。ごくごく単純明快な方法ではあるものの、まさにこうすることで生き残ることができたのだと思う。というのも、船が横揺れする前にはそのまわりにはこのサメどもがあまりにもたくさんひしめいていたから、船に向かう途上でそのうちの何匹かと接触していたにちがいないし、じっさいに接触していたのだろう。ところがとてつもない幸運により、ぼくは事もなく船の側《そば》へ泳ぎ着いた。もっとも、それまで満身のエネルギーを爆発させて使い切り疲労困憊していたがために、ピーターズが絶妙なタイミングで助けてくれなかったら、船には辿り着けなかったろう。彼は何ともうれしいことに、再びすがたを現し（船体の反対側から竜骨めざしてよじ登ったというわけだ）、ぼくにロープを投げてよこしたのである。そしてそれは、まさに例の大釘に引っ掛けておいたロープのうちの一本であった。

　ほうほうのていで危機を逃れたぼくらは、こんどはもうひとつ、いまそこにある危機に直面することになる。そう、底なしの飢餓という危機だ。あれほどしっかりと管理したにもかかわらず、船の貯蔵室の食糧はすべて流されてしまった。そして、もはやこれ以上の食糧を獲得できるかどうか、その望みもおぼつかないとわかると、ぼくらはふたりそろって悲嘆に暮れ、まるで子供みたいにしくしく泣き出した。そしてどちらも互いを慰める気力すらなかった。これほどに人間が弱いものだとは、想像すらできまい。そして、この手の体験を切り抜けた者でない限り、こんな弱さは不自然にすら見えるのは明らかだ。しかし、これだけは覚えておいてほしい。ぼくらはえんえんと続く窮乏と恐怖に翻弄《ほんろう》されて知性があまりにも混乱してしまったがために、この時期には理性ある存在とは言えなくなっていたのだと。以下の手記で報告するさまざまな危機も、これまでに優らずとも劣らないものだが、それらがいかに凶悪な災難であろうと不屈の精神をもって立ち向かったし、ピーターズもまた、以後明らかになるように、禁欲の哲学を体現するようになっていく。それは、現在の彼がいったいどうしてこれほどに子供っぽくも怠惰《たいだ》で愚鈍《ぐどん》な性格なのかが信じられないのと同じぐらいに衝撃的な変化だろう。要は、知性というものはそれがどんな境遇に置かれるかでまったく異なる結果をもたらすということだ。

船が転覆してしまったがために、ワインも亀肉も失われたが、じっさいのところ、だからといってぼくらの境遇が以前よりひどいものになったというわけではない。ただひとつ痛かったのは、これまで雨水を回収するのに役立てていたシーツやそれを保存するための水差しなどが消えてなくなったということだけだ。というのも、外部腰板の二、三フィート先から竜骨をも含む範囲の船底全体には巨大な蔓脚綱《まんきやくこう》の甲殻類、すなわちフジツボとかエボシガイのたぐいがびっしり張りついており、それらはすべて美味で栄養満点の食糧であるのが判明したからである。かくして、二つの重大な側面において、ぼくらが恐れに恐れた事故は怪我の功名であるのがはっきりした。この事故によってこそたくさんの食糧が確保されたのであり、それはおびただしい分量であったから、毎日ふつうに摂取したとして一ヶ月でも食べきれない。さらにいえば、この発見こそはぼくらの境遇をすばらしく改善してくれたのであり、前よりはるかに気楽になった。何しろ、以前に比べたらこれはたいした危機ではないのだから。

もっとも、いかんせん水を手に入れるのが困難をきわめたがために、ぼくらは境遇が改善されたことなどおかまいなしだった。ひとたび驟雨が降ってくれれば、それを可能な限り利用できるよう、ぼくらはシャツを脱ぐと、かつてのシーツの代わりにいつでも水を受け止められるように用意した——もちろん、どんなにうまく雨水にありついたとしても、こんなやりかたでは一度に一ジルすら確保できるとは思えないけれども。この日は雲一つ現れる兆もなく、喉の渇きはもはやとうてい我慢できるものではなかった。夜になるとピーターズは悪夢にうなされているようだったが、ぼくはといえばあまりにも厳しい苦難が降りかかってきたため、一瞬たりとも目を閉じられないというていたらくだった。

八月五日。今日はおだやかなそよ風が吹き、船を広大な海藻地帯へと導いてくれた。そこでは運のいいことに、十一匹もの小蟹が見つかり、なんともぜいたくなごちそうとなった。小蟹の殻というのはじつに柔らかいので、まるごとかぶりつくことができるし、フジツボなどに比べれば食後の喉の渇きも大したことはない。海藻地帯にはまったくサメの形跡がないのを確認すると、ぼくらはいよいよ海に浸かり、四、五時間はそうしていた。そのあいだというものは、喉がさほど渇かなくなった。いよいよ元気を取り戻すと、夜も以前よりは快適に過ごせるようになったので、ぼくらはふたりとも、少しばかり安眠することができた。

八月六日。この日、強い雨が正午あたりから夜の帳が降りるまでえんえんと降り続いたのは僥倖《ぎょうこう》だった。水差しとガラスの大壜をなくしてしまったのは、かえすがえすも悔やまれる。というのも、雨水を汲み取る手段が限られているとはいえ、こうした容器がたとえ片方でもあれば、水を溜めておけたろうから。じっさいのところ、ぼくらが喉がからからになるのを満たすのにどう計らったかというと、シャツをぐっしょり雨水に濡らしてぎゅうっと絞り、その結果、恵みの水が口に滴り落ちてくるようにしたのである。この作業のために丸一日を費やしたものだ。

八月七日。ちょうど夜が明けたころ、ぼくらふたりは同時に東方へ向かう船影を見て取った。その船は明らかにこっちへ向かってくるではないか！　かくも輝かしい光景を目にしてふたりは、たとえか細い声であっても歓喜の叫びをあげ続けた。そしてすぐにも力をふりしぼり、シャツをはためかせては信号を送り始めた。衰弱してはいたものの、その体力が許す限り高く跳び上がり、ひいては肺活量の許す限りおーいおーいと呼びかけたのだ。もっとも、相手の船はどうみても最低十五マイルは離れていただろう。ところが、その船はなおもグランパス号に接近し続けている。だからぼくらはこう考えた。もしもその航路どおりに進むのであれば、船はやがてこの近くにまで来て、この廃船にぼくらが乗っているのを認めるだろう、と。船発見からおよそ一時間ほどして、ぼくらはその甲板に乗船している人々のすがたをはっきり確認した。その船は長大ながらマストは低い小じゃれた中檣帆つき縦帆式帆船《トップスル・スクーナー》で、その中檣帆には黒い玉が描かれており、乗組員でぎっしりだった。さて、用心しなくちゃならないぞ。というのは、あちらの船がぼくらを見ていないなどとは、とうてい考えられないにもかかわらず、こちらの船を朽ちるがままにしておこうと企んでいるかもしれないではないか。何とも野蛮な悪魔の所業だが、*いかに信じられなくとも、そのような所業は海の上では、ぼくらと同様な境遇にあっては、えんえんとくりかえされてきたのだ。しかもそれを実行したのは、とりあえず人類に属すると見られる連中なのである。もっとも、この場合には、神のご加護によって、ぼくらの思い込みはうれしくも裏切られる定めになっていた。なぜなら、すぐにぼくらは相手の船上がいきなり大騒ぎになるのに気づいたからだ。この船はそのすぐあとに大英帝国の国旗を掲げ、風向きに合わせて針路を調整し、こちらへまっすぐ向かって来た。三十分かそこらのうちに、ぼくらは相手の船室へ通された。この船はガイ船長率いるリヴァプールのジェイン・ガイ号、アザラシ猟と交易を目的にした航海のため南太平洋から太平洋へ向かおうとしているところであった。

＊原注：ボストンの二本マスト帆船《ブリッグ》ポリー号をめぐる事件がここではモデルになっている。この船の辿った運命はあまりにもぼくらの場合と酷似しているので、ふれないわけにはいかない。一八一一年十二月十二日のこと、キャスノー船長率いるポリー号は百三十トンの積荷とともにボストンから出港し、カリブ海はセント・クロイ島をめざしていた。乗船していたのは船長の他に八名、すなわち一等航海士と四名の船乗り、料理人、ハント氏、それにその彼女である黒人娘。十二月十五日にはジョージスの浅瀬を離れたが、南東からの強風を受けて船体に漏れ穴ができてしまい、ついには転覆を余儀なくされる。けれども、マストがダメになってしまったにもかかわらず、船はのちにバランスを取り戻した。彼らは火もなく食糧もほとんどないという境遇で十二月十五日から六月二十日に至る何と百九十一日間というもの耐え忍び、その結果、生き残ったキャスノー船長とサミュエル・バジャーはリオデジャネイロから帰国するところであったフェザーストーン船長率いるフェイム・オヴ・ハル号に救われたのだ。その時の地点は北緯二十八度、西経十三度であり、ポリー号は二千マイルも漂流してきたことになる。七月九日にはこのフェイム号がパーキンズ船長率いるブリッグ船ドロメオ号と遭遇したので、ポリー号の遭難者ふたりは拾われドメイン号に移ったのち、メイン州西部のケネベックで下ろされることとなった。ぼくらが細かな情報を組み立てる元となったこの体験記は、下記のように締めくくられている。
「いったいぜんたいこの遭難者たちがいかにして大西洋のうちでも一番交通量の多い海域でこれほどの

長距離を漂流して来られたのか、そしてそのあいだいったいどうしてまったく他の船と遭遇することすらなかったのかという疑問が湧くのは、当然のことだろう。ポリー号のわきを一ダース以上もの船舶が通過しており、そのうちの一隻は最接近して甲板上、操帆装置のところにいる乗組員たちが自分たちを見つめているのをはっきり目撃している。ところが、飢餓と寒さに苦しむ漂流者たちがえもいわれぬ絶望を感じたのは、相手の船が同情の気持ちを押し殺し、帆を掲げ、残酷にも彼ら漂流者を見殺しにしてしまったためであった」

第十四章

ジェイン・ガイ号は百八十トン級の華麗な中檣帆つきスクーナーだった。その舳先は稀《まれ》に見る鋭さで、おだやかな気候の時には、風を受けると、いかなる船よりも速く進んだ。とはいうものの、荒削りな外洋航行船としては必ずしも高品質というわけではなく、その喫水《きっすい》もこれまでのところ同船の担う交易のためには過剰であった。こうした特殊な仕事をするにはもっと大きな船舶で、バランスのよい喫水を備えたものが理想的なのである――すなわち三百トンから三百五十トン級の船だ。ジェイン・ガイ号は三本マストのうち前二本が横帆、最後尾のマストに縦帆を備えていても、他の点ではふつうの南洋航行船とは異なる造りにちがいない。しっかり武装しておくのは不可欠だったろう。十二ポンド級のカロネード砲を十門から十二門、さらに長身砲を二門か三門、それに真鍮《しんちゅう》のらっぱ銃数門と、マストそれぞれのてっぺんに備え付けるべき防水の武器ケースも装備しておかねばならない。その錨や錨鎖はこの手の交易船の標準を上回るほど強力なものでなければならない。加えて、何より肝心なのは、乗組員は多いうえに有能であるにこしたことはない、ということだ――そう、少なくとも五十名から六十名ほどの屈強な男たちが必要だ。ジェイン・ガイ号には目下のところ、船長と航海士を除き三十五名の優秀な船乗りがいるが、交易をもっぱらにしているとはいうものの、いくたの困難や危難を知り尽くしている航海者から見たら、てんで守りが甘いというほかはない。

ガイ船長は至って都会的に洗練された紳士であって、その仕事は南洋交易に生涯の大半を費やし、たっぷりと培った経験に裏打ちされていた。ところが船長にはもう活力がなく、この手の仕事には絶対不可欠な企業家精神みたいなものも感じられない。しかし船長はこの船については所有者のひとりでもあり、容易に積荷を調達できるのであれば、南洋において自由に船を動かすことのできる裁量権を有していた。そしていつもの航海と同じく、積んでいたのは以下のような物品であった。数珠玉や姿見から、火口一式、斧、鉈《なた》、ノコギリ、手斧、鉋《かんな》、ノミ、丸ノミ、錐《きり》、ヤスリ、南京鉋、木ヤスリ、ハンマー、釘、ナイフ、ハサミ、カミソリ、針、糸、瀬戸物類、平織の白木綿、小型装身具などなど。

ジェイン・ガイ号は七月十日にリヴァプールを出帆し、七月二十五日に北回帰線を越え、西経二十度に到達し、さらに二十九日には西アフリカはケープヴェルデ諸島のひとつサル島に辿り着き、そこで塩をはじめとする必需品を積み込んだ。八月三日にはケープヴェルデ諸島を発ち南西へ向かい、ブラジル沿岸のほうへ足を伸ばし、西経二十八度と西経三十度のあいだの赤道を横切ろうとしていた。これはヨーロッパから喜望峰《きぼうほう》へ赴く船舶のお定まりのコースであり、その経路で東インド諸島［東南アジアとオーストラリアのあいだのマレー諸島］へ立ち至るのだ。このように航行してきたため、ジェイン・ガイ号はギアナ沿岸をたえず見舞っている凪と強い海流も避けたけれども、いっぽう、けっきょくはこれが一番の近道だったのである。というのも、あとになって西風が絶えることなく、それこそは喜望峰へ赴く推進力だったからだ。ガイ船長がもくろんだのは、ケルゲレン諸島に着くまで停泊しないということだったが、いったい何のためであるのかは、ほとんど意味不明。ぼくらが拾われた当日というのは、ジェイン・ガイ号が西経三十一度に位置するブラジル北東のサン・ロック岬を離れた日であった。かくして、発見されたときのぼくらは、北から南へ、おそらくは二十五度ほども漂流していたというわけだ。

ジェイン・ガイ号に乗せてもらったぼくらは、絶望のどん底から救い上げられ、ずいぶんと大事にされた。およそ二週間ほどのあいだに、船はますます南東の方角へと舵を切り、ぼくとピーターズは以前までの窮乏生活と恐るべき災難のショックからすっかり立ち直っていた。いまにしてふりかえると、ぼくらが経験したのは現実に起こった悲劇というよりも一種の悪夢であって、そこからようやく目ざめたかのように感じたのだ。以後思い知ったのは、ところどころ物事を忘れてしまうのは、歓喜から悲嘆に向かうにせよ悲嘆から歓喜へ向かうにせよ、いかに劇的な環境変化を経験するかに拠《よ》るということだ——どの程度忘れっぽくなるかは、どれぐらい激しく環境のちがいがもたらされるかに比例する。かくして、ぼくの場合だったら、グランパス号で過ごした日々のうちでどの程度の悲劇を耐え忍んだか、その全貌はついぞつかめない気がしている。もちろん、どんな出来事がふりかかってきたかは覚えてるさ。だけど、それらの出来事が起こった時に、いったいどんな気持ちがしたのかは、ついぞ思い出せない。いまわかるのは、あの悲劇はまちがいなく現実に起こったのだということ、そしてその発生の瞬間、これほどの苦難はもはや人間性の限界を超えていると思ったことだけだ。

ぼくらの航海は数週間ほど続いたが、そのあいだに何かゆゆしき出来事があったかといったら、たまに捕鯨船に出くわしたり、マッコウクジラとは好対照を成すセミクジラないしホッキョククジラと呼ばれる鯨たちに出くわしたりしたことぐらいである。この種の鯨が棲息しているのは主に南緯二十五度線のあたりだ。九月十六日にはジェイン・ガイ号は喜望峰の南近くに来て、リヴァプール出帆以後初めての暴風に見舞われた。この近辺以上に喜望峰の南や東の方角（この船は西側にいた）で頻繁に起こるのは、航海者が猛烈な暴風雨にしばしば甘んじなければならないということだ。この手の暴風雨には荒波がつきものであって、中でも危険極まりないのは、風の方向が瞬く間《またたくま》に変わって行くことだ。こういう現象が起こるのは強風が最大の暴威をふるう時である。完璧無比のハリケーンならば、ある時は北から北東へ吹きまくっているなと思ったら、次の瞬間にはいっさいその方向においては鳴りをひそめるも、さてもういっぽうでは、ハリケーンが南西の方角から立ち現れ、想像だにできないほどに暴れまくる。南の空に晴れ間の見える地点があるので、それを探せば以後の変化が予測できる。そして船舶はしかるべき予防措置を講じることができる。

明け方六時ぐらいだったろうか、強風が無雲疾風《ホワイトスコール》を伴って吹きつけてきたが、それは通常どおり、北の方角からだった。八時までにはますます強度を増し、かつてないほど強大な荒波をざんぶと浴びる羽目になった。ジェイン・ガイ号はこうした荒天をものともしないようしっかり整備されてはいたものの、あまりに酷使されたせいか、外洋航行船としての限界を呈しており、荒波を浴びるたびに前檣が傾き、一度浴びるとたいへんな思いをして復旧するも、またすぐ次の荒波を浴びる始末だった。日没直前になって、ようやくこれまで待ちわびていた晴れ間が南西の空に現れ、それから一時間ほどすると、掲げてある船首縦帆がマストに向かって物憂げにはためき始めた。それから二分ほどすると、ありとあらゆる準備を整えていたにもかかわらず、船はあたかも魔法にでもかかったかのように、真横に傾いた。そして恐るべき海の荒波が、ぼくらの横たわっているところへざんぶと降りかかる。とはいえ南西からの強風は、うまいことにせいぜいがスコールていどのものだと判明したので、帆柱を失うことなく船のバランスを取り戻すという幸運に恵まれた。これ以後、強烈な三角波で数時間ほど右往左往するという災難に見舞われはしたものの、明け方近くには強風以前の調子をほぼ取り戻した。ガイ船長によれば、こうして助かったのは奇跡というほかないという。

十月十三日には南緯四十六度五十三分、東経三十七度四十六分の位置にあるプリンス・エドワード諸島のうちのひとつプリンス・エドワード島が視界に入った。二日後にはポゼッション島近辺まで来ており、南緯四十二度五十九分、東経四十八度に位置するクローゼー諸島を通過した。十月十八日には南インド洋のケルゲレン島、またの名をデゾレーション島へ到着し、水深四尋ほどのクリスマス港へ停泊した。

ケルゲレン島、ないしケルゲレン諸島は喜望峰からは南東の方角に位置しており、およそ八百リーグ［一リーグは四・八二八キロメートル］離れている。ケルゲレン（諸）島はフランス貴族ケルゲレン男爵によって一七七二年に発見された。彼はこの島を巨大な南の大陸の部分と考え、その情報を母国へ持ち帰ったところ、同時代においてたいへんなセンセーションを巻き起こしたのだ。フランス政府はこの問題に取り組む姿勢を示し、ケルゲレン男爵を翌年、この島のさらなる批判的検証のために派遣したが、ここで事実誤認が発覚する。一七七七年、クック船長がまったく同じ群島に行き当たり、そのうち最大のものを荒涼島《デゾレーション・アイランド》と命名した。その島にはぴったりの名称だった。ところが島に近づいてみると、この海洋探検家はその印象がどうもちがっているのに気づく。なぜなら、島の丘陵の側面は、九月から三月にかけて、みごとな新緑におおわれるのだから。かくも人を食った外観をもたらしているのは、ユキノシタを彷彿《ほうふつ》とさせる小さな植物が繁茂しており、ぼろぼろの苔《こけ》の上に大きな花を咲かせ、散在しているからだ。この花以外には島に植物の兆はほとんどない。かろうじて、クリスマス港の近くに地衣植物を含む雑草が生い茂っており、花の盛りを過ぎたキャベツを思わせ、口にしてみるといささか苦い灌木が生えているぐらいだ。

この土地柄は表面的には丘陵が多いが、しかしそのうちのどれも高くはない。そのてっぺんにはたえず雪が積もっている。いくつかある港のうちではクリスマス港が一番便利だ。フランソワ岬を通り過ぎ、島の北東側に来ると最初に目に入る。この岬は北海岸を形成しており、その風変わりな形状によって港を目立つものにしている。その突端は高くそびえた岩壁だが、その内部はといえば巨大な空洞になっていて、自然が作り出したアーチといったところか。入口は南緯四十八度四十分、東経六十九度六分。ひとたび入れば、いくつかの小島の中に船を停泊させるにはうってつけの地点が見つかるだろう。そこならば、どんなに東風が吹いても防御態勢は万全だ。この停泊地から東へ進むと、クリスマス港のとっつきのワスプ湾に来る。ここは完璧に陸地に囲まれた内湾で、中に入れば水深四尋、停泊地としては水深十尋から三尋のものまでよりどりみどり、水底の土は硬い。船はここに主錨を下ろしたまま一年中、何の心配もなく停泊できる。その西、ワスプ湾のとっつきにはおいしい水が小川を成し、難なく汲んでくることができる。

和毛《にこげ》をもつアザラシのたぐいは、いまでもケルゲレン島に棲息しており、とりわけゾウアザラシの数がおびただしい。羽をもつ種族も大量に住んでいる。たとえばペンギンだが、それが四種類もいるのだ。まず、その大きさと華麗な羽毛に恵まれているがゆえにロイヤル・ペンギンと呼ばれる種族は、最大だ。その上半身はたいてい灰色で、時としてライラック色をしている。下半身は考えられる限り最高の純白だ。その頭も脚も光沢をもって輝くような黒。けれども、なぜペンギンの羽毛がかくも美しいかといえば、その主たるゆえんは色あざやかで大胆な縞が頭から胸にかけて走っていることだ。くちばしは長く、ピンク色か鮮烈な緋色《ひいろ》。このペンギンたちはみな直立二足歩行で、堂々たる身のこなしを見せる。何しろ頭を高く掲げ、その羽をあたかも両腕であるかのごとく垂らし、そして胴体から伸びた尻尾《しっぽ》が両脚とみごとに調和しているのだから、あたかも人影かとみまごうほどだ。じっさいロイヤル・ペンギンを一瞥してみれば、とりわけ黄昏時だったりするならば、これはまちがいなく人間だと錯覚してしまうだろう。ケルゲレン島で出会ったロイヤル・ペンギンはガチョウよりは大きい程度であった。他の三種類というのはマカロニ・ペンギン、ケープ・ペンギン、それに営巣地《えいそうち》ペンギン。これらはずっと小柄で羽毛もさほど美しいわけではなく、その他の点でもずいぶんとちがっていた。

ペンギンのほかにも、ここにはたくさんの鳥がいる。なかでも見逃せないのはウミメンドリからアオミズナギドリ、コガモ、アヒル、ポート・エグモント・メンドリ、ヨーロッパヒメウ、オオフルマカモメ、ウミツバメ、アジサシ、カモメ、ミズナギドリ、ヒメウミツバメ、大ミズナギドリ、そして果てはアホウドリに至るまで。

大ミズナギドリはいわゆるアホウドリぐらいの大きさで肉食である。別名デングないしミサゴ・ミズナギドリ。人間に対して警戒するようなところは皆無で、きちんと料理すれば美味《お》しいことこのうえない。飛び立つ時には、海面すれすれを突進し、羽を広げるも、それをいささかも羽ばたかせることも動かそうともしない。

アホウドリは南洋の鳥のうちでも最大級で最も獰猛な種族である。カモメ科に属するが、獲物はその羽で捕まえ、繁殖目的以外には陸地に来ない。アホウドリとペンギンのあいだにはじつに変わった友情が芽生えている。両者の巣というのは互いに協議した結果、まったく同一のデザインで作られているのだ。アホウドリの巣がペンギン四匹の巣によって作られた小さな正方形の真ん中に置かれているのを見るがよい。海洋航海者たちはこのような陣地の集合体を営巣地と呼ぶ。こうした営巣地はたびたび描写されてきたけれども、本書の読者にはあまりおなじみではないかもしれないし、今後ペンギンやアホウドリについて語ることもあろうから、ここで連中の巣の建築や暮らしについて多少語っておくのは、決して不都合ではあるまい。

卵を孵化《ふか》する季節になると、鳥たちは大挙して集まり、数日間というもの、いったいどのような方法をとるのがいいのか熟考するかのように見える。とうとう連中は行動を起こす。まずは平らな場所を選定する。それは孵化にふさわしい規模を備え、たいていの場合は三から四エーカーほど［一エーカーは四〇四六・八六平方メートル］の広さで、できる限りは海のそばではなくとも近いほうがよい。孵化地点は表面が平らになっているかどうかで選ばれるが、できれば石ころでふさがれていない場所がよい。ひとたび話がまとまると、鳥たちは全員一致のうえ、あたかも単一の精神に操られているかのように、数学的精密度で正方形あるいは平行四辺形を描き出す。それも地面の性質に一番フィットし、それも集まった鳥たちぜんぶだけはとりあえず収容するにじゅうぶんなサイズになるように。そしてまさにこの一点において、鳥たちはこの設営の労働に参加しなかった未来のハグレ者たちが断じて接近せぬよう固く決意するのだ。このように区画設定された平行線の片側は水際と並行しており、出入りできるようになっている。

営巣地の範囲が決まると、鳥たちはそこからいっさいのゴミを片づける。小石をひとつひとつ拾い上げ、区画の外へ運び出して営巣地を囲い込み、四角形の内陸側の三辺に並べて塀を作るのだ。この塀の中でこそ、完璧に平坦でなめらかな歩廊ができあがる。幅六フィートから八フィートで営巣地のまわりを取り囲む――こうして一般の遊歩道としても役に立つ。

次の仕事は営巣地全体をひとつひとつサイズの等しい小さな四角形に仕切って行くことだ。この作業を成すには、細く平らな通路をいくつか造り、それらが営巣地全体にわたってひとつひとつ直角に交わるようにするしかない。これら小さな通路の交差地点にはアホウドリの巣が、そしてそれぞれの四角形の中心にはペンギンの巣が組み立てられる――かくして一羽のペンギンが四羽のアホウドリに取り囲まれ、一羽のアホウドリも四羽のペンギンに取り囲まれるという勘定だ。ペンギンの巣の実体は地面に掘ったとても浅い穴であって、卵が産み落とされたらそれを受け止めておくことができさえすればよい。アホウドリの巣作りはもう少し複雑だ。高さ一フィート、直径二フィートほどの塚を建てるからである。その材料は土と海藻と貝殻。塚のてっぺんに巣を築くという案配だ。

鳥たちは孵化の季節には一瞬たりとも――あるいはじっさい、生まれたばかりの雛《ひな》たちが自立できる力をつけるまでは――巣を留守のまま離れないよう神経を使う。雄がエサを求めて海のほうへ行っているあいだ、雌は残って巣を守り、卵は決して裸のまま放置されるということがない――親の片方が出かけているあいだは、もう片方が卵のかたわらで身を寄せている。こうした予防手段に訴えなければならないのは、営巣地には卵泥棒がつきものだからである。そこで暮らす鳥たちはいささかもためらうことなく、隙あらば相手の卵を盗んで平然としているのだから。

営巣地の種類によっては、ペンギンとアホウドリしか棲息していないところもあるが、たいていの場合は多種多様なウミドリがひしめきあい、それぞれの市民権を享受しつつ、スペースさえ見つかれば——自分より大きな種族の作業には決して邪魔することなく——そここに巣を作りまくっていた。こうした営巣地を遠くから見ると、とてつもなく奇妙な様相を呈している。営巣地上方の雰囲気が暗いのは、おびただしいアホウドリが(自分たちより小さなサイズの種族とも混じり合って)ひっきりなしに飛び交い、海へ向かったり巣へ戻って来たりをくりかえしているためだ。まったく同時にペンギンの集団を観察してみれば、連中は狭い通路をあちらこちらと歩き回り、営巣地全体を取り巻く一般向け遊歩道を特有の軍隊的雰囲気をむんむん漂わせながら行進していたりもする。すなわち、この営巣地を概観する限り、何よりも驚かされるのはこの羽毛ある生物たちが何らかの内省的精神を備えているということであり、仮に高度に制御された人間的知性特有の内省的精神を巧みに呼び起こそうとしたら、こうした営為ほどふさわしいものはないということだ。

ぼくらがクリスマス港に到着した翌朝、一等航海士のパターソン氏がボート何艘かを組織して漕ぎ出し(ややその季節には先駆けていたが)アザラシを探しに出かけたが、道中、ガイ船長とその若い親族とは西向きの荒野のところでいったん別れた。船長たちは、具体的にはどういうものかはわからないが、島の内陸にて何らかの交易をする予定があったのだ。ガイ船長は封緘《ふうかん》した手紙を入れた壜を携えており、上陸した地点から丘陵の最高地点めざして進んで行った。船長がもくろんでいたのは、どうやら自分の後続部隊となる船舶が参考にできるよう、丘陵のてっぺんにその壜を残しておくことだったらしい。そのすがたが見えなくなるや、一等航海士のボートに乗り組んでいたピーターズとぼくとはアザラシを求めて沿岸を航行した。この仕事を三週間ものあいだ続け、ぼくらは細心の注意を払ってケルゲレン島のみならず付近のいくつかの小島の隅から隅まで探しまわった。けれどもこの探索はろくな成果を挙げないまま終わってしまった。ぼくらはおびただしい和毛のアザラシを目にはしたのだが、連中は至って用心深かったため、けっきょくどんなにがんばってもぜんぶで三百五十枚ほどの毛皮しか獲得できなかったのである。ゾウアザラシはといえば、とりわけ本島の西海岸にうじゃうじゃいたものの、二十頭しか仕留められず、それもたいへんな苦労のあげくであった。より小さな島々ではアザラシをたくさん見つけたが、襲撃はしなかった。ぼくらは十月十一日にジェイン・ガイ号へ戻り、そこでガイ船長とその甥《おい》に再会したが、ふたりによれば島の内陸部はひどいところで、あれほどに惨憺たる荒野は世界でも指折りだろうということだった。彼らが内陸で二晩過ごす羽目になったのは、二等航海士の誤解により、ジェイン・ガイ号から小型船を出してふたりを引き取りにやるべきところ、何らかの手違いが生じたことが原因らしい。

第十五章

十月十二日にはクリスマス港を出帆して、再び西をめざした。そしてクローゼー諸島のひとつマリオン島を左舷に見ながら別れを告げた。そのあとにはプリンス・エドワード島も通過し、やはり左に見ながら別れを忍び、そしてますます北へと舵を取ると、十五日間のうちには、南緯三十七度八分、西経十二度八分に位置する南大西洋はトリスタン・ダ・クーニャ列島へ到着した。

いまではよく知られているこの列島は三つの環状諸島から成り立っており、最初に発見したのはポルトガル人、そしてそのあと一六四三年にオランダ人が、一七六七年にフランス人が訪れるところとなった。これら三つの環状諸島は三角形を成しており、それぞれのあいだには十マイルの開きがあるが、それぞれを結ぶ航路はすばらしい。島々の陸地部分は非常に高く、その点ではいわゆるトリスタン・ダ・クーニャ島が図抜けている。この島こそは諸島のうちでも最大級を誇り、そのぐるりを測れば全長十五マイル、しかも非常に高く聳えているので、晴れた日には八十から九十マイルほど離れたところからでもはっきりと見える。北向きの陸地の一部は海抜一千フィートにおよぶ。そのてっぺんの台地は島の中央へ広がっていて、まさにこの台地より、スペインはカナリア諸島最大の島テネリフェをも彷彿させる成層火山が切り立つ。成層火山の下半分はほどよい大きさの森林でおおわれているが、上半分は岩だらけの荒野で、いつもは雲に隠れ、一年間の大半は一面の雪景色だ。海岸地帯は険しく、水深もかなりあるから、島のまわりには浅瀬をはじめとする危険は皆無。北西の海岸地帯は湾になっていて、黒砂の浜辺が広がっており、南風が吹いている時ならば小舟でもたやすく上陸できる。ここではおいしい水にはまったく不自由しない。さらにはタラに代表される魚がたくさん釣れるのだ。

大きさの点で第二位に来るのは、トリスタン・ダ・クーニャ列島のうちでも一番西に位置する前人未島《インアクセシブル》である。その正確な位置は南緯三十七度十七分、西経十二度二十四分。そのぐるりの長さは七マイルから八マイルにおよび、どこから見ても険しく切り立った断崖が睨みを利かせているため、人を寄せ付けない。そのてっぺんは完璧な台地だが、この島全体は不毛であり、見るからに情けない灌木がいくつかあるほかは、何も育たない。

列島のうち最小にして最南端のナイチンゲール島の位置は南緯三十七度二十六分、西経十二度十二分。島自体の最南端を外れたところにはごつごつした小島の岩棚が見える。似たような岩棚は北東にもある。地面は荒れ果てており不毛、深い谷間が島を二分している。

この列島の島々の海岸は、旬《しゅん》の季節になるとトドやゾウアザラシ、和毛アザラシに加えさまざまなウミドリでいっぱいになる。付近では鯨も多い。こうした多種多様な動物を、かつてはいともたやすく狩ることができたので、この列島には発見以来、おびただしい人々が訪れた。その最初期には、オランダ人やフランス人がちょくちょくやって来たものだ。一七九〇年になると、フィラデルフィアのインダストリー号のパッテン船長がトリスタン・ダ・クーニャ島に上陸して一七九〇年八月から一七九一年四月まで七ヶ月間滞在し、アザラシの皮を収穫した。この時に彼が手にしたのは五千六百枚にものぼり、大きな船でも三週間分のオイルを搾り取ることができるだろうと語っている。パッテン船長がこの島へ来た当初は、哺乳類といったらヤギが数頭いるぐらいであったが、いまとなっては島は人間にとって最もかけがえのない家畜たちであふれている――それはたぶん、彼に続く南洋航海者たちが持ち込んだおかげだろう。

パッテン船長の時代からほどなくして、アメリカのブリッグ船ベッツィ号のコフーン船長が軽食でもとろうとこの列島最大の島に停泊した。彼はタマネギやポテト、キャベツをはじめたくさんの野菜を植えたので、それらすべては現時点で実を結んでいる。

一八一一年にはネレウス号のヘイウッド船長がトリスタン島を訪れた。彼はそこで三人のアメリカ人が住みつき、アザラシの皮や油を供給しているのを知った。そのうちのひとりはジョナサン・ランバートといい、自身をトリスタン島の王様だと名乗った。この男はすでにおよそ六十エーカーほどの土地を開拓しては耕し、リオデジャネイロのアメリカ人の牧師からもらったコーヒーの木とサトウキビの栽培に心血を注いでいたのである。だがこの植民地は最終的に見捨てられ、一八一七年に列島全体がイギリス政府に領有されてしまう。同政府はその目的を果たすため喜望峰から分遣艦隊を送り込んだのだ。とはいえイギリス軍はこの列島に長居をしたわけではない。イギリス領としては撤退を決め込んだがために、二、三のイギリス人家族が政府とは関わりなく、そこに暮らすことになった。一八二四年三月二十五日のこと、ジェフリー船長の率いるベリック号がロンドンからヴァン・ディーメン島［二十一世紀現在のタスマニア］へ赴く途上でトリスタン・ダ・クーニャ列島へ到着し、そこでかつて大英帝国砲兵隊の伍長《ごちょう》をやっていたグラースという名のイギリス人に出会う。グラースは自分こそはこの列島をあまねく統《す》べる総督であり、二十一人の男と三人の女を従えていると告げた。そして、ここはじつに気候がよくて作物もよく採れるのだと説明し、好印象を与えた。島民たちはみな、主としてアザラシの皮やゾウアザラシの油を集める仕事に精を出しており、グラース自身が所有する小さなスクーナー船で、それらの商品を喜望峰へ卸していた。ぼくらが到着したころには、この総督はまだそこに住んでおり、彼の小さかった共同体は膨張をきわめ、トリスタン島だけで五十六人が居住し、そのほかナイチンゲール島にもサイズこそ小さいが七つほどの開拓地ができていた。ここではほぼどんな食糧でもたやすく手に入る――ヒツジやブタから、ウシ、ウサギ、アヒル、ヤギ、それに多種多様の魚と豊富な野菜に至るまで。この大きな島の近く、水深十八尋ほどのところに停泊すると、ぼくらは何でも望むものをやすやすと船に持ち込んだ。ガイ船長はグラースからアザラシの皮を五百枚と象牙をいくらか買い受けた。ここには一週間ほど滞在したが、その期間というもの吹き続けたのは北風と西風であり、いくぶん靄のかかった天候だった。十一月五日になると、ぼくらは南西の方角へ出帆し、オーロラ諸島と呼ばれる群島を徹底的に探そうともくろんだ。その存在をめぐっては、すでにおびただしい見解が取り交わされていたのである。

オーロラ諸島はすでに一七六二年の段階でスペインの商船オーロラ号により発見されてい

たと伝えられる。一七九〇年には王立スペイン会社に属するプリンセス号のマヌエル・デ・オヤルビドー船長がそのまっただなかを突き進んだと主張している。一七九四年にはスペイン帝国のコルヴェット艦［平甲板一段砲装の木造帆装備戦艦］アトレビダ号がオーロラ諸島はいったいどこにあるのか、その正確な位置を確かめるべく乗り出し、一八〇九年にはマドリッド王立水路協会が刊行した報告において、この探検が下記のように綴られている。「コルヴェット艦アトレビダ号はオーロラ諸島の付近において、一月二十一日から二十七日までのあいだ、必要不可欠な観察をすべてこなし、クロノメーターを利用してこの諸島とマルビナス諸島［二十一世紀現在のフォークランド諸島］のソルダード港との経度のちがいをも計測した。これは三つの島から成り立ち、いずれもほぼ同じ経線上にある。中心の島はあまり高さはないのだが、ほかの二つの島は七リーグほど離れたところからでも確認できる」アトレビダ号から観察した結果、これら三つの島については、このように正確な位置情報が得られた。最も北の島が南緯五十二度三十分二十四秒、西経四十七度四十三分十五秒。中央の島が南緯五十三度二分四十秒、西経四十七度五十五分十五秒。そして一番南の島が南緯五十度十五分二十二秒、西経四十七度五十七分十五秒。

一八二〇年一月二十七日、イギリス海軍のジェイムズ・ウェッデル船長はスタッテン島から出帆し、同様にオーロラ諸島のありかを求める旅に出た。彼の報告によれば、ずいぶんと入念に調査を重ね、アトレビダ号の副長が示した地点の真上ばかりでなく、その付近のありとあらゆる方角をめぐっても八方手を尽くしたが、陸地がある気配は皆無であったという。

かくも内容の食い違う報告が相次いだがために、ほかの南洋航海者たちはますますオーロラ諸島をつきとめたくてたまらなくなった。そしておかしなことに、オーロラ諸島が存在するといわれる海域をすみからすみまで航行しても発見できなかった連中がいるかと思えば、いやたしかに目撃したぞ、オーロラ諸島の岸辺近くまで行ったぞとまくしたてる連中もいたのである。ガイ船長*がもくろんだのは、この探検にありったけのエネルギーを注ぎ込み、この奇妙な論争に決着をつけることだった。

*原注：オーロラ諸島に遭遇したと折々に表明している船舶は数多いが、その中でも特筆すべきは一七六九年のサン・ミゲル号、一七七四年のオーロラ号、一七七九年のブリッグ船パール号、それに一七九〇年のドロレス号であろう。これらの船舶はすべて平均南緯五十三度の地点を挙げている点で一致している。

ぼくらは南西の航路を順調に進んだ。気まぐれな天候だった。そしてついに十一月二十日を迎え、ジェイン・ガイ号はいよいよ問題の海域である南緯五十三度十五分、西経四十七度五十八分の地点へ——すなわち、オーロラ諸島の最南端の位置として示される地点の最寄りへ——さしかかった。陸地など影も形もないので、船は南緯五十三度のところで西へ、それも西経五十度のところまで突き進んだ。そして南緯五十二度のところまで北をめざし、そのあと東へ方向転換して、朝晩で海抜が変わっても同高度を取り、惑星や月によって子午線高度を測り同じ緯度を維持した。船は東へ進んでジョージア島の西海岸の経度の方向をめざし、出帆した緯度に戻るまで、その航路を維持した。つぎに船は問題の海域全体に対して対角線状に交わる航路を取り、たえずマストの上から周囲の観察を怠ることなく、ゆうに三週間というもの、これまでにないぐらいじっくりとあたりの検分をくりかえした。この期間はじつに天気も良好で気持ちよく、いささかも靄がかかって視界がかすんだことなどない。もちろん、オーロラ諸島であれ何であれ、かつてはこの近海に存在していたかもしれないにせよ、今日ではその影も形もうかがわれないということで、ぼくらはすっかり納得したものだった。この旅が終わったのちのことである、この時とまったく同じ海域を一八二二年にアメリカのスクーナー船ヘンリー号のジョンソン船長と、同じくアメリカのスクーナー船ワスプ号のモレル船長が探検し、けっきょくはぼくらと同じ結果に終わったのを知ったのは。

第十六章

ガイ船長はもともと、オーロラ諸島のありかについて気の済むまで探求したら、そのあとはもうマゼラン海峡を越えてパタゴニアの西海岸沿いに進む腹づもりであった。ところがトリスタン・ダ・クーニャ島にてひとつの情報を受け取ってからというもの、彼は南の方角へ舵を切り、南緯六十度、西経四十一度二十分に位置する小さな群島を一目見たいと願うようになった。もしもそれらの島々を発見できなかった場合には、季節さえ良ければ、もっと進んで南極にまで到達しようとも画策していた。ゆえに、十二月十二日の時点で、ぼくらは方向転換したのである。十二月十八日にはグラース氏が教えてくれた海域周辺に来ていたので、三日間というもの近辺を探索したものの、彼の言う群島は影も形もない。二十一日にはいつになく好天に恵まれたので、ぼくらは再び南をめざし、この航路のまま行けるところまで行ってしまおうと堅忍不抜《けんにんふばつ》の思いであった。ここから先の体験を述べる前に、この海域に関する発見がどのていど成されてきたのかについてほぼ無関心な読者のために、非常にわずかではあるがこれまでの南極到達の試みについて、簡潔に説明しておきたい。

南極探検の歴史はクック船長をもって嚆矢《こうし》とする。一七七二年、彼は堅忍不抜号《レゾリューション》で南下し、冒険《アドヴェンチャー》号のファーノウ大尉が付き従った。そして同年十二月には南緯五十八度、東経二十六度五十七分の地点にまで到達した。ここでクック船長は厚さ八インチから十インチほどの狭い氷原が北へ南へ広がっているのに出くわした。この氷原は巨大な氷の塊の一群で構成され、ぎっしり密集しているがために、船の針路を阻む難関だった。この時クック船長は鳥の大群などに目を留めてヒントをつかみ、もう陸地はすぐ近くだと考えた。そして空気がどんどん冷えて行くのもかまわず、ひたすら南へ突き進み、南緯六十四度、東経三十八度十四分の地点に辿り着いた。ここに来て気候はおだやかになり、さわやかな微風が吹くこと五日間、温度計は華氏三十六度［摂氏約二・二度］を示していた。一七七三年一月を迎えた時には、船舶は南極圏を通過したのだが、しかしそれ以上先へ行くのは不可能だった。というのも、南緯六十七度十五分の地点にまで来ると、巨大な氷山の一群が行く手を阻み、南の水平線に見渡す限り広がっているのがわかったからだ。氷山のかたちは多様性に富んでいた――巨大な浮氷塊《ふひょうかい》が何マイルも連なって密集し、海面から十八フィートから二十フィートにおよぶ高さで聳え立っていた。やや旬の季節を逃してしまったうえに、これだけみっしりとひしめく氷山群を周回するのはとうてい不可能なので、クック船長は不承不承、北へ戻ることにしたのである。

翌年の十一月にクック船長は南極探検を再開した。南緯五十九度四十分のところで彼は猛烈な海流が南へ流れているのに遭遇した。十二月になると、船舶は南緯六十七度三十一分、西経百四十二度五十四分の地点にさしかかったが、冷え込みが厳しいうえに、強風と霧に悩まされた。ここでも鳥たちがひしめく。アホウドリやペンギン、それに何といってもウミツバメだ。南緯七十度二十三分の地点に出現したのは巨大な氷の群島であり、そのすぐあとに目にした南向きの雲は雪のごとく真っ白で、すぐ近くに氷原があるのを示していた。南緯七十一度十分、西経百六度五十四分の地点に来ると、航海者たちの前には、かつてと同じく、広大な氷原が広がり、それは南の水平線全体を覆っていた。その北端はぎざぎざでぼろぼろだったが、あまりにしっかりとくさび状に連結しているためまったく間を縫うこともかなわないほどであり、それが南方向へ一マイルも延びているのだ。その背後では氷の表面はあるていどなめらかな広がりを見せており、それはやがて、何よりも高く聳える氷山の影の彼方に隠れてしまった。ここでクック船長が到達した結論は、この巨大な氷原が南極へつながっているのであり、そうでなければ何らかの大陸に融合しているのではないか、ということである。J・N・レナルズ氏といえば、そのたいへんな努力と忍耐により、南極探検をも含む国家的探検計画を推進した功労者であるが、その彼が堅忍不抜号の探検については、このように語っている。

「われわれはクック船長が南緯七十一度十分より先には進めなかったと聞いてもまったく驚かない。しかし、西経百六度五十四分の地点に到達したことに驚きを隠せない。パーマーランドは南シェットランド諸島の南方、南緯六十四度に位置していて、どの航海者も行けなかったほどの南西に面している。クック船長が氷で行く手を阻まれた時にめざしていたのは、まさにこのパーマーランドなのだ。しかしそうした挫折も、この地点に関してはつきものというほかない。何しろ一月六日というのは季節として早過ぎたのだ。そして、ここで記述されている氷山の一部がパーマーランドの本体、ないしはそのさらなる南西向きの部分と接合したとしても、まったくおかしくない」

一八〇三年にはクロイツェンスターン船長とリシオースキー船長とがロシア皇帝アレクサンドル一世から世界一周を目的とする旅に出るよう命じられた。南下したものの、南緯五十九度五十八分、西経七十度十五分より先には行けなかった。何しろ東へ流れる強烈な海流に出くわしてしまったのだ。鯨はいくらでもいたが、しかし氷山などはどこにも見えない。この航海をめぐってはレナルズ氏も述べているとおりで、もしもクロイツェンスターン船長が同じ地点に同じ季節でももっと早い時点で到着していたら、まちがいなく氷山に遭遇したであろう――あいにくこの緯度の地点に到達したのは三月だった。南西から吹く風が案の定ますます幅を利かせるようになり、海流も手伝って氷塊をどんどん押し流し、北はジョージア島、東はサンドイッチ島と南オークニー諸島、そして西は南シェットランド諸島に区切られた氷原へと移動させてしまったのである。

一八二二年にはイギリス海軍のジェイムズ・ウェッデル船長が小さな船を二隻引き連れ、それまでの誰よりも南へ突き進んだが、この時もまた、とりたてて難関が立ちはだかったというわけではない。ウェッデル船長によれば、南緯七十二度へ到達するまでは氷山に取り囲まれるのが日常茶飯事だったが、いったんその地点へ到達してしまうと、氷のかけらひとつ見えなくなり、さらに南緯七十四度十五分の地点に来ると、氷原などはいっさいなく、三つほど氷の島が発見されたという。とはいえ、ここでいささか不可思議なのは、そこでおびただしい鳥の群ればかりか、明らかに陸地が近いことを示す徴候を見ているのに、そして南シェットランド諸島では、マストのてっぺんからの報告で未知の海岸が確認されているというのに、ウェッデル船長が南極圏に何らかの陸地が存在するという発想自体を否定するに至ったことだ。

一八二三年一月十一日には、アメリカのスクーナー船ワスプ号を率いるベンジャミン・モレル船長はケルゲレン島から出帆して、出来る限り南下しようと考えた。二月一日に、彼の船は南緯六十四度五十二分、東経百十八度二十七分のところにさしかかった。以後の足取りについては、彼の日記から引こう。

「風はすぐに勢いづいて十一ノットの微風となり、われわれはこの機会に乗じて西へ向かった。南緯六十四度を越えてどんどん南下すればするほど氷にはますますお目にかからなくなるものと信じて疑わなかったため、われわれはいくぶん南の方向へ舵を取り、ついには南極圏を通過し、南緯六十九度十五分の地点に来た。この地点にはまったく氷原はなく、氷の島もほとんど確認できなかった」

三月十四日の項には、こんなことも記されている。「海にはもはや氷原などまったく見えず、氷の島も一ダース以上は存在しない。まったく同時に、空気と水は、われわれがこれまで南緯六十度と六十二度のあいだで感じていたのよりは少なくとも十三度は高く、はるかに温かくなっている。われわれはいまや南緯七十度十四分に位置しており、気温は華氏四十七度［摂氏約八・三三度］、水温は華氏四十四度［摂氏約六・六六度］だ。この位置において、真北と磁北との差角は東へ十四度二十七分……南極圏内において異なる経度のところを通過してみたが、空気と水はいずれも、南緯六十五度を越えて南へ進めば進むほど温かくなり、偏差のほうも同じ割合で縮小していった。この緯度の北、すなわち南緯六十度と六十五度のあいだでは巨大で多様な氷の島々のあいだをいったい船でどう進めばよいかが、往々にして難関であった。というのも、島の中にはそのぐるりを測ると二マイルにもおよび、海面上から五百フィートもの高さにまで聳えているものがあったからだ」

燃料も水もほぼ尽きて、しかるべき手段もなく、しかも季節もずいぶん遅くなっていたので、モレル船長はさらに南下するすべもないまま、眼前に広がる大海を前にしながらも退却するほかはなかった。彼によれば、もしもこれほどに不安材料がなかったら、自分は南極そのものではなくとも、ぎりぎり南緯八十五度の地点にまでは突き進んだろう、とのことである。以上、これほどまでにモレル船長の考えを詳しく述べて来たのは、以後のぼく自身の体験によって、どこまでその考え方が正しかったかを、読者諸兄姉にはわかってもらえるだろうと思ったからだ。

一八三一年にはロンドンの捕鯨船所有者エンダービー社に雇われたブリスコ船長が雑役艇《カッター》を従えてブリッグ船ライヴリー号で南洋へ乗り出した。二月二十八日には南緯六十六度三十分、東経四十七度三十一分の位置に来て、ブリスコ船長は陸地を目撃し、「一面の雪景色のうちに、東南東へ連なる山々の黒い頂がはっきり見えた」と語る。彼はこの近辺に三月のおしまいまで滞在したが、十リーグもないところに海岸があるというのに、とうとう接近することができなかったのは、このころ天気が大荒れだったせいである。この季節にさらなる探検を続けるのは不可能だと判断すると、彼は北へ引き返し、ヴァン・ディーメン島で冬を越すことにした。

一八三二年初頭には、ブリスコ船長は再び南下し、二月四日に南緯六十七度十五分、西経六十九度二十九分の位置に陸地を見つけた。これについてはすぐにも、彼が最初に発見した土地の岬に近い島であることが判明した。二月二十一日には、彼はこの島にうまく上陸を遂げ、時のイギリス国王ウィリアム四世の名において占有し、時のイギリス王妃にあやかりアデレード島と命名した。以上の事実がロンドン王立地理学会に報告されると、同学会は「東経四十七度三十分から西経六十九度二十九分、南緯六十六度から六十七度におよぶ範囲で広がる地続きの陸地が存在する」と結論した。これについてレナルズ氏がこう論評している。「この結論が正しいかどうかについては議論の分かれるところだ。また、ブリスコ船長の発見がこうした推断の傍証になるわけでもない。まさにこの範囲こそが、ウェッデル船長が子午線を南下し、ジョージア島やサンドイッチ島の東へ、ひいては南オークニー諸島や南シェットランド諸島へと赴いた領域だったのだから」

ぼく自身が経験したことから言っても、ロンドン王立地理学会の出した結論は間違ったものだと断言できる。

以上が、緯度を南へ行けるところまで突き進んだ探検の代表的な実例である。そしてここからわかるのは、ジェイン・ガイ号の航海に先立ち、ほぼ経度三百度分の南極圏がなおも踏破されていなかったということだ。もちろん、ぼくらの目の前には広大なる未知の大地が発見されるのを待ち受けている。そしてぼくは興味津々の気持ちで、ガイ船長が断固として南下するぞと決意を新たにしたのをこの耳で聞いた。

第十七章

グラース氏のいう島々の捜索を断念したのち、ぼくらは四日間というもの南下し続けたが、氷のかけらさえ見かけなかった。十二月二十六日の正午には、南緯六十三度二十三分、西経四十一度二十五分にさしかかっていた。ここまで来るといくつか巨大な氷の島が見えたが、流氷のほうはさほどの大きさではない。風は概して南東ないし北東から吹いていたが、至っておだやかなものだった。西風はめったにないとはいえ、たまに吹いて来ると、漏れなくスコールが降って来る。来る日も来る日も、雪には多かれ少なかれ見舞われた。温度計は二十七日には華氏三十五度［摂氏約一・六六度］を示していた。

一八二八年一月一日。この日、ぼくらの船は完璧に氷山に取り囲まれて、お先真っ暗になった。正午前には強風が北東から吹きつけ、そのせいで巨大な流氷が舵と船尾を阻んだが、その時に猛烈な圧力を受けて、ぼくらはみんな、はたしてどうなってしまうのかと恐怖におののいた。夜になると、強風はますます荒れ狂い、目前の氷原がまっぷたつに裂けるほどだった。おかげでぼくらは帆を張り、こまごまとした流氷群のはざまを縫って、何とか海が広がっているところまで突き進むことができた。このあたりに近づくにつれて、帆を徐々に減らしてゆき、ついに行く手を遮るものがなくなると、前檣も縮帆して停泊した。

一月二日。しのぎやすい気候になった。正午には南緯六十九度十分、西経四十二度二十分の位置におり、すでに南極圏を横断している。巨大な氷原をあとにして、さらに南の方角へ目をやると、氷はほとんど見えない。この日は二十ガロン入る鉄製ポットと、二百尋におよぶロープを利用して、測定装置をこしらえた。現在の海流は北の方角へ時速四分の一マイルで進んでいる。気温は目下、華氏三十三度［摂氏約〇・五五度］。偏差は方角にして東へ十四度二十八分。

一月五日。すでに大した障害物はなくなり、ますます南下していく。しかし今朝は、南緯七十三度十五分、西経四十二度十分の位置にさしかかると、またしても巨大で硬質の氷原が立ちはだかり、足止めを食らう。にもかかわらず、南の方角には海が広がっているのがわかっているので、いずれはそこまで行き着くだろうと信じて疑わなかった。流氷のへりに沿って東の方向を維持して行くと、ついに幅一マイルほどの抜け道に辿り着いたので、そこを通り、日没まで這うように進んだ。いまいる海域は氷の島でみっしり覆われており、氷原はない。そしてぼくらはこれまでと変わらず、力強く突進していくばかりだ。寒さのほうはこれ以上ひどくなる気配はなかったが、いっぽうでは雪がしんしんと降り続けるばかりか、雹《ひょう》混じりの猛烈なスコールが襲って来る。しかも今日は、アホウドリの大群が南東から北西へと飛翔し、船の真上を横切って行った。

一月七日。海はなおも広々と見渡せるため、航路を保つのに何の支障もない。西方にはとんでもなく巨大な氷山がいくつも聳えており、午後にはそのひとつの脇を通り過ぎたが、その高さときたら少なく見積もっても海上より四百尋は下らない。その周囲は最底辺のところでおそらく四分の三リーグにはなるだろう。その両側の裂け目からは、海水がどぼどぼ流れ出ている。二日ほどはこの島が視界にあったが、やがて霧の中に消えた。

一月十日。今朝早く、乗組員がひとり海の藻屑と消えた。ピーター・ヴレデンバーグという名のニューヨーク出身のアメリカ人であり、この船きっての有能な船乗りのひとりだった。舳先を点検しているさなか、足を滑らせて二つの氷塊のはざまに落ちてしまい、二度と浮かび上がってこなかったのである。この日の正午の時点で、位置は南緯七十八度三十分、西経四十度十五分。寒さは耐え難いほどになり、霰混じりのスコールが北から東から降り注ぐ。この方向にふたたびますます巨大な氷山がいくつかお目見えし、東の方角の水平線は至るところ、いくつもの層を成して聳える氷原で閉ざされているようだった。夜のあいだには流木が漂い、大量の鳥がやってくる――オオフルマカモメやミズナギドリ、アホウドリ、それに名前はわからないが鮮やかな青い羽毛をたたえた巨大な鳥など。この方角をめぐる偏差は、以前の南極圏を横断する前の時点よりも少なくなっている。

一月十二日。南下の旅は雲行きが怪しい。というのも、南極の方角にはむやみに巨大な流氷が見えるばかりで、その背後にはぎざぎざの氷山が聳え立ち、そのうちのひとつの絶壁が怖いほどに突出している。ぼくらは十四日までは西の方角へ進み続け、どこかに入口がないかと期待したものだった。

一月十四日。今朝、ぼくらは行く手を阻む氷原の西端へ到達した。その風上を通ると、氷のかけらひとつない海に出る。二百尋の水深を測ってみると、ここでは海流が南の方角へ時速半マイルで進んでいるのがわかった。気温は華氏四十七度［摂氏約八・三三度］、海水の温度は華氏三十四度［摂氏約一・一一度］。南へ航海していったが、こんどは何一つ行く手を遮るものはなく、その状態は十六日の日の正午に南緯八十一度二十一分、西経四十二度の地点にさしかかった時点まで続く。ここで再び水深を測ってみると、海流は南に進んでおり、時速四分の三マイルだと判明した。方角に関する偏差は減少しており、気温もおだやかで心地よい。温度計は華氏五十一度［摂氏約一〇・五五度］の高温を示す。この時には、あたりには氷などまったく見られない。乗組員はひとり残らず、いよいよ南極へ到達できるのだと確信した。

一月十七日。今日はいろんな出来事があった。たくさんの鳥たちが南からやって来て、ぼくらの頭上を飛び去って行った。そのうちの何羽かはこの甲板から射止めた。一羽はペリカンの一種で、食べてみるとこれがじつに旨《うま》いのだ。真昼になると、左舷の舳先の方へ小さな流氷が漂って来るのがマストの先から見て取れたが、そこには何と巨大な動物が乗っていた。晴れてほぼおだやかといってよい気候であったから、ガイ船長はボートを二艘出して、そいつがいったい何なのかを突き止めようとした。ダーク・ピーターズとぼくは航海士に付き添い、そのうち大きい方のボートに乗った。そして流氷に追いついてすぐにわかったのは、そこに陣取っているのがホッキョクグマの同類に属する巨大生物ながら、その種族の中でも最大の部類をさらにしのぐほどにでっかいことだ。こちらはしっかり武装していただけに、いささかもためらうことなく何発か銃弾を続けざまに放ったところ、その大半はどうやら頭と胴体にみごと撃ち込まれたらしい。ところが、いささかもひるむことなく、この巨大グマは流氷から這い出すと顎をあんぐり開けたまま泳ぎ出し、ぼくらが乗っているボートめざして向かって来るではないか。まったく思いがけない展開だったので、あまりにあわてふためいた乗組員たちは二発目を撃つことができず、クマはといえばまんまとその巨体の半分を船縁《ふなべり》に乗り上げ、ある乗組員の背後から腰のくびれ部分を摑み、ぼくらのほうはもはや打つ手もなくなった。この極限状況を危機一髪で逃れることができたのは、何と言ってもピーターズの敏捷《びんしょう》迅速なる行動のおかげである。この巨獣の背中に飛び乗るや、彼はその首の背後からナイフの刃を突き刺し、一気に脊髄《せきずい》を射止めたのだ。野獣は息絶え難なく海へと落下したが、そのさい、ピーターズをも道連れにしようとした。ピーターズはすぐに持ち直し、ボートに戻るさい、投げられたロープでこの巨獣の死骸を捕獲してしまった。かくしてぼくらは意気揚々とスクーナー船に戻り、この戦利品を引っ張り上げたものである。きちんと測ってみると、このクマは体長十五フィートもの大ものだった。その体毛は純白だったがきめが粗く、ちぢれて硬かった。その眼ときたら血のように赤く、ホッキョクグマよりも大きい――鼻先はまるまるとしていて、ブルドッグみたいだ。こいつの肉は旨かったが、ひどく鼻をつき生臭かったのはたしかだ。にもかかわらず、乗組員たちはみんなこいつを貪欲なまでに堪能し、美味しい美味しいといってはばからなかった。

ぼくらがこの収穫に舌鼓を打つやいなや、マストの尖端にいた乗組員が「右舷の舳先に陸地だ！」と叫んだ。みんな一斉に緊張し、折しも北風と東風に恵まれたおかげで、船はたちまち岸辺に接近した。それは決して高くない岩だらけの小島で、一周すれば一リーグぐらいであろうか。チクチクする西洋梨みたいな果物のほかには、植物は影も形もない。北側から近づいていくと、奇妙な格好の岩棚が海に突き出していて、綿花を梱包した俵の一群にそっくりだ。この岩棚を廻って西へ行くと小さな湾があり、その奥のところが絶好の停泊地となった。

この小島の隅から隅まで探索するのには、さほどの時間はかからなかったが、それでは観察に価するものがあったかと言えば、ひとつしかない。小島の南端、岸辺の近くに、まばらな小石の山に半ば埋もれていた木の断片が、それだ。どうやらカヌーの舳先の一部分らしい。そこに何らかの彫刻を施した跡があるのは明らかであり、ガイ船長はそこに亀のかたちを見て取ったが、その喩《たと》えはぼくにはあまりしっくりこなかった。このカヌーの舳先以外に、ぼくらはいわば先人が残した足跡のようなものにはいっさい出くわさなかった。岸辺のあたりには時として小さな流氷を見つけることもあったが――きわめて稀なケースでしかない。この小島に対して、ガイ船長は船の共同所有者の名前にあやかり「ベネット島」なる名称を授けたが、その正確な位置はといえば、南緯八十二度五十分、西経四十二度二十分である。

ぼくらはいよいよ、これまでの航海者よりも八度分南下したが、海はなおも眼前に広がっていた。進めば進むほど、方角の偏差は一様に減少していき、しかもさらにびっくりしたことには、大気の温度と海水の温度とが、ともにしのぎやすくなっていく。気候は快適と言ってもまったくおかしくない。そしてコンパスの北の方角からはとても心地よい風が吹いている。空はいつも変わらず晴天で、南の水平線が時折、うっすらとかすんで見える程度だ――もっとも、長続きするわけではない。だがここで、ふたつほど問題が生じた。船の燃料が足りなくなってきたこと、そして乗組員の中に数名ほど、壊血病の徴候を示す者が見られるようになってきたことだ。それにはガイ船長も心を悩ませ、引き返したほうがいいのではないかとしきりに口にするようになる。ぼく自身の立場からいえば、この航路の先に何らかの陸地が出現するのはまちがいない、しかもそれは高緯度の北極圏にあるような不毛の大地であるわけがないと確信していたので、やんわりと船長の説得にかかり、少なくともあと二日間ほどこの方向へ突き進んだほうがよいと提案した。南極大陸をめぐる大問題を解決する最大のチャンスが舞い込んだというのに、あろうことかぼくらの船長がびくびく怖じ気づくばかりか時宜を得ない判断を下そうとしているのに対して、ぼくはがまんしきれなくなっていたのだ。この件ではどうしても船長に言いたいことをまくしたてたので、最終的にはそれが功を奏したらしい。それゆえ、ぼくの提案だっただけに、その直後から引き起こされることになる悲劇的かつ残虐きわまる一連の事件については、ただただ後悔するばかりだが、にもかかわらず、自分がこれまでまったく顧みられなかった世界最大の秘密を切り開き、科学的関心を呼び起こす一助たりえたことには、深く満足しているといってもかまうまい。

第十八章

一月十八日。今朝はさらに南下を続けたが、変わらず快晴であった。海は静まり返っており、じゅうぶん温かい空気が北東から流れて来る。水温は華氏五十三度［摂氏約一一・六六度］。もういちど測定器を海中へ下ろし、ロープで百五十尋ほども行くと、海流はいまや時速一マイルで南極へ向かっているのがわかった。風向きにしても海流にしても、そろって南をめざしているという事実を前に、スクーナー船のさまざまな部署において思案のしどころとなり、警戒心すら高まったのだが、ガイ船長本人はまったく意に介さずという風情。とはいえ、船長は嘲笑されるのをえらく気に病むタイプであったので、ぼくはとうとう彼に笑ってくよくよ心配などせぬよう説き伏せた。偏差はいまやほんの僅かとなった。この航路を行くうちに、巨大な正真正銘のセミクジラや数限りないアホウドリが船のわきを通り過ぎていくのを目撃した。このころ拾い上げたのは、セイヨウサンザシそっくりの赤い木の実がたわわになった灌木と、じつにおかしな形状の陸上動物の死骸である。長さ三フィートながら高さ六インチ、四肢はいずれも短かったが、それぞれには鮮やかな緋色の長い鍵爪があり、サンゴと同じ成分で出来ているかのように見えた。その全身はまっすぐで柔らかく純白の毛でおおわれていた。尻尾はネズミみたいにとんがっており、一フィート半ほどあった。頭部はネコそっくりだったが、耳の部分はちがっている――むしろイヌの耳のようにはためいていた。歯はその鍵爪とまったく同じ強烈な緋色だった。

＊原注：朝と晩という表現を用いるさいには、混乱せぬよう心がけている。この手記においては、可能な限り、通常の意味では受け取るべきでないのは、言うまでもない。これまで長いあいだ、ぼくらには夜というものがなく、白昼がえんえんと続いて来た。日記の日付はすべて一貫して航海時間であり、方角はすべてコンパスに準じているものと理解されたい。ここでさらに付記しておきたいのは、手記の最初の部分においては日付や緯度や経度については正確を期すつもりはなく、定期的に日記をつけるようになったのはこの最初の部分が扱う期間が終わったあとだということだ。多くの場合、ぼくは何から何まで記憶を頼りに綴っている。

一月十九日。本日、南緯八十三度二十分、西経四十三度五分に来て（海面はおそろしく黒ずんで見えた）、またしてもマストの上から陸地を目にしたので、近づいて確認してみると、巨大な群島のひとつであるのが判明した。岸辺は断崖絶壁状で、内陸は鬱蒼たる森のように思われたので、ぼくらはみんなわくわくした。この島を発見してから四時間ほど過ぎてのち、十尋ぐらいの深さに錨を下ろす。そこは岸辺からは一リーグほどの距離があったが、海底は砂で出来ていた。ちょうど高波で海面のそこらじゅうにさざ波が立ち、それ以上島に接近するのは難しそうだったからだ。二艘の最大級のボートが繰り出され、ピーターズとぼく自身を含む武装部隊が島を取り囲む浅瀬にどこか開けているところがないかと探しまわる。しばらく手を尽くした結果、入江があったのでそこへ入っていったところ、岸から派遣された大きなカヌー四艘に出くわす。そちらにも武装した連中がひしめいていた。連中が接近するのを待っていると、奴らは全速力で、声の届くところまでやって来た。ガイ船長がオールの水かき部分に白いハンカチを括り付けて高々と掲げると、奴らはぴったりと停止し、大声でわけのわからないことをわめき始め、時として叫び声すら入り交じるほどだった。聞き取れたのは「アナムームー！」とか「ラーマラーマ！」といった叫びぐらいだ。連中はこれを少なくとも三十分ほど続けたので、そのあいだ、ぼくらは奴らの見てくれについてじっくり観察できたというものだ。

連中の四艘のカヌーは、それぞれ長さ五十フィート、幅五フィートといったサイズだが、そこには百十名もの野蛮人がぎっしり乗っていた。身の丈そのものは平均的なヨーロッパ人と変わらないが、筋肉質の図体《ずうたい》において、はるかに優っていた。肌の色は漆黒で、髪は分厚く長い縮れっ毛だ。身を包んでいるのは怪しげな黒い獣の皮で、もこもこしている。その皮は何らかのコツによって連中の身体をぴったり覆っており、毛皮部分が内部に来るよう仕立てられていたが、首まわりと手首、足首まわりの部分だけは毛皮が剝き出しになっていた。奴らの武器は主として真っ黒で重々しく見える棍棒《こんぼう》である。中には槍《やり》もちらほら交じっており、その切っ先には火打石と投石器《パチンコ》が付いている。カヌーの船底は大きな卵ほどの黒い石でいっぱいだ。

連中がその大演説を終えると（わけのわからない雄叫《おたけ》びはまさにそう受け取られるべく仕組まれたのだ）、首長と思われる男がカヌーの船首に立ち上がり、ぼくらのボートを自分たちのわきにつけるよう合図をした。この身振りによる合図について、ぼくらが当初よく理解できないふりをしたのは、連中が人数の点で四倍以上もいるのだから、可能な限り距離を保ったほうが懸命ではないかと考えたためだ。相手の首長はどうやらそうした事情を呑み込んだらしく、ほかのボート三艘以外は前進を控えるよう命じ、自分のボートだけをこちらへ近づけた。そしてぼくらのほうに追いつくと、こちらのボートのうち最大の船に飛び乗り、ガイ船長のわきに座ると同時に当方のスクーナー船を指差して、さっきと同じ言葉をくりかえしたのだ――「アナムームー！」「ラーマラーマ！」ぼくらが船へ引き返すと、カヌー四艘はいささかの間隔を置きつつ、追いかけて来た。

自身の船を横付けするやいなや、首長は欣喜雀躍《きんきじやくやく》した徴候を示し、拍手したかと思えば腿《もも》や胸をピシャピシャ叩き、ギャハギャハと呵々大笑《かかたいしよう》してみせた。首長の仲間もその歓喜の表現に加わり、しばらくのあいだというもの、この乱痴気騒《らんちき》ぎはあまりにもエスカレートして耳をふさぎたくなるほどであった。ようやく以前同様静かになると、ガイ船長は用心には用心を重ねるべく、われわれのボートぜんぶを船に乗せてしまい、首長（その名が「トゥー・ウィット」であることはすぐに判明した）に対しては、ここには一度におまえの仲間二十名までしか乗船させてやれないからな、と宣告した。この取り決めに首長はじゅうぶん納得したらしく、仲間のカヌー船隊へ指令を出し、その結果、うち一艘は接近して来たが、残りの三艘は五十ヤードほど離れた地点に停泊し続けた。いまや二十名もの野蛮人たちが乗船し、甲板上のいたるところをぶらつき始め、艤装の中を動き回ったが、そのようすはあたかも勝手知ったる他人の家といった風情であり、彼らはひとつひとつの用具をじっくり調べ上げていた。

この野蛮人たちがこれまで一度として白人というものに出会ったこともなかったのは、火を見るよりも明らかだった――何よりも白人の肌の色を目にしてたじろいだのはまちがいない。奴らはジェイン・ガイ号を生きものだと思い込み、こいつに槍の切っ先を突き刺しでもしたらたいへんなことになるぞと懸念するあまり、上向きに立てていたのだ。こちらの乗組員たちはトゥー・ウィットがとあるふるまいをするのを見て大いにおもしろがった。厨房《ちゆうぼう》の近くで料理人が薪《まき》を割っていたのだが、まったくの手違いで斧を甲板に打ち付けてしまい、しかも相当に深く切り込んでしまったのだ。首長はすぐさま駆けつけ、料理人をいささか手荒にわきへ除けて、半ばすすり泣くかのような、半ば吠えるかのような声をあげ始め、これをジェイン・ガイ号自身の負傷だと信じ込んで同情をあらわにし、甲板への切り込み跡を傷口でもあるかのように撫《な》でさすって痛みを取り除こうとし、目の前にあったバケツから海水を汲んでは洗浄したのだった。これほどに首長が無知蒙昧《もうまい》であるとはまったく予想もしなかったことで、ぼく自身にはいささかわざとらしくすら見えた。

海面上の船体がどうなっているのかという好奇心が最大限に満たされると、連中は船倉のほうへ通されたが、その時に彼らが驚いたことといったら、とめどもなかった。何しろ、あまりにびっくりして言葉も失ったようなのだ。それは、連中がみんな、無言のままあちこちをほっつきまわり、時折、低い叫び声をあげるにとどまったことからも一目瞭然。そこに積載された武器のたぐいを見た彼らはあれこれ考え始めたようで、それらを気ままに手に取り調べることも許された。数々の武器をいったいどう使うのかについては、いささかもわかっていなかったと見えるが、連中はぼくらがそれらをいかに大事にしているか、いかに注意深く機能を確認しつつ取り扱っているかを見て、武器を一種の偶像のように崇《あが》めるようになったのだ。高性能の銃に対しては、連中の驚きも倍加した。それを取り扱うにあたっては何よりも深い崇敬の念と畏怖の念を全面的に示したが、細部まで吟味するのは差し控えたほどなのだから。船室の中には大きな鏡が二つあり、それを見つけた時には、連中の驚きは絶頂に達した。まずはトゥー・ウィットが鏡に近づくため、船室の中央に進むと、片方の鏡に自分の顔が、もう片方の鏡に自分の背中が映ったが、そのことにちゃんと気づくまでには時間がかかった。自分の目を上げ、鏡に映った自身のすがたを目にして、この野蛮人は頭がおかしくなってしまうのではないかと思ったものだ。しかし、すぐに背を向け退散しようとするやいなや、自身のすがたがまたしても反対向きになっているのを鏡の中に見出して、この首長はまさにその場所で事切れてしまうのではないかと、やきもきもした。どんなに説明したところで、彼は二度と鏡を見ることはできまい。だが、首長は床にぱたりと倒れると、両手に顔を埋《うず》めたまま身じろぎもしなくなったから、のちにぼくらはその身体をずるずる甲板へ引っ張り出さねばならなかった。

一度に二十名ずつという条件で、最終的に野蛮人全体がジェイン・ガイ号に乗ることになったのだが、そのあいだというもの、トゥー・ウィットはずっと意識不明のままだった。連中の中には盗癖のある者は見当たらず、下船したあとに忘れ物をしていった者もいない。ジェイン・ガイ号へ表敬訪問しているあいだじゅう、連中はこれ以上ないほどに友好的にふるまっていた。とはいえ、連中の態度には、いささか解しがたいところもある。たとえば、船にはいくつか武器ならぬ無害な物品、たとえばスクーナー船用の帆とか卵とか日用品とか小麦粉鍋とかがあり、それらについては見せてはやれなかった。そうした物品を見せることで連中が交易上有益と見なすものがあるかどうか確かめようとしたのだが、しかしこちらの意図をわかってもらうのは一苦労どころではない。もっとも、ぼくらのほうで驚嘆すべき発見もあった。それはここの群島にはガラパゴス諸島の巨大亀がたくさんいるということだ。そのうちの一匹は、トゥー・ウィットのカヌーの中で見かけた。さらには、野蛮人たちがナマコ《ベーシュ・ド・メール》を手にして、まったくナマのままでむさぼっているのも目にした。まさに類を見ないもの珍しい行動であり、それは緯度の点から考えても珍奇と呼ぶほかなかったが、しかしまさにこうした奇行を目にしたからこそ、ガイ船長はこの地域を徹底調査し、その発見に賭けることで手柄をあげたいと望むようになる。ぼくはといえば、この群島についてもっともっと知りたいのはやまやまなれど、やはり南下の旅をぬかりなく続けることのほうがはるかに大事ではないかと感じていた。天候には恵まれていたけれど、いつまで保つかはわからない。そして、すでに緯度八十四度の地点にさしかかり、目前には大海が広がって、海流は南へ強く流れ、風にも何ら不都合はないとなれば、乗組員の健康のため必要な以上に、そして燃料や新鮮な食糧を船へ積み込むのに必要な以上に、この地に長々と留まるなどという考えには、耳を貸すわけにはいかない。そこでぼくはガイ船長にこう進言した――ぼくらは帰りの航海の途上でここを再訪すればいいでしょう、氷で閉ざされた場合はここで越冬してもいいのですから、と。ガイ船長はけっきょくはぼくの意見を受け入れ（というのも、どういうわけかわからないけれど、ぼくはいつしか船長へ絶大な影響力を及ぼすようになっていたのだ）、最終的にはこんな方針が決まった――ナマコ《ベーシュ・ド・メール》が見つかった場合でも、ぼくらはここに一週間ほど滞在してリフレッシュすればよく、そのあとには可能な限りどんどん南下するのだ、と。したがって、ぼくらはありとあらゆる準備を整え、トゥー・ウィットの案内により、ジェイン・ガイ号で浅瀬の安全地帯を進み、岸辺から一マイルほどのところに投錨《とうびょう》したのだ。ここは群島の主島南東の海岸に位置し、四方を陸に囲まれたすばらしい湾で、水深十尋、海底部分は黒砂だった。この湾の岬にはおいしい水をたたえているという噂《うわさ》の美しい泉が三つあり、その近くには豊かな森が広がっていた。連中のカヌー四艘は、一定の距離を保ちながら、ジェイン・ガイ号を追いかけて来る。トゥー・ウィットはこちらの船に残り、ぼくらが投錨すると、自分についてこい、内陸にある彼の村へ来ないかと海辺で手招きした。ガイ船長はこの申し出を受け入れたので、原住民十名は捕虜として船に残り、全十二名からなるぼくらの一団がこの首長のあとについていくことになった。武装こそ怠らなかったが、いささかも不信感をあらわにすることはなかった。ジェイン・ガイ号にはもう銃は残っておらず、乗船網も巻き上げ、万が一の場合に備え、ありとあらゆるしかるべき予防措置が取られていた。一等航海士に対しては、船長たちが留守のあいだはいかなる人間も乗船させてはならぬという指示が下っていた。そして、万が一ぼくを含む船長たちの一団が十二時間以内に戻ってこなかった場合には、回転砲架《ほうか》つきの小型縦帆船を出して島の周囲を廻り捜索せよ、という指示も。

島の内陸へ進めば進むほどに、ぼくらはいま、文明人がこれまで訪れたいかなる国とも異なる秘境へ入り込んでいるのだという確信が強まった。ここで見るものはすべて、これまで慣れ親しんだ世界とは縁もゆかりもない。樹木の育ち方ひとつを見ても、熱帯や温帯、北半球の寒帯の常識は通用しなかったし、ぼくらがすでに通過してきた低南緯地帯ですらお目にかかったことはない。岩石そのものがその塊全体においても色彩においても成層の具合においても奇妙奇天烈だった。川の流れにしても、見たところじつに信じがたいもので、ここ以外の風土の川とはほとんど共通するところがないため、その水を飲んで良いのかどうか半信半疑になり、じっさいこうした水の味こそが正真正銘の自然の味なのだとは、なかなか信じられなかった。行く手を横切る小川では(これが最初に出くわした小川だった)、トゥー・ウィットとその随行者たちが立ち止まってその水を飲む。その水が何ともおかしな性質を呈しているがために、ぼくらはそれが汚染されているのではないかと勘ぐり、断固飲むまいとした。しばらくあとになってからのことである、ぼくらがようやく、これこそはこの島一帯の川独自の様相なのだということを理解したのは。ではこの液体がどのような特質を備えていたのかをはっきり述べよと言われても、答えに窮する——贅言《ぜいげん》を費やすしかないのだ。水はふつうの川と同じくすべて下流方向へと猛スピードで流れていくものの、滝にでもさしからない限りは、ふだん透明に見えることなどまったくない。ところが、じっさいのところこの川は、よく見る石灰水ほどに完璧に透明なのであり、ちがいといったら見た目の問題でしかない。一瞥するだけでは、そして下流がほとんど見通せない場合には、ふつうの水にアラビア・ゴムが濃密に混合したかのように見えると表現するのが、理にかなっているだろう。ところが、こんな現象はこの島における水の珍奇なる特質すべてを考えたら、まったくの序の口にすぎない。色彩がないというわけでもなければ、一定の色彩をもつわけでもない——その水の流れを目で追いかけていくと、玉虫色の絹糸のごとく、紫色をめぐるすべてのスペクトラムが展開されていくのだ。このように千変万化するスペクトラムを目の当たりにするとぼくらの一団はまさに驚天動地の衝撃を覚えるのだが、それはトゥー・ウィットが鏡に接して卒倒してしまったのと大差あるまい。試しにたらい一杯の水を入れ、波風立たぬかたちで観察してみてわかったのは、この液体全体がさまざまな水脈から成り立ち、その水脈ひとつひとつが独自の色彩をそなえていること、それぞれの水脈は互いに混じり合わないこと、そしてそれぞれの水脈を成す粒子に関する限りその凝集力は完璧なるも、隣接する水脈に対しては不完全でしかないことであった。それら水脈群を横切るようにナイフの刃を差し込んでみると、人間の傷の場合と同様、水はたちまちその切り込みを覆い隠すが、それではとナイフを引き抜いてみると、その形跡は瞬時にして抹消されてしまう。しかし、もしもナイフの刃がふたつの水脈のはざまに正確無比なかたちで振り下ろされたとすれば、水脈は完全に分離してしまい、さしもの凝集力もすぐには繕えない。かくも特異な性質を示す水こそは、ぼくがこれから先、取り囲まれることになる大いなる奇跡現象の連鎖の第一弾であった。

第十九章

めざす村に着くにはほぼ三時間を要した。なにしろ内陸に入って九マイル以上も歩かねばならなかったし、そこへ通じる道もデコボコの土地を縫っていたのだから。先へ進む途上で、トゥー・ウィットの一団(カヌーに乗っていた全員だから百十名ほどの原住民全体)には時折、二名から六、七名におよぶ小人数の派遣隊が入って膨れ上がった。連中はあたかも偶然であるかのように道中のいろんな曲がり角から加わって来たのだ。だが、どうもそうした動きの背後には何らかの策謀が張り巡らされているようにしか思われず、連中に不信感を抱かざるをえなくなったぼくは、そうしたもやもやをガイ船長に向かって打ち明けた。だが、すでに引き返すには遅すぎた。ゆえにぼくらが心に決めたのは、身の安全をしっかり守るにはトゥー・ウィットに対して全幅の信頼を置くのが一番だ、ということだった。そのように取り決めると、ぼくらは歩みを進め、原住民たちの立ち居振る舞いにはくれぐれも用心し、断じて連中がぼくら一行のあいだに割り込んで分裂させるようなことは許さなかった。かくしてぼくらは険しい峡谷を通り抜け、ついにこの島唯一の集落と言われる場所へ辿り着く。ぼくらのすがたを目にした村長は雄叫びをあげ、「クロック－クロック」なる言葉を何度もくりかえした。ひょっとしたらそれはこの村の名前か、村一般を示す属称だったのかもしれない。

村の住居はみな、考え得る限り最もみすぼらしい様相を呈しており、これまで人間が出くわしたいかなる下等の野蛮人の住居ともちがって、統一性というものが見られなかった。その何軒かは(島の支配者たるワンプー族ないしヤンプー族に属しているらしい)根元から四フィートのところで切断した樹木で出来ていて、その全体を覆っている黒皮は幾重にも折り畳まれるようにして地面へと垂れ下がっている。その下にこそ原住民たちが暮らしているというわけだ。それ以外の住居はといえば、ざっくり切った木の枝を何本も組み合わせて作られていて、その上には萎《しな》びた大量の木の葉が覆いかぶさり、きっかり四十五度の角度で、粘土をこねて盛り上がった塚にしなだれかかっている。この塚にはとくに決まった型はないものの、五、六フィートの高さがある。さらにその他の住居を見るに、地面に垂直に掘った穴を何本かの枝で覆ったものもある。住人が来たら、これらの枝はぜんぶ取り去るのだが、いったん住人が中に入ったとなれば、それで再び穴をふさぐのだ。ほかの数軒は樹木の枝が分岐しているところに建っており、上の方の枝が何本か部分的に切断されて下の方の枝へたわみ、荒天から身を守るシェルターを構築していた。しかし大半の住居は小さくて浅い洞窟から出来ており、黒石から成る険しい岩棚の表面を引っ掻いて掘ったかのようだった。この黒石は粘着性の強いフーラー土そっくりで、それによって村を囲む三つの断崖は結合しているのだった。これら原始的な洞窟の入口には小さな岩があり、それはそこに住む者が去り際に注意深く置いていったものなのだが、いったい何のためにそんなことをしたのか、さっぱりわからない。というのも、その岩は洞窟の入口の三分の一以上を閉め切るには寸足らずだったからである。

この場所をもし村の名で呼ぶに価するとすれば、その位置は非常に深い谷の奥で、南から来るしかない。というのは、すでに述べたとおり、そこには険しい岩棚が屹立《きつりつ》しており、南以外の方向から来る道をいっさい閉ざしてしまっているからだ。谷の中央には、これも前述した魔法の水をたたえる小川がごうごうと流れていた。集落のまわりには奇妙奇天烈な動物がうろつきまわっていたが、みな完全に家畜化されているとおぼしい。中でも一番図体のでかい奴は、その体形のみならず鼻のつくりがわれわれのよく知るブタにそっくりだ。しかし尻尾のほうはモジャモジャしていて、四肢はレイヨウぐらいにほっそりしている。その動きときたらぎこちないばかりか優柔不断を絵に描いたようで、こいつが走るのはついぞ目にしなかった。見かけがよく似た動物はほかにも何匹かいたけれど、そいつらのほうはもっとずっとでかくて、全身黒い体毛に覆われていた。ありとあらゆる家禽《かきん》があちこち走り回っており、こいつらこそは原住民の主食になるらしい。びっくりしたのは漆黒のアホウドリが完全な家禽にされていたことで、奴らの場合は定期的に海へ出てエサを捕まえるのだが、しかしたえずこの村へ帰巣し、付近の南海岸で卵を孵化させている。岸辺ではアホウドリと親しいペリカンたちと合流することもあるのだが、後者のほうは断じて原住民の集落にまではやって来ない。ほかの家禽としては、まずカモ。こいつになると、北米で見かけるオオホシハジロとほとんど変わらない。つぎにクロカツオドリ。加えて、見た目はタカに似ていなくもないが肉食ではない巨鳥。魚も盛りだくさんだ。この村に滞在しているあいだ数多く目にしたのは干したサケにイワウオ、アオイルカ、タイセイヨウサバ、カワマス、ガンギエイ、アナゴ、テングギンザメ、ボラ、シタビラメ、ブダイ、カワハギ、ホウボウ、タラ、カレイ、それにオニカマスなどおびただしい限り。そこで気づいたのは、ここの魚類が南緯五十一度のオークランド諸島にいる魚類とよく似ていることだ。ガラパゴス産の亀もじつにたくさんいた。野生動物に出会うことはほとんどなく、そうした機会があったとしてもサイズが小さいばかりか、慣れ親しんできたたぐいのものではない。おそろしい形相のヘビが一、二匹、行く手をさえぎったが、原住民たちは目もくれないので、毒ヘビではなかったのだろう。

トゥー・ウィット一党とともに村へ近づくにつれて、たくさんの群衆がぼくらのほうへ押しかけ、わいわい叫び始めたが、その中で聴き取れたのは無限にくりかえされる「アナムームー！」と「ラーマラーマ！」のみだった。ここでびっくりしたのは、いくつかの例外こそあれ、この新たに押し寄せた連中というのが一糸まとわぬ裸で、獣皮をまとっているのはカヌーの乗組員たちだけだったことだ。この地域ではすべての武器はカヌーを操る連中が独占しているらしい。なにしろ村民たちには武器など影もかたちもないようすだったのだから。女子供がひしめくなかでも、とりわけ女たちには個性的な美しさといったものが見られないわけではなかった。彼女たちは背筋がまっすぐで、みな背が高いばかりか見目麗しく、その優雅で自由な身のこなしは文明社会ではついぞ見かけなくなったタイプのものであった。とはいえその歯は、男の原住民と同じく、部厚くて不格好なため、笑う時には歯がぜんぶ剝き出しになるのだった。髪の毛は男たちよりもきれいだ。村民たちはほとんどみんな裸ではあったが、そのうち十名から十二名ほどはトゥー・ウィット一党と変わらず、黒い獣皮をまとい、槍と重そうな棍棒で身構えていた。この武装村民たちが絶大な影響力をふるっているようで、みんなから「ワンプー」なる敬称で呼ばれている。そしてこの連中こそが黒い獣皮の宮殿に暮らしているのだ。トゥー・ウィット自身の住居は村の中央にあり、ほかの住居に比べてその大きさにせよ造りにせよはるかに上回っていた。家の土台を成す樹木はその根元から十二フィートかそこらのところで切断されており、切り口の真下に残ったいくつかの枝は天蓋《てんがい》を広げるのに絶好なばかりか、天蓋が幹のところではためくのを抑える効用があった。

そしてその天蓋を成す四枚の巨大な獣皮はぜんぶ木の串でしっかり打ち付けられており、その底の部分はペグで直接大地にしっかりと固定されていた。住居の床は絨毯代わりに乾燥した葉っぱがたくさん敷き詰められていた。

この小屋にはじつにうやうやしく通された。そしてとんでもなくたくさんの原住民たちが押し合いへし合いしていた。トゥー・ウィットは葉っぱの絨毯に座ると、ぼくらにもそうするよう勧めた。言われるとおりにしてみたけれども、しかしすぐにもわかったのは、きわめて危ういというわけではないが、われわれが実にやっかいな状況に置かれているということだ。そこに腰掛けたぼくらは総勢十二名、原住民たちのほうは四十名もいて、ぼくらをぴったり取り囲むかのようにあぐらをかいていたため、万が一衝突が起こった場合には、こっちから武器を掴み一気に立ち上がるのは不可能と思われた。圧力はテントの内部のみならず、おそらくはこの島民すべてが暮らす外部でも感じられ、群衆はトゥー・ウィットがしきりに配慮しつつ怒鳴りつけるので暴虐を働くには至らない。ぼくらが何とか安全を保っているのは、こちら側にトゥー・ウィットがいるためであり、だから彼を裏切らないようぴったり身を寄せるのがこのジレンマを抜け出す最上の方策だった。少しでも敵意がうかがわれたら、すぐにもトゥー・ウィットを盾にするつもりだったのだ。

多少のイザコザはあったものの、やっとのことであたりが再び落ち着くと、首長がぼくらに向かって長々とあいさつをしたのだが、それはカヌーの上で行われた演説にほぼそっくりだった。例外は「アナムームー！」なる叫びのほうが「ラーマラーマ！」よりもはるかに勢力を増してきたことだろうか。ぼくらが黙りこくって首長の演説を聞き終えたところで、ガイ船長はお返しに首長に向かい永遠の友情と親善を約束し、そのしめくくりに、青いビーズの首飾りを数点とナイフを一丁、贈呈した。首飾りについては、まったくあきれたことに、鼻でせせら笑うかのような仕草を示したが、いっぽうナイフにはとてつもなく満足したようで、首長はすぐにも晩餐《ばんさん》の支度をするよう、周囲に命じた。多くの随行員の頭ごしに、テントの中へ運ばれて来た晩餐は、例の未知の動物、おそらくはついさきほど村へやってくる途上で見かけた四肢の細いブタ一頭で、その内臓はまだぴくぴく脈打っていた。ぼくらがこれからどうしていいかわからず途方に暮れているのを目にした首長は、この美味しそうな獲物にばりばり喰らいついてみせたけれども、ぼくらのほうはとうとうこれ以上耐えきれなくなり、われわれの胃が受けつけないということを明らかに示したところ、それが首長にとっては驚きだったようだが、にもかかわらず鏡がもたらした衝撃ほどではなかったようだ。しかしぼくらは、目前に積まれたごちそうにはついぞ手をつけることはなく、首長に対しては、昼食《デジュネ》をたらふく食べてしまったのでもう入らないのだ、とけんめいに言いわけした。

首長が食べおわると、ぼくらは可能な限り巧妙に質問を始めた。この地域の主要生産物は何か、そのうち利益を上げているものはあるのかといったことを知りたかったからだ。ついに彼はこちらの意図を汲み取ったようで、海岸のとある地点にまで連れて行ってやろうと言い出した。そこではまちがいなく大量のナマコ《ベーシュ・ド・メール》が獲れるからだ（そう言って首長はその標本を指差した）。群衆が押し掛けてくるのには辟易していたので、そこから早々と抜け出すことができるのは大歓迎だ。一も二もなく首長の申し出を受け入れた。テントを離れても、島民全部があとからくっついてはきたが、ぼくらはただひたすら首長を頼りに、島の南東の突端をめざした。そこは船を停泊させた湾からも決して遠くはない。そこで一時間ほど待機していると、原住民何名かがカヌーを四艘、この地点にまで調達してきてくれた。ぼくら一党はそのうちの一艘に乗り込み、前述の浅瀬の端に沿って漕いでいくと、そのずっと先のところにある浅瀬に着き、まさにそこで大量のナマコを発見することになる。その量といったら、ぼくら一党のうち最長老のベテラン水夫でさえも、まさにナマコ貿易で著名な、ここよりも低緯度の群島においてすら目にしたこともないほどだという。ぼくらはこの浅瀬に滞在して十二艘ほどの船にナマコを必要なぶんだけ積み込み気が済んだので、ジェイン・ガイ号のところにまで連れて行ってもらい、トゥー・ウィットとはひとつ約束を取り付けて、いったん別れた。彼は、二十四時間以内のうちに、カヌーに積載可能な限り、ありったけの野生のカモ《オオホシハジロ》とガラパゴス産の亀とを調達すると約束してくれたのである。この冒険全体をみても、彼ら原住民の立ち居振る舞いのうちにはいささかもうさんくさいところはなかった。たったひとつ例外があるとすれば、ぼくらがジェイン・ガイ号から原住民の村へ赴くあいだに連中の一味が、あたかも計画されたかのごとくにどんどん増強されていったことだけだった。

第二十章

首長は約束通り、ぼくらに新鮮な食糧をたっぷり持って来てくれた。ガラパゴス産の亀はこれまで見たこともないほど上質だったし、野生のカモのほうもぼくらの知る最高の家禽をしのぐ品質であり、とんでもなく柔らかく多汁で美味だった。そればかりか、ぼくらがさらに希望を言うと、たくさんの茶色のセロリやトモシリソウとカヌーいっぱいの鮮魚および干し魚を少し持って来てくれた。セロリは極上の味で、トモシリソウは乗組員のうち病の徴候を示していた者にとっては絶好の薬草であった。たちまちのうちに、乗組員全員が健康体となった。それに加えて、ほかの新鮮な食糧もおびただしく、その中には外観こそムール貝そっくりなのだが食べてみると牡蠣《かき》みたいな貝も含まれていた。小エビやテナガエビもどっさり運び込まれ、さらにはアホウドリなどの黒卵もある。ぼくらは前に言及したブタ肉の蓄えもたっぷりと確保した。乗組員のほとんどは美味しい美味しいと言っていたが、ぼくにとってはやや生臭く、ともすれば不味《まず》い食べ物だった。これだけの食糧を提供してもらった御礼に、ぼくらは原住民たちに青いビーズのネックレスや真鍮の装身具、釘にナイフ、赤い服の切れ端などをプレゼントしたところ、連中はこの物々交換に大喜びしたものだ。かくしてぼくらはジェイン・ガイ号からの射程距離にある海辺で定期的に市を開いたが、そこにおける交易のムードはじつに和気あいあいとしていたばかりか、一定の秩序に貫かれており、それはかつてクロック－クロックの村で目にした原住民のふるまいとは大ちがいであった。

数日間というもの、ものごとはきわめて友好的に運び、そのあいだ原住民のさまざまなグループがしょっちゅうジェイン・ガイ号に乗船し、他方ぼくらの仲間はしょっちゅう上陸して内陸部をずんずん探検したが、いかなる嫌がらせも受けなかった。島民たちの友好的な姿勢のおかげでいともたやすく船がナマコ《ベーシュ・ド・メール》でいっぱいになり、しかも連中がナマコ収集をいとも積極的に助けてくれたのを見ていたガイ船長は、いよいよトゥー・ウィットと本格的な交渉に入ろうと決断し、ナマコを保存処理する倉庫を建設するのみならず、自身と原住民の部族が一緒になって可能な限りたくさん集めようともくろんだ。しかしまた一方では、ガイ船長はこの好天を利用して南下の旅をやりとげようとも考えていた。この提案を申し出るやいなや、首長のほうは大いに乗り気になった。かくして原住民にもぼくらにも双方申し分のない条件のもとで協定が結ばれた。その条件とは、ひとまずしかるべき土地の区画を行い、倉庫を建設し、ジェイン・ガイ号の乗組員全員でその他の仕事をこなすなど、すべての必要な準備が終わったら、船は予定どおり南下の旅に出帆し、島には乗組員三名ほどを残して事業達成および原住民に対するナマコ乾燥指導の監督を務めさせるというものだった。賃金については、ぼくらが不在のあいだの原住民の努力次第という条件である。その結果、ジェイン・ガイ号が帰途に受け取る何ピクル［一ピクルは六〇～六四キログラム］分のナマコと引き換えに、青いビーズのネックレスやナイフや赤い生地などを受け取る取り決めになっていた。

　このナマコがいかに重要な交易品であるか、それをいかに商品化するのかを語れば、興味を持たれる読者もいるだろう。そしていまこそ、これをご紹介するのに絶好のタイミングである。以下に引くナマコの概説は、現代の南氷洋航海史から取ったものだ。

「ナマコはインド洋で獲れる軟体動物で、フランス語で〈海からのごちそう〉を意味する言葉(bêche de mer)が語源である。もしもまちがっていなければ、フランスの高名なる博物学者キュビエが軟体動物腹足類有肺目(gasteropeda pulmonifera)と呼んだ生物だ。豊富に獲れるのは太平洋諸島の沿岸で、とりわけ中国市場のために収穫される。中国ではじつに高値がつくからであり、おそらくは大評判になっている食用の鳥の巣ほどの値段になるだろう。こうした鳥の巣は本来、ツバメが軟体動物の身体から取ったゼラチン状の素材で製作されているからである。ナマコには甲殻もなければ四肢も突起もなく、吸収と排泄という正反対の機能を示す器官がそれぞれ備わっているにすぎない。けれども、ナマコにはあたかもイモムシやウジムシを思わせる弾力性のある皮膜があるため、浅瀬を這いずりまわっており、干潮の時などそれを発見したツバメがその鋭いくちばしで柔らかなナマコをつつき、粘着質にして単繊維《フィラメント》状の要素を取り出し、乾かして自身の巣に活かして、がっちりとした壁を築くのだ。軟体動物腹足類有肺目と呼ばれるゆえんである。

この軟体動物は長方形で、大きさは千差万別、長さ三インチから十八インチまでさまざまだ。二フィートもの長さにおよぶやつを見たこともある。たいていの場合は丸みを帯びており、海底に接している面はいくぶん扁平《へんぺい》になっている。そして太さは一インチから八インチにおよぶ。ナマコは一年の特定の季節になると浅瀬のほうへよじ登るのだが、それがいつも雌雄一対であるところから見ると、生殖のためと思われる。太陽の光が海に絶大な効果を及ぼし、海水が生温かくなってきた時に限って、ナマコは海岸へやってくるのだ。しかも、じつに浅いところへ来るため、引き潮のあとには連中はみな陽光にさらされてすっかり乾燥してしまっている。けれどもナマコというのは自身の子供を浅瀬に連れてくることはない。経験上、そんなすがたは見たこともない。成熟したナマコだけが深海から浅瀬にまでやって来るのである。連中が常食にしているのはサンゴを生み出す無脊椎植虫類のたぐいだ。

ナマコというのは概して三フィートから四フィートほどの浅瀬で獲れる。そのあとは岸辺へ運ばれ、片方の端をナイフで切り裂く。その切れ目はナマコの大きさにもよるが、だいたい一インチかそこらだ。このように切り開くと、内臓が飛び出してくるものの、それはあたかもほかの深海生物とまったく変わらない。かくしてナマコを洗浄し、そののちに一定温度で茹でるのだが、これは高温過ぎても低温過ぎてもいけない。そして地中に埋めて四時間ぐらい経ったころ、再び短時間のあいだ茹でると、火か陽光かどちらかによって乾燥させる。太陽によって乾燥したナマコは絶品だ。しかし一ピクルが陽光で乾燥できるいっぽう、火を使えば三十ピクルが乾燥できる。ひとたびきちんと乾燥させてしまえば、乾いた場所に二年や三年放置してもまったく問題ない。とはいえ、数ヶ月に一度、一年に四回はきちんと検査して、ナマコが湿気の影響を受けていないかどうかを確認しなくてはいけない。

前述したとおり、中国人がナマコをたいへんなごちそうと考えていたのは、身体をすばらしく強化し栄養を与えるほか、酒池肉林でダメになった身体すら甦らせる効用があると信じていたからだ。第一級のナマコは広東では高値でさばかれており、一ピクルで九十ドル［一八四〇年前後における一ドルは二十一世紀初頭現在の一万円なので、約九十万円相当］は堅い。二級品でも七十五ドル、三級品では五十ドル、四級品では三十ドル、五級品では二十ドル、六級品では十二ドル、七級品では八ドル、そして八級品で四ドルという勘定だ。しかし小さな船荷のナマコでも、マニラやシンガポール、バタヴィアであれば、はるかに大きな収益をもたらしていた」

原住民との協定が結ばれたからには、ぼくらはすぐにも倉庫建設と土地区画に必要な物資をつぎつぎに運び込んだ。建設予定地としては湾の東側の岸辺に近い平坦な空間が選ばれた。そこなら木材も水も潤沢だったし、ナマコの収穫される主要な浅瀬からも遠くなかったからである。ぼくらはみんないっしょうけんめい作業を始め、そしてすぐにも目的に適うぶんだけの木々を伐採したところ、原住民たちはみな腰を抜かしていた。それらの木材を運ぶとすばやく倉庫の骨格作りをし、二、三日のうちに軌道に乗ったので、残りの仕事は島に残した三人の乗組員たちに丸投げした。彼らはそれぞれジョン・カースン、アルフレッド・ハリス、そしてピータースン某といい（全員がロンドン出身だったはずだ）、この点ではずいぶんと無償の奉仕をしてくれたものである。

その月末までに、出発の準備は万端相整った。しかし、去り際には村へ正式ないとまごいに赴く取り決めになっており、トゥー・ウィットも約束を守るよう頑迷なまでにこだわっていたから、最後の挨拶をしないことで首長の機嫌を損ねるのは得策ではないと考えた。この時点では、ぼくらのうち誰ひとりとして、原住民たちが友誼《ゆうぎ》に厚いことを疑う者はいなかったと思う。連中はそろいもそろって、これ以上ないほどに礼儀正しくふるまっていたし、ぼくらの作業もきびきびと手伝い、自分たちの物資をたいてい無償で差し出したうえに、ただの一度として品物をくすねるような真似をしたことはない。もっとも連中はぼくらの所持品をずいぶん高価なものと思い込んでいたようで、そのことは、これらを贈呈してやると信じられないぐらいに大喜びしていたようすからも一目瞭然。原住民のうちではとりわけ女たちがあらゆる点で身を差し出そうとしていた。万が一ぼくらにこれほど良くしてくれた連中に不誠実なところがあるなどとちょっとでも頭をかすめたとしたら、人間そのものに対して最大限の懐疑心を抱く羽目になっただろう——ざっとそんなふうに考えていた。ところが、それからほんのしばらくして、連中の表面的なやさしさというのが、じつはぼくら一行を打倒するために綿密なまでに練り上げられた策略の結果にすぎなかったことが、よくわかった。さらには、これまで絶大な敬意をもって接していた島民たちというのが、これまで地球上で暴れ回ったうちで最も野蛮で狡猾《こうかつ》で残忍な種族に属するということも、わかってしまったのだ。

二月一日、ぼくらは村へ最後の挨拶をすべく上陸した。すでに述べたとおり、この時点では島民に対していささかの疑念も抱いていなかったとはいうものの、なおもしっかり用心しておくに越したことはなかった。ジェイン・ガイ号には六名の乗組員が居残り、彼らはぼくらの留守のあいだには原住民はいかなる口実で来ようがひとりたりとも船に近寄らせないように、はたまた、たえず甲板に出ているようにという指令を受けていた。乗船網は引き上げられ、大砲にはブドウ弾と散弾が二重に装填《そうてん》され、そして回転砲架にはマスケット銃専用散弾が込められた。ジェイン・ガイ号は錨を垂直に下ろし岸辺から一マイルほどのところに停泊していたが、いかなる方角からにせよそこへカヌーで接近しようとすれば認知され、たちまち回転砲架の集中砲火を浴びるのは目に見えていた。

ジェイン・ガイ号には六名の乗組員が残り、岸辺に上がった仲間はぜんぶで三十二名にのぼる。ぼくらはみな、マスケット銃や拳銃、短剣、それに、いまやアメリカ西部でも南部でも広く用いられるボウイ刀［鞘付きの猟刀］にそっくりな海員用ナイフを携えて重装備した。そして上陸すると黒皮を着た兵士たちが百名ほども出迎え、随行しようとする。ところが驚いたことには、連中はみんな丸腰なのだ。いったいこれはどういうことかとトゥー・ウィットに尋ねると、彼は答えていわく「マッティー・ノン・ウィー・パ・パシ」、すなわちみんなが兄弟であるところでは武器など不要、ということらしい。ぼくらはこれを善意で受け取り、先へ進んだ。

以前にもふれた泉や小川を通り過ぎ、いよいよ狭い峡谷に入ると、石鹼滑石《せっけんかっせき》の丘また丘をつたって、そのさなかに位置する村をめざす。峡谷はひどく岩だらけでデコボコしていたので、初めてクロック－クロック村へ赴いたときにはえらくしんどい思いをしたものだった。渓谷の全長は一マイル半から二マイルといったところか。四方八方に曲がりくねった谷沿いにいくつかの丘を抜け（どうやらこれらの丘は太古の昔にこの川の川底だったらしい）、二十ヤードも進まないうちに急な曲がり角に出くわすのだ。谷の両側はその全体を通して標高平均七十から八十フィートほどに切り立った断崖で、ところによってはあまりにも驚異的な高さまで聳えているため行く手に黒々とした影を落とし、昼でも日の光が容易には射して来ないほどである。およその幅は四十フィートほどで、時としてどんどん先細りになり、五、六人以上の人間がいると横並びに通過するわけにもいかなくなる。要するに、この峡谷こそは伏兵が任務を果たすにはうってつけの場所であり、いったんそこへ足を踏み入れたからには自分たちの武器に留意するのは当然すぎる前提だった。大失敗をやらかしたなと思ったのは、まさに驚愕すべきことだが、ぼくらは何と彼ら未知の原住民たちのあいだにあえて入り込み、この谷を進むさいにぼくら一行の前後につかせてしまったということだ。けれども、これこそはぼくらがむやみに織りなした秩序であり、わが一党の軍事力とトゥー・ウィット一行の丸腰状態、ぼくらの銃砲の効力(その威力は原住民たちには内緒だ)、および何よりもこれら悪名高いごろつきどもが守る素振りを見せた長きにわたる友情を過信してしまった結果なのである。連中のうち五、六人が水先案内人の務めを果たすかのように先行し、行く手を遮る大きな石や小石を取りのけるのに余念がない素振りをしてみせる。ぼくらの一団がそれに続く。身を寄せ合って歩き、決して離ればなれにならぬように心がけた。そのうしろから、原住民一団の本体がついて来て、尋常ならざる秩序と礼節とを守ってやむことがない。ダーク・ピーターズとウィルソン・アレンなる男、それにぼくは一行の右側について進みながら、眼前に聳える絶壁がおかしな層を成しているのをいぶかしんでいた。とりわけ軟岩に裂け目が入っているのが気になった。とくに身を縮こまらせなくても、大人ひとりがじゅうぶんに入ることのできる裂け目が、十八フィートから二十フィートほどもまっすぐ丘陵の奥へ延びており、のちに左のほうへ傾斜している。その入口の高さは、谷の中央からのぞきこむ限りでは、おそらく六十フィートから七十フィートといったところか。その裂け目からは成長の止まった灌木がひとつふたつ顔を出しており、ハシバミの実が生っていて、ぼくはそれを調べてみたいと思ったので一気にダッシュし、一度に五個から六個ほどの木の実を摑んで、あわてて退散した。しかしふりかえると、ピーターズとアレンがぼくの真似をしようとしていた。ふたりも通るには狭すぎたから元のところへ戻ってほしかったので、いいよ、ぼくの木の実をやるよと申し出た。ふたりはそれで納得していま来た道を戻ろうとしたが、この時アレンは裂け目の最寄りにまで近づいた。そしてその時だった、これまで経験したことがないような打撃を食らったのは。そしてまさにその衝撃を受けてぼんやり浮かんできたイメージというのは——この危機的な瞬間、ほんとうに何かものを考えていたとしたならばの話だが——この確固たる地球の基盤全体が突如としてがらがらと崩れ去り、世界の終わりの日がすぐそこまで迫って来ているということだった。

第二十一章

朦朧《もうろう》とした感覚から何とか立ち直るやいなや、ぼくはほとんど窒息するかのような息苦しさを感じ、真っ暗闇のなかでもがいた。そこはどこもかしこもぼろぼろの土が降り掛かって来る真っ暗闇で、あたかもぼくは生き埋めにされるところだった。とんでもないことになったぞと焦ったぼくは、けんめいに両足を伸ばして、何とか立ち上がった。しばらくのあいだじっとして、いったいぜんたい何が起こったのか、いまどこにいるのかを考えようとした。すぐに耳のわきからうめくような声が聞こえる。それは喉を詰まらせたようなピーターズの声で、彼は神の名によってぼくに助けを求めていた。前方へ一、二歩歩き出すと、わが相棒の頭と肩につまずいた。すぐわかったのだが、彼はぼろぼろの土で腰のところまで埋められてしまい、何とかそこから這い出そうとけんめいになっていたのだ。ぼくはありったけのエネルギーを傾けて、ピーターズのまわりの泥を取り除き、ついに彼を引っ張り出すのに成功した。

驚天動地の事態を何とか抜け出し、きちんと会話ができるようになった時、ふたりして到達した結論は、こういうものである。ぼくらが入り込んだ裂け目の壁が何らかの自然界の揺れによって、あるいはたぶんそれ自身の重みによって頭から崩れ落ち、ぼくらは完全に行方知れずとなり、生き埋めの憂き目に遭ったのだ、と。ずいぶんと長いあいだ、ふたりそろって仰向けのまま、こんな目に遭ったことのない人間にはとうてい想像もつかないほどの苦悩と絶望のどん底に沈んだものだ。断言するが、人類の歴史において起こった出来事のうちで心身ともに苦痛をきわめたのは、ぼくらの生き埋め状態以外にあるまい。漆黒の闇がぼくらを覆い、肺が苦しくてたまらず、湿った土からおぞましい悪臭が漂ってくるとあっては、ぼくらにはもうほんのこれっぽっちも生き残る希望などないのだ、これこそは死者に割り当てられた運命なのだという恐ろしい思いに駆られるしかなく、その結果、人間の心のうちに、とうてい耐えることも——想定することも——できぬ身の毛もよだつ畏怖と恐怖がもたらされた。

ピーターズはついに業を煮やして、いったい自分たちに降り掛かった災難がどのていどのものなのか確かめようじゃないかと言い出し、この自然の牢獄内部を探り始めた。彼の観察するところでは、ここにはもはや抜け穴らしきものはほとんどない。しかしぼくは一縷の望みにしがみつくようにして発奮し、ぼろ土のさなかを掘り進もうとした。ほんの一歩を踏み出すやいなや、かすかな光がゆらめき、おお、なんとか窒息死することだけは免れたか、と思ったものだ。いくらか元気を取り戻すと、ふたりしてやれるだけのことはやろう、と励まし合った。光の射してくる行く手を阻む砂利道を這うように進んでいくと、次第に楽になり、それまで肺を痛めつけていた圧力からも解き放たれた。すぐにあたりには何があるかを一瞥できるようになってわかったのは、いまやこの裂け目の道をまっすぐずんずん行った突き当たりにまで来ていて、そこで道が左折していたことだ。しばらく苦闘したあげくにそこのカーヴへさしかかると、ひとつの長い割れ目がほぼ四十五度の角度で——時としてははるかに険しくなりはするものの——上方へえんえんと続いており、ぼくらは大いに喜んだ。この抜け道がいったいどれほどの規模であるのかは見通せないけれども、そこから光がさんさんと降り注いでいるところからすると、てっぺんまで登れば（もちろん何とかしてうまく登り切れたらの話だが)、野外へ抜け出る通路が見つかるのはまちがいない。

ここで思い出したのは、ぼくら三人が中央の峡谷からこの裂け目の道に入り、当初は一緒だったアレンがいまも行方不明なことだった。すぐにも引き返し、彼を捜索しようと決意する。ずいぶんと時間をかけて探したし、頭上の土からはさらなる崩落が起こって危険ではあったが、ピーターズはとうとう叫んだ。何とアレンの片足を見つけたという。さらに付け加えて、奴の身体は砂利の奥深くへ埋まってしまい、引っ張り出すのはまず無理な相談だという。すぐに確認したが、それは本当だった。しかも、アレンはもうずいぶんまえに息絶えたようすだった。ぼくらふたりは悲嘆に暮れつつも、アレンの屍をそのままにし、再びカーヴのほうへ進み始めた。

割れ目の幅はぼくとピーターズが入るにはぎりぎりというところだった。立ち上がって何とかくぐろうと一、二度試してみたがダメで、二度あることは三度続いた。前にもふれたように、この中央峡谷は丘また丘の連なりのうちに延びており、石鹸滑石にも似た軟石《なんせき》で出来ている。いまぼくらが登ろうとしている裂け目の両脇もまったく同じ軟石が成分であり、あまりにも滑りやすく湿っているがために、いちばん安全そうな部分でさえもしっかりと足を地に着けることなどほとんど不可能で、上り坂がほぼ垂直に近くなってくると、無論のこと登攀《とうはん》がますます困難になってくる。じっさいしばらくのあいだ、ぼくらはこれ以上登るのはとても無理だと思ったほどだ。けれども絶望のどん底から勇気をふりしぼり、ボウイ刀で軟石を一歩一歩切り付け、時折巨大な塊から突き出している硬い粘板岩《ねんばんがん》の出っ張りへ一か八かで飛び移ることにより、とうとう平らな岩棚へたどり着くと、その先に広がる鬱蒼と茂った峡谷の果てには青い空がわずかに覗いている。こんどはいくぶん余裕をもって、これまでやってきた道をふりかえってみてわかったのは、その両壁の様相からして、これがごく最近出来たものだということだ。さらに確信したのは、例のぼくらを襲った裂け目内部の崩落が何であったにせよ、それはまったく同時に、抜け道をも作ってくれたということだった。ここに来るまでの奮闘でくたくたになってしまったので、ピーターズの提案に従い、ぼくらはいまもベルトに装着し続けている拳銃を撃って仲間に知らせ救援に来てもらおうと考えた——しかし短剣同様マスケット銃も裂け目の底のぼろ土に埋もれてしまっている。そのあと起こった出来事で判明したのは、万が一ぼくらが拳銃を発砲していたらのちのち後悔したにちがいないということだ。とはいえ幸運なことに、この時点までには連中が卑劣な手に出るのではないかと半ば勘ぐっていたがために、ぼくらは原住民たちに居場所を知らせるような行為は慎んだというわけだ。

およそ一時間ほどのあいだ休んだあとに、再びゆっくりと峡谷を登ったところ、さほど進まないうちにものすごい叫び声がつぎつぎと聞こえてきた。とうとうぼくらは地表と呼べる地点へ到達したのだ。というのも、これまでたどってきた道は、台地を出てからというもの、岩棚が聳え立ち葉が鬱蒼と茂るさまがえんえんと続くアーチ道の下を通るものだったからだ。十分用心したうえで、ぼくらは狭い抜け道へ忍び込むと、そこから周囲の地域全体がはっきりと見渡せた。そしてその時、崩落をめぐる恐るべき秘密が一瞬にして開け、一望の下に明かされたのである。

この地点は石鹼滑石の丘陵が広がるうちでも一番高いところからさほど遠くないところにある。三十二名から成るぼくら一党が入り込んだ峡谷は左手五十フィート以内のところを走っている。しかし、少なくとも百ヤードほどにわたる峡谷の水路というか川床は、百トン以上もの土や石で埋めつくされていて、それはわざとぶちまけられたかのような混沌をきわめた様相を呈していた。これだけの分量の塊をどうやってぶちまけたのか、その方法が見た目ほど明らかではないのは、この殺人的な仕事の痕跡がいまも残っているからだ。峡谷の東側のてっぺんに沿った数カ所では(ぼくらがいまいるのは西側だ)、木の杭《くい》がいくつか地面に打ち込まれていた。その数カ所における限りは地面は崩れてはいなかった。けれども巨大な土砂の大崩落が起こった絶壁の表面全般を見るとはっきりするのだが、発破用のドリルで作業したのとそっくりな跡が地面に残っていることからして、いま目にしているような杭は一ヤードおきぐらいに、しかもおそらくは三百フィートほどの長さにわたり、割れ目の突端から十フィートほど退いた部分から、打ち込まれていたのだ。いまも丘陵に残っている杭にはブドウの蔓《つる》が何本もがっちり巻き付いていたが、ほかの杭も同様なのは明らかだ。すでに述べたとおり、この石鹼滑石の丘陵が織りなす層はじつに奇妙なかたちをしている。そして、ぼくらが生き埋めになるところをほうほうのていで抜け出して来た狭く深い裂け目について説明してきたことは、その地層の性質をさらに理解するのに役立つだろう。すなわち、ひとたび地震が起これば地層からおびただしい垂直の層ないし隆起がそれぞれ並行するかたちで生じるのだ。それは、もしも人為的に引き起こそうとすれば、まったく同じ効果をもたらす。つまり、原住民たちはこうした丘陵の層の性質を利用して、ぼくらをまんまと罠《わな》にはめようとしたということだ。このように杭を一貫して打ち込むことで、地層が部分的に裂け、一、二フィートほどの深さに割れたなら、こんどは杭に巻き付いたブドウの蔓《つる》を強力に引っ張れば（それらの蔓は絶壁の端にまで延びている）、テコの原理の応用により、合図一つで、丘陵の全面を下の奈落へ崩落させることができる。哀れにもアレンが亡くなってしまったのは、決して偶然ではない。かくしてぼくとピーターズだけがこの強烈な大災厄から免れることとなった。そう、ぼくらはいまやこの島におけるただふたりの白人だった。

第二十二章

いまのぼくらが置かれた惨憺たる状況は、生き埋めにされた時とさして変わらなかった。ぼくらは原住民に殺されることになるのだ、そうでなければこの哀れな身が囚われてしまうのだということしか、もはや考えられなかった。もちろん、奴らの目を逃れるにはこの堅牢な丘陵のどこかに身を隠すか、それとも最後の手段として、たったいま抜け出して来たあの裂け目へ逆戻りするかという手はある。だが、いずれにせよ長い南極の冬をすごすうちには寒さと飢えで死んでしまうか、それとも何とか救出してもらおうとけんめいに力を尽くしているところを奴らに見つかってしまうか、そのいずれかの運命しかありえまい。

この地域全体に原住民がひしめいており、見たところその大群はこの群島から平底の筏《いかだ》で南下し、明らかにジェイン・ガイ号の捕獲と略奪に手を貸そうとしている。船はいまもこの湾にしっかり投錨したままで、乗組員たちはどうやらこれからどんな危機が襲ってくるのか、まったく気づいてもいないようだ。この瞬間、どんなに仲間の元へ駆けつけたいと思ったことか！　その脱出を手伝うか、さもなくば攻防戦を張り、ともに朽ち果ててもかまわなかった。しかし仲間へ危機を警告しようとすれば、どうしても自分たち自身が殺されかねず、それがほんとうに役に立つかどうかも望み薄だった。ここで拳銃の引き金を引き一発轟かせれば、トラブルが起こったことを知らせるにはじゅうぶんだろうが、それだけでは身の安全を図るにはただちに港から脱出するしかないということまでを警告するには至らない——いまやいかなる仁義に照らしてもこの島にとどまるべきではない、仲間たちはもはやつぎつぎと殺されているのだから。この発砲を聞きつけるやいなや、仲間たちは、いまにも攻撃を仕掛けようとしている敵に対して、いま以上の、そしてこれまでにないほどの全面対決姿勢に入るだろう。その結果が惨憺たるものとなり、えんえんと殺戮が続くことは目に見えている。だから断じて拳銃を発砲してはならない。じっくり考え抜いたあげく、ぼくらはぐっとこらえることにした。

つぎに考えたのはすぐにでもジェイン・ガイ号へ向かうことだ。湾の突端に停泊中のカヌーのうち一隻を奪って漕ぎ出し、何とか船に乗船してしまうことだ。けれどもかくもやけっぱちの手に出れば失敗するのは必定。この地域には、前述したとおり、原住民たちが文字どおりわんさかひしめいており、丘陵の茂みや窪《くぼ》みのそこここに身を忍ばせ、ジェイン・ガイ号側からは見つからないよう息をひそめていた。すぐそばでは、方向からして岸辺へ向かうにはうってつけの唯一の道をふさぐかたちで、黒皮を着た兵士軍全体が群れ集い、その先頭にはトゥー・ウィットが立ち、どうやらさらに人員を増強してジェイン・ガイ号襲撃のチャンスを狙っているらしい。湾の先端に停泊中のカヌー数隻のほうにも非武装の原住民が乗っていたが、しかしすぐ手の届くところに武器が用意されているのは明らかだった。したがってぼくらは不承不承、いまの隠れ家にとどまり、すぐに始まった戦闘についても傍観者でいるしかなかったというわけだ。

三十分ほどして、六十から七十にもおよぶ筏あるいは舷外浮材つきの平底船が出現する。いずれの船も原住民でいっぱいで、港の南側の湾曲部を廻ってやって来た。連中が携えている武器といえば、短い棍棒や筏の底に敷き詰められた石だけだった。そのすぐあとに送り込まれてきた部隊は、これまで以上に大規模なもので、反対方向から接近し、同様の武器を装備していた。カヌー四隻もまた、たちまちのうちに湾の先端の茂みから躍り出た原住民でいっぱいになり、速やかに出港して仲間たちと合流した。かくして、ぼくがこうやって語るか語らないかのうちに、まるで魔法のように、ジェイン・ガイ号はおびただしい荒くれ者たちに取り囲まれてしまったのである。しかもこの連中はみな、是が非でもジェイン・ガイ号をわが物にしようと虎視《こし》眈々《たんたん》としているのだ。

奴らがその計画をまんまとやり遂げるだろうということは、いささかも疑いようがない。

ジェイン・ガイ号に残っている六名の乗組員は決然として防戦に努めるだろうが、大砲をきちんと扱えるかどうかはおぼつかなかったし、こんな半端な数では持ちこたえることができるとはとうてい思われなかった。しかも連中がそもそも抵抗しようとするかどうかも大いに疑わしかったが、意外に気骨があるのがわかったのは、彼らが錨鎖の上で弾みをつけると船の右舷の舷側砲をカヌーに向けて狙いをつけたからだ。この時点までの段階でカヌーはまぎれもなく射程距離にあり、筏の大群は四分の一マイルほど風上に位置していた。原因不明ながら、おそらくはこの哀れな盟友たちがかくも絶望的な状況に置かれたことを焦ったせいか、この発砲はまったくの失敗に終わった。銃弾はカヌー一隻、原住民ひとりにすら当たることなく不発に終わり、水切りした石のように跳弾《ちょうだん》して敵の頭上をかすめて行った。奴らに対してただひとつ効果があったとすれば、まったく予想もしなかった銃声と煙に腰を抜かしたようすだったことで、あまりにあわてふためいているのを見るにつけ、敵は自らの計画をすっかり諦めるのではないか、岸へ戻るのではないかとすら、しばし思ったほどだった。そしてじっさい奴らはそのようにしていたかもしれないのだ、万が一わが仲間たちが砲撃に続いて拳銃などをぶっぱなしていたならば。そうすれば、カヌーはごくごく接近していたのだから、こんどこそは何らかのかたちで命中して、少なくとも敵の一群がさらに迫ってくるのを食い止めるぐらいは可能だったろう。そのあげく、筏の大群のほうにも砲撃を加えていたことだろう。けれども、そんな予想を裏切るように、わが仲間たちは船の左舷へ飛び移り、筏への攻撃に備えようとしたため、まさにその隙を突くように、カヌーを駆る敵軍のほうはシヨックから立ち直り、よくよく見まわして、だれ一人ケガなどしていないのを確認したというわけだ。

左舷への発砲がもたらしたのは最悪の修羅場《しゅらば》だった。巨大な銃から放たれたきわめつきの双頭弾によって、筏七隻から八隻が粉微塵になり、おそらくは原住民三十名から四十名がたちまち絶命した。そのいっぽうで、原住民百名ほどが海中へ投げ出され、その大半はかなりの重傷を負っていた。残りの連中は、全身総毛立つ思いでむやみやたらに退却し始め、ケガをした相棒たちがありとあらゆる方角へ泳ぎまくり、助けを求めて叫んだり喚《わめ》きまくったりしているにもかかわらず、手をさしのべる余裕すらない。もっとも、この作戦は大成功をおさめたものの、身を挺して頑張っていたぼくらの仲間を救うには遅すぎた。カヌー部隊の連中はとうにジェイン・ガイ号へ乗り込んでおり、その数百五十名以上、うち大半はまんまと錨鎖をよじ登り乗船網を越えて、やがて左舷の大砲に点火した。原住民の獰猛なる力にかなうものはない。ぼくらの仲間たちはたちまち押し倒され、襲撃され、足でさんざん踏みつけにされ、そしてアッという間に八つ裂きにされてしまった。

筏に乗った原住民たちは、この展開を目撃したことで恐怖心など吹っ飛んだようで、群れを成してジェイン・ガイ号の略奪にかかった。五分ほどで船は混乱と怒号をきわめる悲劇の舞台と化した。甲板はかち割られて引き裂かれ、ロープ類にせよ帆にせよ甲板上で動くものならいっさいがっさいが、魔法にでもかかったかのように破壊された。そのいっぽう、この凶悪なる連中は無数の群れを成して船に寄り添いつつ泳ぎながら、船尾を押し、カヌーで引っぱり、船を両側から引きずって、ついには上陸させてしまい(錨鎖はとっくに外れていた)、トゥー・ウィットの立派な邸宅へ運び込んだ。彼はこの戦闘のあいだというもの、辣腕の将軍よろしく、丘陵の中腹で安泰に偵察を続けていたが、自身の軍がじゅうぶんに勝利をおさめたいまとなっては、身分などかまわず黒皮を着た兵士たちとともに飛び上がらんばかりに駆け回り、数々の略奪品を手にした。

トゥー・ウィットが丘陵の下へ降りていったおかげで、ぼくらのほうも気ままに隠れ家から抜け出て、例の裂け目の近くにある丘陵を偵察できるようになった。その入口から五十ヤードほどのところで、ぼくらは小さな泉に出くわし、からからになった喉をうるおした。その泉からそう離れていない地点では、前述のハシバミの茂みをいくつか発見した。その木の実を食べてみると、それが旨いのなんの、イギリスでよく見かけるハシバミとほとんど変わらない。さっそく帽子いっぱいになるほど詰め込んでから、いったん峡谷に取り置いておき、そしてもっと採るべく戻った。かくしてハシバミの採集にかまけていたら、藪《やぶ》の中でカサカサッという音がしたので、隠れ家まで抜き足差し足で戻ろうとしたところ、ヨシゴイ属のサギと思われる巨大な黒鳥がもがきながらゆっくりと茂みより飛び立とうとしていた。驚きのあまり、ぼく自身はなすすべもなかったが、ピーターズはじつに平然としたもので、その鳥が飛び立つ前にダッシュして駆け寄り、首根っこを捕まえた。黒鳥はじたばたしてぎゃあぎゃあ喚くので、いったんは逃がしてやろうと考えた。何といっても、こいつに騒ぎ立てられたら、近くで息をひそませているかもしれない原住民に気づかれてしまう恐れがある。だがけっきょくはボウイ刀で一突きして倒すと、峡谷にまで引きずって行き、いずれにせよこれで一週間分の食糧が手に入ったことを大いに喜んだ。

さて、ぼくらはいよいよ再び外に出て周囲を偵察し、丘陵の南側の斜面をかなり下ってみたのだが、あいにくさらに食糧にできるようなものには出くわさなかった。しかたなく、乾いた木ぎれをしこたま集めて戻ろうとしたところ、原住民の一団がひとつふたつ、村へ帰還するのが目に入った。奴らは戦利品のジェイン・ガイ号を担いでいる。まずいぞ、丘陵の下を通過するさいに、ぼくらを見つけるかもしれない。

そこで、つぎに用心したのは、隠れ家をできる限り安全にしておくことであり、そのために、低木の茂みを利用して以前話した裂け目をうまく覆い隠せるようにした。この裂け目を通してこそ、ぼくらは裂け目内部から台地へ到達するとすぐに、青空を垣間見ることができたのである。ぼくらはそこにほんの小さな覗き穴が残るようにした。そこから湾を観察するのにじゅうぶんな大きさで、下からは見つからないような穴を。その作業を終えて、ぼくらはじつに安全な居場所を確保できたことを祝った。というのも、これでぼくらは峡谷の内部に留まり丘陵の外へ身を晒したりしない限りにおいて、外部からはまったく見られないで済むのだから。これまでのところ、この洞窟内に原住民が来たという痕跡はまったく見つかっていない。しかしじっさいには、そこへ到達した裂け目というのがつい最近、対岸の絶壁が倒壊することで生じたかもしれないこと、そしてそれ以外にそこへ到達する手段がありえないことをよくよく考えてみるならば、原住民に介入されずに済むなどと喜んでいる場合ではなく、むしろ下へ降りて行く手段がいっさい残されていないのではないかと心配せねばなるまい。絶好のチャンスが来たら丘陵の頂上を徹底的に探検しようと、ふたりで誓ったものだ。

やがてぼくらは、この覗き穴を通して原住民たちの動きを観察するようになった。

原住民たちはすでにジェイン・ガイ号を徹底的にぶっこわし、いよいよ火をつけて燃やそうとしていた。たちまち中央昇降口からもくもくと盛大な煙が立ちのぼるのが見えた。そしてその直後、船首楼からめらめらと炎が燃え広がった。帆桁《ほげた》やマスト、それに帆のうちでも残りの部分に火がつき、アッと言う間に甲板じゅうが燃えさかる。この時点になってもなお、おびただしい原住民たちが船のまわりの定位置を固め、巨大な石や斧や砲弾を振り回し、ボルトその他の銅や鉄で出来た器具にガンガン叩き付けていた。浜辺では、カヌーや筏に乗っている者と、ジェイン・ガイ号のすぐ近くにいる者も含め、ゆうに一万人ほどの原住民がいたが、さらにそのうえに、戦利品を担いだ一群が内陸をめざしたり近隣の島々へ戻ったりしているのだった。いよいよ大団円を迎えるぞという予感は、裏切られることはなかった。まず初めに、かすかに電流でも浴びたかのような鋭い衝撃を覚えたのだが、しかしそれが爆発であることを示すしるしはまったく目に入らない。原住民たちは明らかにびっくりしたようで、ほんの一瞬ではあるものの、作業や騒ぎを中断した。連中が再開しようとしたまさにその時、ふくれあがった煙が甲板からもうもうと立ちのぼり、それはあたかも漆黒の重厚な雷雲そっくりだった——そして、あたかもその中心から湧き出るかのごとくにごうごうたる炎の川がおそらくは四分の一マイルほどの高さにまで噴き上がり——そして突如として炎が円形を成して広がり——さらにはあたり全体が魔法にでもかかったかのように瞬時にして樹木や金属、人間の四肢から成る常軌を逸した混沌であふれ返り——そしてついには、なんとも強烈な衝撃が襲いかかって、ぼくらは激しく足場を失った。そのいっぽうではこの丘陵がいまの大混乱を谺したかと思うとさらに反響をくりかえし、バラバラになった廃墟の無数の破片が濃密な驟雨と化し、ぼくらのまわりいたるところへ降り注いで来たのだった。

原住民たちの混乱ぶりは想像をはるかに超えていた。しかも連中は自分たちの謀略の熟《う》れ切った果実をいっさいがっさい刈り取ってしまった。おそらくこの時の爆発で千人が命を落とし、他方では少なくとも同数ほどが瀕死の重傷を負ったことだろう。湾の表面すべてを埋め尽くすのは、もがき苦しみ溺れかけた極悪人どもだが、さて岸辺はといえば、事態はもっとひどい。そこにいる奴らはこの突然にして容赦ない挫折に見舞われたことに茫然《ぼうぜん》自失していたようで、お互い助け合おうともしない。そしてとうとう、奴らの態度ががらりと変わった。まったく感覚が麻痺してしまったのか、どうやら一気に興奮状態が頂点にまで達して、浜辺のそこここを行ったり来たり、むやみに駆け回ったりしていた。その顔に浮かぶのは恐怖や憤怒《ふんぬ》や強烈な好奇心がこれ以上ないほどごたまぜになった表情で、連中は声を限りにこう叫んでいた——「テケリ・リ！　テケリ・リ！」

すぐにも連中は大挙して丘陵に入り込み、そこからほどなく戻って来た時には、みんなその手に木の杭を携えていた。それを持って連中がめざしたのは群衆がいちばん密集していた場所なのだが、いまやみなてんでにちらばっていたから、その中心でみんなを興奮のるつぼへ叩き込んでいたのはいったい何だったのかを確認することができた。はたしてそこに見えたのは、何か白いものが地面に横たわっている光景である。しかし、いったいそれが何なのかは、にわかにはわからない。とうとう判明したのは、それが緋色の歯と爪をもつ奇妙な獣の死骸だということである。ジェイン・ガイ号が一月十八日に海から拾い上げた動物だ。ガイ船長はその獣を剝製《はくせい》にしてイギリスへ持ち帰るべく保存していたのである。いまでも覚えているが、この島へ到着する前のこと、ガイ船長はこの獣をどうするかについてあれこれ指示を与えており、その結果、船室へ運び込まれて、格納庫のひとつにしまいこんだというわけだ。ところが爆発が起こったために、この獣は陸へ放り出されてしまった。とはいえ、それにしてもいったいどうしてこの獣にそれほど興味をもつ原住民がいるのかは、理解できない。奴らはこの獣の死骸のすぐそばをぐるりと取り囲んだが、しかし誰ひとりとしてそいつに近づいてみようという者はいないようす。そうこうしているうちに、杭を持った連中が獣の周囲に円く杭を打ち込んだ。そして、この作業が終わるやいなや、群衆の全体がわんさか島の内陸部へと突進し、大声でこう叫んだものだ——「テケリ・リ！　テケリ・リ！」

第二十三章

その直後の六、七日間というもの、ぼくらふたりは丘陵の隠れ家にとどまり、時たま、細心の注意を払いながら外へ出かけ、水とハシバミを手に入れた。ぼくらは台地に小屋を造り、そこに乾いた葉っぱを敷いてベッド代わりにし、三つの巨大な平たい石を置いて暖炉とテーブルの代わりにした。乾いた木の切れ端をふたつ——ひとつは柔らかく、もうひとつは硬いやつ——をこすって難なく火をおこす。捕まえた鳥は旬だったこともあり、いささか歯ごたえがあったけれども極上の味だった。こいつは海鳥ではなくヨシゴイ属のサギで、漆黒で灰色を帯びた羽毛を備えているが、その図体のわりに羽根は小さい。ぼくらはそのあと、こいつと同じやつを探し、同じ峡谷の近くで同種の黒鳥を三羽ほど見つけた。もっとも、そいつらのほうは決して地上に降りては来なかったので、捕まえるには至らなかった。

この黒鳥のある限り、飢える心配はまったくない。しかしそろそろ食べ尽くすころになったので、新たな食糧を探すのが不可欠となった。ハシバミだけでは強烈な飢えを満たすことにならず、それどころか腹痛の素になるし、むやみに食べればひどい頭痛だって引き起こす。こいつらならば、丘陵の東に向いた海岸のところに巨大な亀が何匹かいるのを見つけた。こいつらならば、もしも原住民たちに見つからずに捕まえられるなら、簡単に食糧にできそうだ。かくしてぼくらふたりは、海辺へ降りて行くことにした。

ぼくらは手始めに南側の下り坂を降り始めた。そこならば、らくらくと行けそうだったからだ。ところが百ヤードも行かないうちに(この距離は山頂から眺めて算定したものだが)、ぼくらの仲間たちの命を奪った峡谷の支流にさしかかり立ち往生してしまう。その端に沿って四分の一マイルほど進むと、奈落をのぞむ絶壁が立ちはだかり、その端を行こうにも行けなくなったので、中央の峡谷沿いに後戻りするしかなかった。

今度は東のほうへとずんずん進んだが、ここでもまったく同様な運命が待っていた。一時間ほど、もうくたくたになるまで歩き続けた時にわかったのは、ぼくらが漆黒の花崗岩《かこうがん》から成る巨大な穴へと下っていたことで、そのどん底には柔らかな塵《ちり》が降り積もり、そこから出るにはただひとつ、いま来たばかりのデコボコ道を引き返すしかない。仕方なくその道をけんめいに逆戻りし、こんどは丘陵の北端に行ってみようとした。この時、これまでになく動きに用心せねばならなかったのは、ちょっとでも油断すれば、村の原住民たちにこちらのすがたが丸見えになってしまうからである。そのため、ぼくらは四つん這いになって進むしかなく、時として完全に腹這い状態になり、茂みを隠《かく》れ蓑《みの》にしつつ身体を引きずって行くしかなかった。このように万全を期してほんの少し進んだ時、辿り着いたのは、これまで見たこともないほどに深いばかりか、中央の峡谷へ直通する裂け目だった。かくて恐れていたことが現実となった。そう、ぼくらはこれで下界への道をまったく断たれてしまったのだ。もはや力を使い果たしてはいたが、ぼくらはここまで来た道を利用して台地へ戻り、葉っぱのベッドに身を投げ出すと、数時間というものの安眠をむさぼった。

この不毛に終わった探検から数日間ほどして、ぼくらは丘陵のありとあらゆる箇所を探索して、何か食糧になるものはないかと躍起になった。ところが食糧などは何ひとつ見つからず、出くわすのは不味そうなハシバミと、伸び放題のトモシリソウだけ。とくに後者は四ロッド「一ロッドは二九・*二九平方メートル」ていどの小さな区画に生えていて、じきに枯れてしまうものと思われた。思い出せる限りで言えば、二月十五日の段階で、トモシリソウの葉片は一枚たりとも残っておらず、木の実もまばらだった。ぼくらは再び絶望のどん底へ突き落とされた。二月十六日にはもういちどこの隠れ家の壁のまわりを探索し、何とか脱出経路を見つけようとしたのだが、あえなく失敗に終わっている。ぼくらは自分たちがかつて生き埋めに遭った裂け目を再度下降し、この途上で中央の峡谷への抜け穴を発見できないものかとかすかな期待を抱いた。しかしここでも期待どおりにはいかず、マスケット銃を見つけて持ち帰ることができたのが唯一の収穫だった。

＊原注：この日が印象的だったのは、南の方角に前述した灰色の水蒸気が巨大な渦を成しているのを目撃したからである。

二月十七日に出発した時には、かつて最初の探検のさいに進んだ黒い花崗岩の裂け目をもっと徹底的にきわめてみようと決意していた。この洞穴の両側には亀裂が走っていて、そのうちのひとつをちらっと目にした覚えがあったため、そこに何かしら抜け道があるかどうかはまったく期待していないけれども、ともかく探検してみたくなったのである。

以前同様、わけもなく洞穴の底へ到達したので、こんどこそはしっかり落ち着いて、この洞窟を注意深く調べてみようと考えた。そこは想像しうる限り最も奇妙なかたちをした空間であり、これがまったくの自然の御業《みわざ》であるとはとうてい信じがたい。洞穴の東端から西端までは、ほぼ五百ヤードほどの長さで、くねくねと曲がりくねった道を縫って行かねばならなかった。東から西へまっすぐ行けば、その距離は四十ヤードから五十ヤードを超えることはないと思う（もちろん正確な計測手段を持ち合わせていない条件下での概算だ）。初めてこの裂け目へ向かった時には、丘陵のてっぺんから下へ向かってほぼ百フィートほど降りて行かねばならなかったのだが、奈落の両側の壁はほとんど似たところがないばかりか、どうやらこれまで一度もつながることなく成立したらしい。片方の表面は石鹸滑石、もう片方の表面は泥灰土で出来ており、いくらか金属質の粒が混じっていたからだ。ふたつの絶壁のあいだの広さというか間隔は、平均して六十フィートほどであったが、その形状に何一つ規則性はなかった。前述した一番端のところを越えると、間隔は一挙に狭まり、両側の絶壁は並行するようになったが、しかしもうしばらく行くと、やはり両者の表面における素材も形状もふぞろいなままであった。底へ到達するまであと五十フィートのところに来た時にようやく、両者は完全に相似形を示すようになった。ここまで到達すると、両側の絶壁は素材にしても色彩にしても横方向の角度にしてもすべて足並みをそろえ、ともに漆黒で光沢のある花崗岩から出来ているばかりか、どの点を取っても互いに向き合い、きっかり二十ヤード［一八・二九メートルだが、一桁多いように思われる］ほどの間隔を開けていた。この裂け目の正確な形状をきちんと理解するには、まさにその現場で記録したスケッチを見ていただくのが一番だ。というのも、幸運なことに、ぼくはその時、手帳と鉛筆を持ち合わせていて、これ以降えんえんと続く冒険のさいにも細心の注意を払ってなくさないようにしていたのだ。まさにそのおかげでいろんな事項を記録することができたわけで、この手段なかりせば、すべては忘却されてしまったかもしれない。

まずこの第一図をごらんいただければ、裂け目のだいたいの輪郭はおわかりいただけよう。ここでは両側の絶壁にいくつか開いていた小さな穴は割愛するが、それぞれの穴のある反対側にはそれに対応する突起があった。裂け目の底には微細なる粉が三、四インチほど降り積もり、その下には漆黒の花崗岩が続いていた。右側の一番下の端には小さな出口が見える。この割れ目こそは前述したもので、ここの部分を以前にも増してしっかり調査することこそがぼくらの第二回目の探検が目的とするところだった。いよいよそこまで元気よく突進して行ったぼくらは、行く手を阻むキイチゴにも似たトゲのある灌木をバッサバッサとなぎ倒し、かたちだけ取れれば矢尻を思わせないでもない鋭利な火打石の巨大な山をも一掃した。ところがぼくらは、はるか遠くの端からかすかな光線が射し込んでいるのに気がつき、捲《う》まず撓《たゆ》まず進んで行くことにしたのである。そしてとうとう三十フィートほども突き進むと、その割れ目は低くかたちの整ったアーチで、その足元には裂け目本体にあるのと同じ微細なる粉が降り積もっていた。強烈な光が射し込んで来たので、ほんの少しばかり曲がると、そこにはもうひとつ新たな天井の高い穴ぐらがあり、長さの点を除けば以前にいた穴蔵とうりふたつだった。第二図でその形状を確認してほしい。

第一図

この裂け目の全長は、入口aから始まりカーヴbを経て、終点dに及ぶので、合計五百五十ヤード。地点cにある割れ目はぼくらがそれ以前にいた裂け目から抜け出る時の割れ目にそっくりだったが、ここもまたトゲのある灌木やら膨大な矢尻状火打石の山やらがぎっしり詰まっていた。何とかそれらをこじ開けて進んだところ、何と四十フィートもの長さにおよび、第三の裂け目に通じているのがわかった。そこもまた長さのほかは最初の裂け目とうりふたつだった。それについては第三図をごらんいただきたい。

第三の裂け目の全長は三百二十ヤードにおよぶ。地点aにある入口は幅六フィートほどの穴が開き、内部へ十五フィートほど食い込んだところに足元が泥灰土になっている部分があって、通路はそこで終わっており、おそらくそこから先にはさらなる裂け目などないものと思う。ぼくらは光がほとんど射し込まないこの裂け目をそろそろ出ようとしていたが、その時ピーターズがぼくを促して、袋小路地点の泥灰土を見ろ、その表面に何だかおかしなかたちの絵が刻まれているぞと言った。ほんの少し想像力を働かせてみただけでも、この壁画めいた構図の左側というか一番北側の絵は、荒削りではあれ、明らかに直立して腕を伸ばした人間のすがたを描こうともくろまれたものだ。残りの部分はアルファベットにいくらか似ているため、ピーターズは何としても、これが文字ではないのかという珍説を主張したいようであった。けっきょくそれが誤りであると彼に納得させるに至ったのは、この空間の足元を見ると、微細なる粉に混じって石灰土の大きな破片がいくつか見つかったからだ。これらはまちがいなく何らかの地震の折に、いまは壁画めいた構図のある表面から崩れ落ちた破片なのであって、じっさいぼくらが壁画と思ったものの刻み目に当ててみると、それら破片の突起部分がぴたりぴたりと嵌《はま》るのであった。かくして、この壁画めいた構図はすべて自然の御業だということが証明された。第四図にその構図の全体像を示す。

この奇妙な洞窟もまたいかなる脱出手段をも与えてくれないことをとことん納得したからには、ぼくらは落胆し意気消沈して、元来た道を引き返し、丘陵のてっぺんへ赴いた。続く二十四時間のあいだには特筆すべき事件は何一つ起こっていない。ただひとつの例外は、第三の裂け目の東方向へ向かう地面を吟味していたところ、じつに深い三角形の穴をふたつほど発見したことだ。その両側の絶壁は黒花崗岩だった。そこから下へ降りてみることもある

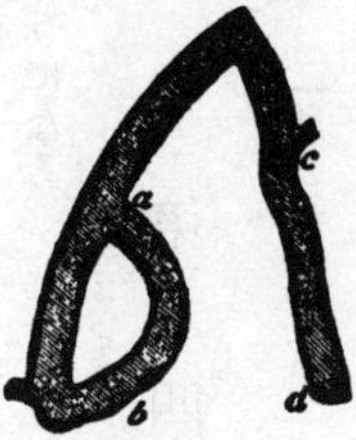

第二図

第三図

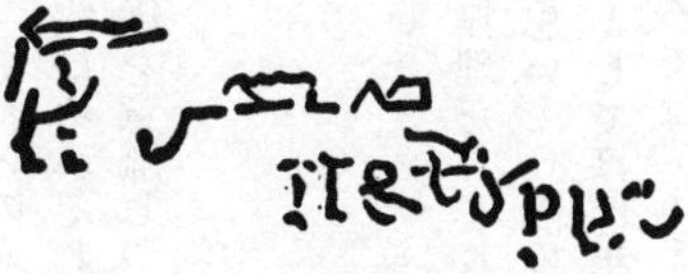
第四図

第五図

まいというのが、ぼくらの共通見解である。というのも、それらの穴はともにたんなる自然の泉であって、出口がないように見うけられたからだ。穴はそれぞれひとまわり二十ヤードであり、そのかたちを第三の裂け目との相対的な位置関係を意識しつつ記すと、第五図のようになる。

第二十四章

二月二十日、ハシバミの実だけで食いつなぐのはもう無理だ。これを常食にすると拷問並みの痛みと苦しみが伴うからだ。そこでぼくらは決死の思いで丘陵の南斜面を下って行った。絶壁の表面は最も軟らかい石鹼滑石で出来ており、全体としてほぼ垂直に切り立ってはいたが（少なくとも百五十フィートの深さだ）、多くのところではアーチ状にたわんでいた。ずいぶんと調査を重ねた結果、崖の縁二十フィートほど下に狭い岩棚があるのを発見し、それに飛びついたピーターズはさっそく飛び移ろうとしたので、ぼくはふたりのハンカチを結びあわせて使うという奇策に出た。いくぶん難しくはあったが、この手でぼく自身も岩棚へ降りることができた。そして判明したのは、この断崖を下までずっと降りるには、ぼくらが丘陵の大崩落で生き埋めになりかけた時に裂け目からよじ登った時の手順を踏襲すればよいということだ——すなわち、石鹼滑石の表面にナイフを突き立てながら一歩一歩進んで行くのである。それを再びくりかえすことにどれほどの危険が伴うものかは、ほぼ想定不能。けれども、ほかに手段がなければ、やるしかない。

いまいる岩棚にはいくらかハシバミの灌木が生えていた。そのうちのひとつにハンカチで作ったロープの端を括りつける。もう一方の端をピーターズの腰に巻きつけ、ぼくは彼を断崖の端沿いに下ろしていくと、ハンカチがピンと張った。彼はこんどは石鹼滑石に深く穴を開け(八インチから十インチほどだ)、頭上に一フィートそこらの高さで突き出ている岩をうまく利用して下降し、拳銃の台尻でじゅうぶん強力なペグを平坦な表面へ打ちつけて行った。つぎにぼくはピーターズをおよそ四フィートほど引き上げてやると、彼は同様にペグを打ちつけ、下で作ったのとよく似た穴を作り上げ、両手両足を休める場を確保した。そして灌木に括りつけていたハンカチの端を外すと、それを彼のほうへ放り投げる。ピーターズはそのハンカチをこんどは上の穴に打ち込んだペグに縛りつけ、これまでいた地点から三フィートほど下の位置まで、ハンカチを全面的に利用しながら、ゆっくりと降下した。そこに来てかれはもういちど穴を開け、そこにもペグを打ち込む。そして自身をいま少し引っ張り上げ、開けたばかりの穴で両足を休めると、その上の穴に打ったペグにしっかり両手でつかまった。上のほうのペグからハンカチを外して、こんどは下のほうのペグに縛りつける。だがここで彼はひとつミスをしたのに気づく——ふたつの穴の間隔をずいぶん広く開けてしまったのだ。とはいえ、その結び目に手を伸ばそうと何度か試みながらもうまくいかないばかりか危ない目にも遭ったりしたので(左手でつかまるいっぽう、右手でハンカチの結び目をほどこうとけんめいになっていたのだ)、ピーターズはとうとうその即席製ロープを切断してしまい、あとにはペグに巻きついた六インチほどの切れ端が残るばかりとなった。こんどは二番目のペグにハンカチを縛りつけ、彼は三番目のペグの下へ降り、そのさい降り過ぎないようじゅうぶんに留意した。以上のような方法により（といっても、ぼくだけだったら考えつきもしなかったことで、ピーターズの機転と勇気によるところが大きいのだが）、わが相棒はついに、断崖からところどころ突き出た部分を巧みに利用しつつ、みごとにぶじ崖下へ降りることができたのである。

こんどはぼく自身がピーターズに倣《なら》い、勇気をふりしぼる番だった。それにはいくらか時間を要したが、けっきょくぼくもやってみることにした。ピーターズは下降する前にシャツを脱ぎ捨てて行ったので、それとぼくのシャツとを合わせれば、この大冒険に不可欠なロープの代わりになるだろう。裂け目の中で見つけたマスケット銃を放り投げると、ぼくはシャツでこしらえたロープを灌木に括りつけ、すばやく絶壁からの下降を開始し、てきぱきと動いたが、そうでもしなければ恐怖を一掃できなかったからだ。最初の四歩、あるいは五歩を進む時には、このように絶好調だったのである。しかしぼくはすぐにも、これから下らねばならぬ深淵がいかに深いか、ひいては唯一の支えたるペグや石鹸滑石がじつはどんなに脆《もろ》いものかに思いを馳《は》せ、怖気をふるった。こうした思いをいかにけんめいに振り払おうとしても、そしていかにしっかりと目前の断崖面を凝視しようとしても、及び腰になってしまう。もう何も考えまいと真摯に思いつめれば思いつめるほどに、そのぶん想像力がますます募り、恐ろしいほど目前に迫ってくるのだ。ついにぼくの妄想は危機を迎え、ありとあらゆる類似のケースに見られるように、恐怖でいっぱいになった。こうした危機においては、はたして断崖絶壁から落下して行くだろう時にはどんな感覚を伴うものかをあれこれ想像たくましくしてしまうのだ——すなわち、落下の瞬間にはどれほどの吐き気とめまいに襲われるものか、最終的にはいかにあがき、気絶するものか、そしてまっさかさまに落下する時にはいかなる究極の痛みを覚えるものかを。そしていまやぼくには、こうした妄想のたぐいが現実と化しているのがわかった。これまで頭の中だけで想像していたありとあらゆる恐怖がじっさいに襲いかかってきたのだ。膝ががくがく言い始めるばかりか、指の握力がどんどんなくなっていくのを感じたのである。耳の中では鐘が鳴り始めたのでひとりごちた、「これこそぼくに対する弔鐘だ!」と。そしてつぎには、どうしても崖下を見おろしたい欲望をとうとう抑えきれなくなった。べつだん、断崖にのみ視線を限定するわけにもいかない。この時沸き起こった感情は常軌を逸した得体の知れないもので、半ば恐怖感、半ば抑圧からの解放感から成っており、ぼくは一気に深淵の底をのぞきこんだ。ほんの一瞬、断崖にしがみついている指が支えをぎゅっとつかんだが、他方では、まさにそのように指が動いたからこそ、ひょっとしたら究極的には助かるかもしれないという最小限の希望が影のように心をかすめたものだった——しかしつぎの瞬間にはぼくの魂はまるごと落下願望で満たされていた。それはまったく制御不能な欲望ないし願望、あるいは熱情とでも呼ぶべきものだ。ぼくはすぐにもペグを握る手を離して、断崖から身を半ばひねるような姿勢となり、ほんの一瞬、その剝き出しの壁面を背によろめいた。だが、つぎには頭がきりきり舞いして、金切り声ともまぼろしともつかぬ声が耳をつんざいた。黒々と悪魔のようでぼんやりかすんだ人影が、たちまち眼前に立ちはだかった。そして、ため息をついたぼくは、心臓の張り裂けんばかりの思いとともに落下し、その人影の両腕に身を投げた。

ぼくは気絶して、ピーターズが落下して来るこの身を受け止めてくれたのだった。彼はぼくがいったいどうするかを崖下から逐一見守っており、この身が危ないとなるとすぐ、ありったけの手だてに訴えることでぼくを勇気づけようとしたのだ。ところが、あまりにひどく動揺していたがために彼の言葉は聴き取れなかった。つまり、そんな状態だったがために、そもそもピーターズがぼくに語りかけていたということすらわからなかったのだ。ついにぼくがよろめいたのを見たピーターズは、すぐさま断崖をよじ登り助けに駆けつけ、そしてみごとに間に合ったというわけだ。万が一ぼくが全体重をかけて落下していたとしたら、亜麻《あま》布《ぬの》製のロープはまちがいなく切れてしまい、ぼくは奈落へまっさかさまだったろう。つまり、ぼくがゆるやかに落下するようピーターズが工夫してくれたおかげで、意識は失ったものの危険に陥ることなく、無事息を吹き返すに至ったのである。その間、十五分ほどの出来事であった。意識を取り戻した時には、恐怖感など微塵もない。むしろ自分が新しい存在と化したかのような感覚を覚え、わが相棒がさらに手を貸してくれたおかげで、ぶじに崖下へ降りることができた。

ここは友人たちが命を落とした峡谷からそう遠くなく、丘陵の崩落が起こった地点の南にあたる。そこには特異なまでの荒野が広がっており、その一面を目にしただけで、ぼくは旅行者たちがかの頽廃《たいはい》の都バビロンを特色づける荒野について語った記述を思い出した。ぼろぼろの断崖が荒廃をきわめ、北向きの景観において混沌たる障壁を成しているのは言うまでもなく、大地の表面にはどの方角を向いても巨大な塚が顔を出し、これは人間の手になる巨大構造物の残骸と思われる。もっとも、細かく見て行くと、人為的なものとはぜんぜん似ていない。岩滓《がんさい》があふれかえり、黒花崗岩の巨大で不格好な一群が泥灰土の一群とごたまぜになっていて、ともに金属質の粒が表面を覆いざらざらしている。植物について言えば、見渡す限りの荒野全体において、草木が育つ気配はいっさいない。ここにいるのは何匹かの巨大なサソリと、高緯度においてはここにしか存在しないであろう多種多様な爬虫類《はちゆうるい》だ。

*原注：泥灰土も色は黒い。じっさいのところ、この島の物質には明るい色のものはない。

食糧こそは最優先事項なので、ぼくらは海岸へ向かうことにした。半マイル以上も離れてはいないし、そこへ行けば亀を捕まえられるだろう。その何匹かはすでに丘陵の隠れ家から目にしたことがあった。ぼくらが百ヤードほど進み、巨大な岩石と塚とのあいだを用心しながら縫って行った時のことだ、角を曲がると五人の原住民たちが小さな洞窟から突如すがたを現し、棍棒で一発かませてピーターズを倒してしまった。彼が倒れると、奴らは一斉に彼に襲いかかりえじきにしようとしたが、その間に、ぼくは驚愕から立ち直った。マスケット銃を持ってはいたものの、絶壁から放り投げたときに銃身がひどく損傷したため、役に立たないと見て放り投げ、きちんと手入れしてあった拳銃のほうを選んだのである。これら二挺《ちょう》の飛び道具を携えて襲撃者に迫ったぼくは、かわるがわる銃をぶっぱなした。原住民ふたりが倒れ、いままさにピーターズへ槍を突き刺そうとしていた奴も、目的を果たすことなくくずおれた。わが相棒がかくして解放されたとなると、もう怖いものはない。ピーターズ自身もじつは拳銃を持ってはいたのだが、彼は誰よりもはるかに優る体力を誇っていたがために、あえて銃を撃つことには慎重にかまえていたのだ。かくして彼は、倒れた原住民のひとりから棍棒を奪い取ると、残る三人の敵の脳天をそれぞれ一撃でかち割り、そのあげくぼくらふたりはこの荒野の支配者となりおおせたのだった。

　あまりにも迅速にこれらの出来事が展開したので、現実にあったことだったのかどうか信じられないまま、ぼくらはすっかり放心状態でたくさんの屍を見下ろしていたが、まさにその時、遠くでつぎつぎと叫び声があがったために、われに返った。原住民たちが銃声を聞いて警戒心を強め、ぼくらはもう逃げも隠れもできないことは一目瞭然。絶壁のほうへ戻るには、叫び声のあがった方向へ赴かねばならない。そして、もしも運良く絶壁のふもとに辿り着いたとしても、奴らに見つからずによじ登れるわけもない。絶体絶命の危機を迎え、さていったいどっちの道を通れば逃走できるかと考えあぐねていたところ、ぼくが撃ち殺したとばかり思い込んでいた原住民のひとりがいきなり立ち上がると、すたこら逃げ出した。もっとも、ぼくらは奴がさほどの距離を行かないうちに取っ捕まえたので、いざ死んでもらおうとしたところ、ピーターズが妙案を出した。ぼくらの逃避行にこいつを同伴させれば、きっと何かしら役立つだろうというのだ。かくしてぼくらはこの原住民を連行し、万が一抵抗でもしたらすぐさま射ち殺すぞと脅したものだ。数分のうちに奴は全面服従の姿勢を示し、岩石群のあいだをどんどん進んで海岸をめざすあいだ、ぼくらの両側をぴょんぴょん走っては付いて来たものである。

これまでのところ、ぼくらが通ってきた道があまりにも曲がりくねっていたため、間隔をおいてしか海が見えなかった。はじめてきちんと海を確認できたのは二百ヤードも歩いてからのことである。目前の広々とした浜辺に出ると、愕然としたことに、数えきれぬほどの原住民の一群が村から、そしてこの島のすべての目に見える区画から、ぼくらめがけて押し寄せ、身振り手振りで激しい怒りを現し、野生の獣のごとくに吠えまくっているではないか。ぼくらはすぐさま向きを変え、硬くて粗い大地を退却しようとしたが、その時だった、二艘のカヌーの舳先が、海に突き出した巨大な岩影から顔を見せているのを目撃したのは。このカヌーめがけて全速力で走り寄って捕まえたところ、中はまったく無人で、積荷は巨大なガラパゴス亀三匹と漕ぎ手六十人分の櫂《かい》だけ。ぼくらはさっそくそのうちのひとつの櫂を奪うと、捕虜も乗せ、あらん限りの力を振り絞って、猛然と海へ漕ぎ出した。

岸から五十ヤードほど進んだころ、ぼくらはすっかり落ち着きを取り戻すと、ひとつたいへんなことを見落としていたことに気がついた。もう一艘のカヌーを原住民たちの意のままになるよう残しておいたのは失敗だった。連中はこの時点では、浜辺までぼくらが今いるところの距離の半分近くまで来ており、まもなく追いかけてくるだろう。一刻もぐずぐずしてはいられない。ぼくらに希望があるとしても、一縷のものにすぎないが、にもかかわらず希望を持たないわけにはいかない。いまからだと、どんなにがんばっても奴らがもう一艘のカヌーを手に入れる前に岸辺に帰り着けるとは思われないが、しかしチャンスはあるはずだ。まんまともう一艘を略奪することができた暁にこそ、ぼくらは救われることになるだろう。それに引き換え、万が一まったく手を打たなかった場合には、みすみす皆殺しにされてしまう。

カヌーの舳先と船尾とは同じようにデザインされていたから、船体をぐるりと逆転させなくとも、櫂を漕ぐ位置を取り替えればいいだけの話だった。原住民たちはこのことに気づくやいなや、連中の速力とともにわめき声のほうも倍加され、猛スピードで迫って来た。しかしぼくらは思いっきりエネルギーを振り絞って岸辺へ戻り、とうとうまだ原住民たちがひとりしかやって来ないうちに、問題の地点へ到達した。この原住民は自身がまさしく圧倒的な俊足を備えていたがために報いを受けた——すなわちこいつが岸辺へ接近した時に、ピーターズがその頭を拳銃で撃ち抜いたのだ。後方から来る仲間のうち先頭にいた連中はおそらくぼくらがもう一艘のカヌーを略奪した時には二十歩から三十歩ぶんほど離れていたのではなかろうか。ぼくらはまずこのカヌーを原住民に追いつかれないよう沖へ引っ張り出そうとしたが、どうやらあまりにしっかりと浅瀬に乗り上げている。もう一刻の猶予もないと見たピーターズは、マスケット銃の台尻で一、二回打撃を与えることで舳先と船体の片側の大半を粉砕してしまった。かくしてぼくらは出発した。この時点までに原住民がふたり、ぼくらのボートを捕まえて、頑固なまでに手放さなかったので、ついに奴らをナイフで始末せざるをえなかった。これでようやく邪魔者はいなくなり、安心して航海できる。原住民たちの中心的な一団は、ようやくカヌーにまで到達するもぶっ壊れているのを見て、考え得る限り最も激越なる憤怒と絶望の叫びをあげまくった。じっさいのところ、この凶悪なる民族を事細かに観察して来た結果、こいつらこそは地球上の人類のうち誰よりも邪悪で偽善的で執念深く残忍で、ことごとく悪魔的な種族であるように思われた。もしも奴らの手に落ちたならば、救われる希望などありえなかったろう。奴らは狂ったかのように破壊されたカヌーを駆ってぼくらを追いかけようとしたが、それも無駄とわかると再び憤怒に満ちた不気味なる阿鼻《あび》叫喚《きょうかん》をくりかえし、丘陵へ猛然と駆け上って行った。

こうしてぼくらは、いまそこにある危機からはぶじ逃れたわけだが、しかし現在の状況は、なおもお先真っ暗だ。ぼくらが知ったのは所有していた四艘のカヌーがたちまち原住民の手に渡ったこと、そして知らなかったのはそのうち二艘がジェイン・ガイ号の爆発とともに木っ端微塵になってしまった(と、あとからぼくらの捕虜から聞いた)ことだ。したがって、仲間のボートがつねに停泊している湾のところへ(それは岸から三マイルほど離れている)敵が廻り込むやいなや追跡される可能性は、じゅうぶんに考慮してかからねばならない。この事態を懸念したぼくらは、あらん限りの力を尽くして島をあとにし、捕虜にも櫂を漕がせて、猛スピードでカヌーを進めた。三十分ほどしたころだろうか、おそらくは五、六マイル南下した地点で、平底カヌーと筏の大艦隊が湾からすがたを現し、明らかにぼくらを追跡しようとしていた。だが奴らはもう追いつけないと思ったのか、すぐさま引き返した。

第二十五章

いまやぼくらは広大にして荒涼とした南氷洋の南緯八十四度を越えた地点に来ていた。乗っているのはいまにも壊れそうなカヌー、そして残された食糧は亀三匹のみ。南極の長い冬もそう遠くはないため、いったいこれからどのような航路を選ぶべきかはよくよく考えなければならない。同じ群島に属する島が五つ六つ見えたが、それぞれ五、六リーグほど離れている。しかしそのいずれにも上陸するつもりはなかった。ジェイン・ガイ号に乗って北からやって来たぼくらは、一番厳しい氷の地帯からは徐々に外れていった——このことは、いかに南極地方をめぐる一般通念と合致するところが少ないとしても、経験からして否定し得ない事実である。ゆえに、これから元来た道を引き返すというのはまったく馬鹿げているのだ——とりわけこの季節のうちでもこんな遅い時期を迎えたとあっては。希望に満ちた航路はたったひとつ。ぼくらは大胆にも南下を続けることに決めた。そうすれば、少なくとも新たな島々を発見できるかもしれない。しかも、はるかに温和な気候となる見込みがあった。

これまでぼくらは南極地方には、北極海と同じく、暴風雨も大洪水もとくにないものと見なしていたが、しかしこのカヌーは、なりは大きくとも脆弱な造りなので、ぼくらの持ちあわせる限りある手段でその安全を守るため、修理に精を出したものだった。船体の素材は樹皮にすぎない――それも得体の知れない樹木の皮だ。肋材のほうは強靭なヤナギの枝で、これは使用目的にぴったり適っていた。船首から船尾までは五十フィートほどの長さで、幅は四フィートから六フィート、そして深さは一貫して四フィート半――このようにカヌーの船体は文明国家にはおなじみの他の南氷洋の住民のものとは、大幅に異なるかたちをしていた。しかし、こうした船が所有者たる無知蒙昧な島民たちの手で作られたとは、どうしても信じられない。そこでしばらくしたところで捕虜に尋ねてみたところ、船を造ったのは、ぼくらがこれらのカヌーを見つけた島の南西に位置する群島の原住民たちで、件の未開人たちがそれを奪ったのだという。この船体の安全確保のためにできることといったら、ほとんどなかった。船体の両端にいくつか大きな裂け目ができていたので、そこに羊毛製ジャケットの切れ端を当ててふさごうと試みた。必要以上にたくさんの櫂が積み込まれていたのを利用して、舳先のところにやぐらを作り、いかに荒波が猛襲をかけ水浸しにしようとも跳ね返すべく対策を講じた。さらに櫂をふたつ、互いに向き合うように、それぞれの船縁のわきに立てることでマストの代わりにしたところ、帆桁がなくても事足りるようになった。こうして作ったマストに、ぼくらのシャツで作った帆を掲げたのだ――これはずいぶんと困難をきわめる作業だった。というのも、捕虜はといえば、その他の作業ではいざ知らず、この手の作業においてはまったく使いものにならなかったからである。とくに亜麻布を目にした時のこいつの反応ときたらおかしなものだった。どんなに勧めようが触ろうとも近づこうともせず、無理強いしようとするとぶるぶる震え出し、果てはこう叫ぶばかりなのだ――「テケリ・

リ！」
カヌーの保全のためのさまざまな修繕が終わると、さしあたっては南南東へ向けて出帆し、この群島のうちの最南端を見る航海へと乗り出した。そのあとには、南の方向へまっしぐらに行くよう舳先を定めた。天候は決して悪くない。北から主に吹いて来るのはじつに穏やかな風だったし、海も荒れてはおらず、日差しも絶えることがない。ここまで来ると、いかなる氷も見かけなくなった。そもそも、ベネット島を発ってからというもの、氷のかけらひとつにすらお目にかかってはいない。じっさい、このあたりの海水の温度はあまりにもぽかぽかしているから、氷など存在しようもないのだ。連れて来た亀のうち最大のやつを殺して、そいつの肉を食べるばかりか水もたっぷり吸収すると、ぼくらはいささかの事件にも遭遇しないまま、おそらくは七、八日間は、同じ針路を進み続けた。この間というもの、ぼくらは途方もない距離を南下したにちがいない。というのは、風がたえず吹きつけてきたし、非常に強い海流がぼくらと同じ方向をめざしていたからだ。

***三月一日**。数々の異常な現象に出くわしたゆえんは、ぼくらが驚天動地の領域に足を踏み入れようとしているからだろう。薄灰色の水蒸気がたえず南の水平線のところにもくもくと聳え、時として高みに走る稲妻のうちに燃え上がり、東から西へと移動したかと思えば、こんどは西から東へと移動し、そして再び平らで整然とした頂点を築く――いわば北極光にも似ためくるめく千変万化を見せつけた。この水蒸気の山の高さは、ぼくらの位置から観察する限りにおいて、およそ二十五度といったところか。海の水温は一時的に上昇しているよう

で、その色彩の変化もじつにはっきりと目に見える。

＊原注：ぼくがこうした日付のうえで厳密な正確さを期したくてもできないのには、明確な理由がいくつかある。これらの日付を記しているのは、主として語りをわかりやすくするためであり、それは鉛筆によるメモ書きに従っている。

三月二日。本日、捕虜にくりかえし尋ねたところではっきりしたのは、かの虐殺の島とその住民、そして彼らの習慣をめぐるこまごまとした事柄であった——しかし、こうした細部を披露して読者諸兄姉を引き止めてもよいものだろうか？　とはいえ、これだけは明かしておいてもいいだろう。あの群島は八つの島から成っていて、そのすべてが、群島中でも最小の島に住むツァレモンとかプサレモンとかいう共通の王に支配されていること。そして兵士たちの衣服の素材である黒皮はこの王の宮殿近くの谷でしか見つからない巨大な獣のものであること——それにこの群島の住民たちは平底筏しか作らないこと（それはあのカヌー四艘しか連中は船のたぐいを所持しておらず、それらはまったくの偶然から南西の大きな島からせしめたものであることからもわかるだろう）、そしてこの捕虜本人の名前がヌー・ヌーであること、奴にはベネット島のことなど何もわかっちゃいないこと、そしてそもそもぼくらが逃げ出した例の島というのが「ツァラル」という名前であること。「ツァレモン」とか「ツァラル」といった単語の最初の部分は長く伸ばした歯擦音《しさつおん》であるため、何度いっしょうけんめい努力しても真似することができず、それはぼくらが丘陵のてっぺんで食べたヨシゴイ属のサギの鳴き声とまったく同じであった。

三月三日。海水の熱がまさに凄まじくなり、色彩のほうもたちまち変化して、もはや透明ではなく、牛乳のような濃度と色彩を帯びていた。船のすぐわきのところでは海面はいつもどおり穏やかで、カヌーを脅かすほどの荒波ではなかった——しかし頻繁に驚かされたのは、まちまちの間隔においてではあるけれども、船の左右で海面が突如として広範囲にわたり荒れ狂うことだ——そしてこの時ついに腑《ふ》に落ちたのだが、こうした現象の先触れになっていたのが、南方向に水蒸気の山が聳え立ちむやみに明滅をくりかえしていたことだ。

三月四日。今日は、北からの微風が止んだのがはっきりわかったので、カヌーの帆を広げるため、ぼくは上着のポケットから白のハンカチを取り出した。ヌー・ヌーはぼくのすぐそばに腰掛けていたのでハンカチの亜麻布がたまたま顔の前でゆらめいたりすると、ひどくぶるぶる震えたものだ。そのあとには眠気が襲い、身体的感覚がなくなり、ただただこう低くつぶやくばかりとなる——「テケリ・リ！　テケリ・リ！」と。

三月五日。風はすっかり止んだ。しかしぼくらが強力な海流に乗って、なおも急いで南下しようとしていること、それだけはたしかだった。そしていまや、じっさいのところ、いろんな出来事が転回点を迎えていることに警戒心を覚えても良かったのだ——しかし、この時にはまったく実感が湧いていなかった。ピーターズにしても、時折理解不能な表情を見せるとはいえ、その顔つきからはいささかの不安も感じ取れない。南極の冬が到来しようとしていた――しかし恐怖は伴っていなかった。ぼくはむしろ肉体と精神が麻痺したのを――夢心地の気分を――感じ取ってはいたが、しかしそれだけのことだった。

三月六日。灰色の水蒸気が水平線上のはるかな高みに立ちのぼっていたが、徐々にその色合いが失せているところだった。海水の温度は極度に高まり、触るのも不愉快になるぐらいであったが、その乳白色の色彩は以前よりもずっとはっきりして来た。今日はカヌーにとても近いところで海水が猛烈にざわめいた。そうなるとお定まりのように、水蒸気が立ちのぼるそのてっぺんのところでめらめらと燃え上がったりもするようになったが、そのふもとの部分では、水蒸気が一時的に分散した。灰そっくりだが断じて灰ならざる微細で白い粉がカヌーのみならず広大なる海面にも降り注ぎ、そのいっぽうでは水蒸気内部にてもう何ひとつ明滅しなくなり、精神的な動揺すらも海の藻屑と消えた。ヌー・ヌーはいまや船の底でつっぷし、どんなに声をかけても起き上がろうとはしなかった。

三月七日。この日、ぼくらはヌー・ヌーを前に、いったいなぜ彼の同胞たちはぼくらの仲間たちを殲滅《せんめつ》しようとしたのか、その動機を尋ねた。しかし彼は恐怖に駆られるあまり、いっさい筋の通った説明をしてくれない。しかも頑迷なまでに平底で伏せったままだ。そして、さらにぼくらが動機について質問をくりかえすと、こんどはボケてしまったかのような身振りで、人差し指を使い上唇を持ち上げ、その下に隠れていた歯を一気に剝き出したりするばかりであった。歯はすべて真っ黒だ。ツァラル島人の歯を見たのは、これが初めてだった。

三月八日。この日、白い獣が一匹、船のかたわらを浮遊していった。こいつがツァラル島の浜辺に出現した時には、原住民たちに強烈な動揺が走ったものだ。拾い上げてもよかったのだが、急に気乗りがしなくなり、ぐっとこらえた。海水の温度はますます上昇し、そこに手を浸すわけにもいかないほどだ。ピーターズはほとんど喋らなくなり、いったいなぜ無気力になったのか、よくわからない。ヌー・ヌーは息はしていたものの、それ以上ではない。

三月九日。白い灰にも似た物質がどんどんあたりに降ってくる。しかも大量にだ。南方向の水蒸気の山は水平線上に壮大なまでにふくれあがり、そのかたちがいっそうはっきりし始めた。たとえるならば無窮の滝というほかなく、それは天にある巨大で遠大な峡谷からしんしんと降って来るのだ。この巨大なカーテンが南の水平線いっぱいに広がった。音もなく。

三月二十一日。陰鬱な闇があたりに立ちこめている――とはいえ、海の乳白色の深みからは煌々《こうこう》と輝く光が立ちのぼり、カヌーの舷墻沿いに忍び寄って来た。この時には、天からぼくらめがけて降り注ぎ、最終的には海水へ溶けて行った白い灰の驟雨のため、難破しかけたほどだ。瀑布《ばくふ》のてっぺんがいったいどこにあるのかは、ぼんやりしているうえに遠くてまったくわからない。しかしぼくらが猛スピードで瀑布へ突進していることは明らかだった。瀑布の中にはいくつか、広く大きく、一時的に口を開けてみせる裂け目があるのが、切れ切れに見て取れた。そして、まさにこれらの裂け目のさなかでは、混沌たる走馬燈が展開されているのだが、そこから強烈ながら音もなく吹き上げる風が、風下で燃え立つ海を蹴散らしていた。

三月二十二日。あたりの闇がいっそう深まり、光と言えば目前の白い水蒸気のカーテンから反射する海水の輝きのほかにない。そのカーテンの彼方より、巨大で青白い鳥たちが次から次へと飛来してくる。この鳥たちは去り際になるとみな、あの永遠の合言葉を叫んだ——「テケリ・リ！」と。これを耳にしてヌー・ヌーは平底でもぞもぞとうごめく。けれどもその身体に触ってみると、すでに息絶えているのがわかった。そしていよいよぼくらは滝の抱擁に身を委ねた。そこでは、ひとつの巨大な裂け目があんぐりと口を開け、ぼくらを迎え入れようとしていたのだ。けれども、まさにその行く手に経帷子《きようかたびら》をまとった人影が出現した。並みの人間と比べて、はるかに巨大なすがたかたちをしている。そしてその人影の肌の色は雪のように純白だった。

後注

ピム氏はつい最近、突然の痛ましい死を遂げたが、それがいったいどういう状況下であったのかは、日刊新聞などのメディアを通して、すでにみなさんよくご存じのとおりだ。この体験記をしめくくる最後の数章はピム氏本人が保管して手を入れようとしていたはずなのだが（前掲のテクスト第二十五章までは活字の組版が完成していたのだから）、その原稿は、彼自身が命を落とすことになった事件のさなかで、復旧不可能なまでに失われてしまったものと危惧されている。しかし、この通りとも限らないので、最後の数章分の原稿は、のちのち究極的に発見されるようなことがあった場合には、もちろん陽の目を見るだろう。

この欠落を埋めようと、ありとあらゆる手段が講じられた。序文にその名が言及され、その発言からすれば欠落を埋めることができると想定される紳士ポー氏は、この仕事を断り続けて来た――それには充分な理由があった。というのも、彼に与えられた細部の情報というのがはなはだ不正確なものであったし、ピムの手記の後半部がことごとく信ずるに価する真実かというと、それも眉唾ものだったからである。情報提供が期待できるピーターズはまだ存命中でイリノイ州に暮らしているが、目下のところ会うことはかなわない。だが、いずれピーターズの居場所が突き止められたら、彼こそはピム氏の手記の結末がいったいどうなるのかを、きちんと証言してくれると思う。

最後の二、三章の原稿が失われてしまったことは（ともかくほんの二、三章のことなのだから）、返す返すも嘆かわしいことだ。そのゆえんは、これらの原稿には疑いなく南極そのもの、あるいは南極に隣接する地域にまつわる重要な証言が含まれていたからだ。それればかりではない。南極圏をめぐる著者の証言の真偽は目下準備中のアメリカ合衆国政府の肝煎《きもい》りによる南氷洋探検によって判明したと思われるからだ。

ピム氏の手記において一点だけは注釈しておいたほうがいいだろう。それによっていかなるかたちでもいま出版されたじつに奇妙な数ページに信憑性がもたらされるなら、この付記を書いている筆者にとってはうれしい限りだ。それはすなわちツァラル島で発見されたいくつかの裂け目と七二一ページと七二三ページに印刷された五つの図版すべてのことを指す。

ピム氏はこれらの裂け目をめぐる図版を注釈抜きで発表し、裂け目の最東端の端に刻まれた壁画状の刻み目について、不思議なことにアルファベットに酷似していると言いながらも、すぐさまそれらが断じてそうではないとも断定している。これはきわめて簡潔明快な主張であり、何とも説得力じゅうぶんの証明が加えられているので（つまり塵の中で見つかった断片の出っ張り具合が壁画めいた刻み目にぴったり嵌ることだ）、ぼくらは書き手であるピムが大真面目であるのを信じざるをえない。ものの道理のわかる読者であったら、それが当然だ。けれども、これらすべての図版をめぐる事実そのものがじつに不可思議なものなので（とりわけ手記全体に見られる証言と照らし合わせた場合に）、それらの事実についてひとことふたこと言わせてもらってもよかろう――これもまた、問題になっているさまざまな事実の運命同様、ポー氏の関心を引くにはいたらなかったことは疑いなく、それだけにいっそう強調しておきたいのだ。

第一図、第二図、第三図、第四図、そして第五図は、これらの裂け目が現れた順序どおりに組み合わせれば、そして枝葉末節に属する脇道やアーチなどはバッサリ切り捨ててしまえば（これらは中心となる洞穴と洞穴を結ぶ通路としてのみ機能しており、その役割がはっきり定められていたのを思い出してほしい）、エチオピア語系の動詞の語根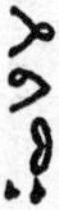を成しており――この語根の特殊文字は「暗くなる」を意味する――そこからすべての「影」とか「闇」といった変化が派生したのだ。

この壁画めいた構図の「左側というか一番北側」の絵が訴えかけているのは、ピーターズの見解が正しく、この象形文字めいた図柄がすべて人為的な仕業であり、人影のつもりで描かれているということだ。この図柄を一目見た時、読者はそれが人影に似ているのかどうか、すぐわかるかもしれないし、わからないかもしれない。けれども、残りの刻み目をよくよく見れば、ピーターズの見解が正しいことが納得できるだろう。その上の部分に展開されているのは明らかにアラビア文字の動詞の語根である特殊文字「白くなる」を意味しており、まさにそこから輝きや白さをめぐるすべての変化が派生したのだ。下の部分のほうは、それほどわかりやすいものではない。文字はすべて崩れておりうまく連結していないからだ。にもかかわらず、きちんと書かれたとしたら、エジプト語の特殊文字で「南の領域」を表すことはまちがいない。こうした解釈は図の「一番北側」をめぐるピーターズの見解を裏付けるのがわかるはずだ。この人影が腕をぐっと伸ばしている先は南の方角なのだから。

こうした結論を引き出すと、あれこれ思索したり血湧き肉踊る推理を展開したりする余地が一気に広がることだろう。ピム氏の手記の中にはほとんど詳細が説明されていない出来事もいくつかあるから、たぶんそれらと結びつけて考察されるにちがいない。もっとも、そうした連鎖が成り立つとしても、決してあからさまにはわかるまい。たとえば「テケリ・リ！」というのは、海で拾った白い獣の死骸を発見した時にツァラル島民たちがあげた驚きの叫びだった。しかし、ぼくらの捕虜ヌー・ヌーは、ピム氏の持つ白い亜麻布に出くわしただけで、まったく同じ言葉を恐怖の叫びとして口にしたのだった。そしてこれはまた、南を遮る真っ白な水蒸気のカーテンから飛来した高速度の白く巨大な鳥の金切り声とも同じだった。一行はツァラル島では白いものなどいっさい目にしなかったが、そこを発ってさらなる南をめざす旅においては、白いものしか目にしなくなった。「ツァラル」というのは裂け目に満ちたあの島の名称であるが、さらなる文献学的検証をつぶさに加えるならば、例の裂け目そのものと何かしら連動するのか、それとも裂け目内部の曲がりくねった洞窟に書かれた謎のエチオピア文字と関連するのかを確認するのも、決して不可能ではあるまい。

「余が文字を丘陵に刻み、塵《ひと》への復讐を岩に刻んだのだ」

（巽 孝之＝訳）

解説——鴻巣友季子

わたしがもともとポーを読み始めたのは、翻訳家になるためだった。

いま振り返ると、そういうことになる。十九歳のとき、唐突に翻訳家になることを決め、とはいえ、どうしたらなれるのかわからないため、手当たり次第に原書を読《よ》み漁《あさ》っているうちに、ほどなくエドガー・アラン・ポーという作家に行き当たった。もちろん、ポーの作品は子どもの頃に、デュパンものの推理小説や「黒猫」「メエルシュトレエムにのまれて」などの名作をいくつか読んではいた。しかし完訳できちんと読んだことはなかったと思う。

当時、ポーにはペンギンブックスのペーパーバックが二種類あり、一つはゴシックホラー、ミステリ、奇譚《きたん》、詩などを集めたもので、もう一つはサイエンス・フィクションに特化した巻だった。いま見てみると、どちらも辞書でひいた単語の語義がちまちまと書き込まれている。ほかにもガストン・バシュラールの『水と夢』などの詩的想像力に関する書物を読み、spiritual vampirism（精神的吸血）について考え、要はすっかりこの作家の魔力にかかって耽《たん》溺《でき》した。ポー好きが高じて、大学在学中、翻訳雑誌にポーの日本における受容について記事を書いたこともあった（《翻訳の世界》連載「版権切れの作家たち」。以下、ポーの邦訳についてはその際のデータを参照している）。

ともあれ、翻訳家になろうとして読み始めた作家の作品をとうとう手掛ける機会をいただいたばかりか、文学全集の一巻として編纂《へんさん》する栄誉に、当代随一のミステリ作家・桜庭一樹とともに与《あずか》ったのだから、翻訳者としてこんなに幸福なことはない。

そうして最初にポーを読んだときの衝撃や恐怖、驚きや戸惑い、さまざまなセンセーションはわたしの中に根深く残り、それらは、この巻の作品選定にも少なからず影響をあたえている。三十年も前の、若い時分の感覚ではあるが、二十一世紀の現在、全集の編者および訳者の目で、「コンテンポラリー文学」として改めて眺めてみても、やはり外せない、いま読まれるにふさわしい作品がそろったと感じている。

† 日本で愛されてきたポー

日本人はポーを愛してきた。愛しつづけてきた。一人の作家でこれだけ多種多様な邦訳が、しかも途切れずに出版されている外国作家は、そんなに多くないのではないか？ある時期高く評価され、しばらくして忘れられ、また再評価を得るという形ではなく、ポーは一貫して人気がある。しかも歴代の訳者には、森田思軒《しけん》、森鷗外、内田魯庵《ろあん》、谷崎潤一郎、佐藤春夫、谷崎精二、もちろん江戸川乱歩、佐々木直次郎、小林秀雄、中野好夫、大岡昇平、吉田健一、野崎孝、福永武彦、佐伯彰一、丸谷才一、八木敏雄（故人に限った）……と、日本の近代文学と翻訳文化の礎となり、牽引《けんいん》してきた文人の名が並んでいる。

日本でポーというと真っ先に挙がるのが、世界初の名探偵オーギュスト・デュパンが初登場する「モルグ街の殺人」か「黄金虫」あたりの推理小説ではないだろうか？（ここに、犯罪小説とゴシックホラーを掛け合わせた「黒猫」がしばしば加わる）。この認知度には、ポーの明治期における日本への紹介・翻訳が関係しているのだろう。

ポーの最初期の邦訳にはどんなものがあるだろうか？

まずは、明治二十（一八八七）年から二十一年にかけて、饗庭《あえば》篁村《こうそん》による脚色訳「黒猫」「ルーモルグの人殺し」「目鏡」（「眼鏡」）。これは、妙齢の美女と老女を見紛《みまが》うというユーモア奇譚）が読売新聞に掲載された。饗庭は読売新聞の記者、小説家、劇評家でもあったが、わたしには、ディケンズの『クリスマス・キャロル』の最も早い翻訳者としての印象が強い（邦題は『影法師』）。

また、明治二十六年には、ドストエフスキーを（英語からの重訳ながら）おそらく初めて邦訳した内田魯庵による「黒猫」（『鳥留好語』収録。警醒社。現在、国会図書館近代デジタルライブラリーでも閲覧可）が、そして、明治二十九年には、翻訳王の異名をとった森田思軒訳の「秘密書類」（盗まれた手紙）（「名家談叢」掲載）、「間一髪」（「陥穽と振子」、「太陽」掲載）が発表されている。

さらに明治四十一年には、ミステリの紹介に努めた本間久四郎訳の『黄金虫』も刊行された（コナン・ドイル「窓の顔」も併録。文禄堂）。

こうして見てみると、この導入期の紹介が現在の日本での知名度にも、おおよそ反映しているようだ。そのほかの初期の翻訳も見てみよう。

谷崎精二――『赤き死の假面』（表題作と「アッシャー館の滅落」「リジーア」「ウイリアム、ウイルソン」などを収録。大正二〔一九一三〕年、泰平館書店）

森鷗外（森林太郎）――「十三時」（鐘楼の悪魔）、「病院横丁の殺人犯」（モルグ街の殺人）、「うづしほ」（大渦巻にのまれて）（泰西名著文庫『諸国物語』に収録。大正四年、国民文庫刊行会）

江戸川乱歩――「黄金蟲」「モルグ街殺人」「マリイ・ロオジエ事件の謎」「窃まれた手紙」「陥穽と振子」「黒猫譚」「メヱルストロウム」「アツシヤア館の崩壊」他（『世界大衆文学全集』第三十巻に収録。昭和四〔一九二九〕年、改造社）

日夏耿之介《こうのすけ》――『大鴉』（昭和十一年、訪書書局）

森鷗外はドイツ語からの重訳だが、ミステリや海洋もののみならず「鐘楼の悪魔」というナンセンス奇譚を選んでいることにも注目したい。

† あらゆる作家、あらゆる文学ジャンルの源泉

現在のあらゆる文学ジャンルの源泉にポーがいる。そんな大胆なことを言いたくなるぐらい、エドガー・アラン・ポーという一人の書き手によって、多くの新たな文学分野が切り拓《ひら》かれ、あるいは継承された。

ゴシックロマン、怪奇小説、奇譚、ホラー、ファンタジー、ミステリ（探偵小説、推理小

説、犯罪小説）、サイエンス・フィクション、海洋・冒険小説、風刺小説……。しかも、現在の目で見ると、これらのジャンル（創始者であるポー本人にはジャンル意識などなかったろうが）を自在に横断し、融合させて書いている。

そう、ミステリもSFも、ポーという一人の作家が始めたものなのだ。現在まで綿々とつづくアメリカン・ゴシックの伝統の最重要地点にいるのもポーだ。

ポーの影響を受け、インスパイアされ、あるいは深く愛したとされる作家は広範囲、多岐にわたり、とても網羅できないが、息がつづく限り、おおよそ年代順に書いてみよう（ひとつ、大きく深呼吸）。

ホイットマン、メルヴィル、ドストエフスキー、カフカ、オスカー・ワイルド、アンブローズ・ビアス、ヘンリー・ジェイムズ、ガストン・ルルー、バーナード・ショウ、フォークナー、プルースト、ボルヘス、カルヴィーノ、ナボコフ、カポーティ、ブローティガン、ジョイス・キャロル・オーツ、マーガレット・アトウッド、スティーヴン・ミルハウザー、ポール・オースター、リチャード・パワーズ……。

詩では、ポーを「発見」したボードレール、マラルメ、ヴァレリーらフランスの象徴派はもちろん、W・H・オーデン、ロバート・フロスト、フェルナンド・ペソア……。

ミステリではコナン・ドイル、アガサ・クリスティ、G・K・チェスタトンから、ディクスン・カー、パトリシア・ハイスミス……（推理小説を書いてポーの影響を免れることが可能なのだろうか?)。

SFや海洋・冒険小説では、『アーサー・ゴードン・ピムの冒険』の続編『氷のスフィンクス』も書いたジュール・ヴェルヌ、H・G・ウェルズ、スティーヴンソン、アーサー・C・クラーク、レイ・ブラッドベリ、『ピム』のパスティーシュ『空洞地球』も書いたルーディ・ラッカー、ハーラン・エリスン……。

怪奇小説、ホラー、ゴシックでは、またまた『ピム』にオマージュを捧げる『狂気の山脈にて』も書いたラヴクラフト、シャーリイ・ジャクスン、スティーヴン・キング、クライヴ・バーカー、パトリック・マグラア、ピーター・ストラウブ、チャック・パラニューク……(これまた、この分野でポーとまったく無関係に存在できる書き手のほうが稀有《けう》ではないか)。

また、映画界ではヒッチコックにも大きな影響をあたえている。

† コンテンポラリー文学としてのポー

まさに、「どっちを向いてもポー」と言いたくなる影響力、波及力である。このリストを見るだけでも、ポー作品の現代性、同時代性が持続していることがわかるだろう。

そう、二〇一六年のいま新しいだけでなく、つねに同時代性をもっている作家なのだ——もちろん、「古典」の名を冠するには、その時代のコンテンポラリー文学として読める必要があるが、百年、二百年と、つねにコンテンポラリー文学であり得る作家というのは、そうざらにはいない。

右に挙げたのは、「ポーの影響」を自覚している作家がほとんどだと思うが、無意識の作家もいるかもしれない。読み手の側がある作家の中に別の作家の存在やエッセンスを見出すというのも、ある種の「文学的影響関係」であるとわたしは思っている。書き手同士が直接的・間接的にあたえあう影響とは違い、読み手の中で起きる作家と作家のインタラクションのことである。読み手から見るとポーの影を感じる、ポーエスクな読み方ができる、という。これは幾度か書いていることだが、エドガー・アラン・ポーというのは非常に浸潤性の高い作家だ。この強烈な光源に感光すると、読み手の目はいつもポーがかった状態になり、もう元の目には戻れなくなる。影響を被《こうむ》っているのは読み手側ということだ。読み手は自然とポーエスクな作品を引き寄せ、それがその人の中の「ポー」と出会って、新たな読み、新たな風景が浮かびあがる。

本を「読む」というのは、つねに読み替えることであり、読み手の中で書き替えることなのだ。

† 翻訳について〜既訳と新訳の共存〜

二十世紀の末から二十一世紀の今日《こんにち》にいたるまで、西洋の古典作品の新訳のムーヴメントが高まっている。わたしとしては、すべての翻訳はそれまでに存在した訳文や、無数の読み手による無数の解釈を、意識的にせよ無意識的にせよ、下敷きにして生まれてくると考えているので、「訳し直し」とか「訳し改め（改訳）」という言い方はせず、「訳し重ね」という概念を提唱してきた。本巻で「新訳」と便宜上呼ばれている翻訳も、「訳し重ね」であると編者としては考えている（個々の訳者の考えはそれぞれあると思うが）。

といったわけで、古典新訳文庫の功績を讃えると同時に、歴史に残る既訳を後世に伝える「古典名訳文庫」というレーベルもあるべきではないかと言ってきた。本巻で、いわゆる新訳と旧訳を両者とも採用しているのはそういった理由である。詩の二作で日夏耿之介、推理小説四作で丸谷才一の名訳を収録した。

† 作品の選定について

全体には、本巻で初めてポーに出会う読者も想定し、代表作は網羅するように心がけた。しかし一方、これまでにあまり邦訳がなく、読まれる機会が少なかった名作、遺作なども収録することにした。

・ミステリ（推理・探偵・犯罪小説）

「モルグ街の殺人」「マリー・ロジェの謎」「盗まれた手紙」「黄金虫」「お前が犯人だ！」の

全五作で、ポーの書いた推理小説はすべてであるが、この五作のトリックパターンをもって、この後の推理小説の基本形を網羅したと言われる。

密室、暗号、盲点、人ならざるものの介入、語りの仕掛け——謎解きを主眼とするミステリの性質ゆえ、トリックの一つ一つを詳述するのは控えるが、このポーの巻では、これらの要素を欠くことなく、さらに連続して読むことで、推理小説のプロトタイプを俯瞰《ふかん》できるよう、一巻の序盤に五作をまとめて収録した。「お前が犯人だ！」をのぞいて、丸谷才一氏による名訳である。「お前が犯人だ！」は桜庭一樹さんによる、新訳ではなく、驚きの翻案小説となった。ポーという人物への語り掛けの形をとっている。

・ゴシック

さて、日本では、ポーといえば真っ先に犯罪小説が挙げられ、事実、ミステリの始祖という重要な立場にあるのだが、やはり世界的な評価からすると、「ゴシックホラー作家」または「ゴシッククロマンの継承者」という印象が強いだろう。この巻では、ミステリの次にゴシック小説をもってきた。ポーのゴシッククロマンの代表作で最も沈鬱な「アッシャー家の崩壊」を筆頭に、「黒猫」「早まった埋葬」、ポーの真骨頂といえるドッペルゲンガー主題の「ウィリアム・ウィルソン」、人骨で出来たカタコンベへと降りていく（セッティングはゴシックながらブラックユーモアを漂わせた）「アモンティィリャードの酒樽」、世間から孤絶した空間に恐怖が忍び寄る「燈台」を収録した。「燈台」は絶筆であり、ポーの遺作となった。

この巻ではポーが繰り返し扱った「憑《つ》かれる家／憑く家」「美女の死」「近親相姦的関係」「生き埋め・封じ込め」「自滅的天邪鬼《あまのじゃく》」「分身」といった主題またはモチーフが鮮明に、濃厚に、見てとれるものを選んだ。以上のゴシック作品に関しては、鴻巣が翻訳を担当した。

そして、男が同居する老人の眼にとり憑かれ罪を犯してしまう「告げ口心臓」。結末は「黒猫」のそれと似ているが、「黒猫」の語りに諦観が漂うのと異なり、本作の男の語りはすさまじい狂気を帯びていく。とはいえ、どちらもどことなく滑稽さを湛《たた》えているのがポーらしい。

翻訳は、第二回アガサ・クリスティー賞を受賞した中里友香さんにお願いした。その受賞作『カンパニュラの銀翼』は、論理学、哲学を土台に、ミステリ、SF、幻想小説、冒険小説を融合させた壮大なゴシックロマンであり、今回、ポーの翻訳を新鋭にお願いするならば、この人しかいないだろうと思ったのだ。古色蒼然《そうぜん》たるムードを演出し、おそらくは明治、大正、昭和のポー翻訳にもオマージュを捧げつつ、訳しあげてくれた。さらに「大鴉」というポーの最もよく知られた詩の新訳にも挑んでいるが、こうした大古典を前にして、新しいものと古いものを共存させ、シリアスさに遊び心を盛りこんだ翻訳ができる人はそうそういないと思う。ちなみに本巻では、つねに詩人であることを第一義においていたポーの考えを尊重し、詩は巻頭にもってきた。

「メルツェルさんのチェス人形」も、また桜庭一樹さんの手によって第一級の翻案小説となった。こんどはエドガーが語り手になり、同好の士を家に呼んで語りだすというスタイルで、なんと妻役にヴァージニア（ポーの幼妻の実名）も登場している。

・奇譚

「影」「鐘楼の悪魔」「鋸山奇譚」の翻訳は、アメリカ文学者の池末陽子さんが担当した。荘重に、コミカルに、アラベスクに、三作それぞれの文体をつくりあげて、妙味をじつに巧みに訳出している。

「鋸山奇譚」は、上田秋成の『雨月物語』の「仏法僧」を思わせる、わたしが最も好きなポーの奇譚の一つだが、一種の判じ物にもなっている。

「鐘楼の悪魔」は鷗外も「十三時」として紹介した、ブラックユーモアに満ちた風刺小説で、作品としての完成度も高い。

「影」はあまり注目されない小品かもしれないが、ポーの得意なダブルのモチーフを用いた最重要作の一つである。

池末さんは圧巻の作品解題・著作目録・主要文献案内・年譜の制作も担当した。今後、手厚く貴重な資料として長く残ることと思う。

・SF／冒険小説

本巻のラインアップを決めるさい、『アーサー・ゴードン・ピムの冒険』を目玉の一つにすることに決めた。当解説にも何度も出てくるのでおわかりかと思うが、この異色の長編に魅せられ影響を受けた作家のなんと多いこと！　しかしボリュームがあるせいか、全集の一巻にはなかなか入らないこともあり、これまでに日本語完訳は数えるほどしか出ていない。友だちの父親が船長を務める船で密航したピムが出会う数々の恐怖と脅威と怪奇の物語。一等航海士率いる乗組員の謀反が起きておぞましい流血沙汰になった末、からくも逃げだしたピムたちは、先住民の暮らす島へ上陸する。彼らは異様に白いものを恐れる人々だった。

唐突な終わり方がむしろ人々をインスパイアして、続編、パスティーシュ、オマージュ作品などが数々書かれ、伝説的作品となっている。

本作の翻訳は、日本におけるポー研究の第一人者であり、ポーの「ミステリ編」「ゴシック編」「SF・ファンタジー編」と、すでに三冊のセレクションを新潮文庫で編訳されている巽孝之さんにお願いした。ポーらしさや古雅な趣を保ちつつ、とてもモダンで、ユーモラスで、硬軟自在。ポー決定版ともいえる前述の三冊をも凌《しの》ぐような快訳ぶりである。

さて、本全集の紙幅制限のため、泣く泣く当初のリストから外したものもある。愛する女性の死と再生を描いた「ベレニス」「モレラ」「ライジーア」「エレオノーラ」の四作や「赤き死の仮面劇」といったゴシック小説、「群集の人」「使い切った男」など人間のアイデンティティを風刺的に描く奇想小説、「早まった埋葬」主題のヴァリアントとも言える「ヴァルデマール氏の病症の真相」などがある（「早まった埋葬」自体に出てくる、カタレプシーですべての感覚が停止し動作不能になりながら、意識だけぼんやりとあるあの状態も〝早まった埋葬〟の一種であり、それと似ている)。

本巻で初めてポーに出会った読者は随所で、また、いろいろな意味で、ある種の既視感を覚えるかもしれない。デュパンものを読めば、ホームズの模倣ではと思い、「告げ口心臓」にドストエフスキーの気配を感じるかもしれない。「ウィリアム・ウィルソン」は、オスカー・ワイルドの『ドリアン・グレイの肖像』を彷彿《ほうふつ》とさせ、なにより、ウィリアム・ウィルソンという同名の語り手をもつオースターの『シティ・オヴ・グラス』の二次作品にすら思えるかもしれない。あるいは、幼気《いたいけ》な女の子への憧憬に満ちた詩「アナベル・リイ」は、ルイス・キャロルの少女愛とアリスものや、ナボコフの『ロリータ』のイメージとかぶるかもしれない。

ポーの諸作品が川でいえば上流に位置する(もちろん、そのポーの川上には、ホフマンやノヴァーリス、ギリシャ・ローマの古典文学者たちがいる)わけだが、このように、ある作家や作品を源流として生まれた後年の作品に先に親しんでいる場合、オリジナルの方が模倣や二次作品に見えてしまうという現象を、フランスの作家ピエール・バイヤールは「先取りの剽窃《ひょうせつ》」と呼んでいる。影響を与えた先行作の方が真似に見えてしまう現象だ。

最近、大友克洋の『童夢』を初めて読んだ若い読者が、「なにもかもよくあるパターンばかりじゃないですか」と言ったというような話をネットで読んだ。本当に革新的な作家というのは、世界の見方を変えてしまう。世界そのものになってしまう、ということだ。

そして、また忘れないでほしいのは、影響というのは上流から下流へとおよぶものばかりではないということだ。T・S・エリオットの有名な論考「伝統と個人の才能」を引き合いに出すまでもないが、過去の作品は読み手を通して、現代の作品の影響を不可避的に被り、いわば未来の作品によって「読み」と評価を更新していく。ボルヘスの言葉を借りれば、あらゆる作家は先行する作家を「創造」する。ポーもまた後世の数々の書き手によって、日々、創造されているのだ。

スティーヴン・キングやオースターやリチャード・パワーズに親しんだ眼が、ポーと新たに出会い、そこにまた未知の刺激的な世界が、読者の数だけ浮かびあがりますように。

† Further Reading 〜ポーを愛する読者へのブックリスト〜

・ウォルト・ホイットマン　「揺れやまぬゆりかごから」（『草の葉』）
・ハーマン・メルヴィル　『白鯨』（『ピム』にインスパイアされた白の恐怖）、「幽霊船」（短編集に収録。黒人乗組員による反乱で船を乗っ取られた帆船の奇怪なできごと）
・ナサニエル・ホーソーン　「ラパチーニの娘」（毒性のある美女のモチーフ）、「ヤング・グッドマン・ブラウン」（禁断の森へ）、「ウェイクフィールド」（奇妙な失踪）
・フョードル・ドストエフスキー　『罪と罰』『二重人格』（「分身」という邦題も）、『地下室の手記』

・フランツ・カフカ『田舎医者』『流刑地にて』「オドラデク」(「家長の気がかり」などの邦題も)
・オスカー・ワイルド『ドリアン・グレイの肖像』(とくに本巻収録の「ウィリアム・ウィルソン」と読み比べられたし)、『王子と乞食』
・アンブローズ・ビアス『死の診断』『豹の眼』(どちらも短編集に収録)
・ヘンリー・ジェイムズ『黄金の盃』(『アーサー・ゴードン・ピムの冒険』が直接引かれ、重ねあわされている)『ねじの回転』「ある古衣裳のロマンス」
・ガストン・ルルー『黄色い部屋の秘密』『オペラ座の怪人』(舞踏会の場面で、「赤き死の仮面劇」をイメージした人物も登場)
・ウィリアム・フォークナー『騎士の陥穽』(『駒さばき』の邦題なども。とくに影響が強く感じられる表題作を含む、探偵役と聞き役の語りのスタイルが踏襲された推理小説集)、『アブサロム、アブサロム!』「エミリーに薔薇を」
・マルセル・プルースト『失われた時を求めて』
・ホルヘ・ルイス・ボルヘス『伝奇集』『砂の本』『ドン・イシドロ・パロディの六つの難事件』(ビオイ=カサーレスとの共著の探偵小説集。冤罪《えんざい》で独房にいる囚人が推理力のみで事件を解決していく)
・イタロ・カルヴィーノ『見えない都市』『まっぷたつの子爵』
・ウラジーミル・ナボコフ『ロリータ』『ディフェンス』(チェス小説)

・トルーマン・カポーティ『遠い声、遠い部屋』（分身モチーフ）、『冷血』
・リチャード・ブローティガン『芝生の復讐』『バビロンを夢見て――私立探偵小説1942年』
・ウンベルト・エーコ『フーコーの振り子』『三人の記号――デュパン、ホームズ、パース』（三人の推理についての記号論的論考集。トマス・A・シービオクとの共同編集）
・ジョイス・キャロル・オーツ　作品全般をお勧めしたいが、とくに短編集 *Haunted: Tales of the Grotesque*（「The White Cat」を含む）、*Night-Side: 18 Tales*（どの短編もポー作品を思わせるが、とくに「The Dungeon」はポーの「陥穽と振子」をなぞっている）
・マーガレット・アトウッド　ポーに啓発されて十六歳で詩を書き始めた。詩集は二〇一六年現在、ほとんど未邦訳。Selected Poems I & II、*Two-Headed Poems*
・スティーヴン・ミルハウザー『ある夢想者の肖像』（主人公の友人の少年がポーに心酔している）『バーナム博物館』（ポーへのオマージュに彩られている）、「展覧会のカタログ」（「幻想展覧会」などの邦題も。「アッシャー家の崩壊」と「楕円形の肖像」を思わせるところあり）
・ポール・オースター『ガラスの街』（『シティ・オヴ・グラス』の邦題なども。元詩人の推理小説作家／語り手の筆名がウィリアム・ウィルソンという。ポーエスクな分身・身代わりや同姓同名のモチーフが多出する）、『幽霊たち』（ポーの「群集の人」的な「彷徨《ほうこう》」「見張り・追跡」「同化・反転」のテーマ、「ウィリアム・ウィルソン」から「分身・分裂」

のモチーフなど)、「イン・ザ・ペニー・アーケード」
・リチャード・パワーズ 「黄金虫変奏曲」(二〇一六年時点で未訳。「Gold Bug Variations」。バッハの「ゴルトベルク変奏曲」にかけた言葉遊び)
・ボードレール 『悪の華』
・アーサー・コナン・ドイル 『緋色の研究』(ホームズのシリーズ自体がポーの強い影響の下で生まれたものだが、とくに同作には、ワトソンがホームズをポーのデュパンと引き比べて、ホームズが憤慨する場面がある)
・アガサ・クリスティ エルキュール・ポワロを探偵とする全シリーズ
・G・K・チェスタトン 『詩人と狂人達』(「タール博士とフェザー教授の療法」の逆転モチーフ)、「ブラウン神父」を探偵役にする全シリーズ
・ディクスン・カー 『帽子収集狂事件』(ポーの未発表原稿にまつわる)、「ウィリアム・ウィルソンの職業」「パリから来た紳士」(ポーが登場)
・パトリシア・ハイスミス トム・リプリーの全シリーズ、「ブラック・ハウス」
・ジュール・ヴェルヌ 『氷のスフィンクス』(『ピム』の続編)、『地底旅行』『気球に乗って五週間』および『八十日間世界一周』(ポーの気球船旅行談「ハンス・プファアルの無類の冒険」や「メロンタ・タウタ」に負うところ多し)
・H・G・ウェルズ 『モロー博士の島』『タイムマシン』
・ルイス・スティーヴンソン 『ジーキル博士とハイド氏』『宝島』

・レイ・ブラッドベリ『華氏451』（焚書《ふんしょ》される作家のなかにポーもいる）、『火の柱』「第二のアッシャー邸」（『火星年代記』）、（同じくポーが出てくる）『ウは宇宙船のウ』
・ルーディ・ラッカー『空洞地球』（『ピム』のパスティーシュ）
・ラヴクラフト『狂気の山脈にて』（『ピム』へのオマージュ）、「アウトサイダー」
・シャーリイ・ジャクスン「くじ」『丘の屋敷』（ハウス・ホラー。「山荘奇譚」などの邦題もあり）
・スティーヴン・キング『シャイニング』「超高層ビルの恐怖」「戦場」「猿とシンバル」『ブラック・ハウス』（ストラウブとの共著）
・パトリック・マグラア『グロテスク』『閉鎖病棟』
・ピーター・ストラウブ『ゴースト・ストーリー』『ブラック・ハウス』（キングとの共著）

＊作品の多くは現在、多数の翻訳が出ているが、代表的な邦題を記した。古典作品ならびに未来の古典となるべき作品ばかりであり、訳者が複数いるケースが殆どのため、訳者名を省略させていただきました。

作品解題

I　詩

エドガー・アラン・ポーは詩人として文壇デビューした。十三歳頃から詩作を始め、一八二七年処女詩集『タマレーンおよびその他の詩』(*Tamalane and Other Poems*) が「一ボストン人」の名で発表されたとき、ポーは十八歳の青年だった。初期の詩はシェイクスピアをはじめ、ミルトン、ポープ、トマス・ムア、特にバイロンの作品からインスピレーションを得ている。「タマレーン」は、チンギス・ハンの子孫を自称した十五世紀ティムール帝国の初代君主を主人公とする長い物語詩である。詩集自体ほとんど売れなかったうえ、若さゆえの短絡的な詩想、語彙や韻律の未熟さは否めないものの、爆弾の炸裂の描写など臨場感に溢《あふ》れた表現は、後の唯一無二の詩人ポーの出現を予感させるに足りるものであった。その後一八二九年に第二詩集『アル・アラーフ、タマレーンと小詩集』(*Al Aaraaf, Tamerlane, and Minor Poems*) を、一八三一年に第三詩集『詩集』(*Poems*) を発表する。

第三詩集に収められた「某氏への手紙」は、ポー最初の詩論とされるが、その中で彼は、詩は快楽を直接の目的とする点で科学と異なり、無限の快楽を目的とする点でロマンスと異なる、と述べた。更に、詩は「無限定の感情を掻《か》き立てるイメージを提供するのであって、その目的のためには音楽が不可欠である」と音楽と詩の不可分性を説いた。本巻に収められた詩は、いずれも後期（あるいは晩年）の詩であるが、そのイメージ喚起力と音楽性に定評があり、ポー詩学の完成形と評してもよいだろう。

なお日本において、エドガー・アラン・ポーの詩人としての評価は高い。厨川白村は、《明星》（明治三十七〔一九〇四〕年一月一日）に掲載された「詩人ポーと其名歌」の中で「その影響の及ぶところ、遥に海をへだてゝ英国近世の詩人を動かし、また大陸にあつては、仏蘭西近代の詩歌に与へし大なる感化は言はずもあれ、かの前世紀仏蘭西および独乙に於て最も発達したる短編小説のたぐひは、其はじめ著しくポーの影響を蒙むれりといふにあらずや」と述べた。日本の詩人への影響については、例えば萩原朔太郎にもポーの影響は見られ、彼が早くからポーの詩に親しみ、「鴉」などに、「大鴉」や「ウラリューム」のモチーフや詩作技法を活用している。また芥川龍之介はポーの詩論に心酔し、「尾生の信」（大正九〔一九二〇〕年）では「大鴉」の「もはやない（Nevermore）」を模倣した「女は未だに来ない」の句を反復して使用している。

『大鴉』“The Raven”（1845）

ある夜更けに主人公「僕」は、恋人レノアを失った悲しみに独り浸り、その喪失感から逃れようと、古惚《ふるぼ》けた伝承の怪異譚《たん》を読みながら、微睡《まどろ》んでいる。何者かがドアを叩《たた》く音が聞こえる。闇に向かってレノアか、と洞声《うろごえ》をあげる「僕」の前に大鴉が現れる。部屋の扉の上にある女神パラスの胸像に鎮座する大鴉はただ「金輪際」と繰り返すのみ。

毎スタンザ末尾に繰り返される「Nevermore」の語りで有名な物語詩。第四詩集である『大鴉とその他の詩』（*The Raven and Other Poems*, 1845）に収録されている。初出は一八四五年一月二十九日付《イブニング・ミラー》紙。発表後数週間のうちに次々に紙面に再掲載され、パロディも出回るほど好評を博し、「大鴉」はポーのニックネームともなった。翌一八四六年「詩作の哲学」("The Philosophy of Composition") の中で、ポー自身がこの詩について意図、創作過程、詩体について詳細な分析をおこなっている。

一説によれば、この詩はチャールズ・ディケンズの小説『バーナビー・ラッジ』(*Barnaby Rudge*, 1841) に登場する人間の言葉を喋る大鴉に着想を得たといわれている。またその複雑な押韻と韻律は、エリザベス・バレット・ブラウニングの詩「レディ・ジェラルディンの求愛」("Lady Geraldine's Courtship", 1869) から借用したものである。

なお二〇一二年に同タイトルの映画がジョン・キューザック主演で公開されている (邦題は『推理作家ポー　最期の五日間』)。

『アナベル・リイ』"Annabel Lee" (1849)

ポー最後の詩。この詩は、書かれたのは一八四九年五月だが、十月九日 (死後二日目) に《ニューヨーク・デイリー・トリビューン》紙に死亡記事と共に掲載された。ポーの詩のうちでも最も簡潔で甘美な響きを持つことから、「大鴉」に追随する人気を誇る。亡き妻ヴァージニアに捧げたとも噂される。「美女の死と埋葬」「不滅の愛」「追憶の神聖化」といったポー文学を特徴づけるテーマに満ちている。

※掲出作は『日夏耿之介全集　第二巻』(河出書房新社、一九七七年) よりの再録です。

『黄金郷』"Eldorado" (1849)

「黄金」。その甘美な響きに、人は我を忘れてしまうほどに夢中になる。十六世紀のスペイン人を魅了した伝説があった。南アメリカ、アンデスのどこかに「黄金郷」が存在するという伝説。そして多くのスペイン人が新大陸の財宝を略奪しようと海を渡った。そして三世紀余りを経たアメリカでも黄金伝説が語られた。アメリカはカリフォルニアのゴールドラッシュに沸いた。国家戦略としての領土拡張と相まったこの伝説に浮かされて、人々は西へ西へと血眼になって黄金を追い求めた。そしてある者は成功し、多くの者が長い旅路の果てに命を落とした。

この詩は《フラッグ・オブ・アワ・ユニオン》誌（一八四九年四月二十一日付）に発表された。黄金郷を求めて旅をする若き騎士は、そのうち年老いて死の谷の影を歩み始めたとき、やっとのことで魂の救いを見出す。各スタンザで「影（shadow）」と「黄金郷（Eldorado）」は韻を合わせて使われている。

※同右

Ⅱ　ミステリ／推理譚

詩「大鴉」第六スタンザで、主人公は「このミステリを探ってみよう」と二回繰り返す。稀代《きたい》のミステリ作家であり、推理小説の父と称されるポーだが、ミステリ／推理ものというジャンルを表すのに、彼は実際に「推理小説」（detective stories）という言葉は使用していない。彼は「推理小説」（ratiocination）と記した。にもかかわらず、彼がジャンルの創始者とされるのは、天才探偵と凡庸なる助手という登場人物像、密室をはじめとする不可能犯罪、盲点原理、協力を要請してくる愚鈍なる警察、超法規的な捜査手段、演繹《えんえき》による名推理の披露、想定外の犯人等々、後世の推理小説には欠かせないジャンルの原型を創り出した功績に負うところが大きい。しかも、C・オーギュスト・デュパンと語り手「ぼく」――卓越した分析能力を持つ天才探偵と凡庸なる助手である語り手――という登場人物像は、五十年後にアーサー・コナン・ドイルの名探偵シャーロック・ホームズと助手ジョン・ワトソンのシリーズへと継承されている。アガサ・クリスティの名探偵エルキュール・ポワロもこの系列に連なる。また、推理小説を得意とした江戸川乱歩が推理小説の祖「エドガー・アラン・ポー」をその名前の由来としたことは有名な話である。

『モルグ街の殺人』 “The Murders in the Rue Morgue” (1841)

名探偵デュパン・シリーズ第一弾。《グレアムズ・マガジン》誌一八四一年四月号に掲載された。史上初の推理小説。語り手「ぼく」はモンマルトル街の図書館で没落した名門の出であるC・オーギュスト・デュパンに出会い、パリ滞在中一緒に住むことになる。おりしも、「モルグ街」の邸宅で母娘が惨殺されるという事件が紙面を賑《にぎ》わす。猟奇的な手口、超人的な逃亡経路、金品の放置、外国語らしき言葉を発した犯人、人間とは異なる体毛の採取。デュパンはあらゆる物証／人証を得意の分析力で洗い直し、真犯人を見事に推理して見せる。

本作品は、執筆当時の一八三九年七月にフィラデルフィアのマソニック・ホールで催されていたオランウータンの展示に着想を得たのではないかと推測される。一九三二年ベラ・ルゴシ主演、ロバート・フローリー監督で初映画化された。またブリティッシュ・メタルバンド、アイアン・メイデンのアルバム『キラーズ』（一九八一年発表）の三曲目に「モルグ街の殺人」が収録されている。

なお、日本で本作品が初めて紹介されたのは、一八八七（明治二十）年十二月であり、饗庭篁村の「ルーモルグの人殺し　竹の舎主人意譯」が《読売新聞附録》に三回にわたり分掲された。
※掲出作は『世界文学全集18』（集英社、一九七〇年）よりの再録です。

『マリー・ロジェの謎』"The Mystery of Marie Rogêt"(1842)

名探偵デュパン・シリーズ第二弾。《スノウデンズ・レディーズ・コンパニオン》一八四二年十一から十二月号、一八四三年二月号に掲載。

モルグ街の事件から二年を経た頃、マリー・ロジェという香水店の売り子をしていた美しい若い女性の水死体がセーヌ河から上がる。警視総監から協力を求められたデュパンは、新聞報道や証言をつぶさに調べ、齟齬《そご》や矛盾を次々に突いていく。そうして秘密の恋人が容疑者として浮上する……。

作品の舞台はパリだが、一八四一年にニューヨークで起きたメアリー・ロジャース殺人事件をベースにしている。美しい煙草売りの若い女性が失踪し、数日後ハドソン川で水死体となって浮かんだという事件で、迷宮入りかと思われたが、その数か月後彼女の婚約者が自殺した。ポーは事件について新聞で読んだだけでなく、現地に足を運んで調査をしたようである。

一九四二年にフィル・ローゼン監督によって映画化された。映画では被害者はミュージック・ホールの女優に変更されている。
※同右

『盗まれた手紙』“The Purloined Letter”(1844)

名探偵デュパン・シリーズ第三弾。初出は《ギフト》誌(一八四五年号)で、後に『エドガー・A・ポーの物語集』(*Tales by Edgar A. Poe*, 1845)に収録。

ポー自ら、自分の推理譚の傑作だと語った作品。フランスで特に人気を博し、劇作家ヴィクトリアン・サルドゥが本作をベースにして、ギムナーゼで催した公演は大成功となった。

前二作と異なり、帰納推理を駆使するというよりは、むしろ盲点原理を中心にした復讐の物語である。犯人は最初から判明しており、ただ証拠物である手紙が見つからない。ある貴婦人の秘密の手紙が大臣に盗まれる。貴婦人の弱みを握った大臣は我が物顔に権力を振るい始める。困った貴婦人の話を聞いた警視総監から依頼を受けたデュパンは、大臣からまんまとその手紙を取り返すことに成功する。秘密の色恋沙汰に関する手紙と聞けば、手紙の内容が明かされることを読者は期待するが、最後まで内容は明かされず、犯人と探偵の手紙の行方をめぐる攻防の方法論だけが披露される。大臣が手紙を入手した経緯も、デュパンが手紙を取り返した方法も、いずれも同様の盲点原理を利用したものであり、手紙の存在そのものがスリリングな攻防戦の核となっている。なんとも不思議な読後感が残る佳作といえよう。

※同右

『黄金虫』“The Gold-Bug”(1843)

前掲三編のデュパン・シリーズに連なるものではないが、フィラデルフィアの《ダラー・ニュースペーパー》紙の懸賞で百ドルの賞金を獲得した作品で、かなりの人気を博した。後日イギリスでは海賊版が出回り、フランスでも複数の翻訳がなされた。

この作品に先立って、ポーは《アレクサンダーズ・ウィークリー・メッセンジャー》誌（一八三九年十二月一八日付）に「暗号となぞなぞ」（"Enigmatical and Conundrum-ical"）というコラムを掲載し、いかなる暗号でも解いてみせるとデュパンのように語った。そして一八四一年七月には続報となる「暗号論」を《グレアムズ・マガジン》誌に掲載し、その中で暗号の歴史と換字方式の暗号解説を記し、読者からの手紙は全て解読したと吹聴《ふいちょう》した。この「暗号論」で自ら解説した暗号で謎解きをする作品が「黄金虫」だというわけである。ちなみに、暗号／暗号解読者（cryptgraph/cryptgraphist）という単語は、この作品でポーが用いたのが最初である。

語り手の友人ウィリアム・レグランドは難破船の残骸のちらばる海岸で髑髏《どくろ》によく似た黄金虫を発見する。黄金虫を包んだ羊皮紙にレグランドは虫のスケッチを描くのだが、その紙には見知らぬ髑髏や小山羊の絵と、その間に赤い文字で書かれた奇妙な数列を発見する。彼は海賊キャプテン・キッドの隠された財宝の在処を示すものだと考え、そして暗号解読と宝探しが始まる。語り手とレグランドの関係は、語り手とデュパンとの関係と同じ――天才解読者と凡人助手の関係――であり、本作品は最後に明晰な暗号解読が披露される典型的なポーの推理譚だが、本作品ではポーのゴシック譚お馴染みの「主人公は狂人」という人物設定も加味されている。

ポーは一八二七年十一月から一八二八年十二月にかけてサリヴァン島西端のモルトリー要塞に駐屯した。この地が本作品の舞台となっており、ポーがキャプテン・キッドの伝承を初めて聞いた場所だったと言われている。また「軽気球夢譚」「長方形の箱」でもこの地についての言及がある。現在サリヴァン島には、ポーとの縁にちなんで、ポーの名を冠した図書館（Poe Library）が建てられている他、「ポーズ・タヴァーン」(Poe's Tavern) というレストランまである。

※同右

『お前が犯人だ!――ある人のエドガーへの告白』 原作＝**『お前が犯人だ』**"Thou Art the Man"(1844)

シャトー・マルゴーの大箱に詰められていたのは半ば腐敗した死体。そして死者は真犯人を告発する。「お前が犯人だ」と。観念した真犯人は公衆の面前で犯行の全てを告白する。

本作はポー的探偵小説の発展型である。語り手は助手ではなく、自らが謎を解く探偵であり、犯行を真犯人に自白させるためのミステリ装置の仕掛人でもある。初出は《ゴーディーズ・レディーズ・ブック》誌一八四四年十一月号。タイトルは旧約聖書サムエル記下第十二章第七節からつけられている。

ラトルバラという町の裕福な男シャトルワージーが失踪し、血の付いた服と弾丸や甥のペニフェザーの持ち物であるナイフが発見される。ペニフェザーは逮捕され、状況証拠をもとに裁判が始まるが、肝心の死体が見つからない。全ての謎を解き、真犯人を探り当てた語り手は一計を案じる……。

『メルツェルさんのチェス人形』 原作＝**『メルツェルの将棋差し』**"Maelzel's Chess-Player"(1836)

《サザン・リテラリー・メッセンジャー》誌一八三六年四月号に掲載されたエッセイ。事実の分析・観察から結果を演繹するという推理譚の基本原則を示し、当該ジャンルが世に出る契機となったといわれる作品。

ヴォルフガング・フォン・ケンペレンが開発したチェスを指す自動機械人形《オートマトン》「トルコ人」の仕掛けの謎を、十七の根拠を挙げて解き明かす。ポーは、前年にヨハン・ネポムク・メルツェルのフィラデルフィア公演でこの人形を見物し、「チェスという知的ゲーム」で「ものを考える人間」を凌駕《りょうが》できるものなのか、そのメカニズムはどうなっているのか、という点に関心を持ったようである。そして「トルコ人の内部で人が操作している」という仮定のもとに推理を披露した。現在ではポーの推論は間違っていたことが判明しているが、クイズ番組対戦用コンピュータ・システム「ワトソン」の開発やチェス専用スーパーコンピュータ「ディープ・ブルー」(いずれもＩＢＭ製)の勝利を知っているからこそ看過しがたい作品であることは間違いない。後にはポーの影響を受けたといわれるアンブローズ・ビアスが「自動チェス人形」("Moxon's Master", 1909)を執筆している。

なお、ケンペレンについては晩年の短編「フォン・ケンペレンと彼の発見」(一八四九年)で錬金術師として登場する。詩「黄金郷」と同様、ゴールド・ラッシュ真っ只中の時期に発表されていることは興味深い。

日本での最初の紹介は小林秀雄の手によるものだが、これはボードレールがいったん仏訳したものを重訳したもので、それを大岡昇平が補遺した。

Ⅲ　ゴシック／奇譚

ジョージ・Ｅ・ハガティは、チャールズ・ブロックデン・ブラウンやワシントン・アーヴィングよりも、ポーこそが「真に洗練されたゴシック小説を書いた最初のアメリカ人である」と評した。

そもそも「ゴシック」はヨーロッパの城塞建築から着想されたものであり、一説ではギリシャ語で「魔術的なるもの」を表す語に由来するとされる。古城での捕囚、闇の力に通じる幻想的な雰囲気、超自然的で奇怪な人物や出来事、これらに喚起される恐怖。加えてポーの作品群に特有の、閉じられた人工空間、息苦しいほどに隔離された自意識の放出、時折痛烈な苦味を伴う諧謔趣味。これらポー的ゴシシズムは、後にアンブローズ・ビアス、ハワード・フィリップス・ラヴクラフト、スティーヴン・キングへと脈々と受け継がれていく。

『アッシャー家の崩壊』"The Fall of the House of Usher"(1839)

ポー・ゴシックの金字塔。初出は《バートンズ・ジェントルマンズ・マガジン》誌一八三九年九月号。その後一八三九年に『グロテスクとアラベスクの物語集』(*Tales of the Grotesque and Arabesque*)に収録。

語り手「わたし」は旧《ふる》き友ロデリック・アッシャーに招かれ、彼が妹マデリンと二人で住む屋敷に滞在した数日間に奇怪な出来事に遭遇する。早すぎる埋葬、美女の死と再生、未知かつ不治の病への恐怖、蒐集家の生活、音楽と詩の融合、閉じられた人工空間など、ポー作品を特徴づけるモチーフが多用されている。

二〇世紀初頭(一九〇八―一七年頃)に作曲家クロード・ドビュッシーが、この作品のオペラ化を試みている。彼が作成した三種類の台本では、原作とは異なる設定(原作よりロデリックは若く、容姿はポーに似せる、近親相姦であることを明言する、マレラインに恋した侍医に彼女を生き埋めにさせる、等)が幾つもある。残念ながら、作曲の方が遅々として進まず、完成に至る前に彼は亡くなった。その後二つの補筆版が書かれている。音楽化への挑戦は、クラシック界だけにとどまらず、ロックオペラ化、アルバム化など多様。例えば、アラン・パーソンズ・プロジェクトのアルバム『怪奇と幻想の世界――エドガー・アラン・ポーの世界』（一九七六年）の六曲目に、ドビュッシーを原曲とする「アッシャー家の崩壊～前奏曲～到着～間奏曲～パヴァーヌ～崩壊」が収録されている。

なおこの作品も実話ベースと言われ、二つのソースが指摘されている。ボストンのルイス・ウォーフに実在した「アッシャー家」の屋敷での事件（妻と不義密通相手を夫が殺害。一八〇〇年に屋敷が取り壊されたときに、抱擁しあう二遺体が地下貯蔵庫から発見）と、ポーの実母に「アッシャー」姓の親友がおり、彼女がのちに孤児となり精神を病んだ兄妹を産んだこと、である。ポーがこの事実を知っていたかどうかは定かではない。

またブラム・ストーカー賞作家のロバート・マキャモンは、舞台を現代に移し、軍需産業で財を成したアッシャー族の末裔を描くゴシックホラーのオマージュ長編小説『アッシャー家の弔鐘』（*Usher's Passing*, 1984）を執筆している。

『黒猫』“The Black Cat”（1843）

本作品は「輪廻転生《りんね》」「天邪鬼根性《あまのじゃく》」「復讐劇」「犯罪の必然的な露見」といった当時のポーの心を捉えていたテーマがいくつも組み込まれた代表的ゴシック作品。主人公「私」の妻がいみじくも「黒猫＝魔女の化身」と口にしたように、黒猫は悪魔《サタン》のお気に入りの現身であるという中世の迷信に基づいたオカルト・ホラーであり、映画化／ＴＶドラマ化には枚挙にいとまがない。初出は《ユナイテッド・ステイツ・サタデー・ポスト》誌の八月十九日号。

主人公「わたし」は、優しく繊細だが、意志が弱く、動物だけが友達で、悲劇続きで、酒に溺れ、可愛がっていた愛猫の目を抉《えぐ》った挙句その首を吊り、最後には悪魔に憑《つ》かれたように妻を殺してしまう男である。「わたし」の容姿は全く描かれないにもかかわらず、ふと頭によぎるのは、作家ポー自身の姿ではないだろうか。ロリータ・コンプレックス、アルコール／ドラッグ依存の噂、孤独癖、苦悩に満ちた陰鬱な表情、貧しさに喘《あえ》ぐアイルランド移民の末裔。そして、養父の猫を気まぐれに殺した経験を持つ男。

ポー自身幼い頃から猫が好きで、実際には黒猫を二代にわたって飼っており、彼の妻ヴァージニアは寒いときには猫を抱えて暖をとっていたという逸話も残っている。彼は「黒猫」発表に先立つ一八四〇年一月二十九日付の《アレクサンダーズ・ウィークリー・メッセンジャー》誌に、黒猫について書いたショート・エッセイ「本能対理性――ある黒猫」("Instinct vs Reason : A Black Cat")を掲載している。

『早まった埋葬』"The Premature Burial"(1844)
恐怖とユーモアがバランスよく融合した、どたばた喜劇ゴシック小説。初出は一八四四年七月三十一日付《ダラー・ニューズペーパー》紙。
時折「見たところ身体機能がすべて停止したよう」になる病に罹患し、症状が出ている間に墓に埋められ、その後目覚めてしまったときの恐怖とはいかなるものか。マリー・ボナパルトは、この類の恐怖は幼児期に負った心の傷のなせる業《わざ》だと解釈する。

ちなみにこの作品には以下のような三つの留意ポイントがあるらしい。(一)この作品は虚構《フィクション》ではなく、論説を装った法螺話《ほらばなし》である。半分以上読まないと、語り手がなぜ要るのか判らない。(二)語り手の史上最悪の悪夢は、嫌悪《ホラー》や恐怖《テラー》ではなく、災難及び憐憫《れんびん》を強調しているにすぎない。(三)作品の論説部分は、怪奇経験談のリーダーズ・ダイジェストみたいなもので、虚構部分は、早まった埋葬を物笑いの種にしているだけである。

なお本作品は一九六二年にロジャー・コーマンによって映画化されている。

『ウィリアム・ウィルソン』"William Wilson"(1839)

半自伝的ドッペルゲンガー譚。「分身《ダブル》」には、「心の闇」というべき邪悪な分身と「良心」の表出としての分身が存在するが、本作の分身は後者である。最初は分身の存在を時には歓迎していた主人公であったが、そのうち分身が現れるたびに、本体の罪悪感と羞恥心は膨れ上がっていく。そして次第に分身の存在を疎ましく思い、その存在から逃げ続け、そしてある日感情の昂《たかぶ》りにまかせてその胸に剣を突き立てる。

この作品には、ポーが少年時代を過ごしたロンドン郊外の寄宿学校での記憶をもとにした描写が散見され、ヴァージニア大学で賭け事に興じて多額の借金を作り、大学を退学する憂き目にあった経験も余すことなく描かれている。ちなみに主人公の誕生日はポーの誕生日と同じである。

初出は《ギフト》誌(一八三九年)で、その後同年《バートンズ・ジェントルマンズ・マガジン》誌十月号に再掲される。一八三九年『グロテスクとアラベスクの物語集』に収録。

『告げ口心臓』“The Tell-Tale Heart”(1843)

この老人は邪眼の持ち主だ、心を見透かされてしまう前に、自分の良心が壊れてしまう前に殺してしまわなければならない……。悪意を持って相手を睨《にら》みつけて、対象者に呪いを掛ける魔力を持つ邪眼の迷信を理由に、語り手は同居の老人殺しを正当化する。しかし、殺して頭と四肢を切断し、床下に上手《うま》く隠し遂《おお》せたはずの老人の心臓の音が、床板を通して次第に大きく膨れ上がり、語り手を狂気の淵《ふち》へと追いやっていく。

旧い暗い家屋という閉じられた空間、先の見えない恐怖に怯《おび》える語り手、作品が醸し出す陰鬱な雰囲気。本作品は究極のゴシック小説である。迷信に基づく殺人、家屋内での死体の隠滅、超自然的方法での犯罪の暴露など、前掲「黒猫」と同じモチーフが使用されている。初出は《パイオニア》誌一八四三年一月号。

『影』“Shadow”(1835)

「影」はポーの初期傑作の一つである。初出は《サザン・リテラリー・メッセンジャー》誌(一八三五年九月号)。後に『グロテスクとアラベスクの物語集』に収録。本作品は『聖書』を彷彿《ほうふつ》とさせる文体で書かれており、物語の舞台は古代ギリシャ・ローマ文明の影響の残る黄昏時のエジプトである。細部に至るまで歴史的背景に驚くほど忠実であるが、「死」や「生」といった普遍的なテーマを扱っているため、古代史を学んでいない読者にとっても理解しやすい。

本作執筆より少し前、一八三一年頃ボルティモアではコレラが流行《はや》り、空には彗星《すいせい》が現れて不気味な霊気を放ち、人々を恐怖に陥らせたといわれている。疫病の時代を描いた作品は、本作の他に二編、初期作品「ペスト王」（一八三五年）、傑作短編「赤き死の仮面劇」（一八四二年）がある。なお「影」という言葉はポーの作品では恐怖、闇、未知なるもの、亡霊、死、等々様々な意味を持つ。

『アモンティリャードの酒樽』 “The Cask of Amontillado” (1846)

初出は《ゴーディーズ・レディーズ・ブック》誌（一八四六年十一月号）。

「早すぎた埋葬」でテーマとなっている生き埋めの恐怖を復讐譚として描いた作品。カーニヴァルの夜、泥酔した友人をアモンティリャードの酒樽《さかだる》が手に入ったと言って誘《おび》き出し、地下墓地の小部屋に鉄の鎖で繋《つな》いで閉じ込め、入り口を塗り固め、積年の侮辱の代償を支払わせる。

犠牲者フォルチュナートはカーニヴァルのための道化師のような仮装をして、鈴のついたトンガリ帽子を被っている。そしてこの鈴は彼が動くたびにチリンと鳴る。閉じ込められて返事ができなくなった後も、鈴の音がチリンと壁越しに鳴るのだ。鈴の音で始まり、鈴の音で終わる話といってもよいだろう。

この生き埋めによる復讐のプロットは、スティーヴン・キングの「ドランのキャデラック」（一九八五年）に継承される。

『鐘楼の悪魔』 “The Devil in the Belfry” (1839)

初出は《サタデー・クロニクル》誌（一八三九年五月号）。その後《ブロードウェイ・ジャーナル》（一八四五年十一月八日付）に再掲載。当時増大しつつあったアイルランド移民人口の問題や経済成長に伴う時計の普及など、社会風刺要素満載の諧謔奇譚。作品自体が音楽的効果を意識して創作されており、「アッシャー家の崩壊」同様、ドビュッシーがオペラ化しようと試みている。

時計を象《かたど》って形成されている閉鎖的な一つの町が、楽器を抱えた得体の知れない男の登場によって、時間の流れを狂わされて秩序を失ってしまうという奇妙な物語。ヴァンダーヴォッタイミティス（wonder what time it is）という「旧き秩序」を重んじる「保守的」な町に、丘の向こうから、奇妙な楽器に異国風の風情の男が、軽やかにステップを踏みながらやってくる。この男は町の象徴である鐘楼の大時計を乗っ取り、鐘を我が物顔に鳴らしながら、これみよがしにアイルランド民謡を奏でてみせる。

時計は十九世紀産業革命真っ只中の時代、生産性の向上のため、すなわち労働者に時間を守らせようとする資本家の勢力発展のために普及した。さらには宗教的権威へ市民を服従させるために、地方自治権力も同様に時間の概念を重視するようになり、次第に町の中心に大時計が備え付けられるようになっていった。この作品はその時代の流れを見事に捉えている。一八二〇年以降アメリカ各地では、機械仕掛けの時計の故障による大騒ぎが頻発した。知的レベルを誇っていたたイエールの住民が、他所より時間が遅れることで、地域全体の知的レベルが劣っていくと恐怖したという滑稽な逸話さえ存在する。

近年では、フランシス・コッポラ監督の映画『ヴァージニア』（二〇一一年）に複数面の時計台のモチーフが使われている。ポー本人を模したと思われる、ヴァル・キルマー演じる作家がある田舎町を訪れるのだが、彼が泥酔し少女の亡霊幻想に悩まされ始めたとき、町の時計は彼の目の前で狂った動きをし始める。

初出時、ポーは本作品を「狂想曲」と称した。そして作品終盤の喧騒場面の描写は改訂されて、詩「鐘」(“The Bells” 1849)の最終スタンザに組み込まれている。

『鋸山奇譚』“A Tale of the Ragged Mountains”(1844)

語り手の友人ベドロー氏は鋸山散策中に不思議な光景に出会う。ポー作品にお馴染《なじ》みのテーマ「催眠術」と「輪廻転生」を主軸にしたオカルト・ファンタジー。初出は《ゴーディーズ・レディーズ・ブック》誌(一八四四年四月号)。翌一八四五年十一月二十九日付の《ブロードウェイ・ジャーナル》誌に再掲。

舞台となっているシャーロッツヴィルとタイトル「鋸山」の描写はポー自身の体験を描いたもの。鋸山は標高千フィート、リンチバーグに至るハイウェイ近くのシャーロッツヴィルの南西に位置する八〇マイル四方の場所である。またチャールズ・ブロックデン・ブラウンの『エドガー・ハントリー』(*Edgar Huntly; or, Memoirs of a Sleep-Walker*, 1799)の影響も散見されるとの指摘もある。

『燈台』“The Light House”

生前には出版されなかった僅か全四頁の未完の作品。ポーの遺産管理人兼編集者であったルーファス・W・グリズウォルドが管理していた三頁分の原稿には題が付けられていなかったが、その後ジョージ・ウッドベリが『ポー伝』(一九〇九年)に収録した際に、「燈台」というタイトルが付された。ポー全集の編者トーマス・O・マボットによれば、北欧の海岸が舞台となっており、「大渦巻にのまれて」の姉妹編として構想されていたと考えられる。ポーが執筆した海洋譚には「壜の中の手記」（一八三三年）、後掲『アーサー・ゴードン・ピムの冒険』（一八三六年）、「大渦巻にのまれて」（一八四一年）があるが、遺稿となった本作品を入れると四部作となる。

日本では巽孝之が『差異と同一化』（一九九七年）所収の論文「二〇〇一年ヴィンランドの旅」で全文を翻訳紹介した。作者の死によって放り出された未完の原稿をロバート・ブロックが完成させ、スティーヴン・マーロウがメタフィクション化したこの燈台譚を巡るダイナミズムを、建国から十九世紀中葉のアメリカの社会思潮と交差させながら読み解いている。

未完の遺稿というだけでも話題性は十分だが、オマージュ作品が今なお創作され続けているという事実が証明するとおり、作家／読者双方を魅了する作品であることは間違いない。レイ・ブラッドベリ「霧笛」（一九五一年）、マーロウ『幻夢　エドガー・ポー最後の五日間』（一九九五年）、ブラッドベリ、ブロック、ラドヤード・キプリングらの作品を収録するチャールズ・ウォー他編『燈台ホラー　冒険・サスペンス・超自然《スーパーナチュラル》の物語』（一九九〇年）、編者クリストファー・コンロンの解説付きの『ポーの燈台』（二〇〇六年）等。

Ⅳ　冒険譚

ポーは中編冒険小説を三編書いている。本書で翻訳されている海洋譚の『ピム』（唯一の長編ともいわれる）、先住民の住む荒野を毛皮を求めて進む内陸譚『ジュリアス・ロドマンの日誌』（*The Journal of Julius Rodman*, 1840）、気球で月を目指し空高く舞い上がり地上を見聞する航空譚「ハンス・プファアルの無類の冒険」（"The Unparalleled Adventure of One Hans Pfaall", 1835）である。残念ながら、いずれも他の作品に比べると文学的評価はさほど高くないが、一方で当時のアメリカの文化的流行や歴史的背景をポー独自の視点から見事に捉えており、批評・研究分野での注目度は低くない。

『アーサー・ゴードン・ピムの冒険』*The Narrative of Arthur Gordon Pym of Nantucket* (1838)

まさに冒険譚というに相応《ふさわ》しい海洋漂流冒険小説である。密航、反乱、虐殺、カニヴァリズム、海上での嵐、幽霊船との遭遇、難破、未踏の地での現地人との交流、サヴァイヴァル、親友の死、逃亡、漂流、とまさに冒険小説の要素満載だ。中でも本作品のメインイベントは、二度の反乱と二度の漂流である。

親友オーガスタスの父が船長をしている捕鯨船グランパス号に愛犬タイガーとともに密航したピムであったが、ほどなく名もなき黒人コックと乗組員の一部が暴動を起こし、船上は大虐殺の場となる。辛うじて助かり、しばらく漂流したのちに拾われたイギリスの貿易船ジェイン・ガイ号は、未踏の地に住むツァラル島民の奇襲に遇い、ピムはまた命からがらカヌーで逃げ出す羽目になる。この二つの逸話は、南北戦争以前の奴隷制基盤の上に成り立っている十九世紀中庸のアメリカ社会におけるアフリカン・アメリカンの歴史性と存在感を予言的かつ象徴的に捉えている

またこの作品は昨今ジャンルとして確立されてきた「難破文学」に属するといって差支えないだろう。地獄体験物語《サヴァイヴァル・ナラティヴ》で、真っ先に思い浮かぶのは、映画化（『白鯨との闘い』二〇一五年）されたノンフィクション、ナサニエル・フィルブリックの『復讐する海《サヴァイヴァー》——捕鯨船エセックス号の悲劇』（二〇〇〇年、映画と同題で二〇一五年に文庫化）だ。小説は生き残った船員たちの手記を元にしているが、ハーマン・メルヴィルがこの事件をモデルに『白鯨』を執筆したことを踏まえて、映画

では元船員のひとりが難破後の壮絶な体験をメルヴィルに語るという形式を採っている。『白鯨』以外にも、本ジャンルに属する同時代作品として、セント・ジョン号難破を描いたヘンリー・デイヴィッド・ソローの『ケープコッド』（一八六五年）がある。

『ピム』では暴動後助かった、ピム、オーガスタス、船員リチャード・パーカー、先住民の血をひくダーク・ピータースの四人は生き延びるために、くじ引きによる人肉嗜食《カニヴァリズム》を選択する。くじ引きに負けたのは皮肉なことに提案者のリチャード・パーカー。『ピム』から四十六年後、一八八四年にイギリスでミニョネット号遭難事件が起きた。脱出したのは四人、そしてサヴァイヴァルの手段として人肉嗜食の犠牲となったのは一七歳の少年リチャード・パーカー。この悲劇的な事件はブッカー賞を受賞したヤン・マーテルの『ライフ・オブ・パイ』（二〇〇一年）のモデルとなった。そして、主人公パイと一緒に漂流する虎《タイガー》の名前がリチャード・パーカー。ピムが一緒に密航したが、船内で狂って行方不明になった愛犬の名前がタイガー。虚構＝実話＝虚構と繋がるこの奇妙な符合に、ポー文学のグローバルな影響を見て取ることは可能だ。

この作品の面白さは、様々な出来事《イベント》の行間に、十九世紀の歴史や文化に裏打ちされたアメリカ的テーマが雑多に詰め込まれていることにもある。白人と先住民の人種混淆を表象するダーク・ピータース、白人の優越性の暗喩《メタファー》と解釈されてきた全てを呑み込もうとする白い影、象形文字の暗号解読、動物／植物描写にみられるネイチャー・ライティング的関心、など。本巻の新訳には、これらを記した全集編者故ポーリーンの膨大な注釈と『ピム』研究の長い歴史の成果が全て反映されている。新しい読書体験《アドベンチャー》はここから始まると付言しておく。

（池末陽子）

E・A・ポー著作目録

〈全集・選集・書簡集〉

【Harrison 版】

• Harrison, James A., ed. *The Complete Works of Edgar Allan Poe*. 17 vols. 1902-1903. New York: AMS, 1965, 1979.
詩、短編、長編、評論、マージナリアなど、全作品をおさめた唯一のポー全集。ただしなかにはポーの書いたものかどうか疑わしいものも含まれる。

【Mabbott 版】

• Mabbott, Thomas Ollive, ed. *Collected Works of Edgar Allan Poe*. 3 vols. Cambridge: Belknap P of Harvard UP, 1969-1978.
Ⅰ: *Poems*.　Ⅱ: *Tales and Sketches, 1831-1842*.　Ⅲ: *Tales and Sketches, 1843-1849*.
詩と短編の全作品を詳細な注釈つきで収録。マボット編集のこの作品集は、作品再版の際のタイトル変更や語句修正をほぼ全て網羅しており、創作過程での思考の流れのみならず、政治経済や社会の動き及び大衆文化の流行にポーが反応した過程をも窺い知ることができる。現在は以下のペーパーバック版が入手しやすい。
Edgar Allan Poe: Complete Poems. Urbana and Chicago: U of Illinois P, 2000.
Edgar Allan Poe: Tales and Sketches. 2 vols. Urbana and Chicago: U of Illinois P, 2000.

【Pollin 版】

• Pollin, Burton R., ed. *Collected Writings of Edgar Allan Poe*. 5 vols. New York: Gordian, 1985-1997.

Ⅰ: *The Imaginary Voyages: The Narrative of Arthur Gordon Pym; The Unparalleled Adventure of One Hans Pfaall; The Journal of Julius Rodman.*/Ⅱ: *The Brevities: Pinakidia, Marginalia, Fifty Suggestions, and Other Works.* / Ⅲ: *The Broadway Journal: Nonfictional Prose. The Text.* / Ⅳ: *The Broadway Journal: Nonfictional Prose. The Annotations.* / Ⅴ: *Writings in The Southern Literary Messenger: Nonfictional Prose.*
長編・中編のテクスト三編『ピム』『ロドマン』「プファアル」を収録。その注釈は圧巻（Vol. Ⅰ）。「マージナリア」等に寄せた批評文を収集（Vol. Ⅱ）。《ブロードウェイ・ジャーナル》誌掲載の記事と（Vol. Ⅲ）、詳細な注釈とインデックス（Vol. Ⅳ）。前四冊から発刊までに十一年を要した最終巻。《サザン・リテラリー・メッセンジャー》誌に彼が執筆した記事を全て収録。奴隷制擁護論の根拠となった記事についての議論も、ポーリーンの明晰な分析によってここに一応の決着を見た（Vol. Ⅴ）。

【Levine 版】

- Levine, Stuart, and Susan Levine, eds. *The Short Fiction of Edgar Allan Poe: An Annotated Edition.* 1976. Champaign: U of Illinois P, 1990.

ポーの全短編小説を独自の視点でジャンル毎に分類し、一冊にまとめた短編作品全集。各章冒頭の序論と作品毎の注釈は示唆に富み、定本であるマボット版の補遺の役割を担う。

【Library of America】

- Quinn, Patrick F., ed. *Edgar Allan Poe: Poetry and Tales.* New York: Library of America, 1984.
- Thompson, G. R., ed. *Edgar Allan Poe: Essays and Reviews.* New York: Library of America, 1984.
- Wilbur, Richad, ed. *Edgar Allan Poe: Poems and Poetics.* New York: Library of America, 2004.

【Norton 版】

・Thompson, G. R., ed. *The Selected Writings of Edgar Allan Poe.* New York: Norton, 2004.
主要な詩と短編、『ピム』『ユリイカ』（抜粋）の他、同時代の資料、批評、解説なども含む。

【その他】

・Barger, Andrew, ed. *Edgar Allan Poe: Annotated and Illustrated Entire Stories and Poems.* Memphis: Bottle Tree, 2008.
イラスト付きの異色の注釈書。事実や根拠の信頼性に欠けるが、近年のポー・リヴァイヴァルの第一陣となった一冊。

・Hayes, Kevin J., ed. *The Annotated Poe.* Cambridge: Belknap P of Harvard UP, 2015.
最新の注釈とカラーイラスト＋写真入りテキスト。収録作品は短編二十四編と詩六編。作家兼批評家のウィリアム・ジラルディの「イントロダクション」付記。一般読者向けの一冊。

【書簡集】

・Ostrom, John Ward, ed. *The Letters of Edgar Allan Poe.* 2 vols. 1948. New York: Gordian, 1966, 2008.
ポーが書いた手紙を収録。注や巻末資料は現在も重宝する。

・Stanard, Mary Newton. *Edgar Allan Poe Letters Till Now Unpublished: In the Valentine Museum, Richmond, Virginia.* 1925. Philadelphia: Stanard, 2007.（メアリー・N・スタナード『ポー若き日の手紙――未発表書簡集』宮永孝訳、彩流社、二〇〇二年）

〈日本語訳による全集・選集〉

日本におけるポー受容史は、一八七六年東京開成学校の英語の教科書「アンダーウッド著　英文学袖珍」（A

Hand-book of English Literature, 1872）の分冊アメリカ作家編（*American Authors*）に、ポーの略伝と詩「大鴉」等が掲載されていたことから始まる。「黒猫」「アッシャー家の崩壊」「モルグ街の殺人」は若き坪内逍遥や高田早苗らを夢中にさせたと言われている。一八八七（明治二十）年十一月「西洋怪談／黒猫」（読売新聞）を皮切りに次々とポーの短編小説が翻訳され、そして三十年代にかけて大きな変容期が訪れる。最初のポー・ブームの幕開けとなったのは、ラフカディオ・ハーン（小泉八雲）の東大講義である。当時日本にロマン主義的なものを好む風潮が到来しており、ハーンも例に漏れずポーの作品に潜むロマンティックで幻影的な気質を好んだものと思われる。森鷗外の手になる「うづしほ」や「十三時（鐘楼の悪魔）」など、文芸雑誌に翻訳紹介されるポーの詩や短編、小伝が一世を風靡するなか、ついに一九二六（大正十五）年三月、野口《ヨネ・ノグチ》米次郎の手により、最初のポー入門書である『ポオ評伝』が出版される。そしてこの年の暮れ、作家阿部知二が「詩人としてのエドガー・アラン・ポーについて」と題する卒業論文を東京大学に提出した。彼はハーマン・メルヴィルの『白鯨』をはじめ、多くの古典英米文学作品を翻訳しているが、その中には「ライジーア」等短編三編のポー作品を含む。

【明治期の翻訳】

- 『明治翻訳文学全集　新聞雑誌編　19　ポー集』川戸道昭／榊原貴教編、大空社、一九九六年。

ポーの翻訳の歴史は明治二十（一八八七）年に始まる。本書では、饗庭篁村、森田思軒から森鷗外、平塚らいてうまでの明治時代の訳業の一端を知ることができる。

【全集】

- 『輕氣球虚報　エドガア・アラン・ポオ小説全集　第1巻』佐々木直次郎訳、第一書房、一九三一年。
- 『群集の人　エドガア・アラン・ポオ小説全集　第2巻』佐々木直次郎訳、第一書房、一九三一年。
- 『偸まれた手紙　エドガア・アラン・ポオ小説全集　第3巻』佐々木直次郎訳、第一書房、一九三二年。

・『妖精の島　エドガア・アラン・ポオ小説全集　第4巻』佐々木直次郎訳、第一書房、一九三二年。
・『黒猫　エドガア・アラン・ポオ小説全集　第5巻』佐々木直次郎訳、第一書房、一九三三年。
単独の訳者による最初の「小説全集」。全五巻四十七編。この全集によって初めて日本の読者に紹介された短編も多い。
・『ポオ小説全集　第1巻　推理小説』谷崎精二訳、春秋社、一九九八年。
・『ポオ小説全集　第2巻　幻怪小説』谷崎精二訳、春秋社、一九九八年。
・『ポオ小説全集　第3巻　冒険小説』谷崎精二訳、春秋社、一九九八年。
・『ポオ小説全集　第4巻　探美小説』谷崎精二訳、春秋社、一九九八年。
・『エドガア・アラン・ポオ全集　第5巻』谷崎精二訳、春秋社　一九七〇年。
・『エドガア・アラン・ポオ全集　第6巻』谷崎精二訳、春秋社　一九七〇年。
谷崎精二訳の最初の全集は春陽堂から、一九四一―四四年に全六巻（五巻＋別巻）で出版された（一九四八年に全六巻で再版）。またその後春秋社からは一九六二―六三年版（全五巻）、一九六九―七〇年版（全六巻）、一九九八年新装版「ポオ小説全集」（全四巻）が出版されている（前版第5―6巻収録の詩や詩論を省略）。
・『ポオ全集　第1巻』佐伯彰一／福永武彦／吉田健一編、東京創元新社、一九六三年。
・『ポオ全集　第2巻』佐伯彰一／福永武彦／吉田健一編、東京創元新社、一九六三年。
・『ポオ全集　第3巻』佐伯彰一／福永武彦／吉田健一編、東京創元新社、一九六三年。
・『ポオ小説全集1』阿部知二他訳、創元推理文庫、一九七四年。
・『ポオ小説全集2』大西尹明他訳、創元推理文庫、一九七四年。
・『ポオ小説全集3』田中西二郎他訳、創元推理文庫、一九七四年。
・『ポオ小説全集4』佐伯彰一他訳、創元推理文庫、一九七四年。
・『ポオ詩と詩論』福永武彦他訳、創元推理文庫、一九七九年。

多数の翻訳者による全集。詩と小説のほぼ全作品を収録（創元推理文庫版は創元新社版の翻訳の再録。『ユリイカ』「韻文の原理」「書評」「書簡」など一部省略）。また、各巻末では著名作家のポー論も読める。創元新社版は、D・H・ロレンス「エドガー・アラン・ポオ」（第1巻）、アレン・テイト「わが従兄ポオ氏」（第2巻）、ポール・ヴァレリイ「『ユリイカ』をめぐって」（第3巻）を、創元推理文庫版はシャルル・ボオドレエル「エドガー・ポオ　その生涯と作品」（第2巻）、江戸川乱歩「探偵作家としてのエドガー・ポオ」（第4巻）を収録。

【詩全集】

- 『ポオ全集　第3巻』佐伯彰一／福永武彦／吉田健一編、東京創元新社、一九六三年。
- 『ポオ詩と詩論』福永武彦他訳、創元推理文庫、一九七九年。
- 『エドガア・アラン・ポオ全集　第6巻』谷崎精二訳、春秋社　一九七〇年。
- 『詩人E・A・ポー——詩と詩論の全訳』尾形敏彦訳、山口書店、一九八七年。

三部構成（ポー研究全般をまとめた「研究」、処女詩集から『ポリシャン』までを出版年時系列に並べた「詩の大意」、「詩論三編」）にマージナリアからの抜粋を加えたもの。当該ジャンルでのポーの功績が一目でわかる一冊。

【短編選集】

ポーの翻訳短編集は数多く刊行されているため、以下では比較的現在入手しやすいものを紹介する。

- 『ポー名作集』丸谷才一訳、中公文庫、一九七三年。

「モルグ街の殺人」「盗まれた手紙」「マリー・ロジェの謎」「お前が犯人だ」「黄金虫」「スフィンクス」「黒猫」「アシャー館の崩壊」所収。

- 『黒猫・モルグ街の殺人事件　他五篇』中野好夫訳、岩波文庫、一九七八年。

「黒猫」「ウィリアム・ウィルソン」「裏切る心臓」「天邪鬼」「モルグ街の殺人事件」「マリ・ロジェエの迷宮事件──『モルグ街の殺人事件』続編」「盗まれた手紙」所収。

- 『黒猫』富士川義之訳、集英社文庫、一九九二年。
「リジーア」「アッシャー館の崩壊」「ウィリアム・ウィルソン」「群集の人」「メエルシュトレエムの底へ」「赤死病の仮面」「黒猫」「盗まれた手紙」所収。

- 『黄金虫・アッシャー家の崩壊 他九篇』八木敏雄訳、岩波文庫、二〇〇六年。
「メッツェンガーシュタイン」「ボン＝ボン」「息の紛失」「『ブラックウッド』誌流の作品の書き方／ある苦境」「リジーア」「アッシャー家の崩壊」「群集の人」「赤死病の仮面」「陥穽と振子」「黄金虫」「アモンティラードの酒樽」所収。

- 『黒猫／モルグ街の殺人』小川高義訳、光文社古典新訳文庫、二〇〇六年。
「黒猫」「本能vs.理性──黒い猫について」「アモンティリャードの樽」「告げ口心臓」「邪鬼」「ウィリアム・ウィルソン」「早すぎた埋葬」「モルグ街の殺人」所収。

- 『エドガー・アラン・ポー短篇集』西崎憲編訳、ちくま文庫、二〇〇七年。
「黄金虫」「ヴァルドマール氏の死の真相」「赤き死の仮面」「告げ口心臓」「メールシュトレームの大渦」「アッシャー家の崩壊」「ウィリアム・ウィルソン」所収。

- 『黒猫・アッシャー家の崩壊 ポー短編集Ⅰ ゴシック編』巽孝之訳、新潮文庫、二〇〇九年。
「黒猫」「赤き死の仮面」「ライジーア」「落とし穴と振り子」「ウィリアム・ウィルソン」「アッシャー家の崩壊」所収。

- 『モルグ街の殺人・黄金虫 ポー短編集Ⅱ ミステリ編』巽孝之訳、新潮文庫、二〇〇九年。
「モルグ街の殺人」「盗まれた手紙」「群衆の人」「おまえが犯人だ」「ホップ・フロッグ」「黄金虫」所収。

- 『大渦巻への落下・灯台 ポー短編集Ⅲ ＳＦ＆ファンタジー編』巽孝之訳、新潮文庫、二〇一五年。

「大渦巻への落下」「使い切った男」「タール博士とフェザー教授の療法」「メルツェルのチェス・プレーヤー」「メロンタ・タウタ」「アルンハイムの地所」「灯台」所収。

【詩選集】

短編と同様、現在入手しやすいものを中心に挙げる。

- 『ポー詩集』阿部保訳、新潮文庫、一九五六年。
- 『ポオ詩集 サロメ——現代日本の翻訳』日夏耿之介訳、講談社文芸文庫、一九九五年。
- 『大鴉』日夏耿之介訳、沖積舎、二〇〇五年。
- 『大鴉——ポー訳詩集(加島祥造セレクション3)』加島祥造訳、港の人、二〇〇九年。

〈主要作品の日本語訳〉

以下、中編三編、詩集、散文詩/韻文劇、評論など、前出以外の主要作品が収録された翻訳書を紹介する。

【*The Narrative of Arthur Gordon Pym of Nantucket*(小説)】

- 『ナンタケット島出身のアーサー・ゴードン・ピムの物語』大西尹明訳、『ポオ全集 第1巻』東京創元新社、一九六三年。
- 『ナンタケット島出身のアーサー・ゴードン・ピムの物語』大西尹明訳、『ポオ小説全集2』創元推理文庫、一九七四年。
- 『ゴオドン・ピムの物語』谷崎精二訳、『ポオ小説全集 第3巻 冒険小説』春秋社、一九九八年。

【*The Journal of Julius Rodman*(小説)】

一八四〇年一月から六月まで《バートンズ・ジェントルマンズ・マガジン》誌で連載。「文明人によって達成された最初の北米ロッキー山脈横断の記録」と銘打たれた日誌形式の本作品は、毛皮交易やネイティヴ・アメリカンとの遭遇、荒野の風景描写など、興味深いテーマに溢れている。全十二回の連載予定だったが、諸々の事情から六回で打ち切りとなり、そのまま未完となった。

- 『ジューリアス・ロドマンの日記』大橋健三郎訳、『ポオ全集　第1巻』東京創元新社、一九六三年。
- 『ジューリアス・ロドマンの日記』大橋健三郎訳、『ポオ小説全集2』創元推理文庫、一九七四年。
- 『ジュリアス・ロドマンの日記』谷崎精二訳、『ポオ小説全集　第2巻　幻怪小説』春秋社、一九九八年。

【"The Unparalleled Adventure of One Hans Pfaall"（小説）】

一八三五年《サザン・リテラリー・メッセンジャー》誌に掲載。気球による月世界旅行をモチーフとした疑似科学小説で、ＳＦ小説の先駆けともみなされる。

- 「ハンス・プファアルの無類の冒険」佐々木直次郎訳、『妖精の島　エドガア・アラン・ポオ小説全集　第4巻』第一書房、一九三三年。
- 「ハンス・プファアルの無類の冒険」小泉一郎訳、『ポオ全集　第1巻』東京創元新社、一九六三年。
- 「ハンス・プファアルの無類の冒険」小泉一郎訳、『ポオ小説全集1』創元推理文庫、一九七四年。
- 「ハンス・プファアルの無比の冒険」谷崎精二訳、『ポオ小説全集　第3巻　冒険小説』春秋社、一九九八年。

【*Eureka*（散文詩）】

一八四八年の講演をもとに書かれた宇宙論で、単行本として出版された際の副題は「散文詩」。

- 『ユリイカ』牧野信一／小川和夫訳、『ポオ全集　第3巻』東京創元新社、一九六三年。
- 『ユリイカ――精神的ならびに物質的宇宙論』谷崎精二訳、『エドガア・アラン・ポオ全集　第5巻』春秋社　一九七〇年。
- 『ユリイカ』牧野信一／小川和夫訳、『ポオ詩と詩論』創元推理文庫、一九七九年。
- 『ユリイカ』八木敏雄訳、岩波文庫、二〇〇八年。

【*Politian*（戯曲）】

ポー唯一の戯曲で未完の韻文劇。一八三五―三六年の《サザン・リテラリー・メッセンジャー》誌、および一八四五年の詩集『大鴉その他』において部分的に発表される。初演は一九三三年、ヴァージニア大学の劇団のリッチモンド公演。「ビーチャム＝シャープの悲劇」として知られる一八二五年にケンタッキーで実際に起こった殺人事件を下敷きにしている。

- 「未刊の劇『ポリシアン』より」入沢康夫訳、『ポオ全集　第3巻』東京創元新社、一九六三年。
- 「悲劇　ポリシアン（戯曲・十一場）」谷崎精二訳、『エドガア・アラン・ポオ全集　第6巻』春秋社、一九七〇年。
- 「未刊の劇『ポリシアン』より」入沢康夫訳、『ポオ詩と詩論』創元推理文庫、一九七九年。
- 「悲劇『ポリティアン』」尾形敏彦訳、『詩人E・A・ポー――詩と詩論の全訳』山口書店、一九八七年。

【“Letter to B.＿”（詩論）】

一八三一年の『詩集』に付けられた序文で、ニューヨークの出版業者エラム・ブリス（Elam Bliss）に宛てた手紙“Letter to Mr.＿: Dear B.＿”を元にしている。一八三六年に“Letter to B―”と改題して《サザン・リテラリー・メッセンジャー》誌に発表された。「詩とは何か？」に言及したポーの最初の詩論といわれる。「音楽が心地よい観念と結びつくとき、それは詩となる」と音楽と詩の不可分性を説いた。

- 「B――への手紙」篠田一士訳、『ポオ全集　第3巻』東京創元新社、一九六三年。
- 「Bへの手紙」谷崎精二訳、『エドガア・アラン・ポオ全集　第5巻』春秋社、一九七〇年。

・「B――への手紙」尾形敏彦訳、『詩人E・A・ポー――詩と詩論の全訳』山口書店、一九八七年。
・「某氏への手紙」八木敏雄訳、『ポオ評論集』岩波文庫、二〇〇九年。

【"The Philosophy of Composition"(詩論)】

一八四六年、《グレアムズ・マガジン》誌に発表された詩論。「大鴉」の創作の方法を明かす。

・「構成の原理」篠田一士訳、『ポオ全集　第3巻』東京創元新社、一九六三年。
・「詩作の哲理」谷崎精二訳、『エドガア・アラン・ポオ全集　第5巻』春秋社、一九七〇年。
・「構成の原理」篠田一士訳、『ポオ詩と詩論』創元推理文庫、一九七九年。
・「詩作の哲理」尾形敏彦訳、『詩人E・A・ポー――詩と詩論の全訳』山口書店、一九八七年。
・「創作の哲理」阿部保訳、『詩の原理』弥生書房、一九八八年。
・「詩作の哲学」八木敏雄訳、『ポオ評論集』岩波文庫、二〇〇九年。

【"The Rationale of Verse"(詩論)】

一八四八年、《サザン・リテラリー・メッセンジャー》誌に発表された詩論。韻律に関する議論が中心を占める。

・「韻文の原理」永川玲二訳、『ポオ全集　第3巻』東京創元新社、一九六三年。
・「韻文の原理」谷崎精二訳、『エドガア・アラン・ポオ全集　第6巻』春秋社、一九七〇年。
・「韻文の理論」尾形敏彦訳、『詩人E・A・ポー――詩と詩論の全訳』山口書店、一九八七年。

【"The Poetic Principle"(詩論)】

ポーの死後、一八五〇年に《ホーム・ジャーナル》誌で発表された詩論。もともとは講演原稿。この作品から「ただ詩のためのみに詩を書く("to write a poem simply for the poem's sake")」という有名なフレーズが生まれた。

・「詩の原理」篠田一士訳、『ポオ全集　第3巻』東京創元新社、一九六三年。
・「詩の原理」谷崎精二訳、『エドガア・アラン・ポオ全集　第5巻』春秋社、一九七〇年。
・「詩の原理」篠田一士訳、『ポオ詩と詩論』創元推理文庫、一九七九年。
・「詩の原理」尾形敏彦訳、『詩人E・A・ポー——詩と詩論の全訳』山口書店、一九八七年。
・「詩の原理」阿部保訳、『詩の原理』弥生書房、一九八八年。
・「詩の原理」八木敏雄訳、『ポオ評論集』岩波文庫、二〇〇九年。

【書評・評論】

・『ポオ全集　第3巻』佐伯彰一／小泉一郎訳、東京創元新社、一九六三年。
「ド・ラ・モット・フーケ男爵『ウンディーネ』」（佐伯彰一訳）、「ブルワ・リットン『夜と朝』」（佐伯彰一訳）、「チャールズ・ディケンズ『バーナビー・ラッジ』」（小泉一郎訳）所収。
・『エドガア・アラン・ポオ全集　第5巻』谷崎精二訳、春秋社、一九七〇年。
「アストリア」所収。
・『ポオ評論集』八木敏雄訳、岩波文庫、二〇〇九年。
「ディケンズの『骨董屋、その他の物語』」「『ヘリコン山のざわめき』」「書評欄への年頭の辞」「ロングフェローの『バラッド』」「ホーソーンの『トワイス・トールド・テールズ』」「フェニモア・クーパーの『ワイアンドット』」所収。

【Marginalia（批評文）】

・「覚書（マルジナリア）」吉田健一訳、『ポオ全集　第3巻』東京創元新社、一九六三年。
・「マアジナリア」谷崎精二訳、『エドガア・アラン・ポオ全集　第6巻』春秋社、一九七〇年。

・「『マージナリア』からの抜粋」尾形敏彦訳、『詩人E・A・ポー――詩と詩論の全訳』山口書店、一九八七年。

【書簡】

・「書簡」坂本和男訳、『ポオ全集　第3巻』東京創元新社、一九六三年。

〈その他〉

【対訳】

・『対訳ポー（現代作家シリーズ）』菊池武一訳、南雲堂、一九八八年。
「黒猫」「リジーア」「盗まれた手紙」所収。

・『アメリカ名詩選』亀井俊介／川本皓嗣編、岩波文庫、一九九三年。
「ヘレンに」「イズラフェル」「アナベル・リー」所収。

・『対訳　ポー詩集――アメリカ詩人選（1）』加島祥造訳、岩波文庫、一九九七年。
「ヘレンに」「アナベル・リー」「大鴉」他、二十三編所収。

【子供向け・イラスト付き】

・『モルグ街の殺人事件』金原瑞人訳、岩波少年文庫、二〇〇二年。

・『ヴィジュアル・ストーリー　ポー怪奇幻想集1――赤の怪奇』金原瑞人訳、ダビッド・G・フォレス（イラスト）、原書房、二〇一四年。

・『ヴィジュアル・ストーリー　ポー怪奇幻想集2――黒の恐怖』金原瑞人訳、ダビッド・G・フォレス（イラスト）、原書房、二〇一四年。

（池末陽子＝編）

E・A・ポー 主要文献案内

〈人と作品〉

【伝記】

• Allen, Harvey. *Israfel: The Life and Times of Edgar Allan Poe.* 1926. New York: Farrar and Rinehart, 1934.
ポーの人生や作品をその時代性に結びつけた解釈論的伝記。推測的かつ感傷的で事実の錯誤が多くみられる。

• Quinn, Arthur Hobson. *Edgar Allan Poe: A Critical Biography.* New York: Cooper Square, 1941.
入念なリサーチのもとに書かれた初の実証的な伝記。事実の取り扱いが慎重で客観的なため、後掲シルヴァーマンの伝記が出版されるまではポー伝の決定版として扱われていた。手紙や作品からの長い引用を含む本書は現在でもなお頻繁に参照される。

• Symons, Julian. *The Tell-Tale Heart: The Life and Works of Edgar Allan Poe.* 1978. New York: Penguin Books, 1981.（ジュリアン・シモンズ『告げ口心臓——E・A・ポオの生涯と作品』八木敏雄訳、東京創元社、一九八一年）イギリスの犯罪小説家による標準的な伝記。伝記と作品論を明確に分離した二部構成で、一般読者向けの読みやすい一冊。

• Thomas, Dwight, and David K. Jackson. *The Poe Log: A Documentary Life of Edgar Allan Poe 1809-1849.* Boston: G. K. Hall, 1987.
時系列に沿って日誌形式で記述されており、ほぼ毎日のポーの足跡を追うことができる。綿密なリサーチと根拠の正確さは類を見ない。巻頭に付された関連人物の詳細な注釈は相当有用である。ポー研究必携の書。

• Smith, Geddeth. *The Brief Career of Eliza Poe.* New Jersey: Fainleigh Dickinson UP, 1988.

全二百頁足らずで内容的にも厚くはないものの、芸術面におけるポーの血筋を辿ることのできる希少な資料。

• Silverman, Kenneth. *Edgar A. Poe: Mournful and Never-Ending Remembrance.* New York: Harper Collins, 1991.
ピューリッツァー賞作家による伝記。ポーの一生を作品論と交差させて読むことができる。典拠が示された巻末の註は圧巻で事典としての有用性がある。

• Meyers, Jeffery. *Edgar Allan Poe: His Life and Legacy.* New York: Scribner, 1992.
ヘミングウェイやフィッツジェラルドをも扱う伝記作家によるドラマティックな語り口のポー伝。作品論と作家論の相互乗り入れ的ないわゆる典型的な解釈論的伝記だが、深みに欠けポー文学の表層しか捉えていない感は否めない。

• Peeples, Scott. *Edgar Allan Poe Revisited.* New York: Twayne, 1998.
作品を軸にしてポーの生涯の歩みを辿る。ジャンルや主題でまとめて作品を解釈するのではなく、あえて時系列で作品を追うことで、ポーの創作スタイルの変遷を浮かび上がらせる。

• Hutchisson, James. M. *Poe.* Jackson: UP of Mississippi, 2005.
コンパクトだが実証的な伝記。ただしポーの南部貴族的アイデンティティを誇張する傾向がある点に注意を要する。

• Ackroyd, Peter. *Poe : A Life Cut Short.* New York: Nan A. Tales / Doubleday, 2008.

• 宮永孝『文壇の異端者——エドガー・アラン・ポーの生涯』ゆまにて出版、一九七九年。

• 佐渡谷重信『エドガー＝A＝ポー』清水書院、一九九〇年。

【索引・事典】

• Pollin, Burton R., ed. *Word Index to Poe's Fiction.* New York: Gordian, 1982.

• Frank, Frederick S., and Anthony Magistrale. *The Poe Encyclopedia.* Westport, CT: Greenwood, 1997.

ポーの生涯や作品に関わる項目をアルファベット順に並べたポー事典。重要項目には参照すべき資料を列挙。だが項目は後掲 *A to Z* に比べると少なく、記述も不十分なところがある。

- Sova, Dawn B. *Edgar Allan Poe A to Z: The Essential Reference to His Life and Work.* New York: Facts on File, 2001.

作品、関連人物、テーマ、伝記的事実等を網羅的にまとめたポー事典の決定版。大判、図版多数、項目は三千四百を超える。

- Sova, Dawn B. *Critical Companion to Edgar Allan Poe: A Literary Reference to His Life and Work.* New York: Facts on File, 2007.

前述 *A to Z* をベースとする更新版。全作品のあらすじが詳細に記述され、項目は分野別に再構築されている。

【ハンドブック・入門書】

- Carlson, Eric, ed. *A Companion to Poe Studies.* Westport, CT: Greenwood, 1996.

五部構成（「人生と時代」「作品」「思想」「芸術」「影響」）で、著名な研究者による論文二十五編を収録する六百頁の大論文集。いかなる先行研究がポー研究を支えてきたかがわかる研究者必携の一冊。

- Kennedy, J. Gerald, ed. *A Historical Guide to Edgar Allan Poe.* New York: Oxford UP, 2001.

新歴史主義的手法で執筆された論文五編（編者の序章を含む）を収録。多彩なイラスト付きで、アメリカ史の重要項目と並列して整理されたポー年譜と、スコット・ピープルズによる近年の研究文献注釈は有用。

- Hayes, Kevin J. *The Cambridge Companion to Edgar Allan Poe.* New York: Cambridge UP, 2002.

主要作品を主要テーマ（詩人、美学、推理、脱構築、ゴシック、モダニズム等々）に沿って読み直すまさに王道ともいえる論集。初学者ならまず最初に学ぶべきポー文学の基本事項が学べる論文十四編を収録。

- Amper, Susan. *Bloom's How to Write about Edgar Allan Poe.* New York: Bloom's Literary Criticism, 2008.

エッセイ作成指南本。一般論としての「いいエッセイの書き方」から始まって、ポー文学でテーマとなる事柄について作品毎に丁寧に解説。詩二編と『ピム』を含む十三作品を扱う。

- Fisher, Benjamin F. *The Cambridge Introduction to Edgar Allan Poe.* New York: Cambridge UP, 2008.
「人生」「コンテクスト（九項目）」「作品（詩／小説／批評）」「評価」の四部構成。百五十頁程度で読みやすい基本的に学部学生向けの一冊。
- Weinstock, Jeffery Andrew, and Tony Magistrale, eds. *Approaches to Teaching Poe's Prose and Poetry.* New York: MLA, 2008.
ポーの文学作品を高等教育向けに提供するための手引き書。実用的な書物ではあるが、ポー文学全体をパッケージ化することなく、むしろ新たな思考や議論へと誘うものである。
- Hayes, Kevin J., ed. *Edgar Allan Poe in Context.* New York: Cambridge UP, 2013.
ポー文学が内包する様々なコンテクストを解説する。各テーマのエッセイはコンパクトで事典としても活用可能。ただし、重要研究文献への参照が欠けている論考もあるため、多少注意を要する。
- 八木敏雄／巽孝之編『エドガー・アラン・ポーの世紀——生誕二〇〇周年記念必携』研究社、二〇〇九年。
生誕二百周年を記念して出版された日本ポー学会会員有志による研究論集。論文十五編、コラム八編、エッセイ一編を含む。巻末の研究書誌は二〇〇九年までをカバー。
- 巽孝之『エドガー・アラン・ポー——文学の冒険家』ＮＨＫ出版、二〇一二年。
ＮＨＫのカルチャーラジオ文学の世界（ラジオ第二放送）にて二〇一二年四月から六月まで放送された同タイトルのテキストブック。図版豊富で初心者にもわかりやすい一冊。

【肖像画・写真】

- Deas, Michael J. *The Portraits and Daguerreotypes of Edgar Allan Poe.* Charlottesville: UP of Virginia, 1988.
- 内田市五郎『ポウ研究——肖像と写真』日本古書通信社、二〇〇七年。

• 日本ナサニエル・ホーソーン協会九州支部研究会編『ロマンスの迷宮――ホーソーンに迫る15のまなざし』英宝社、二〇一三年。伊藤詔子「ポー、ホーソーン、ダゲレオタイプ――真実の露出と魔術的霊気のはざまで」所収。

【特集号】

• 《英語研究　ポー特集号》研究社、一九四九年十月。
• 《詩と詩論　無限　特集エドガー・ポー》第二十五号、政治公論社無限編集部、一九六九年三月。
• 《ユリイカ　特集エドガー・ポオ　怪奇と幻想の文学》青土社、一九七四年二月。
• 《文芸読本　ポー》河出書房新社、一九七八年四月。
• 《カイエ　特集エドガー・アラン・ポオ》冬樹社、一九七九年九月。
• 《ミステリ・マガジン　幻想と怪奇特集号〈ポー生誕200周年〉》二〇〇九年八月号。ドン・ウィンズロウ「ポーとジョーとぼく」("Poe, Jo and I," 2009)(東江一紀訳)所収。

【専門誌】

• *Poe Studies Dark Romanticism: History, Theory, Interpretation*(一九八六年―刊行中)ワシントン州立大学出版発行。一九八六―二〇〇一年は半年に一回発行、二〇〇八年以降は年一回。二〇〇八年より *Poe Studies: History, Theory, Interpretation* に誌名を短縮。現在ジョンズ・ホプキンス大学出版発行。*Poe Newsletter*(一九七〇年)、*Poe Studies*(一九七一―八五年)は前身。
• *Edgar Allan Poe Review*(二〇〇一年―刊行中)ペンシルヴァニア州立大学出版発行。一九七二年設立の The Poe Studies Association の機関雑誌。前身は The PSA Newsletter(一九七三―二〇〇〇年)。
• 《ポー研究》(二〇〇九年―刊行中)

日本ポー学会（The Poe Society of Japan 二〇〇九年発足）発行。原則年一回の発行だが、変則的に二年に一回の合併号になることもある。会長巻頭言、投稿論文、シンポジアム発表論文、特別講演原稿、書評、日本のポー研究書誌を掲載。

〈研究書・論文〉

【外国語による研究書（―一九六〇年）】

古典的な研究書の中で現在でも言及されることの多い文献を紹介する。すでに日本語に訳されているものも多い。

- Lawrence, D. H. *Studies in Classic American Literature*. New York: Thomas Seltzer, 1923.（D・H・ロレンス『アメリカ古典文学研究』大西直樹訳、講談社文芸文庫、一九九九年）
- Bonaparte, Marie. *The Life and Works of Edgar Allan Poe: A Psycho-Analytic Interpretation*. 1933. Trans. John Rodker. London: Imago, 1949.

  精神分析批評の古典的大著。ポーの生涯と作品を幼少期の喪失体験（実両親）によるトラウマと結びつけて解釈する。文学における精神分析批評の試金石としての評価は高いが、解釈論としては傾き過ぎという批判もある。
- Fagin, N. Bryllion. *The Histrionic Mr. Poe*. Baltimore: Johns Hopkins UP, 1949.

  ポーの人格、文学性、想像力を「演劇」と関連付けて論じる希少な研究書。
- Auden, W. H. "Introduction." *Edgar Allan Poe: Selected Prose, Poetry, and "Eureka."* Ed. W. H. Auden. San Francisco: Rinehart, 1950.

  詩人オーデンによる序文。失敗作と断じられてきた『ピム』を積極的に評価し、再評価のきっかけを作った。
- Quinn, Patrick F. *The French Face of Edgar Poe*. Carbondale: Southern Illinois UP, 1957.（パトリック・F・クィン『ポオとボードレール——心理学的考察』松山明生訳、北星堂書店、一九七五年）
- Levin, Harry. *The Power of Blackness: Hawthorne, Poe, Melville*. New York: Knopf, 1958.（ハリー・レヴィン『闇の力

――アメリカ文学論　ホーソーン、ポー、メルヴィル』島村馨他訳、ミネルヴァ書房、一九七八年）
• Fiedler, Leslie A. *Love and Death in the American Novel.* 1960. New York: Anchor, 1992.（レスリー・A・フィードラー『アメリカ小説における愛と死――アメリカ文学の原型I』佐伯彰一他訳、新潮社、一九八九年）

【外国語による研究書（一九七〇―二〇〇〇年）】

• Pollin, Burton R. *Discoveries in Poe.* Notre Dame: U of Notre Dame P, 1970.
• Hoffman, Daniel. *Poe Poe Poe Poe Poe Poe Poe.* 1972. Baton Rouge: Louisiana State UP, 1998.
• Thompson, G. R. *Poe's Fiction: Romantic Irony in the Gothic Tales.* Madison, WI: U of Wisconsin P, 1973.
• Ketterer, David. *The Rationale of Deception in Poe.* Baton Rouge: Louisiana State UP, 1979.
• Johnson, Barbara. *The Critical Difference: Essays in the Contemporary Rhetoric of Reading.* Baltimore: Johns Hopkins UP, 1980.
• Kennedy, J. Gerald. *Poe, Death, and the Life of Writing.* New Haven: Yale UP, 1987.
• Reynolds, David S. *Beneath the American Renaissance: The Subversive Imagination in the Age of Emerson and Melville.* New York: Knopf, 1988.
バフチンのカーニヴァル論を下敷きにアメリカン・ルネサンスを形成する十九世紀の文化の基盤を読み解いた新歴史主義批評の重要文献。六百頁を超える大著。
• Kopley, Richard, ed. *Poe's Pym: Critical Explorations.* Durham: Duke UP, 1992.
『ピム』出版百五十周年記念会議（一九八七年ナンタケット島で開催）をベースとして、『ピム』のみを対象とした初の体系的批評論文集。原典研究から精神分析的批評や新歴史主義的批評アプローチまで論文十六編を収録。最終章には詳細な『ピム』批評史（一九八〇年から一九九〇年まで）が付されている。
• Morrison, Toni. *Playing in the Dark: Whiteness and the Literary Imagination.* Cambridge: Harvard UP, 1992.（トニ・モ

リスン『白さと想像力――アメリカ文学の黒人像』大社淑子訳、朝日新聞社、一九九四年）

- Silverman, Kenneth ed. *New Essays on Poe's Major Tales*. New York: Cambridge UP, 1993.
収録論文は六編と少ないが、多彩な批評アプローチでポーの主要作品を分析する骨太の論集。伝記作家である編者のコンパクトなポー伝付き。

- Rosenheim, Shawn, and Stephen Rachman, eds. *The American Face of Edgar Allan Poe*. Baltimore and London: Johns Hopkins UP, 1995.
ポーをフランスで人気の作家ではなく、アメリカ的正典《キャノン》として再定置する意欲的な論集。論文十三編所収。

- Hansen, Thomas S. and Burton R. Pollin. *The German Face of Edgar Allan Poe: A Study of Literary References in His Works*. Columbia, SC: Camden House, 1995.

- Harvey, Ronald. C. *The Critical History of Edgar Allan Poe's* The Narrative of Arthur Gordon Pym: *"A Dialogue with Unreason."* New York: Garland, 1998.

- Whalen, Terence. *Edgar Allan Poe and the Masses: The Political Economy of Literature in Antebellum America*. Princeton, NJ: Princeton UP, 1999.
貧乏で耽美的な浮浪者ポーは、実はアメリカの代表的商業ベース作家であったことを「文学と資本主義」「創作活動と出版業界」といった経済的コンテクストから論証する画期的な研究書。

【外国語による研究書（二〇〇一―一四年）】

- Kennedy, J. Gerald, and Liliane Weissberg, eds. *Romancing the Shadow: Poe and Race*. New York: Oxford UP, 2001.
ポー文学における人種表象（特に黒人や奴隷制）に、深く切り込んだ論文九編を所収。

- Perry, Dennis R. *Hitchcock and Poe: The Legacy of Delight and Terror*. Lanham: Scarecrow, 2003.
映画監督ヒッチコックへのポーの影響を論じた最初の包括的研究書。各章では「ダブル」「天邪鬼」「窃視」などのテーマ毎にポーとヒッチコックの共通点と相違点を比較分析する。

- Peeples, Scott. *The Afterlife of Edgar Allan Poe*. New York: Camden House, 2004.

ポーの死後評価の変遷を辿る。十九世紀後半におけるアメリカ文学の中での位置づけに始まり、二十世紀の精神分析、フォルマリズム、脱構築、文化研究など、理論と並行するポー解釈の変化の歩みを概観する。

- Pollin, Burton R. *Poe's Seductive Influence on Great Writers*. New York: iUniverse, 2004.

全集編者ポーリンが一九七三年から二〇〇一年までに雑誌に発表した論文を収録。他作家へのポーの影響についての実証的考察。本書で扱われた作家の幅は広く、メルヴィルやヘンリー・ジェイムズのような古典的大作家からジェイムズ・サーバー、ロバート・ラドラムといった大衆作家までをカバーする。

- Kopley, Richard. *Edgar Allan Poe and the Dupin Mysteries*. New York: Palgrave Macmillan, 2008.

本巻にも掲載のデュパン・シリーズ三作品を徹底解説する。推理小説ファン必見の一冊。

- Hecker, William F., ed. *Private Perry and Mister Poe: The West Point Poems, 1831*. Baton Rouge: Louisiana State UP, 2005.

ウェスト・ポイント陸軍士官学校時代のポーの詩を所収し、独自の詳細な分析と注釈を加えたという点で貴重な一冊。彼は四年間に及ぶポーの軍隊経験が文筆活動に直接影響を与えたと主張し、作品を「軍隊文化的レンズ」を通して精緻に読み解くことを示唆し、今後のポー研究に一石を投じた。遺憾であるがヘッカー氏は先のイラク戦争で戦死。同氏の業績を讃えるとともに、冥福をお祈りする。

- Miyazawa, Naomi. *Edgar Allan Poe and Popular Culture in the Age of Journalism: Balloon Hoaxes, Mesmerism, and Phrenology*. UMI Press, 2010.

ポーの疑似科学への関心に焦点を当て、熱気球、動物磁気学、骨相学の流行が、疑似科学小説や探偵小説といった文学ジャンルの創設に与えた影響を考察する。

- Hutchisson, James M., ed. *Edgar Allan Poe: Beyond Gothicism*. Newark: U of Delaware P, 2011.

ゴシック作品としては比較的マイナーな作品をも取り上げた論文集。ゴシックを「超える」というよりゴシックを含めたポー文学の多面性を強調し、これまでゴシックの枠内では軽視されがちだった「家具の哲学」「チビのフランス人はなぜ手に吊り繃帯をしているのか」等の作品に光を当てている。

- Cantalupo, Barbara, ed. *Poe's Pervasive Influence*. Bethlehem: Lehigh UP, 2012.
二〇〇九年に開催された第三回国際ポー会議に基づく論文を集大成したもの。江戸川乱歩、フェルナンド・ペソア、ニコライ・ゴーゴリなど、ポーの影響の地理的な広がりが強調されている。編者 Cantalupo によるミステリ作家笠井潔へのインタビューも読める。伊藤詔子 "Gothic Windows in Poe's Narrative Space" 所収。

- Kennedy, J. Gerald, and Jerome McGann, eds. *Poe and the Remapping of Antebellum Print Culture*. Baton Rouge: Louisiana State UP, 2012.
大著『アメリカン・ルネサンス』の著者F・O・マシーセンが指摘したように、アメリカ文学の主流から疎外されてきたポーを、南北戦争以前の時期に拡大しつつあった出版文化のコンテクストと関連させて論じることで、アメリカ文学というジャンルの中心に置き直そうとする試み。生誕二百周年を機に集まった気鋭の研究者による論文十編を収録。

- Urakova, Alexandra, ed. *Deciphering Poe: Subtexts, Contexts, Subversive Meanings*. Bethlehem: Lehigh UP, 2013.
フィラデルフィアのポー協会主催のポー生誕二百年記念会議に寄せられた論文の集大成。各論に明確な主題のつながりはないが、全体のコンセプトとしては、ポー研究を一種の暗号解読として捉え、作品が読者に促す言語の遊戯を肯定するというもの。

- Cantalupo, Barbara. *Poe and the Visual Arts*. University Park: Pennsylvania State UP, 2014.
ポーの作品を視覚的な側面から論じる研究は以前からある。本書はニューヨーク、フィラデルフィアの二都市における作家の視覚文化との接触の有り様と、作品に見られる視覚芸術への言及を丹念に追うことで、この視点からの研究を推し進めている。

- Esplin, Emron, and Margarida Vale de Gato, eds. *Translated Poe.* Bethlehem: Lehigh UP, 2014.
ヨーロッパ、南米、アジア、アフリカの広範な地域における、ポーの翻訳事情についての三十一本の論考をおさめる。各国での翻訳を通じたポーの影響と現在までのポー作品の受容状況を知ることができる。巽孝之 "The Double Task of the Translator: Poe and His Japanese Disciples" 所収。
- McGann, Jerome. *The Poet Edgar Allan Poe: Alien Angel.* Cambridge: Harvard UP, 2014.
なぜアメリカ本国で軽視されたポーの詩はヨーロッパで高く評価されたのか。本書は、詩論ではなくマージナリアや書評の言葉をポーの理論的支柱として捉え直し、詩における読者の機能に注目することで、この問いに対する新たな解釈を提示する。
- Tally, Robert T. *Poe and the Subversion of American Literature : Satire, Fantasy, Critique.* New York: Bloomsbury, 2014.
「ポーの笑いは捉え難く、かつ深淵である」として、初期短編「壜の中の手記」から「黒猫」などの傑作恐怖譚にまで浸透した「笑い」の修辞学に着目した研究書。
- Sullivan, Daniel. "The Consolations and Dangers of Fantasy: Burton, Poe, and Vincent." *The Philosophy of Tim Burton.* Ed. Jennifer L. McMahon. Lexington: UP of Kentucky, 2014.
ロジャー・コーマンによって映画化されたポー作品に影響を受けた幼少期のバートンが、成長してダーク・ファンタジー映画を製作するようになった経緯を、ポーとの共通点やその影響を心理学的に読み解きながら分析する。

【日本語による研究書（―二〇〇〇年）】
- 野口米次郎『ポオ評伝』第一書房、一九二六年。
- 島田謹二『ポーとボードレール』イヴニング・スター、一九四八年。
- 谷崎精二『エドガア・ポオ――人と作品』研究社、一九六七年。
- 八木敏雄『エドガー・アラン・ポオ研究――破壊と創造』南雲堂、一九六八年（増補版一九七二年）。

・野村章恒『エドガア・アラン・ポオ――芸術と病理』金剛出版、一九六九年。
・八木敏雄『ポー――グロテスクとアラベスク』冬樹社、一九七八年。
・武藤脩二『アメリカ文学と祝祭』研究社、一九八二年。
・伊藤詔子『アルンハイムへの道――エドガー・アラン・ポーの文学』桐原書店、一九八六年。
・内田市五郎編著『エドガー・アラン・ポウと世紀末のイラストレーション』岩崎美術社、一九八七年。
・巽孝之／鷲津浩子／下河辺美知子『文学する若きアメリカ――ポウ、ホーソン、メルヴィル』南雲堂、一九八九年。
・元山千歳『ポオはドラキュラだろうか』勁草書房、一九八九年。
・巽孝之『E・A・ポウを読む』岩波書店、一九九五年。
・巽孝之『ニュー・アメリカニズム――米文学思想史の物語学』青土社、一九九五年。
・板橋好枝／野口啓子編『E・A・ポーの短編を読む――多面性の文学』勁草書房、一九九九年。
・宮永孝『ポーと日本――その受容の歴史』彩流社、二〇〇〇年。
体系的なポー受容史としては初の大著。七百二十頁にわたり、研究史、翻訳史、日本の詩人／作家に与えた影響を丁寧に解説する。巻末の研究年表（一八八一―二〇〇〇年）は圧巻。

【日本語による研究書（二〇〇一―一四年）】

・野口啓子／山口ヨシ子編『ポーと雑誌文学――マガジニストのアメリカ』彩流社、二〇〇一年。
メディアとしての「雑誌」に焦点を当てた論文集。ポーが生きた時代における雑誌事情を詳述した「序論」に加え、「ジャーナリズム」「文壇批評」「女性」の三つのテーマを論じる九本の論文を収録。
・武藤脩二／入子文子編『視覚のアメリカン・ルネサンス』世界思想社、二〇〇六年。
伊藤詔子「ポーと新たなサブライムの意匠――ナイアガラ・スペクタクルから暗黒の海へ」所収。

・野口啓子『後ろから読むエドガー・アラン・ポー——反動とカラクリの文学』彩流社、二〇〇七年。晩年の宇宙論『ユリイカ』から主要作品を逆照射的に読み直す。個々の作品解釈は極めて手堅く、基本を押さえておきたい初学者にお薦めの一冊。

・福岡和子『「他者」で読むアメリカン・ルネサンス——メルヴィル・ホーソーン・ポウ・ストウ』世界思想社、二〇〇七年。「第三部　ポウと他者」では、「他者の視線」(「群衆の人」「アモンティリャードの酒樽」「告げ口心臓」)「コンテキストの不在」(「黄金虫」「ホップフロッグ」『ピム』)の二つのテーマでポー作品群を読み解く。

・鷲津浩子『時の娘たち』南雲堂、二〇〇五年。建国期からアメリカン・ルネサンス期へのアメリカの思想の流れを、アートとネイチャーをキーワードに大胆に読み解く。前半では「メルツェルの将棋差し」を、後半では『ユリイカ』を扱う。

・池末陽子／辻和彦『悪魔とハープ——エドガー・アラン・ポーと十九世紀アメリカ』音羽書房鶴見書店、二〇〇八年。ポーの生前と現代の評価の「ギャップ」を念頭に置きつつ、十九世紀アメリカ社会における人種問題、植民地主義、科学技術の進展、エスニシティ、「風景」と環境の問題、などを複眼的な視点から分析。現代アメリカ文化(文学／映画／音楽)へのポーの影響にも言及する。

・北島明弘『映画で読むエドガー・アラン・ポー』近代映画社、二〇〇九年。ポーの映像化作品の歴史をサイレント期から辿る新書。ロジャー・コーマンはもちろん、ダリオ・アルジェントやジェス・フランコといったヨーロッパのカルト的作家の作品まで紹介されており、映画ファンにとっても楽しい一冊。日本で未公開の映画やTV作品も含めた付録「ポー映画化作品リスト」あり。

・八木敏雄『マニエリスムのアメリカ』南雲堂、二〇一一年。美術用語である「マニエリスム」という概念を軸にアメリカン・ルネサンスを再考する。二十四項目のうち三分の一にあたる八項目がポー関連論文である。

• 入子文子監修『水と光――アメリカの文学の原点を探る』開文社、二〇一三年。

伊藤詔子「ポーの水とダーク・キャノン――『丘の上の都市』から『海中の都市』へ」所収。

• 竹内勝徳／高橋勤編『環大西洋の想像力――越境するアメリカン・ルネサンス文学』彩流社、二〇一三年。

高橋泰志「トランスアトランティック・アペタイト――『アーサー・ゴードン・ピムの物語』における食の表象」、成田雅彦「アメリカン・ルネサンスと二つの埋葬――エマソン、ポー、『理性』のゆくえ」所収。

• 西谷拓哉／成田雅彦編『アメリカン・ルネサンス――批評の新生』開文社、二〇一三年。

伊藤詔子「沼地とアメリカン・ルネサンス――ナット・ターナー、ドレッド、ホップフロッグ」、井上健「ポーの文体とその翻訳可能性をめぐって」、巽孝之「ポーにおけるミソジニーの伝統」、加藤雄二「歴史と時間におけるアンビヴァレンス――メルヴィル、ポーと批評、反復、日本」所収。

• 西山智則『恐怖の君臨――疫病・テロ・畸形のアメリカ映画』森話社、二〇一三年。

第四章「エドガー・アラン・ポーのエイプたち――「モルグ街の殺人」・『キング・コング』・視線の帝国主義」において、「モルグ街の殺人」に始まる黒人奴隷の表象としての猿の表象史を、文学／映画のみならず、同時多発テロという事象と絡めて検証する。なお本書は、恐怖とエロスを表裏一体として捉える視点から多くの現代映画を分析しており、B級ホラー映画好きにはたまらない一冊。

• 西山けいこ「疫病のナラティヴ――ポー、ホーソーン、メルヴィル」『災害の物語学』中野良子編、世界思想社、二〇一四年。

天然痘、コレラ、チフスなどの疫病が、封じ込めを越えて社会の境界を侵犯し、差異を無効とすることを前提に、疫病とその脅威の表象を十九世紀の代表的三作家の作品に辿る。ポーについては「影」「赤き死の仮面劇」を中心に考察する。

• 塚田幸光「福竜・アンド・ビヨンド――エドガー・A・ポオとニュークリア・シネマ政治学」『冷戦とアメリカ

——覇権国家の文化装置』村上東編、臨川書店、二〇一四年。

ニュークリア・シネマの起源と変容を辿り、冷戦時代のアメリカン・マインドに焦点を当てる異色の論文。冷戦が召喚した文化的アイコンとしてのポーと恐怖映画（「アッシャー家の惨劇」等）、映画制作倫理規定に注目し、核／コード時代の自閉するアメリカとその表象のリミットを考察する。

- 村山淳彦『エドガー・アラン・ポーの復讐』未來社、二〇一四年

【最新の研究書・研究論文（二〇一五—一六年）】

- Gaylin, David F. *Edgar Allan Poe's Baltimore.* Charleston: Arcadia., 2015.
アメリカの地方都市や歴史ある街に解説する“Images of America”シリーズの一つ。多数の絵や写真により、ポーと縁の深い地ボルティモアの歴史を視覚的に知ることができる。
- Hayes, Kevin J., ed. *A History of Virginia Literature.* Cambridge: Cambridge UP, 2015.
Paul Christian Jones “Edgar Allan Poe and the Art of Fiction” 所収。
- Hemingway, Andrew and Alan Wallach, eds. *Transatlantic Romanticism: British and American Art and Literature 1790-1860.* Amherst: U of Massachusetts P, 2015.
- Beaumont, Matthew. “Urban Convalescence in Lamb, Poe, and Baudelaire.” *Transatlantic Romanticism: British and American Art and Literature 1790-1860.* Eds, Andrew Hemingway and Alan Wallach. Amherst: U of Massachusetts P, 2015.
英米仏の知的交流について、「群集の人」を中心に考察する。チャールズ・ラム、ボードレール、ベンヤミンらを援用しながら、都市的人格解釈において「遊歩者」から「回復期患者」(convalescent) へのシフトを提唱する。
- Hurth, Paul. *American Terror: The Feeling of Thinking in Edwards, Poe, and Melville.* Stanford: Stanford UP, 2015.
暗く厭世的なアメリカのロマンティシズム文学の裏面を「恐怖」のキーワードで掘り下げた研究書。アメリカ

ン・ゴシック全般に対する新たな解釈を提示する。二章と三章をポー作品の分析に当てる。

- Okamoto, Teruyuki. “A Writer Who Turned Down France: ‘The System of Doctor Tarr and Professor Fether’ and Transatlantic Discourse on the French Revolution.” *Journal of the Society of English and American Literature* (関西学院大学英米文学会) 59.1 (2015): 153-75.

本稿は、「ポーとフランス」というお馴染みのテーマを、短編「タール博士とフェザー教授の療法」とフランス革命とのリンクを検証することで再考し、更に本作品をめぐり論じられてきた奴隷制と南部の風景を革命と関連付けることでアメリカ的テーマをも見出そうとする意欲的な試論。

- 西谷拓哉／成田雅彦／高尾直知編、『ホーソーンの文学的遺産――ロマンスと歴史の変貌』開文社、二〇一六年。

以下二点のポー関連論文を所収。奇しくもこの二つの論考のテーマは「父と息子」。

伊藤詔子「アメリカン・ルネサンス的主人公の不滅――ファンショー、デュパン、オースター」。ボストンのポースクエアに出現した「トランクに原稿を詰め大鴉を連れた彫刻ポー」が人気を博した、近年のポー・リヴァイヴァルを念頭に、オースターのデュパン継承の内実を探り、「ニューヨーク三部作」では、ニューヨークをアメリカン・ルネサンス作家の亡霊の犇めく街として詳細に分析する。そして次元レベルで絡み合う各作品に「不可視の父と息子の関係」というアメリカン・ルネサンス由来の大きなテーマを見出して、墓穴、トランク、箱、密室を、オースターが継承した自我の異次元的幽閉表象だと論じる。

池末陽子「死者は語る――ジュリアン・ホーソーンの『エドガー・アラン・ポーとの冒険』と『エセリンド・フィングアーラの墓』を読む」。「もしもポーが生きていたら」という仮定のオカルト仕立てのフィクションである前者と最初期のアメリカン・ヴァンパイア譚である後者を紹介し、「複雑な想いの交錯する父と息子の関係」を、伝記論／アメリカン・ヴァンパイア／息子のジレンマの三つのテーマを中心に考察することによって、文豪ナサニエル・ホーソーンの「DNA遺産」である息子ジュリアンの「文学的遺産」としての意義を問い直す。

- 小林英美／中垣恒太郎編『拡大する読者と英米文学――一八世紀から現代へ』音羽書房鶴見書店、二〇一六年。

池末陽子「鉄筆の力――マガジニスト・ポーの軌跡を辿る」所収。

・巽孝之『盗まれた廃墟――ポール・ド・マンのアメリカ』彩流社、二〇一六年。
第二部「水門直下の脱構築――ポー、ド・マン、ホフスタッター」では、六〇―七〇年代のアメリカ悪夢の時代にラカンとデリダによって脱構築批評の客体となった「盗まれた手紙」が、いかに「時代意識と共振」したかを、ド・マンの「盗まれたリボン」と絡めながら解き明かす。

・西山智則『恐怖の表象――映画／文学における〈竜殺し〉の文化史』彩流社、二〇一六年。
恐怖の表象として「竜」の系譜を辿り、テロという恐怖に満ちた現代を考察する。第四部、五部の「ポーにおける竜殺し」において、「黒猫」「アッシャー家の崩壊」を分析。ポーの分身論、ポーの文化史上の位置についての考察を含む。

＊「著作目録」「主要文献案内」の作成にあたり、京都大学大学院人間・環境学研究科の水野尚之教授ならびに当研究室院生森本光さんには、資料提供や蔵書閲覧に全面的にご協力いただいた。ここに感謝の意を表したい。

（池末陽子＝編）

E・A・ポー年譜

一八〇九年
一月十九日、マサチューセッツ州ボストンに生まれる。アイルランド移民の家系でメリーランド州ボルティモア出身の父デイヴィッド・ポー・ジュニアと、イギリス生まれで九歳のときアメリカへと渡ってきた母エリザベス・アーノルド・ホプキンスの第二子。父デイヴィッドは最初法律を学んだが十九歳で演劇界入りし、母エリザベスも女優であったその母（ポーの祖母）の血を引いて九歳ですでに初舞台を踏んでいる。ともに舞台役者であった両親は興行のため当時ボストンで暮らし、頻繁に舞台に出演していた。シーズン中のため、母エリザベスはポーを出産する十日前まで舞台に立ち、出産後は三週間で復帰。生活に困窮していた両親は、生後間もないポーを二歳年上の兄ウィリアム・ヘンリー・レナードとともに父方の祖父母が暮らすボルティモアの家に預ける。

一八一〇年（一歳）
十月、父デイヴィッドが妊娠中の妻と二人の子供を残して原因不明の失踪。その後の消息は謎だが、翌年の十二月頃に亡くなったとされる。十二月二十日（推定）に妹ロザリーが生まれる。出産を終えた母エリザベスは舞台に復帰するが、その後健康状態が悪化。

一八一一年（二歳）
十二月八日、母エリザベスが二十四歳で死去。ポーと妹ロザリーは、それぞれリッチモンドのアラン夫妻とマッケンジー夫妻に引き取られる。裕福な貿易商であった養父ジョン・アランとその妻フランセスには実子がいなかったため、彼らは二歳のポーを愛情を持って迎え入れ、とりわけフランセスは我が子のように溺愛した。しかし、アラン夫妻はポーを正式に養子としては入籍しなかった。

一八一五年（六歳）　七月二十日、養父アランは事業の拡大のために妻とその姉ナンシー、ポーを連れてイギリスへと渡る。アランの故郷であるスコットランドのアーヴィンを訪れ、その後ロンドンへ移住。当初からイギリス行きに気が進まなかったフランセスは、滞在中のおよそ五年の間、体調不良に悩まされる。

一八一六年（七歳）　ロンドンにあるデュブール姉妹の寄宿学校に通う。

一八一七年（八歳）　八月、ロンドン郊外のストーク・ニューイントンにある私立学校マナー・ハウス・スクールに入学。帰国までのおよそ三年間をこの場所で過ごす。ここでの経験は短編「ウィリアム・ウィルソン」に描かれる。

一八一九年（十歳）　事業が財政上の困難に陥り、養父アランは帰国を検討し始める。

一八二〇年（十一歳）　養父アランがイギリスでの事業撤退を決意。七月、アラン夫妻と共にアメリカへ帰国、再びリッチモンドに戻る。

一八二一年（十二歳）　ジョゼフ・H・クラークの経営する学校に通う（翌年十二月まで）。

一八二二年（十三歳）　八月十五日、ボルティモアで従妹ヴァージニア・イライザ・クレム（のちの妻）が生まれる。この頃から詩作を始める。

一八二三年（十四歳）　四月、クラークの後を継いだウィリアム・バーク学校に入学。ラテン語やフランス語等に秀で、スポーツにおいても才能を示す。下級生のロバート・スタナードの母親ジェインと知り合う。美しく、慈愛に満ちたスタナード夫人にポーはたちまち夢中になる。

一八二四年（十五歳）　四月二十八日、スタナード夫人が死去。その死を悼んで詩「ヘレンに」（一八三一年）を書く。この頃から養父アランとポーの間に後々まで続く確執が生まれる。

一八二五年（十六歳）　ポーはアランの家の近所に住んでいたサラ・エルマイラ・ロイスターと密かに婚約するも、彼女の父親の猛反対に合い破談。養父アランが資産家の伯父ウィリアム・ゴールトから多一八二六年（十七歳）　額の遺産を相続。
二月十四日、ヴァージニア大学に入学。古典語と近代語を幅広く学び、特にラテン語とフランス語の成績は上位だった。図書館から英語で書かれた本の他、シャルル・ロランの古代史に関する書物や、ヴォルテールのフランス語原典を借り出していた記録が残っている。一方で賭博等で多額の借金を負う。十二月、二千ドル以上もの借金を抱え、リッチモンドの家へ帰る。養父アランは借金の一部を返済するが、賭博を原因とする借金や、次学期の学資支払を拒否。大学は退学となり、さらに恋人エルマイラが別の男性とすでに婚約していることが判明。

一八二七年（十八歳）　三月、養父アランとの不和からリッチモンドの家を出ることを決意。手紙でアランにその意志を伝え、ボストンまでの旅費と当座の生活費の援助を頼むも拒否される。四月七日ボストンに戻り、五月二十六日、「エドガー・A・ペリー」という偽名を使い、年齢も二十二歳と偽ってアメリカ合衆国陸軍に入隊。ボストン港インディペンデンス要塞の第一砲兵連隊に配属。七月、当時十八歳の印刷業者カルヴィン・F・S・トマスと処女詩集『タマレーンおよびその他の詩』を出版。四十ページの小冊子で、「タマレーン」の他に九編の短詩を収録。巻頭ページには名前を記さず、「一ボストン人」とだけ印刷された。十一月、ポーの所属する第一砲兵連隊はサウス・カロライナ州のサリヴァン島に上陸。後年の短編「黄金虫」はこの島が舞台となっている。

一八二八年（十九歳）　十二月十一日から十五日まで、ポーの連隊はヴァージニア州モンロー要塞に駐留。

一八二九年（二十歳）　一月、砲兵連隊の上級曹長に昇進。その後、陸軍を辞めてウェスト・ポイント陸軍士官学校に入る手続きのため、手紙で養父アランに協力を求める。二月二十八日、ポーを我が子のように愛した養母フランセスが死去。ポーはすぐにリッチモンドへ帰郷するが、養母はすでに他界した後だった。フランセスの死をきっかけに養父アランと一時的に和解し、陸軍士官学校に進学するための支援を得る。四月十五日に陸軍を正式に除隊し、五月にワシントンで士官学校への志願書を提出。しかし、応募者多数のため、翌年七月まで入学を待つことになる。その後、ポーはリッチモンドへは帰らず、実父の親戚が暮らすボルティモアを訪ねる。十二月、ボルティモアのハッチ・アンド・ダニング社から二作目となる詩集『アル・アラーフ、タマレーンと小詩集』を出版。「エドガー・A・ポー」の実名で発表した最初の詩集となる。

一八三〇年（二十一歳）

七月、ウェスト・ポイント陸軍士官学校に入学。年齢は十九歳五か月と記録されている。十月五日、養父アランはルイーザ・パターソンと再婚（翌年嫡子誕生）。十二月、アランが手紙でポーとの一切の連絡を断つ意志を告げ、その後アランからの返事は途絶える。

一八三一年（二十二歳）

一月、服務を怠ってウェスト・ポイントを去ることを宣言する手紙を養父アランに送る。その後、実際にポーは故意に職務を放棄し放校処分となる。二月十九日、処分を待たずにウェスト・ポイントを去って、ニューヨークへと向う。四月、エラム・ブリス社から三作目の詩集『詩集』を出版。「合衆国士官候補生団へ」の献辞があり、序文として「某氏への手紙」（後に「Bへの手紙」と改題）が付けられた。この頃から詩のみならず小説も雑誌に投稿するようになり、フィラデルフィアの《サタデー・クーリア》誌が主催する短編の懸賞に作品を応募するも落選。ボルティモアに移り、祖母、叔母マリア・クレム、従妹ヴァージニア、実兄ウィリアム・ヘンリーと共に過ごす。八月一日、ヘンリー死去（実母と同じ二十四歳、『アーサー・ゴードン・ピムの冒険』で主人公ピムの友人オーガスタスが亡くなる日付と同じ）。八月十三日、フィラデルフィアの《サタデー・イヴニング・ポスト》誌に短編「一つの夢」が「P」のイニシャルで掲載される。

一八三二年（二十三歳）一月十四日、《サタデー・クーリア》誌が短編「メッツェンガーシュタイン」を無署名で掲載。続けて同誌に、「オムレット公爵」「エルサレムの物語」「決定的な喪失」（のちに「息の喪失」と改題）、「取り逃がした契約」（のちに「ボン＝ボン」と改題）の四作品を発表。

一八三三年（二十四歳）《ボルティモア・サタデー・ヴィジター》誌の懸賞の短編部門に六作品を応募。そのうち「壜の中の手記」が当選し、五十ドルの賞金を獲得。その後、同誌に「セレナード」「コリシアム」などの詩を発表し、十月十九日には「壜の中の手記」が掲載される。同誌の審査員であった作家ジョン・P・ケネディと知り合い、彼を通じてケアリー・アンド・リー社に自身の短編集『フォリオ・クラブの物語集』の構想を売り込もうと画策。架空の文学サークル「フォリオ・クラブ」に作家たちが短編を持ち寄り、品評会を行うという奇抜な設定の短編集だったが、結局出版には至らなかった。

一八三四年（二十五歳）一月、《ゴーディーズ・レディーズ・ブック》誌に「幻視者」（のちに「約束ごと」と改題）を発表。三月二十七日、養父アランが再婚した妻と三人の子供を残して死去。生前に書かれた遺言書にはポーに関する遺産分与の記述はなかった。八月、トマス・ウィリス・ホワイトがリッチモンドで雑誌《サザン・リテラリー・メッセンジャー》を創刊。ケネディの紹介でホワイトと知り合い、彼に雇われて同誌で働き始める。

一八三五年（二十六歳）《サザン・リテラリー・メッセンジャー》誌で五つの短編（「ベレニス」「モレラ」「名士の群れ」「ペスト王」「影」）と中編（「ハンス・プファアルの無類の冒険」）、および未完の韻文劇（『ポリシャン』）の一部を発表。七月七日、祖母エリザベス・ポーが死去。八月、リッチモンドに転居し、本格的に編集者としての仕事を開始する。九月、従妹ヴァージニアとの結婚許可証を取得し、十月三日、叔母マリア・クレムとヴァージニアをリッチモンドに呼び寄せて同居を始める。

一八三六年（二十七歳）　五月十六日、ヴァージニアと正式に結婚（当時十三歳九か月）。当時の大家マーサ・ヤリントン経営の下宿で挙式が行われ、長老派の牧師が立ち会った。結婚契約書には「満二十一歳」と記載された。雑誌の編集方針や給与などの問題をめぐって雇い主のホワイトと対立。

一八三七年（二十八歳）　『アーサー・ゴードン・ピムの冒険』の最初の数章を《サザン・リテラリー・メッセンジャー》誌の一月号と二月号に掲載。同時に、一月号の誌面でポーが編集者としての仕事を退職したことが公表される。二月、妻と叔母を連れてニューヨークへ転居する。六月、《アメリカン・マンスリー・マガジン》誌に「フォン・ユング」（のちに「煙に巻く」と改題）を発表。

一八三八年（二十九歳）　求職のためフィラデルフィアへ転居。七月、『ピム』をハーパー・アンド・ブラザーズ社から単行本として出版。九月、ボルティモアの《アメリカン・ミュージアム》誌に「ライジーア」を、十一月、同誌に「サイキ・ゼノビア」（のちに「ブラックウッド風記事の書き方」と改題）を発表。年刊本《ボルティモア・ブック》に「シオペ」（のちに「沈黙」と改題）を発表。

一八三九年（三十歳）　トマス・ワイアットの『貝類学入門』の序文や《アメリカン・ミュージアム》誌の記事「文芸談話」などを執筆。五月、《サタデー・クロニクル》誌に「鐘楼の悪魔」を発表。喜劇役者兼出版業者のウィリアム・E・バートンに《バートンズ・ジェントルマンズ・マガジン》誌の編集者として雇われる。同誌に「使い切った男」（八月）、「アッシャー家の崩壊」（九月）、「エイロスとカルミオンの対話」（十二月）等の短編を、贈答用の年刊本《ギフト》誌に「ウィリアム・ウィルソン」を発表。十二月、リー・アンド・ブランチャード社から、二十五編の作品（「なぜ小さなフランス人はつり包帯で腕をつるのか」のみ初出）を収めた約五百頁の短編集『グロテスクとアラベスクの物語集』を二巻本として出版。

一八四〇年（三十一歳）

二月、《バートンズ・ジェントルマンズ・マガジン》誌に短編「ピーター・ペンデュラム」（のちに「実業家」と改題）を、五月、同誌にエッセイ「家具の哲学」を発表。また、一月から同誌で長編『ジュリアス・ロドマンの日誌』を署名なしで連載し始めるが、六回で中断（未完）。六月、編集者の職から解雇。この頃より自身の雑誌《ペン・マガジン》誌の創刊を企画し、《サタデー・イヴニング・ポスト》誌に趣意書を掲載するが、資金難から断念。十月、弁護士ジョージ・レックス・グレアムがバートンの雑誌を譲り受け、自身の《キャスケット》誌と併合し、新しく《グレアムズ・マガジン》誌を創刊。十二月、「群集の人」を同誌に掲載。

一八四一年（三十二歳）

二月、《グレアムズ・マガジン》誌の編集長として雇われる。同誌に「モルグ街の殺人」（四月）、「大渦巻にのまれて」（五月）、「妖精の島」（六月）、「モノスとユーナの対話」（八月）、「悪魔に首を賭けるな」（九月）等の作品を発表。その他、五月には《サタデー・イヴニング・ポスト》誌にチャールズ・ディケンズの小説『バーナビー・ラッジ』の書評を掲載。このミステリ仕立ての小説が当時まだ連載中であったにもかかわらず、その後の展開を予見したことで知られる。十二月、「エレオノーラ」（《ギフト》誌）を発表。

一八四二年（三十三歳）

一月、ヴァージニアが喀血。三月、ポーはアメリカ旅行中のディケンズとフィラデルフィアのホテルで会談。ディケンズは『グロテスクとアラベスクの物語集』のイギリスでの出版に協力すると約束したが、結局実現しなかった。四月、《グレアムズ・マガジン》誌に、短編「死の中の生」（のちに「楕円形の肖像」と改題）、五月にはナサニエル・ホーソーンの『トワイス・トールド・テールズ』の書評、「赤き死の仮面劇」を発表。しかし、同月に若きルーファス・W・グリズウォルドが編集者として採用され、それを機にポーは同誌を退職。「風景庭園」(《スノウデンズ・レディーズ・コンパニオン》誌十月)、「マリー・ロジェの謎」の最初の二つのパート(同誌十一月、十二月)、「陥穽と振子」(《ギフト》誌十二月)、「連続する日曜日」(のちに「週に三度の日曜日」に改題、《サタデー・イヴニング・ポスト》誌十一月)を発表。

一八四三年(三十四歳)

フィラデルフィアの出版業者トーマス・C・クラークのもとで《スタイラス》誌の創刊を目指す。クラーク所有の《サタデー・ミュージアム》誌に趣意書を掲載して出資者を募るが、その後クラークが手を引くことになり、またしても計画は頓挫する。一月、《パイオニア》誌に「告げ口心臓」を、《レディーズ・コンパニオン》誌に「マリー・ロジェの謎」の最後のパートを発表。「黄金虫」が《ダラー・ニューズペーパー》紙が主催する懸賞に当選し、百ドルの賞金を獲得。本作品は六月二十一日と二十八日の二回に分けて同紙の紙面に掲載され好評を博す。八月、《ユナイテッド・ステイツ・サタデー・ポスト》誌に「黒猫」を、十月には《サタデー・クーリア》誌に「一科学として考察される詐欺について」を発表。その他、七月に『エドガー・A・ポーの散文物語集』の第一部(「モルグ街の殺人」と「使い切った男」を収録)を出版(本シリーズは一回のみで中断)。また、この時期から講演活動を始め、十一月二十一日にはウィリアム・ウォートの文芸協会で「アメリカの詩」と題する講演を行う。

一八四四年(三十五歳)

四月七日、ポーと妻ヴァージニアはニューヨークへと居を移す。四月、《ニューヨーク・サン》紙に「軽気球夢譚」を発表。十月、《ニューヨーク・イヴニング・ミラー》紙にアシスタントの職を得る。《ギフト》誌に「盗まれた手紙」を発表。その他、「鋸山奇譚」「長方形の箱」「お前が犯人だ」(《ゴーディーズ・レディーズ・ブック》誌四月、九月、十一月)、「眼鏡」「早まった埋葬」(《ダラー・ニューズペーパー》紙三月、七月)、「メスメリズムの啓示」「不条理の天使」(《コロンビア・マガジン》誌八月、十月)、「シンガム・ボブ氏の文学的生活」(《サザン・リテラリー・メッセンジャー》誌十二月)、「ウィサヒコンの朝」(年刊本『オパール』誌)等多数の作品を発表。

一八四五年(三十六歳)

一月二十九日、《イヴニング・ミラー》紙に「大鴉」を発表。直後から大好評で朗読や講演の依頼が殺到した。一方、妻ヴァージニアの病状は悪化の一途をたどる。二月、ポーは一月に創刊されたばかりの《ブロードウェイ・ジャーナル》誌の編集に携わるようになり、過去の作品を手直しして再版し始める。一方、「シェヘラザードの千二夜の物語」(《ゴーディーズ・レディーズ・ブック》誌二月)、「ミイラとの対話」「ヴァルデマール氏の病症の真相」(《アメリカン・レビュー》誌四月、十二月)、「天邪鬼」「タール博士とフェザー教授の療法」(《グレアムズ・マガジン》誌七月、十一月)等の新作品も多数発表。また、七月に十二の短編を収録した『エドガー・A・ポー物語集』を、十一月に四作目の詩集『大鴉とその他の詩』を、ともにワイリー・アンド・パトナム社から出版。十月二十四日、ジョン・ビスコから《ブロードウェイ・ジャーナル》誌の経営権を買い受けて一時的に雑誌の所有者となる。

一八四六年(三十七歳)

一月、《ブロードウェイ・ジャーナル》誌廃刊。再び失職したポーは貧困生活を余儀なくされ、健康状態が悪化する。四月、「大鴉」の創作過程を明かしたとされる詩論「詩作の哲学」を《グレアムズ・マガジン》誌に発表。五月、フィラデルフィアの《ゴーディーズ・レディーズ・ブック》誌で「ニューヨークの文士たち」を連載開始。その他、「アモンティリャードの酒樽」(《ゴーディーズ・レディーズ・ブック》誌十一月)、「スフィンクス」(《アーサーズ・レディーズ・マガジン》誌一月)等の作品を発表。トマス・ダン・イングリッシュの投稿をめぐり《イヴニング・ミラー》紙を名誉棄損で提訴。十二月、妻ヴァージニアが再度喀血。

一八四七年（三十八歳）　一月三十日、妻ヴァージニアが結核のため死去（母と兄が亡くなったのと同じ二十四歳）。ポーは精神不安定となり、健康状態が再度悪化するが、叔母マリア・クレムらの看病により回復。『アルンハイムの地所』（《コロンビアン・レディーズ・アンド・ジェントルマンズ・マガジン》誌三月）、詩「ユーラリューム」（《アメリカン・レヴュー》誌十二月）を発表。

一八四八年（三十九歳）　二月三日、ニューヨークで散文詩『ユリイカ』の草稿の朗読会を行う。七月十一日、ジョージ・P・パトナム社から『ユリイカ』を単行本で出版。九月、六歳年上の未亡人であった詩人セアラ・ヘレン・ホイットマンに求婚（十一月に破談）、十月には裕福な実業家の妻アニー・リッチモンドとも交際。

一八四九年（四十歳）　四月、詩「黄金郷」（《フラッグ・オブ・アワ・ユニオン》誌）を発表。五月、イリノイ州の若き企業家エドワード・H・N・パターソンから資金援助の申し出の手紙が届く。六月、ポーは《スタイラス》誌創刊の準備のためリッチモンドを訪れる。かつての恋人で裕福な未亡人サラ・エルマイラ・シェルトンと再会し、婚約。「ホップ・フロッグ」「フォン・ケンペレンと彼の発見」「×だらけの社説」「ランダーの別荘」（《フラッグ・オブ・アワ・ユニオン》誌三月、四月、五月、六月）、「メロンタ・タウタ」（《ゴーディーズ・レディーズ・ブック》誌二月）などの作品を発表。八月「詩の原理」についての講演旅行をリッチモンドからスタート。この頃、断酒会「サンズ・オヴ・テンペランス」に入会。十月三日、ボルティモアでポーは意識不明の状態で発見される。そのまま意識を回復することなく、同月七日早朝五時に死去。翌日、長老派教会墓地に埋葬。詩「アナベル・リイ」（《ニューヨーク・デイリー・トリビューン》紙十月九日）と詩「鐘」（《サーティンズ・ユニオン・マガジン》誌十一月）が死後に発表された。

一八五〇年（死後）　ルーファス・W・グリズウォルドが全集（*The Works of the Late Edgar Allan Poe*）を出版。後のポー評価に不名誉な影響を与えることとなった捏造満載の「回顧録」を含む。

（池末陽子／森本光＝編）

※年譜の作成にあたっては主に以下の文献を参考にした。

Kennedy, J. Gerald, ed. *A Historical Guide to Edgar Allan Poe*. New York: Oxford UP, 2001.

Quinn, Arthur Hobson. *Edgar Allan Poe: A Critical Biography*. New York: Cooper Square, 1941.

Thomas, Dwight and David K. Jackson. *The Poe Log: A Documentary Life of Edgar Allan Poe 1809-1849*. Boston: G. K. Hall, 1987.

巽孝之『E・A・ポウを読む』岩波書店、一九九五年。

執筆者紹介

鴻巣友季子

（こうのす・ゆきこ）東京都生まれ。翻訳家。お茶の水女子大学英文科大学院修了。柳瀬尚紀に師事し、1987年から翻訳を始める。著者に、『明治大正翻訳ワンダーランド』『全身翻訳家』『孕むことば』『カーヴの隅の本棚』『熟成する物語たち』『翻訳教室』『本の森　翻訳の泉』ほか。訳書に、トマス・H・クック『緋色の記憶』、J・M・クッツェー『恥辱』『遅い男』、マーガレット・アトウッド『昏き目の暗殺者』『ペネロピアド』、エミリー・ブロンテ『嵐が丘』、ヴァージニア・ウルフ『灯台へ』ほか。

桜庭一樹

（さくらば・かずき）1999年に「夜空に、満天の星」（『AD2015隔離都市ロンリネス・ガーディアン』と改題）で第1回ファミ通エンタテインメント大賞に佳作入選。〈GOSICK〉シリーズ、『推定少女』『砂糖菓子の弾丸は撃ちぬけない』などが高く評価され、注目を集める。2007年『赤朽葉家の伝説』で第60回日本推理作家協会賞、08年『私の男』で第138回直木賞を受賞。近著に『ファミリーポートレイト』『製鉄天使』『道徳という名の少年』『伏　贋作・里見八犬伝』『ばらばら死体の夜』『ほんとうの花を見せにきた』『このたびはとんだことで　桜庭一樹奇譚集』などがある。

巽 孝之

（たつみ・たかゆき）1955年東京生まれ。アメリカ文学者。慶應義塾大学文学部教授。現在、日本英文学会監事、日本アメリカ文学会会長、アメリカ学会理事、日本ポー学会会長。主な著書に、『サイバーパンク・アメリカ』『ニュー・アメリカニズム』『アメリカ文学史』『「白鯨」アメリカン・スタディーズ』『モダニズムの惑星』など。訳書にE・A・ポー『黒猫・アッシャー家の崩壊』『モルグ街の殺人・黄金虫』『大渦巻への落下・灯台』、編訳書にダナ・ハラウェイ他『サイボーグ・フェミニズム』、ラリイ・マキャフリイ『アヴァン・ポップ』など。

日夏耿之介

（ひなつ・こうのすけ）1890-1971。日本の詩人、英文学者。早稲田大学英文科在学中に、西条八十らと詩誌『聖盃』を創刊、新象徴派詩人として活躍。詩集『黒衣聖母』『サバト恠異帖』のほか、オスカー・ワイルド、E・A・ポーの訳詩で有名。『日夏耿之介全集』（全8巻）がある。

中里友香

（なかざと・ゆか）1975年生まれ。作家。米国のAzusa Pacific University卒業（哲学専攻）、カリフォルニア州立大学ロングビーチ校修士中退（哲学専攻）。主な著書として『黒十字サナトリウム』『黒猫ギムナジウム』『カンパニュラの銀翼』『コンチェルト・ダスト』『みがかヌかがみ』など。

丸谷才一

（まるや・さいいち）1925-2012。小説家、評論家、英文学者。1967年『笹まくら』で河出文化賞、68年『年の残り』で芥川賞を受賞。主な著書に、長篇小説『たった一人の反乱』（谷崎潤一郎賞）『女ざかり』『輝く日の宮』（泉鏡花文学賞・朝日賞）、短篇小説集『樹影譚』（川端康成文学賞）、評論『忠臣蔵とは何か』（野間文芸賞）『6月16日の花火』、翻訳に、ジェイムズ・ジョイス『ユリシーズ』（共訳）、同『若い藝術家の肖像』（読売文学賞）など。

池末陽子

（いけすえ・ようこ）1970年山口県宇部市生まれ。広島大学大学院社会科学研究科（国際関係論専攻）博士課程前期修了。金沢大学大学院法務研究科（法務専攻）博士号取得。専門はアメリカ文学／文化研究。現在、京都市立芸術大学音楽学部、他、兼任講師。共著書に『悪魔とハープ——エドガー・アラン・ポーと十九世紀アメリカ』『エドガー・アラン・ポーの世紀』『ホーソーンの文学的遺産——ロマンスと歴史の変貌』など。

森本 光

（もりもと・ひかり）1987年奈良市生まれ。東京大学文学部（英語英米文学研究室）卒業。京都大学大学院人間・環境学研究科共生人間学専攻博士後期課程在籍。日本学術振興会特別研究員DC1。修士論文は“A Book against ‘Unity’: The Rationale of /The Narrative of Arthur Gordon Pym /”

読者のみなさまへ

『ポケットマスターピース』シリーズの一部の収録作品においては、身体的なハンディキャップや疾病、人種、民族、身分、職業などに関して、今日の人権意識に照らせば不適切と思われる表現や差別的な用語が散見されます。これらについては、著者が故人であるという制約もさることながら、作品の歴史性および文学的な価値を重視し、あえて発表時の原文に忠実な訳を心がけました。

偏見や差別は、常にその社会や時代を反映し、現在においてもいまだ存在しています。あらゆる文学作品も、書かれた時代の制約から自由ではありません。現代の人々が享受する平等の信念は、過去の多くの人々の尽力によって築きあげられてきたものであることを心に留めながら、作品が描かれた当時に差別があった時代背景を正しく知り、深く考えることが、古典的作品を読む意義のひとつであると私たちは考えます。ご理解くださいますようお願い申し上げます。

(編集部)

ブックデザイン／鈴木成一デザイン室
挿画／遠藤拓人

集英社文庫ヘリテージシリーズ

ポケットマスターピース09
E・A・ポー

2016年6月30日　第1刷

定価はカバーに表示してあります。

編　者　鴻巣《こうのす》友《ゆ》季《き》子《こ》
　　　　桜庭《さくらば》一樹《かずき》

発行者　村田登志江

発行所　株式会社　集英社
東京都千代田区一ツ橋2-5-10　〒101-8050
電話　【編集部】03-3230-6094
　　　【読者係】03-3230-6080
　　　【販売部】03-3230-6393（書店専用）

印　刷　凸版印刷株式会社

製　本　凸版印刷株式会社

フォーマットデザイン　アリヤマデザインストア　　マークデザイン　居山浩二

Printed in Japan
ISBN978-4-08-761042-0 C0197